NACIDA BAJO EL SOL DE ACUARIO

NACIDA BAJO EL SOL DE ACUARIO

Florencia Bonelli

ALFAGUARA

Nacida bajo el sol de Acuario

Primera edición: octubre de 2015
D. R. © 2015, Florencia Bonelli
D. R. © 2015, de la presente edición en castellano para todo el mundo:
Penguin Random House Grupo Editorial, S. A. de C. V.
Blvd. Miguel de Cervantes Saavedra núm. 301,1er piso,
colonia Granada, delegación Miguel Hidalgo, C. P.11520,
México, D. F.
www.megustaleer.com.mx

ISBN: 978-60-7313-621-1

Impreso en México – *Printed in Mexico*

El papel utilizado para la impresión de este libro ha sido fabricado a partir de madera procedente
de bosques y plantaciones gestionadas con los más altos estándares ambientales, garantizando
una explotación de los recursos sostenible con el medio ambiente y beneficiosa para las personas.

*Para Milena de Bilbao, una adolescente llena
de luz y de bondad, cuya pasión por la lírica
y el arte dramático inspiró la de mi adorada Bianca.
Mile, que seas feliz y que brilles siempre. Te lo merecés.*

*Para Eileen Furey, mi madre, hermana mayor de once.
Porque ella también me inspiró en la creación de Bianca.*

*Para Tomás, a quien una vez le prometí que le dedicaría
todos y cada uno de mis libros. Y las promesas se cumplen.*

Hombre, conócete a ti mismo y conocerás el universo y a los dioses.
INSCRIPCIÓN TALLADA EN EL FRONTISPICIO
DEL TEMPLO DE APOLO EN DELFOS, GRECIA.

Bianca Rocamora consultó la hora de reojo: era tardísimo, las nueve y media de la noche.

—¡Bianca! —Irene Mattei detuvo el piano y la fulminó con sus ojos verde azulados—. ¡Estás desconcentrada! Fallaste en esa nota y le hiciste perder el hilo a todo el grupo.

Percibió las miradas compasivas de sus cuatro compañeras y el calor que le trepaba por las mejillas.

—Disculpe, profesora —susurró. No se le habría ocurrido tutearla ni llamarla por el nombre de pila. La mujer había fijado las reglas el primer día: "Para mis alumnos soy 'profesora' y nada de tratarme de tú, como hacen ustedes, los jóvenes, hasta para dirigirse al Papa".

—¿Por qué estás desconcentrada?

—Es tarde —se atrevió a señalar.

Hacía tres horas que ensayaban en el estudio de Irene Mattei, una de las mejores profesoras de canto lírico de Buenos Aires. Habían comenzado hacia las seis y media con ejercicios de respiración para relajar el cuello y las cuerdas vocales y para "ubicar" el diafragma, como decía la profesora, y habían continuado con vocalizaciones antes de lanzarse a practicar las piezas que entonarían en la catedral el domingo de Pascua. No estaba cansada: estaba exhausta. De todos modos, no era eso lo que la preocupaba y distraía, sino imaginarse el caos en su casa: sus hermanitos sin cenar y su madre tirada en la cama con las típicas náuseas nocturnas que la asaltaban durante los primeros meses de gestación. Sabía lo que su madre estaba sintiendo por una simple razón: ella experimentaba lo mismo. "Debido a que tu Luna está muy cerquita de Neptuno (a esto, los astrólogos lo llamamos conjunción Luna-Neptuno), percibes lo que tu mamá siente", le había explicado la astróloga Alicia Buitrago hacía poco. "Tú y ella tienen una conexión casi telepática. Neptuno tiene poderes mágicos. Es el brujo, el hechicero del Zodiaco. No te asustes."

Sí, se había asustado. La lectura de su carta natal (regalo de cumpleaños de Camila Pérez, su íntima amiga) la había asustado muchísimo porque le había revelado aspectos de sí misma que ella negaba, y también porque le había confirmado una sospecha: aquel 29 de enero de 1995, a las siete y veinticinco de la mañana, cuando asomó la cabeza en la sala de parto, los astros se habían asegurado de que su vida nunca sería simple, ni fácil.

—Sí, es tarde —admitió la profesora Mattei—, pero tenemos menos de un mes para ensayar, y como sólo pueden venir dos veces por semana, es poco tiempo. Una profesional se debe a su trabajo, Bianca. Si quieres llegar a ser una profesional, tienes que hacer sacrificios.

"Sí, pero yo tengo que ir a bañar y dar de cenar a mis hermanos", replicó para sí, con la cabeza echada hacia delante. La levantó de pronto al recordar lo que la astróloga Linda Goodman afirmaba acerca de los acuarianos, que es frecuente que dejen caer la cabeza cuando meditan o tienen un problema.

Oyó el bufido de Irene Mattei y, enseguida, sus palabras de claudicación:

—Está bien. Puedes irte. ¿Ustedes pueden quedarse un momento más?

—Sí —contestaron a coro las demás.

Bianca no sabía cómo enfrentar la siguiente conversación con la profesora Mattei. Fue recogiendo las partituras y metiéndolas lentamente en su bolsa, a la cual Lorena, su hermana mayor, calificaba de "boliviana", mientras buscaba las palabras y la fortaleza para enfrentarla. Les rehuía a los conflictos y a los enfrentamientos, eso era un hecho, y, según Alicia, se debía a otra típica característica de los nacidos con el Sol en Acuario. De algún modo la tranquilizaba que Linda Goodman dijera que no eran cobardes, sino que simplemente no estaban creados para el combate. "Como sí lo está Leo", reflexionó. Leo, su opuesto complementario. Leo, el signo de Sebastián Gálvez.

La profesora la acompañó por el largo pasillo hacia la salida. Se trataba de un departamento viejo, con techos altos y ambientes amplios, en el último piso de un edificio de la década de los cuarenta. Irene Mattei lo había remodelado y acondicionado de modo tal que el sonido no molestase a los vecinos.

—Profesora —susurró en un punto donde la oscuridad se acentuó—, no voy a cantar el domingo de Pascua en la catedral.

—¡Qué! —la mujer se detuvo en seco—. ¿Qué estás diciendo, criatura? ¡Bianca, mírame cuando te hablo!

Levantó la vista y la fijó en la rabiosa de Irene Mattei. "¡Qué linda es!", se dijo por enésima vez, y la recordó en los videos que había visto en Youtube, cuando, de joven, la gran Mattei cantaba en los teatros líricos de Europa, Estados Unidos y Asia, maquillada y vestida con los trajes de los personajes que encarnaba. Sin duda, gran parte de la seguridad que había desplegado provenía de la certeza de ser magnífica. "Igual que Lorena", concluyó.

—¿Qué me estás diciendo? ¿Que no vas a cantar en la catedral? ¿Por qué?

—No puedo cantar el "Avemaría" de Schubert, sola, frente a toda esa gente. No estoy preparada.

—¡Soy yo la experta! ¡Soy yo la profesora! ¡Soy yo la que dice cuándo estás preparada!

"¡Soy yo! ¡Soy yo!", la emuló la voz interior de Bianca. "¿Quién podría negar que esta mujer nació el 13 de agosto y que es Leo?"

—Hace más de un año que estás bajo mi tutelaje, Bianca. Sé muy bien que estás preparada. El domingo de Pascua vas a cantar. No se hable más.

La tozudez de la Mattei se convirtió en un impacto doloroso para Bianca. Estaba amenazando lo que su naturaleza protegía con mayor celo: la libertad.

—No —insistió—, no lo haré.

Fue evidente el desconcierto de la profesora, que se quedó mirándola con los ojos como platos.

¿Era su libertad lo que estaba en juego o la horrorizaba convertirse en el centro, en el punto de análisis de cientos de personas? Según Alicia, en su carta existía una tensión muy marcada entre la energía de Urano (el loco, el excéntrico) y Saturno (el deber, la responsabilidad), y esto le provocaba pánico al rechazo y a no "encajar", a no ser aceptada, por lo que prefería encerrarse detrás de su sonrisa amable y sus ojos melancólicos a mostrar su verdadera naturaleza, que era vibrante, distinta y rara, como la de toda personalidad acuariana.

—¿Adónde vas? —la increpó Mattei.

Bianca había reanudado la marcha hacia la salida. Necesitaba irse, escapar.

—A mi casa. Es tarde.

—¡No te irás antes de arreglar este asunto! ¡No cambiaré el programa, Bianca! Ya están impresos los carteles y los anuncios publicados en la red, y tu nombre está en ellos. No puedes decir primero que sí y después que no. Con esa actitud no llegarás *jamás* a ser una profesional.

Se le nubló la vista. Añoraba ser una cantante lírica profesional, y la sola mención de que no lo lograría le desgarraba el corazón. Se pasó el dorso de la mano por los ojos, sin éxito: las lágrimas siguieron brotando. Aturdida y con la respiración entrecortada, alcanzó el vestíbulo. La Mattei seguía despotricando a sus espaldas.

Dio un paso atrás al escuchar el ruido de llaves: alguien estaba por entrar. La puerta se abrió, y Bianca no logró contener una exclamación. De todos los mortales, ¿qué hacía Sebastián Gálvez en el estudio de la Mattei? Se acordó de que tenía los ojos llorosos, la nariz roja y el pelo hecho un nido. "¿Alguien me puede pegar tres tiros? Gracias."

Si por un instante pensó que Gálvez no la reconocería, su ilusión se hizo añicos.

—¡Bianca! ¿Qué haces aquí?

Pocas veces la había llamado por su nombre por una simple razón: rara vez le hablaba. Y rara vez le hablaba no porque para él la elocuencia fuese un problema, todo lo contrario. La culpa era de ella, que se escondía al verlo y lo rehuía como si fuese el conde Drácula. Se acordó de las palabras de Camila cuando, por fin, se animó a confesarle que estaba enamorada de él desde hacía años. "¿De verdad?", se había sorprendido. "¿Quién lo diría? Jamás me preguntas por él, y eso que sabes que Seba y yo somos muy amigos. Nunca lo miras, nunca dices nada acerca de él."

Lo miraba ¡y cómo! Pero lo hacía sin quedar expuesta; era una experta en eso. Y como para él, todo un rey león, resultaba vital que lo mirasen y admirasen, quienes no lo hacían se convertían en seres invisibles, como ella. "Para él no existo, soy lo mismo que el aire. Claro, sin el aspecto vital del elemento."

—Hola —saludó con voz temblorosa, como en falsete. Pasó junto a él y salió al pasillo.

—¡Ey! —insistió Gálvez—. ¿Adónde vas?

—Déjala, Sebastián —intervino la Mattei, más calmada—. Déjala que se vaya, que es tarde. Mañana tú y yo vamos a hablar —añadió, y con el índice apuntó hacia Bianca—. A mí nadie me viene con caprichitos. Tengo una reputación que cuidar —cerró la puerta sin despedirse.

Bianca se quedó temblando en la recepción, con los ojos bien abiertos perforando la oscuridad. No conseguía librarse del

15

estupor. ¿Qué hacía Gálvez en el estudio de la profesora Mattei? ¿Por qué tenía las llaves de ahí? Escuchó las voces elevadas que se filtraban por los resquicios de la puerta y se aproximó con paso tímido e inseguro. Apoyó la oreja, y el frío de la chapa blindada le provocó un escalofrío.

—¿Por qué estaba llorando? Te conozco, Irene. Sé lo perra que puedes ser. Y Bianca es sólo una nena.

El comentario la sacudió del estupor. "Oh, bueno, ni tan nena, Mr. Músculo. Mi primera menstruación la tuve a los diez años. ¿Eso no cuenta?"

—No es ninguna nena, Sebastián —replicó la Mattei—. ¿De dónde la conoces?

—Somos compañeros del cole. ¿Por qué estaba llorando?

—Pretende dejarme plantada para la presentación del domingo de Pascua cuando ya tengo todo armado en torno a ella. Tiene una voz extraordinaria, la necesito.

"Ah, ésta es buena. ¿Así que la gran Mattei piensa que tengo una voz extraordinaria? Me habría gustado que me lo dijera a mí en lugar de decirme que canto mal. Pero me gusta que se lo diga a Mr. Músculo."

—Hay que presionarla, de lo contrario, ella no la sacará.

Temió seguir escuchando. Se retiró de la puerta y, sin encender la luz del pasillo, llamó el ascensor. Una calidad irreal la dominaba. "¿De qué te sorprendes?", se quejó. "¿Acaso Linda Goodman no afirma que a un Acuario puede pasarle cualquier cosa, y subraya lo de *cualquier cosa*?"

* * *

Si no hubiese estado tan ajustada con el dinero, habría tomado un taxi. Tenía miedo. Estaba sola en la parada del autobús, y en la calle no había un alma. Hechos delictivos y de violencia protagonizaban los noticieros, sin mencionar que andaba suelto un violador al que la policía no conseguía atrapar y que había atacado en distintos puntos de la ciudad.

Se sobresaltó al sonido de un timbre, y enseguida se dio cuenta de que correspondía al portón automático del edificio de la Mattei, que se abría. Los faros de un automóvil bañaron de luz la banqueta antes de que apareciera la trompa de un Peugeot 206, el cual avanzó lentamente y bien pegado al borde de la banqueta. Se detuvo en la parada, y Bianca caminó hacia atrás, lista para huir.

La ventanilla polarizada del acompañante descendió, y apareció la cara perfecta de Gálvez. Su sonrisa de publicidad de Colgate le puso la mente en blanco.

—Te llevo a tu casa. No puedes estar aquí sola en la parada. Son casi las diez de la noche. ¿Qué pretendes? ¿Que te agarre el violador?

Bianca acertó a pensar: "Tengo un problema con este chico: cada vez que lo veo se me seca la boca y el corazón se me sube a la garganta, por lo que no puedo emitir palabra. Jamás conseguiré hablarle. No quiero subir al auto con él". Agitó la cabeza para negar y soltó un "no, gracias" sin aliento. Gálvez debió de leerle los labios, puesto que dijo:

—¿Cómo que "no, gracias"? Si tu amiga Camila se entera de que te dejé aquí sola para que el hijo de puta del violador se haga un festín contigo, me mata.

La amistad entre Camila y Sebastián Gálvez se cimentaba desde los días vividos en las sierras cordobesas el año anterior. Se trataban con la confianza y el cariño con los que ella jamás podría relacionarse con él.

—Vamos, Bianca. No me hagas bajar para obligarte a subir al auto.

Le gustaba que la llamase por su nombre. Con nadie más le sucedía, jamás reparaba en cómo la llamaban. En cambio, con Gálvez cada detalle contaba, hasta un simple pestañeo. La enojó la dependencia a la que se sometía a causa de ese chico, por lo que se aproximó al Peugeot con paso decidido y con cara de fastidio. Gálvez abrió la puerta desde adentro, haciendo gala de su brazo apenas cubierto por la manga corta de la playera Lacoste. Era largo, fibroso y grueso, y un pelo rojizo le cubría el antebrazo. Horas de levantar pesas habían modelado los músculos y marcado los tendones. "Mientras se infla como un sapo con las pesas, el cerebro se le achica como un cacahuate", concluyó, para atizar el fuego de la ira.

Subió embanderada en su enojo y lo usó como un escudo. Cerró con un golpe un poco más fuerte del necesario y fijó la vista en el parabrisas. Gálvez subió el volumen del radio, y *Wake Me Up When September Ends* comenzó a sonar. Esa canción fue su perdición. La gustaba la voz de Billie Joe Armstrong, sobre todo en *Wake Me Up When September Ends*, que él había compuesto inspirado en lo que le pidió a su madre al regresar del entierro de su padre: "Despiértame cuando termine septiembre". Apretó las manos en torno a su bolsa boliviana y se mordió el labio para reprimir el llanto.

"Cualquier cosa", recordó. En verdad, a los de Acuario les suceden las cosas más disparatadas. Si no, ¿cómo se explicaba que ella se hallase confinada en el habitáculo de un auto, con el chico por el que suspiraba desde los trece, el cual jamás se había dignado a destinarle una mirada, y a punto de echarse a llorar como lo hacía su hermanita Lourdes cuando tenía hambre, sueño y los pañales sucios?

Wake me up when September ends.

Here comes the rain again falling from the stars...

No seguiría por ese camino, no repetiría los versos de la canción, de lo contrario rompería, no a llorar, sino a gritar. "¿Qué me pasa?" Esa sensiblería no le resultaba conocida. Se aferró al pensamiento de su hermanita Lourdes, y se la imaginó en ese momento, hambrienta y fastidiosa, *cranky*, como decía la abuela Kathleen, que a pesar de haber llegado de Inglaterra más de treinta años atrás, no abandonaba su lengua materna.

En el primer semáforo rojo, Gálvez la aferró por el mentón y la miró. Ella le permitió que lo hiciera hasta darse cuenta de lo que estaba sucediendo: Sebastián Gálvez estaba tocándola y mirándola con ojos seductores, de esos que usaba a menudo con otras. Bajó los párpados y apartó la cara.

—¿Por qué lloras?

A continuación sonó la canción de James Blunt *You're Beautiful*, y Bianca habría jurado que el disk jockey de la radio se había confabulado con Gálvez en su contra para hacerla quedar como una idiota.

—No le hagas caso a Irene. A veces es una perra. ¿Qué te hizo?

Jamás conseguiría articular. Segundo tras segundo, la pelota en la garganta adquiría dimensiones alarmantes. Entonces, recordó que ella, en el último año, había adquirido una gran habilidad para controlar su aparato respiratorio, no sólo como consecuencia de los ejercicios para el canto lírico, sino por las técnicas que su tía Claudia le enseñaba para meditar. Y las aplicó. Respiró lenta y profundamente. Gálvez jamás habría adivinado lo que estaba haciendo porque utilizaba partes que los comunes mortales jamás usan, y su plexo solar no se movía. No obstante, sentía cómo el aire se deslizaba por su pecho, como si se tratara de un cilindro que comenzaba en la nariz y terminaba bajo el diafragma. La tensión la abandonaba, los músculos se relajaban, y ella adquiría el control.

—La profesora Mattei…

—¿Sí? —la animó él.

—Ella… Ella tiene razón.

—¿Sí? ¿Por qué?

Guardó silencio y estudió los movimientos precisos y seguros de esas manos sobre la palanca de velocidades y el de las piernas sobre los pedales. Llevaba unos jeans azules y ajustados, de esos stretch, que destacaban el trabajo de los cuádriceps cada vez que apretaba el acelerador. Extrañamente, eso le transmitió seguridad, algo que poca gente le inspiraba porque su primer impulso era desconfiar.

Alicia afirmaba que la raíz de su desconfianza destacaba claramente en su carta natal. "No sólo eres desconfiada porque así lo marca tu naturaleza acuariana, sino porque tienes a Urano en la Casa XII, la casa de las vidas pasadas, de lo oculto, de lo misterioso. Tienes que volver a tu pasado, tal vez a cuando eras muy pequeña, tal vez a cuando estabas en el vientre materno, y comenzar a investigar si existió allí algún hecho que te haya marcado de una manera negativa. Y tu papá...", dijo la astróloga, y estudió con un ceño el mandala que era su carta. "Tu papá es una figura muy fuerte. ¿Ves? Tienes a Saturno en la Casa I, la de la personalidad, lo cual te convierte en una persona muy responsable, que quiere agradar al padre, cumplir con los cánones de la sociedad. Sin embargo, tu padre..."

—Con Camila te veo charlar todo el tiempo, como una cotorra.

"¿Ah, sí? ¿Me *ves* charlar? ¿De verdad me *ves*, Gálvez?"

—Y ahora parece que te quedaste sin lengua.

Sonrió para mostrar un signo de normalidad.

—Es que estaba pensando que la Mattei tiene razón. Me comporté como una nena.

—¿Por qué? —la acicateó él al caer en la cuenta de que no agregaría nada más.

—Primero le dije que sí cantaría en una presentación y hoy le dije que no.

—Bueno, uno puede arrepentirse.

—No una profesional, sobre todo faltando menos de un mes. Es poco tiempo para este tipo de funciones.

—¿Cuándo es?

—El 8 de abril, el domingo de Pascua.

—¿Dónde?

Bianca giró el rostro hacia la izquierda y se concentró en el perfil de líneas armónicas y regulares al que tantas veces había estudiado como bajo un microscopio. Lo conocía de memoria.

—¿Dónde? —insistió Gálvez, y, aprovechando el semáforo en rojo, la miró a la cara y le sonrió. Parecía feliz, como si el sentido de su existencia dependiera de esa respuesta. No se dejaría engañar, conocía bien sus dotes de seductor.

—En la catedral —respondió, sin convicción.

—¿A qué hora?

"¿A qué hora? ¿Por qué quieres saber?" Sabía por qué: estaba planeando ir. La sola idea le convirtió las piernas en gelatina. "No te preocupes", se dio ánimos. "No irá. Sabes bien que los Ascendentes en Piscis son los eternos seductores y que dicen que te llamarán o que volverán a verte simplemente porque no pueden evitar halagarte y hacerte feliz. Pero no irá. Quédate tranquila." Agradecía a su amiga Camila que le había conseguido los datos de Gálvez para que Alicia trazase su carta natal, y le agradecía a ésta que le hubiese cobrado poco para leérsela.

—A las seis.

—¡Voy a ir! Va a estar muy bien, ¿no? Oírte cantar como esas gordas de la ópera —rio con un sonido cristalino e inocente, casi de niño, que Bianca habría querido que repitiese—. Me cuesta imaginarte. Tan chiquitita…

—Pero no voy a cantar. Ya te dije que acabo de retirarme de la presentación.

—¡Ni se te ocurra! Irene dice que eres muy buena.

—¿De dónde la conoces? —disparó, cuando su querido Urano, "el loco" para los amigos, y regente de su signo, Acuario, se decidió a entrar en escena. Aunque "el loco" habría seguido preguntado ("¿Qué hacías en su estudio?", "¿Por qué tienes las llaves?", "¿Por qué te fuiste tan rápido? ¿Por mí?"), su Saturno en la Casa I entró corriendo y lo mandó callar.

Gálvez se puso nervioso: ajustó los dedos en torno al volante, frunció las cejas y se mordió el labio inferior. No había visto varios capítulos de *Lie to Me* en vano; resultaba evidente que algo *fishy*, como decía la abuela Kathleen, se cocinaba bajo esos gestos.

—Desde que era chico —contestó, con acento vago.

—¿Es amiga de tu mamá?

—Fueron amigas en una época. Era nuestra vecina en el edificio en el que vivíamos cuando yo era chico, así nos conocimos.

—Entonces sabes que era muy famosa en el circuito de los teatros líricos durante los ochenta y al principio de la década de los noventa.

—Sí, sí.

—¿Cuántos años tiene?

—Casi cincuenta… Creo.

—No los aparenta para nada. Es hermosa, ¿no?

—Sí… No sé.

—Un día dejó todo para casarse con un empresario argentino —estaba claro, le costaba mucho menos hablar de los demás que de sí misma.

—Sí, lo sabía.

—Me resulta increíble.

—¿Qué?

—Que haya dejado todo por un hombre. Era muy famosa.

—¿Por qué te resulta increíble? —Bianca se lo quedó mirando, desconcertada por la hostilidad que él mostró de repente—. ¿Acaso tú no lo harías por el hombre al que amas?

"No", habría dicho. En cambio, guardó silencio porque sabía que a él no le habría agradado la respuesta. Su ego leonino no lo habría aceptado. Ella estaba convencida de que, en una pareja, cada miembro debía realizarse y sentirse pleno; de lo contrario, no podía funcionar. No sabía de dónde nacía esta certeza porque nunca había estado de novia. "Nace de la sabiduría milenaria de Acuario", le susurró una vocecilla.

—¿Y? —la provocó Gálvez—. ¿No lo harías?

"Ese Saturno en la Casa I", recordó que le había explicado Alicia, "te exige encajar en esquemas muy rígidos que van en contra de tu naturaleza uraniana. Tu desafío en esta vida, Bianca, es ser tan libre y distinta como Acuario te exige y no sentirte culpable por eso".

—No, la verdad es que no —admitió, y se sintió orgullosa. Nada más ni nada menos que al magnífico Gálvez, al amor de su vida, le presentaba su cara rebelde, rara y contestataria.

—¿No? —se escandalizó él—. ¿Por qué no? Estamos hablando del hombre de tu vida.

"Sí", pensó Bianca, "estoy hablando de ti".

—Sí, el hombre de mi vida. Pero si él me ama, va a querer lo mejor para mí, y eso significará dejarme cumplir mi sueño de cantante.

—Pero esa vida implica viajes la mayor parte de año, estar lejos, separados.

—¿Y?

—¡Es intolerable! Un hombre no aceptaría que su mujer anduviese sola por el mundo.

—Podría acompañarme.

—¿Y si no puede? ¿Y si tiene que trabajar en Buenos Aires?

—Confiará en mí. Jamás lo traicionaría.

—Eso dicen todas.

—Yo no soy todas, Gálvez.

Él giró la cabeza y la observó sin molestarse en ocultar que la vehemencia y la convicción de Bianca lo habían sorprendido.

—Si Camila te quiere tanto es porque no eres como las demás.

"Camila, siempre Camila. Y yo, ¿qué? ¿Qué piensas de mí, Mr. Músculo?"

—Soy como soy, y te aseguro que jamás le sería infiel al hombre que amo.

—De igual modo, el amor de tu vida puede estar tranquilo porque no vas a viajar a ningún lado.

—¿Cómo que no voy a viajar a ningún lado?

—¿No me dijiste que no piensas cantar en la catedral?

—Eso no quiere decir que no seré una cantante lírica.

—Pero no estás echándole nada de ganas. Irene te ofrece una presentación en la catedral, nada menos, y la rechazas.

—No estoy preparada.

—Ella dice que sí. ¿Por qué dices que no estás preparada?

Sacudió los hombros. Hablar de sí misma no formaba parte de sus talentos. Cruzó los brazos y volvió a fijar la vista al frente. "¡Maldito barrio de Almagro que queda en la otra punta del mundo! ¿Podríamos llegar pronto, por favor? Ya no aguanto a este leonino metiche, engreído y suficiente."

* * *

—Aquí —indicó Bianca, y Gálvez detuvo el Peugeot frente a la entrada de su edificio.

Se preparó deprisa para descender. En las últimas cuadras, el encierro la había sofocado tanto como la presencia de Mr. Músculo, cuyo Sol en Leo la quemaba. Necesitaba retirarse para volver a armarse. Tenía la impresión de que se iba desintegrando o disolviendo, y le resultaba imperioso entender por qué. Alicia le habría recordado: "Es tu Sol en la Casa XII, que te vuelve hipersensible y permeable a todas las energías que te rodean. La meditación al atardecer es una buena herramienta para volver al eje y evitar la desintegración".

Sin embargo, la meditación tendría que esperar. Se imaginaba el cuadro que la esperaba al trasponer la puerta de su casa.

—¿Te molestó que te preguntara por qué no estás preparada para cantar en la catedral? Discúlpame —dijo, sin esperar la respuesta—. En serio que no lo hago por curioso o entrometido. A mí tampoco me gusta que me digan lo que tengo que hacer, ni que me pregunten por qué hago esto o aquello.

—No me molestó.

—¿Entonces?

—Es que no sé la respuesta, y eso me pone de mal humor.

Sebastián rio, ya no con la cadencia cristalina de un niño, sino con una risa profunda, masculina, que le movió la nuez de Adán de arriba abajo. Ese simple gesto, el de la risa, le provocó un aumento de las pulsaciones y, por supuesto, la infaltable sequedad en la boca. Necesitaba un caramelo. Y huir.

—Gracias por traerme —dijo, sin mirarlo, mientras tanteaba la puerta.

Gálvez estiró el brazo y la abrió. Le rozó el vientre con el codo, y Bianca habría jurado que saltaron chispas en el punto de contacto, porque una suave y, al mismo tiempo, potente corriente eléctrica se disparó en varias direcciones; donde más la sintió fue en los pezones, que le cosquillearon como cuando estaba por venirle la regla. La experiencia le resultó desconcertante, novedosa, impresionante. Camila se lo había explicado, pero, para ser honesta, ella no le había creído, segura de que se trataba de las ilusiones de una taurina romántica y venusina.

—Gracias por traerme —consiguió articular de nuevo, y al mirarlo fugazmente, supo que el contacto tampoco había pasado inadvertido para él.

"¡Sal de aquí! ¡Ahora!", le gritó su vocecilla sabia.

Debería de haber recordado la frase de su tía Claudia: "Pian piano si va lontano", porque en el apuro se le enredó la correa de la boliviana en los pies y algunos cidís cayeron al piso del automóvil. "¡Mierda!"

Sin dificultad, Gálvez volvió a estirar el brazo, que a esas alturas parecía medir dos metros y ser telescópico, y recogió la mayoría. Por supuesto, devolvérselos sin husmear no era una opción. Los revisó, uno por uno: todos tenían su nombre, Bianca Rocamora, y la pieza que había cantado. Era una práctica usual de la Mattei grabar a sus alumnas para después marcarles los errores.

Bianca hizo el intento de quitárselos, pero él los puso fuera de su alcance.

—¿Qué haces?

—Creo que es obvio. Voy a escucharlos.

—¡No! ¿Para qué? ¡Es tardísimo! En serio, Gálvez, devuélveme los cidís, tengo que irme.

—¿Me los prestas? ¿No puedes decirme Sebastián o Seba?

—¡Claro que no!

—Claro que no ¿a qué? ¿A prestarme los cidís o a llamarme Seba?

—Claro que no a todo. No te presto los cidís y Gálvez te va muy bien.

—Mañana te los devuelvo en el cole.

—No.

—Entonces, los escucho ahora.

Insertó uno en el equipo. Bianca esperó con el aliento contenido el inicio de la música. Era el aria *La habanera*. Había fallado en varias notas, pero él no se percataría.

L'amour est un oiseau rebelle, que nul ne peut apprivoiser.
Et c'est bien en vain qu'on l'appelle, s'il lui convient de refuser.

Se tranquilizó. Tan mal no lo había hecho. Aunque la profesora no lo hubiese admitido, del grupo, ella era la que mejor pronunciaba el francés y la que había cantado esa aria de *Carmen* con más pasión, quizá porque se identificaba con el espíritu libre de la gitana.

La tomó por sorpresa la actitud de Gálvez, que miraba el equipo con una seriedad reconcentrada inusual en él. Así como la risa le había iluminado las facciones, en reposo se destacaron las líneas suaves y delicadas de su frente, su nariz y sus labios. Muchas afirmaban que se parecía al actor William Levy, y sí, era en vano negarlo: se le parecía. Y ella, la Pulga, como la llamaban en su casa, ¿se enamoraba de semejante espécimen? Alicia tenía razón: con Venus en Sagitario, el centauro que apunta la flecha hacia arriba, en el amor siempre se fijaría metas difíciles de conseguir. "O tal vez la persona por la que te sientes atraída esté muy idealizada", había agregado la astróloga. Fuera lo que fuese, idealizado o no, Sebastián Gálvez, el más guapo del colegio, del barrio, de la ciudad, del país (¿acaso no se parecía a William Levy, por Dios santo?), estaba fuera de su alcance, y punto. "A ver si bajas de la estratosfera en la que habita Acuario y pones los pies en la tierra." Sin embargo, cuando terminó el aria de *Carmen,* fue incapaz de apartar la vista de esos labios por los cuales cualquier mujer habría dado la vida.

Gálvez se volvió para mirarla, y el fuego que refulgía en sus ojos verdes le dio miedo y la atrajo, las dos cosas al mismo tiempo. Quería tocarlo, aunque se quemara.

—¿Me estás jodiendo? ¿Y tú dices que no estás preparada? ¡Inventas, Bianca! Cantas perfecto. No puedo creer que esa voz salga de ahí —dijo, y le apuntó el pecho.

"Gracias, Mr. Músculo, por recordarme que soy bastante plana, no como Camila, cuya exuberancia deja bizcos a los varones y envidiosas a las chicas."

—Cometí muchos errores apuntó, mientras retiraba el cidí del equipo y le quitaba los que él aún tenía en la mano, cuidando de no tocársela. "Basta de chispazos y descargas eléctricas por esta noche."

—¡Con una mierda! ¿Qué errores?

—Fallé en varias notas. Tú no lo notas porque no sabes nada de canto lírico.

—¡Ey, Pulga! —Bianca dio un respingo y soltó un grito—. ¿Qué haces aquí? —su hermana Lorena se asomó dentro del Peugeot, por el lado del acompañante, y clavó la mirada en Gálvez—. Hola —dijo, y le destinó una de sus sonrisas, las que derretían a un muñeco de nieve.

—Hola —contestó, sensual, Gálvez, y Bianca elevó los ojos al cielo. "Dios los cría y ellos se juntan."

—Gracias de nuevo por traerme. Buenas noches —se despidió deprisa, e intentó descender del automóvil.

—Pulga, ¿no vas a presentarnos?

"¿Podrías guardarte el "Pulga" en el bolsillo? Gracias."

—Gálvez, ésta es mi hermana Lorena. Lorena, éste es Gálvez, un compañero del cole.

Lorena, haciendo gala de la flexibilidad de su cuerpo sin fallas, se estiró dentro del habitáculo para salir al encuentro del beso que Gálvez le plantó en la mejilla ante los ojos de Bianca.

—¿Sólo Gálvez? ¿No tiene nombre, Pulga?

—Mi nombre es Sebastián, pero a tu hermana no le gusta, así que me llama Gálvez.

—¿Qué hacen aquí? ¿No quieres bajar, Sebastián?

—Sí, claro.

—Anda, baja. ¿Ya cenaste?

—No, y me comería una vaca.

—Buenísimo. Yo estoy llegando de la facu.

"Sí, claro, de la facu", masculló Bianca.

—También tengo hambre. ¿Pedimos unas empanadas y unas cervezas?

"¿Que vomitarás apenas te lleguen al estómago?"

Bianca observó el intercambio con desapego, abrumada por la sensación de derrota, la cual, paradójicamente, la puso en movimiento: salió del automóvil, pasó junto a su hermana y caminó rápidamente hacia el edificio. Abrió la puerta y subió corriendo por las escaleras. No quería esperar el ascensor, no quería mirar hacia la calle, no quería verlos juntos.

2

Las presunciones de Bianca resultaron ciertas: su casa parecía un campo de batalla (juguetes, cuadernos, calcetines y tenis por doquier), sus hermanitos estaban sin cenar, sin bañar, y su madre iba de la cama al baño, del baño a la cama, atacada por las náuseas. Moquito (así había bautizado Felipe, su hermano de cuatro años, al beagle, regalo de la tía Claudia) exigía su alimento con ladridos constantes. ¿Alguien lo habría sacado a pasear? No, claro que no.

Al poner pie en el departamento, sus cinco hermanos menores, cuyas edades iban desde los diez hasta los dos años, la rodearon y le hablaron al unísono.

—Mañana tengo que llevar un mapa político de la Argentina —anunció Pablo, el que pronto cumpliría once—. ¿Lo compraste?

—Juan Pedro me pegó porque yo quería ver el canal de Disney y él no —se quejó Felipe.

—El canal de Disney es un bodrio —opinó el acusado, que, pese a tener siete, se las daba de adulto.

—Tengo hambre —se quejó Martina, la de nueve.

—¡Banqui! ¡Banqui! —Lourdes, la más pequeña, su tía Claudia y su padre eran los únicos de la familia que no la llamaban

Pulga, sino Bianqui; bueno, su padre, en realidad, la llamaba Bianca, y Lourdes intentaba pronunciar Bianqui mientras se aferraba a sus rodillas y le impedía avanzar. La levantó en brazos y confirmó otra presunción: tenía el pañal cargado de pis y de otras cosas. Se preguntó por dónde empezar.

—¡A bañarse! ¡Todo el mundo!

—¡Ufa! —despotricó Juan Pedro.

—¡A bañarse! O se pueden olvidar de la cena.

—¿Y mi mapa?

—¿A esta hora te vienes a acordar del mapa?

—Te mandé un mensaje al celular para que me lo compraras.

—No tuve tiempo de ver los mensajes. Mañana por la mañana te compro uno en la papelería de la esquina, que abre temprano.

—¿Dónde estuviste hasta esta hora? —Pablo la miró directo a los ojos, una mirada cargada de suspicacia y con aire ofendido. Era muy apegado a Bianca y dependía de ella para todo, algo que la preocupaba—. Llamé a la tía Claudia y no estabas trabajando en el local con ella.

—Estaba estudiando en casa de Camila —le dolía mentirle, pero no se arriesgaría: nadie de su familia debía enterarse de que estudiaba canto lírico o su padre terminaría por descubrirlo y se lo prohibiría. Sólo Lorena y la tía Claudia lo sabían, pero confiaba en que jamás la delatarían; la tía Claudia, porque siendo una acuariana rebelde y archienemiga de su padre, la apoyaba; en cuanto a Lorena, no se atrevería a traicionarla: el secreto que le guardaba era tan estremecedor que se cuidaría bien de abrir la boca.

Como un sonido lejano, que nada tenía que ver con ella, escuchó la puerta del ascensor que se cerraba y las voces alegres de Lorena y de Gálvez. Suspiró y se puso en marcha. Sus hermanos la siguieron como si fueran la cola de un cometa.

* * *

—¿Ya podemos ir a la cocina? —preguntó Juan Pedro por tercera vez—. Estamos todos bañados y con piyama. Queremos ver al amigo de Lorena.

—No, todavía no pueden ir —dijo Bianca, mientras terminaba de colocar el pañal a Lourdes.

—¡Ufa! ¿Por qué?

—Porque todavía no han llegado las empanadas, por eso. Cuando lleguen, vamos.

—¡Sí que llegaron! —replicó Martina—. Hace un ratito tocaron el timbre.

—Pero hay que calentarlas porque deben de estar frías.

—¿Y van a pedir helado?

—No sé, Feli.

En realidad, necesitaba hacer algo antes de que Gálvez conociera a sus hermanos. Colocó una camiseta liviana a Lourdes, la puso dentro de la cuna y ordenó:

—Martina, pásale el peine fino a Felipe. Está lleno de liendres.

—¡No, Martina no! Tú pásame el peine fino. Martina me lastima.

—No lo lastimes, Martina, o mañana no vas al cumple de Lola, te lo juro. Juan Pedro, ponte las sandalias. Nadie sale de aquí hasta que yo vuelva. ¿Está claro?

—Sí —Pablo fue el único en contestar; con eso bastaba.

Cerró la puerta de la habitación y se quedó quieta en la oscuridad para ubicar los sonidos de la casa. El golpeteo de la vajilla y de los cubiertos le indicó que Lorena preparaba la mesa en el comedor. Su madre veía televisión en el dormitorio. Alguien estaba usando el baño de los invitados, el *toilette*, como lo llamaban; tenía que ser él.

Gálvez abrió la puerta y, antes de que atinase a apagar la luz, Bianca lo empujó dentro y volvió a cerrar. Si la situación no hubiese sido tan apremiante e insólita, habría disfrutado de la cara de estupor del William Levy argentino.

—Bianca, ¿qué carajos…?

—Escúchame bien, Gálvez. Nadie de mi familia sabe que estudio canto. No abras la boca, no insinúes nada, que no se te escape. ¿Está claro?

—Sí... Sí, me queda claro. Pero...

—Perfecto —dio media vuelta para regresar con sus hermanos, pero Sebastián se lo impidió. La aferró por el brazo y la obligó a mirarlo.

—¿Adónde te habías metido? ¿Por qué te escapaste así del auto? ¿No querías que me quedara a cenar? ¿Te molesta?

"Cualquier cosa", recordó. "A los de Acuario puede pasarnos cualquier cosa. Ni qué hablar si el Ascendente *también* está en Acuario, como es mi caso." Si no, ¿cómo se explicaba que el chico más bello que conocía, que le había robado el corazón años atrás, que hasta hacía un rato no sabía de su existencia, que ocupaba sus últimos pensamientos cada noche y los primeros de la mañana, se hallara confinado con ella en el *toilette* de su casa de dos metros cuadrados y la mirase con ojos tiernos?

Desde pequeña, en ocasiones, se apoderaba de ella un deseo incontrolable, lo disparaban las cosas más absurdas, y tenía la impresión de que sería imposible controlar el rugido de frustración que se le escaparía si no lo conseguía (una muñeca, un helado, un par de tenis, una salida al cine). Varias cachetadas de su padre bastaron para aprender a domar el deseo y matarlo antes de que naciera. Gracias a la astrología, había comprendido que esa urgencia y ansiedad estaban impresas a fuego en ella. Alicia le había explicado: "Tienes a Marte en Leo, lo que te convierte en una persona con muchos deseos y con una necesidad de que se cumplan ya; te vuelve impaciente. Si a eso le agregamos que tu Marte está en cuadratura con Plutón, los deseos se exacerban y te dominan. Pero tu estructura saturnina tan fuerte te hace temer ese desenfreno y terminas por reprimirlos. Con un esquema así, por ejemplo, podrías hacerte monja para no ser prostituta. Y no quiero olvidarme de mencionar tu Luna en Capricornio, que te obliga a conformarte con poco, a no pedir nada." Las energías de su carta se divertían poniéndose unas en contra de las otras. ¡Genial!

En ese instante, se habría dejado llevar por Marte, por Leo, por Plutón en cuadratura, y por Urano, el loco, y mandado a pasear a Saturno y a su Luna en Capricornio, con tal de saber cómo era besar al chico que amaba. Él la besaría a su vez, no porque la deseara (con la Claudia Schiffer argentina a pocos metros, ¿qué podía atraerle de ella?), sino a causa de su energía pisciana en el Ascendente, que lo convertía en un seductor por naturaleza, ansioso por complacer a todas para verlas felices. "Es muy duro amar a un hombre con Ascendente en Piscis", había admitido Alicia. "¿No me digas?"

—No me molesta que te quedes a cenar.

—No parece. ¿Estás enojada? ¿Dónde estabas? Espera un momento. Quería saber qué empanadas te gustan antes de pedir, pero tu hermana me dijo que estabas ocupada. ¿Qué estabas haciendo? ¿Te gustan las empanadas de carne picante?

Bianca le apoyó las puntas del índice y del mayor sobre los labios.

—Haz una pregunta a la vez, Gálvez.

"¿Podrías pedirle a tu Mercurio en Leo, que encima está en la Casa V (la que se relaciona con el rey Leo), que se calle un momento? Habla demasiado." El pensamiento le dio risa. La reacción de él fue automática: sus labios se desplegaron en la sonrisa más hermosa que ella le había visto. "Mio Dio!"

—Creo que es la primera vez que me sonríes. A veces creo que me odias, Bianca —le tomó la mano, la misma con que ella lo había hecho callar, y se la llevó a los labios. Cerró los ojos antes de besarle una a una las yemas de los dedos.

—¡Ey, Sebas! ¿Dónde te metiste? —Lorena lo llamaba desde el comedor—. Las empanadas se van a enfriar.

Bianca retiró la mano y salió del *toilette*. Frenó de golpe. Sus cinco hermanos la observaban con curiosidad e inocencia.

—¿No les dije que me esperaran en el dormitorio?

—Martina me lastimó con el peine fino.

—¡Mentira!

—¿Y éstos? —escuchó la voz de Gálvez detrás de ella—. ¿Quiénes son?

—Somos sus hermanos —contestó Pablo, y se tomó de la mano de Bianca.

—Uno, dos, tres… ¡Cinco! Alguno tiene que ser un amiguito o un primo. ¡No puedes tener cinco hermanos!

—Tiene seis —corrigió Juan Pedro—. Falta Lorena.

—¿Qué hacías en el baño con él?

—Nada importante, Pablo. Vamos a comer —dijo, y levantó a Lourdes en brazos.

Caminaron en silencio hasta el comedor. Pablo lanzaba vistazos ceñudos a Gálvez, que paseaba la vista azorada sobre las cabecitas que lo circundaban.

—Trato de imaginar cómo es tener seis hermanos —nadie hizo comentarios—. Tú eres el más grande, ¿no? —revolvió el cabello todavía húmedo de Pablo, que apartó la cabeza con una sacudida.

—Tengo casi once. Y Lautaro, un amigo de mi hermana, me enseña karate.

—A mí también —agregó Juan Pedro.

—Lautaro también es amigo mío —les contó Gálvez, y recibió a cambio muecas desconfiadas.

Entraron en el comedor, y Bianca supo, al ver cómo se le endurecían las facciones perfectas, lo que Lorena diría a continuación:

—¡Ah, no! La escuincliza no. ¿Qué hacen aquí? Son casi las doce de la noche. ¿Por qué están levantados?

—¡Tenemos hambre! —proclamó Martina.

—No cenaron —interpuso Bianca—. Acabo de terminar de bañarlos. Ahora tienen que cenar.

—Pues lo siento. Lo harán en la cocina.

—Vamos a la cocina —indicó Bianca.

—Coman acá, con nosotros —propuso Sebastián—. Estaría padre.

—¿Padre? —se escandalizó Lorena—. Sí, *padrísimo. No way.* A la cocina. Vamos, fuera de aquí.

—Quiero una empanada de jamón y queso —pidió Martina.

—Nada de empanadas para ustedes. Compré empanadas para nosotros. No van a alcanzar.

—¿Qué? —Bianca giró sobre sus talones y fulminó a Lorena con una mirada que tuvo el poder de congelarla—. ¿No pediste empanadas para ellos?

—No —confirmó, con temor—. No sabía que…

—Gandalla —masculló, y enfiló hacia la cocina. La sola idea de ponerse a cocinar con el cansancio que traía le provocó una náusea. Tenía ganas de correr al dormitorio de su madre y acurrucarse junto a ella.

Gálvez la aferró de la mano y la obligó a detenerse. Ella la retiró, al tiempo que advertía cómo los enormes y almendrados ojos celestes de Lorena se fijaban en el punto en el que ellos habían hecho contacto. No se detuvo a analizar cómo le cosquilleaban los dedos.

—Ahora mismo llamo por teléfono —dijo Gálvez, mientras apretaba los botones de un Blackberry último modelo— y pedimos más empanadas. ¿Cuántas pido? ¿Qué les gusta, chicos? ¿Carne, verdura, pollo…?

—Sebastián —habló Bianca, y esa palabra, expresada por primera vez en voz alta, una voz cargada de cansancio y dulzura, y que se propagó en el ambiente como una onda suave, afectó a los más grandes y a los más chicos por igual. Gálvez levantó la vista. Lorena detuvo el recorrido de la copa de agua a centímetros de su boca cargada de *gloss*. Los pequeños giraron las cabezas para observarla; incluso Lourdes detuvo la succión del chupón.

—No llames. Es tardísimo.

—Les pido que se apuren.

—Igualmente, tardarán como mínimo media hora. Y ellos están muertos de hambre y tienen que irse a dormir.

—Les doy las mías —ofreció.

—*No way!* —se enojó Lorena.

—¿Y qué van a comer?

—No te preocupes. Hiervo unas salchichas y hago un puré de caja.

—¡Yo quería empanadas! —lloriqueó Martina.

—¿Pidieron para mí?

—Sí, tonta, para ti pedimos.

—¿Cuántas?

—Tres.

—Dámelas.

Gálvez se adelantó y colocó tres empanadas en un plato. La miró con fijeza y seriedad al entregárselo.

—Son de carne común. No sabía si preferías picante o molida o de…

Era tan emocionante verlo preocupado y en actitud servicial, tan poco frecuente también.

—¿No hay de jamón y queso o de verduras?

—¿No te gustan las de carne?

—Los más chicos no pueden comer carne molida. Es peligroso.

—Ah… No sabía. Pero pensé que las empanadas eran para ti.

—No, son para ellos, para que vayan comiendo mientras preparo las salchichas y el puré. Están muertos de hambre. ¿Hay de jamón y queso o de verdura?

—Sí, claro que hay. ¿Cuántas quieres?

—¿Como cuántas quieres? —intervino Lorena—. Ya dije que, para ella, hay tres.

—Dame una de verdura y dos de jamón y queso, por favor.

Gálvez regresó con las empanadas.

—¿En serio no quieres más?

—Con éstas me arreglo. Gracias —de manera deliberada evitó que sus ojos se encontraran antes de marchar hacia la cocina.

* * *

Bianca se mordía el labio para evitar que el llanto la doblegase. Al igual que Tita, la protagonista de *Como agua para chocolate*, terminaría derramando lágrimas sobre el puré que estaba preparando, y sus hermanos, después de comerlo, chillarían a coro.

Se acordó de lo que Gálvez le había dicho en el baño durante ese instante compartido: "A veces creo que me odias, Bianca". La frase tenía connotaciones, a saber: significaba que, *a veces,* él la observaba y la estudiaba; que, *a veces,* él pensaba que lo odiaba; que su indiferencia, que en realidad era miedo e inseguridad y nada de apatía, lo afectaba. "Por supuesto, un Leo no soporta la indiferencia. Él es el centro del centro, y todos debemos admirarlo."

Escuchó las risas que provenían del comedor. Hacía tiempo que no escuchaba la risa de Lorena, esa sincera y musical que le salía del corazón. Se había apagado tiempo atrás, y cuanto más brillo y dinero inundaban su vida, más rápido se apagaba la luz de sus ojos celestes.

Sentó a Lourdes en la silla alta y le dio de comer. Apenas picoteó la media empanada, que terminó engullida por Moquito. Necesitaba que finalizase el día, retirarse a meditar, a recoger los pedazos de Bianca que habían ido quedando en el camino.

Los sobresaltó el timbre del interfón y se miraron con desconcierto.

—¿Quién puede ser a esta hora? —se preguntó Pablo.

Lorena y Gálvez entraron en la cocina, contentos y sonrientes. Él la buscó con la mirada y, tras compartir un intercambio significativo, Bianca desvió la vista hacia su hermana.

—¿Qué pasa?

—Sebas compró helado en Freddo —explicó Lorena, y atendió el interfón.

—Compré para todos —aclaró "Sebas", y los chicos gritaron de alegría—. ¿Crees que un litro y medio va a alcanzar? —Bianca no tuvo tiempo de responder—. Pedí los sabores más clásicos. Dulce de leche, chocolate con almendras, fresa, vainilla. No quise venir a preguntarles porque quería que fuera sorpresa. Bajo a buscarlo.

—Voy contigo —propuso Lorena.

—¡Yo quiero de chocolate y fresa!

—¡Yo de dulce de leche!

—¡No, el dulce de leche es para mí!

—¿Qué te pasa, Pulga? —Pablo, dada su sensibilidad pisciana, había advertido la desazón que ella se esmeraba en disimular. Siempre había existido un vínculo especial entre ellos, tal vez porque, de todos los hermanos Rocamora, ellos eran los únicos "oscuros", con el cabello de un profundo castaño y los ojos pardos.

Le sonrió, y se propuso no inventarle una excusa. Había leído que los niños piscianos son enormes radares, capaces de detectar energías que ningún mortal notaría, oscuras y misteriosas. Cuando las revelan, los adultos las niegan y, en ocasiones, los tratan como si fuesen locos. Por esa razón, el niño comienza a desconfiar de lo que percibe y lo oculta, avergonzado del don maravilloso, aunque sobrecogedor, con el que nació.

—Gálvez no es amigo de Lorena, Pablo. Es compañero mío.

—¿Del cole?

—Sí. Me trajo hasta casa.

—¿De la de Camila?

—No, de otra parte, pero no puedo hablarte de eso. No ahora —Pablo asintió—. Nos encontramos con Lorena en la puerta y ella lo invitó a cenar.

—A ti te gusta, ¿no? —Bianca asintió—. ¿Te besó en la boca? —negó con la cabeza—. Él te quiere besar.

—¿Te parece?

—Sí.

—Y Lorena lo quiere besar a él.

—También.

Bianca se llevó el índice a los labios para indicarle que se callase al escuchar que su hermana y Gálvez regresaban. Se puso de pie para preparar las compoteras y las cucharas. Al menos, esa amarga cena terminaría con sabor dulce.

* * *

A propuesta de Gálvez, comieron el helado todos juntos, en la cocina. Lorena se ausentó, y Bianca supo que iba al baño, a vomitar las empanadas. En otra ocasión, habría intentado impedírselo, pero no esa noche. Su hermana regresaría tan compuesta como se había marchado, y nadie notaría que había echado fuera cada gramo de alimento.

En efecto, regresó más bonita. Se había peinado, perfumado con la nueva fragancia de Givenchy, retocado el maquillaje y pintado los labios. Traía el iPad en la mano, su última adquisición tecnológica, y el Blackberry en la otra. El conjunto de camisa en tonalidad lavanda y falda de seda color chocolate de Carolina Herrera le realzaba las líneas de su cuerpo escultural. Ella se miró la playera de algodón violeta, los pescadores amarillos, los tines verdes y las ballerinas blancas, y suspiró.

Lorena se estiró para alcanzar un pocillo del último estante, y Bianca le estudió las piernas, que parecían de dos metros, exacerbadas por los tacones de las sandalias Ricky Sarkany. ¿Cómo conseguía un ser humano montarse en esos zancos y caminar? Le había advertido que terminaría con las vértebras y las cabezas de los fémures destrozados, y Lorena se había reído.

Hizo un cálculo rápido y concluyó que su hermana tenía varios miles de dólares encima. Después estudió a Gálvez, también vestido con ropa de marca, y se acordó del Blackberry, del Peugeot y de lo que había gastado en empanadas y en helado (el de Freddo era carísimo), y se preguntó de dónde sacaría el dinero para costear sus gustos cuando, hasta pocos meses atrás, andaba contando los centavos.

—¿Qué sabor quieres, Lorena?

"No te molestes en ofrecerle helado, Gálvez. No lo va a aceptar. Ya vomitó por esta noche."

—No, gracias, Sebas. Tal vez más tarde. Comí mucho. ¿Tienes un cigarro?

—Ni se te ocurra fumar aquí, frente a los chicos —la amenazó Bianca, y Gálvez devolvió la cajetilla al bolsillo, con aire contrito.

—¡Qué pesada eres!

—Fumar da cáncer —expresó Martina.

—Y ser tan sangrona te hace fea, que es peor que el cáncer.

Martina le sacó la lengua y pidió más helado.

—No, basta, no más helado —ordenó Bianca.

—¿Por qué no? —terció Gálvez—. Todavía queda.

—Con toda el azúcar que comieron, están más que alterados. Tienen carga para rato y no se van a dormir ni en diez años.

Como si deseara confirmar las palabras de su hermana, Lourdes aplaudió y soltó un chillido.

—Ah… No sabía. ¿Hice mal en comprar, entonces?

—No, no hiciste mal —le concedió una sonrisa porque no soportaba la desolación de sus ojos.

—Sebas, ¿puedo tomarte unas fotos con el iPad? Así mañana se las muestro a mi agente.

Bianca reacomodó a Lourdes en sus brazos y se envaró en la silla.

—¿Para qué quieres que tu agente vea sus fotos?

—¿Para qué va a ser, Pulga? No ves el cuerazo que es. En la agencia, ninguno de los modelos son la mitad de guapos que él.

—No exageres, Lorena.

—En serio, Sebas. Hay cada espanto. Tú te los llevas de calle a todos. Ricardo, mi agente, puede hacerte famoso y llenarte de lana.

"Llenarte de lana, seguro. Pero ¿famoso?"

—¿En serio nunca has pensado en modelar? ¿Nadie te lo ha ofrecido?

—Una vez, en Pinamar, gané un concurso en la playa, muy chafa, pero el que lo organizaba me ofreció sacarme unas fotos y hacerme un *book*. Le dije que no porque el tipo pintaba puto, y me daba asco.

—¿Qué es "pintaba puto"? —quiso saber Felipe.

Gálvez buscó a Bianca con la mirada, y ella pensó que lucía más guapo aún con esa mueca de turbación; su rostro había adoptado una belleza casi seráfica gracias al aire de arrepentimiento. Bianca no logró retener la carcajada.

—No preguntes chorradas, Felipe —lo amonestó Lorena—. Ésta es una conversación de adultos, no te metas. ¿Ves lo *padre* que es estar con los pendejos?

—"Pinta" —le explicó Bianca— quiere decir "parece".

—¿Y "puto"?

—No es una palabra linda, Feli. No la repitas. Se dice "gay" u "homosexual".

—¿Y qué quiere decir eso?

—Es cuando a un chico no le gustan las chicas, sino los chicos.

—¿Así que ustedes hacen karate con Lautaro? —Gálvez salió al quite para acallar al precoz Felipe—. Él y yo somos amigos —insistió, como quien presenta su identificación.

—Lauti es lo máximo —aseguró Pablo.

—Sí —admitió Sebastián—, es muy buena onda. El año pasado, me salvó la vida.

—Sí —dijo Juan Pedro—, lo vimos por la tele, y Pulga nos contó todo.

—¿Tú sabes karate? —le coqueteó Martina.

—No, karate no, pero Lautaro y yo estamos aprendiendo otra disciplina, Wing Chung.

—Wing Chung —repitieron Pablo y Juan Pedro.

—Sebas —los interrumpió Lorena—, ¿te late ir mañana a un desfile que tengo en el Unicenter? Así, de paso, te presento a Ricardo.

"¡Qué manía con ese fantoche de Ricardo!"

—Y también me ves desfilar —añadió—. Me encantaría que estuvieras ahí.

—Sale.

"No va a ir, Lorena. Los Ascendentes en Piscis siempre dicen 'te llamo, 'te escribo', 'nos vemos', y no cumplen. Son poco confiables. ¿No ves que ni siquiera te preguntó a qué hora es?"

—Es a las seis y media, en el área de comida.

—Okei.

Moquito, echado a los pies de Pablo, levantó la cabeza y soltó un ladrido.

—¿Qué le pasa? —se interesó Gálvez.

—Está llegando papá —explicó Bianca, y vio que Gálvez miraba fugazmente la hora antes de abandonar su silla.

—Tengo que irme. Ya es tardísimo.

Bianca acomodó a Lourdes, que cabeceaba en sus brazos, y se puso de pie con dificultad. Se aproximó a Gálvez, le clavó los ojos y le susurró:

—No lo tutees, apriétale fuerte la mano y llámalo señor.

—¿Por qué? —preguntó él, con una sonrisa de superioridad—. ¿Te importa lo que tu papá piense de mí?

—Sí.

La respuesta le borró la sonrisa, y se quedó mirándola con deliberada seriedad y sin pestañear.

—¿Qué pasa? ¿Qué están cuchicheando? —exigió Lorena.

—Vamos a la cama —dijo Bianca a sus hermanitos, que la abandonaron al sonido de las llaves y de la puerta que se abría.

Permaneció en la cocina, con Lourdes en brazos, atenta al intercambio entre Gálvez y Lorena, que le pedía el número del celular y le preguntaba si tenía Facebook.

—Buenas noches —saludó Pablo Rocamora padre, desde la entrada a la cocina, donde permaneció con gesto poco amistoso y la vista fija en el extraño.

—Papi —se adelantó Lorena—, te presento a Sebastián Gálvez, un amigo.

—Buenas noches, señor —Gálvez se acercó con la mano extendida—. Un gusto.

Rocamora se limitó a aceptar la mano extendida e inclinar la cabeza.

—Bianca, ¿por qué están tus hermanos levantados a esta hora?

—Llegue tarde y así los encontré. Mamá se sentía muy mal y no podía atenderlos.

—¿Por qué llegaste tarde?

—Estaba estudiando en casa de Camila.

—Que no se repita. Sabes que, con tu abuela de viaje y tu madre en su estado, tienes que estar temprano en casa.

—Sí, papá.

"¿Y Lorena? ¿A ella no le preguntas por qué no se ocupó de los más chicos? ¿Ella sí puede llegar a las mil sin que nadie la cuestione? ¿Tan ciego estás que no ves que tu hija mayor se viste como Máxima de Holanda y no como la hija de un empleado bancario al que no le alcanza el sueldo? ¿Nunca ves más allá de tu religión, tus rezos, tus rosarios, tus Biblias?"

El señor Rocamora acababa de regresar de su encuentro semanal con los católicos que frecuentaba y con los que rezaba el rosario y meditaba el evangelio. Al finalizar, cenaban juntos.

Bianca temía a Pablo Rocamora, cuyo sentido de la responsabilidad y del deber y la claridad con la que distinguía entre el bien y el mal sólo servían para poner en evidencia que ella carecía de esas cualidades. Desde hacía un tiempo se cuestionaba las actitudes, incluso la personalidad de su padre, y había comenzado la tarde de la lectura de su carta natal, cuando Alicia le dijo: "Tu papá es una figura muy fuerte. ¿Ves? Tienes a Saturno en la Casa I, la de la personalidad, lo cual te convierte en una persona muy responsable, que quiere agradar al padre, cumplir con los cánones de la sociedad. Sin embargo, tu padre no es todo lo que parece. Además de Saturno, el Sol también representa al padre, y como tu Sol está en la Casa XII, la de los misterios, esto habla de que hay algo en él que no cuadra."

Era cierto, había un misterio en torno a ese hombre que en ese momento la castigaba con una mirada severa y la humillaba frente a Gálvez. La tía Claudia le había confesado que, cuando ella y Lorena eran chiquitas (Bianca, apenas un bebé), sus padres se habían separado. Volvieron a juntarse tras cuatro años de distanciamiento, y empezaron a nacer sus hermanitos, uno tras otro. "Ese grupo de católicos de ultraderecha que tu papá conoció en el banco lo indujo a volver con tu mamá", le había contado su tía. "Ellos no tendrían que haber vuelto. Mi hermano y Corina son el agua y el aceite. Pero divorciarse era pecado. Y también usar condones o tomar pastillas."

—Bueno, señor... ¿Cómo dijo que se apellidaba?

—Gálvez, señor. Sebastián Gálvez.

—Pues bien, señor Gálvez, creo que llegó la hora de irse. Mañana todos tenemos responsabilidades que afrontar.

—Sí, señor.

"Tierra, ¿podrías abrirte y tragarme?", rogó Bianca. La avergonzaban las maneras pomposas de su padre. Parecía sacado de una novela de Jane Austen. Mr. Darcy no habría lucido tan vanidoso ni aparatoso.

—Te acompaño abajo, Sebas —propuso Lorena, con el mismo buen humor que habría empleado si su padre hubiese sido todo sonrisas y cumplidos. Ella vivía en su mundo de luces, pasarelas y dinero; lo demás, se le resbalaba.

Gálvez se volvió para despedirse de Bianca.

—Chau —se inclinó y la besó en la mejilla. Y se aprovechó del beso que le dio a Lourdes, cuya cabecita descansaba sobre el hombro de Bianca, para advertirle—: Mañana, tú y yo vamos a hablar.

3

A la mañana siguiente, mientras Bianca se vestía a toda prisa (tenía que ir a la papelería a comprar el mapa para Pablo), Lorena, sentada en la cama, hacía gala de una alegría y una locuacidad que no la caracterizaban a esas tempranas horas del día. Por cierto, ¿qué hacía despierta a esa hora? Ella no separaba los párpados hasta las diez.

—¡Qué divino es Sebas, Pulga! ¿Qué sabes de él? ¿Se acuesta con alguien?

Habría contestado: "Con todas y con ninguna", pero se limitó a sacudir los hombros. En realidad, no conocía la vida de Sebastián Gálvez más allá del perímetro del colegio, pues si bien era muy amigo de Camila, ella prefería no indagar.

—Es todo un cuero. Me recuerda a alguien, pero no sé a quién.

"¿A William Levy?"

—¡Qué alto es! Yo, con los taconazos que tenía, no lo pasaba. No veo la hora de verlo hoy, en el desfile.

"En tu lugar, yo no me haría ilusiones."

—Pensé que me besaría anoche cuando nos despedimos. Pero no lo hizo. ¿Crees que yo le haya gustado? ¿Que sea su tipo?

—¿Por qué quieres saber?

—¡No seas tonta! Lo sabes bien.

—No, Lorena, la verdad es que no lo sé —detuvo el ir y venir para mirarla a la cara. Su hermana tuvo la decencia de bajar la vista—. Hace un tiempo me dijiste que no querías comprometerte con nadie, primero, porque no crees en el amor, y segundo, porque te complicaría la vida y te quitaría la libertad para hacer tu trabajo.

—Modelar no me impide...

—¡Sabes bien que no hablo de tu trabajo como modelo! —era tan infrecuente la ira en Bianca que Lorena quedó boquiabierta—. Te hablo de lo que realmente te da el dinero para comprar todo lo que te compras. Hablo de tu trabajo como prostituta.

—¡Baja la voz! Y deja de decir "prostituta" porque yo no soy eso. No soy una cualquiera.

—¿Ah, no? ¿Y cómo llamarías a cobrar para que te usen para el sexo?

—Nadie me usa. Yo me acuesto con quien quiero. ¿Por qué debería hacerlo gratis? Ya que soy muy buena y los tipos disfrutan, que me paguen.

—¡Lorena, por favor!

—¡No me vengas con tu moralina! ¡Es demasiado temprano!

Bianca la miró con ojos desorbitados.

—Mira, Lorena, por mí, puedes acostarte con Bob Esponja y cobrarle. La verdad, no me importa. Pero te aseguro que Gálvez, que es muy vanidoso y orgulloso, no lo va a tolerar.

—No tiene por qué enterarse. Una cosa es mi trabajo, otra mi vida privada.

—No creo que él opine lo mismo.

—¿Y cómo va descubrirlo? ¿Se lo vas a contar tú para quedártelo?

Bianca rio sin nada de alegría y sacudió la cabeza.

—Eras una chica inteligente, me acuerdo. Pero has usado tan poco el cerebro en estos últimos años que te has embrutecido.

Solamente así se explica que no seas capaz de darte cuenta de que, poniendo en contacto a Gálvez con tu agente, que es tu proxeneta (no pases por alto el detallito), no pasará mucho antes de que lo sepa.

No esperó la respuesta. Arrancó la mochila de la silla y se marchó.

* * *

En honor a la verdad, no había sido Ricardo Fischer, el agente de Lorena, el que la había iniciado en el tráfico del sexo. Bianca conocía la historia porque la misma Lorena se la había contado la noche en que la descubrió: se había iniciado ella solita a los dieciséis, en un antro del que se quería ir, pero no tenía dinero ni para el autobús. Un compañero del colegio se le acercó y le confesó: "Tengo ganas de darte un beso". Ella lo estudió antes de proponerle: "Si me das treinta pesos, te dejo que me beses". La transacción fue rápida y nada desagradable, y consiguió lo que buscaba: irse. En taxi.

Sus primeros clientes fueron los chicos del colegio y los amigos de los chicos del colegio. Al principio, se limitaba a dar besos, tocar y dejarse tocar y hacer felaciones —costaban el triple de los besos— en los baños de los antros, en los del colegio o en la casa de un cliente, si los padres no estaban. Las ganancias aumentaban, y Lorena se divertía. Compraba lo que su padre le habría negado y se daba gustos impensables para la economía familiar.

Su virginidad la vendió a un precio muy alto, dos mil dólares, uno sobre otro, y la compró el padre de uno de sus clientes cuando se enteró de por qué su hijo le pedía dinero cada dos por tres. Se trataba de un empresario cuarentón muy buen mozo, que usaba un Rolex y andaba en una cuatro por cuatro. Todavía era su cliente, y Lorena le tenía un cariño especial. También seguía atendiendo al hijo, aunque nunca juntos. Esas perversiones se las ahorraba.

Bianca la descubrió una noche de Año Nuevo, en la quinta de uno de los amigos católicos de su padre. Hacía meses que notaba cambios en los hábitos de Lorena, sin contar la cantidad de ropa, zapatos, carteras y otros accesorios que aparecían de la nada. La siguió hasta la casita de los caseros, evidentemente desocupada, ubicada en el límite de la propiedad, luego de verla cruzar unas palabras con el hijo mayor del anfitrión, un chico bastante guapo, que la había devorado con la mirada desde que entraron en la casa.

Se quedó congelada en su escondite mientras observaba a través de una ventana cómo tenían sexo en un futón. No conseguía apartar los ojos de la escena que componían esos cuerpos entreverados y, con malsano interés, los observaba y escuchaba.

Lo peor ocurrió cuando terminaron. Se acomodaron la ropa, él sacó la billetera, le entregó dinero, ella lo contó y se lo guardó en el bolsillo de los pantalones.

Lorena no intentó negar ni disfrazar la verdad cuando Bianca la enfrentó. Se reía y le reprochaba que fuera tan santurrona. "Lo que pasa es que nunca has cogido, ni siquiera has besado a un chico, por eso no sabes lo lindo que es. Estás hablado sin saber."

Aquellos fueron días muy duros para Bianca, quien, con tal sólo quince años, no sabía qué hacer con el descubrimiento. Delatar a Lorena no constituía una opción. Intentó disuadirla hasta que se dio cuenta de que era imposible. "Al final", reflexionó, "¿quién soy yo para decirle cómo debe vivir su vida?". No obstante, la atormentaba la certeza de que ésa era la salida fácil y de que no estaba ayudando a su hermana. El instinto le marcaba que Lorena se equivocaba y que la vida terminaría por cobrarle los excesos, porque a su oficio de prostituta había que sumarle que padecía bulimia y que consumía drogas de diseño: éxtasis, cristal y esas basuras.

Ricardo Fischer entró en acción la noche en que divisó a Lorena en una fiesta. Se le acercó con su andar elegante y ropas caras, le sonrió, le extendió su tarjeta personal y le aseguró:

—Puedo hacerte famosa. Una belleza sajona como la tuya es poco común en nuestro país.

Bianca no sabía de qué manera Fischer se había enterado de que su hermana practicaba el oficio más antiguo de la historia de la humanidad. Lo que sí sabía, porque había escuchado una conversación telefónica entre ellos, es que le conseguía clientes "vip", que pagaban cifras elevadísimas en dólares o en euros. Por supuesto, una comisión iba a parar al bolsillo del agente.

Bianca aprendió de la manera más dura lo que significa el refrán "No hay peor ciego que el no quiere ver" al darse cuenta de que ni su madre, ni su padre, ni su abuela advertían lo que ocurría delante de ellos: Lorena vivía una realidad paralela que los habría destrozado de haberla conocido. ¿Tal vez por eso miraban hacia otro lado, para no terminar destrozados? ¿O para no asumir sus culpas y responsabilidades? ¿O tal vez porque una familia de siete hijos era demasiado y la atención se dispersaba? La tía Claudia, que si bien era acuariana, tenía un lado muy terrenal, en una oportunidad, notó la cartera Peter Kent de Lorena y se lo comentó a Bianca, que se hizo la tonta. Como Lorena y Claudia no se llevaban bien, se veían poco, por lo que allí acabó la preocupación de la tía.

Lorena había creado una fachada que la mantenía a salvo de las preguntas indiscretas y de las sospechas, y su habilidad para aparentar habría provocado la envidia de la mejor actriz o del mejor agente encubierto de la CIA. Dividida entre su carrera como modelo y los estudios en la facultad (se había inscrito en la carrera de Relaciones Públicas), nadie esperaba que regresara antes de la doce de la noche, y era común que se ausentase los fines de semana para asistir a los desfiles que se organizaban en las principales ciudades del país.

* * *

Bianca entró en el aula y buscó a Camila con desesperación; necesitaba desahogarse con alguien en quien confiara. La

divisó conversando con el nuevo, un cordobés, y sonrió invo-
luntariamente. El chico la había hecho reír desde que lo escuchó
hablar. Alguien le había preguntado cómo se llamaba, y él, muy
solemne, con su tonada de sílabas arrastradas y erres pronunciadas, contestó: "Sergio Rodrigo Dante Collantonio, cordobés
por nacimiento, pirata por pasión". Lautaro, el novio de Camila, les había explicado que se apodaba "pirata" a los hinchas del
club Belgrano de Córdoba.

Sergio no sólo era un fanático del futbol, sino que había
resultado un eximio jugador. Durante el primer recreo del primer día de clase, se había ofrecido para formar parte de "una
cascarita" con tanta humildad que los varones no imaginaron
que se encontrarían frente a una especie de Messi con algo de
Maradona, pero con la altura de Ginobili. Se ganó la simpatía de todos, excepto la de Gálvez, quien había ocupado el lugar
del mejor jugador antes de la llegada de "Córdoba", como lo
apodaron.

Ese mismo primer día, por la tarde, la sorprendió presentán-
dose en el local de su tía Claudia para cargar la tarjeta SUBE.
"Hola", la había saludado, y aun en esa palabra tan corta, se
delató su origen mediterráneo. "Tú estás en mi curso, ¿no?"
Bianca le contestó: "No. Tú estás en el mío". Córdoba rio y le
extendió la mano para saludarla. "Sergio Rodrigo Dante Collantonio", se presentó. "Bianca Leticia Rocamora Austin, pero
si llegas a decirle a alguien que me llamo Leticia, te retiro el
saludo." "Hecho", aceptó el cordobés, y selló el pacto con un
golpe de mano abierta. Desde ese día, se dedicaban a inventar
una coreografía con las manos, y en cada oportunidad le agre-
gaban una nueva dificultad.

Como se le había hecho tarde por comprar el mapa para Pablo
y llevárselo a la escuela, llegó con lo justo, y la profesora de Historia entró pisándole los talones. Tomó asiento junto a Camila
y sólo atinó a saludarla y a decirle: "En el recreo, en nuestro
lugar de siempre", antes de que la profesora exigiese silencio.

Los prolegómenos de la Primera Guerra Mundial le habrían interesado (Historia era una de sus materias favoritas) si no hubiese tenido la cabeza llena de Gálvez. Para colmo de males, le llegó un papelito, que Benigno le deslizó desde atrás, y que, al leerlo, le provocó un respingo. Habría reconocido esa caligrafía despatarrada entre miles. "Bianca, ¿tomamos un café en la cafetería en el primer recreo?" Las manos le temblaron. Camila lo notó y le tocó el pie bajo la mesa. Bianca le pasó la notita. "¡¿Es de Seba?!", escribió Camila en el margen de una hoja. Bianca se limitó a asentir. "WTF!!!", y ante el exabrupto en inglés de su amiga, Bianca garabateó: "Después, en nuestro lugar".

"Nuestro lugar" era un aula clausurada debido a una fisura en el techo. Ése había sido el refugio de Camila durante los primeros tiempos en un colegio al que no se adaptaba y de una realidad que la asustaba. Cuando comenzó la amistad con Bianca el año anterior, se había convertido en su lugar secreto. Sólo Lautaro lo sabía, pero no las importunaba cuando se recluían en el aula prohibida.

Bianca llegó primero y caminó a paso vivo hasta la parte trasera, donde se apilaban pupitres rotos, que conformaban una especie de trinchera. Se sentó en el suelo, recogió las piernas y apoyó la cara entre las rodillas. "Bianca, ¿tomamos un café en la cafetería en el primer recreo?" Estaría esperándola. Se pondría furioso cuando ella no apareciera. Le dolería el plantón, y su ego leonino sufriría. Tendría un humor de perros. No obstante, necesitaba hablar con Camila antes de seguir adelante. Aclarar las ideas venía en primer lugar. No podía exponerse a Gálvez sin las cosas claras. Corría el riesgo de salir muy lastimada, sobre todo con el fantasma de Lorena revoloteando en torno a ellos. El de Lorena y el de tantas otras. ¿El de la Mattei también?

—Perdón por la demora —se disculpó Camila.

—No hay drama.

—¡Por favor! Cuéntame ahora mismo qué significa esa notita que te envió Seba.

Bianca inspiró como cuando se disponía a cantar y le contó desde el encuentro con Gálvez en el estudio de la profesora Mattei hasta la despedida en la cocina de su casa.

—¡Qué bizarro lo que viviste, Bianqui! —admitió Camila—. Seba en tu casa, pero cenando con tu hermana. Bueno, el postre lo comió contigo.

—Conmigo, con Lorena y con mis hermanos.

—Bizarro, en verdad.

—Y bueno, amiga, ya sabes lo que dice la Goodman de los acuarianos: nos ocurren las cosas más locas.

—Sin mencionar que tu carta es complicada, con tanta energía transpersonal. Tienes las tres polaridades: la plutoniana, la uraniana y la neptuniana. ¿No podrías haber dejado de lado alguna? ¡Te compraste todas las fichas, amiga!

—Sí, lo sé. Y se hacen notar, te lo juro. Mi vida es cada vez más complicada.

—Pero esto que te pasó con Seba es muy bueno. Ocurrió lo que tú querías: que te viera sin que Lautaro ni yo lo forzáramos a hacerlo. De todos modos, creo que él ya te había visto. Si no, ¿por qué habría dicho eso de "a veces creo que me odias"? Sería superpadre que él y tú empezaran a salir. ¡Saldríamos los cuatro juntos! —Bianca emitió una risotada irónica—. ¿Por qué no? Acuérdate de que Alicia te dijo que a una carta como la tuya, con tantas energías encontradas y tanto Acuario como el Sol en la Casa XII, le vendría bien la energía de un leonino como Seba. Él te enseñaría a mostrarte, a ser centro. Tú lo necesitas para tu carrera de cantante lírica.

—Cami, te agradezco la buena onda, pero ¿tú crees que Gálvez me va a hacer caso con mi hermana en la mira?

—¡Tú eres tan linda como Lorena! A mí me pareces más linda todavía. Tienes una cara preciosa. Sucede que nunca te maquillas y te vistes muy mal, como buena acuariana que eres.

—Gracias, amiga.

—Lo siento, soy Tauro. La moda me puede.

Se produjo un silencio que Bianca quebró para murmurar:

—Tal vez a Lorena le haría bien tener una relación estable con alguien. Y Gálvez le gusta mucho.

—¡Ah, no, Bianca! ¡No me juegues la Luna en Capricornio porque te mato! Odio tu lunita, que te hace conformarte con los huesitos que te tiran en tu casa. Sin mencionar que, con Mercurio en la Casa XII, estás lista y preparada para sacrificarte en la hoguera por tus hermanos. Ya te veo, dejándoselo a Lorena para que ella sea feliz.

—No es cuestión de que se lo deje. Es cuestión de que ella ya lo conquistó. Estamos hablando de Lorena, la chica más linda que conoces. ¿O no?

—Sí, es muy mona, no lo niego, pero ya te dije que tú eres más linda. Lo que pasa es que tú no te produces. En cambio ella es la reina de la producción. Además, dime una cosita, ¿por qué Seba, si está muerto por tu hermana, te mandó esa notita?

—Es Leo y tiene Ascendente en Piscis. ¿Hace falta que te explique más?

—Sí, explícame.

—Los leoninos son protectores por naturaleza. Protegen a todo el mundo. Y él quiere protegerme, lo sé, lo siento, pero como haría con cualquiera, con una hermanita. Y por su Ascendente en Piscis, es un seductor nato. Quiere hacernos felices a todas.

—No niego que Seba es un gran conquistador y seductor, pero algún día se enamorará de verdad.

Bianca levantó una ceja en un gesto de abierta incredulidad.

—¿Sí? ¿Tú crees eso, Cami? ¿Crees que una mujer debería confiar en Gálvez?

—Yo confiaría si lo mirase a los ojos y viera que me quiere de verdad.

—Yo no.

—Sabemos que la falta de confianza es otro de tus problemas. Conmigo te abriste y te sinceraste después de meses de amistad y después de que yo te conté hasta qué día dejé el chupón

—Bianca rio sin ánimos, al tiempo que meditaba que había cosas que aún no le había confesado, como lo del oficio de su hermana; tal vez nunca lo haría—. Si no confías y te arriesgas, te vas a quedar con las ganas de saber si podrías haber sido feliz con él —Camila le aferró las manos—. Bianqui, con una carta con tanta energía de Plutón, Urano y Neptuno, *tienes* que ir a terapia, sin mencionar que a dos de ellos los tienes en la querida Casa XII. Alicia te lo dijo, insistió en eso.

—No puedo pagar una psicóloga, no me alcanza. Tengo la cuota de las clases de canto, la del viaje de estudios y la semana que viene empiezo con las lecciones de natación. Si quiero ampliar mi capacidad pulmonar con la natación, primero tengo que aprender a nadar.

—Sí, sí, ya sé, pero ¿no es más importante que estés bien contigo misma? ¿Que sepas cómo manejar ese potencial energético? Yo puedo pedirle a Alicia que te dé precio.

—¡No, Camila! No lo hagas, por favor. Ya le pediste que me diera precio para leer la carta de Gálvez. No quiero seguir mendigando.

—Eres orgullosa. ¡Ni que fueras Leo!

—¿No somos opuestos complementarios? Algunas de sus manías se me han pegado.

El timbre puso final al recreo y a la charla. Abandonaron el refugio y caminaron en silencio hasta el aula. Camila codeó a Bianca para obligarla a levantar la vista. Gálvez estaba apoyado en el marco de la puerta y la miraba con una fijeza que hablaba a las claras de su enojo. Lo había plantado y eso, para el rey Leo, era imperdonable. Lo vio incorporarse y ocupar el espacio como si fuera una barrera de detención.

—Hola, Seba.

—Hola, Cami —la saludó, y se apartó para permitirle que entrase. Enseguida volvió a ocupar el espacio con un objetivo evidente: impedirle a Bianca el ingreso.

—Hola —dijo ella, y fijó la vista en los primeros botones de la camisa de él. Era muy linda, de un azul turquesa que recordaba al color del cielo en un día de sol.

—Te estuve esperando en la cafetería, como habíamos quedado.

—No habíamos quedado —retrucó ella, y lo miró fijamente, de pronto envalentonada.

—¿Podrías haberme enviado una nota diciéndome que no pensabas ir o un mensaje al cel? Camila sabe mi número.

—Sí, tienes razón —admitió—. Te pido disculpas.

La claudicación de Bianca pareció descolocarlo, incluso desarmarlo.

—¿Por qué no apareciste? —le preguntó, con ternura.

—Tenía que hablar con Camila.

—¡Ey, Bianqui! —Sergio Collantonio, que volvía del recreo, le puso las manos sobre los hombros y la giró apenas para depositarle un beso en la mejilla—. ¿Qué acelga? ¿Todo vientos?

—Hola, Sergio.

El cordobés extendió la mano, y Bianca ejecutó con habilidad el saludo. Escuchó el resoplido de Gálvez y, a continuación, su invitación hostil:

—Chavo, desaparece. ¿No ves que estamos hablando?

Bianca se tensó. Por fortuna, Collantonio era un chico tranquilo y, después de contemplar a Gálvez con un gesto de perplejidad socarrona, se despidió:

—Nos vemos, Bianqui.

—Sí, está bien.

—¿Bianqui? —se enfureció el leonino—. ¿Y qué mierda es ese saludito pedorro que hacen? ¿Desde cuándo *le pones* con ese prole? ¡Hace una semana que empezaron las clases y ya te dice Bianqui y te toca por todas partes!

Bianca contempló el despliegue de ira de Gálvez como quien observa un huracán desde lejos: con temor, desconfianza y reverencia. Un instante después, fue la sensación de ahogo y acecho la que la impulsó a moverse. Dio media vuelta y escapó hacia el sector de los baños. Después de todo, su Sol, el astro más brillante del sistema, estaba en Acuario, y con la libertad de un acuariano no se juega.

* * *

A Bianca le resultó imposible interesarse en la clase de Literatura. No habría sabido decir de qué hablaba la profesora. Le pareció escuchar el nombre de Bioy Casares y algo así como *La invención de Morel,* pero hasta allí llegaba su conocimiento. Lo demás se reducía a un nombre que bailoteaba en un cartel de leds brillantes, con música estridente: Gálvez. ¿Qué había sido esa escenita de celos? Enseguida reprimió las ilusiones: lo conocía como nadie, ¿acaso no había gastado doscientos pesos para que Alicia le explicara su carta natal? Ni él mismo se conocía tan bien. Para empezar, era un tipo complicado: con el Sol en Leo, la Luna en Aries y el Ascendente en Piscis, sin mencionar a Saturno en Casa XII, y otras delicias astrológicas, no se trataba justamente de un corderito. Tampoco perdería de vista que, desde hacía años, lo observaba coquetear con todas las chicas medianamente lindas que se cruzaban en su camino: Bárbara Degèner, Lucía Bertoni, Camila, con una rubia de cuarto, otra que había terminado el año anterior, con Lorena, con… ¿Con la Mattei? En fin, con ese carisma y esa belleza, las mujeres nunca le faltaban y le revoloteaban como moscas. ¿Se permitiría ser tan ingenua y estúpida de albergar esperanzas, ¡ella!, la Pulga?

Bueno, a decir verdad, no estaba haciendo mucho para lograrlo si las palabras de la sabia Linda Goodman eran ciertas: "El secreto para hacer caer en la trampa al León es así de fácil: conviértete en su público". Exactamente lo contrario de lo que había hecho ese día y la noche anterior.

Por supuesto, durante el resto de la mañana, Gálvez no volvió a mandarle mensajes, ni a buscarla en el recreo. La historia con el único chico que le había gustado en su vida moría antes de nacer.

* * *

Bianca trabajaba por las tardes en el local de su tía Claudia, quien le pagaba un sueldo con el que afrontaba sus gastos sin tener que pedir un centavo a su padre, y le concedía flexibilidad con los horarios para asistir a sus clases de canto y, desde la semana siguiente, de natación. Los viernes y sábados por la noche hacía de *babysitter*.

Le gustaba el trabajo en el local, en especial el constante transitar de personas. Le gustaba relacionarse con ellas y conversar. Le interesaba la naturaleza humana, y nunca dejaba de admirar la variedad que existía en nuestra especie.

No le gustaba quedarse sola, en parte por temor a que la asaltaran, y también porque, si se presentaba un inspector del Ministerio de Trabajo, su tía estaría en problemas: ella era menor de edad y su padre no la autorizaba a trabajar. Claudia, sin embargo, no parecía reparar en esos detalles y se ausentaba con frecuencia, a veces para hacer trámites o diligencias; mayormente, para visitar a su "maestro", como llamaba al gurú que tenía un instituto de reiki y meditación a pocas cuadras.

Por eso la alegraba cuando sus hermanos la sorprendían en el local, no porque fueran a evitar que la asaltaran o que el inspector la llevara de las orejas a una comisaría, sino porque la sensación de soledad y vulnerabilidad se disipaba. Pablo y Juan Pedro la visitaban a menudo; a veces Martina se unía al grupo. Apenas llegaban, Bianca enviaba un SMS a su madre para decirle que los más pequeños habían completado con éxito las tres cuadras que los separaban de su casa. Corina nunca contestaba; ella, no obstante, siempre le avisaba.

Le encantaba escuchar sus voces en la trastienda mientras hacían los deberes, y amaba la expresión de sus caritas cuando les regalaba golosinas, que religiosamente pagaba, aunque su tía la alentaba a sacar lo que quisiera.

Esa tarde, aparecieron los tres, y para ella fue como si saliera el sol. Les dio un chocolate a cada uno, y Martina se aprovechó y le pidió un paquete de figuritas de Barbie. Bianca le dio dos. Despejó la mesita ubicada en la parte trasera para que Pablo y Juan Pedro hicieran los deberes. Como Martina tenía dificultades para leer de corrido, la sentó a su lado en el local y le indicó que leyera en voz alta un cuento de María Elena Walsh.

Alrededor de las cinco de la tarde, sonó el celular. Contestó la llamada sin mirar quién era, mientras atendía a un cliente.

—Bianca, soy Irene Mattei.

—¡Profesora! ¿Cómo está?

—Estaré mejor después de hacerte cambiar de opinión en lo que respecta al concierto del domingo de Pascua.

Bianca le dio el vuelto al cliente y le hizo señas a Martina para que detuviera la lectura.

—Profesora, lo siento mucho, en verdad, pero…

—¡Nada de peros, Bianca! Tiempo atrás, te presentaste en mi estudio y me rogaste que te aceptara como alumna. Tú sabes que yo tenía el cupo completo y que no estaba aceptando alumnos. Sin embargo, te acepté porque me di cuenta de que tenías potencial, y te cobré la mitad porque me confesaste que estudiabas a escondidas de tu papá y que no podías pedirle a él el dinero para pagarme, que dependías de tu sueldo, que no era mucho.

Las lágrimas de Bianca desbordaron, y le dio la espalda a Martina. Con todo, se había olvidado del radar gigantesco de su hermano el pisciano y, al cabo de pocos segundos, sintió que se abrazaba a ella por detrás. El bulto en la garganta comenzó a latir, y le costaba comprender lo que la profesora Mattei le reprochaba. Bajó la cabeza, abatida.

—Ahora decido confiar en tu profesionalismo y te pongo en un espectáculo importante y de prestigio, y tú, muy campante, me dices que no participarás cuando primero me habías dicho que sí. Tendría que haber sabido que el que se acuesta con niños, amanece mojado.

Bianca levantó la vista, y sus ojos se trabaron con los verdes de Gálvez, que la observaba desde la entrada, un pie en el escalón de la entrada, otro todavía en la banqueta. Supo en qué instante él reparó en que estaba llorando. Se movió hacia ella con la decisión de un predador y el gesto de un guerrero celta. Pese al despliegue, Bianca no le tuvo miedo porque percibió que no era la destinataria de su furia, sino la persona en el teléfono. Bastó que la mirase fijo para entender que estaba inquiriéndole con quién hablaba. Ella dibujó con los labios el nombre de la profesora y profirió un gritito cuando él le arrebató el teléfono.

—Irene, soy Sebastián. Sí, estoy aquí, con ella. Después te explico. Escúchame, Bianca tiene que cortar ahora. Sí, sí. Después te llama. Chau.

Le entregó el celular, que Bianca recibió en silencio, incapaz de advertir otra cosa que no fuese que Gálvez acababa de cortarse el pelo. Martina y Pablo también lo observaban como si se tratase de un marciano; incluso Juan Pedro, asomado tras la cortina que separaba el local de la trastienda, se quedó subyugado por la escena.

—No dejes que te trate mal. Es muy manipuladora —explicó, y Bianca asintió, como autómata.

—Hola, Sebas —lo saludó Martina.

—Hola, princesa —se puso en cuclillas para abrazarla.

—Te hice un dibujo. ¿Quieres verlo?

"¡Le hizo un dibujo! ¡Por amor de Dios! Lo conoció anoche y ya le hizo un dibujo."

—¡Obvio que quiero verlo! ¡Qué padre!

—Ven —lo tomó de la mano y lo condujo a la parte trasera.

—Hola, Juan Pedro.

—Hola, Sebas. ¿Quieres ver mi cuaderno del cole?

—Va. Y yo quiero mostrarles un folleto de Wing Chung que traje. ¿Tú no vienes? —Gálvez giró el rostro para dirigirse a

Pablo, y el corte de pelo, que en la parte de la nunca iba casi al ras, le destacó la forma perfecta de la cabeza y el perfil de nariz recta y diminuta. Había un equilibrio perfecto entre la belleza de sus rasgos y la energía masculina que despedía. ¿Existía alguna parte de su cuerpo que no pareciera diseñada por los dioses del Olimpo? "¡Ah, Mr. Músculo! Lo que daría por no estar tan enamorada de ti."

Cuando de ese chico se trataba, se daba cuenta de cosas en las que no se habría fijado con otra persona o en otras circunstancias, como por ejemplo, que no llevaba la camisa azul turquesa de la mañana, sino una playera de rugby con tres rayas gruesas, dos blancas y una azul eléctrico, que le quedaba chica en los hombros y en los brazos.

Pablo buscó a Bianca con la mirada para pedir autorización, y ella asintió. La dejaron sola. Se quedó quieta, mientras reparaba en el balanceo de la cortina que le impedía verlo.

El celular soltó el pitido que indicaba la recepción de un mensaje. Era de Camila.

¿Cómo estás?

Sus pulgares se movieron deprisa y con precisión para escribir: *Gálvez está aquí, en el local!* :-o

La respuesta se demoró unos segundos: *Lo sé. Fue a tu casa, tu mamá le dijo q estabas en tu trabajo y lo ignoró por el interfón. Me llamó a mí p q le dijera dónde trabajas. Yo le dije. Hice mal?* ☹

Bianca sonreía al tiempo que tecleaba: *No. Después te cuento.* ;-)

Atendió a dos clientes, siempre con los sentidos puestos en las risas y en la conversación provenientes del interior del local. Al rato, Gálvez corrió la cortina y se plantó delante de ella, del otro lado del mostrador, como si se dispusiera a comprar algo. Bianca le sonrió y no desvió la vista en un acto de valentía: quería mostrarse tranquila y en control de la situación.

—¿Qué desea, señor? —dijo, con aire juguetón.

—¡Qué pregunta! Deseo muchas cosas. Sobre todo deseo…

—¿Caramelos? ¿Chocolates? —lo interrumpió, con la seguridad hecha trizas.

—Deseo saber quién es el hombre de tu vida, el que tendrá que aguantar que lo abandones para mostrarte en todos los teatros del mundo.

Bianca rio, incómoda.

—Anoche hablaba hipotéticamente.

—¿Pero existe el hombre de tu vida?

"Lo tengo frente a mí."

Negó con la cabeza, incapaz de mentir en voz alta, y acomodó innecesariamente los turrones.

—¿Y qué hay del cordobés?

—¿Sergio? —el tono de incredulidad se condecía con la mueca de extrañeza.

—Sí.

—Somos amigos. Nos acabamos de conocer.

—¿Qué quieres decir con eso? ¿Que podría llegar a haber algo?

El interrogatorio estaba poniéndole los pelos de punta a su espíritu acuariano.

—¿Por qué estás preguntándome todo esto?

Gálvez le destinó una sonrisa irónica antes de pedirle:

—Dame una cajetilla de Marlboro. ¿Qué pasa? ¿Por qué pones esa cara?

"¡Odio que fumes!"

—¿No te gusta que fume?

—La verdad es que no. Pero no es asunto mío —concluyó, y se estiró para llegar a los cigarros. Se los alcanzó. Él no los recibió y siguió mirándola fijamente, con esa sonrisa irónica en la que elevaba sólo la comisura izquierda.

—¿Qué? —lo increpó Bianca.

—¿Por qué no te gusta que fume?

—¿Tal vez porque aumenta el riesgo de cáncer, arruina los pulmones y llena las venas de nicotina?

—¿Te preocupa que eso me pase a mí?

"¡Sí, muchísimo!"

—Me gusta que la gente esté sana —como se dio cuenta de que con la perorata de la salud no estaba haciendo centro con la flecha, cambió de táctica y decidió pegarle donde más le dolería, en el ego—. Además, odio a los fumadores porque siempre tienen la ropa con olor a cigarro, que parece olor a sucio, se les manchan los dedos y los dientes y tienen un aliento asqueroso.

La saeta se clavó en la diana. Profundamente. El rostro de Gálvez se descompuso en un gesto de desconcierto y orgullo herido. Se olió la manga de la playera, cerca del hombro.

—Yo nunca tengo olor a tabaco. Siempre me pongo loción.

—Ah, sí, como los franceses, que pretenden tapar el olor a sucio con fragancias, pero no lo consiguen. Nada como el olor a limpio, a jabón, a recién bañado.

Como si se tratase de una comedia de enredos, Sergio "Córdoba" Collantonio eligió ese momento para hacer su entrada en el local, recién bañado, con el pelo todavía húmedo, las puntas paradas con gel, y desprendiendo un aroma a desodorante de lavanda que inundó el lugar. Llevaba un bolso deportivo cruzado, que le colgaba en la base de la espalda.

—¡Ey, Bianqui! ¿Qué tul? —ofreció la mano a través del mostrador y ejecutaron el saludo—. ¡Genia! No fallaste ni una vez.

—Se lo enseñé a Pablo, mi hermano, y estuvimos practicando.

—¿Qué haces acá?

Collantonio se volvió hacia Gálvez y sonrió.

—¡Ey, Sebastián! No te vi. ¿Qué haces? —le ofreció la mano, que Gálvez no aceptó. El cordobés la retiró sin hacer comentarios y sacudió los hombros.

—Sergio se baja en la parada que está aquí, a pocos metros —explicó Bianca—. Va todas las tardes a Boca, a entrenar. Es jugador de futbol profesional.

Gálvez destinó a sus explicaciones la misma atención que le habría dispensado al sonido de la lluvia.

—Anda, apúrate. Compra lo que tengas que comprar y déjanos. Estamos teniendo una conversación importante.

Collantonio sonrió y negó varias veces con la cabeza. Bianca le agradeció con la mirada su paciencia y pacifismo.

—Me hice adicto a los hot dogs que preparas, Bianqui. Son buenísimos.

—¿Por qué le dices "Bianqui"? Nadie le dice Bianqui —lo pronunció con burla—. Es Bianca, para ti y para todos.

—Le conté a mi mamá que tus hot dogs son especiales y quiere que le digas cómo los preparas.

—¡Ah, bueno! Ahora intercambiamos recetas.

—Dile a tu mamá…

—Vamos, Bianca —la presionó Gálvez—. Prepárale el hot dog para que se vaya.

—No seas mal educado, Gálvez. No la interrumpas.

Era lo que Gálvez estaba esperando. Lo tomó por la playera y lo acercó de un tirón. Sus narices quedaron a un centímetro de distancia.

—Quiero que te largues —exigió—. Ahora.

—¿Ah, sí? —lo provocó Collantonio—. ¿Y quién me va a obligar?

Bianca abandonó su puesto detrás del mostrador y corrió para interponerse.

—Por favor, por favor… —suplicó mientras metía los brazos entre los dos cuerpos para alejarlos, sin resultado; eran como piedras.

Comenzó el forcejeo, y Gálvez, con la mirada en su rival, puso una mano sobre el vientre de Bianca y la apartó, no con brusquedad, aunque con una firmeza que la hizo trastabillar y terminar contra el refrigerador de Frigor.

—¿Qué está pasando acá? —la voz profunda y grave operó como un balde de agua sobre los combatientes.

Bianca se incorporó de un salto y salió al encuentro de su tía Claudia y del Maestro Luz, el gurú que en realidad se llamaba

Óscar Santos y era un caribeño de rasgos africanos y con un físico alto y delgado. Resultaba imponente con esa altura y el ropaje exótico.

—Hola, Bianca —la saludó el hombre—. ¿Estos muchachos pelean por ti? —en la pregunta, se evidenció su acento extranjero.

—No, no —contestó deprisa, nerviosa.

—Entonces —intervino Claudia—, ¿qué hacían? ¿Aprender un nuevo tipo de baile?

—Disculpe, señora —habló Sergio Collantonio, y se reacomodó el bolso—. Ya nos íbamos.

—Sí —ratificó Gálvez—, ya nos íbamos.

—Pues bien —retomó Claudia—, váyanse.

—Chau, Bianqui.

—Chau, Sergio. Hasta mañana.

Con Gálvez, fue distinto. No hubo intercambios de palabras, sólo una mirada que Bianca, sabía, no olvidaría durante lo que le quedase de vida.

—Claudita —habló el Maestro Luz, y sus labios de clara ascendencia africana se estiraron en una sonrisa—, enciende un sahumerio para disipar la mala energía que se estancó aquí. ¡Puf! ¡Cuánta energía de macho alfa! —se quejó, y en aquel momento Bianca se preguntó si Gálvez se habría dado cuenta de lo extraño que lucía ese hombre, con el gorrito de felpa roja que él llamaba fez y que aseguraba haber comprado en Marruecos, pero sobre todo con la chaqueta que le llegaba hasta las rodillas y las babuchas de colores chillones que asomaban por debajo. Bianca le conocía varios conjuntos y nunca lo había visto con ropas normales. A diferencia de Camila, que aseguraba que era un payaso, a ella le agradaba el estilo del gurú, y le habría gustado tener un par de esas chaquetas, que el Maestro Luz llamaba caftán.

Claudia trajo el sahumerio y, mientras recorría el local y lo sacudía en el aire, Óscar Santos la seguía con los ojos cerrados, las manos en actitud de rezo y mascullando entre dientes. Bianca y sus hermanos contemplaban la escena en silencio.

—¡Bien! —proclamó Óscar Santos—. Podemos decir que este lugar está limpio —se aproximó a Bianca—. ¿Quiénes eran ésos, niña bonita?

—Compañeros de colegio.

—¿Enamorados de ti?

"¿Otro interrogatorio? Pero ¿qué le pasaba a todo el mundo? ¿Me ven cara de 'tengo ganas de que me hagan preguntas sobre mi vida privada. Avanti!'?" Negó con la cabeza y volvió a su posición tras el mostrador.

—A ver, ustedes —Claudia se dirigió a los más chicos—, preparen sus cosas. Los acompaño a casa. Es hora de volver.

Óscar Santos esperó a que los más pequeños desaparecieran detrás de la cortina antes de hablar en voz baja.

—Oye, niña bonita, he venido hasta aquí con tu tía pues quería comentarte que un amigo abrirá dentro de poco un bar karaoke, y necesita cantantes profesionales que estimulen a la gente a subir al escenario. Yo le hablé de ti, de lo bien que cantas.

Bianca buscó a su tía con la mirada.

—Lo conozco, Bianqui, es un buen hombre. El bar lo abrirá en Palermo Holywood, pero él correría con el gasto del radiotaxi de ida y vuelta.

—Sólo trabajarías los viernes y sábados por la noche. Te pagaría quinientos pesos, más el radiotaxi, claro. Nada mal, ¿no es verdad?

"¡Quinientos pesos!". Ojalá que la codicia no se le reflejase en la cara. Con suerte, cuidando niños los fines de semana, juntaba doscientos.

Cobró sobriedad al preguntarse: "¿Me atreveré a enfrentarme al público?".

4

Esa noche, Bianca, a modo de meditación, volvió a oír la grabación de su carta natal. Alicia le había sugerido grabarla porque, en la sesión de dos horas, resultaba difícil memorizar los detalles. Y tenía razón: había olvidado que en el ciclo Sol-Luna que ella había comenzado poco después de nacer, en agosto del 96 (un ciclo de Acuario en Casa XII), el año 2012 constituiría algo muy importante. "En este año, 2012, la rueda se hallará en la Casa VII, la de la pareja. Es decir, aparecerá alguien que te enamorará. Lo hará desde Leo, porque tu Casa VII está en Leo." Se quitó los auriculares y se quedó mirando la nada. "Sebastián", pensó. "¡Tiene que ser él! Él es de Leo." Sin embargo, Sebastián Gálvez había aparecido en 2008, cuando entró a formar parte de su curso después de repetir primer año dos veces. Ella se había enamorado en aquel momento, lo recordaba como un golpe: verlo y quedarse sin aliento. ¿Se trataría, entonces, de Sergio Collantonio? Era guapo, nadie lo negaba, con buena estructura, alto y fibroso, aunque con un aire más relajado, menos compacto que el de Gálvez, lo cual le quitaba el aspecto amenazante. Le gustaba su pelo abundante y renegrido, y también cómo lo peinaba, revuelto y con las puntas paradas. Le encantaba su nariz larga y su boca ancha de labios finos. ¿Cómo sería besarla? Cuando Sergio sonreía, lo cual hacía a menudo, ella sonreía a su vez sin importar cómo se sintiera; ni qué decir cuando lo escuchaba hablar con sus modismos y tonadas cordobeses; se partía de la risa. ¿Estaría enamorándose de Córdoba? ¿De qué signo sería? ¡Cómo necesitaba hablar con su querida Camila!

Se colocó los auriculares para proseguir con la lectura de su carta. "Esta persona que aparecerá en 2012 será clave para ti porque te enseñará a mostrar algo que es tuyo, pero que no te atreves a mostrar o que no sabes que existía." ¿La ayudaría Sergio a mostrarse en público, a tolerar convertirse en el centro cuando ella sólo se sentía a gusto perdida en la multitud de los grupos? Apretó los párpados y los puños, de pronto rabiosa con su destino: "¿Por qué a mí, toda una acuariana, se me ocurre seguir una carrera en la cual todo es exposición y mostrarme?".

"A su vez", continuó Alicia, "tú tienes a Marte, el dios de la Guerra, en la Casa VII. Esto quiere decir que tratarás de reafirmar tu identidad a partir del fuego y de la agresividad natural de tu pareja, que aparecerá este año". Esto resultaba interesante, pues había algo que estaba en posición de afirmar acerca de Sergio "Córdoba" Collantonio: no poseía una gota de agresividad en su personalidad. En cambio, Gálvez... En fin, era un volcán en erupción perpetua. ¿Esto descartaba a Sergio y volvía a posicionar a Gálvez en el primer puesto?

Lorena irrumpió en la habitación. Bianca se quitó los auriculares al tiempo que echaba un vistazo al despertador: las doce y veinte de la noche.

—¡No hagas ruido! —la conminó entre dientes—. Vas a despertar a Martina y a Lourdes.

—Sabes que duermen como troncos y que no las despierta ni una banda.

—Lore, estoy preocupada por mamá. Está vomitando mucho y no retiene nada en el estómago. No es normal.

—Que se joda por quedar embarazada. Y te prohíbo que me arruines el buen humor. ¡Ay, Pulgui!

"¿Pulgui?"

Lorena se arrodilló junto a la cama de Bianca y apoyó la cabeza en el regazo de su hermana.

—¿Qué te pasa? ¿Te volviste loca?

—¡Sí, sí, loca de amor! —elevó la cabeza, y Bianca sonrió movida por la alegría que se reflejaba en el semblante de Lorena. No recordaba haberla visto tan linda ni tan feliz—. ¡Sebas fue al desfile del Unicenter! ¡Fue a verme!

Si un caballo le hubiese pateado el plexo solar no habría experimentado el impacto que le produjeron las palabras de su hermana.

—¡Llegó un poco tarde, el desfile ya había empezado, ¡pero fue! Ahí estaba, y me miraba con esos ojazos verdes cuando yo pasaba. ¡Ah, me hacía derretir! ¡No sé cómo no me caí de jeta!

"Fue después de irse del local", conjeturó Bianca. La opresión en el pecho se hizo insoportable. Empujó a su hermana y abandonó la cama.

—¿No me dices nada? ¿Adónde vas?

—Al baño —susurró, y se ajustó el cinto de la bata.

—Anda, vuelve rápido para que te siga contando.

Cerró con llave y tardó unos segundos en levantar la cara y enfrentarse al espejo. Le temía a la imagen que le devolvería. "¿Y qué esperabas? ¿Competir con Lorena? ¡Idiota!" Los ojos se le calentaron; a continuación, se inyectaron de sangre, y en última instancia, se anegaron. Nunca había reparado en el proceso, pero como estaba estudiando fijamente su reflejo, lo vio en detalle.

"Si quiere a Lorena, ¿por qué fue a buscarme a casa y después al local? Porque despertaste la parte protectora de su Leo, o tal vez porque quiere tener a varias, como el rey León. Tal vez es un perverso y lo divierte pensar que transa con dos hermanas." Abrió el grifo con movimientos violentos y se enjuagó la cara. Arrancó la toalla del gancho y se la pasó por los ojos.

Habría preferido dormir en el sofá destartalado de la sala a enfrentar el entusiasmo de Lorena. Respiró hondo, abrió la puerta del baño y caminó con paso firme. No permitiría que Gálvez la redujese a ese estado. Después de todo, aunque él quisiera ser su novio, ella no iniciaría una relación porque no le confiaba ni los buenos días; se asomaría por la ventana para ver si no era de noche, sin mencionar que su sentido de la posesión y sus celos la sofocaban. Entonces, ¿por qué tanto problema? Lorena era ideal para uno como Gálvez. Ella lo traicionaría con sus clientes y él, con las tantas mujeres que le jadeaban por detrás como perras en celo. Ninguno saldría muy lastimado porque eran cínicos y realistas, no como ella, una soñadora estúpida.

Lorena se había puesto el camisón y estaba sentada frente a la computadora.

—Estoy enviándole una invitación a su Facebook, así estamos conectados.

—Mira tú.

—Me dio el PIN de su Blackberry.

—Ajá, qué bueno.

—Las otras modelos se lo comían con los ojos.

—Es comprensible.

—Maira dice que se parece a William Levy, ese actor mexicano.

—Es cubano.

—¡A quién mierda le importa si es cubano o mexicano! Lo único que cuenta es que es un cuerísimo *so fuckable*. Y Sebas es muy parecido a él. Después del desfile me invitó a cenar al área de comida y se lo presenté a Ricardo. Le pidió unas fotos.

La agobiaron la pena, el cansancio y un dolor de estómago repentino. Se cubrió con la sábana y cerró los ojos.

—Lore, me sigues contando mañana. Te juro, estoy muerta.

—Sí, sí, pero antes te cuento lo mejor —giró en la silla y apoyó el mentón en el respaldo—. ¡Nos besamos!

"Sí, estoy muerta. Acaban de asesinarme."

—¡Besa como los dioses! ¡Me dejó mojada!

"Lindo detalle."

—¿Y cómo fue? —quiso saber, con perverso interés.

—En el estacionamiento del Unicenter. Se ofreció para traerme a casa y, cuando estábamos por subir al auto, lo agarré del cuello de la playera y le di un chupete. Por un segundo me miró medio perdido con esos ojazos verdes que tiene y después me lo devolvió. En mi vida había sentido así, sólo con un beso. Casi me vengo.

* * *

A la mañana siguiente, Bianca subió las escalinatas del colegio impulsada por un objetivo: olvidarse de Gálvez y concentrarse en su carrera de cantante lírica. Por la tarde, hablaría con la Mattei y le explicaría que, si bien aún no estaba preparada para cantar frente a un gran público, lograría vencer su miedo; le pediría que le tuviese un poco de paciencia y le diría que pronto estaría en condiciones de pagarle la cuota completa. Puesto que había decidido aceptar la propuesta del bar karaoke, no contaba con mucho tiempo para superar el pánico escénico. El amigo del Maestro Luz iría a verla al local temprano por la tarde.

Mermó la marcha. ¿En qué lío estaba metiéndose? ¿Cómo haría para ocultarles a sus padres las salidas de los viernes y los sábados? ¿Y qué tal si, de pie en el escenario, se quedaba mirando al público y no conseguía emitir sonido?

—¡Ey, Bianqui! —Sergio Collantonio le apoyó una mano en el hombro y le dio un beso en la mejilla.

—Hola, Sergio. ¿Qué tal?

—Me quedé muy mal ayer por haberte causado problemas en tu trabajo.

—Tú no me causaste ningún problema. Fue Gálvez.

—¿Qué le pasa a ese chango?

—Está de envidioso porque, hasta que tú llegaste, él era el mejor del colegio jugando al futbol.

—Yo creo que está muerto por ti.

Bianca se detuvo en seco.

—¿Qué? —emitió una carcajada nerviosa y forzada—. ¡Nada que ver!

Collantonio levantó una ceja para demostrar su escepticismo, y Bianca confirmó que, en verdad, el cordobés no estaba nada mal.

—Yo creo que sí.

—Te digo que no. Hace años que nos conocemos, y no me registra. ¡Mira si me va a registrar a mí!

—¿Por qué lo dices como si estuvieras por debajo de él? —Collantonio la miró a los ojos de manera deliberada—. Tú estás muy por encima de él, te lo aseguro. Eres una chica que vale mil puntos, Bianca. Nunca lo dudes, ni dejes que nadie te menosprecie y te haga creer lo contrario.

Bianca endureció el cuello para contener la emoción, y lo consiguió, pero fue incapaz de someter el calor que le trepó por las mejillas y que, de seguro, se las volvió de un tono carmesí. Sergio sonrió.

—Te pusiste colorada.

Bianca rio y se aflojó un poco, y reanudó la marcha hacia el aula.

—Tú sí que sabes cómo levantarle el ánimo a una chava.

—Y bue, ¿qué se va a hacer? Cuando se es perfecto, es difícil ocultarlo.

Entraron riéndose, y lo primero que Bianca divisó fueron los ojos de Gálvez clavados en ellos. Le sostuvo la mirada durante un segundo; mucho más no habría soportado: su belleza y el verde de sus iris, que parecían soltar chispas, terminarían por destrozar la determinación con la que había iniciado la jornada.

* * *

—¡Pero qué le pasa a este idiota! —se enojó Camila.

Estaban en el refugio, donde Bianca acababa de referirle los hechos del día anterior, incluso que Gálvez había ido al desfile de Lorena y que la había besado; en realidad, que había respondido al beso de ella. ¡Daba igual!

—Voy a tener que explicarle algunas cositas, al muy tarado. Está claro que no entiende nada.

—¡No, Cami, *please*! No le digas nada. No quiero que piense que le doy importancia a esto. Él ahora está con mi hermana…

—¡Ay, Bianca! *No está* con tu hermana. ¿No te das cuenta de que fue al desfile por venganza, por lo que pasó con Córdoba, y porque sabía que Lorena te lo iba a contar? Es un reverendo hijo… —Camila se detuvo porque detestaba expresarse con palabrotas—. Mejor vamos. Lautaro debe de estar buscándome.

—Sí, sí, vamos.

En el patio, se toparon con Gálvez, que, en silencio, se inclinó para besar a Camila en la mejilla.

—Cami, puedes dejarnos solos. Bianca y yo tenemos que hablar.

Camila miró a Bianca, luego a Gálvez, soltó un suspiro y se alejó.

Bianca confirmó la conclusión a la que había llegado días atrás: tenía un problema con este chavo. El poder que desplegaba sobre su espíritu y su cuerpo la asustaba como pocas cosas. La sofocaba. Le faltaba el aire. La taquicardia le repicaba por todas partes. Quería irse, deshacerse de su atención. ¡Cuánto la había deseado durante años! ¡Cuánto le molestaba en ese momento! Alguien le había dicho: "Cuidado con lo que desees. Puede convertirse en realidad". En aquella oportunidad, no lo había comprendido. ¡Cómo lo entendía ahora!

—Vamos a la cafetería. Le pedí a Bárbara que me apartara la mesa más alejada.

"¡Bárbara!" Otra de sus esclavas, que le apartaba la mesa porque el amo así lo indicaba. Caminó detrás de él, y se recriminó no ser muy distinta de *Barbarita*.

—Hola, Bianca —saludó Bárbara, y se puso de pie. Había tal sumisión en su expresión, que Bianca se apiadó de ella, y ese sentimiento, de alguna manera, la ayudó para ganar un poco de compostura y seguridad.

—Hola, Bárbara. ¿Cómo estás?

—Bien —respondió, y su bello rostro se iluminó con la sorpresa de que la mejor amiga de Camila se lo preguntase con interés sincero.

—Me alegro.

—Nos vemos después, Barby —la despidió Gálvez.

—Sí, Sebi.

—Gracias por apartar la mesa —añadió Bianca.

—De nada.

Gálvez le retiró la silla para que se sentase, y eso la sorprendió gratamente. No había nada que hacer: Leo sabe cómo conquistar a una mujer, y cuando lo hace, se asegura de que la tendrá bajo su dominio para siempre. "¡Cuidado, Bianca Leticia!"

—¿Quieres tomar algo?

Negó con la cabeza.

—Sí, tal vez sea mejor. Ya queda poco del recreo. Estuve buscándote. ¿Adónde te metes con Camila?

—¿De qué querías hablar?

—¿Tuviste algún problema con la dueña del local después de que nos fuimos?

—La dueña del local es mi tía, y no, no tuve ningún problema, aunque me pidió que no volviera a repetirse.

—Y no volverá a repetirse, te lo juro —estiró los brazos a través de la mesa y le tomó las manos. Bianca las retiró.

—No —dijo, con la vista en la mesa.

—Está bien —susurró él, y su tono mortificado se clavó en el pecho de Bianca.

—¿De qué querías hablar?

"¡Por favor, di lo que tengas que decir y deja que me vaya!"

—De tu concierto en la catedral —Bianca elevó el rostro con un movimiento repentino—. No me mires así. Creo que tendrías que participar. Ayer hablé con Irene y dice que eres una cantante buenísima. Me sentí muy orgulloso de ti.

"¡Qué! ¿Hablaste de mí con la profesora Mattei? ¿Alguien me explica este juego?"

—Me dijo un montón de cosas, no entendí nada. Me dijo que llegabas a las cuatro no sé qué…

—A las cuatro octavas —farfulló Bianca.

—Sí, eso. ¿Qué es?

—Un registro de voz muy alto.

—Bueno, Irene dice que llegas a esa nota sin problemas. Ella cree que eres muy insegura, que no tienes nada de ego ni de autoestima, y todos esos enredos que dicen los psicólogos, pero está segura de que, si lograses superar el miedo, triunfarías. Y yo quiero que cantes en la catedral el domingo de Pascua.

Bianca lo miraba sin pestañear.

—¿Por qué? —se escuchó decir con una voz ajena.

—Porque cuando escuché ese cidí tuyo en mi auto, no podía creer que fueras tú la que cantaba y pensé que todo el mundo debería saber lo buena que eres. Quiero que subas al escenario y brilles. Porque vas a brillar, Bianca. Cuando empieces a cantar, vas a brillar como el sol.

Bianca sonrió, un poco halagada, un poco con ironía.

—Ése eres tú, Gálvez, no yo. Yo detesto brillar, detesto ser el centro. A mí me gusta estar donde nadie me ve y observar a los demás.

"¿Estás hablando, Bianca Rocamora? ¿Eres tú la que está hablándole de este modo a Gálvez?"

Gálvez le aferró las manos y las retuvo cuando ella intentó apartarlas.

—Mírame a los ojos, Bianca. ¡Mírame! Quiero que me jures que me vas a responder con la verdad. Júramelo —se limitó a asentir, incapaz de pronunciar un juramento que no sabía si sostendría—. ¿Quieres ser una cantante lírica y vivir de eso? ¿Quieres ser una cantante profesional?

—Sí.

Gálvez sonrió, evidentemente gratificado por la respuesta.

—Entonces, tienes que aprender a mostrarte y a brillar. Y yo te voy a ayudar.

Las palabras de Alicia se repitieron en su mente: "Esta persona que aparecerá en 2012 será clave para ti porque te enseñará a mostrar algo que es tuyo, pero que no te atreves a mostrar o que no sabes que existía."

Bajó la vista y agitó la cabeza. Tiró un poco más, y él le soltó las manos. Gálvez no la amaba; estaba encaprichado porque no concebía que alguien con su talento lo desperdiciase, sólo eso. Pero ella... Ella estaba loca por él y terminaría destrozada. Una vez que se cansara de su nueva mascota, le tomaría la mano a otra. Ella quedaría en la orilla, aplastada como una flor.

Gálvez colocó la cajetilla de Marlboro y un encendedor sobre la mesa y los arrastró hacia ella.

—Toma. Quiero que tú los tengas. Te aclaro que éste es un Dupont de oro y laca china, que me gusta un chorro. Es un recuerdo de mi abuelo. Vamos a hacer un trato: yo no fumo hasta el domingo de Pascua si tú cantas ese día en la catedral —Bianca cubrió la cajetilla y el encendedor con sus manitas. Gálvez, a su vez, las cubrió con las enormes y callosas de él—. No tienes idea, porque no fumas, lo que me va a costar cumplir lo que te estoy prometiendo.

—¿Cómo puedo estar segura de que no comprarás cigarros y un nuevo encendedor apenas salgamos del cole?

—No confías en mí, ¿verdad? ¿Crees que soy un hablador?

Bianca habría dicho que sí, pero, para no lastimarlo, aseguró:

—Es un problema que tengo, me cuesta confiar en la gente.

—Sobre todo en mí. No te culpo, te juro. Sé que era un poco manchado.

"¿Eras?"

—Pero me han pasado muchas cosas en este último tiempo y ya no soy el descontrolado que era.

El *ringtone* del celular de Bianca rompió el silencio y el contacto de sus ojos.

—¿Hola? Sí, ella habla. Ah, sí, ¿cómo le va? Sí, me dijo que me llamaría. Sí, estoy interesada. A las dos no puedo porque tengo gimnasia en el colegio. Llego al local de mi tía a las dos y media. ¿Puede ser a esa hora? Sí, sí, nos vemos a esa hora. Perfecto. Gracias.

Guardó el celular en el bolsillo del delantal.

—¿Quién era? —Gálvez lo preguntó con el imperio de un señor feudal.

—Un tipo que está por abrir un bar karaoke en Palermo Holywood y que quiere que cante para incentivar al público.

—¿Qué? ¿Cómo te conoció? ¿Cómo sabe de ti? ¿Quién le dio el número de tu celular?

—Gálvez, te pedí el otro día que hicieras una pregunta a la vez. Me pones loca cuando disparas preguntas como una ametralladora.

—Sí, sí, tienes razón. En serio, tienes razón. Pero cuéntame, ¿quién es este tipo?

—Es amigo de mi tía y del señor que estaba con ella ayer.

—¿El chiflado ese? ¿El que parecía Aladino con ese atuendo?

—Sí, ése —rio Bianca—. Se llama Óscar Santos, pero sus seguidores lo llaman Maestro Luz.

—¡Qué loco, por Dios!

—Es un poco excéntrico, pero buena gente, en verdad.

—No creo. Pero sigue contándome del tipo del bar.

—Es una locura. Quiere que cante los viernes y sábados por la noche. No creo que pueda enfrentar a ese público más que al de la catedral. ¿A quién quiero engañar? Pero me pagaría quinientos pesos por fin de semana, y necesito la lana. Me hace mucha falta.

Gálvez bajó el rostro, y Bianca observó que apretaba las mandíbulas. El movimiento atrajo su atención, como todo en él; le involucraba las mandíbulas y los músculos de las mejillas, hasta las orejas, bien formadas y pegadas al cráneo, y también la nuez de Adán. Algún día, se dijo, le encontraría un defecto y se lo pasaría estudiándolo y deleitándose en esa falla.

—¿Gálvez? ¿Qué pasa?

—Nada, nada. Estaba pensado.

—Vamos. Hace como cinco minutos que sonó el timbre. La profe de Geografía me tiene en buen concepto del año pasado, pero no quiero abusar.

—Y con esto, ¿qué hacemos? —Gálvez señaló la cajetilla y el encendedor con un movimiento del mentón y los brazos cruzados sobre el pecho—. ¿Aceptas el trato?

Bianca levantó el encendedor y lo observó. Era una belleza, de oro y pintado en laca azul. Grabadas en la base se encontraban las inscripciones *Dupont* y *Made in France*. "Es un recuerdo de mi abuelo", había dicho.

—¿Era de tu abuelo, el que te llevaba a la Quebrada del Condorito?

—Sí —se maravilló él—. ¿Cómo sabes que mi abuelo me llevaba ahí?

—Cami me contó.

—¿Hablas de mí con Camila?

—No —lo expresó con firmeza porque era verdad; ella no preguntaba, y Camila no le contaba; se trataba de un pacto que habían sellado—. Me lo contó cuando se perdieron. Me dijo que tú conocías el lugar porque tu abuelo te llevaba cuando eras chico —Gálvez volvió a bajar la vista y a apretar las mandíbulas—. ¿Lo querías? A tu abuelo.

—Sí, mucho.

—Vamos —insistió.

—¿Aceptas, Bianca? ¿Sí o no?

—Sí, acepto —sonrió cuando Gálvez festejó con un golpe de puño sobre la mesa y sus labios carnosos y pequeños se desplegaron en una sonrisa que le desnudó los dientes. Bianca pensó que sólo por eso, por verlo feliz, había valido la pena meterse en un pacto del que no sabía si saldría bien librada.

Caminaron en silencio hasta el aula, uno junto al otro. "¿Te gustó besar a mi hermana? ¿Qué sentiste?"

Bianca le habría pedido que entrase unos minutos después que ella, pero no lo hizo porque era demasiado tarde y no quería que Gálvez tuviera problemas con la de Geografía. Llamó a la puerta del aula antes de abrirla.

—Buenas noches, señores. ¿Cómo se siente, Rocamora? ¿Se le pasó el dolor de estómago? ¿Le vino bien el tecito caliente?

De manera autómata, Bianca buscó a Camila con la mirada, y ésta la apremió a asentir.

—Estoy mejor —murmuró, y fue a sentarse, con la vista al piso.

—¿Y usted, Gálvez? ¿Qué me dice? ¿Le dio de beber el té a sorbos a Rocamora?

—Es mi chica, profe. Tengo que cuidarla.

Los demás aullaron, aplaudieron y silbaron, y Bianca, con los ojos fijos en los diseños de su lapicera, que comenzaban a desdibujarse, se aferró a la mano que Camila le ofreció bajo el pupitre.

—Espero que sepa lo que hace, Rocamora —escuchó decir a la profesora.

* * *

Después de la clase de gimnasia, mientras se cambiaban en el vestidor, Bianca comentó:

—¿No estaría bueno que me arreglara un poco para la entrevista con el dueño del bar? Así no pensará que tengo doce años.

—No pareces de doce años, Bianca —aseguró Camila—. Pero sí, estaría bueno. Ya te dije que quedarías monísima.

—¡Lástima que no tenga nada aquí! No tengo tiempo de pasar por casa.

—Yo tengo.

Bianca y Camila se giraron, y descubrieron a Bárbara Degèner con un bolsito en la mano. Aunque Bianca moría por aceptar el ofrecimiento, no lo haría, pues su fidelidad estaba con Camila. El año anterior, Bárbara había intentado robarle el novio a su amiga, y, si bien las cosas se habían apaciguado, la herida aún no cicatrizaba. Resultaba extraño para Bianca que, siendo Bárbara, además de bellísima, íntima amiga de Gálvez, no le inspirase nada de celos.

—¿Sí? —habló Camila—. ¿Qué tienes? Con un poco de base, rímel y *gloss* será suficiente. Tampoco la vamos a poner como una vedetonga cuando ella no se maquilla jamás.

—No, obvio —contestó Bárbara, entusiasmada. Apoyó el bolsito sobre el mármol del baño y lo abrió—. ¿Quieres que te maquille, Bianca? Estoy tomando un curso y se me da muy bien.

—Va, pero muy natural, como dice Cami.

—Sí, sí. Maquillaje diurno se llama. Es para realzar las facciones sin que se note que estás pintada.

Camila trajo una silla de un aula cercana y se pusieron manos a la obra. Bárbara demostró su destreza y, con unos movimientos decididos, le cambió la cara en pocos minutos. Bianca se vio reflejada en el espejo y no dio crédito a lo que veía.

—No puedo creer la largura de tus pestañas, Bianca —se admiró Bárbara—. Ni siquiera tuve que usar el rizador para ondularlas.

Sus ojos descollaban, grandes y almendrados, y sólo había bastado un poco de rímel en las pestañas "para abrirlos", en palabras de Bárbara, que también le peinó las cejas y le colocó brillo rosado con sabor a cereza en los labios.

—Tienes un naricita perfecta —siguió alabándola la Degèner, y Bianca sonrió, avergonzada—. Y cuando sonríes, se te suben los pómulos. ¿Puedo ponerles un poco de rubor?

—Un poquito.

Nunca imaginó que dotar a sus mejillas de esa tonalidad rosada le sentaría tan bien, y fue como si el conjunto cobrase luz. Bárbara también le pasó la brocha gorda por la punta de la nariz y el mentón.

—Este lunarcito que tienes en el filo de la mandíbula es muy sensual. Y éste, en el pómulo derecho, muy tierno. ¿Quieres que los retoque con delineador? —Bianca agitó la cabeza para negar—. ¿Me dejas probar algo con el pelo? —Bianca asintió—. Te voy a quitar la liga y a soltártelo. Tienes un pelo divino, pesado, abundante —enumeró, en tanto se lo acomodaba sobre los hombros—, lacio, pero con ondas. Me hace recordar el de Rita Hayworth.

—¡Sí, es verdad! —exclamó Camila—. Estas ondas que se te forman aquí, al costado de la cara, parecen las de la Hayworth.

—¿Qué tal si te lo dejas suelto y te haces la raya al costado?

Al principio, Bianca se había sentido intimidada con tanta atención sobre su persona. En cuanto comenzó a tornarse insoportable y deseó huir del baño, se acordó de lo que Alicia le había explicado acerca de su Luna, que estaba en Capricornio. "La Luna nos provee de la energía que relacionamos con el afecto, sobre todo con el de la madre y el del hogar. Cuanto más asustados y vulnerables estamos, más centrados estamos en nuestra energía lunar. Ahí nos sentimos seguros, como en casa. De todos modos, la Luna en Capricornio significa estar solo, salir adelante sin pedir ayuda. Como dice el astrólogo Eugenio Carutti, son los coches de diésel emocionales: no piden nada, con poquito se arreglan. Y ésa eres tú, ¿verdad? Entonces, cuando exigen y piden, todos se muestran sorprendidos, ya que lo piden con actitud desbordada porque estuvieron aguantándose durante mucho tiempo. Les dicen que no, por lo que la Luna en Capricornio reconfirma que si pide, no habrá. Les cuesta disfrutar de la abundancia." Por eso, intentó relajarse y disfrutar de esos "mimos" que Bárbara le ofrecía.

—¡Estás monísima, Bianqui! —exclamó Camila.

—Te falta un poco de perfume. Yo tengo el mío. No sé si te gustará. Es una imitación del *Obsession,* de Calvin Klein.

A diferencia de Camila, que le daba mucha importancia a las fragancias y vivía perfumada, ella no pensaba en eso.

—¡El *Obsession* es un perfumazo! —aseguró Camila.

Bianca asintió y Bárbara la roció en el cuello y en el escote.

—Ahora sí —pronunció la Degèner—, estás perfecta.

* * *

Como se había demorado en el colegio debido a la sesión de maquillaje, estaba llegando tarde. Eran las dos y treinta y cinco, y tenía miedo de que el amigo del Maestro Luz estuviese esperándola. ¿Qué pensaría? Que era una irresponsable. Después de todo, ¿ella no era acuariana? ¿Acaso la astróloga Goodman no aseguraba que era difícil organizar un encuentro con Acuario en un momento y lugar precisos? Sin embargo, su Saturno en Casa I resonaba, y ella apretaba el paso todo lo que la mochila le permitía y sintiéndose rara a causa del peso inusual en las pestañas y el sabor a cereza en la boca, en donde con frecuencia aterrizaban los mechones que batía el viento; habría deseado no haberse quitado la liga.

A unos pasos del local, se detuvo en seco: Sebastián Gálvez estaba apoyado sobre el cofre de su Peugeot 206, con los brazos cruzados en el pecho, las piernas estiradas sobre la banqueta y la cabeza de lado y algo inclinada. La observaba con fijeza desde la distancia. Siguió avanzado, y descubrió el instante en que él advirtió que estaba maquillada: se incorporó de golpe y aguzó la vista.

Ni siquiera intentó dominar la taquicardia, los temblores y demás desbarajustes que la asolaban cada vez que él aparecía en su campo visual; no tenía tiempo. Carraspeó para aflojar la garganta antes de saludarlo.

—Hola. ¿Qué haces acá?

—¿Por qué estás maquillada?

"¿De nuevo en modo 'interrogador profesional'? ¿Qué hace este chavo que no trabaja en la CIA interrogando a los supuestos terroristas? ¡Confesarían sin más!"

—Porque no quiero que el dueño del bar piense que tengo doce años.

—¡Alucinas, Bianca! Tú no pareces de doce años. ¿Y qué importa si el tipo piensa que tienes doce? ¿Cuál es el problema?

—¿Que tal vez no quiera contratarme? —ironizó, y dio media vuelta para entrar en el local.

—Espera.

Gálvez la aferró por el antebrazo y la soltó de inmediato cuando Bianca tironeó.

—Voy tarde, Gálvez. El dueño del bar debe de estar esperándome.

—No ha llegado todavía.

—¿Cómo sabes?

—Porque hace… —consultó el reloj Swatch en su muñeca— veintitrés minutos que te espero aquí. Tu tía está sola.

—¿Qué haces acá?

—No quiero que ese tipo piense que estás sola, que no hay ningún hombre que te protege.

Bianca se lo quedó mirando, demasiado perpleja para reaccionar.

—Mi tía y Óscar van a estar conmigo.

—Justamente, no quiero que vea que son esos dos locos los que te protegen —ejecutó la pantomima de entrecomillar la palabra "protegen".

—No hables así de ellos. No los conoces.

—Okei, pero quiero estar contigo mientras te entrevistas con el tipo.

—No, Gálvez. Gracias, pero no.

—¿Qué pasa? ¿Estás enojada porque le dije a la de Geografía que eras mía?

—Sí.

—¿Por qué? ¿Te molestó que Collantonio lo escuchase?

—No. Me molestó que lo dijeras después de haberte besado con mi hermana.

Si se atrevía a negarlo o si aseguraba que había sido Lorena la que había iniciado el beso, todo acabaría entre ellos, algo se haría trizas dentro de ella y todo su amor se teñiría, no de odio, sino de indiferencia; lo sabía, sabía cómo funcionaban su cabeza y su corazón acuarianos.

Esperó la respuesta con el aliento contenido. Gálvez bajó la vista y asintió, con aire contrito, y Bianca experimentó un alivio que la colmó de alegría. No entendía bien de qué se alegraba cuando las cosas eran tan complicadas y enredadas entre ellos. Lo cierto era que no se molestó en reprimir su contento.

—Hola, niña bonita —el Maestro Luz, más excéntrico que el día anterior en su conjunto de caftán y babuchas turquesas con arabescos dorados, los sorprendió en esa instancia.

—Hola, Óscar.

—Ah, el macho alfa —el Maestro Luz clavó la vista en los furibundos ojos de Gálvez—. ¿Cómo estás? —preguntó, y estiró la mano, que Gálvez aceptó—. Soy Óscar, pero la mayoría me llama Luz o Maestro Luz.

—Sebastián Gálvez.

—Bianca —el hombre volvió su atención a la joven—, aquí te he traído a Carmelo Broda, del que te he hablado.

—Hola, Camila —saludó Broda—. Un gusto conocerte.

—Hola —contestó, y aceptó la mano que le extendía. Le agradó el trato formal, en especial con Gálvez detrás de ella exudando su energía de macho alfa. Él también apretó la mano de Broda con un gesto que hablaba a las claras: "Si por mi fuera, te molería a palos".

—¿Por qué no entramos en el local de Claudita? —propuso el Maestro Luz—. Debe de estar esperándonos.

Carmelo Broda, de estatura media y cabello entrecano, pese a su aspecto juvenil (contaría con algo más de cuarenta y cinco años), inspiró confianza a Bianca desde el primer momento, y se sintió cómoda con su trato sereno y sus ojos límpidos. El hombre le explicó que tenía tres bares karaoke y que abriría un cuarto para destinarlo a un segmento del mercado ansioso por pasar un rato oyendo y cantando música de los ochenta, la de su adolescencia.

—El repertorio de canciones será de esa época —explicó, mientras sacaba un cuadernillo y un cidí del maletín—. No sé si estarás interesada en cantarla porque es una música muy distinta a la de ustedes...

—Me encanta la música de los ochenta —aseguró Bianca—. De hecho, los grupos de ahora hacen *remakes* de canciones de los ochenta todo el tiempo.

Carmelo Broda sonrió.

—Me alegra que lo sepas. Mis sobrinos creen que *How deep is your love* es de los Take That.

—Es de los Bee Gees —dijo Bianca—, pero no es de los ochenta, sino de fines de los setenta.

El Maestro Luz soltó una risotada.

—¿Lo ves, Carmelo? Te dije que mi niña bonita era lo que necesitabas.

—Me gustaría hacerte una prueba —Bianca asintió—. Aquí te dejo el catálogo con las letras de las canciones y este cidí con la música. ¿Podrías preparar algunas?

—Sí, claro.

—La mayoría está en inglés. ¿Qué tal tu pronunciación?

—Mi niña bonita no tendrá problema con eso, Carmelo. Su abuela materna es inglesa, por lo que Bianca habla inglés desde pequeña.

—Perfecto. Aunque no hemos terminado de remodelarlo, sería bueno que hicieras la prueba en el bar para probar el sistema de sonido y para ver si estás cómoda.

—Sería óptimo —admitió Bianca.

—Si te parece, puedo pasar a buscarte...

—Yo la voy a llevar —intervino Gálvez por primera vez, y la frecuencia profunda de su voz afectó a Bianca y a los demás.

—Ah, muy bien —Broda lucía intimidado. Gálvez le llevaba una cabeza, sin mencionar los músculos que asomaban bajo la manga corta de la playera y la mirada de matón—. ¿Les parece que hagamos la prueba el sábado por la tarde?

—Para mí está bien —expresó Gálvez—. ¿Qué tal para ti, amor?

"What the fuck!"

—Sí, sí —farfulló.

"¿Por qué mierda no le paras el carro, Bianca Leticia? Ya es la segunda en el mismo día. ¡Es que no me animo! No frente a otras personas. No quiero humillarlo, no a él, todo un Leo con un ego más grande que el Océano Pacífico."

Gálvez tomó nota de la dirección y acordaron verse el sábado a las cuatro de la tarde. Broda y Óscar Flores se apartaron para charlar con Claudia, que no había participado de la conversación para atender a los clientes.

Bianca salió del local y Gálvez la siguió sin despedirse de los demás. Caminó a paso rápido y se detuvo junto al Peugeot. Gálvez se inclinó y le habló en el oído:

—No quiero irme y dejarte con éstos, pero tengo mi clase de Wing Chung, y Gómez está esperándome para que lo pase a buscar —se refería a Lautaro, el novio de Camila, a quien seguía llamando como en los tiempos en que eran rivales—. Mmmm... Qué rico perfume —la olisqueó tras la oreja, y Bianca se estremeció al percibir la punta de su nariz sobre la piel.

Gálvez se incorporó y le sonrió, y le pasó el dorso del índice por la mejilla.

—No tienes idea de lo linda que estás.

—Pensé que no te había gustado —replicó, alentada por el mal humor y de un talante extrañamente belicoso que le recordó que su Marte en cuadratura con Plutón contaba con el poder de volverla rabiosa y cruel.

Gálvez frunció el entrecejo, evidentemente desconcertado.

—Aluciné cuando te vi. Nunca te había visto pintada. Me dejaste sin aliento.

—Apenas me viste me preguntaste de mal modo por qué me había maquillado y me miraste con desprecio.

—¡Bianca, alucinas de nuevo! ¡No te miré con desprecio! Es que me dio coraje que te maquillaras para entrevistarte con ese tipo.

Bianca soltó un suspiro y se llevó la mano a la frente. Hacía tres días que vivía con el alma en vilo, no entendía qué pasaba y se sentía asediada. Su pequeño mundo, que ella protegía con esmero, estaba patas arriba por culpa de Gálvez.

—Bianca… —intentó aferrarla por los brazos.

—No te pases, Gálvez. La próxima vez que digas que soy tu chica o me llames "amor" te echo de cabeza y no me va a importar ponerte en ridículo, te lo prometo.

—Lo hice para protegerte.

—¿De qué, por Dios santo? No voy a permitirte que te burles de mí. Búscate a otra para tus jueguitos. Estoy segura de que las debes de tener por docenas.

Dio media vuelta y corrió hacia el local. Pasó de largo junto a Claudia y sus amigos y se encerró en el baño.

* * *

Al día siguiente, en el colegio, las escenas se sucedían teñidas de esa tonalidad extraña que las caracterizaba desde la noche en que se había topado con Gálvez en la puerta del estudio de la profesora Mattei. Él se mostraba sonriente y seductor con los demás e indiferente con ella; no le destinaba ni un vistazo, como antes de que esa locura comenzase. Ella odiaba sentirse un pajarito mojado. La deprimía que el interludio con el único chico que le había gustado hubiese durado tan poco y hubiese transcurrido en medio de sobresaltos y malentendidos. "Es que, justamente, entendiste mal, idiota. Sólo despertaste su lado protector. Te registra como a una hermanita, no como a una mujer. Lorena es una mujer. Tú pareces una nena. Y una nena caprichosa, encima."

La había desilusionado no encontrárselo en el estudio de la profesora Mattei la tarde anterior. "¿Qué habías esperado? ¿Que se apareciera después de que no lo pelaste en la banqueta? ¡Es un Leo, no lo olvides!"

Lo odiaba por reducirla a un estado en el cual ni siquiera la voz, su único orgullo, le surgía con la potencia de costumbre. Por lo menos, al final de la clase, obtuvo una sonrisa de la Mattei cuando le prometió que cantaría el domingo de Pascua, y, mientras hablaban, ella apretaba la cajetilla de Marlboro y el encendedor Dupont, que descansaban en el bolsillo del delantal. Le conferían fuerza, y no importaba que, de seguro, él hubiese roto el pacto y vuelto a fumar. "No tienes idea, porque no fumas, lo que me va a costar cumplir lo que te estoy prometiendo." Oh, pero sí que lo sabía. Su madre era una fumadora empedernida; fumaba aun durante los embarazos, y Bianca había sufrido en carne propia, a causa de la conjunción Luna-Neptuno, cada vez que había intentado dejarlo.

La conversación con la profesora Mattei, que había empezado con sonrisas y buenos augurios, tomó un derrotero que habría preferido obviar.

—¿Qué hay entre tú y Sebastián?

—Nada —contestó, demasiado rápido y nerviosa.

—¿Cómo nada, Bianca? Hace tres días que viene preguntándome por ti —su Sol en Casa XII, ese que la volvía perceptiva e hipersensible, se estremeció con la hostilidad de la profesora. "Son amantes." Lo supo con certeza meridiana, y la invadió una sensación de hartazgo y rabia.

—¿Por qué no le pregunta a él, profesora? La verdad es que no sé qué le pasa a ese chavo, pero no es asunto mío. Nos vemos la semana que viene. Adiós.

"No sé qué le pasa a ese chavo", repitió durante el recreo, mientras lo observaba jugar al futbol desde su posición en el suelo, la espalda contra la pared y las rodillas recogidas contra el pecho. El muy cabrón hasta se mostraba amigable con Sergio Collantonio.

—¿Estás bien? —Camila se sentó a su lado y siguió el curso de la mirada de Bianca—. Ah —suspiró—. Ya entiendo.

—Hola, Bianca —la saludó Lautaro Gómez y se ubicó junto a Camila.

—Hola, Lauti. ¿Qué tal?

—Bien. ¿Y tú?

Asintió y sacudió los hombros. Karen y Benigno, los mejores amigos de Lautaro, y Lucrecia, la novia de Benigno, se unieron al grupo, y se inició una conversación intrascendental que la alejó de su obsesión. Reían con una ocurrencia de Karen, cuando los alcanzó un griterío. Se pusieron de pie para ver de qué se trataba.

—Gálvez se peleó con Córdoba —anunció Benigno.

Bianca percibió una opresión en el pecho y retrocedió de manera mecánica hasta dar con la pared. Camila le apretó la mano con disimulo.

—Estaba anunciado —expresó Karen, con la parsimonia de quien ve llover—. Iba a pasar tarde o temprano. No resiste que le quiten el puesto de mejor jugador.

—Gálvez está raro —comentó Lautaro—. Debe de ser porque no está fumando. Ayer, en nuestra clase de Wing Chung, me dijo que lo va a dejar.

—¿En serio? —se sorprendió Karen—. Está inventando. No le creo.

—Vamos —ordenó Lautaro—. Hay que separarlos.

Camila y Bianca se quedaron a solas. Bianca sacó del bolsillo del delantal la cajetilla y el encendedor.

—Son de Gálvez —explicó—. Me los dio ayer.

—¿Por qué? —Camila no ocultó su confusión.

—Hicimos un pacto: él no fuma hasta el domingo de Pascua si yo acepto cantar en la catedral.

—*Oh, my gosh*. Está muerto por ti, Bianqui, ya no tengo dudas.

—¿Por qué? ¿Porque quiere que cante a toda costa? La profesora Mattei le pidió que me convenciera.

—Es que tú no entiendes. Para Seba fumar es más que un vicio. Él tiene la idea de que le da estatus, que le da nivel, que lo hace más macho. Dejar de hacerlo es dejar de lado mucho más que un mal hábito. Es renunciar a su postura de macho y conquistador.

Bajó la vista y observó los Marlboro y el Dupont a través de un velo de lágrimas.

—¿Por qué las cosas se dan de este modo, Cami? ¿Por qué son tan difíciles? ¿Por qué me trata como si fuera una mascota?

Camila la abrazó, y Bianca se tensó a causa de su naturaleza uraniana, que la volvía arisca y desapegada. ¿Tal vez fuese ese aspecto de su personalidad el que espantaba a Gálvez? La verdad era que, al tiempo que moría por estar entre sus brazos, le temía a la sensación de encierro y falta de libertad.

—Estoy tan confundida. ¿Por qué me pasan estas cosas?

—Bianqui, ¿te acuerdas de lo que nos dijo Alicia el día en que fuimos para que nos leyera la carta de Seba? Ella dijo que lo mágico de la astrología, y lo más difícil de entender con nuestras mentes racionales, es que nos enseña que lo de afuera está ligado con nuestro interior. Es decir, lo que nos sucede es absolutamente una *causalidad* de lo que tenemos adentro. Y yo estoy segura de que lo que te está pasando con Seba es porque el cosmos o Dios, como quieras llamarlo, quiere que aprendas algo.

—Sí, pero ¿qué?

—Para empezar, él puede enseñarte a brillar, a plantarte frente a una multitud y decir algo que un acuariano detesta: "¡Ey, mírenme! Aquí estoy yo y vengo a cantar porque soy la mejor!".

Bianca rio entre lágrimas.

—Eso mismo dijo él.

—¿Ves? Es inteligente mi Seba. Un poco bruto, tiene menos tacto que un orangután borracho, pero es buenazo. Y ha sufrido mucho, Bianqui. Ha pasado por muchas. Y tú puedes ayudarlo también a balancear ese ego *enoooorme* que tiene. Además, creo que lo que el cosmos quiere enseñarte es que tomes lo que se te ofrece y que tú tanto quieres, y dejes de lado tu Luna en Capricornio, que te hace conformar con las limosnas que te tiran. ¿Acaso no quieres a Seba desde que lo conociste en primer año? Y no me digas que no lo deseas con todo tu ser porque no te voy a creer. Con esa cuadratura Plutón-Marte, sé que te mueres por tenerlo.

Sí, lo quería, lo amaba locamente, se moría por que fuese suyo; sin embargo, no era menos cierto que la intensidad de él la espantaba.

Se atrevió a mirar hacia el sector del patio donde tenía lugar la pelea, de la cual se sentía responsable. Lautaro y Benigno habían puesto orden, y mientras se ocupaban de Collantonio, Karen lo hacía de Gálvez. A Bianca siempre la conmovía (también la ponía celosa, la verdad sea dicha) el control que Karen ostentaba sobre Gálvez. Nadie como ella para bajarle los humos sin levantar la voz, tan sólo con dos palabras certeras expresadas con calma y frialdad. Él la respetaba como a ninguna mujer. Se preguntó de qué signo sería. ¿De Escorpio, tal vez? Había oído decir que a todo Leo siempre le llegaba su Escorpio, ya que éstos son los únicos con el poder para dominarlos.

En esta ocasión, Karen le había pasado un brazo por los hombros y lo instaba a alejarse del epicentro de la disputa. Le susurraba y asentía cuando él lanzaba respuestas airadas y vistazos asesinos hacia Collantonio. Y fue en uno de esos ires y venires de su cabeza que los ojos verdes de Gálvez la descubrieron en el otro sector del patio y se fijaron en ella para comunicarle una ira y un desprecio que la estremecieron. Entonces, recordó lo que Alicia le había referido poco tiempo atrás: "Sebastián tiene dos polaridades: neptuniana, por su Ascendente en Piscis, y la plutoniana, dada por su cuadratura Sol-Plutón. Una carta intensa, ¿para qué negarlo? A diferencia de ti, que tienes polaridad plutoniana inversa, que te vuelve insegura y miedosa, Sebastián tiene la directa, que se potenciará con su esquema de Luna en Aries y Sol en Leo. Es muy expresivo y vehemente, agresivo y competitivo, dominante y machista". Recordó también que la astróloga había asegurado: "El plutoniano directo, el omnipotente, se sentirá atraído por el impotente, el vulnerable, el que es agredido".

* * *

Por la tarde, en lo que parecía cobrar visos de costumbre, Sergio Collantonio apareció en el local. Volvía de su entrenamiento diario en Boca, recién bañado y perfumado.

—¿Un hot dog? —invitó Bianca, sonriente.

—Y sí. Ya te dije que se volvieron un vicio.

—Hoy voy a poder decirte cuál es mi secreto, así se lo pasas a tu mamá.

—Siempre y cuando no llegue Gálvez.

—No creo que venga. Estamos peleados.

—¿Por lo de hoy? —Collantonio la miró, afligido.

—No, Sergio, no fue por lo de hoy. Son otras cosas. Es complicado.

—Me sentí culpable por la pelea de hoy. Sé que te va a traer problemas con Gálvez, pero venía buscándome desde hacía rato y no pude contenerme.

—Puedo imaginarlo. No soporta que lo hayas desbancado del podio futbolero.

—No es eso, ni ahí. Ya te dije el otro día lo que pienso: está muerto por ti y tiene celos de mí porque piensa que hay algo entre nosotros.

—Gálvez tiene una manera muy extraña de estar muerto por mí.

Collantonio la miró con seriedad, y Bianca percibió que se debatía entre hablar o callar.

—¿Qué? —lo animó.

—¿A ti te gusta Gálvez?

Lo miró fijamente, y se dio cuenta de que si no le respondía se debía más al hábito de esconderse que por incomodidad ante la franqueza del chico. Asintió, y se preguntó qué la impulsaba a confiar en él, al que conocía desde hacía poco menos de dos semanas, cuando había tardado meses en confesárselo a Camila.

—¿Puedo decirte algo sin que te enojes? —asintió de nuevo, poco convencida—. Tú eres una chica muy linda y muy buena onda a la que cualquier chavo querría como novia.

—Te cuento que nunca he tenido novio —comentó, fingiendo liviandad.

—Bueno, a eso iba. Eres muy linda y muy buena onda, pero impones una distancia que a uno lo frena —Bianca abrió grandes los ojos y profirió una risita nerviosa—. En serio. Es como si estuvieras muy arriba y fueses imposible de alcanzar.

—¿Soy una vanidosa?

—¡No! Nada que ver. No tienes una gota de vanidosa. Pero… Es raro, miras a los demás, no como lo haría una nariz parada, sino como lo haría alguien que no confía en nadie. Para un tipo eso es jodido, porque no nos gusta ni ahí ser rechazados. Y creo que a Gálvez menos que a nadie porque, como es tan creído, no está acostumbrado a que lo ignoren. Debe de tener más chavas que un jeque árabe.

La hizo reír, lo que dijo y su tonada cordobesa; rio también de nervios, y de felicidad. No debería estar contenta; sin embargo, las palabras de Córdoba le habían levantado el ánimo.

—Tienes razón, Sergio. Soy muy desconfiada, es un defecto de mi personalidad.

—Ojo, no lo veas como un defecto. En los tiempos que corren, sobre todo siendo mujer, es mejor ser un poco desconfiada que crédula, pero creo que hay que saber cuándo subir las barreras para que el otro entre. Y te aseguro que Gálvez quiere entrar.

—No lo creo. De todos modos, tú mismo lo dijiste: debe de tener más chavas que un jeque árabe. ¿Crees que eso no me asusta? ¿Crees que eso no me vuelve más desconfiada aún?

—Pues sí, supongo que sí. A nadie le gusta que lo caguen. Lo sé porque mi novia me cagó y me hizo mierda.

—Oh, lo siento, de verdad.

El cordobés asintió, sin mirarla, mientras pasaba el índice por las cajitas de Corazoncitos Dorin's.

—¿Es de Córdoba?

—Sí. Pensé que la distancia no sería un problema, pero me equivoqué.

—¿Te preparo el hot dog? Dile a tu mamá que el secreto está en ponerle al agua un cubito de caldo de carne y hojas de laurel.

—Pero hay algo más. Esa salsita que le pones me mata.

—Ah, ése es mi secreto mejor custodiado. Pero te lo voy a revelar porque ya te considero mi amigo —Collantonio le ofreció una sonrisa que, Bianca supo, le nació en el alma y que la hizo sentir bien—. La salsita la preparo con una parte de Savora (ojo, con Savora clásica, no mostaza) y dos partes de Mayoliva. ¿No es lo máximo?

5

El viernes llegaba a su fin, y Bianca caminaba las tres cuadras que la separaban de su casa con la cabeza puesta en la audición del día siguiente. Por supuesto, el nombre de Gálvez iba y venía con la misma calidad del balanceo perpetuo y regular de las olas que lamen la playa. En el colegio la había ignorado y se lo había pasado risueño y simpático; incluso, durante el segundo recreo, cuando entró en la cafetería para comprar una botellita de agua mineral, lo descubrió en compañía de una rubia (teñida) de cuarto, muy llamativa, con un cuerpazo que rajaba la tierra.

Se recluyó en la biblioteca y preparó resúmenes y trabajos para la semana siguiente y estudió para una prueba de Historia. No quería volver a cruzar la mirada con él, le bastaba la del día anterior, después de la pelea con Collantonio, en la que le comunicó a las claras que la habría destrozado con los dientes.

E incluso aislándose y ocultándose, las circunstancias se confabularon para que el abismo se pronunciara. Collantonio apareció en la biblioteca para devolver un libro y se acercó a conversar. Salieron juntos cuando sonó el timbre, y Gálvez los divisó en el momento en que él abandonaba la cafetería. Los observó por sobre la rubia despampanante de cuarto antes de inclinar la cabeza de manera deliberada para oír un comentario de ella. Rio y le colocó una mano en la parte baja de la espalda para guiarla.

—Ups —dijo Collantonio—, creo que, si tuviera una cuarenta y cinco, me pegaría un tiro —Bianca le destinó una mueca desolada—. No le hagas caso al numerito que está haciendo con esa chava. Puro teatro.

Bianca no sabía qué pensar. Si le pidieran una palabra para calificar lo experimentado durante esa semana habría dicho "confusión". Camila insistía en que su carta natal tenía demasiada energía transpersonal y que necesitaba la ayuda de una psicóloga para aprender a lidiar con tantos frentes. Ella, por lo pronto, se preguntaba si Gálvez estaría manteniendo la promesa de no fumar hasta el domingo de Pascua y qué ocurriría al día siguiente, a las cuatro de la tarde, la hora señalada para la audición.

Al llegar a su casa, el cuadro era el de costumbre: su madre con náuseas, recluida en la cama, y sus hermanitos a la deriva. ¡Cuánto extrañaba a la abuela Kathleen! Pero estaba en Inglaterra, visitando a su hermana, y volvería vaya uno a saber cuándo.

No contaba con mucho tiempo para poner orden. A las nueve y media la esperaban unos vecinos que habían solicitado sus servicios de *babysitter*. Echó en el refrigerador la carne que acababa de comprar, lo mismo hizo con las verduras, y marchó a su habitación para cambiarse. Se sorprendió al encontrar a Lorena, en brasier y panties, y con unas medias de red y unas sandalias altísimas, que sacaba ropa del clóset y la tiraba sobre la cama.

—¿Qué haces un viernes a esta hora? —preguntó, e intentó esconder la impresión que le provocaba la visión de las costillas en la espalda de su hermana.

"Dios mío, ¿cuánto pesa?"

—No sé qué ponerme.

—Lore, ¿comiste hoy?

—¿Qué?

—¿Quieres que te prepare algo antes de irte? ¿Unos huevos revueltos? A ti te encantan.

—Bianca, no me estés jodiendo.

—Es que estás muy flaca.

—Se supone que las modelos somos *muy* flacas.

—Pero tengo miedo.

—¿De qué?

—De que te pases de tueste. Vomitas todo, no dejas nada en el estómago. Así vas a empezar a perder el pelo, la piel se te va a avejentar. Comer tiene sus beneficios, ¿sabías?

—¿Qué me pongo? ¿Qué me pongo?

"¿Vas a verte con algún cliente importante?"

—¿Adónde vas?

—Sebas me invitó a un antro superpadre de la Costanera.

"¿Por qué me haces esto, Dios mío? ¿Por qué me haces sufrir de este modo?"

—¿Por qué estás vistiéndote tan temprano? —carraspeó para deshacerse del temblor en la voz.

—Porque quiere venir a echarse un drink aquí, a casa.

—¿Ah, sí?

"¡Tengo que irme lo antes posible!"

—Dice que quiere ver a los chicos. ¿Loco, no?

—¿Qué?

—Que un tipo como él quiera ver a los chicos. Yo creo que es su forma de mostrarme que está comprometiéndose con lo nuestro, ¿no te parece?

A Bianca le resultó imposible elaborar una respuesta. Se cambió deprisa y voló a la cocina.

* * *

Sus vecinos regresaron a las tres menos cuarto de la madrugada, y hasta que terminaron de interrogarla para saber cómo se habían portado los chicos y le pagaron, Bianca estuvo frente a la puerta de su departamento a las tres. No había riesgos de toparse con Gálvez y Lorena; no cabía duda de que ya se habían ido al antro. Metió la llave en la puerta y abrió. El silencio y la oscuridad le dieron la bienvenida. Entró, cerró la puerta y tanteó la pared hasta dar con el interruptor y encender las lámparas led del vestíbulo. Se cubrió la boca con ambas manos para reprimir el alarido que le provocó la silueta de un hombre perfilada bajo el dintel de la sala. La mochila cayó a sus pies.

—No te asustes —dijo Gálvez con voz clara, para nada cohibido por el silencio que reinaba en la casa—. Soy yo.

Bianca alejó lentamente las manos del rostro y se lo quedó mirando. No atinó a nada; la conmoción la había desprovisto de la capacidad de reacción.

—Me dijo Pablo que estabas cuidando a unos nenes, pero no supo decirme dónde. ¿Quién te trajo hasta acá?

—Nadie.

—Bianca, ¿volviste *sola* a esta hora?

—Baja la voz. Los nenes viven en el octavo. Tomé el ascensor para volver.

El alivio que se evidenció en el semblante de Gálvez le habría dado risa si la situación no hubiese sido tan grotesca.

—Trabajas demasiado.

—Por si no lo notaste, somos una familia numerosa. El único sueldo es el de mi papá, que no es particularmente abultado, y yo no puedo estar pidiendo para mis cosas. Tengo que trabajar. ¿Y Lorena?

—Duerme en el sillón. Tomó demasiado vino con el estómago vacío.

—¿Por qué están todavía aquí? ¿Por qué no están en el antro?

—Quería hablarte. No pude acercarme hoy porque te lo pasaste con tu cordobés.

—A ti tampoco te faltó la buena compañía.

—¿Estás celosa?

Bianca se puso en cuclillas y rebuscó en el bolsillo de la mochila, de donde extrajo la cajetilla y el encendedor. Se acercó dos pasos y extendió la mano frente a Gálvez.

—Toma. Aquí están —él hizo un ceño, en abierta confusión—. ¿No es esto lo que quieres? ¿No me esperaste todo este tiempo para que te los devolviera?

—No. No estoy aquí por eso. Y quítalo de mi vista, que en este momento sería capaz de asesinar por un cigarro.

Los colores inundaron las mejillas de Bianca. Se agachó deprisa para devolver los Marlboro y el Dupont a la mochila, y se demoró simulando que el cierre se había trabado; albergaba la esperanza de que el sonrojo se atenuara. Se puso de pie y, aunque intentaba mantener la vista apartada, una y otra vez sus ojos la traicionaban para estudiarlo. No le parecía justo que, en una sola persona, se concentrara tanta belleza y perfección. Había que concederle que él se esforzaba por tener ese físico; se cuidaba, hacía pesas, corría todos los días y practicaba artes marciales. Pero la belleza de sus facciones no tenía nada que ver con el esfuerzo: se las había regalado Dios. Ella, en cambio, después de una semana devastadora, cansada, sucia, despeinada y sin maquillaje, debía de lucir como un pájaro recién salido del cascarón. Deseó con una intensidad malsana que dejase de estudiarle los muchos defectos a la luz de las lámparas led.

—Gálvez, ¿por qué no me dices de una vez lo que tienes para decir y te vas con mi hermana?

—Tu hermana fue la única forma que tuve para llegar a ti. No sé el número de tu celular y Camila no quiso dármelo.

El corazón de Bianca, completamente desbocado, cambió el ritmo y dio un vuelco. Le dolió el pecho, y se llevó la mano a la garganta para ocultar el latido que él descubriría fácilmente.

—Se lo hubieses pedido a tu querida amiga, la profesora Mattei. Ella lo sabe.

—Tampoco quiso dármelo.

—Y no ibas a pedírselo a Lorena, ¿o sí?

—No.

—¿Por qué no fuiste a buscarme al local en lugar de armar este teatro? Lorena estaba muy ilusionada de verte.

—¿Ir al local? Sí, fui, pero cuando llegué estabas muy contenta preparándole un hot dog a tu noviecito, el prole de Córdoba. Me fui. Era obvio que no iban a darme la bienvenida.

—No es mi noviecito.

Gálvez levantó las cejas y ensayó un gesto irónico.

—¿No? Yo creo que sí.

—No, sabes bien que no.

—¿Y por qué tendría que saberlo?

"¡Porque estoy loca, loca por ti! ¡Imbécil!"

—Cada vez que te veo estás perreando con él.

—¿Perreando? —no emitió sonido, la palabra simplemente se dibujó en sus labios.

—Mañana vengo a buscarte a las tres para ir a la entrevista —dijo, y pasó junto a ella en dirección a la puerta.

—No te atrevas —masculló Bianca—. No te atrevas a aparecerte mañana o te juro que...

Gálvez dio un giro rápido, como el de un látigo, y la aferró por la nuca. Bianca se sujetó a la muñeca peluda y gruesa de él.

—¿O qué, Bianca? —se miraron fijamente—. Todavía no has entendido nada, ¿verdad? Mañana, a las tres. No me hagas esperar —la soltó y se alejó en dirección a la puerta. Con la mano en el picaporte y sin volverse, le ordenó—: Espera unos segundos y ábreme desde aquí arriba.

Bianca se quedó quieta, con los dedos en torno al cuello y la vista fija en los dibujos que formaba la madera del parqué. Se atrevió a moverse al escuchar el chasquido del pestillo. Tenía los músculos entumecidos. Caminó a la cocina y se detuvo frente al aparato del interfón. Esperó unos segundos como él le había ordenado y oprimió el botón para abrir la puerta de la recepción. No se preocupó por saber si él había salido.

Se dio vuelta y descubrió a su hermano Pablo, en piyama y descalzo, y a Moquito, que la contemplaban desde la penumbra del pasillo. Caminaron hasta ella. Pablo se abrazó a su cintura, mientras el beagle se ponía en dos patas y se apoyaba sobre su pierna.

—Creo que este chavo está loquito por ti, Pulga.

—Está loquito. Punto.

—¿Te duele el cuello?

—No. No apretó fuerte. No quiero que te preocupes. Ven, te acompaño a la cama. Moqui, a tu cama, ahora mismo.

Dejó la luz del pasillo encendida y entró en el dormitorio de los varones. Pablo y Juan Pedro compartían una litera; Felipe dormía en una cama baja que se guardaba todos los días bajo la litera.

Pablo se acostó en la parte de abajo. Bianca lo cubrió con la sábana y se arrodilló junto a la cabecera.

—Nos trajo regalos a todos.

—¿Papá?

—¡No! —la sugerencia pareció resultarle escandalosa—. Sebastián.

—¿De verdad?

Pablo deslizó la mano bajo la almohada y sacó una navaja Victorinox, de ésas con tijerita, sierrita y otras utilidades. Bianca sabía que costaba más de trescientos pesos porque había querido regalársela para el cumpleaños. La alegría y la sorpresa se mezclaron con la duda: ¿de dónde sacaba Gálvez tanto dinero?

—¿Cómo sabía que tú querías una?

—Yo le conté el otro día que quería la misma que tiene Lautaro.

—¿Estás contento? —Pablo asintió—. ¿Qué les trajo a los demás?

—A Juan Pedro, una playera del Barça padrísima.

—¡Debe de estar feliz!

—Sí, se fue a dormir con la playera puesta.

Bianca se tapó la boca y la nariz para contener la risa.

—¿Y a Martina?

—Una cajita con pinturas para la cara. Se pintó sola, pero supermal. Pero Sebastián le dijo que estaba muy linda.

—Me pregunto si se habrá lavado la cara antes de meterse en la cama.

—Creo que no.

—Me lo suponía. ¿Y a Feli?

—Una cajita de Playmobil.

Bianca elevó los ojos al cielo.

—Puedo imaginarme su excitación —dirigió la vista hacia el suelo, donde dormía el hermano menor, y divisó dos muñequitos sobre la almohada—. ¿Y a Loulita?

—Una muñeca. Y cuando se la dio le dijo que la había comprado porque se parecía a ella.

—¿Eso le dijo? —Pablo asintió—. ¿Y Loulita estaba contenta?

—Uf, no sabes. Los regalos los trajo por ti, Pulga, porque quiere que estés contenta con él.

—Yo creo que los trajo porque ustedes le cayeron muy bien.

Pablo sacudió los hombros.

—A Lorena no le trajo nada.

—A mí tampoco.

—Lorena estaba borracha —Pablo levantó la vista y la contempló con la animosidad que empleaba cuando temía que lo contradijeran.

—Lo sé. Tomó mucho y no comió nada.

—Lorena *nunca* come.

—¿Papá y mamá la vieron borracha?

—No. Mamá no salió de su cuarto porque se sentía muy mal. Cuando papá llegó, Lorena todavía no estaba *tan* borracha. Se llevó una bandeja con comida a su cuarto y no volvió a salir, así que después no la vio.

—¿Papá y Gálvez se vieron? —Pablo asintió—. ¿Y?

—Nada. Se dieron la mano, papá le preguntó unas cosas y después se fue porque tenía que irse a dormir temprano porque mañana viaja para Salta en un avión que sale a las seis y media.

—Ah, cierto. ¿Y qué cosas le preguntó papá a Gálvez?

—Esas cosas que siempre pregunta papá con cara seria: quiénes eran sus padres, qué hacían, qué pensaba estudiar cuando terminara el cole… Esas cosas.

—Y Gálvez, ¿qué respondió?

—Que su papá tenía una fábrica de pinturas, que su mamá era profesora de… de Lengua, creo. Y que no sabía qué iba a estudiar, que estaba viendo. Y Lorena le dijo que tenía que trabajar como modelo publicitario porque es muy galán. Lorena se quedó dormida en el sillón de la sala —soltó, sin pausa.

—Sí, lo sé. Ahora voy y la arrastro a la cama. Tú no te preocupes.

—Está bien.

—Gracias por contarme, hermanito —lo besó en la frente—. A dormir ahora.

—Te quiero, Pulga.

—Lo sé.

* * *

El sábado por la mañana, Bianca llamó a Camila al celular.

—¿De dónde me llamas? Escucho ruidos raros.

—Estoy en el local de mi tía.

—¿Los sábados también trabajas? —se escandalizó la taurina—. Seba tiene razón, Bianqui: trabajas demasiado.

—No vengo todos los sábados. Hoy vine porque ayer recibimos mercancía y hay un lío de cajas aquí atrás que no sabes lo que es. ¿Por qué Gálvez te dijo que trabajaba demasiado?

—Me llamó anoche, medio desesperado, debo decir. Me pidió tu celular porque quería ir a buscarte adonde estuvieses. Le dije que los viernes y los sábados por la noche cuidas niños, que no se preocupara, pero insistió en que quería ir a buscarte. Yo no quise darle tu celular porque como sé que las cosas entre ustedes están más o menos… No sé, tenía miedo de que te hiciera un desplante. ¿Hice mal? ¿Le debería haber dado el número?

—Hiciste bien. De todos modos, cuando llegué a casa a las tres de la mañana, estaba esperándome. Casi me dio un infarto. Pensé que era un ladrón.

—¡No te puedo creer!

Bianca relató los hechos a su amiga, y Camila admitió que su querido amigo estaba comportándose de manera extraña.

—Hoy vamos a ir a almorzar los tres. Creo que Lautaro y yo le diremos algunas cositas para ver si le cae el veinte.

—Estoy muy confundida, Cami. Gálvez me hace enfadar.

—Yo creo que Córdoba tiene razón: está hasta las manitas por ti.

—Pero ¿por qué ahora? ¡Hace años que me conoce!

—Eso, querida amiga, tendrás que preguntárselo a él.

* * *

Bianca, que rara vez le destinaba un pensamiento a la ropa y se echaba encima lo primero que hallaba en el clóset, estudió dos conjuntos extendidos sobre la cama. Lorena se vestía deprisa y la ponía nerviosa. No la dejaba pensar.

—¡Mierda! —insultó la mayor, y arrojó el celular sobre la cama.

—No digas mierda —la amonestó Martina, y siguió aplicándose una sombra turquesa de las que le había regalado Gálvez.

—No me hables, pendeja, o te surto.

—¿Puedo pintar a Lourdes? —Martina, con el aplicador cerca de los ojos azules de la más pequeña, miraba a Bianca a la espera de su autorización.

—¿Qué? No, Martina. Lourdes es muy alérgica y no sabemos si esos productos son hipoalergénicos.

—Son unas baratijas —soltó Lorena—. Los debe de haber comprado en la Salada.

—¡No son unas baratijas! —se enojó Martina.

Bianca observó que Lorena marcaba por enésima vez un número telefónico. El repiqueteo de su sandalia sobre el parqué acompañaba el ritmo de su impaciencia.

—¡Mierda! —volvió a tirarlo sobre la cama.

—¿Qué pasa?

—Ese desgraciado de Sebastián que no me contesta. Anoche se fue y me dejó aquí, plantada. ¿Quién se cree que es para hacerme algo así?

—Cuando llegué, estabas dormida en el sillón. Traté de despertarte para que fueras a tu cama, pero fue imposible. Por eso te quité las sandalias, te eché una manta encima y te dejé en el sillón.

—Sí, gracias. Hoy me duele hasta el pelo.

—Te digo que fue imposible despertarte. A Gálvez le habrá pasado lo mismo.

—Sí, puede ser —admitió, y siguió vistiéndose—. Pero anoche estaba raro. Debe de ser por esa idea estúpida de dejar el cigarro. Estaba insoportable.

—Dejó de fumar —aseguró Martina— porque yo dije que el tabaco da cáncer. Y él me hace caso en todo.

—Sí, claro —se mofó Lorena.

Bianca la miró de reojo y supo, con certeza meridiana, que se encontraría con un cliente. En ese tiempo había aprendido a detectar los signos que revelaban las disposiciones de Lorena, pues adoptaba una actitud cuando se preparaba para un desfile, otra, para una sesión de fotos, otra, para salir con amigos, y una muy distinta para acostarse por dinero.

El celular de Lorena sonó, y ésta apretó el botón con gesto desencajado.

—¡Sebas! —el corazón de Bianca sufrió uno de esos vuelcos que, estaba segura, acabarían por conducirla a la tumba—. Ah, hola, Ricky, eres tú. Nadie, nadie. Un amigo. Sí, sí, estoy lista.

La llamada de Ricardo Fischer confirmó las sospechas de Bianca. No quería que Lorena fuese a la cita, pero no sabía cómo impedírselo.

—¿Comiste, Lore?

—No jodas, Bianca —le advirtió, mientras llenaba una carterita Louis Vuitton—. Chau, nos vemos esta noche.

—Chau, Lore —la despidió Bianca.

Martina le sacó la lengua.

* * *

Bianca, que esperaba a Gálvez en la banqueta, divisó el Peugeot 206 a lo lejos e inspiró para aquietar la taquicardia. Se metió tres pastillitas Tic Tac en la boca y las chupó hasta llenarse de una saliva fresca. Tragó para deshacer el nudo en la garganta y consultó la hora: tres menos cinco.

Como no había lugar para estacionarse, Gálvez se ubicó en doble fila y estiró el brazo para abrir la puerta del copiloto. Bianca entró, y la recibió una canción que le gustaba: *Set fire to the rain,* de Adele. Gálvez bajó un poco el volumen y la estudió con una media sonrisa.

—Hola.

—Hola —contestó ella, y apartó la vista—. Vamos, por favor.

—¿Estás nerviosa?

"Por la audición, no. Por ti, sí. Mucho."

—Un poco. ¿Puedo subir el volumen? Me encanta esta canción —Gálvez lo hizo desde un comando en el volante—. Gracias.

—De nada —dijo, y arrancó.

Él la observaba, sobre todo en los semáforos en rojo, y Bianca se preguntaba si le agradaría lo que veía. Había optado por un atuendo simple y casual: unos jeans muy gastados (tenían un hueco por el que asomaba una de sus rodillas), una playera blanca de rayón, con el cuello de ojal y mangas tres cuartos, un cinto color mostaza y hebilla de bronce, y tenis blancos que imitaban a los Converse; nadie habría podido juzgarla de acuariana con un atuendo tan clásico. Se había puesto aritos en los tres agujeros de la oreja izquierda y en los dos de la derecha, y en el cuello, una cadenita con su inicial. Llevaba el pelo suelto, con la raya al costado, como le había enseñado Bárbara (le parecía que le quedaba bien) y poco maquillaje: rímel en las pestañas (uno de Lorena, de Christian Dior, que le dio un volumen increíble) y brillo rosa. Aprovechando que su mamá estaba en la cocina, le robó unas gotas de *Organza,* un perfume que la fascinaba. ¿Le gustaría a Gálvez?

—¿Qué perfume traes? Me encanta.

Apartó el rostro de la ventanilla, donde lo había mantenido con terquedad, y lo miró fugazmente.

—*Organza.*

—Muy bueno. Nunca te lo había olido.

—Es de mamá.

—¿Te lo presta?

—A veces —mintió. En realidad, tenían prohibido usarlo, restricción que, hasta ese momento, la había tenido sin cuidado porque prestaba escasa atención a esos detalles. Ese día, por el contrario, perfumarse para Gálvez se había convertido en algo primordial. Esperó hasta último momento para rociarse con *Organza* y se despidió de su madre desde lejos, pues Corina tenía un olfato excelente.

En tanto el paisaje citadino pasaba frente a ella, Bianca reflexionaba por qué había decidido ir con él a la audición. Nada le había impedido tomar el autobús y presentarse sola; no obstante, la idea se le había hecho insoportable. Quería estar con él, aunque la intimidara, aunque se comportase como un matón, aunque fuera autoritario y hablara demasiado, aunque le restregara en la cara a la rubia teñida de cuarto. Aunque le dijera que perreaba con Sergio. Terminase como terminase ese vínculo que había nacido el lunes por la noche, ella jamás olvidaría cada mirada, cada gesto, cada instante compartido con su amado Gálvez.

En un semáforo en rojo, él le apartó el cabello y le acarició el cuello con el dorso de los dedos. Ella estuvo a punto de apartarlo, pero se refrenó y conservó la posición con la cara vuelta hacia la ventanilla. Bajó lentamente los párpados. Sintió que se ablandaba, que la tensión de los músculos cedía, mientras otras partes comenzaban a palpitar, enloquecidas.

—Perdóname por haberte agarrado del cuello anoche —ella se volvió para mirarlo, y Gálvez le contuvo la mejilla con la mano—. Estaba muy nervioso y preocupado porque no volvías y la falta de nicotina estaba matándome.

Cerró los ojos, descansó la cara sobre la mano de él y se la besó. Un bocinazo rompió el conjuro, y Bianca volvió a su postura inicial, turbada y ruborizada. ¿Por qué había hecho eso? ¿De dónde había nacido el valor para besarle la mano? Lo miró de reojo, y se dio cuenta de que su osadía también lo había afectado.

—¿Quieres que compremos parches de nicotina? —a él lo tomó por sorpresa que hablase; también el ofrecimiento—. Los venden en Farmacity. No son muy caros. Una vez se los compré a mamá. También hay chicles para los que dejan de fumar. Mi tía los vende. Es para bajar la ansiedad. ¿No quieres parar en el próximo Farmacity y los compramos? Tenemos tiempo. Es temprano.

Gálvez le contemplaba la boca con fijeza, y Bianca sintió pánico; ella no sabía besar, nunca lo había hecho, y le daba vergüenza admitirlo a los diecisiete años. "¿Qué clase de *freaky* pensará que soy?" Para nada ayudó que rememorara la afirmación de Lorena: "¡Besa como los dioses! ¡Me dejó mojada!".

—No quiero que estés mal por la abstinencia de nicotina —explicó sin necesidad, nerviosa y apresurada.

—¿Cuánto te importa que lo pase mal? ¿Mucho?

No contestó y volvió a concentrarse en el paisaje. Al cabo, él le confió:

—Anoche, apenas te toqué el cuello, la furia desapareció como por arte de magia. Es tan delgado que pude agarrarlo todo con una mano. Me impresionó mucho —Bianca lo interrogó con la mirada—. Me dio miedo.

—¿De qué?

—De que seas tan delicada. De que te hagan algo malo.

—No soy de cristal, Gálvez.

—Para mí, sí. Para mí eres mi muñequita de cristal, y tengo miedo de que alguien te lastime. Pero tú no quieres que te proteja.

Bianca no acertaba a establecer si el discurso la había halagado o molestado. En gran parte había sonado como si ella fuese una niñita y él, un papá preocupado.

—¿De qué te habrías disfrazado anoche si Lorena no se hubiese quedado dormida? ¿Cómo habrías hecho para esperar hasta que yo volviera? Ella te habría presionado para ir a bailar.

—Me las habría ingeniado. Soy un hombre de recursos, Bianca —el Gálvez hábil y seductor había regresado a su lado, y no se quejó: se sentía más cómoda con ése que con el otro, el dulce y sensible que la obligaba a enfrentarse a una parte de ella a la que temía.

—Y una vez que hubieses hablado conmigo (Dios sabe cómo con Lorena revoloteando por ahí), ¿cómo habrías hecho para irte sin ella?

—¿Por qué me habría ido sin ella? La habría llevado a bailar. Estoy seguro de que la habríamos pasado muy bien. Ella sí que sabe cómo pasarla bien.

"¡No te imaginas cuánto!"

Gálvez detuvo el Peugeot y lo estacionó entre dos automóviles con movimientos económicos y certeros.

"¿Llegamos?", se extrañó Bianca, y enseguida divisó el local de Farmacity a unos metros.

—Ven, acompáñame. Después de todo, ésta fue idea tuya.

Descendió y se quedó esperándolo junto al automóvil. Él caminó hacia ella, y Bianca advirtió demasiado tarde su maniobra: la obligó a recostarse en la puerta del Peugeot y la mantuvo prisionera con la presión de la pelvis sobre su estómago. Colocó las manos en el filo del techo, a ambos lados de su cabeza, y la miró, no fijamente, sino que paseó la vista por su rostro para estudiarla.

Se trataba de la posición más íntima que Bianca había compartido con otro ser humano. Que fuese con Gálvez la desposeyó de la capacidad de razonar. Su mente se convirtió en una cavidad oscura sin ideas, sin palabras, sin sonidos, sin aromas. Lo único constante y real, además de ese par de ojos verdes, sobre los que reverberaba el sol de la siesta, era una punzada en la vagina. Algo latía allí abajo, y le provocaba un dolor tan intenso que temió no conseguir mover las piernas.

Gálvez se inclinó, tan próximo que Bianca percibió la humedad de su respiración sobre los labios. Él sonrió con evidente sarcasmo, y a ella le dolió que se burlase de su inexperiencia. Algo común y corriente para él, para ella, era un terremoto emocional. Le mostró la mejilla izquierda. Cuando él habló, su boca le rozó la piel, y a la pulsación en la entrepierna se le sumó una picazón en los pezones.

—Te hice una pregunta y no la contestaste —le recordó, con ánimo juguetón—. Eso no me gusta. Soy caprichoso y demandante, y quiero que se cumplan todos mis deseos.

"No por nada naciste bajo la influencia del signo del león."

—¿Qué pregunta? —quiso saber, siempre con la cara vuelta y de puntitas.

—¿Te importa que lo pase mal por la falta de nicotina?

Bianca bajó los párpados y asintió.

—¿Cuánto? ¿Mucho? Dilo —le exigió, y sus labios le acariciaron la piel erizada de la mandíbula—. Di: "Me importa muchísimo, Sebastián".

Fue en ese instante en el que una sabiduría que no nació de ella, sino que la iluminó desde arriba como un reflector que echa luz sobre un camino sumido en la oscuridad, le susurró que no flaqueara, ni cediera a la exigencia de él por mucho que anhelara confesarle que lo amaba, que lo había amado desde que tenía trece años y que la aterraba la sospecha de que lo amaría la vida entera. "No se lo digas", la instaba la voz, "todavía no es tiempo, porque es tu calidad de inasible lo que está volviéndolo loco, lo que mantiene confundido y enojado al niño caprichoso que habita en él". Su reticencia lo ayudaría a madurar, porque exacerbaría una parte largamente dormida: su naturaleza de conquistador. Dotado de una cara de ángel, con el cuerpo de un dios griego y el carisma de un líder, obtener el objeto deseado le había costado tan poco, en especial con las mujeres, que se había vuelto insensible a las necesidades ajenas y avasallador.

Bianca giró el rostro de modo repentino para enfrentarlo. Había tal decisión en sus ojos oscuros que Gálvez dio un respingo. Lo vio pestañear, confundido.

—Gálvez, no vuelvas a dictarme lo que tengo que decir. Nunca más. Tú no me conoces, porque tengo la impresión de que no te interesa conocer a nadie profundamente, pero para mí, mi libertad y mi inteligencia son valores que protejo tanto como a mi vida. Si te interesa mi amistad, respétalas así como yo te respeto a ti, a pesar de ser tan distinto a mí.

Gálvez se incorporó, y la presión en el estómago de Bianca cedió.

—Okei. Discúlpame —murmuró, y dejó caer los brazos a los costados del cuerpo.

—No hay problema. Vamos a Farmacity. No quiero que se haga tarde para la audición.

* * *

El local del bar karaoke (una casa de principios del siglo XX) vibraba con la actividad de los albañiles, los carpinteros y los electricistas; resultaba evidente que trabajaban a contrarreloj. A Bianca le gustó el aroma a pintura y a nuevo. Gálvez, en cambio, entró pisándole los talones y con actitud desconfiada. Lanzaba vistazos en torno y se demoraba en los trabajadores que la miraban más de la cuenta.

Al divisarla, Carmelo Broda detuvo la conversación con un hombre y se le acercó. Bianca le devolvió la sonrisa y confirmó la buena impresión que le había causado en el local. Una mujer de unos cincuenta años, menuda y con una melenita rojiza y con rizos que le enmarcaban la cara redonda, se aproximó detrás de Carmelo y le sonrió con la misma calidez. Al dirigir la vista hacia Gálvez, el gesto le mudó de manera brusca: la sonrisa se le desvaneció y sus párpados se separaron un poco más de lo normal. "No se preocupe, señora", pensó Bianca. "Nos sucede a todas, incluso a mi hermana de nueve años. Es lo que yo llamo 'el efecto Gálvez'. Tranquila. Pasará. O no. A mí viene durando unos cuatro años."

—Hola, Bianca. Gracias por haber venido. Y tan puntual —añadió—. Te presento a Mariel, mi esposa.

—Hola, Bianca —la mujer la besó en la mejilla—. El Maestro Luz habla maravillas de ti.

Carmelo extendió la mano hacia Gálvez.

—¿Qué tal? ¿Tu nombre era…?

—Sebastián —se apresuró a contestar Bianca.

—Soy el novio de Bianca —lo escuchó agregar, y se tensó al percibir el calor de sus manos sobre los hombros. Se puso colorada y experimentó unas ganas irrefrenables de plantarle un pisotón, aun sabiendo que no le haría mella. Ella pesaba la mitad y tenía unas zapatillas inofensivas, en tanto él calzaba esos botines amarillos, los Caterpillar. Había que admitir que le quedaban de maravilla con los jeans color chocolate y esa camisa blanca.

—Hacen una pareja lindísima —comentó Mariel, con sincera alegría.

—Gracias —contestó Gálvez.

El matrimonio Broda los guio a través de la vieja casona y les explicó los destinos de cada habitación.

—Aquí se podrá bailar al viejo estilo —dijo Mariel—. No todos con todos, como ahora, sino cada uno con su pareja. Habrá movidos, pero también lentos.

—Aquí estamos armando los reservados —comentó Carmelo—, con sillones bien cómodos y buen aislamiento para que las parejas puedan charlar sin tener que gritar como locos.

—Es casi un antro —opinó Gálvez.

—Sí, es la idea. Funcionará como bar karaoke y antro los jueves, viernes y sábados. Los demás días, será un bar tradicional.

—Esta habitación al lado de la cocina será para que las empleadas mujeres dejen sus cosas y se cambien —explicó Mariel—. Funcionará como camerino. Y aquí estará el corazón del local —anunció, y entraron en un patio de gran amplitud en el que convergía la mayoría de los cuartos.

A Bianca le gustó de inmediato, en especial la luz natural que bañaba las baldosas de color guinda y que se filtraba por el techo de vidrio. Por supuesto, de noche el efecto se perdería; no obstante, ella sabría que sobre su cabeza estaban el cielo y las estrellas, y eso la haría sentir bien.

—¿Cuándo es la inauguración? —se interesó Bianca.

—El sábado que viene. Como ves, estamos trabajando a mil por hora para terminar en tiempo.

Unos carpinteros, que armaban la tarima que serviría de escenario, detuvieron el taladro cuando Carmelo Broda se acercó y les habló al oído. Enseguida, batió las palmas y vociferó:

—¡Ey, muchachos! ¡Todos al patio principal! Aquí se necesita un público para oír cantar a esta hermosa señorita.

Bianca acarició la idea de salir corriendo. Buscó la mano de Gálvez y la apretó. Él entrelazó sus dedos con los de ella y presionó ligeramente.

—No tengas miedo, aquí estoy yo.

—No quiero público.

—Es mejor porque así será en la realidad.

—No estoy preparada.

—¿Sabes cantar? —Bianca asintió con una sacudida nerviosa—. Entonces, estás preparada. Piensa, además, que si nos fuéramos ahora porque tienes miedo, te sentirías frustrada y te arrepentirías de no habértela jugado por tu sueño.

"La palabra clave en mi vida es justamente ésa, jugármela, arriesgar", recordó Bianca. "Es lo que Alicia me dijo, que tendría que aprender a arriesgarme a ser distinta y a mostrar que lo soy en verdad."

—Bianca —Gálvez se colocó frente a ella y le contuvo el pequeño rostro entre las manos—, piensa en esto: tú tienes un don que pocos tienen. Tu voz es muy especial y todos quieren oírla, porque es alucinante. Ahora te sientes en desventaja y te molesta que te miren. Pero cuando empieces a cantar, dejarán de mirarte a ti para escuchar *tu voz*. No van a poder creer lo que están escuchando, como me pasó a mí el otro día cuando oí el cidí en mi auto. Piensa —dijo, con menos dramatismo— que estos tipos cantan como perros y sólo bajo la ducha. Tú les das la vuelta.

Emitió un sonido ahogado, mitad risa, mitad llanto.

—¿Qué pasa? —Mariel se aproximó y la miró con dulzura.

—Está un poco nerviosa —intervino Gálvez.

—Es comprensible. Pero piensa que aquí somos todos amigos y que estamos para echarte porras y darte aliento.

—Gracias —masculló.

Carmelo colocó un taburete alto en el escenario y pidió silencio.

—Bianca, ¿con qué canción te gustaría comenzar?

Carraspeó y sacó el catálogo y el cidí de su bolsa boliviana, que le entregó a Gálvez antes de que éste la ayudase a trepar en el taburete.

—Con *Wuthering Heights,* de Kate Bush. Sé que es una canción de los setenta, pero estaba en el catálogo.

—Porque es una de mis favoritas —la alegría de Mariel dio ánimo a Bianca—. ¿Por qué la elegiste?

—Porque es una composición con registros muy altos y les dará una idea de lo que puedo cantar.

—¿Sabías que hay un libro que se llama igual? —comentó Mariel—. *Cumbres borrascosas,* en castellano. La historia me encantó.

—Sí, lo leí. De hecho, la canción habla de la historia de Cathy y Heathcliff.

—¿De verdad? —Mariel se aproximó y fijó la vista en el catálogo abierto sobre las piernas de Bianca—. No entiendo un pepino de inglés —Bianca tradujo los primeros versos—. Increíble. Tantas veces que la escuché y jamás imaginé que se refería a la novela de Brönte. Pensé que compartían el título, nada más. ¿Cómo pronuncias... *Gude...?*

—Es una pronunciación muy cerrada. Guodrin jaits.

—Goderin jats. No me sale.

—Bianca —habló Carmelo—, ¿estás cómoda?

—Sí, gracias.

—¿Empezamos?

Agitó la cabeza. Gálvez, que no se había movido de su lado junto al taburete, volvió a sujetarle el rostro y a mirarla fijamente. Le destinó esa sonrisa pura, como de niño, que la hacía olvidar de todo.

—Los vas a dejar con la boca abierta, como me dejaste a mí.

Bianca le cubrió las manos con las pequeñas de ella y las apretó.

—Gracias por estar aquí —susurró.

—Es en el único lugar donde quiero estar.

Gálvez se retiró a la primera línea de público. Bianca lo acompañó con la mirada, sonrió cuando le hizo un guiño y, de manera instintiva, bajó los párpados para potenciar el sentido de la audición. Él había sido su última visión, su Heathcliff. Inspiró al escuchar los primeros acordes del piano y se concentró en no caer en un estilo lírico, sino pop. La ductilidad de su voz era de las características que la profesora Mattei apreciaba.

Out on the wily, windy moors/ we'd roll and fall in green/ You had a temper, like my jealousy/ too hot, too greedy.

Bianca cobró confianza con esos primeros versos y, aunque permanecía con los ojos cerrados, percibía la empatía de ese público tan especial. Tenía que acostumbrarse a que su voz provocara sentimientos en la gente. Había recibido un don y tenía que devolverlo multiplicado, porque el regalo venía con una responsabilidad: usarlo para dar alegría. Tenía que aceptar que, si ella cantaba, el mundo se convertía en un sitio más bello, al menos eso le había dado a entender Gálvez. Entonces, se dio cuenta de que cantaba sólo para él.

I'm coming back, love, cruel Heathcliff/ My one dream, my only master.

Su Heathcliff también era cruel, y también era su único sueño, más añorado que el de convertirse en una cantante lírica. Sobre todo, su Heathcliff era su único señor, su único dueño.

I'm coming back to his side to put it right/ I'm coming home to Wuthering, Wuthering, Wuthering Heights/ Heathcliff! It's me/ I'm Cathy/ I've come home tonight.

Las últimas notas fueron languideciendo hasta desaparecer, y el silencio reinó donde minutos atrás el estruendo de los taladros, los serruchos y los martillos había dificultado la conversación. Bianca abrió los ojos lentamente y lo primero que vio fue a Gálvez. Sus ojos verdes brillaban y le temblaba el mentón. Era sensible su Leo con Ascendente en Piscis.

—¡Guau!—proclamó Carmelo, y el público explotó en aplausos y silbidos.

Gálvez caminó hacia ella, la levantó por la cintura y la hizo dar vueltas en el aire, lo que causó que se intensificaran los vítores y los bravos.

* * *

—Vamos a festejar —propuso Gálvez una vez que ocupó su lugar en el automóvil y cerró la puerta—. ¿Adónde quieres que te lleve? Elige un lugar, el que más te guste.

"Donde tú estés, ése es el lugar que más me gusta."

—Tengo ganas de tomar un helado.

—¿Freddo, Volta, Pérsico? Hay un Volta en Libertador. Está padre.

—No lo conozco. Okei, vamos ahí.

Puso en marcha el Peugeot. Sonreía, y verlo tan contento la hacía sentir cosas que la abrumaban, cosas nuevas, de las que poco sabía, cosas locas, como locas habían sido esas vueltas en el aire que él le había hecho dar frente a todos para comunicarle lo orgulloso que estaba de ella.

Gálvez le buscó la mano izquierda que descansaba sobre el asiento y entrelazó los dedos con los suyos. Se la llevó a la boca y la besó con los ojos cerrados.

—Eres lo más alucinante que conozco, Bianca. Cuando cantas, se me pone la piel de gallina. También te luciste con las otras dos canciones que cantaste, pero la primera fue lo máximo. ¿Cómo es que se llama?

—*Wuthering Heights.*

—Guder...

—Guodrin jaits.

—¡Qué buena onda que sepas inglés! ¿Dónde lo aprendiste? ¿En un instituto?

—Mi abuela es inglesa. Ella no nos habla en otro idioma.

—Cierto. El otro día lo dijo el tipo ese, el que se viste como Aladino. Es la mamá de tu mamá, ¿no? —Bianca asintió—. ¿Y cuándo puedo conocerla?

—Cuando vuelva de Inglaterra. Su hermana le pagó el pasaje a Londres para que fuera a visitarla. La extraño muchísimo —admitió.

Sobrevino un silencio en el que Bianca se debatía por abordar un tema. Al cabo, dijo:

—No sé cómo te animaste a pedir un aumento de mi sueldo.

—Bianca, por ti, me animo a cualquier cosa, pero creo que te molestó.

Al final de la audición, el matrimonio Broda se mostró encantado con sus dotes de cantante y le aseguraron que el puesto era de ella. Le enumeraron las condiciones: cantaría viernes y sábados, de diez de la noche a tres de la mañana, aunque el horario podía variar de acuerdo con la cantidad de gente; le pagarían quinientos pesos y contratarían un radiotaxi para que la llevara y la trajera.

—Quinientos pesos es poco —intervino Gálvez—. El doble sería lo justo.

—¿Mil pesos? —se asombró Mariel.

—Si Bianca tiene que cantar todos los viernes y sábados de diez a tres, son diez horas por fin de semana. Si le dan quinientos pesos, estarían pagándole cincuenta pesos la hora. A una empleada doméstica se le paga cuarenta la hora. No es mi intención despreciar a las empleadas, pero creo que lo que hace Bianca es un poquito más difícil que limpiar. Merece que le paguen, por lo menos, el doble.

—Yo, a mi empleada —informó Mariel—, le pago veinticinco la hora.

—Podrías tener problemas con el Sindicato del Personal de Casas de Familia. Ellos exigen que se pague cuarenta pesos la hora. Llama el lunes e infórmate. No sea que la empleada te denuncie.

—Pero no olvides de que a los quinientos pesos que le ofrecemos hay que sumarle el radiotaxi, que vamos a contratar para que la lleve y la traiga.

—*Yo* voy a llevarla y traerla. No hace falta que gasten en radiotaxi. Mejor, denle el dinero a ella.

—De todos modos —insistió la mujer—, no es que vaya a estar cantando las diez horas. Lo hará para abrir y para cerrar, y cuando veamos que la gente se desanima o está cohibida.

—Igualmente, son diez horas. Ella, durante diez horas, estará a disposición de ustedes y no podrá hacer otra cosa.

—Setecientos —ofertó Carmelo.

—Novecientos —dijo Gálvez.

—Ochocientos.

Gálvez miró a Bianca, y la halló perdida y turbada.

—Okei. Ochocientos.

Gálvez cambió la marcha y enseguida volvió a tomarle la mano.

—¿Tengo razón? ¿Te molestó que peleara por un aumento?

—Me puso muy incómoda, no voy a negarlo, pero el aumento me viene superbién. Así que… Gracias.

La tensión se desvaneció del rostro de Gálvez, y la sonrisa volvió a iluminarlo. Bianca le sonrió a su vez, al tiempo que meditaba: "Necesito de su fuego leonino porque con tanto aire acuariano vivo en las nubes. Y de aire no se vive".

—¿Y te molestó que me presentara como tu novio?

—Había que seguir con el teatro, ¿no? Me habías llamado "amor" frente a Carmelo Broda el otro día, en el local.

Gálvez asintió, de pronto serio, y volvió la vista al frente. Bianca se permitió observarlo mientras conducía, no sólo el perfil; los brazos, las manos y las piernas también; y el diseño de los dedos, las uñas bien cortas y limpias, la forma de la rodilla que se insinuaba bajo el pantalón color chocolate, y las pestañas tan curvas que parecía postizas, y la forma de la oreja, y ese orificio en el lóbulo en el cual no llevaba ningún arito, y el mentón, que de frente era ancho y cuadrado, y que de costado se le respingaba. Pocas veces se le ofrecía la oportunidad de estudiarlo de cerca, y le causaba vértigo sentirse con derecho a ese escrutinio cuando durante años lo había hecho furtivamente. Era una sensación intensa y peligrosa, y la asustaba.

* * *

Él pidió un cuarto de helado y ella, un vasito mediano. Se ubicaron en una mesa en la banqueta. Con actitud masoquista, Bianca observaba la reacción de las clientas en tanto Gálvez se abría camino entre las mesas.

—Creo que si la envidia matase, yo ya estaría muerta.

Gálvez se llevó una cucharada de dulce de leche a la boca y ensayó un ceño.

—Lo digo porque todas las mujeres querrían estar en mi lugar, aquí, contigo.

—Pero yo solamente quiero estar contigo.

—Es difícil no sentirse incómoda por el modo en que te miran.

—¿Y por qué me miran? ¿Porque tengo una cara linda? Ninguna de estas chicas sabe cómo soy, ni lo que pienso, ni lo que siento. Sólo ven la cáscara, me ven como un objeto. Ya me cansé de eso.

Bianca asintió sin convencimiento y probó su helado de mango. Gálvez apoyó el envase de unicel sobre la mesa y se apoderó de su mano libre. Se inclinó para besársela como había hecho el lunes por la noche en el baño de su casa, en las yemas de los dedos, y después siguió con los nudillos, y la palma, y arrastró la boca a lo largo de la línea de la vida, y para ella fue sublime ver cómo la carne de sus labios se aplastaba contra su piel. En ese punto, ella cerró la mano y le cubrió la boca y el mentón. Él permaneció quieto, a la espera de que ella hiciese lo que quisiera. Con la cabeza inclinada y los ojos cerrados, ofrecía una postura de sumisión y entrega que la conmovió porque estaba segura de que, para un leonino acostumbrado a reinar, debía de resultarle embarazosa, perturbadora tal vez. No obstante, lo hacía por ella, para que le creyese.

Bianca movió los dedos y le acarició la mandíbula, y se le humedeció la piel cuando la respiración de él se agitó.

—No te afeitaste. Me gusta.

Sin levantar la cabeza, Gálvez alzó la vista, y Bianca se dijo que no conocía ojos más hermosos. Su belleza no radicaba sólo en el color verde con destellos dorados, sino en el conjunto que conformaban con las cejas oscuras y las pestañas espesas y negrísimas, y también por la perfecta ubicación, no muy separados, no muy juntos, simplemente a una distancia justa del tabique nasal. Se dio cuenta de que tenía una frente amplia, despejada, que avanzaba un poco sobre las sienes como formando bahías.

—Bianca, quiero que confíes en mí. Por favor.

—Estoy tratando, pero es difícil.

Le dolió verlo asentir con aire de derrota y agarrar el helado sin ganas. Su León siempre triunfaba, reía y hablaba hasta por los codos; él era el centro, la luz, la hoguera que nunca se extinguía.

—Gracias por los regalos que les llevaste anoche a mis hermanos. Pocas veces los he visto tan felices. Ahora te quieren como a Santa Claus.

—Lo hice por ti, Bianca, porque me di cuenta de que son muy importantes en tu vida.

Bianca estiró el brazo y le acarició la boca fría a causa del helado. Él pareció congelarse al retener el aliento y detener el pestañeo. Sus ojos, sin embargo, refulgían llenos de vida y no la abandonaban, y era halagador e inquietante. Demasiada atención sólo para ella. ¡Qué osadía de su parte! Tocar a Gálvez, ¡a Gálvez!, en la boca, y que él se lo permitiese y lo disfrutarse. Ella actuaba sin técnica, ni conocimiento. La guiaba el deseo desmedido que le provocaba la cuadratura de Plutón con Marte. Hundió con delicadeza la punta del índice en la carnosidad de su labio inferior, y después dibujó el diseño del superior. Se sintió ebria de felicidad, y la sonrisa que le separó los labios fue inconsciente y se reflejó en la que él le devolvió.

—Bianca...

—Debiste de gastar una fortuna en esos regalos. Lo sé.

—No importa.

—Claro que importa.

—El dinero no es un problema para mí. Antes, sí. Ahora, no.

—¿Estás trabajando?

—Me avergüenza admitirlo frente a ti, que trabajas tanto, pero no, no trabajo.

Le temía a la próxima pregunta; en realidad, le temía a la respuesta. ¿Vendería droga? ¿Se prostituiría? No quería que le mintiera, pero tampoco quería saber, si la verdad era tan dura.

—¿Cómo es que ahora tienes dinero?

—Por mi papá. Él está forrado. Y me quiere dar lo que no me dio en todos estos años de abandono. Me compró el auto, me dio una extensión de su tarjeta de crédito, me pasa una lana todos los meses… En fin, mis problemas económicos desaparecieron.

El alivio de Bianca se tiñó de una alegría exuberante que la impulsó a acariciarle la frente. Quería borrarle el ceño.

—Si tus problemas económicos se solucionaron porque tu papá quiere hacerse perdonar por su abandono, ¿por qué me lo cuentas así, con esta cara triste?

—Porque me siento una mierda. Acepto todo lo que me da, el auto, la tarjeta de crédito, la lana, pero no puedo perdonarlo. Se la vive invitándome a su casa, a su quinta, a su depa en Punta del Este, a las fiestas familiares, y yo me la vivo diciendo excusas para no ir. No soporto la idea de fingir en ese mundo del que me excluyó años atrás.

Bianca quiso retirar la mano, pero Gálvez la atrapó y se la colocó en la mejilla. Cerró los ojos.

—Sentirte una mierda es un buen comienzo —los párpados de Gálvez se abrieron de golpe—. Si tu papá no te importase, si no sintieras un poco de cariño por él, aceptarías todo, es más, intentarías quitarle más de lo que te ofrece, y no se te movería un pelo. Mostrar este cargo de conciencia habla de que aún sientes algo por él —Gálvez le besó la palma largamente—. Creo que deberías darte un tiempo para ajustarte a la situación. Él se fue un día y nunca más volvió. Habrás tardado en acostumbrarte a su ausencia. Pues bien, ahora regresó. Tardarás en acostumbrarte a su presencia.

Gálvez se quedó mirándola. Al cabo, expresó:

—No te vi venir, Bianca Rocamora. Te juro que me tomaste por sorpresa y pusiste mi vida patas arriba.

—En cambio, a ti, Sebastián Gálvez, se te ve venir desde mil kilómetros de distancia. No por nada naciste bajo el signo de Leo y estás regido por el Sol.

—¿Tú también con ese cuento de los astros? ¡Camila me tiene los huevos en compota con eso! A Gómez también, pero él le pasa todo.

—Deberías prestarle más atención. No tienes idea de las cosas que puedes saber del otro conociendo su carta natal.

—¿Sí? ¿En serio? —Bianca asintió y comió un poco de helado medio derretido—. Hoy almorcé con Camila y Gómez, y Cami estuvo dándome duro y parejo con ese tema. Me dijo algunas cosas que me asustaron un poco.

—¿Qué te dijo?

—Que eras de Acuario y que para ti la libertad es lo más importante. Cuando hace un rato me superignoraste y me dijiste que tu libertad y tu inteligencia son lo más importante para ti, me acordé de lo que Camila me había dicho y me dio frío, te juro. Tuve miedo.

—¿Miedo? ¿Por qué?

—Porque Camila me dijo que no siguiera acosándote y tratándote como acostumbraba tratar a las mujeres porque me ibas a mandar a la mierda. Lo de mandar a la mierda es mío. Camila me dijo: "No sigas tirando de la cuerda con Bianca porque ella no es como las demás. Va a volar lejos y nunca más va a volver. Te lo prometo". Y tuve miedo.

Bianca comió un poco más de helado, consciente de que Gálvez había guardado silencio a la espera de una respuesta. Le gustó ese juego de voluntades.

—¿Sabías —dijo, y saboreó otra cucharada de helado— que Leo y Acuario son opuestos complementarios, como lo son Tauro y Escorpio, los signos de Camila y Lautaro?

—¿Opuestos complementarios? ¿Qué significa?

—Son los signos que están opuestos en la rueda del Zodiaco y que, por eso, se complementan. Es decir, yo tengo lo que a ti te falta, y tú tienes lo que a mí me falta.

—¿De verdad? —la ilusión que trasuntaron los ojos de Gálvez le derritieron el corazón. A veces, parecía un niño. En un impulso inusual, se habría arrojado a sus brazos y le habría llenado la cara de besos. Su naturaleza acuariana, desapegada y desapasionada, se impuso, y permaneció en la silla, simulando interés en el helado de maracuyá.

—Sí. Tú puedes enseñarme el valor de brillar, de mostrarme, de animarme a *ser*. Después de todo, el *moto* de Leo es: "Yo soy". Tú puedes enseñarme a bajar de las nubes, porque Acuario, como signo de aire, vive volando. Puedes enseñarme a buscar mi verdadera identidad, el centro de mi personalidad, en lugar de pasármelo como una rebelde sin causa, que quiere escandalizar al mundo.

—Puedo enseñarte mucho —dijo, orgulloso.

—Y yo puedo enseñarte a ti.

—Claro. ¿Qué, por ejemplo?

—Que no es necesario que estén mirándote todo el tiempo para que te sientas seguro. A los acuarianos nos encanta la diversidad. Somos grandes observadores, y nuestra atención salta de una persona en otra. Eso para un Leo es insoportable.

—Sé de lo que estás hablando. Es tal cual. Pero no creo que pueda soportar que no me mires a mí todo el tiempo.

Bianca se cubrió la boca y rio.

—Eres *tan* Leo.

—Me encanta verte reír —Gálvez le apartó un mechón de la frente.

—A un Leo —prosiguió Bianca— lo irrita la naturaleza cambiante de Acuario. Nosotros cambiamos todo el tiempo, y lo hacemos de manera rápida y repentina. Del Zodiaco, somos los que mantenemos la cabeza fría frente a las catástrofes repentinas. Eso es algo que un Leo puede aprender de nosotros. Ustedes tienden a dramatizar frente al cambio. Por ejemplo, cuando tu papá te abandonó, debió de ser terrible para ti. Tú, el centro del mundo, el rey de tu casa y de tu pequeño mundo, eras abandonado por el ser que, se suponía, debía amarte como nadie. Ante una situación como ésa, un acuariano sufrirá, por supuesto, pero sabrá imponerse al cambio más rápidamente. Por eso, Leo puede aprender de Acuario que estar preparado para un cambio repentino es valioso en ciertas circunstancias.

—Quiero que me enseñes eso.

—Pero hay más. Siendo Acuario el signo de los amigos y de los grupos sociales, lo mejor que puedo mostrarte es que tu luz no sólo te ilumina a ti para que los demás te miremos y admiremos, sino que tu luz puede iluminar a otros para que *tú* los descubras y puedas llegar con tu enorme corazón leonino al corazón de ellos. En síntesis, un Acuario puede enseñarte a que amar es tan maravilloso como ser amado.

"¡Ups!" Su pasión por la astrología la había conducido directo a una trampa. Mantuvo la vista en el fondo del vasito y se concentró en juntar los últimos restos de helado. No quería que Gálvez le hablara de amor, ni que supusiera que ella estaba insinuándolo. No estaba preparada para abordar ese tema.

—¡Guau! —exclamó Gálvez—. Te aseguro que Camila me martilla la cabeza con esto de los signos todo el tiempo, pero yo nunca la pelé hasta hoy, cuando me habló de ti y de Acuario. Y ahora, todo esto que me dices… ¡Alucino!

—No entiendo por qué la astrología tiene tan mala fama, cuando es un lenguaje sagrado y antiquísimo que nos ayudaría a conocernos, a perdonarnos, a comprendernos. Es una lástima.

Gálvez se movió con la silla y se ubicó junto a Bianca. Le aferró el rostro con las manos y se aproximó hasta que sus narices se rozaron. Como ella pensó que intentaría besarla, se envaró contra el respaldo y lo sujetó por las muñecas.

—No te pongas nerviosa. No voy a hacer nada que no me pidas. Aunque me muero por besarte toda, creo que eso quedó claro, no lo voy a hacer hasta que estés lista. Me quiebra cuando te pones así de colorada.

—Gálvez…

—¿Podrías cortarla con mi apellido? Aunque sea cuando estemos solos, ¿podrías llamarme Sebastián? O Seba, o como quieras, pero no Gálvez. ¿Podrías?

Bianca asintió y bajó las pestañas para ocultar lo que sus ojos comunicarían sin remedio.

—¿Qué ibas a decirme?

—Sólo iba a decirte "gracias" —ladeó la cara y lo besó en el pómulo izquierdo, y percibió que las manos de él se apretaban en torno a sus mejillas—. Por todo.

—Otro más, por favor —le pidió, con los ojos cerrados.

Bianca le besó el tabique de la nariz.

—Sobre todo gracias por enseñarme algo nuevo.

Gálvez levantó los párpados. Sus ojos presentaban un aire somnoliento que la hizo reír.

—¿Qué? ¿Te parezco chistoso?

—Sí.

—¿Qué es eso nuevo que te enseñé?

—Que permitirle a otra persona que me ayude no es tan malo como creía.

—¿Sí? ¿En verdad pensabas eso?

"Pues sí, con mi Luna en Capricornio, ¿qué esperabas?"

—Siempre me las he arreglado sola, toda mi vida, y dejar que otros me echen una mano es muy difícil para mí. A veces pienso que soy más orgullosa que un leonino, y eso es mucho decir, créeme. Por eso no acepto ayuda, tampoco la pido. Es como si me dijese: "Bianca, tú puedes con todo".

—Pero ahora me tienes a mí para lo que sea. Úsame, Bianca. Por favor —lo último lo expresó con acento de súplica.

—Te prometo que lo voy a intentar. Yo también quiero ayudarte en todo lo que pueda.

—Te tomo la palabra. ¿Así que los leoninos somos orgullosos?

—En absoluto. ¿Qué te hace pensar eso?

—Otro beso, por favor. Me lo merezco después de haber sido tan calumniado.

Bianca lo sorprendió tomándolo por el rostro, y así permanecieron unos segundos, cada uno sujetando el rostro del otro y contemplándose con una intensidad que los aisló del entorno, pese a hallarse en uno de los sitios más concurridos de Buenos Aires.

—Bésame.

Bianca lo besó en el otro pómulo, en el mentón barbudo, donde arrastró los labios para percibir su aspereza, en la punta de la nariz, entre las cejas, en la frente, sobre los párpados, que después Gálvez elevó lentamente para decirle:

—Bianca, no vuelvas a decir que no quiero conocerte. Sí quiero, te lo juro. Quiero conocerte como nadie. Quiero saber todo de ti. Quiero saber lo que nadie sabe. Y quiero que tú me conozcas a mí. Sé que soy un egocéntrico de mierda, pero te juro que no existe nadie a quien quiera conocer mejor que a ti.

—¿Puedo llevarme esta silla? —la mujer traspasó la cúpula que habían construido con la precisión lacerante de una espada.

Bianca soltó a Gálvez. Éste, en cambio, la mantuvo sujeta y, sin moverse, elevó la vista para perforar a la intrusa, que, de manera autómata, se retiró un paso, Bianca no sabía si debido al impacto que significaba enfrentarse a la belleza de Gálvez, o porque su mirada la había asustado. "No es buena idea despertar la ira del león, querida mía."

—Disculpen —murmuró la mujer, y se alejó sin la silla.

—Creo que tendría que irme. Es muy tarde. A las nueve y media tengo que ir a cuidar a unos vecinitos.

Gálvez se puso de pie bruscamente. Bianca lo imitó.

—¿Qué pasa?

—Pensé que íbamos a estar juntos esta noche. Es sábado, después de todo.

—Ya me había comprometido. Si no, no hubiera aceptado. Para que estuviéramos juntos.

Gálvez estiró la mano y le acarició el filo de la mandíbula con el dorso del índice.

NACIDA BAJO EL SOL DE ACUARIO

—¿Sí? ¿Habrías dicho que no para estar conmigo? —Bianca asintió—. Eso me basta.

—¿Vamos, entonces?

—Vamos.

—¿Podríamos parar en una tiendita o en un súper? Quiero comprar Gatorade para mamá. Estoy preocupada. Hace una semana que sólo toma té y come galletas saladas. Tengo miedo de que se deshidrate.

—Sí, por supuesto. ¿Está mal del estómago?

—Son las náuseas por el embarazo.

—¿Qué? ¿Me estás tomando el pelo? ¿Tu mamá está embarazada de nuevo?

Bianca bajó el rostro y asintió. Gálvez la envolvió en sus brazos y le habló al oído:

—Soy un estúpido, perdóname. Una bestia. Es que me sorprendió. Ustedes son tantos, que…

—A mí tampoco me gusta mucho la idea de otro hermano. No sé adónde lo vamos a meter, pero entonces me pregunto cómo será, qué nombre le pondremos, qué color de ojos tendrá, y no consigo evitar enternecerme y desear que nazca.

—Yo soy hijo único.

—Lo sé.

—Nunca me preocupó, al contrario. Pero ahora que te veo a ti, tan dulce con tus hermanos, y los veo a ellos, que te quieren tanto, te juro, me dan ganas de tener.

—Te doy los míos. Ya te los ganaste con los regalos de anoche.

—Los acepto, porque son una parte de ti. Pero ahora que lo pienso, sí tengo hermanos. Bah, tres medio hermanas. Son de mi padre con su nueva mujer. Son tres monstruitos que me dan terror. Siempre que las veo, disparo para otra parte.

—¿En serio?

Gálvez rio y atendió el celular.

—¿Hola? Sí. ¿Quién habla? ¡Ah, Lorena! —Bianca y Gálvez cruzaron una mirada de complicidad—. No te reconocí. ¿Ah, sí? Es que me había quedado sin batería. Sí. ¿Qué pasa? ¿Qué? ¿Cuándo? ¿Y adónde la llevaron? ¿Está bien? Sí, voy para allá. ¿En qué piso estás? Okei —cortó sin más y apoyó las manos sobre los hombros de Bianca antes de hablarle—: No quiero que te alteres, pero Lorena dice que tu mamá se sintió mal y que la llevaron al Italiano —A Bianca se le escapó un sollozo, y Gálvez la aplastó contra su pecho—. Lorena dice que está bien, pero que cree que la van a dejar internada.

—Vamos al hospital. Llévame, por favor.

6

Lorena los vio avanzar por el pasillo, abandonó su asiento y les salió al encuentro.

—¿Qué hacen ustedes dos juntos?

—Nos encontramos en la entrada —mintió Bianca, y se inclinó para levantar a Lourdes, que le tiraba de los pantalones.

—¡Qué suerte que viniste, mi amor! —exclamó Lorena, se aferró al cuello de Gálvez, que permaneció inerte, con los brazos a los costados—. Espera un minuto —Lorena se giró y clavó la vista en Bianca—. ¿Tú cómo te enteraste de que mamá está acá? Yo no te llamé.

—Yo le mandé un mensaje con el celular de la tía —mintió Pablo, desde su asiento, que abandonó para saludar a Gálvez—. Hola, Sebas —dijo, y le ofreció la mano para chocar los cinco.

—Hola, maestro.

Los demás se aproximaron para saludarlo, cada uno con su regalo encima: Juan Pedro llevaba puesta la playera del Barça; Martina iba toda pintarrajeada; y Felipe tenía las manos ocupadas con los muñecos de Playmobil. Gálvez besó la cabecita de Lourdes, que lo obligó a su vez a besar la de la muñeca que sostenía bajo el brazo. Intercambió una mirada con Bianca.

—¿Qué pasó con mamá?

—Cuando llegué a casa —explicó Lorena, y le tomó la mano a Gálvez—, la encontré tirada en el piso de la cocina, desmayada. Llamé a la ambulancia del Italiano y la trajeron aquí. Fue horrible. Me puse histérica. No encontraba el puto carnet de seguridad social del Italiano donde está el teléfono de urgencias.

—Mil veces te mostré los *stickers* con el número que pegué por todas partes —le recordó Bianca—. Puse uno en el costado del refri, otro en el auricular del teléfono fijo, otro en el inalámbrico.

—Pues no me acordé, señorita Previsora. Me gustaría saber cómo hubieses reaccionado tú al encontrar a mamá así. Me volví loca. No sabía qué hacer.

—¿Y los chicos? ¿No la vieron tirada en la cocina?

—Estábamos con la tía Claudia —explicó Pablo—. Como mamá no se sentía bien, llamó a la tía para que se ocupara de nosotros. Estábamos en el Abasto con ella cuando Lorena la llamó.

—¿Y dónde está la tía ahora?

Lorena señaló una puerta cerrada.

—Con mamá y los médicos. La están revisando.

Bianca se sintió cansada. La desmoralizaba la mano de Lorena en la de Gálvez. Tomó asiento en el banco más alejado y simuló interesarse en la muñequita de Lourdes para mantener la vista alejada de ellos. A veces, la tentación la vencía, y los espiaba. Se daba cuenta de que Gálvez se las arreglaba para mantener las garras de su hermana lejos de él. Primero, la soltó para abrir el paquete de chicles con nicotina ("Debe de estar muriéndose por fumar", se entristeció); después, lo vio ponerse en cuclillas para ajustar innecesariamente los cordones de sus botines Caterpillar; al cabo, sacó el Blackberry y se puso a leer y contestar mensajes. Su hermana, sin embargo, parecía haberse convertido en una lapa que se adhería a cualquier parte del cuerpo de Gálvez si no podía hacerlo a sus manos.

La puerta se abrió, y salieron dos hombres con delantales blancos y estetoscopios al cuello, seguidos por Claudia. Lorena se aproximó, y el repiqueteo de sus sandalias produjo un eco en el pasillo. Bianca, con Lourdes en brazos, abandonó su asiento y caminó hacia el grupo. Gálvez se colocó detrás de ella y le apretó fugazmente la cintura.

—¿Cómo está mi mamá? —quiso saber Lorena.

—Tu madre está mejor, pero llegó aquí casi deshidratada, con la presión muy baja.

—Es que se lo pasa vomitando.

—Las náuseas a causa del embarazo están siendo muy severas, así que la estamos medicando por vía intravenosa. Estamos hidratándola también.

—¿Y el bebé? —preguntó Bianca.

—Le hicimos una ecografía hace un momento. Los latidos son normales, pero queremos controlar el cuadro de cerca, así que ya ordenamos la internación.

Volvió a abrirse la puerta, que le franqueó el paso a una camilla. Corina iba recostada sobre ella, cubierta por una sábana. Un muchacho con filipina y pantalón verde empujaba la camilla, en tanto otro hacía rodar el suero.

—¡Mamá! —exclamó Lorena.

Los chicos se aproximaron haciendo pucheros.

—Estoy bien, estoy bien —los tranquilizaba la madre.

—A ver, chicos —habló el camillero—. Llevamos a mami a su habitación y después pueden verla. ¿Sí? Yo les aviso cuándo pueden entrar. Esperen aquí afuera.

—Chicos —habló Bianca—, vengan aquí. Dejen avanzar a la camilla.

Los cinco hermanos, incluida Lorena, caminaron en su dirección. Bianca se desplomó en el asiento con Lourdes sobre las piernas, de nuevo agobiada por el cansancio repentino y una sensación de vacío en el estómago. Entonces, se acordó de la conjunción Luna-Neptuno que resplandecía en su carta natal y que la dotaba de un vínculo sobrenatural con su madre. "Percibes lo que tu mamá siente", recordó que le había explicado Alicia. "Tú y ella tienen una conexión casi telepática."

Gálvez se sentó entre Pablo y Juan Pedro, y se dedicó a explicarles los usos de la navaja Victorinox, que el más grande de los varones había extraído del bolsillo de la playera. Lorena respondía mensajes desde su Blackberry y movía los pulgares con actitud frenética. Bianca se acordó del compromiso para cuidar a sus vecinitos y decidió llamar para cancelar. Gálvez apartó la vista de la navaja apenas la escuchó hablar.

—Te pido disculpas, Karen, pero no voy a poder ir esta noche. Mi mamá se sintió mal y está internada. Sí. En el Italiano. No, no creo. Le digo. ¿Tienes un reemplazo? Ah, qué bueno. ¿Ah, no? —Bianca profirió una risita—. Es que nos llevamos superbién con Mati y Sofi. Yo también los voy a extrañar. Un beso para ellos. Nos vemos.

Oprimió el botón para terminar la llamada y levantó la vista. La mirada de Gálvez la atrajo como un imán. Se hablaron con los ojos a través de los metros de pasillo que los separaban.

—¿Dónde está mi querido hermano? —Claudia, al interponerse, rompió el contacto entre Bianca y Gálvez—. ¿Por qué no está aquí? Lo llamo y lo llamo, y me salta la contestadora.

—Se fue a visitar a la Virgencita de Salta —intervino Martina, que siempre lo defendía.

—¡Ja! Su mujer preñada, internada, deshidratada, y el muy infeliz en Salta prendiéndole velitas a la Virgen con sus amigos de ultraderecha.

—Tía, por favor —suplicó Bianca.

Gálvez se puso de pie y preguntó:

—¿Quién quiere ir a tomar un helado? Vi una heladería acá cerca que parece estar bien.

—¡Yo! ¡Yo! —proclamaron a coro los más chicos.

—¡Qué buena idea, mi amor! —exclamó Lorena—. Salgamos de este lugar horrible.

—¿No vienes, Bianca? —preguntó Gálvez.

—Prefiero quedarme.

—¿Quieres que lleve a Lourdes?

—No, gracias. Está con diarrea y no quiero que tome helado.

—Ah, bueno.

—¡Vamos, Sebas! ¡Vamos!

Martina y Felipe lo tomaron de la mano, y Lorena se conformó con caminar por detrás.

* * *

Bianca embebió una gasa con agua y la pasó por los labios resecos de su madre. La mujer levantó los párpados con dificultad.

—Creo que me dieron un sedante. Estoy quedándome dormida.

—Duérmete, mamá —le pidió Bianca—. Tienes que descansar y recuperar las fuerzas.

—¿Dónde están tus hermanos?

—Tomando un helado.

—¿Con quién? ¿Con Lorena? —se asombró.

—No, con el macho alfa de tu hija Bianca —intervino Claudia.

—Tía, por favor, no le digas macho alfa. Es un compañero de colegio. Vino porque Lorena lo llamó.

Claudia levantó una ceja y ladeó la boca. Bianca le conocía ese gesto, y supo que, tarde o temprano, le exigiría explicaciones.

—Sí, claro. Lorena.

Llamaron a la puerta, que se abrió sin esperar el consentimiento. Los chicos entraron con actitud medrosa y rodearon la cama. Felipe intentó subirse, pero Claudia se lo impidió.

—No molesten a su madre. Tiene que dormir.

—Hola, mis amores —los saludó Corina.

—¿Te vas a morir, mami?

—No seas tonto, Felipe —lo reprendió Pablo—. Claro que no se va a morir.

—No, Feli, no voy a morirme.

—Ah, qué suerte.

—Hola, mami —Lorena se inclinó y la besó en la frente—. Qué sustazo me hiciste pegar, ma.

—Lo siento, hija. Nunca pensé que terminaría así. He tenido náuseas en todos mis embarazos, pero como éstas, jamás.

—Eso te pasa por quedar preñada de nuevo.

—Mami —habló Martina—, ¿puede entrar Sebas a verte? Se quedó en el pasillo.

—Sí, por supuesto.

Martina arrastró dentro a Gálvez. Bianca prefirió evitar el contacto visual porque, sabía, sería revelador para Corina.

—¡Ah, el famoso Sebas! Hola, Sebastián. Nos conocimos el año pasado, en el viaje a las sierras, ¿te acuerdas?

—Sí, claro. ¿Cómo está, señora? ¿Mejor?

—Sí, querido. Gracias por los regalos que les trajiste a mis hijos ayer. Están todos muy alborotados.

—¡Mi playera está súper! —afirmó Juan Pedro, y se la miró y la acarició.

—Fue un placer, señora. Espero que se recupere pronto.

—Gracias, Sebastián.

Bianca se acercó a la cabecera de la cama.

—Mamá, quiero llevarme a los chicos. No es bueno que estén respirando virus y bacterias hospitalarios, sobre todo Louli. ¿O prefieres que los lleve Lorena y que yo me quede contigo a pasar la noche?

—¡Ah, no! Yo no puedo hacerme cargo de los escuincles. Tengo un compromiso esta noche que no puedo cancelar. *Not whatsoever*.

—Si la princesa de Gales no puede romper su compromiso —intervino Claudia—, yo me quedo con los chicos y tú, Bianqui, con tu mamá.

—¡No, con la tía no! —gritaron a coro Martina, Juan Pedro y Felipe.

—Nos obliga a comer cosas asquerosas —se quejó Juan Pedro.

—Mi cuñada cocina alimentos macrobióticos —explicó Corina a Gálvez—. Y como mis hijos son los reyes de las salchichas y de las papas fritas, no aprecian la comida sana. *Mea culpa.*

—Okei —cedió Claudia—. Yo me quedo con tu madre y tú ve con los chicos.

—Claudia, no es necesario que nadie se quede. Cualquier cosa que necesite, se lo pido a las enfermeras.

—Ni loca te dejo sola. Yo me quedo —concluyó Claudia—. No se hable más.

* * *

—Te llevo a tu casa —Gálvez lo sugirió aprovechando que Lorena había ido a la planta baja para completar los formularios del internamiento.

—Somos demasiados. Con Lorena, nos repartimos en dos taxis. No te preocupes.

—No soporto la idea de dejarte. No soporto la idea de que tomes un taxi —Gálvez se metió dos chicles en la boca.

—¿Estás bien?

—Ahora sí, porque te tengo conmigo, pero si te dejo ir, voy a estar mal.

—No quiero que estés mal.

—No me impidas que te lleve a tu casa.

—No vamos a entrar. Somos muchos.

—Dividámonos entre mi auto y *un* taxi. Que Lorena vaya en el taxi con los dos más grandes y tú y los más chicos vienen conmigo.

—¿Lorena en el taxi y yo, contigo, en el Peugeot? ¿Todavía no la conoces?

—Entonces, le explico todo ahora, en este instante, y acabamos con el circo. Estoy hasta la madre.

—¡No, ahora no! No es un buen momento.

—¡Bianca! ¡Me haces encabronar!

—¿Por favor?

—No.

—Si le hablas ahora, se va a poner furiosa conmigo, y te juro que no tengo fuerza para soportarla a ella, a mis hermanos y a mamá internada. Son demasiados frentes abiertos.

Gálvez resopló y se llevó las manos a la nuca.

—Al menos —dijo, con sarcasmo—, ¿podrías darme tu número de celular? ¿Es posible?

—Sí, es posible.

—Dame tu teléfono para que te guarde mi número.

Bianca acomodó a Lourdes en el hueso de la cadera y deslizó la mano dentro de su bolsa. Removió hasta dar con el Motorola que le había costado cien pesos dos años atrás.

—¿Me estás jodiendo, Bianca? ¿Éste es tu celular?

—Sí. Lo viste la vez en que me lo quitaste de la mano para cortar a la profesora Mattei.

—En aquel momento no me di cuenta de que era esta porquería. Ni siquiera se le ven bien los números. Pensé que podríamos estar conectados a través de WhatsApp, pero veo que será imposible.

—Hace rato que lo quiero cambiar por uno con internet porque me encanta el WhatsApp, pero la cuota para el viaje de estudios me partió. Me quedo sin un peso a fin de mes. Por eso te decía que el aumento que me conseguiste me viene de diez.

Gálvez oyó su discurso con el semblante congelado.

—¿Tú te pagas la cuota del viaje a Bariloche?

—Obvio.

—¿Cómo "obvio", Bianca? ¿No la paga tu papá?

—No creo que papá sepa que estoy por viajar a Bariloche.

* * *

Lorena ocupó el sitio del copiloto en el Peugeot y Bianca se ubicó en la parte trasera de un taxi, con Lourdes en la falda, y flanqueada por Felipe y Pablo. Gálvez había puesto especial atención en la elección del taxi y dejó pasar a varios porque la cara de los conductores no le inspiraba confianza, lo que suscitaba la impaciencia de Lorena. Al final, se decidió por uno que pertenecía a la empresa que usaba su madre. Abrió la puerta, ayudó a Bianca y a los chicos a subir, y le indicó la dirección al chofer.

—Avenida Boedo y México —a Bianca le dijo—: Yo voy detrás de ustedes. Nos vemos en tu casa.

—¡Te vamos viendo! —se entusiasmó Felipe, y se puso de rodillas para asomarse por el cristal de atrás.

Gálvez deslizó un billete de cincuenta pesos en la mano de Bianca, que ella rechazó.

—Toma, Pablo. Tú le pagas al chofer. ¿Estamos de acuerdo?

—Sí, Sebas.

Al final, Pablo también se arrodilló junto a Felipe, y entre los dos la mantenían al tanto de lo que acontecía en el Peugeot.

—Lorena le está tocando el pelo a Sebas —informó Felipe.

—Pero a él no le gusta. ¿No ves que le quita la mano?

—Sí. Martina puso la cara entre los dos asientos y Lorena la obligó a irse para atrás.

—Juan Pedro se paró detrás de Sebas y le habla.

—Ahora Lorena le está tocando la cara a Sebas. Pero él no le quita la mano.

Bianca entendió en aquel instante y en toda su extensión el significado de la cuadratura entre Plutón y Marte, porque deseó a Gálvez con una intensidad que casi la llevó a detener el taxi para lanzarse sobre su hermana y arrancarle los ojos. Experimentó placer al imaginarse arrastrándola de los pelos fuera del Peugeot y golpeándole la cabeza contra el pavimento, al tiempo que le vociferaba que Gálvez le pertenecía, que no volviera a poner esos inmundos dedos de prostituta sobre él. Su naturaleza acuariana se rebeló ante esa fuerza destructiva y cruel. Apretó los ojos e inspiró profundamente. ¡Cuánto necesitaba retirarse a meditar!

* * *

Pablo le entregó el cambio del taxi, y Gálvez le indicó que se lo quedara.

—¡Gracias, Sebas!

—De nada, maestro.

Permanecían en la banqueta, entrelazados por una tensión que nadie se atrevía a romper.

—¿En serio no quieres venir, Sebas? Va a estar padrísima la fiesta. La organiza mi agencia. Podemos aprovechar para hablar con Ricky. ¿Le mandaste tus fotos a la dirección de e-mail que te di?

—No quiero ser mala onda, Lorena, te lo juro, pero no me interesa la carrera de modelo.

—¡Pero te forrarías de lana, mi amor! Con esa carita y ese cuerpazo, podrías terminar desfilando en Europa. ¡Iván de Pineda y Hernán Drago pueden ir buscando otro trabajo contigo en las pasarelas!

—No es como me imagino ganándome la vida, la verdad.

—Al menos acompáñame a la fiesta. Vas a alucinar. Ricky sí que sabe divertirse a lo grande.

—Gracias, pero no. Mañana me tengo que levantar temprano para estudiar.

—¡No jodas, Sebastián!

—No jodo, Lorena. Es verdad. Me pasé huevoneando toda la semana y no estudié nada. Lo único que quiero ahora es quitarme de encima el bachillerato para empezar mi vida de una vez por todas —miró a Bianca, que lo escuchaba con una atención reconcentrada pese a que Lourdes estaba torciéndole la nariz.

—Sebas —dijo Martina—, ¿te quieres quedar a comer en mi casa?

—¡Sí! ¡Sí! —exclamaron los demás.

Gálvez suplicó a Bianca con la mirada.

—No —contestó ella, movida por los celos, la rabia y con la cuadratura Plutón-Marte al rojo vivo. Si bien era cierto que había intentado decirle la verdad a Lorena en el Hospital Italiano y ella se lo había impedido, no era menos cierto que él había alimentado las esperanzas de su hermana yendo a verla al desfile del Unicenter y respondiendo al beso en el estacionamiento. ¿Habrían vuelto a besarse?

—Ya oyeron a Gálvez. Mañana tiene que levantarse temprano para estudiar. Y nosotros también nos vamos a levantar temprano para ir a visitar a mamá al hospital y después vamos a volver para hacer la tarea para el lunes.

—¡Ufa!

—Puedo quedarme a cenar y me voy temprano.

—¡Sí! ¡Sí!

—Puedo pedir pizzas o empanadas.

—¡Sí! ¡Sí!

—Basta de comida chatarra —sentenció Bianca—. Se han pasado la semana comiendo porquerías con esto de que mamá no se sentía bien. Por eso Lourdes está con diarrea. Ayer compré carne, así que vamos a comer bifes con verduras.

—¡Guácala!

—¡Ufa!

—¡Qué mala onda!

—Bianca tiene razón —terció Gálvez—. Yo, para sacar estos músculos —se puso en cuclillas, levantó el antebrazo y apretó la mano—, como carne todos los días.

Los cuatro trataron de hundir los dedos en el bíceps de Gálvez.

—¡Qué durísimo! —se admiró Juan Pedro.

—Parece una piedra —comentó Pablo.

—¿Es necesario seguir zaguaneando aquí como si fuéramos de vecindad? ¿Podemos continuar esta conversación *taaan* interesante en la sala de casa?

* * *

Gálvez se había salido con la suya. Ahí estaba, jugando con los chicos en el comedor. Oía las carcajadas que lanzaban, mientras ella cambiaba el pañal a Lourdes. A Lorena no le había hecho ninguna gracia que "Sebas" aceptase la invitación a cenar de Martina y rechazase la de ella a una fiesta. Le resultaba imposible de entender.

—Ceno y me voy temprano —se justificó él—. Mañana tengo un buen para estudiar.

—No te hacía tan matado, querido Gálvez. Qué desilusión.

Lorena se fue a cambiar y apareció media hora más tarde, convertida en la *femme fatale* que quitaba el aliento a la mayor parte de la población masculina. Gálvez no fue la excepción, y Bianca se dijo que lo más sabio sería hacerle caso a la señora Goodman, que había escrito: "Leo aprecia la belleza, de modo que si tú eres de las que se sienten celosas ante una mirada de admiración dirigida a otra mujer, más vale que trates de ser más tolerante".

—¿No te tiento, Sebis? —Lorena dio una vuelta frente a él para lucir su minifalda que Bianca había calificado de "curita"—. ¿Todavía tienes ganas de irte temprano a la cama?

—Eres muy tentadora, no hay duda de eso, pero parece ser que esta semana estoy dispuesto a luchar contra las tentaciones. Primero, el cigarro; ahora, tú.

—¡Qué estupidez esa de dejar el cigarro! Te quita tanto estilo y nivel.

—¡Cállate! —se entrometió Martina—. Sebas dejó de fumar porque yo le dije que daba cáncer. ¿No, Sebas?

—Sí, princesa. Así es. Desde que lo dijiste, no volví a prender un cigarro. En serio.

Martina le sacó la lengua a la mayor.

—Qué escuincla tan tonta. ¿Me acompañas abajo, mi amor? Está por llegar el radiotaxi.

Bianca preparó un biberón con agua de arroz para Lourdes, comenzó a filetear el pedazo de cuadril, a lavar las verduras y hervirlas al vapor, a calentar la plancha para los bifes, a poner la mesa, y todo lo hacía con movimientos agresivos y bruscos, mientras luchaba con la tentación de asomarse al balcón para ver qué estaban haciendo esos dos en la banqueta. Sabía lo que su hermana estaba intentado conseguir; la pregunta era: ¿Gálvez se lo daría?

Si hubiese tenido una varita mágica, habría hecho desaparecer a todo el mundo y se habría sentado a meditar. Se sabía al borde del colapso después de haber vivido la jornada más intensa de sus diecisiete años; y todavía le quedaban unas horas con Gálvez en torno.

Lo escuchó entrar y cerrar con llave. El cuchillo con que picaba el tomate resbaló y le cortó el índice de la mano izquierda.

—¡Mierda! —masculló. Soltó el cuchillo y puso el dedo bajo el chorro de agua. Sangraba bastante.

Gálvez se asomó por la puerta y comprendió enseguida lo que había sucedido. Estuvo a su lado en un santiamén y le aferró la mano herida.

—¿Qué pasó?

—Nada. Se me escapó el cuchillo y me corté. Qué idiota. Lo que me faltaba.

—Sangra mucho —dijo, y se metió el dedo en la boca.

Bianca se envaró al sentir la agradable aspereza de su lengua, que succionaba y lamía con una avidez que igualaba el ardor con que la miraba, fijamente, sin pestañeos, mostrándole cuánto la deseaba, y, todo de golpe, le dolió la vagina, se le endurecieron los pezones y el corazón se le fue a la garganta.

—¿Qué le pasó a mi hermana? —Felipe, con la cabeza echada hacia atrás, esperaba la respuesta, y Bianca se preguntó cuánto tiempo llevaba observándolos. Retiró la mano con naturalidad, como si tener el índice en las fauces de Gálvez fuera de lo más común.

—Bianca se cortó con un cuchillo. Yo la estaba curando. ¿Ya hiciste el dibujito que me prometiste? —Felipe estiró la mano y le alcanzó una hoja—. ¡Qué padre! Pero ¿no le falta la cola a Moquito? Anda, dibújale la cola.

Felipe salió de la cocina, y Bianca se dio vuelta para enfrentar a Gálvez.

—No debiste hacer eso.

—¿Chuparte el dedo? ¿Por qué no?

—Porque no se va por la vida chupando los dedos ajenos ensangrentados.

—Es la primera vez en mi vida que le chupo la herida a alguien. Te aseguro que no lo habría hecho con nadie, sólo contigo.

Bianca se resignó a que las mejillas se le convirtieran en tomates.

—No sabes si tengo alguna enfermedad —insistió, con una terquedad que habría competido con la de una taurina—. ¿Qué tal sida?

Gálvez soltó una carcajada, que Lourdes, sentada en la silla alta, imitó.

—En todo caso, la que está en riesgo eres tú, no yo.

"Okei, Mr. Músculo. Está claro que das por sentado que soy virgen y una mojigata, con menos onda que un renglón y menos vida sexual que un monje tibetano. ¿Sabrás también que nunca he besado a nadie? ¿Ni siquiera un piquito? ¿O eso te parecería *too much?*"

—Para tu información, uno puede contagiarse de sida por una transfusión.

—¿Alguna vez te han hecho una transfusión?

Le habría borrado la sonrisita de superioridad a cucharonazos.

—No, nunca —Gálvez volvió a reír, y Lourdes, a imitarlo—. Voy a ponerme una curita.

Le rodeó la cintura con un brazo y la acercó a su cuerpo, y ella le permitió que la arrastrase. En actitud defensiva, echó el torso hacia atrás y, por primera vez, tomó conciencia de lo alto que era. Lo vio caer sobre ella con la intención de un ave rapaz y apartó la cara justo a tiempo. Él terminó con la nariz hundida en el costado de su cuello. ¿Quedaría algún resto del *Organza* que tanto le había gustado?

—Bianca —sus labios le acariciaron el pabellón de la oreja—. Quiero que sepas que me haces feliz.

—Sebas, aquí está el dibujo. Ya le puse la cola a Moquito.

7

El martes a última hora de la tarde, Bianca se aprestaba en el vestidor del aquagym, y mientras se ponía el traje de baño y la gorrita, sonreía. Desde el sábado por la noche, desde que Gálvez le había confesado que lo hacía feliz, vivía en un estado emocional de levitación permanente. Se sentía más aérea que nunca, y nada contaba con el poder para bajarla de las nubes, ni la salud de su madre, ni la mala cara de su padre, ni la obsesión de Lorena con Gálvez, ni la lejanía de la abuela Kathleen, nada. Tal vez, lo único que la perturbaba era la sensación de desventaja que él le inspiraba, porque él era experimentado, y ella, una novata; porque él era dueño de una hermosura anormal, y ella era más normal que la gripe.

Camila insistía en que para ella había sido igual, el primer beso se lo había dado Lautaro, y había sido hermoso; ella se había entregado y dejado guiar por él, y todo había marchado sobre rieles. Pero Lautaro Gómez era una cosa y Sebastián Gálvez, otra; que la disculpara Camila. Gómez era un tipazo, con una personalidad y una inteligencia impresionantes, pero carecía del carisma, la luminosidad y la belleza de Gálvez. Lautaro no era el hombre por el que todas las mujeres giraban la cabeza y se quedaban bizcas.

No negaba que Gómez hubiese tenido sus experiencias antes de iniciar una vida sexual monógama con Camila. Sin embargo, en el caso de Gálvez se hablaba de una situación completamente distinta. En este caso, se discutía acerca de la experiencia de un hombre que había tenido sexo la mayor parte de los fines de semana y tal vez de los días laborables desde que tenía… ¿cuántos? Bianca suponía que la cosa había comenzado a los catorce. Bueno, tal vez exageraba un poco, pero como ella estaba convencida de que había sido así, eso era lo que contaba.

En fin, se sentía muy por debajo, y eso terminaría por perjudicar la relación, porque, si bien hasta el momento él se había mostrado paciente, exigiría la intimidad natural de los amantes. El sábado, cuando Gálvez decidió marcharse después de la cena, zafó de que le diera un beso porque todos sus hermanos (benditos fueran) habían insistido en acompañarlo hasta la banqueta. El domingo no se habían visto, aunque él la había llamado tres veces por teléfono. El lunes, en el colegio, ella había impuesto una regla: se comportarían como hasta el momento, como simples compañeros. Aún le dolía recordar la cara de confusión y desolación con que le había preguntado por qué.

—Quiero que todos sepan que eres mía.

—Así es más prudente —había concluido ella—. No quiero llamar la atención, no soporto ser el centro de las miradas, y lo voy a ser, en especial de todas las chicas. No estoy preparada para eso.

Por supuesto, él no se creyó esa excusa estúpida, y ella de inmediato se sintió patética; había sonado pomposa y dogmática como su padre. No obstante, Gálvez asintió y aceptó jugar al son de su reglamento.

El lunes por la noche, Camila le mandó un mensaje al celular. *Sebas piensa q tienes miedo d perder tu libertad. Lo adoro, pero me encanta verlo tan asustado. }:—) Q golpe a su ego, x Dios. TKM*

Bianca tecleó enseguida: *Fue a buscarme al estudio de la Mattei. No subió ¿? Me esperó abajo. Se portó bien pero tengo q solucionar esto. Help!* ☹

Camila escribió: *Tranqui. Déjate llevar. Vamos, acuariana, desconfiada. Me voy a dormir.* ^—^

* * *

Bianca se miró en el espejo del vestidor y se propuso olvidar por una hora a Gálvez y descender de las nubes para aprovechar al máximo la primera clase de natación; no podía darse el lujo de malgastar doscientos pesos. Se envolvió en una bata de toalla que le quedaba chica (era de Martina) y marchó hacia la piscina, de pronto atraída por el aroma a cloro y el aire espeso, húmedo y cálido. Había mucha gente de todas las edades, y se sintió un poco perdida. Divisó al profesor (un chico de unos treinta años, con físico de nadador y facciones para nada despreciables) que impartía órdenes a los otros alumnos (el mayor no tenía diez años), y se apresuró. Andrés, el profesor, le sonrió y le dio un beso en la mejilla, y a Bianca la incomodó que detuviera la mano un momento en su cintura.

—Bienvenida, Bianca. ¿Estás preparada?

—Como te comenté cuando vine a inscribirme, el agua me da pánico.

—Pues sí. Las malas experiencias en la infancia son difíciles de combatir. Pero el ser humano puede flotar, te lo aseguro, y tú lo vas a lograr. Vamos, quítate la bata de baño. Vamos a comenzar con ejercicios de calentamiento.

En tanto se sumergía en el agua tibia de la parte baja, a Bianca le hizo gracia la manera en que sus compañeritos la miraran con recelo. Les sonrió, se presentó, y como única respuesta, siguió obteniendo miradas curiosas. "Este escrutinio tiene su lado bueno", se dijo. "No parezco de doce años."

Caminó hacia el borde de la piscina y entonces lo vio, a Gálvez. "*What the fuck!*" Estaba sentado en las gradas, los codos sobre las rodillas, las manos entrelazadas y con la vista fija en ella. La alegría que casi la llevó a saltar fuera de la piscina se mezcló con el asombro y una sensación de incomodidad que la mantuvieron quieta. Le sonrió y lo saludó con la mano. Él se limitó a sonreírle y, con un movimiento deliberadamente lento de cabeza, dirigió los ojos al profesor, que observaba el intercambio.

—¡Bien, chicos! —exclamó Andrés, y batió las palmas—. Fórmense todos aquí. Vamos, por favor, comencemos la clase.

Bianca se esforzó por concentrarse, pero resultaba imposible no echar vistazos cada tanto a las gradas. Él seguía allí, toda su atención en ella, algo que la inquietaba y la halagaba. Un momento más tarde, él se había ido, y la desilusión la llevó a dejar de lado el ejercicio y buscarlo en torno. Lo divisó segundos después. Venía del sector de los vestidores ¡en traje de baño! "Oh, my gosh!" ¿Por qué le hacía esto? Las chicas se daban vuelta para admirar al Adonis que se paseaba con el trasero más perfecto *ever* y los pectorales de un culturista. El traje de baño, en color celeste, con los costados y la cintura en azul marino, similar a un bóxer, le llegaba hasta la mitad de los muslos y le marcaba todo. Bianca intentó no detener la mirada *ahí*. "¿Podrías envolverte con un edredón matrimonial? La cara también. Gracias." Le descubrió un tatuaje negro que le rodeaba el bíceps del brazo izquierdo y que las mangas cortas no le habían revelado. Ansiaba estudiarlo de cerca.

—Bianca, por favor, necesito tu atención aquí.

—Sí, Andrés, perdón.

Por el rabillo del ojo fue registrando sus acciones. Lo vio ducharse, sacudir la cabeza para eliminar el exceso de agua ("Oh, mio Dio!"), caminar hacia el trampolín y saltar del más alto. "Pues sí, es Leo, no cabe duda. El despliegue no podría haber sido más ostentoso y pedante. ¿Sigo amándolo o lo mando a la mierda?"

Como si nadie estuviese comiéndoselo con la mirada, Gálvez hizo lo suyo y se dedicó a dar varias vueltas a la piscina en estilo crol. Si bien no entendía de natación, habría jurado que lo hacía a la perfección.

Andrés los reunió para dirigirles unas palabras finales, y de pronto detuvo el discurso y se quedó con la vista fija sobre la cabeza de Bianca. No habría sido necesario dar la vuelta para saber que descubriría a Gálvez a sus espaldas. Lo hizo, y ahí estaba él, provocando al profesor con la mirada de matón.

—Andrés —dijo Bianca—, te presento…

—¿Qué tal? —se adelantó Gálvez, y estiró la mano en dirección al profesor—. Soy el novio de Bianca.

—Un gusto.

Para Andrés, no era Sebastián Gálvez, sino "el novio de Bianca". Su demarcación de territorio resultaba tan primitiva, que a Bianca le vinieron ganas de reír.

—Nosotros ya terminamos aquí —continuó el profesor—. Nos vemos la semana que viene, chicos. Buena semana.

Permanecieron en la piscina, mirándose y sonriéndose. A Bianca le bulló la risa.

—¿Qué? ¿Por qué te ríes? ¿Ahora tengo monos en la cara? —agitó la cabeza para negar—. ¿Entonces, por qué te ríes? ¿Porque estás contenta de verme?

—Mucho.

La sonrisa de Gálvez, que ella la entendía como un reflejo de la generosidad y la pureza de su corazón leonino, la tocó con la misma vívida sensación de una caricia. La risa fue languideciendo, y las miradas, intensificándose.

—Me dio risa lo que hiciste, cómo marcaste territorio con el profesor.

—Me porté supercivilizadamente. No puedes reprocharme nada, Rocamora.

—Nada, Gálvez. ¿Cómo supiste que iba a estar aquí?

—Es decir, ¿cómo supe que mi novia iba a estar en un lugar del que no me comentó nada? —Bianca se puso colorada y asintió—. El sábado, durante el almuerzo, a Camila se le escapó que hoy empezabas clases de natación. Esperé a que me lo contaras. No lo hiciste. Entonces, tuve que actuar por mi cuenta.

—Camila no sabía en qué aquagym me había inscrito.

—Pero tu tía Claudia sí, así que el sábado en el hospital la encaré. Pensé que me mandaría a la mierda, pero me lo dijo.

—Debe de ser porque le caíste bien.

—Vine el domingo, porque el aquagym está abierto todos los días, y compré un abono. Y aquí estoy. ¿Cómo está tu mamá?

—La dieron de alta esta mañana, pero tiene que estar en reposo por unos días.

Gálvez la aferró por la cintura y se deslizó hacia la parte honda con ella, y luego hacia el borde, donde la mantuvo acorralada contra la pared de azulejos. En un acto de preservación, Bianca se ajustó a su cuello y le rodeó la cintura con las piernas.

—No sé nadar, ni siquiera sé flotar —le advirtió, y resultó imposible ocultarle el miedo debido a que temblaba. Apretó los dientes para detener el castañeteo, sin éxito.

—Lo sé. No tengas miedo. No te voy a soltar. *Nunca.*

—No puedo dejar de temblar. No sé qué me pasa.

—Eso es porque no confías en mí.

—No quería que supieras que no sabía nadar.

—¿Por qué?

—Me daba vergüenza.

Gálvez la observó con ojos aguzados, como si intentase desentrañar un misterio. Se inclinó y comenzó a depositarle pequeños besos que le tocaron primero la frente, las sienes después, y dibujaron un sendero por el filo de su cara, se detuvieron en el mentón, y le rozaron los labios. Bianca experimentó una descarga eléctrica. Ese simple contacto le había proporcionado la sensación más potente de su existencia. Apartó la cara de inmediato, y Gálvez apoyó la frente en la columna de su cuello. La respiración agitada de él le golpeaba la piel húmeda, y acentuaba los latidos, escozores y punzadas que la surcaban de la cabeza a los pies.

—¿Por qué no me dejas, amor? Estoy muriéndome por besarte.

—No —musitó.

—¿No te gusto? —Bianca ahogó una risita emocionada y ajustó los abrazos en torno al cuello de él—. Dios mío, si con rozarte los labios me puse así de duro, no quiero pensar…

—Es que hay cosas que no entiendo —lo acalló.

—¿Qué, por ejemplo?

—¿Por qué yo, Sebastián? Tú podrías tener a la que quisieras.

—Y tengo a la única que quiero. Te tengo a ti.

—Pero ¿por qué ahora? Nos conocemos desde hace años y jamás me registraste. ¿Qué cambió? Yo sigo siendo la misma.

—No, no eres la misma, Bianca, pero, sobre todo, *yo* no soy el mismo. Te voy a contar algo. Cuando mi padre nos abandonó, yo daba una mierda por todo. No me importaba nada. Así de simple. Y por eso me quedé otro año en primero. Me echaron del colegio privado al que iba, y no me importó perder a mis compañeros, que habían sido mis amigos desde la guardería. Todo me daba lo mismo. Empecé a fumar, chupaba, me drogaba. Si lo analizo como lo haría un psicólogo, creo que quería lastimarme para llamar la atención de mi padre, así lo obligaba a aparecer. No sé. La cuestión es que mi madre me inscribió en la Escuela Pública N° 2, que era mucho menos exigente que la privada, y volví a reprobar. A principios de 2008, el día en que empezaba por tercera vez primer año con unos escuincles de trece que ya me parecían insoportables, levanté la vista y vi a una chica que me llamó la atención. Estaba de perfil, escribiendo algo, y aluciné con la naricita que tenía. Nunca había visto una tan perfecta.

"¿No te veías la tuya todos los días en el espejo?"

—Me acuerdo que pensé: "Ahora se pone de frente y no es tan linda". Y cuando levantó la cabeza, me quedé helado. Era *toda* perfecta. De frente y de perfil. No podía dejar de mirarla. Entonces, ella me miró y lo hizo con tanto desprecio, como si me condenara por tener casi dieciséis años y estar todavía en primero, como el tarado que era. Debo decir que no era la mirada a la que estaba acostumbrado a recibir de las mujeres.

Decidí ignorarla, pero ese día me juré que nunca más esa escuincla iba a mirarme así porque le iba a demostrar que yo era capaz de pasar a segundo si quería, y después a tercero y que no iba a parar hasta quinto. Esa escuincla eras tú.

Las lágrimas de Bianca se mezclaron con las gotas de agua, y la sonrisa, con la emoción, y los labios le temblaron cuando los apoyó en la mejilla de él, y mientras lo hacía, se acordaba de las palabras de Córdoba: "Eres muy linda y muy buena onda, pero impones una distancia que a uno lo frena. En serio. Es como si estuvieras muy arriba y fueses imposible de alcanzar".

—Tú fuiste la que, con tu desprecio, me impulsó a pasar a segundo año. Y tú eres la única que puede hacerme dejar el tabaco.

—Te miré de ese modo porque estaba estupefacta. En mi vida había visto algo tan hermoso.

—Me alegro de que tu mirada no comunicara la verdad, porque seguiría en primer año. Es mejor que haya creído que me mirabas así porque pensabas que era un bruto. Ya ves, te registré desde aquel primer día.

—Y me odiaste. ¿Por qué ahora quieres estar conmigo? ¿Qué cambió?

—Aunque pasé a segundo, y después a tercero y así, seguí siendo bastante salvaje, hasta el año pasado, cuando me pasó lo que me pasó en las sierras. Ése fue un quiebre para mí en todo sentido. Significó mucho, pero sobre todo cambió mi visión del amor de pareja. Desde que mi padre nos abandonó, me había convencido de que eso de "vivieron felices y comieron perdices" era un cuento. El amor de las telenovelas era un cuento. No existían las parejas que no se pusieran los cuernos. En fin, no creía en nada. Las mujeres estaban para ser disfrutadas en el sexo y punto. Entonces, pasé esos dos días de mierda en las sierras con Gómez y Camila, y vi cómo esos dos se aman de una manera que yo habría asegurado que no existía, y quise eso para mí.

—¿Con Camila? —se atrevió a preguntar, sin mirarlo.

—No. Camila es lo máximo, pero ahora sé que la perseguía para hacer encabronar a Gómez, porque siempre lo consideré por encima de mí, y eso me emputaba. Pensaba que en el único terreno en el que lo superaba era con las chavas, pero me demostró que era superior a mí en ese campo también. Usé a Camila para encabronarlo. Mírame, Bianca, por favor.

Levantó los párpados con miedo, y contuvo el aliento ante la visión que componía Gálvez, cuyos ojos parecían más bellos, más brillantes, más intensos con las pestañas aglutinadas a causa del agua. ¿Toda esa belleza y esa bondad para ella? ¿Cómo haría para aceptarla?

—Estos meses, desde aquello en las sierras, fueron muy fuertes para mí. Lo primero que me pasó fue que me tranquilicé un poco. La pierna quebrada no me dejaba jugar al futbol ni salir de fiesta, mis dos pasiones, por lo que empecé a apreciar el silencio, la quietud, las charlas con amigos, a leer, aunque no mucho, por más que Cami me tapase la mesa de luz con libros. Mis amigos del anterior colegio me vieron en la tele y se pusieron en contacto y reanudé la amistad con ellos. Eso fue muy bueno para mí.

—Pusiste orden en tu vida.

—Sí, algo así. Entonces, una noche, reapareció frente a mí la única chica que había osado mirarme con cara de desprecio —Bianca ocultó la risa en el pecho de él—, nada más que ahora me miraba con unos ojos enormes, los ojos más lindos que conozco, llenos de lágrimas y una cara de tristeza que casi me partió el corazón. Desde ese momento, lo único que quiero hacer es protegerla y besarla, pero ella no me deja hacer ninguna de las dos cosas.

Bianca le habló al oído:

—Todo esto me asusta, no sabes cuánto. Tenme paciencia, por favor.

—Sí, amor, sí.

Gálvez aumentó la presión del brazo en torno a su cintura y le besó el cuello. Bianca le delineó con el índice el tatuaje de alambre de púas que parecía ajustarse en torno a su brazo izquierdo.

—Recuerdo de mis años salvajes —expresó, con acento contrito.

—Me encanta —admitió ella.

—¿En serio?

—Sí, en serio. De algún modo, éste también eres tú. El Gálvez salvaje nunca va a desaparecer por completo.

—Pero el Gálvez salvaje nunca, escúchame bien, Bianca, *nunca* hará nada que te perjudique o te lastime. ¿Está claro?

—Sí, muy claro —a modo de confirmación, depositó una ringlera de besitos sobre el alambre de púas.

—Bianca —había una nota más relajada en su voz—, que quede claro también que desde hoy *yo* voy a ser quien te enseñe a nadar. Casi ahogo al hijo de puta ese cuando te puso la mano en la cintura. Ese tarado no va a volver a tocarte ni a enseñarte nada. *Yo* soy tu profesor ahora.

—Pregúntame si quiero, Sebastián, por favor. Me sofoca que seas así.

—Ah, sí, tu libertad y Acuario. Perdóname, amor. Sé que soy un autoritario de mierda.

—Sebastián, necesito saber que contigo siempre tendré una opción, y que cualquiera que sea mi decisión, la vas a respetar. Por favor, prométemelo. Es muy importante para mí. Quiero que me des tu palabra si realmente estás dispuesto a respetar mis puntos de vista. Si no, prefiero tu sinceridad y buscamos otra salida.

—Tengo miedo de que tus decisiones no me incluyan. Que yo quede fuera.

—Te prometo que sea lo que sea que decida, tú vas a estar primero en la lista de prioridades. Nunca tomaré una decisión que te perjudique.

—¿Y si te haces famosa y me dejas?

A Bianca le dio ternura que un macho de la talla de Gálvez le ofreciera su lado vulnerable con tanta inocencia. En cierta forma, pensó, ese comportamiento también formaba parte de su ego, porque él se sentía seguro de mostrar el lado tierno y seguir siendo el mejor, ¿o no?

—¿Tan buena opinión tienes de mí? ¿Tan poco constante me crees?

—Tú eres la mejor chava que conozco, Bianca. En estos días en que hemos estado tan cerca, me diste una trapeada que me hizo morder el polvo.

—Y con trapeada y todo, ¿todavía quieres que estemos juntos?

—Sí. No hay nada que quiera más.

"Ay, mi Leo con Mercurio en Casa V, tu vehemencia es imposible de igualar." Le pasó la mano por la frente para despejársela.

—¿Prometes respetar mis decisiones?

—¿Voy a ser lo primero en tus prioridades?

—Sí.

—¿Puedo ser tu profesor de natación?

—No sé —Bianca arrugó la nariz—. Me pareció que no nadabas muy bien.

—Escuincla de mierda, soy el mejor nadador que has visto en tu vida —le mordisqueó el hombro—. Mi mamá me hizo tomar clases de natación antes de empezar a caminar, de veras.

"Sí, amor mío, con esa Luna en Aries, no me extraña."

—Es un negocio redondo para ti —la tentó él—. Mira, el domingo saqué un abono para los dos, ya lo pagué. Así que podemos usar la piscina todo lo que queramos, y a ti no te costará un clavo. Bueno, tal vez te pida unos cuantos besos cuando te decidas a dármelos.

—Okei. Eres oficialmente mi profesor. Ahorrarme doscientos pesos no está nada mal.

—Las mujeres sólo piensan en el dinero.

—¿Tengo tu promesa, Sebastián? ¿Vas a respetar mis decisiones?

—Claro que sí. No tengo otra opción si te quiero para mí. Dios mío, Bianca, las cosas que me haces hacer.

—Las vamos a hacer juntos, Sebastián. Para mí, esto también es nuevo y tengo que aprender cosas que no conozco. Yo también tengo mucho que aprender de ti.

—¿Me podrás aguantar un poco hasta que aprenda a controlarme? Creo que al principio seguiré siendo el autoritario de siempre. Tú dime cuando esté derrapando y yo cambio enseguida.

Bianca asintió, apabullada a causa de la enormidad del amor que él le inspiraba en ese instante. Le acarició la mejilla barbuda y Gálvez le buscó la palma para besársela.

Esa noche, apoyó la cabeza sobre la almohada dominada por tantas emociones que terminó por dormirse cerca del amanecer. Con todo, el problema de los besos seguía ahí, y también el de Lorena, ni hablar del de la Mattei, y le arruinaban la felicidad que ella no había sabido que existía hasta una semana atrás.

* * *

—¿De qué tienes miedo? —quiso saber Camila.

Habían pasado todo el recreo analizando el pánico de Bianca por permitirle a Gálvez que la besara, y no llegaban a ninguna conclusión.

—El martes, en el aquagym, me dijo que, para él, yo soy lo máximo. Pero después de que lo bese, tengo miedo de que se desilusione, de que no me encuentre apasionada, que piense que soy un pescado frío.

—¿Sabes qué creo, amiga? Que te estás autoboicoteando. No me mires con esa cara. Con la cartita natal que Dios te dio, no sería raro. ¿Cómo anda tu Lunita en Capricornio, esa infeliz que no te deja disfrutar, que rechaza la abundancia?

—Okei, lo acepto, puede ser que todo esto me parezca demasiado bueno para mí y me asuste. Pero el problema está ahí. Ahora, ¿qué hago?

—Algo habrá que hacer porque no es necesario que yo te diga que los leoninos no se caracterizan por la paciencia. Sebastián debe de estar muy, *pero muy* clavado contigo para aguantar todo lo que está aguantando. Pero quiero que me expliques exactamente qué es lo que te pasa cuando él trata de besarte.

—Tengo miedo de no saber cómo responder, no saber qué hacer.

—O sea que el problema se reduce a una cuestión de técnica. No sabes cómo se besa.

—Creo que sí.

—Y lo que yo te explico, ¿no te sirve?

—Es que no me hago a la idea.

—Una clase práctica no te pienso dar, Bianquita, por mucho que te quiera.

—No, obvio.

—Se me acaba de ocurrir una cosa: ¿por qué no googleamos…, no sé…, lección de besos o cómo besar a la francesa, o algo por el estilo? A lo mejor encontramos un video con instructivos o algo por el estilo.

Esa tarde, en el local, Bianca le pidió prestada la laptop a su tía Claudia y, medio escondida tras el mostrador, inició una búsqueda en internet. "Tendrías que estar ensayando las canciones para el sábado", se reprochó antes de teclear: "Lección de beso". Abrió la primera propuesta, la de un blog llamado *Todos son iguales.*

Humedécete los labios. Los labios secos no se mueven bien… Así que si vas a besar discretamente humedécetelos. "¿Discretamente? ¿Cómo mierda se pasa una la lengua por los labios *discretamente* cuando el otro te está mirando desde una distancia de medio centímetro? Empezamos bien."

Inclina tu cabeza. Una leve inclinación de la cabeza hacia un lado evitará un encuentro nariz con nariz… Intenta evitar inclinar la cabeza al mismo lado que tu pareja. "WHAT! ¿Y cómo mierda sé para qué lado la inclinará él?" La única forma sería esperar a que Gálvez la ladeara primero para proceder ella después. ¿Y si él esperaba a que ella la inclinase primero? Se lo pasarían esperando, mirándose, sacudiendo las cabezas como esos perritos que se ponen en los cristales traseros de los autos. ¡Fantástico!

Cierra tus ojos. Conforme te aproximes para besar a tu pareja mírala a los ojos, pero una vez que estés cerca de su boca cierra los ojos. Esto no tenía sentido; ella se ponía bizca cuando se acercaba mucho para ver algo. Se había dado cuenta en el espejo, cuando se depilaba las cejas o se quería reventar un granito. "Ojos cerrados desde el vamos", decidió.

Empieza con un suave beso con boca cerrada. El beso francés es un beso con boca abierta… Empieza abriendo tus labios muy lentamente. "Y aquí empezamos con los problemas. Abriendo los labios, ¿cómo? ¡Alguien que me explique! Hay formas y formas de abrir la boca."

Besar debe ser una decisión compartida: necesitas saber si tu pareja quiere un beso francés sin preguntarlo. "¡Cómo que debo saberlo sin preguntar! ¿Y por qué debo saberlo? Porque, en caso contrario, ¿debo mantener los labios cerrados? ¡Qué lío!"

Busca y rebusca sus labios, roza un poco tu lengua con sus labios. Ésa es la señal de que deseas un beso francés. Si la lengua de tu pareja no responde de la misma manera o hace ademán de retirarse, quizá debas dejar el beso francés para otro momento mejor. Esto la asustó, amén de parecerle demasiado confuso, por lo que entró en Youtube para buscar un video; tal vez resultarse más esclarecedor.

Escribió en el buscador "cómo besar", y se desplegó una lista con varias opciones. Eligió "cómo besar a un hombre". Pasó por alto el primer video, "cómo besar a un hombre para excitarlo", e hizo clic en el segundo, "Instrucciones para dar un beso". Lo descartó casi de inmediato por estúpido. Eligió uno titulado "cómo dar un beso por primera vez", y terminó por aburrirla tanta palabrería; ¡ella necesitaba ver!

Saltaba de un video a otro, sin encontrar lo que buscaba, cuando entró Sergio Collantonio en su habitual visita después de los entrenamientos.

—¿Qué tul, Bianqui?

—Hola, Sergio —bajó la tapa de la laptop con el ánimo por el piso—. ¿Qué haces?

—*Tutto bene*. Y tú, ¿qué acelga?

—Te vas a reír.

—Te juro que no —afirmó, con la mano derecha levantada.

Había algo especial en Córdoba, una paz interior que él irradiaba como una luz para nada estridente, y cálida, y que la atraía, como si estar cerca de él fuera seguro. No le costaba abrirse, contarle. ¿Habrían sido hermanos en otra vida?

—Estaba viendo videos en Youtube para aprender a dar un beso.

—¿Qué? ¿Y qué pasa con Gálvez? Que te enseñe él, que la debe de tener bien clara.

—Justamente, por eso no quiero, porque la tiene bien clara. Tengo miedo. No quiero que sepa que nunca me he besado en la boca con nadie.

—Bianca, la estás complicando en vano. ¿Por qué no quieres que se dé cuenta de eso? A los tipos nos gustan esas cosas.

—A ti, pero a él, no. Estoy segura de que no. Se va a decepcionar de mí.

Collantonio sacudió la cabeza en un gesto condenatorio.

—De nuevo estás poniéndote por debajo de él.

—En materia de besos y sexo, sí, Sergio, él está a miles de años luz de mí.

"Sin contar que mi hermana, la diosa del sexo y la pasión, ya le hizo probar un poco de su néctar."

—¿Y si le cuentas a él lo que te pasa?

—*No way*. Sergio, ¿tú me harías un favor?

—Obvio. ¿Qué?

—¿Me enseñarías a besar?

—¿Qué? ¿Cómo?

—Besándome.

—¿Estás loca?

—Por favor, Sergio. Eres el único al que me animo a pedirle esto.

Collantonio la miró con los labios entreabiertos y sin pestañear.

—Ni aunque estuviera pedo, Bianca —acertó a decir al cabo.

—¿Por qué no? ¿Tú sabes besar?

—Sí, pero ¿qué tiene que ver?

—Es que contigo no me pasa nada, entonces voy a ser capaz de prestar atención y aprender. Gálvez me toca con el dedo y pierdo la conciencia, se me vacía la mente, soy como un muñeco de trapo, te juro.

—Bueno, se supone que debe ser así. Eso es lo bueno de besarse con quien se ama.

—Anda, Sergio, quiero hacerlo bien. Porfis…

—Me voy a arrepentir.

—¡Gracias!

Bianca salió del mostrador y se colocó, firme, frente a Collantonio.

—Aflójate. No tienes que parecer un soldado.

—Okei. ¿Me humedezco los labios?

Collantonio sacudió los hombros.

—Si quieres. Si no, que te los humedezca Gálvez.

—Okei. ¿Qué hago con la cabeza? ¿La inclino? ¿Para qué lado?

—Bianca, la cosa no es tan planeada, es algo que se da naturalmente. No puedes tener un manual de instrucciones para esto.

—Pero ¿y si nos chocamos las narices?

—¿Cuál es el drama?

—Me daría vergüenza.

—A ver. Hagamos una cosa. Yo te agarro de los brazos, me voy acercando y tú ves qué haces con la cabeza. Yo la voy a mover para el lado que se me ocurra, sin decirte para cuál.

—Perfecto.

Las manos de Collantonio la sujetaron cerca de los hombros. El chico fue inclinando la cabeza y, en un punto, cerró los ojos. Bianca, en cambio, los mantuvo abiertos, atenta a todo lo que él hacía, tomando nota mental. Como si lo hubieran ensayado, ambos ladearon la cabeza para el lado opuesto y no hubo embarazosos choques de nariz. Collantonio apoyó los labios sobre los de Bianca en el instante en el que ella percibió un cambio en la luz del local. Apartó la cara para ver si se trataba de un cliente, y lanzó un grito:

—¡Sebastián!

Gálvez, bajo el dintel, los observaba con incredulidad, la cual duró brevemente. Enseguida, se le endureció el gesto en una mueca que hizo temblar a Bianca.

—¡La puta madre! —insultó Córdoba, y la soltó.

—¡No! —exclamó Bianca, cuando Gálvez dio media vuelta y se alejó corriendo—. ¡No te vayas! ¡Déjame que te explique! —corrió hacia el Peugeot y bajó a la calle, porque él estaba intentado abrir la puerta—. ¡Sebastián!

—¡No te me acerques! —Gálvez la apuntó con el índice, y esa acción la detuvo en seco—. Eres una loca, como todas. No quiero que vuelvas a dirigirme la palabra —se subió al automóvil, hizo marcha atrás y arrancó con un rechinar de los neumáticos.

Bianca se quedó en la calle, inerte. No tenía idea de cómo reuniría la fuerza para ponerse en movimiento.

8

—¿Estás loca, Bianca? —se enojó Camila al día siguiente, en el colegio—. ¿Cómo le fuiste a pedir a Córdoba que te enseñara a besar?

—No sé cómo se me ocurrió una idea tan estúpida —balbuceó, entre sollozos.

—Y bueno —suspiró la taurina—, no por nada eres acuariana, amiga mía. No hay nada que hacer: te rige "el loco", y por lo tanto, haces locuras.

—Lo perdí para siempre, ¿no? Lo perdí antes de tenerlo —declaró, y el llanto arreció.

—Córdoba le dijo a Lautaro que va a hablar con él, le va a explicar —una vocinglería las alcanzó en el silencio del aula clausurada—. A juzgar por esos gritos, Córdoba no tuvo mucho éxito con sus explicaciones. Es obvio que se están trompeando en este momento.

—No, Dios mío… Me quiero morir —Bianca hundió la cara entre las rodillas y siguió llorando.

Camila le pasó el brazo por el hombro y la atrajo hacia ella. La besó en la cabeza y le pidió que se calmara.

—Lautaro y los chicos iban a quedarse cerca por si esto pasaba. Ya deben de haberlos separado. No te preocupes.

—¿Por qué tuve que arruinarlo todo, amiga?

—Por tu inseguridad, Bianca. Tu Plutón inverso es una cagada, con perdón de la palabra. ¿Cuántas veces te dije que te tranquilizaras y te dejaras llevar, que Seba te iba a guiar? Si algo tiene de bueno estar con un hombre con experiencia es que puede enseñarte.

—Yo lo pensé al revés.

—Así te fue. Bueno, basta de llorar que te vas a arruinar la voz y mañana tienes que cantar en el bar.

Bianca emitió un quejido angustiado.

—No tengo ganas de cantar mañana. No tengo ganas de cantar nunca más. No tengo ganas de nada, te juro.

—Shhhh. No digas eso. Cantar es tu vida.

—Mi vida es Gálvez. Ahora entiendo por qué la Mattei dejó los escenarios del mundo para casarse con el amor de su vida.

—Pero tú eres acuariana y no lo soportarías. Ahora lo dices porque estás conmocionada por lo que te pasó y no estás pensando bien. Pero tu libertad sigue siendo lo primerísimo en tu vida, y eso no lo va a cambiar nada, porque así naciste.

En el segundo recreo, Bianca inspiró profundamente y entró en la cafetería. Gálvez no se la ponía fácil al tener abrazada a la rubia teñida en la mesa más apartada, en la que ellos habían sellado el pacto. Lo que más la lastimó fue descubrir que estaba fumando. El pacto había terminado.

No les había advertido a sus amigos lo que estaba tramando, por lo que si Gálvez decidía ponerse violento (ahorcarla, por ejemplo), nadie estaría a la mano para defenderla y terminaría muerta. Tal vez fuera lo mejor, morir; cerrar los ojos y dejar de sentir tanto dolor. De todos modos, era una opción inviable pues no quería que él fuera preso.

—Sebastián —lo llamó, cuando llegó a su lado—, ¿podemos hablar?

Como la ignoró, la rubia teñida le acarició la mejilla y le advirtió:

—Te buscan, Sebi.

Lo vio dar una fumada antes de girar la cabeza en su dirección y echarle el humo a la cara.

—Hazte humo, pendeja. No me jodas. ¿No ves que estoy ocupado?

El recorrido hasta la salida lo hizo con la cabeza echada hacia delante, en un silencio sepulcral y con las miradas clavadas en ella. Le faltaba el tamborilero caminando delante de ella, como en la película *La letra escarlata*.

* * *

Ese viernes por la noche, Camila le envió un mensaje al celular.

Amiga, Seba me pide q t pida q le devuelvas el encendedor. Perdón x esto, pero pienso q es mejor q me lo des a mí antes q toparte d nuevo con él. Beso.

La rabia la llevó a teclear deprisa.

Dile esto palabra x palabra: si tuvo los huevos p llamarme pendeja y p echarme el humo a la cara frente a su puta, q tenga los huevos d venir a pedírmelo personalm.

La respuesta de Camila tardó unos minutos en aparecer.

Dice q está bien. Quiero q trates d olvidar esto x un rato y t concentres p' lo d mañana. Va a salir todo bien, amiga. Ya vas a ver. Nos vemos mañana en la mañana. TKM.

* * *

Bianca amaba a Camila, la consideraba parte medular de su vida, pero nunca tanto como esa noche. Se había ocupado de todo: la madre de Lautaro los llevaría al bar y su papá iría a buscarlos a las tres. Se había tragado el orgullo y le había pedido a Bárbara Degèner que las encontrara en el camerino del bar para maquillarla y peinarla, porque, en su opinión, resultaba poco profesional presentarse con ojeras. Le había preparado un conjunto muy mono, tal vez demasiado clásico para su estilo acuariano, pero, como no tenía energía para pensar en qué ponerse, lo aceptó de buen grado. Al verse reflejada en el espejo, le gustó y le levantó el ánimo. Le sentaban bien la camisa blanca y el chaleco negro, tan ajustado que le delineaba una cintura sutil y femenina. Los jeans blancos, que habían comprado esa mañana, se realzaban en el impacto con el negro de la parte superior. Llevaba unas sandalias blancas con un poco de tacón.

—Este detalle te va a quedar muy sexy, amiga. Levántate el pelo, por fa —le ató una cinta de raso negro en torno al cuello.

—Aflójala un poquito. Tengo que estar cómoda para cantar.

—Si te molesta, la quito.

—No, no, déjala. Me gusta. Es muy sensual —Camila aflojó el nudo en la nuca—. Así está bien. Ahí no me molesta.

Bajaron cuando Lautaro tocó el interfón.

—Estás muy linda, Bianca.

— Gracias, Lauti.

—Brenda quiso venir. ¿No hay drama?

—¡Obvio que no! Es superbuena onda tu hermana.

Brenda la elogió, le aseguró que estaba "monísima" y la hizo reír con sus ocurrencias. Ximena, la madre de Lautaro y Brenda, se interesó por su afición al canto lírico y le confesó que de joven había albergado la esperanza de convertirse en una soprano.

—Estaba loca por *La Traviata* —le contó— y quería interpretar el rol de Violetta Valéry a como diera lugar. Tomé unas clases y me di cuenta de que no tenía talento.

—En realidad, cualquiera puede aprender a cantar —alegó Bianca.

—Tal vez, pero pocos nos hacen emocionar con su voz.

—¿Qué parte de *La Traviata* te gusta más?

—Ésa del primer acto, cuando Violetta se queda sola y se pregunta si debe aceptar el amor de Alfredo.

Bianca bajó los párpados, movió el cuello hacia uno y otro lado e inspiró para ubicar el diafragma.

—Uy, mami —anunció Brenda—, creo que va a cantar.

Ah, quell'amor, quell'amor ch'è palpito dell'universo, dell'univer-
so intero/ Misterioso, misterioso, altero/ Croce! Croce, delizia, croce,
delizia, delizia al cor/ Croce, delizia, delizia al cor/ Croce, delizia
al cor.

—¡Bravo! —prorrumpieron Brenda y Camila.

—Criatura mía —expresó Ximena—, pocas veces me he emocionado tanto con esa cavatina como hoy, y te aseguro que la
he escuchado mil veces.

—Gracias, Ximena —había cantado pensando en Gálvez, tal
vez por eso la había cantado con tanta pasión.

—¡Alucinas, Bianca! —exclamó Brenda.

—Es una genia mi amiga —se enorgulleció Camila.

—Realmente, Bianca, es impresionante como cantas —opinó
Lautaro Gómez, que rara vez abría la boca para dar su parecer.

"Tengo a mis amigos conmigo", se dijo. "Ellos me quieren y
en ellos me voy a apoyar para superar este momento de mierda."
Bajó del auto de mejor ánimo, que decididamente escaló unas
cuantas gradas cuando se topó en la banqueta, junto a la puerta
del bar, con Benigno, Lucrecia, Karen, Morena y Córdoba.

—¡Sorpresa! —gritaron a coro.

—Vinimos a echarte porras, Bianqui —le contó Morena—.
Cami nos dijo que esta noche debutabas y no pudimos resis-
tirnos.

—¡Gracias! Estoy tan nerviosa.

—Tú míranos a nosotros todo el tiempo —le sugirió Collantonio— porque, aunque ladres como un perro, te vamos a
aplaudir como si fueras Madonna.

Bianca se puso de puntitas y le dio un beso en la mejilla. Le
susurró:

—Perdóname.

—Nada que perdonar.

Como era temprano, el bar estaba cerrado, así que entraron
por la puerta de servicio.

—Hola, Bianca —Mariel se aproximó y sonrió al grupo—. Veo que trajiste tu propio auditorio.

—Sí, los necesito.

—¿Y Sebastián?

—No puede venir —explicó Camila.

—Qué pena.

—Sí, la verdad.

—Una amiga tuya, Bárbara, llegó hace un momento. Te espera en el camerino.

—Sí, gracias.

* * *

Alrededor de las diez y media, Carmelo fue a buscarla al camerino.

—Estás preciosa.

—Gracias, Carmelo. ¿Hay mucha gente?

—Bastante, pero todos amigos. Tu tía Claudia y el Maestro Luz acaban de llegar. Y también los amigos del grupo de reiki.

—Qué bueno.

—Hiciste una excelente selección de temas. Con esa voz que tienes, haremos cantar a todo el mundo.

—Ojalá.

—Mariel está encantada con que hayas incluido *Wuthering Heights,* o como sea que se pronuncie.

—Lo incluí por eso, porque a Mariel le gusta —los demás temas eran los favoritos de Corina.

Se dirigieron en silencio hasta el patio. A Bianca le pesaba el corazón. Gálvez no abandonaba su pensamiento un segundo. Él le había prometido que estaría a su lado en ese momento tan difícil, él le había asegurado que le enseñaría a brillar, pero, a causa de su propia insensatez, lo había perdido para siempre, y junto con él se habían esfumado las ganas de vivir, de brillar, de cantar.

El recinto estaba muy bien iluminado, y en torno a la tarima se habían colocado las mesas, que estaban ocupadas por completo. Bianca sonrió en dirección a sus amigos, a su tía y a Óscar. Subió a la tarima y Carmelo le prestó la mano para acomodarse en el taburete. Le entregó un micrófono. No miró al público. Cerró los ojos y practicó los ejercicios respiratorios aprovechando que su jefe hacía un discurso de bienvenida al bar The Eighties.

—Es hora de que me calle —dijo Carmelo— y de que los deje en la compañía de esta magnífica cantante, Bianca, porque así de chiquitita como la ven, los dejará con la boca abierta. Espero que Bianca los inspire para cantar y recordar los temas que nos hicieron felices cuando todavía creíamos que el mundo se podía cambiar.

Bianca se dijo que había llegado el momento de enfrentar al auditorio. Levantó la cabeza y los párpados, y lo vio. Gálvez estaba allí, de pie, por eso destacaba, porque el resto estaba sentado. La miraba con actitud indolente, como si no la conociera, como si no diera un centavo por ella. Ver que Lorena estaba a su lado, que con una mano sostenía un cigarro y, que con la otra, pegaba a Lorena a su cuerpo le provocó una punzada tan aguda en el estómago que temió caer del taburete. Sus amigos debieron de advertir su alteración porque se dieron vuelta al unísono y mantuvieron las cabezas congeladas en dirección a Gálvez y su compañera.

—¿Estás bien? —le preguntó Carmelo al oído.

—¿Podrías alcanzarme un vaso con agua?

—Sí, por supuesto.

El atuendo del Maestro Luz captó su atención. El hombre, que la contemplaba con una seriedad que ella no le conocía, se llevó el índice y el mayor de la mano derecha cerca de los ojos en el ademán de quien ordena que se lo mire, y Bianca le obedeció, lo miró con una intensidad que fue creciendo, como si pretendiera hacer centro en el centro de sus iris. Un calor muy suave le diluyó la bola en el estómago. "Vamos, Bianca Leticia, toma el control de la situación. No puedes hacer un papelón frente a esta gente. Ellos no tienen la culpa de que tú te hayas mandado la cagada del siglo, ni de que el hombre al que amas sea más vengativo que un talibán. Acuérdate de que el canto siempre fue tu refugio; acuérdate de que, cuando papá te pegaba y tú te encerrabas en tu cuarto y cantabas, te olvidabas de todo. El canto es tu vida, no Gálvez. Vamos, canta."

—Aquí tienes, Bianca.

—Gracias —sorbió un poco, se enjuagó la boca y le devolvió el vaso—. Ya me siento mejor.

—Me alegro.

Hizo una inclinación con la cabeza en dirección al musicalizador, y *Missing you,* de John Waite, comenzó a sonar. Bastaron los primeros acordes para que el público, mayormente de unos cuarenta a cuarenta y cinco años, profiriera un grito de júbilo. La acompañaban con aplausos; algunos se atrevían a cantarla mientras leían la letra en una pantalla detrás de Bianca; muchos abandonaban las sillas y bailaban. Bianca iba cobrando seguridad, y la alegría que le provocaba ser de nuevo feliz con el canto la hizo brillar. Porque sabía que estaba brillando. Él le había dicho: "Porque vas a brillar, Bianca. Cuando empieces a cantar, vas a brillar como el sol". "Tenías razón, mi amor." Y se preguntó si él comprendía el significado de la canción. Tal vez no, pero le habría gustado porque parecía escrita a propósito.

El público respondió con la misma algarabía cuando interpretó *All I need is a miracle,* de Mike and The Mechanics, *Every breath you take,* de The Police y *Valery,* de Steve Winwood. El broche de oro lo constituyó *Wuthering Heights,* y a diferencia de las anteriores canciones, en las que había participado, con la composición de Kate Bush, la gente guardó un silencio solemne.

I'm coming back, love, cruel Heathcliff! My one dream, my only master.

"Mi único sueño, mi único dueño", pensó, y lo miró de lleno a los ojos, y lo vio estremecerse porque su acto de coraje lo había sorprendido. Gálvez no la miraba como al comienzo; la fingida indolencia se había desvanecido para dar lugar a la admiración.

El público se puso de pie para expresar su euforia, y Bianca, con la naturalidad de quien lo ha hecho mil veces, levantó los brazos y saludó. Descendió del taburete asistida por Carmelo y se inclinó para agradecer el calor de los aplausos. Sus amigos vociferaban "¡Bravo!", "¡Genia!", mientras su tía Claudia y el Maestro Luz lagrimeaban.

—¡Otra! ¡Otra! —exigió la gente.

Carmelo la inquirió con la mirada y Bianca asintió. Regresó al taburete y habló al micrófono.

—No tenía pensado cantar esta canción, pero quiero hacerlo para dedicársela a la persona más importante de mi vida, que ahora se encuentra tan lejos de mí que me duele aquí —apoyó la mano derecha sobre el lado izquierdo del pecho—. El tema se titula *Caruso* y es del gran compositor italiano Lucio Dalla —alejó el micrófono y giró el rostro hacia el musicalizador para indicarle—: La setenta y tres del catálogo.

Con la primera línea, *Qui dove il mare lucica e tira forte il vento,* se elevó un murmullo de aprobación, y cuando Bianca cantó el estribillo, *Te voglio bene assai, ma tanto, tanto bene, sai,* el público explotó en un aplauso. Notó que Collantonio, cuya familia provenía del sur de Italia, le hablaba a Camila, que poco a poco elevaba las comisuras en una sonrisa. La vio asentir y, un momento después, abandonar su mesa de la primera fila y caminar hacia la parte trasera del recinto, donde se encontraban de pie Gálvez y Lorena. La vio saludarlos con un beso y ponerse de puntitas para hablarle a él al oído.

Bianca casi podía oír las palabras que su amiga le susurraba, y también percibía en su propia carne el efecto que estaban provocando en Gálvez, que la miró con una mueca desolada y los ojos brillantes en el instante en que el estribillo la obligó a cantar de nuevo y ella lo hizo sin apartar la vista de él.

"Te quiero tanto, pero tanto, tanto, ¿lo sabes? Ya es una cadena y derrite la sangre en las venas, ¿lo sabes?"

Acabó la música, saltó del taburete y no se demoró para recibir la gratitud del público. Corrió al camerino.

* * *

Se estudió en el espejo. Se le había corrido le maquillaje, y el rímel dibujaba un camino de lágrimas negras.

Llamaron a la puerta.

—Pase —dijo, y deseó que fuese la mesera que le había prometido una taza de té.

—Permiso —Bárbara Degèner entró con su maletín color plateado—. Me imaginé que necesitarías mi ayuda.

Bianca emitió una risa ahogada y se pasó las manos por las mejillas.

—No te toques. Yo te arreglo en un momento. No sabía que ibas a necesitar maquillaje a prueba de agua —bromeó.

—Yo tampoco.

—Pero Seba apareció y armó un gran desmad… un gran lío —Bianca asintió y bajó los párpados para que Bárbara los limpiara con un algodón húmedo—. No sé qué fue lo que pasó entre ustedes, porque él no quiere contarme, pero tienes que saber que lo conozco desde hace mucho tiempo y nunca lo he visto así con una chica.

Bianca sintió calor bajo los párpados.

—Bárbara, por favor, no me pongas rímel de nuevo. No me tengo confianza esta noche.

—Okei. Bianca, aluciné escuchándote cantar. Tienes una voz impresionante, de verdad, pero tiene algo más. Tu voz te acelera la respiración.

—¿En serio?

—Esa última canción…

—*Caruso*.

—Me hizo llorar, y eso que no entiendo un pito de italiano.

—La compuso Lucio Dalla en homenaje al mejor tenor italiano de la historia, Enrico Caruso, que estaba muriéndose de cáncer en la garganta, pero él seguía cantando para una chica de la que estaba enamorado. Una noche, se sentía muy mal, pero pidió que le llevaran el piano a su habitación y cantó para ella. Murió dos días más tarde.

—Me vas a hacer llorar de nuevo. Anda, mírate. ¿Qué te parece?

—Perfecto. Bárbara —la llamó—. Gracias.

—Gracias a ti, de verdad.

La puerta se abrió, y Bianca giró para indicarle a la mesera que apoyase el té sobre la mesa del gabinete. La sonrisa se le congeló al descubrir que se trataba de Gálvez, que la contemplaba de una manera que ella no fue capaz de descifrar. Escuchó el chasquido del maletín de Bárbara al cerrarse y la vio pasar junto a él, que se limitó a apartarse. Gálvez jamás rompió el contacto visual con ella. Cerró la puerta tras Bárbara y echó llave.

Bianca se movió con nerviosismo para buscar su bolsa, de la que extrajo el encendedor Dupont. Extendió el brazo para entregárselo, pero, como le temblaba la mano, terminó por apoyarlo sobre la mesa del gabinete. Se lo quedó mirando, aterrorizada.

—¿Para quién cantaste esa última canción?

—Ya lo oíste: para la persona más importante de mi vida.

Tardó unos segundos en formular la siguiente pregunta:

—¿Quién es la persona más importante de tu vida?

—Tú —contestó, sin dudar, de inmediato.

Permaneció quieto, aunque la nuez de Adán le subía y le bajaba rápidamente. Resultaba evidente que no se sentía seguro para hablar. Al cabo, le pidió:

—Tradúceme el estribillo.

—Te amo tanto, pero tanto, tanto, ¿lo sabes? Ya es una cadena y derrite la sangre en las venas, ¿lo sabes?

Una lágrima se perdió en la mejilla barbuda de Gálvez, y Bianca no soportó la tristeza en el rostro tan amado. Se lanzó a sus brazos sin saber si la recibirían. Pero la recibieron, y Gálvez la cobijó contra su pecho y la apretó hasta el punto de hacerle doler. Sintió que la arrastraba al diván, donde se dejó caer con ella sobre las piernas. Bianca no podía mirarlo, así que ocultó la cara en el hombro de él y siguió llorando. Le dio por pensar que, en sus diecisiete años, no recordaba haber llorado de esa manera, ni siquiera cuando su padre le pegaba. Nunca se había permitido sacar fuera el dolor con esa libertad.

Gálvez le besó la cabeza, muchas veces.

—No llores más —suplicó—. Me parte la madre.

—Es que soy tan feliz —le confesó, entre espasmos, todavía sin mostrarse—. Pensé que te había perdido.

—No, no.

—Estabas tan enojado.

—Mucho.

—Y empezaste a fumar de nuevo.

—Fueron los cigarros más amargos de mi vida —le aferró la cabeza y la obligó a emerger del escondite. Le pasó los pulgares bajo los ojos y le sonrió—. Repite de nuevo el estribillo en castellano.

—Te amo tanto, pero tanto, tanto —le acarició la mejilla—. ¿Lo sabes?

—No —Gálvez exhaló la negativa, y los ojos se le anegaron de nuevo.

—Te amo tanto, tanto desde que tengo trece años, cuando te vi aquel primer día de clases de 2008. Te amé todo este tiempo en silencio, pero *tanto* que creo que nadie puede amarte más que yo.

—¡Bianca!

Se abrazaron con desesperación, y fue en esa instancia en la que Bianca comprendió lo que sus amigos habían intentado explicarle acerca del arte de besar: no existían las reglas, ni los instructivos. Buscó los labios de Gálvez, que le salieron al encuentro, sin choques de narices, ni dudas de hacia dónde ladear la cabeza. El primer roce los congeló, e inspiraron, conmovidos, al unísono. Él apretó los brazos, abrió la boca y se apoderó de la de ella. La necesidad fue dictándole qué hacer, pues *necesitó* separar los labios cuando el deseo de Gálvez palpitó en su sangre. Los impactó el primer contacto de sus lenguas, sólo un instante, que sirvió para que tomaran conciencia de que lo que compartían era inmenso y mágico. A Bianca le encantó el juego que él inició con la lengua; la entrelazaba con la de ella, al tiempo que buscaba abrirse camino en su boca para penetrarla. Le tomaba la cabeza y la acercaba tanto que parecía estar buscando que sus rostros se fundieran. Las manos de Bianca se movieron con voluntad propia, y sus dedos se asieron a la nuca de él antes de profundizar el beso. Su lengua habló por ella, y lo penetró para decirle: "Eres mío".

Gálvez rompió el contacto y se quedó observándola con una sonrisa. Ella mantenía los ojos cerrados, y su boca, brillante de saliva, seguía medio abierta. Levantó los párpados lentamente, como si despertara de un sueño profundo.

—¿Por qué ríes?

Gálvez acentuó la risa y la abrazó. La besó varias veces en el cuello.

—Aluciné cuando te vi tan linda esta noche, pero cuando descubrí que tenías esta cinta negra aquí…

—¿Qué?

—Mejor no te digo.

—Dime.

—Quise que algún día te pusieras solamente esta cinta negra en el cuello para mí. Y me puse duro, ahí, frente a todos.

Bianca ocultó el sonrojo en el hombro de él. Al cabo y sin levantar la cabeza, quiso saber:

—¿Hice algo mal? Durante el beso, quiero decir.

—Hiciste todo perfecto. ¿Y besando así necesitabas lecciones de besos?

—Qué idiota soy —admitió.

—Me acusaron de hacerte sentir por debajo de mí.

—No es tu culpa. Es un problema mío. Tenía miedo.

—¿De qué?

—De que me compararas con Lorena. Ella debe de besar muy bien.

—*Yo* quería enseñarte.

—Y lo hiciste.

—Collantonio te besó primero.

—Apenas me rozó. Llegaste justo a tiempo.

—¿No pasaron al capítulo "¿cómo dar un beso francés?"?

—No —dijo, y el sollozo se mezcló con la risa—. ¿Por qué dejaste de besarme? ¿No te gustó?

Gálvez sacudió la cabeza y sonrió con aire benévolo.

—Bianca, dejé de besarte porque se me paró. Y a menos que estés dispuesta a terminar de espaldas en este diván, *tengo* que frenar. ¿O quieres que hagamos como el martes en el aquagym, que tuviste que dejarme solo, nadando en la piscina como un tonto, para bajar la erección? ¿Acá qué podría hacer? ¿Ir a escuchar a esos perros que están cantando allá afuera?

Bianca se cubrió la boca y rio. Gálvez le besó el lunar en el filo de la mandíbula y arrastró los labios hasta alcanzar el pabellón de la oreja, donde se demoró dibujando las circunvoluciones con la punta de la lengua.

—Dime de nuevo lo que dice la canción que cantaste para mí.

—Te amo tanto, pero tanto, tanto.

—¿Sí?

—Tanto, Sebastián. Creo que no puedes darte una idea de cuánto.

Llamaron a la puerta. Bianca se acomodó el cabello y se puso de pie para abrir. Gálvez se tapó la entrepierna con un almohadón. Se trataba de Mariel; ella misma traía el té para Bianca.

—¡Ah, Sebastián! Me alegro de que hayas podido venir.

—No me lo habría perdido por nada del mundo —aseguró.

Se puso de pie (el almohadón, casualmente en su mano, ocultó el cierre del pantalón) y dio un beso a Mariel.

—Ven, Bianca, siéntate aquí, junto a Sebastián, y toma este té tan merecido. ¡Qué debut, Bianca! Ahí los tienes a todos tratando de imitarte. Mis amigos no dejan de preguntar cuándo vuelve "la chiquita".

—Cuando ustedes me digan.

—Déjalos que canten… Bue, que aúllen un poco más, y cuando la cosa se vaya enfriando, tú vuelves.

Mariel se fue, y Bianca echó llave. Gálvez estiró el brazo y la atrajo sobre sus piernas de nuevo.

—Toma el té antes de que se enfríe —le entregó la taza—. Te va a venir bien.

—Sí. La verdad es que lo necesito.

—Te impresionaste muchísimo cuando me viste, ¿no?

Bianca asintió con el filo de la taza sobre los labios.

—No imaginé que vendrías. Menos que menos con ella.

—Quiero que lo nuestro salga a la luz, Bianca. Nada de ocultarnos, ni en el cole, ni en ningún lado. Ya no lo soporto. Quiero que todos te vean conmigo. Quiero decir "es mi novia, es mía, mía" sin sentir culpa o que a ti te incomode.

—Pero no quiero que Lorena lo sepa.

—Ella es a la primera a la que voy a contarle todo. Ahora la saco de acá, la llevo a tomar un café y le explico cómo son las cosas.

—No. Soy yo la que tengo que dormir con ella todas las noches en la misma habitación. Tú no la conoces como yo, Sebastián. Me hará la vida de cuadritos. No, todavía no.

—¿Y qué? ¿Se lo vamos a ocultar para siempre?

—No, por supuesto que no, pero ahora puede perjudicarme contándole a papá que estudio canto lírico a sus espaldas. Ni qué decir que le va a contar que canto acá —Gálvez bajó la vista—. No estoy echándotelo en cara. Tú me perdonaste la estupidez de las lecciones de beso, yo te perdono por haberla traído acá. Pero tenemos que ser cautos. Algún día seré verdaderamente libre y podré hacer lo que quiera con mi vida, y papá se podrá ir a… freír papas.

—Okei —aceptó, sin convencimiento—. Pero que quede claro que no me late que lo nuestro empiece con todo este circo. Porque si no podemos decírselo a Lorena, eso quiere decir que no podremos contárselo a tus papás, ni a tus hermanos, y que no podré ir a visitarte a tu casa como cualquier novio normal.

—No es que mi casa sea el lugar ideal para que nos veamos, ¿o sí? Ya viste que la intimidad que tenemos es igual a cero con mis hermanos pululando por ahí.

—Pero tus hermanos son muy buena onda. Me gusta estar con ellos.

—Puedo organizar paseos con ellos, y tú, *de casualidad*, te apareces y te unes al grupo.

—Es todo tan forzado, Bianca.

—Lo sé, pero no queda de otra. Al menos, por ahora.

Llamaron de nuevo a la puerta. Bianca abrió. Era Karen.

—Seba, la chica con la que viniste está a punto de perder el último jugador que le queda en la cancha porque no sabe dónde estás.

Gálvez se puso de pie.

—Gracias, Karen. Ahí voy. Atájala un minuto más, por fa.

—¡Sip!

Echó llave y, sin pronunciar palabra, envolvió a Bianca en sus brazos y volvió a besarla, y lo hizo con deliberada lentitud, demorándose primero en mordisquear y succionar sus labios, para después tentarla con la punta de su lengua; le acarició los dientes, las encías, y le dibujó el contorno de la boca. Bianca iba perdiendo consistencia, y no se daba cuenta de que era él quien la mantenía en pie.

—Me voy, amor —lo escuchó decir, y emitió un quejido de protesta—. Quiero sacar a tu hermana de aquí antes de que se arme un desmadre. Gómez me dijo que los viene a buscar su suegro, así que me voy tranquilo.

—Sí, vete tranquilo.

—Bianca, abre los ojos.

—¿Qué?

—Aunque hoy llegué con mucha rabia aquí, sólo bastó oírte cantar así, tan bonito, para ablandarme como un flan. Me quiebra cómo cantas, Bianca. ¡Qué voz tienes, amor! Pero es más que eso, es más que tu voz alucinante. Cuando cantas, la gente se pone contenta. *Yo,* que estaba encabronadísimo, me puse contento.

—La música aquieta a las fieras —dijo, resignada a que los halagos, sobre todo los de Gálvez, le pusieran los cachetes al rojo vivo.

—No toda la música —la contradijo—. La tuya aquieta a las fieras porque sale de ti, que eres la cosa más dulce que conozco.

Volvieron a besarse, y Bianca percibió que a Gálvez, la partida se le hacía tan difícil como a ella.

—Antes de que te vayas —susurró sobre los labios de él—, quiero preguntarte algo —él tomó distancia y la inquirió con la mirada—. ¿Me quedo con el encendedor de tu abuelo o tengo que devolvértelo?

—Y tú, ¿qué querrías, quedártelo o devolvérmelo?

—Sabes bien.

—No, dime.

—Quiero quedármelo, para siempre.

—¿Para siempre? ¿En verdad, Bianca? —ella bajó la vista y asintió—. Bianca, mírame. Quiero decirte que tú también eres la persona más importante de mi vida. A mí también me dolía aquí —se llevó la mano de ella al corazón—, no sabes cuánto.

—¿Me prometes que no vas a volver a fumar? Me angustio pensando en el daño que te hace el cigarro.

—Te lo prometo, amor. Ya te dije: eres la única que puede hacerme dejar el tabaco.

Bianca sonrió y lo besó en los labios.

—Soy poderosa —dijo, jactanciosa.

—Mucho.

—¿Te gustó que cantara *Caruso* para ti? Amo esa canción.

—Y yo te amo a ti, Bianca. Tanto, tanto.

* * *

La aparición de Gálvez y la reconciliación que tuvo lugar después le impidieron a Bianca disfrutar de la victoria que había significado su primera puesta en escena. Todos lo aseguraban: había sido un éxito. Cada uno le refería su experiencia y lo que su canto había provocado, y ella bebía con avidez cada palabra, que sumaban a una felicidad que ya le parecía demasiada.

Los Broda le entregaron cuatrocientos pesos y le aseguraron que el éxito de la inauguración, en gran parte, se debía a ella, que había conquistado al público. Su tía Claudia la abrazó y le dijo que estaba orgullosa de ella. El Maestro Luz la miró a los ojos y Bianca sonrió, cómplice.

—Gracias, Óscar. No sé qué habría hecho si no me hubieses tranquilizado. No sé cómo lo hiciste, pero enseguida me sentí más relajada.

—Te hice reiki a distancia, eso es todo.

—Para mí significó un montón. Mil gracias.

—De nada, niña bonita. Fue un placer escucharte cantar.

Juan Manuel Pérez Gaona pasó a buscarlos a las tres. Lautaro ocupó el asiento delantero y enseguida comenzó a charlar con su suegro. Camila, Brenda y Bianca charlaban en la parte posterior.

—¡Qué voz tan alucinante tienes! —expresó Brenda—. Ya nos habías dado una prueba cuando cantaste esa ópera para mamá, pero en el bar… ¡Guau! Creo que no hubo uno que no tuviera ganas de ponerse a cantar y bailar.

—Gracias, Brenda. La verdad es que estaba muy nerviosa porque no había tenido mucho tiempo para ensayar.

—Ah, eso. ¿Dónde ensayaste? —se interesó Camila.

—En la casa de la Mattei. Los dos días fui un rato antes y le pedí prestado uno de sus estudios. En el local repasaba las letras y las canturreaba. Y también en la ducha —confesó, y las amigas rieron.

Los hermanos Gómez se despidieron, y Camila no hizo ademán de moverse al asiento del copiloto.

—¿Así que me toca hacer de chofer? —bromeó Juan Manuel.

—Sí, papi. Tengo un montón de cosas que platicar con Bianqui.

—A sus órdenes, princesa.

Bianca adoraba a Juan Manuel Pérez Gaona y más de una vez se había encontrado deseando que fuera su padre.

—Gracias por ir a buscarnos, Juan Manuel.

—Un placer, Bianca.

Camila se arrastró en el asiento y la tomó por el brazo.

—¡Por favor, cuéntame cómo te fue con Seba! —Bianca se mordió el labio y elevó los ojos al cielo—. *Yes!* ¡Cuánto me alegro por ti, amiga! No sabes cuánto.

—Sí que lo sé. Gracias por todo lo que hiciste por mí esta noche. No lo habría logrado sin ti.

—Para eso están las amigas. ¡Qué noche, Bianqui! Cuando me di vuelta y lo vi con tu hermana, casi me da un ataque. Y tú te pusiste tan mal…

—No me hagas recordar. Me dio una punzada acá. Me quedé sin aire.

—Pero después, con tu maravillosa voz, lo fuiste ablandando. Y cantar esa canción en italiano, ¡gol de media cancha! ¿Cómo se te ocurrió?

—La verdad es que no sé. De pronto supe que tenía que cantarle *Caruso*.

—Y el genio de Córdoba que sabía lo que significaba el estribillo. Es un divino ese chico. Me dijo: "Anda y, como cosa tuya, dile a Gálvez que el estribillo de la canción quiere decir 'Te quiero, tanto, tanto, ¿sabes?'". Ahí nomás me levanté y fui a decirle.

—Te vi.

—Le pregunté al oído para que Lorena no escuchase: "¿Sabes qué quiere decir lo que Bianca está cantando para ti?". Se sacudió de hombros, haciéndose el que le valía, el muy infeliz, pero cuando le dije, quiere decir: "Te amo, tanto, tanto, ¿sabes?", casi se suelta a llorar. Yo le cambié el "te quiero" por el "te amo" —se disculpó.

—Hiciste bien porque yo quería decirle eso. Y después, ¿qué pasó? Yo salí casi corriendo del escenario.

—Pasó Lautaro, el único que puede con tu leonino. No por nada los astrólogos aseguran que a todo Leo le llega su Escorpio. Si hay un caso evidente, ése es el de Seba y Lautaro.

—¿Qué hizo Lautaro?

—Le dijo que quería hablar con él. Seba le avisó a tu hermana que ya volvía, y se fueron a una zona más tranquila. Entonces, Lautaro le dijo que tenía que escuchar lo que Córdoba quería contarle. Retobó un poco, el muy orgulloso, pero Lautaro le dijo que si quería perder a la única chica que había amado realmente, que siguiera haciéndose el nene ofendido. Pero que si quería recuperarte, escuchara a Córdoba, porque las cosas no eran como él pensaba. Entonces, Lautaro nos hizo una seña, y Córdoba y yo aparecimos y le explicamos. Al principio, tenía miedo de que Seba se le fuera a la yugular a Córdoba, pero no. Lo escuchó, y creo que lo hizo porque estaba desesperado por arreglarse contigo. Empecé yo, explicándole que tú habías estado muerta de miedo por no estar a la altura de sus expectativas, que tenías miedo de no saber besarlo y de desilusionarlo, y que no hacías otra cosa que angustiarte por eso. Le eché en cara que, en parte, la culpa era suya porque te hacía sentir por debajo de él. Y creo que con eso empezamos a romperle la coraza. Después Córdoba, con esa forma tranquila que tiene, le contó cómo se dieron las cosas esa tarde en el local, que, cuando llegó, tú estabas viendo videos de Youtube en los que se daban lecciones de beso. Se rio un poco con esto, y yo ya podía acariciar la victoria.

Córdoba fue un maestro. Le explicó todo superbién. Le dijo: "Bianca me juró que conmigo podía aprender porque, como no siente nada por mí, prestaría atención y aprendería, porque dice que, cuando tú la tocas, pierde la conciencia y se le vacía la mente. 'Soy como un muñeco de trapo', eso también me dijo. Y me dio mucha pena verla tan mal. Y acepté porque ella fue muy buena conmigo desde el principio, cuando yo no conocía a nadie en el curso, pero te juro que la idea no me gustaba ni tantito. No quería tener problemas contigo, ni perder la amistad con ella por algún desmadre. La verdad es que no llegué a enseñarle nada. Tú llegaste en el momento justo".

—¿Y? —se impacientó Bianca—. ¿Qué pasó después?

—Seba se lo quedó mirando con una seriedad que no es común en él, que siempre está haciéndose el payaso. Me dejó helada. Me pareció mucho más maduro. Parecía un adulto. Bueno, no por nada ya tiene casi veinte años. Estaba muy serio, como te digo, y nosotros conteníamos el aliento. Entonces, asintió, siempre con cara seria, y dijo: "Gracias por explicarme", y se fue. Yo estuve a punto de salir corriendo detrás de él, pero Lautaro me detuvo y me dijo que lo dejara en paz, que tenía que asimilar lo que le habíamos platicado. Así que me quedé con las ganas de saber. Pero ahora tú me vas a contar todo.

Bianca le contó.

* * *

Bianca entró en la oscuridad de su dormitorio y se dio cuenta de que alguien intentaba reprimir un sollozo. "Lorena", pensó, y supo de inmediato por qué, mejor dicho, por quién lloraba. Dejó la puerta abierta para que la luz del pasillo bañara el interior de la habitación y simuló no haberse dado cuenta de lo que sucedía mientras se quitaba las sandalias y se desvestía.

Lorena encendió la lámpara y se incorporó en la cama, y Bianca siguió dándole la espalda.

—¿Cómo te fue? —le preguntó, con voz gangosa.

—Shhh. Vas a despertar a Martina y a Louli.

—¿Cómo te fue?

—Tú viste cómo me fue.

—Sólo vi la primera parte. Después nos fuimos con Sebas.

Bianca se envolvió en la bata y salió del dormitorio. Se demoró bastante en el baño, limpiándose el cutis y lavándose los dientes. Tenía la esperanza de que su hermana se quedara dormida. La encontró despierta y llorando. No tenía alternativa excepto preguntarle qué le pasaba.

—Es por Sebas. Me dijo que yo le caía muy bien, pero que, en realidad, él está muerto por otra chica. Han tenido muchos problemas, pero él quiere volver a intentarlo. Me dijo que la ama y que no puede sacársela de la cabeza —Bianca, que colgaba el pantalón, apretó la percha y cerró los ojos—. Y que no quiere jugar conmigo porque me respeta mucho y porque yo merezco lo mejor. *Bullshit!* —Lorena profirió un gritito y aporreó la cama con los puños—. Odio a esa chica, sea quien sea. ¿Quién mierda puede ser? ¿Tú sabes algo, Pulga? Apenas llegué a casa, me puse a buscar en su Facebook, pero ahí no aparece ninguna chica. Bah, hay mil chicas, pero ninguna especial. Coquetea con todas y con ninguna. Es un gran seductor.

—Vamos a dormir, Lore. Estoy muerta, te juro.

—Te pregunté si tú sabes algo.

La pantalla del celular de Bianca se iluminó, y el sonido que emitió anunció la llegada de un mensaje. Era Gálvez.

—¿Quién es a esta hora?

—Camila —mintió.

Estás a salvo en tu casa? Ojalá q si, así puedo dormir. Ahora no lo consigo.

Estoy a salvo en mi casa, a punto d irme a dormir. Duerme tranquilo.

Buenas noches, amor.

Que duermas bien, amor mío.

Te amo.

Yo +

Imposible.

—¿Acaso no hablas hasta por los codos con Camila todos los días en el cole que tienes que seguir mensajeándote a esta hora de la noche? ¿Para quién era esa canción en italiano, la que cantaste al final?

—Para Granny.

—¿Para ella? —se escandalizó—. ¿Granny es la persona más importante de tu vida? ¿Quién lo habría dicho? Siempre eres tan fría… Yo no podría saber a quién quieres y a quién no.

—A ti te quiero, nunca lo olvides.

9

El martes a última hora de la tarde, sujeta al borde de la piscina, Bianca practicaba el ejercicio respiratorio que Gálvez le había indicado. Consistía en inspirar profundamente, sumergir la cabeza y expulsar el aire debajo del agua. Se sentía un poco tonta haciéndolo; no obstante, debía admitir que iba perdiendo el miedo y ganaba confianza.

—Descansa un momento —Gálvez la aferró por la cintura y la atrajo hacia él—. Hay que parar de tanto en tanto, si no, te mareas.

—Respirar profundamente es esencial para el canto lírico, así que es algo que sé hacer sin marearme.

—Igual, descansa un poco, así te puedo abrazar.

—Ah, no, profesor, no podemos perder el tiempo —Bianca rio y se rebulló cuando Gálvez le hizo cosquillas bajo el agua—. ¡Malvado! Te aprovechas de mí porque sabes que le tengo miedo al agua y que no sé nadar.

—Ven, por favor —Gálvez la recogió y Bianca le rodeó la cintura con las piernas—. Dame un beso.

Bianca relajó los labios y simplemente los apoyó sobre los de él; quería apreciar su calidad mullida y suave. Un momento después, los arrastró, blandos, de una comisura a la otra, una y otra vez. Él permanecía quieto, parecía sujetar el respiro, concentrado sólo en lo que ella estaba haciéndole. Bianca se apartó unos centímetros, y sonrió de pura dicha al encontrarlo en éxtasis, con la cabeza ligeramente echada hacia atrás, los ojos cerrados y la boca entreabierta, entregado a ella. Lo sujetó por las mejillas y lo besó como él le había enseñado el sábado por la noche, en el bar. Gálvez respondió con un movimiento veloz y desenfrenado. La aprisionó contra el borde y tomó el control de su boca. La penetró con una lengua agresiva, cuya fiereza fue mermando al notar que la de ella se cohibía. La sedujo con caricias suaves sin cejar en su anhelo de penetrarla lo más profundo posible. Bianca se daba cuenta de que él no se satisfacía, y que el beso estaba tomando un cariz demasiado escandaloso aun para una naturaleza acuariana como la de ella, que rara vez se preocupaba por lo que pensaban los demás. Pero había mucha gente en el aquagym y la mayoría eran menores.

Se apartó, y Gálvez apoyó la frente en el hueco que se formaba entre el cuello y el hombro. Acezaba como si hubiese nadado bajo el agua durante varios minutos, y Bianca se dio cuenta de que él no reparaba en la manera dolorosa en que le apretaba la cintura.

—Cuéntame algo que me distraiga —le rogó—. Cualquier cosa.

—Dame una pista.

—No sé… Cuéntame por qué le tienes tanto miedo al agua.

—Porque cuando era chica y no me animaba a entrar en la piscina en la casa de unos amigos de papá, él me levantó en brazos y me tiró al agua —Gálvez se incorporó de repente y la miró fijamente—. Yo empecé a ahogarme. Él, desde la orilla, me decía lo que tenía que hacer para flotar, pero yo no podía escucharlo. Estaba demasiado asustada.

—Maldito hijo de puta.

—El dueño de la casa se tiró al agua y me sacó.

—Menos mal que no puedo ir a tu casa, si no, creo que lo amasijo a trompadas a ese imbécil.

—Él dijo que su papá le había enseñado con esa técnica y que él había aprendido.

—Sí, técnica. Y una mierda. A ti te traumatizó.

—Sip. ¿Surtió efecto?

—¿Qué?

—El relato. ¿Te tranquilizó? —Gálvez sonrió con aire indulgente y asintió—. ¿Seguimos con la clase, profesor?

—Antes quiero preguntarte algo, pero no te sientas presionada. Dime lo que realmente piensas —Bianca se puso seria—. Mi papá me llamó para invitarme a pasar el domingo en su quinta de Pilar. Es el cumpleaños de la más chica de sus hijas, y quiere que vaya. Iba a decirle que no, pero después pensé que a ti te gustaría. El lugar es muy bonito.

—¡Me encanta la idea! —le rodeó el cuello con los brazos y lo besó en la mejilla—. ¿Quieres que yo me ocupe de comprarle el regalo a la nena?

—¿Regalo? No se me había ocurrido.

—Para no caer con las manos vacías. Cuéntame un poco sobre ella, que yo me encargo.

—¿Cuándo, si no tienes tiempo para nada? A veces me preocupa que estés con tantas cosas, amor. Además de tus trabajos, eres la sirvienta de tu familia.

—No soy la sirvienta. Ayudo, como cualquier hija lo haría, sobre todo siendo tantos.

—Lorena se rasca a cuatro manos.

—A mí me gusta ayudar, tú no te preocupes por eso. Pero las cosas van a mejorar ahora.

—¿Ah, sí?

—Ya te conté que, después del desmayo de mamá, papá se tomó vacaciones para estar con ella en casa. Como tiene que estar en reposo… Creo que se siente culpable por haber estado en Salta cuando mamá se sintió mal —Gálvez soltó un bufido—. Así que ahora él se ocupa de muchas cosas.

—Contratar a una empleada, ¿eso no entra dentro de sus planes?

—Me parece que no le dan los números.

—Pero preñó a tu mamá de nuevo —Bianca bajó el rostro—. ¡Perdón, amor! Perdón —la besó en la frente—. Soy una bestia.

—Es que tienes razón. Pero ¿yo qué puedo hacer?

—Tienes razón. Somos víctimas de los padres que nos tocan.

—Pero hay una buena noticia: mi abuela está por volver de Inglaterra. Cuando supo que mi mamá estuvo internada, la pisciana no pudo soportarlo. Cortó sus vacaciones y decidió volver. Me siento un poco culpable, pero estoy feliz de que vuelva. Con Granny en Buenos Aires, todo va a ser más fácil.

—¿Cuándo llega?

—El viernes por la mañana.

—Entonces, ¿vamos el domingo a casa de mi papá?

—Sí, va a estar bien.

La sonrisa que él le regaló le reveló que la visita a la quinta de Pilar significaba más de lo que Gálvez estaba dispuesto a admitir.

* * *

El domingo, dispuesta a causar buena impresión al padre de Gálvez, Bianca se decidió por su falda favorita, una de algodón blanco, larga hasta el piso, con grandes florones en colores rojo, fucsia, verde y azul, y una blusita blanca con alforzas en el canesú que Lorena le había regalado para el cumpleaños. En lugar de cinto, se había atado un pañuelo rosado, y le parecía que le quedaba muy bien con el nudo a un lado. Se puso unos tines blancos con orilla de encaje y con las mismas sandalias que había usado para la inauguración del bar.

Lorena, recién levantada, se asomó por la puerta del baño y se quedó mirándola.

—¿Adónde vas?

—A pasar el domingo a la quinta de Lautaro —mintió.

—¿El bicho con la nariz larga? ¿El novio de Camila?

"Ya te gustaría a ti tener un *bicho* como él a tus pies."

—Sí, el novio de Camila —dijo, y siguió pintándose.

—Estás muy linda —comentó, y la estudió con sospecha—. ¿De dónde sacaste la idea de ponerte un pañuelo en lugar de cinto?

—Se me ocurrió.

—Te queda muy bien. Te hace una cinturita mínima.

—Gracias.

—¿Por qué no te pones los jeans blancos que estrenaste en el bar? Te destacaban muy bien tu único atributo, el trasero, que es chiquito y respingado. Bianca, no tienes altura, no tienes bubis... Al menos, muestra las pompis.

—Ese pantalón está sucio. Además, quiero estar cómoda. Con esta falda me siento más libre.

—Pero es tan ancha, tipo gitana, que no te marca el trasero, Bianca. La otra noche en el bar, todos los tipos te miraron las nalgas cuando bajaste del escenario, incluido Sebas. Te queda mil veces mejor un conjunto como el que usaste esa noche, que este gitanesco.

—Camila armó aquel conjunto.

—Ah, sí, Camila tiene buen gusto, excepto en materia de hombres —guardó silencio, mientras la estudiaba a través del espejo—. Tienes otra cara.

—Una compañera me está enseñando a maquillarme.

—Ya era hora. ¿O será que estás enamorada? Tienes cara de bien cogida.

—Qué fina eres, Lorena.

—¿Qué puedes decirme de Sebas? ¿Pudiste averiguar quién es la chava con la que anda?

—¡Mierda! —exclamó, cuando se metió el pincel del rímel en el ojo.

—Ciérralo un ratito para que la lágrima te lo hidrate. ¿Y? ¿Sabes algo? De Sebas.

—No sé nada.

—Yo lo llamé varias veces. Me contestó una vez. Le dije de vernos, pero me puso una excusa pedorra. ¿No me dices nada? —preguntó al cabo, molesta por el silencio de Bianca, que se pintaba los labios con la concentración de un cirujano.

—Lo que pienso te va a molestar, y no quiero que peleemos.

—Anda, dime.

—¿Por qué lo persigues si él te dijo que no? No quiero que te rebajes. No me gusta.

—Yo no siento que esté rebajándome. Yo lo quiero a él y voy a hacer lo imposible para tenerlo. Eso se llama luchar, no rebajarse.

* * *

Bianca, que después de la charla con Lorena se había deprimido, se sintió revivir al distinguir el Peugeot de Gálvez. Habían decidido encontrarse a dos cuadras de su casa para evitar riesgos. El halo de clandestinidad que rodeaba su relación con Gálvez le provocaba una excitación placentera, y se preguntó qué aspecto de su carta natal la dotaba de esa veta descarada, casi perversa.

Gálvez acercó el automóvil al borde de la banqueta y se bajó para ayudarla al verla con las manos ocupadas; en una llevaba un *lemon-pie*, su especialidad (la abuela Kathleen la había ayudado con la masa y le había batido el merengue), y en la otra, el regalo de Candelaria, la más chica de las medio hermanas de Gálvez.

Bianca pensó que no importaba cuántas veces lo viese, siempre lo admiraría y terminaría con la boca seca y el corazón desbocado; así había sido desde 2008, cada día de esos cuatro años. ¿Por qué albergar la esperanza de que la fiebre cediese? En especial si él se ponía esa playera azul oscuro de Lacoste, que combinaba muy bien con los jeans de gabardina beige y los tenis blancos.

Gálvez se colocó los anteojos para sol a modo de diadema antes de inclinarse y besarla largamente en la boca.

—Mmmm… Qué rica boca.

—Es el *gloss* de fresa que trae la cajita de pinturas que le regalaste a Martina. Es lo máximo.

—Estás tan linda, amor.

—Y tú, ni te digo. Te queda tan bien el azul oscuro.

—Gracias —murmuró, y a Bianca la confundió su genuina mueca de timidez—. ¿Qué es esto? —dijo, y la desembarazó de la bolsa que lucía más pesada e incómoda.

—Preparé un *lemon-pie*.

—¡Bianca, te dije que no prepararas nada! ¿En qué momento lo hiciste? Ayer en la mañana fuimos a comprar el regalo de la nena, en la tarde me dijiste que ibas a estudiar Matemáticas, en la noche fuimos al bar. ¿Cuándo, amor?

—Entre que terminé de estudiar Mate y que empecé a prepararme para el bar. Mi abuela me echó una mano enorme, así que lo hice en un santiamén.

—¿Y a qué hora te levantaste hoy?

—A las nueve.

—Así que dormiste unas cinco horas nada más.

—Tú también.

—Pero yo no trabajo todas las tardes en un local, ni canto los viernes ni los sábados en un bar, sin mencionar el ensayo de las canciones, el colegio, tu familia…

—Pero me acompañas en el bar. Y te pasas las diez horas conmigo. Debe de ser un fastidio para ti.

—¿Crees que te dejaría sola un instante?

—Mi rottweiler maravilloso —se burló Bianca.

—Tu rottweiler, tu dóberman y tu dogo, los tres juntos. Pero no me cambies de tema. Quiero que dejes de hacer tantas cosas, Bianca. Quiero que descanses más.

—Cinco horas de sueño es suficiente para un acuariano, te lo aseguro. No somos como los taurinos, que son grandes dormilones. Hay demasiadas cosas por hacer en el mundo para echarnos a dormir.

Gálvez le pasó el brazo por la cintura, y Bianca se puso de puntitas para complacer la exigencia de sus labios.

—Te amo, te admiro, te deseo, te comería, te lamería, te... Te haría de todo.

Bianca reía de pura dicha y a causa de las cosquillas que él le hacía con la barba a medio crecer. La fascinaba cuando no se afeitaba y aparecía con el bozo oscurecido de vello.

Les ocurría a menudo: la vida se suspendía en un segundo infinito cuando estaban juntos, y se olvidaban de todo, del lugar donde estaban, de las obligaciones, de los horarios, de la gente, como en ese momento en el que seguían haciéndose arrumacos y riendo en la banqueta, él con un *lemon-pie* en la mano, ella con la bolsa del regalo, mientras los transeúntes los esquivaban y se quejaban.

—Subamos al auto —propuso él, y, en el primer semáforo en rojo, le acarició la mejilla y le pidió—: Amor, no vuelvas a decir que es un fastidio para mí verte cantar. No sabes lo que siento cuando veo que te subes a ese taburete, cierras los ojos y empiezas a cantar. El *cuore* me late a tope, te lo juro. Y ese tema que cantaste anoche, el último...

—*Time to say goodbye.*

—Ése. Dios mío, Bianca. Creo que dejaste a todo el mundo con la boca abierta. A veces no puedo creer que tengas tanta fuerza ahí dentro.

—Todo es cuestión de técnica, según dice la profesora Mattei.

—No lo dudo, pero tú tienes más que técnica. Tú cantas y... No sé, uno siente algo raro acá —se llevó la mano derecha al centro del pecho.

—Me encanta que te guste cómo canto.

—Alucino, Bianca. Ponte el cinturón.

—Sí, siempre me olvido, y nos pueden poner una multa.

—No es por eso que te pido que te lo pongas. Es porque quiero que estés a salvo, siempre.

—Lo sé. ¿Sabe tu papá que estoy yendo a su casa?

—Sí, le avisé el mismo martes en la noche, cuando me dijiste que te latía ir.

—¿Se puso contento?

—Sí, se puso contento, sobre todo cuando le dije que iba con mi novia.

Bianca miró hacia delante y sonrió gratamente.

—Amo cuando haces esa sonrisita de gatita satisfecha.

—Es que *estoy* muy satisfecha, señor Gálvez. Me encanta que le hayas dicho que soy tu novia. Y tu mamá, ¿qué va a hacer hoy? ¿Se queda sola?

La sonrisa se esfumó del rostro de Bianca al descubrir la sombra que se posó sobre el semblante de Gálvez.

—¿Qué pasa, mi amor?

—Pasa mi mamá. Llegué unos minutos tarde a buscarte por su culpa, lo cual me da por el centro de las bolas. No soporto la idea de que estés en la esquina esperándome, a merced de cuanta rata se le ocurra...

Bianca le pasó la mano abierta por la mejilla, y él le besó la palma.

—¿Tu mamá se enojó porque aceptaste la invitación de tu papá? —Gálvez asintió con la vista al frente—. Me lo imaginaba.

—¿Cómo? ¿Por qué te lo imaginabas?

—Porque tú tienes la Luna en Aries —Gálvez le lanzó un vistazo con el entrecejo fruncido—. La Luna representa a la madre, y, dependiendo en qué constelación se encuentre, la relación con ella será de una manera o de otra.

—¿Ah, sí? —dijo, incrédulo—. ¿Cómo se supone que es la relación con mi madre?

—Voy a decirte lo que asegura la astrología de la gente que nace con Luna en Aries, como tú. Después me dirás si es así o no.

—Va.

—Un niño con Luna en Aries es un niño competitivo, superinquieto, activo, vital, deportista nato. Es como una bolita de fuego incandescente que nunca se detiene —las comisuras de Gálvez comenzaron a elevarse en una sonrisa de reconocimiento—. La madre de un niño con la Luna en Aries será muy activa, mandona y bastante metiche, por decirlo de una manera bien clara.

—¡Supermetiche!

—Es la figura central en la vida del niño, que eclipsa al padre, a los abuelos, a todos los demás. Es muy imperativa, y produce cambios en la vida del niño, quien debe aceptarlos como algo ya consumado. No hay consulta previa. Por ejemplo, le dirá: "Desde mañana comienzas con clases de guitarra".

—¡Ja!

—Son madres que se lo pasan anotando a sus hijos en toda clase de disciplinas y actividades.

—Es alucinante. Es tal cual, amor.

—Lo sé. Es una madre que siempre estará diciéndote qué hacer y cómo, sin endulzar nada. Te dirá: "Haz esto, haz aquello", y punto. Y el niño tendrá que obedecer. Para un leonino como tú, eso puede resultar muy fastidioso. Pero aquí está lo más extraño y lo más increíble que nos enseña la astrología. No es la madre la que actúa así. Es el niño, con su energía de Luna en Aries, quien la hace ser de esa manera.

—No inventes.

—Sí. Por ejemplo, si hubieses tenido otro hermano, por ejemplo, con Luna en Tauro, que es la Luna que tiene Lauti, tu hermano sería mimado, abrazado y besuqueado todo el día. La misma madre trataría a sus dos hijos de maneras opuestas. Y eso se debe a que cada niño le marcaría, con la energía que trae al nacer, el tipo de vínculo.

—Eso sí que es extraño.

—Muy extraño, pero es así. Los hombres con Luna en Aries suelen presentar una actitud de desconfianza hacia la mujer, porque lo femenino para ellos representa lo que se entromete en sus vidas para dominarlos, lo que les quita la libertad.

—Sí, es verdad. Me costaba el compromiso con las chavas, sobre todo porque me cagaba cuando empezaban a exigir, a pedir, a ponerse pesadas. Pero contigo… Nada que ver. Contigo es todo lo contrario.

—Creo que es mi aspecto vulnerable el que atrae tu lado protector leonino, que es fuertísimo. Eso por un lado. Por el otro, mi pasión por la libertad y porque todos seamos y dejemos ser sin limitarnos es lo que tranquiliza a tu Luna en Aries. Inconscientemente, sabes que no voy a darte órdenes ni a decirte que hagas esto o aquello.

—¿Y si no estás de acuerdo con algo que digo o hago?

—Un Acuario poco evolucionado agarra sus cosas y se va, sin siquiera discutir. Se borra. Pero un Acuario que es consciente de que, de alguna manera, necesita encontrar un lugar en el mundo, tiene que buscar el acuerdo y seguir adelante con el compromiso.

—Tú estás por esta última opción, ¿no?

—Sí, porque todos los días apuesto mi corazón para que esto funcione.

—Yo también, amor.

—Lo sé. No estaría aquí si no me hubiese asegurado de eso. Soy muy desconfiada, Sebastián.

—¿No me digas?

Bianca rio.

—Quiero contarte algo de mí, para que no te asustes, porque es algo normal en los acuarianos, y ni te digo si tienen el Sol en Casa XII, como yo. Necesitamos momentos de soledad para reconstruirnos. Somos muy sensibles, muy permeables, todo nos afecta de una manera que tú, leonino, no comprenderías. Entonces es como si a lo largo del día, en tanto nos relacionamos con los otros, nos fuéramos desintegrando o perdiendo pedazos de corazón. Por eso necesitamos retirarnos y armarnos de nuevo, para poder volver al ruedo.

—Me quiebra que me digas que, porque te relacionas con los demás, te vas… ¿destruyendo? Me dan ganas de llevarte a una isla desierta y vivir contigo ahí, sin que nadie nos joda. Ah, pero ¿yo también te desintegro?

—No puedes ser taaaan leonino, por Dios.

—¿Yo también te desintegro?

—Tú me haces feliz como nunca imaginé que podría serlo, Sebastián. Pero incluso de esa felicidad alucinante que tú me das, también de eso *tengo* que alejarme, tomar distancia, acomodarme para después volver renovada. Créeme, ésa será la manera para que lo nuestro funcione.

—¿Y tú necesitarías dejarme por un tiempo?

—Dejarte, no. ¿Cómo podría? Pero sí retirarme, estar sola. Yo, por ejemplo, medito todas las noches alrededor de una hora. Meditar es, para mí, tan necesario como para ti ir al gimnasio a descargar la energía de tu Luna en Aries.

—Entiendo.

Bianca sabía que lo que acababa de explicarle le había caído mal, y lo amó aún más por guardárselo, por simular que lo aceptaba. Estiró la mano y lo acarició.

—Te amo, Sebastián. Eso es algo que nunca va a cambiar. Lo sé.

—Nunca dejes de amarme, por favor.

—Nunca, mi Leo con Luna en Aries, puro fuego y brillo.

—Mierda, Bianca, me has dicho tantas cosas acerca de mí y de mi madre que son tan jodidamente ciertas… Estoy alucinando.

—No tienes escapatoria, Gálvez. La astrología se abre camino y te atrapa. Es inevitable.

De pronto, pareció caer en la cuenta de un detalle que había pasado por alto.

—Bianca, ¿cómo sabes que soy Luna en Aries? Yo no tenía idea de eso.

—Le pedí a una astróloga excelente que conozco y en la que confío mucho que trazara tu carta y me la leyera. Cami me ayudó pidiéndote la hora de tu nacimiento.

—¿No jodas? ¿Eso hiciste, amor? ¿Cuándo?

—En febrero, cuando Cami volvió de Brasil. Además, ella me consiguió un descuento porque la astróloga es la mamá del chiquito que cuida.

—¿Y gastaste dinero en eso con lo que te cuesta ganarlo?

—Para mí era vital, Sebastián. Quería conocerte.

—¿Qué más puedes decirme?

—Mmmm, Gálvez… Puedo decirte muchas cosas, pero, de ahora en adelante, mi boca no se abrirá gratuitamente.

—¿Ah, no? ¿Y qué pide a cambio mi novia especuladora y ambiciosa?

—Muchos besos.

—A mi juego me llamaste, amor. Ya te enseñé el beso francés. Ahora tengo pensado enseñarte el holandés.

—¿Ah, sí? ¿Y cómo es ese beso holandés?

—Igual que el francés, pero en los Países Bajos —dijo, y se miró la entrepierna.

Bianca rompió en una carcajada, y Gálvez la imitó.

* * *

La quinta de Cristian Gálvez ocupaba una hectárea en uno de los barrios privados más costosos de la zona. El ingreso, con una construcción fastuosa y afrancesada, que albergaba la central de la guardia, advertía al visitante del lujo con el que se encontraría en sus calles arboladas y bien cuidadas.

En tanto avanzaban con el Peugeot, Bianca no observaba las mansiones, sino la expresión de Gálvez, porque, una vez decodificadas, se convertían en un libro abierto. Ella le conocía varias, y sabía que, en ese momento, la severidad del ceño se debía a un sentimiento de incomodidad y ajenidad. Le tocó la mejilla porque a su león le encantaba ser acariciado, y le dijo:

—Hoy estás conmigo. Somos dos para hacer frente a lo que sea —Gálvez la miró y le sonrió fugazmente—. Aunque estoy segura de que lo vamos a pasar bien. Yo, al menos, lo pasaré bien.

—¿Sí? ¿Y cómo puedes saberlo?

—Podría decirte que lo sé porque me rige Urano, que, entre tantas cosas buenas que tiene, es un profeta y adivina el futuro, pero te voy a decir la verdad. Lo voy a pasar bien porque voy a estar contigo todo el día. Va a ser nuestro primer día juntos.

Gálvez giró el rostro y la contempló con seriedad, aunque sin el rigor de un momento atrás.

—Te amo, Bianca.

—Yo más.

—Imposible.

Tres niñas corrieron hacia el ingreso de la propiedad cuando vieron aparecer el Peugeot.

—¡Ya llegó! ¡Ya llegó! —exclamaron, y se detuvieron en seco a unos metros, de pronto cohibidas.

—Ah, mi Leo con Ascendente en Piscis, ni siquiera hiciste el esfuerzo por conquistar a tus hermanitas y ya las tienes muertas a tus pies. Mira el recibimiento que te hacen.

—¿Qué es eso de Ascendente en Piscis?

—Después te explico, eso sí, previo pago, señor Gálvez.

Él rio, y así descendió del automóvil, riendo, lo que arrancó sonrisas a sus hermanas, que se atrevieron a aproximarse.

—Bianca, te presento a Magdalena, a Francisca y a Candelaria. Ella es Bianca, mi novia.

Bianca las saludó con un beso y paseó la vista por los tres rostros expectantes. Estaban muy bien vestidas y peinadas, y despedían un aroma a perfume de bebé exquisito, pero eran sus expresiones llenas de devoción por Gálvez lo que le conquistó el corazón.

—Somos sus hermanas —aclaró Magdalena, y lo apuntó.

—Sí, lo sé. Sebastián me contó acerca de ustedes.

—¿Te dijo que hoy es mi cumpleaños? —quiso saber Candelaria—. Cumplo cuatro. —levantó la mano derecha, con cuatro dedos extendidos y el pulgar retraído.

—Sí. Ayer fuimos juntos a comprarte un regalo.

—¿En serio?

—¡Hola! ¡Hola! ¡Bienvenidos!

Bianca levantó la vista y se encontró con una réplica de Gálvez, sólo que con la piel curtida y el pelo rubio entrecano, y sin los músculos desarrollados. El hombre los abrazó con sincera alegría, y Bianca, aunque un poco incómoda (el contacto físico no era su fuerte, menos con un desconocido), experimentó un momento de euforia al descubrir cómo le brillaban los ojos a Gálvez.

—Hola, hijo.

—Hola.

—¿Cómo estás?

—Bien. Bastante bien.

—¿Y cómo no, con esta señorita a tu lado? Es hermosa tu novia, hijo.

—Sí, muy hermosa —ratificó Gálvez, y le cubrió los hombros con el brazo—. Amor, él es mi papá, Cristian Gálvez. Ella es Bianca.

—Ésta es tu casa, Bianca. Estamos felices de conocerte.

—Yo también.

—Pero vamos, no se queden aquí. Pasen, pasen. Luisa —Cristian Gálvez se refería a su mujer— está ansiosa por conocer a Bianca.

—¡Papi! Sebastián me compró un regalo.

Bianca sonrió para sí. No importaba que le hubiese informado que habían ido "juntos" a comprar el regalo. Para Candelaria, lo había comprado Sebastián. La amó por amarlo, y se propuso conquistar a las tres niñas antes de partir.

—¿Ah, sí? ¿Y qué te compró?

—No sé. Todavía no me lo ha dado.

—Cállate, Candelaria —la reprendió Francisca, que no había abierto la boca.

Una mujer alta y delgada, de porte elegante aunque sólo vistiese jeans y una camisa a rayas celestes y blancas, y sin nada de maquillaje que exaltara los pocos atributos de sus facciones más bien filosas, les sonreía desde la entrada, una puerta blanca de hoja doble, con herrajes en bronce y flanqueada por una escalinata con balaustres. A Bianca, el estilo le pareció recargado, demasiado señorial y prolijo. La sonrisa de la mujer, no obstante, aligeraba lo pomposo de la construcción.

—¡Bienvenidos! —exclamó—. ¡Qué alegría que estén aquí!

—Bianca, ella es Luisa, mi esposa.

Otro abrazo, que Bianca soportó con estoicismo por el bien de su amado. A Gálvez, Luisa le dio un beso, pero no se atrevió a tocarlo.

—Gracias por invitarnos —dijo Bianca.

—Gracias por aceptar —contestó Luisa, y la miró y le sonrió de manera deliberada.

—¡Mamá, Sebastián me compró un regalo!

—¿No me digas? ¿Qué te compró?

—No sé. Todavía no me lo ha dado.

La casa era enorme, y Bianca se sintió perdida. Sin embargo, a medida que pasaban los minutos, la luminosidad y el verde del parque, que entraban por los enormes ventanales y que la dotaban de calidez, reemplazaron la sensación de incomodidad por una de ligereza y confianza, como si la energía se hubiese disuelto y fluyese libremente en torno a ella.

En tanto los presentaban con los demás invitados, la mayoría era familiares de Luisa, Gálvez no se apartaba de su lado, siempre en contacto con ella. Bianca se preguntaba si él sería consciente de que, segundo tras segundo, aumentaba la presión de la mano sobre su hombro.

Le entregaron el *lemon-pie* a Luisa, que se mostró gratamente sorprendida, y el regalo a Candelaria. Se trataba de un vestido de la marca de moda entre las niñas y las adolescentes, porque, a pesar de su corta edad, Cristian le había asegurado a Gálvez que el rubro favorito de Candelaria no eran los juguetes, sino la ropa.

—Lo eligió Sebastián —le contó Bianca—. Yo habría elegido otro, uno en color verde manzana con margaritas blancas, pero Sebastián dijo: "Éste le va a gustar más", y lo compró.

Bianca se habría reído a carcajadas con la expresión de embeleso de Candelaria, que alternaba sus enormes ojos verdes, tan parecidos a los de Cristian y a los de Gálvez, entre el vestido y su hermano mayor. Se fue corriendo sin emitir palabra.

Bianca se dio cuenta de que existía una gran familiaridad entre los invitados, y de que Gálvez constituía el centro de interés. Las atenciones de Cristian y de Luisa dejaban claro que él era el huésped de honor, situación que, resultaba evidente, a Gálvez incomodaba.

Tomaron asiento en la galería, en torno a una mesa baja atiborrada de platitos que constituían la botana más surtida que Bianca hubiese visto. Podía identificar la mayoría de la oferta, aunque había mejunjes que escapaban a su conocimiento.

—Esas bolitas rojas, ¿qué son? —susurró.

—Caviar rojo, que es la hueva del salmón —informó Gálvez—. Aquél, el de color negro, es de esturión beluga, el favorito de mi papá. ¿Quieres probar?

—No, gracias.

Dos empleadas uniformadas reponían los platos vacíos y rellenaban los vasos. Bianca aceptó de entrada una cazuela con salchichas cubiertas por una salsa de mostaza y miel. Picoteó sin avidez, su atención puesta en Gálvez y en la gente que lo observaba como si fuera una criatura de otra especie. Magdalena y Francisca, en cambio, mostraban el interés genuino de quien desea un acercamiento. Se habían ubicado frente a él y, mientras lo miraban con fijeza y atendían a cada una de sus pocas palabras, bamboleaban las piernas que no tocaban el piso. "Son divinas", se dijo Bianca, aunque no pensaba en el aspecto físico, pues más bien se parecían a Luisa.

Una mujer, Mara era su nombre, que contemplaba a Gálvez de un modo que a Bianca le fastidiaba, quiso saber:

—¿Cómo se conocieron?

—En el colegio —contestó ella—. Somos compañeros. Me encantaría pasear por el parque antes del almuerzo. ¿Podemos? —preguntó, y miró a Luisa.

—Por supuesto.

—¿Quieren venir? —dijo, y estiró la mano en dirección a Magdalena y Francisca, que saltaron de sus sillas, acomodaran las faldas de sus vestidos y los siguieron.

Bianca inspiró el aire fresco con aroma a césped recién cortado y pensó que podría vivir para siempre en un sitio como ése. Caminaron en silencio hasta la piscina y se apoyaron en la reja que la circundaba.

—¿Ustedes saben nadar? —se interesó Bianca.

—Sí —contestaron las dos—. Pero Cande no, así que todavía no podemos quitar la baranda.

—Yo tampoco sé nadar.

—¿No? —abrieron grandes los ojos.

—No, pero Sebastián está enseñándome. Él nada muy bien.

—Sí. Papi nos contó que aprendió a nadar antes que a caminar.

Bianca advirtió que Gálvez, con la vista perdida en el paisaje y una actitud remota, sonreía.

—¡Qué loco debe de ser ver nadar a un bebé! —las estimuló Bianca.

—Reloco —acordó Magdalena.

—Mami dice —habló Francisca— que los bebés saben que no deben respirar bajo el agua porque se acuerdan de cuando estaban en la panza, que estaba llena de agua. Y ellos ahí no respiran.

—Qué maravilla —dijo Bianca, contenta por la elocuencia de la que había permanecido callada.

—Sí. Ahí viene Cande.

Candelaria, la más adorable de las tres en opinión de Bianca, se detuvo frente a ellos. Llevaba puesto el vestido que acababan de regalarle y un iPad en la mano. Bianca apretó el brazo de Gálvez, que se dio vuelta.

—¡Guau! —exclamó Bianca—. Sebastián tenía razón. Este vestido es mucho más lindo que el que yo quería comprarte. Te queda súper. ¿No, Sebastián?

—Le queda espectacular —dijo, y le sonrió, y Bianca lamentó no tener una cámara de video a la mano, siquiera una fotográfica, para inmortalizar el semblante de adoración con que la niña lo contempló.

—Sí —admitió, al cabo—, me queda espectacular.

Bianca la tomó de la mano y la obligó a dar un giro, que evidenció la etiqueta aún colgada del ruedo.

—¿Quieres que le quite la etiqueta? —ofreció Bianca.

—Sebastián —pidió.

Gálvez se acuclilló y cortó la etiqueta con un tirón seco. Candelaria no le dio tiempo a incorporarse: giró y lo abrazó; acto seguido, le plantó un beso en la mejilla. Enseguida, dirigió su interés hacia Bianca, a quien le mostró el iPad. Gálvez se puso de pie y volvió a apoyar los codos en el enrejado, sólo que ahora miraba en dirección a las niñas. Levantó las cejas con admiración al ver la destreza con que Candelaria navegaba en internet.

—Bianca, ésta es la página de Little Akiabara —se refería a su marca favorita—. Muéstrame cuál es el vestido que habías elegido tú. Tienes que hacer clic ahí, donde dice *lookbook*.

—¿Sabes leer? —se admiró Bianca.

—No —explicó Magdalena—. Pero conoce esa página de memoria. Y hasta sabe escribir Little Akiabara en el buscador.

—Es que me encanta Little Akiabara.

Buscaron durante un rato en el catálogo, comentaron acerca de otras prendas, opinaron sobre los colores y los diseños, hasta que Bianca le señaló el vestido que había quedado fuera.

—Sebastián tenía razón. Éste me gusta mucho más.

—Qué genio es este Sebastián.

—Sí, mi hermano es un genio.

Gálvez se dio vuelta y volvió a perder la mirada en la extensión del parque.

—¿Vas a hacer fiesta de cumple, Cande?

—Sí.

—¿Hoy?

—Sí. Vienen mis amigos en la tarde.

—Y papi nos dijo que habrá una sorpresa —anticipó Francisca.

—¡Qué será! —se emocionó Bianca.

—No sabemos —admitió Magdalena.

—Yo creo —dijo Candelaria— que papi me va a comprar un perro.

—Ya te dijo que no —le recordó Francisca.

—¡Cande! —Luisa la llamaba desde la galería—. Hija, ¿tú tienes el iPad?

—¡Sí, mami!

—¡Tráelo, por favor! ¡Magui y Fran, vengan a lavarse las manos!

Las tres niñas se alejaron corriendo. Bianca disfrutó de sus vestidos y cabellos al viento, y de la frescura con que se comportaban. Se colocó junto a Gálvez y le besó el brazo en la parte desnuda.

—¿Quieres contarme qué estás pensando? O, mejor dicho, qué estás sintiendo.

Él se empecinaba en sostener la vista al frente y mantener el entrecejo fruncido. Dejó caer la cabeza.

—Sólo a ti puedo decirte que estoy sintiendo celos. Muy negros.

—Normal. ¿Quién no los sentiría? Ves toda esta abundancia y esplendor, y te acuerdas de las cosas que te faltaron cuando eras chico, y en que él no estaba, y en que lo extrañabas, y te dan ganas de matar a alguien, ¿o no? —Gálvez asintió—. Pero él ahora desea que seas parte de todo esto.

—Pero es que no soy parte, Bianca. ¿No te das cuenta? Me siento como sapo de otro pozo.

—Tus hermanas se mueren por que formes parte de su realidad. Y son tan divinas.

—Ellas lo tienen a él todos los días, todas las noches, no les falta nada, ni su amor, ni su protección, ni nada. En cambio a mí, me faltó *todo*.

—Y debió de ser terrible, mi amor. Pero ¿quién te quita el mérito de haber llegado a ser la persona maravillosa que eres a pesar de aquella experiencia horrible? Otro se habría desbarrancado hace tiempo. Estaría perdido. En cambio tú... tú eres mi héroe. Pudiste contra todo, tú solo. Me hace sentir segura estar con alguien así, tan sólido.

Gálvez giró la cara para enfrentarla.

—¿De verdad lo dices?

—Sí, Sebastián, lo digo de corazón. En cuanto a tus hermanas, ¿te gustaría que ellas vivieran lo que tú viviste, el abandono, la tristeza, la falta de dinero y de cariño? Tú, que sabes lo que se siente, ¿les desearías eso? —negó con un movimiento brusco—. Piensa que hay tres criaturas felices, que no tienen que pasar por lo que tú pasaste. Que eso te ponga contento, la felicidad de los otros.

Gálvez la sorprendió con un abrazo que la abrumó en un primer momento, hasta que se permitió aceptarlo en toda su imprudencia y desenfreno. Ajustó los brazos en la espalda de él y hundió la cara contra el tejido de la playera azul oscuro, y se dejó inundar por el aroma de su piel, que día a día se tornaba tan familiar, y paradójicamente fue ese aroma el que disparó una sensación de irrealidad, porque de pronto le pareció imposible encontrarse entre los brazos de ese chico al que había amado en silencio y sin esperanzas desde los trece años. Se aferró a él con más ímpetu.

—¿Qué pasa, amor?

—Es que, por un instante, esto me pareció un sueño, como si fuese imposible que me amaras.

Gálvez le sujetó el rostro con las manos.

—Te amo, Bianca. No sabes cuánto. Y no me importa nada, ni mi papá, ni sus hijas, ni su dinero, nada. Sólo tú. Que me ames tú, sólo eso quiero.

Bianca ahogó una risa emocionada.

—Pero yo quiero que ames a todos, además de a mí, y que todos te amen a ti. Me encanta ver cómo se desvive tu papá por reconquistarte, lo mismo su mujer. Ni qué decir cómo disfruto ver a tus hermanas, que se mueren por que las mires y les prestes atención. Quiero que recibas mucho amor, Sebastián, de todo el mundo. De tu familia, de tus amigos, de mis hermanos, que te adoran, de todos. Aunque el mío será siempre el más grande, eso que no se te olvide.

—Te amo con locura, Bianca Rocamora. Con locura, ¿te queda claro?

Sus labios se unieron en un beso en el que ella reconoció algo más que el deseo sexual que a él le resultaba tan fácil transmitir; había necesidad, desesperación, ansiedad, miedo incluso, una potente energía que parecía querer devorarla y que la aterrorizó. El instinto le señaló que lo apartase con la rapidez de quien se quita una bolsa de la cabeza con la que está sofocándose. Entonces, Gálvez mermó el ardor, como si hubiese aprendido a leer sus estados de ánimo, y sus manos se aflojaron, su lengua se retiró y sus labios comenzaron a prodigarle pequeños besos en el rostro.

—Ups —lo escuchó decir, y Bianca atisbó por el rabillo del ojo que las hermanas de Gálvez los observaban con actitud reconcentrada—. Es que tengo mucha hambre —les explicó—. Por eso estoy comiéndome a Bianca.

—¡Auxilio! —exclamó la víctima, y las niñas corrieron en su ayuda.

—¡No te la comas, Seba! —pidió Candelaria.

—¡Ya está lista la comida! —informó Magdalena.

—¡Eso veníamos de decirles! —dijo Francisca—. ¡No hace falta que te la comas!

* * *

Cristian pidió que su hijo se sentase a su derecha y su nuera (así la llamó y a Bianca se le colorearon las mejillas), a su izquierda. La tal Mara hizo el intento por ocupar el sitio junto a Gálvez, sin éxito. Bianca nunca quiso tanto a Candelaria cuando ésta se interpuso y le dijo:

—Mara, papi dice que hoy yo soy la reina y que puedo hacer lo que quiera. Y quiero sentarme al lado de mi hermano.

—Por supuesto, Candita.

"Vas a tener que meterte las garras en el…", vociferó Bianca para sí, y levantó una ceja al mirar a Gálvez, que le guiñó el ojo.

El almuerzo se desarrolló en calma. Bianca y Gálvez guardaban silencio y comían, se lanzaban miradas significativas y oían lo que los adultos opinaban sobre la política, el aumento de los precios y el problema con la delincuencia.

—¿Así que son compañeros de colegio? —se interesó Silvina, hermana de Luisa, y Bianca asintió—. Yo también estuve de novia con un compañero. Tengo un recuerdo lindísimo de ese tiempo. ¿Ya terminan este año?

—Sí —contestó Gálvez.

—¿Qué tienen pensado hacer cuando terminen? —quiso saber el esposo de Silvina—. ¿Estudiar, trabajar?

—Yo, las dos cosas —se apresuró a contestar Bianca, porque presintió que Gálvez no estaba preparado para abrirse.

—Qué bien. ¿Y qué vas a estudiar?

—En realidad, ya está estudiando —intervino Gálvez—. Bianca estudia canto lírico —remató, y el orgullo con que lo expresó provocó un cosquilleo de alegría en Bianca.

Se elevó un murmullo de sorpresa y aprobación.

—¿Qué es canto lírico? —se interesó Magdalena.

—Pásame el iPad —pidió Cristian—. Es más fácil si te lo muestro.

—¡Qué extraño que una adolescente se sienta atraída por el canto lírico! —comentó Luisa—. ¿Cómo fue que te decidiste por esa disciplina?

—Lo decidí cuando era muy chica, una vez que mi tía me llevó al Colón a ver *El barbero de Sevilla,* en una versión para niños. Supe que quería ser Rosina y cantar como ella.

—¿Dónde se estudia?

—Hay varias posibilidades, pero yo quiero ingresar en el ISA, Instituto Superior de Arte del Teatro Colón, que tiene un examen de admisión muy estricto. Hay que dominar bien la técnica del canto lírico para que te admitan. Por ahora tomo clases con una profesora excelente, Irene Mattei.

Bianca advirtió que de pronto Cristian levantaba la vista del iPad y la fijaba en ella.

—Increíble, ¿no? —escuchó decir a Gálvez—. El mundo es como un pañuelo.

Padre e hijo se midieron en una pulseada de voluntades. Se rindió el padre, que bajó el rostro y siguió buscando en el iPad.

—¿Por qué? —se interesó Luisa—. ¿La conoces, Cristian?

—Irene Mattei era vecina nuestra cuando yo era chico —contestó Gálvez en su lugar—. Era muy amiga de mamá, tanto que yo la llamaba "tía".

Bianca absorbió cada palabra que su amado Gálvez destiló con un sarcasmo tan sutil que sólo ella, que hacía cuatro años que lo estudiaba, fue capaz de advertir. Pasó la mirada del padre al hijo, del hijo al padre, y supo que algo muy oscuro había quedado en el pasado. Entonces, todo encajó como en un rompecabezas cuando recordó lo que decía el astrólogo Eugenio Carutti acerca de los niños que nacen con Ascendente en Piscis: *Ser el hijo de un matrimonio que tiene una relación muy estrecha con otro cuyos integrantes hacen las veces de tíos, hasta que el papá se enamora de la "tía" y se va a vivir con ella.* Rememoró esas palabras leídas hacía poco como un golpe en el estómago, y perdió el apetito. Si era cierto lo que pensaba acerca de Gálvez y la Mattei (que eran amantes), se podría tratar de una especie de revancha. ¿Cuándo se animaría a preguntarle cuál era la naturaleza de su relación?

—Mira, Magui —habló Cristian, y le pasó el iPad—. Eso es canto lírico.

Bianca habría reconocido a Diana Damrau en su interpretación de la Reina de la Noche entre miles de sopranos, pues era una de sus favoritas. Tampoco le resultó una casualidad la elección de Cristian Gálvez, ya que se trataba del aria preferida de la Mattei.

—¿Bianca sabe cantar así? —se sorprendió Francisca.

—No me gusta —expresó Candelaria—. A mí me gusta más Piñón Fijo.

Los adultos explotaron en una carcajada.

—Claro que sí. Piñón Fijo es mucho mejor —coincidió Bianca.

—Pero ¿en verdad tú puedes cantar así? —esta vez fue Magdalena la incrédula.

—Bueno, tu papá eligió una de las arias…, una de las canciones más difíciles del repertorio de una soprano, pero sí, se supone que algún día podré cantarla.

—No tengo duda —dijo Gálvez, y arrastró la mano por la mesa para que sus dedos se tocaran.

—¿Seba?

—¿Qué, Cande?

—Papi dice que tu postre preferido de chico eran los panqueques con dulce de leche. ¿Es verdad?

—Sí, es verdad.

—¡Ah, qué bueno! Porque le pedí a Delia que hiciera panqueques, aunque a mí me gusta más el helado.

—¿En serio? Aunque hoy tú eres la reina y te gusta el helado, ¿pediste panqueques para mí?

La niña asintió, y Gálvez se inclinó hacia la izquierda y le dio un beso en la frente. Candelaria le rodeó el cuello y lo mantuvo así hasta que lo besó en la mejilla.

—Es porque eres mi hermano favorito.

—Gracias, Cande. Eres lo máximo. Magui y Fran también, obvio.

"Bendita seas, Candelaria", pensó Bianca.

* * *

Terminado el postre y mientras servían el café, Mara sacó la cajetilla de cigarros de una carterita Fendi y le ofreció a Gálvez, que sonrió y sacudió la cabeza.

—Gracias, Mara, pero estoy tratando de dejarlo.

—¿En serio? —se sorprendió Cristian, que después del intercambio de miradas con su único hijo varón había permanecido taciturno.

—A Bianca no le gusta —adujo.

—No me gusta porque te hace daño —aclaró.

—Mucho de lo que se dice acerca del cigarro —opinó Mara— son mitos. Winston Churchill fumó y chupó toda la vida y se murió a los noventa y cinco años. Mi abuela, que fumó toda la vida, murió a los noventa y tres. A los noventa le mandamos hacer unos estudios y arrojaron que la capacidad pulmonar que tenía era del noventa y seis por ciento. ¡Y fumaba Parliaments desde los quince años! Así que, ya ven, lo del cigarro es un mito.

—Sí, puede ser —dijo Gálvez—, pero a Bianca no le gusta.

"¿Es que nadie va a aplaudir a mi adorado Gálvez?"

—¿Te está resultando muy difícil dejarlo, hijo?

—Me las arreglo bastante bien con los parches y los chicles, pero hay momentos en los que tengo muchas ganas y es un poco duro, sí.

—Pero a Bianca no le gusta —se burló Mara.

"¿Alguien me presta una cuarenta y cinco? Le pego un tiro a este gato y la devuelvo. Gracias."

—En realidad —dijo Gálvez—, estoy muy motivado porque todo nació como un desafío. Yo dejaba de fumar si Bianca aceptaba cantar en la catedral el domingo de Pascua.

—¿En serio, Bianca? —habló Luisa—. ¿Vas a cantar en la catedral el domingo que viene?

—Es un evento muy importante —comentó Silvina, y los demás asintieron.

—Julio y yo —habló Gracia, la madre de Luisa— hemos ido varias veces. Es un hermoso espectáculo, de mucho nivel.

—Aunque creo que no estoy preparada, Irene Mattei me incluyó en el grupo. Yo quería desistir, pero Sebastián me convenció, bueno, me extorsionó con eso de dejar de fumar. Si hago un papelón el domingo será por una buena causa, así que no me importa.

—¡Así se habla, Bianquita! —pronunció Cristian, y la atrajo hacia él para besarla en la coronilla—. Estoy seguro de que cantarás como el ángel que eres.

—Irene dice que Bianca la hace y que tiene la mejor voz de todas sus alumnas.

—¿Podemos ir a verte? —preguntó Luisa.

—Por supuesto. La entrada es libre y gratuita.

—¿A qué hora es?

—A las seis de la tarde.

* * *

La sorpresa para Candelaria era un castillo que dos hombres armaron e inflaron durante el almuerzo, por lo que, cuando las niñas terminaron y salieron al parque, se toparon con la mole de colores estridentes. Tenía música, sector con pelotas, trampolín y otras curiosidades.

Corrieron de regreso al comedor completamente alborotadas y empezaron a explicar a coro lo que acababan de descubrir. Candelaria le aferró la mano a Gálvez y le rogó que saliera a ver "el castillo de la princesa". Los adultos abandonaron la mesa sumidos en el letargo propio de quien ha comido opíparamente, y caminaron tras las excitadas criaturas, que se metieron en el castillo para investigarlo mientras los más grandes espiaban desde las aberturas.

—¡Seba, mírame! —exigió Candelaria, y se tiró por el tobogán, al final del cual la esperaba Gálvez para levantarla en brazos y hacerla dar vueltas en el aire—. ¡Otra vez, otra vez!

Como empezaron a llegar los invitados a la fiesta, Candelaria desvió la atención de su hermano, que aprovechó para buscar un poco de intimidad con Bianca. La tomó de la mano y la arrastró al interior de la casa, a una sala de estar donde había televisor, equipo de música y sillones.

—Creo que ese que suena es mi cel —dijo Bianca, y rebuscó su cartera en el lío del perchero—. ¿Hola? —se apoyó contra Gálvez cuando él le rodeó la cintura por detrás—. Hola, Pablo. ¿Todo bien en casa? Qué bueno. Sí, estoy con él. Ya sé que no vas a decir nada. Confío en ti, ya lo sabes. ¿Hiciste el ejercicio de geometría? Sí, Pablo, ya sé que mañana es feriado, pero mañana tienes que hacer el cartel para Ciencias Sociales, ¿o ya se te olvidó? Y Martina, ¿hizo la tarea? Dile que se olvide de las estampas de la Barbie si cuando llego a casa, no la ha terminado. Y Juan Pedro, él tenía que pintar unos animalitos… Ah, bueno. ¿Mamá se siente bien? No sé, supongo que tipo siete de la tarde. Va. Beso. Va, le digo. Beso. Chau.

Gálvez la obligó a dar la vuelta.

—Pablo te manda saludos.

—¿Cómo haces?

—¿Qué?

—¿Estar en tantas cosas?

Bianca sacudió los hombros.

—Entrenamiento, supongo. Por suerte, mamá está bien.

—Me alegro. ¿Qué quería Pablo?

—Nada. Controlarme, saber cómo y dónde estoy. Lo hace todo el tiempo.

—Sabía que estabas conmigo.

—No lo sabía; lo percibía. No me gusta negarle las cosas que él percibe porque a un pisciano le hace mucho daño, por eso le dije que sí, que estaba contigo. No va a decir nada, es muy vivo. Los piscianos son personas *muy* especiales, que ven más allá de lo que cualquier mortal puede ver y perciben energías que nadie nota. Son medio brujos. Cuando revelan lo que sienten o lo que perciben, que generalmente es perturbador, los demás se escandalizan y los mandan callar. Y eso los destroza —Gálvez seguía sus palabras con una atenta seriedad—. Tú eres Ascendente en Piscis. Tal vez de chico viviste experiencias similares —sugirió Bianca, y Gálvez desvió la vista hacia el parque y asintió con aire ausente.

Candelaria irrumpió en la sala, agitada, el cabello revuelto, el vestido nuevo arrugado y los cachetes colorados.

—¡Seba! ¡Ven, te quiero presentar a mis amigas!

—Anda —dijo Bianca—. Aprovecho para ir al baño y te alcanzo.

Gálvez le dio un beso en los labios y la miró con intención antes de dejarse arrastrar por la menor. Bianca sacó el bolsito con el kit de cepillo de dientes y dentífrico y marchó en busca del baño. La casa le pareció laberíntica y terminó confundida con tanta puerta y pasillo. Se detuvo de pronto al escuchar a Mara, que hablaba de ella.

—¿No te parece poquita cosa para un chico como Sebastián? Ella es tan menudita, sin tetas ni nalgas. Creo que él es demasiado hombre para ella.

—Es tan bonita —Bianca reconoció la voz de Luisa—. Me parece superdelicada. Tiene unos rasgos muy lindos. La estuve estudiando mientras comíamos.

—Sí, es bonita, pero él es *soberbio*. Podría tener a la que quisiera.

—No sé, Mara. A mí la chica me gusta. Cuando Sebastián llamó el martes por la noche y le dijo a Cristian que venía con la novia, tuve miedo de que, para amargarnos, trajese a una con las bubis al aire y una minifalda que apenas la cubriese. Cuando vi a Bianca, casi me caigo del alivio. Además, a él se lo ve muy enamorado. Y cambiado para bien. Imagínate, hasta dejó de fumar.

—A eso me refiero. La pendeja ya empezó con exigencias. ¡Que deje de fumar! Como si fuera tan fácil. Él se va a cansar de una como Bianca, acuérdate de lo que te digo. Ella no lo va a satisfacer, no tiene con qué, y él va a terminar por dejarla.

Bianca no oyó la respuesta de Luisa. Caminó con la vista nublada hasta dar con el baño para los invitados. Bajó la tapa del inodoro y se sentó a meditar.

Aunque odiase a Mara, la mujer había expresado en voz alta lo que ella misma se había preguntado muchas veces. ¿Estaría haciéndose ilusiones vanas al aspirar a uno como Gálvez? ¿Despertaría en él sólo un sentimiento protector típico de su índole leonina? ¿La desearía como mujer? Se puso de pie, frente al espejo. "¡Sí te desea! No le hagas caso a la serpiente Mara. Sí te desea. Y lo sabes bien." Pero ¿llegaría a cansarse de ella, de su cuerpo sin voluptuosidades, de sus exigencias? Se aplastó la blusa en torno a los senos y se colocó de perfil. Eran pequeños, pero ahí estaban. Ella *no* era una tabla como algunas de las modelos amigas de Lorena. Se dio la vuelta y ajustó la falda en torno a sus asentaderas. "Debí haberle hecho caso a Lorena y haberme puesto el pantalón blanco", se lamentó.

La alegría de la jornada estaba yéndose por el caño lo mismo que el agua con espuma de dentífrico mientras se lavaba los dientes. Y siguió torturándose en tanto hacía pis, se lavaba las manos, y después, cuando se pintó los labios con brillo y se peinó sin ánimo.

Llamaron a la puerta.

—Bianca, ¿estás ahí, amor?

—Sí.

—¿Te sientes bien? ¿Por qué tardas tanto?

—Ya salgo.

Abrió la puerta y, sin mirarlo, le rodeó la cintura y buscó el refugio de su cuerpo fuerte, perfecto, sin falla. Sintió que Gálvez la besaba en la coronilla.

—¿Qué pasó? ¿Por qué no venías? Me preocupé.

—¿Te gusto, Sebastián? Como mujer, quiero decir.

La aferró por las axilas y la apartó para mirarla.

—¿Me estás jodiendo, Bianca?

—Dímelo, por favor —le pidió, siempre con la vista baja.

—Mírame. Mírame —insistió, y le colocó el índice bajo el mentón para obligarla—. Si no supiera que no estás preparada, en este momento estaríamos en un hotel, y yo te estaría cogiendo de todas las formas posibles, porque estoy *muy* caliente contigo desde hace demasiado tiempo, y como no soporto la idea de traicionarte, me aguanto. Pero, insisto: estoy muy caliente contigo, Bianca. ¿Quieres ver cuánto? —le aferró la muñeca con cierta brusquedad y le apoyó la mano sobre el cierre del pantalón—. Abre la mano y siente cuánto me gustas como mujer.

Bianca extendió los dedos lentamente, y él aumentó la presión.

—¿Sientes qué duro está? —ella asintió, con el aliento contenido; ni siquiera pestañaba—. Me pusiste así solamente porque imaginé que estábamos en un hotel.

—Pero... —susurró—. Y si cuando me veas desnuda, ¿no te gusto? Yo no tengo bubis grandes.

—Pero tienes el mejor trasero que he visto en mi vida. El primer día en el aquagym, cuando te quitaste la bata para meterte en la piscina, casi me quedo bizco cuando te vi por atrás. Y eso que estabas con una malla entera que te supercubría. Y cuando el imbécil de tu profesor te vio las nalgas, también, casi se ahoga, el muy hijo de puta. Lo habría matado —se inclinó con actitud agresiva y le robó un beso profundo y húmedo, y Bianca dio un respingo cuando las manos de él le cubrieron los pechos por primera vez—. En cuanto a estas dos, son perfectas. Tienen un tamaño y una forma perfecta. Y son tuyas, amor, y por eso las amo, y las voy... Mejor me callo o terminamos en el hotel, estés lista o no —Bianca ahogó una risita en el pecho de Gálvez—. ¿Qué fue lo que pasó, Bianca? ¿Por qué te pusiste así de pronto?

—Es que oí una conversación sin querer. Entre Mara y Luisa. Luisa me defendía, pero Mara...

—¿Qué decía la cabrona esa?

—Creo que lo que dijo me afectó tanto porque yo también lo he pensado.

—¿Qué? Dime.

—Que soy poca cosa para ti.

—¡Carajo, Bianca! —la soltó, y ella sintió frío en el pecho, aun siendo un día caluroso.

—Dijo que no tengo bubis y que ya había empezado con las exigencias pidiéndote que dejaras de fumar.

—¡Pero si tú no me pediste nada! Fui yo quien te ofreció el trato, ¿o ya se te olvidó?

Bianca sacudió la cabeza y le rodeó la cintura. Él tardó unos segundos en envolverla con sus brazos.

—No te enojes conmigo, por favor.

—Entonces, no vuelvas a decir que eres poca cosa para mí. Me haces sentir como un hijo de puta que se cree mejor que los demás. ¿Y por qué? ¿Por tener una linda jeta? Ya hablamos de esto, Bianca.

—Sí, sí, tienes razón. Perdóname. Es que me sentí agredida por Mara desde que me la presentaron y, cuando la oí decir eso... Me mató.

—Está bien, te entiendo, pero ahora basta con estas ideas estúpidas. Y nos vamos de aquí. Ya pasamos bastante tiempo con ellos. Ahora quiero que estemos solos lo que queda del día. ¿Te late ir al Volta de Libertador? Ese lugar me trae recuerdos alucinantes.

—A mí también.

* * *

En tanto Gálvez hacía cola para pagar los helados, Bianca se detuvo frente a una vitrina para admirar la exposición de bombones. Los había de variadas formas, colores y tipos, con nueces, con almendras, con coco rallado, incluso con té verde. Se inclinó para leer los cartelitos con los nombres.

—Tienen buena pinta, ¿no?

Uno de los empleados aguardaba su respuesta con la cara sonriente, bastante atractiva.

—Sí, la verdad es que sí.

—Son buenísimos, de veras. Elige el que quieras, te lo doy a probar. Cortesía de la casa.

—No, no, pero gracias igualmente.

—Anda, por favor, elige uno, el que quieras.

—Si ella quisiera uno —dijo Gálvez, y el empleado se giró súbitamente—, yo se lo compraría.

—¡Ah, perdón! —farfulló el chico—. Pensé que estabas sola.

—No, está conmigo. Desaparece.

El muchacho se alejó a paso rápido, y Gálvez, sin pronunciar palabra, guio a Bianca hasta el mostrador de los helados. Después de haber sido víctima del veneno de Mara, el asedio del empleado le había subido la autoestima. Sonreía con malicia mientras elegía los sabores cuando Gálvez la acorraló contra el mármol y la encerró entre sus brazos. La empujó con la pelvis, y a Bianca, el descaro de él la excitó. Experimentó un calor entre las piernas, y sintió cómo se le contraían los pezones bajo el brasier. Tragó saliva, porque la boca se le había hecho agua.

—¿Te gusta? —le preguntó él al oído, y ella asintió—. Muero por hacerte el amor.

Bianca apretó los dientes y los dedos en el filo del mármol para reprimir un gemido. Cada vez que Gálvez la excitaba, ella era presa de un cataclismo. Jamás habría imaginado que su cuerpo se convertiría en esa coctelera de sensaciones, cosquillas y latidos tan dolorosos, agradables, punzantes, veloces. Ahora comprendía por qué el sexo cotizaba en alza.

—¿Sabes en qué estoy pensando? —ella negó con la cabeza—. En ti y en mí completamente desnudos, en esta misma posición, haciendo el amor.

Bianca sufrió un temblor, y Gálvez rio por lo bajo. Se le erizó la piel, aun la de las orejas, y le dolieron los pezones y la entrepierna.

—¡Cincuenta y uno! —llamó el empleado, y Gálvez respondió "¡Aquí!" con la misma parsimonia de quien ha estado pensando en la prueba de Matemáticas del martes.

Ocuparon una mesa en la acera. Él movió la silla y la ubicó pegada a la de ella. Le hizo probar la crema de amarena, que Bianca lamió con deliberada lentitud y los ojos fijos en él, que se inclinó y la penetró en la boca, y a ella le gustó pensar que estaban compartiendo el helado, como quería compartir todo con él. La felicidad era plena, y le causaba un borboteo en el estómago que le quitaba el hambre, pero quería seguir con ese juego del helado, quería satisfacerlo, bastarle, que nunca se cansase de ella, así que le ofreció un poco de su frambuesa, y él la imitó: lo quitó lentamente de la cucharita, sin apartar la vista de ella. Bianca lo sujetó por la nuca y lo atrajo hacia su boca, que se abrió para besarlo como él le había enseñado. Todo era nuevo para ella y tal vez su inexperiencia fuese manifiesta, pero no quería darle la impresión de ser una mojigata, ni un cervatillo asustadizo. Quería aprender.

La mano de Gálvez cayó sobre la parte delgada de su cintura y la atrajo con una urgencia que imitaron sus labios y su lengua, y le arrebató la iniciativa. La subyugó con una facilidad que, durante un segundo, la irritó, y que después la hizo sonreír, porque pensó que en ese beso se evidenciaban los dos, él, leonino y posesivo, ella, acuariana y escurridiza, y en esa oposición radicaba el encanto de su relación; nunca terminarían de ponerse de acuerdo, y eso le pareció divertido.

Gálvez descansó la frente en la de ella y suspiró.

—¿Bianca?

—¿Qué, mi amor?

—La noche que te dije que me hacías feliz, no tenía idea de que me harías *tan* feliz.

—A veces, cuando me despierto en la mañana y pienso en ti, siento un instante de miedo porque me parece que todo fue un sueño. Es muy rara la sensación, porque enseguida me doy cuenta de que es verdad, pero… Es que soy tan feliz, Sebastián, y tengo miedo…

—No, amor, no. Miedo no.

—Te amo tanto. No he amado a otro en mi vida, sólo a ti.

—Y yo sólo a ti.

—¿Sí? Pero tú has tenido un montón de novias.

—Pero ninguna pagó para que le leyesen mi carta natal porque quería conocerme —Bianca rio y se abrazó a su cuello—. No sabes lo que significó para mí enterarme de eso. Me dejaste helado, Bianca, de veras. Creo que me conoces mejor de lo que yo mismo me conozco. Hace rato, cuando me hablaste de los piscianos, me acordé de tantas cosas… dolorosas.

Bianca le cubrió las mejillas con las manos y lo besó.

—Mucho dolor, ¿no? —él asintió, sin mirarla—. Sucede que tú tienes a Saturno en la Casa XII. No trates de entender todo. Tú déjame que te cuente así, de este modo raro, que vas a ir comprendiendo poco a poco. Saturno nos da la energía que representa al padre. La Casa XII es una parte de la carta que habla de las cuestiones ocultas y misteriosas de nuestra vida, de esta vida y de las anteriores. Cuando nacemos y hay planetas en la Casa XII —le imprimió a su gesto una mueca de preocupación—, bueno, nada es fácil. Entonces, cuando Saturno está en la Casa XII, el padre de esa persona estará muy idealizado. El niño, sobre todo un leonino como tú, se va a esforzar por cumplir con todas las condiciones de perfección, pero le va a parecer que nunca alcanza. Lo peor de este Saturno es que, por lo general, el padre estará ausente —Gálvez levantó la cabeza y la inquirió con la mirada—. ¿Loco, no? Pero es así. Después, si quieres, te muestro un libro muy bueno que hay sobre el tema. Ahí leí esto.

—No, amor, te creo, es que me sorprendió.

—Este Saturno en Casa XII, y peor aún si está en oposición con el Sol, como es tu caso, significa que el padre no mira al hijo, no lo aprueba, por eso para esta persona es tan necesario que todo el mundo la mire y la avale. Que quieras que te miren y admiren es muy leonino, pero cuando entra en acción Saturno, esta necesidad nace de la carencia. Hay una gran necesidad de ser maravilloso y perfecto, y el padre nunca está para decirle: "Bien, lo lograste, te felicito". Entonces, son personas que siempre están esperando la aprobación. Por eso te pusiste tan mal cuando pensaste que yo te miraba con desprecio aquel día de 2008.

—Me apabulla un poco todo esto.

—¿Sabes por qué? Porque, de algún modo, te das cuenta de que lo que viviste era lo que tenías que vivir de acuerdo con las energías con que naciste. Pero para eso está la astrología. Es un lenguaje que nos enseña a conocer nuestras energías y a usarlas. Entonces, al tener conciencia, sabes de dónde puede venir el golpe o por qué, y eso facilita mucho las cosas, te lo aseguro. Alicia, la astróloga, me dijo una frase que me impactó. Ella dice que en un templo muy antiguo de Grecia, en el frontispicio, dice: "Hombre, conócete a ti mismo y conocerás el universo y a los dioses". Y de eso se trata, de conocernos para mejorar, para cambiar (si es que queremos cambiar), para saber por qué tenemos miedo, por qué nos enojamos, por qué nos enamoramos de esta o aquella persona. Yo, por ejemplo, necesito de tu fuego leonino para que me enseñes a encajar, a no sentirme el patito feo de la historia, a encontrar mi sitio desde el cual atreverme a brillar.

—Y yo te necesito a ti, Bianca. Te juro que jamás, en mis diecinueve años, había hablado tan profundamente con otra persona, y me hace tanto bien. Yo no sabía que tenía que conocerme. No tenía idea de por qué era como era, de por qué me pasaban las cosas. Vivía tratando de esquivar los golpes. Nunca nadie se había preocupado por conocerme, ni siquiera mis padres.

—Los padres son los que menos nos conocen. Es raro, pero es así. Yo creo que ellos trazan un plan para nosotros y quieren que lo sigamos, nos guste o no, y no se ponen a pensar o, mejor dicho, no tienen idea de que nacemos con energías y características que nos hacen únicos, y que sus planes seguramente no nos servirán. Por eso a los míos les escondo mi decisión de ser cantante lírica, porque sé que, por mi esquema astral, jamás lo aceptarían, en especial papá.

—A ti no te dejarían ser cantante lírica, ¿y a Lorena le permiten modelar?

—Ahí está lo misterioso. Papá con Lorena es completamente distinto porque la energía de Saturno de Lorena es distinta a la mía. ¿Ves? Si yo no supiese esto, tal vez me sentiría celosa, resentida, y me haría daño. Por eso quería conocerte, Sebastián, para no lastimarte sin darme cuenta, sobre todo siendo acuariana, es decir, tu opuesto.

Gálvez rio con ternura y la abrazó.

—¿Y qué dice mi carta natal de mi novia?

—¡Las mejores cosas! En la casa de la pareja, que es la número siete, tienes a Venus, la diosa del amor y de la fertilidad —aseguró, con un gesto travieso, que hizo reír a Gálvez de nuevo— y a Júpiter, que es el maestro, uno de los planetas más benéficos.

—Todo parece muy bien, pero ¿qué significa?

—Que siempre voy a estar para ti, ahí, siempre ahí, a tu lado, a tu servicio, mirándote, amándote. Toda mi vida, si me dejas.

Él asintió, y Bianca le lamió las lágrimas.

* * *

No existía ninguna posibilidad de que Gálvez la dejara en otro sitio que no fuese la puerta de su edificio.

—Que nos descubran Lorena y toda tu familia, me importa una mierda. Te vas a bajar en la puerta de tu casa para que yo pueda verte entrar. Ya está oscuro, Bianca. ¿Cómo crees que te voy a dejar a dos cuadras? No inventes. ¿Y el violador que anda suelto?

—Está bien, tienes razón. Es que no estoy acostumbrada a que me cuiden y a veces me siento incómoda, también un poco sofocada.

—Lo siento, Bianca, pero si se trata de tu seguridad, no voy a ceder. Prometo no sofocarte con el resto de las cosas, pero con esto, no transo, amor.

—Está bien.

—¿Qué hacemos mañana? Es feriado.

—Tengo que estudiar para la prueba de Mate. No estudié mucho ayer, la verdad. Y mi mamá me pidió que la ayudase con el planchado. ¡No me mires así, por favor! Me hace mal —él volvió la vista al frente, enfurruñado—. En la tarde tengo que ir al estudio de la Mattei, no importa que sea feriado. Tenemos el concierto encima y poco tiempo para ensayar.

—Voy a buscarte.

—Gracias.

Se despidieron con un beso rápido y febril, justamente para evitar el riesgo de ser asaltados, y Bianca lo saludó y le tiró besos cuando estuvo a salvo tras la puerta de vidrio del edificio.

Al entrar en su casa, se topó con la cara ceñuda de su padre, que tenía los brazos cruzados en el pecho y las piernas ligeramente separadas. De manera mecánica, Bianca dio un paso atrás para ponerse fuera del alcance de esas manos que se disparaban con la velocidad de una serpiente.

El hombre consultó la hora.

—¿Éstas son horas de llegar? ¡Son casi las ocho de la noche, Bianca!

—Fui a pasar el día a la quinta de un amigo, papá, el novio de Camila. Mamá sabía.

—¡Saliste el viernes en la noche, el sábado también y hoy todo el día fuera!

—El viernes y el sábado estuve trabajando. Y mañana es feriado.

—Lo que quieras, pero tú tienes responsabilidades con esta familia. Tus hermanos tenían que hacer cosas para el colegio y había que lavar y planchar una pila de ropa.

—¡Papá! —lo llamó Lorena desde la sala, donde se pintaba las uñas de los pies montada en el sillón—. No la jodas, papá. La Pulga no hace otra cosa que ocuparse de los chamacos y de las cosas de la casa. Estás siendo injusto.

—¿Fuiste a misa? —quiso saber Pablo Rocamora, en un tono menos severo.

—Sí —mintió.

—¿Adónde?

—A Santa María, esta mañana —esperó con el aliento contenido porque sus padres solían ir a esa iglesia los domingos por la mañana. Al ver que Pablo Rocamora asentía y se apartaba para dejarla pasar, volvió a respirar.

10

El martes después del feriado, Bianca se aproximaba al colegio con unas ansias locas por encontrar a Gálvez. *Te espero en las escalinatas,* acababa de informarle a través de un SMS, y ahí estaba, soberbio, con su cabeza perfecta de cabello corto dibujada contra la pared blanca del edificio, ajeno a las miradas apreciativas que le lanzaban las chicas de otros cursos; respondía a los saludos y seguía observando hacia la derecha, tratando de distinguirla en la multitud de alumnos. La esperaba por ese lado. Bianca sonrió.

—¡Sebastián! —lo llamó desde la izquierda, y amó su expresión de sorpresa y de contento cuando la descubrió en la base de las escalinatas.

Lo vio bajar corriendo. Gálvez le rodeó la cintura con el brazo derecho y la besó en los labios, y en las mejillas, y en las sienes, y de vuelta en los labios. Lo hacía con suavidad; no obstante, Bianca advirtió una nota de angustia.

—Te esperaba por el otro lado.

—Tuve que ir a la papelería a comprar pinturas témpera para Martina. Las necesita mañana y hoy en la tarde no voy a tener tiempo para comprárselas.

—¿Sabes que cuentas conmigo, no? Podría haber ido yo a comprarlas esta tarde y dártelas cuando fuera a buscarte al local para ir a natación, así tú no hubieras tenido que levantarte más temprano.

—Sí, es que no me acostumbro.

Gálvez se quedó mirándola, no fijamente, sino con ojos que la recorrían velozmente.

—¿Qué pasa, mi amor?

—Anoche tuve una pesadilla.

"¡Ups!", se preocupó Bianca; los sueños de los nativos del Ascendente en Piscis no debían desestimarse.

—¿Qué soñaste?

Él sacudió la cabeza y apretó la mandíbula.

—¿Te despertaste angustiado?

—Sí.

—¿Algo sobre nosotros?

—Sobre ti.

—¿Me pasaba algo malo?

Gálvez se mantuvo quieto, los ojos fijos en los de ella, los labios tensos, los huesos de la mandíbula marcados bajo la piel.

—Ajá, me pasaba algo malo —él asintió, y ella le acarició la mejilla recién afeitada, que olía a *after-shave*—. ¿Quieres contarme?

—A veces, desde chico, sueño cosas que después pasan en la vida real.

—Sí, es tu Ascendente en Piscis. No te asustes.

—¿Mi Ascendente en Piscis?

—Te da ese poder, el de la premonición.

—¡Bianca! —volvió a abrazarla con un ardor que le dio la pauta de lo perturbador del sueño.

—¡Ey, tortolitos! —Camila irrumpió con su alegría y les arrancó sonrisas forzadas. Lautaro Gómez, a su lado, los observaba con suspicacia.

—¿Todo bien, Gálvez? —preguntó.

—Sí, sí —mintió él—. Vamos —dijo, y se llevó dos chicles de nicotina a la boca.

* * *

La tensión a causa de la pesadilla fue diluyéndose a lo largo de la mañana; sin embargo, Bianca percibía que, cuando sus miradas se encontraban, Gálvez intentaba ocultarle una profunda tristeza. No quería forzarlo; él le contaría cuando estuviese preparado.

Por la tarde, la llamó y le mandó mensajes varias veces, y, en cada ocasión, ella sonreía porque le hacía gracia cómo él intentaba camuflar sus controles y su asedio con preguntas banales o comentarios que podría haberle hecho cuando se viesen.

A las seis de la tarde, Bianca salió del local, y allí estaba el Peugeot, esperándola. La ventanilla polarizada del conductor descendió lentamente hasta revelar la sonrisa de publicidad de Gálvez, y se acordó de aquel lunes por la noche de tres semanas atrás, y se emocionó.

—¿Puedo llevarte a algún lado, belleza? —Bianca rio, no tanto por la ocurrencia de Gálvez, sino porque él había vuelto a ser el de antes.

—Sí, llévame a los brazos de mi novio.

Gálvez bajó, y Bianca corrió a su encuentro. La levantó en el aire y la hizo dar vueltas. La besó en los labios, y en el cuello, y Bianca se aferró a él con una pasión que la asombraba, pues no había sabido que existía en ella. Él despedía un aroma fresco y vital.

Subieron, y mientras le contaba sus cosas (había elegido las canciones para el sábado; estaba muy nerviosa porque el "Ave María" de Schubert que entonaría el domingo en la catedral era una pieza con gran exigencia vocal; su madre se había hecho una ecografía y todo iba bien), él giraba la cabeza y la observaba en silencio y con un gesto de ansiedad voraz por no perder detalle de lo que ella le relataba.

—Discúlpame —dijo, de pronto—. Estoy hablando hasta por los codos y tú, nada. Cuéntame tu día.

—Esta tarde te llamé y mensajeé tantas veces que no me queda nada por contarte. Estuve un poco pesado, ¿no?

—¿Tiene que ver con el sueño?

—Sí, supongo que sí. ¿Vamos a comer algo por ahí después de natación?

Bianca estuvo a punto de negarse, pero, al recordar que la reunión de los lunes de su padre, en la que se juntaba con amigos para rezar el rosario y cenar, se había pospuesto para ese martes, aceptó. Envió un mensaje a Corina avisándole que comería con unos compañeros del cole.

Cerca de las ocho y después de la clase de natación, ocuparon una mesa en el Burguer King de Avenida Rivadavia, que quedaba cerca del aquagym. Gálvez devoró su hamburguesa sin pronunciar palabra, y mientras Bianca picoteaba la suya y las papas fritas, disfrutaba de la saludable avidez de él.

—Tenías hambre.

—Es que antes de ir a buscarte, me maté en el gimnasio. Fui a descargar un poco de energía.

—¿Te gusta mucho? Digo, el gimnasio.

—Sí, es padre. Hace años que voy, ya conozco a todos y todos me conocen. Justo el otro día, el dueño me pidió que si no podía echarle una mano con algunos clientes que apenas empiezan y están medio perdidos. Me pagaría una lana.

—¿Ah, sí? —la punzada de celos la fastidió; detestaba mostrarse como no era; ¿o tal vez con Gálvez sí era celosa y desconfiada?—. ¿Hay chicas? —se interesó, muy a su pesar, mientas se preguntaba de qué le servía ser acuariana si estaba desplegando la posesividad de una taurina.

—Sí, muchas. Algunas se matan por estar flacas y en forma.

—¿Tú tendrías que asistirlas a ellas?

Gálvez alzó la vista de las papas fritas y levantó la comisura en una sonrisa pedante.

—¿Celosa?

—No me hagas caso —Bianca sacudió la mano—. Detesto ser así, perdóname.

Gálvez le sujetó la mano y le besó el dorso de los dedos.

—Pero yo *amo* que te pongas celosa.

—Pero a mí no me gusta que te sientas perseguido.

—Bianca, me siento amado, no perseguido.

—Ay, mi leonino favorito…

—¿Qué, acuariana mía?

—Eres *tan* Leo, mi amor.

—Me encanta ser Leo.

—Y te queda muy bien. Te amo por ser así, tan brillante.

—Estuve pensando mucho en lo que hablamos el domingo acerca de mi carta natal. Es muy fuerte.

—Sí, lo es. Cuando nos hicimos amigas Camila y yo, empezamos a leer sobre astrología y a tomárnosla en serio, entendí muchas cosas de mi vida y de mi familia. Me hizo mucho bien.

—Lo que me explicaste de mi padre es tan cierto… Me dejó un poco confundido también —Bianca aguzó la vista—. Es como si, por haber nacido ese día y a esa hora, a mí me hubiese tocado en suerte vivir lo que viví. Como si fuese una condena.

—Yo creo que es al revés. Naciste ese día y a esa hora para contar con las energías necesarias para vivir lo que *tenías* que vivir. ¿Por qué tenías que vivir eso? No lo sé. Mi tía Claudia, que cree en la reencarnación, dice que lo malo que vivimos en la nueva vida son los karmas o las cosas pendientes que quedaron de vidas anteriores y que nos sirven para crecer y elevarnos. No sé mucho del tema, la verdad. Le voy a preguntar al Maestro Luz, él se la vive leyendo sobre eso —Bianca sorbió un trago de Coca-Cola antes de preguntar—: La profesora Mattei y tu papá fueron amantes, ¿no? —Gálvez asintió sin levantar la vista, como hacía cuando estaba admitiendo una verdad a regañadientes—. Y tú los descubriste. ¿O lo percibías sin saberlo a ciencia cierta? —se le ocurrió de pronto.

—Primero, lo percibí. Entonces, no tuve mejor idea que preguntarle.

—¿Qué le preguntaste?

—Pa, ¿tú y la tía Irene se gustan como novios?

—¿Se enojó?

—Me castigó y me escondió la consola del Play.

—¿Entonces?

—Como la relación entre nuestra familia y ella era muy estrecha, en casa había llaves de la casa de ella y viceversa. Así que un día, en el que sentí que mi papá estaba con ella, agarré las llaves y entré en la casa de la *tía* Irene. Y los encontré cogiendo en un sillón.

Bianca se limitó a arrastrar la mano a través de la mesa y entrelazar sus dedos con los de él, que, sin mirarla, se los apretó.

—Es la primera vez que cuentas esto, ¿no?

—Sí. ¿Cómo lo sabes?

—Lo intuí. ¿Ellos se dieron cuenta de que los habías descubierto?

—Sí. Mi papá me dijo, de buen modo, que me fuera y que lo esperara en casa. Yo le hice caso. Me fui sin decir una palabra y lo esperé. Llegó un momento después, todo nervioso y sonriente. Eso me hizo pomada, no sé por qué. No soporté que se mostrara débil. Me levantó el castigo y me devolvió el Play, y me dijo que no le dijera a mamá porque la iba a poner muy triste. Yo le dije que no se lo hubiera dicho de todos modos, aunque él no me hubiese devuelto el Play, ni me hubiese levantado la penitencia. Fue la única vez que vi que mi papá se ponía colorado.

—¡Qué genio fuiste! Actuaste con la madurez que no tenía tu papá. Te admiro y te respeto, Sebastián Gálvez.

—Bianca… No me digas eso, me partes. Porque ese día me habré portado como un hombre, pero después… En fin, tú sabes. Después derrapé mal.

—Y después de derrapar mal —añadió ella, con acento juguetón—, cuando tenías edad suficiente, te convertiste en el amante de Mattei.

Gálvez levantó fugazmente las cejas en abierta sorpresa y enseguida la contempló con una mueca que reflejaba tanta desolación que Bianca se apiadó.

—No te preocupes. Lo sé desde aquel día en que nos topamos en la puerta de su estudio.

De manera inconsciente, Gálvez aplicó más presión a sus dedos.

—Bianca —dijo, y su voz reflejaba miedo—, te juro por mi vida que no he vuelto a estar con ella desde que nos encontramos ese lunes en su estudio. Desde ese día, te he sido fiel.

—Lo sé.

—¿Me crees?

—Sí. La profesora Mattei no sería el saco de nervios que es, ni tendría el mal humor que tiene, si tú siguieras siendo su amante. Las chicas piensan que es por lo del concierto del domingo. Yo sé por qué es en realidad.

Sobrevino un silencio entre ellos, que exacerbó el bullicio en la hamburguesería. Bianca fijó la vista en Gálvez.

—¿Te doy asco? ¿Te parezco un *freak* de mierda?

—No eres un *freak*. Creo que nadie es *freak*. Cada uno es lo que es, lo que puede ser, lo que sabe ser. Punto. ¿Quién soy ya para decirte si está bien o mal?

—Esto no va a cambiar las cosas entre nosotros, ¿verdad que no, amor?

—¿Qué sabe ella? ¿Qué excusa le pusiste para borrarte?

—Le dije la verdad, que me había enamorado de ti y que no quería serte infiel.

—¿Cómo? ¿La profesora Mattei sabe que soy yo la chica por la cual la dejaste?

—Se dio cuenta sola. Al principio, le martillé la cabeza preguntándole por ti. Además, ese día, cuando llamó al local para presionarte, fui yo el que le cortó el teléfono, ¿te acuerdas? Cuando por fin me decidí a encararla, le dije que había empezado una relación estable, y ella dijo que sabía de quién se trataba. "Es Bianca", me dijo. Yo no quería que se enterara de que eras tú porque no quería que te perjudicase. Tenía miedo de que te echara de sus clases o te tratase mal.

—¿Desde cuándo lo sabe?

—Desde el viernes anterior a la audición en The Eighties.

—Se ha portado bien conmigo. Bah, normal.

Bianca bajó la vista para pensar, necesitaba recapitular esa larga conversación. Él interpretó que ella estaba enojada.

—Bianca, dime algo. No te quedes callada.

—¿Por qué se separaron tu papá y tu mamá?

—Porque mi mamá se enteró de que mi papá e Irene eran amantes.

—¿Los sorprendió en la cama?

—No. Se lo chismeó la portera. Quería mucho a mi mamá porque les daba clases particulares de Lengua a sus hijas y no le cobraba. Ella le dijo. Mi mamá confrontó a mi padre, y él confesó. Nos fuimos esa misma noche a casa de mi abuelo y mi mamá le dijo a mi papá que no quería volver a verlo, que no se acercara a nosotros. Y él se lo tomó a pecho. No volví a verlo hasta el año pasado, que se apareció en el Hospital de Urgencias en Córdoba.

—¿Tu papá y tu mamá se llevaban bien?

—Discutían bastante, siempre por problemas de dinero.

—¿Y con la Mattei? ¿Cómo fue que tú y ella se hicieron amantes?

—Me la encontré en 2010, en el gimnasio. Ella acababa de empezar yoga. No te pongas loca, no va más al gimnasio. Así fue. Ella me reconoció de inmediato.

"Es que eres muy parecido a tu papá, mi amor."

—Me invitó a tomar un café a la cafetería del gimnasio. Hablamos mucho, de los viejos tiempos, de lo que había pasado, de mí, de ella... De todo. Me invitó a cenar a su casa para seguir la charla y...

—Es evidente —lo interrumpió Bianca— que la señora Mattei siente una debilidad por los varones de la familia Gálvez.

—Supongo que un psicólogo se haría un picnic con este caso. No sé por qué lo hice, Bianca. La verdad es que la *tía* Irene siempre me había gustado. No como tía, se entiende. De chico me parecía muy linda. Y cuando volví a verla sentí odio y atracción al mismo tiempo, una mezcla muy fuerte —sonó el celular de Bianca—. ¿Quién es?

—Pablo. Hola, Pablo. ¿Todo bien? Cenando en un Burguer. Sí, con él. Sí, él me va a llevar en su auto, no te preocupes. ¿Mamá bien? ¿Granny ya se fue? Dile a Martina que le llevo las pinturas témpera para mañana. Pablo, ¿por qué siempre esperas hasta esta hora para pedirme las cosas del cole? Las papelerías están todas cerradas. Uf... ¿Para qué quieres hablar con Sebastián?

Gálvez estiró la mano y Bianca le pasó el teléfono.

—Hola, maestro. ¿Qué onda? Sí, yo la llevo hasta la mismísima puerta de tu casa. Tú duerme sin frazada. Sí, estaría padre vernos. Ahora organizo algo con tu hermana y después te cuento. ¿Qué necesitas para mañana? Ajá. Va. Chau —cortó la llamada y le devolvió el celular a Bianca—. Si quieres, te llevo al Híper Coto de Díaz Vélez y compramos las cartulinas ahora. Si nos apuramos, llegamos. Cierran a las diez.

Bianca miró el reloj y se mordió el labio. La tentaba la idea de quitarse de encima el encargo de Pablo; llegar tarde y toparse con su padre la asustaba.

—¿Qué pasa, amor?

—No quiero llegar después de papá. Si bien hoy vuelve tarde porque se reúne con sus amigos a rezar el rosario, a las once suele estar en casa. El domingo en la noche se enojó muchísimo porque llegué a las ocho.

—¿Qué le pasa? ¿Es idiota? Era domingo, tu día de descanso. ¡Y ayer fue feriado! ¿No tienes libertad para hacer lo que quieras ni siquiera el domingo? Te lo pasas trabajando y haciendo de sirvienta en tu casa y él se enoja porque llegas a las ocho. ¡Ni que hubieses llegado a las doce de la noche! Me desquicia —Gálvez la descubrió mortificada—. Perdóname, amor, es que me parece tan injusto —Bianca asintió—. Mira, son las nueve y cinco. Llegamos a Coto rápido, en diez minutos, menos tal vez. No es tan lejos. Yo conozco ese súper de memoria. Sé dónde están las cosas de la papelería. Entramos, compramos rapidísimo las cartulinas y te llevo volando a tu casa. Llegas a las diez y media por muy tarde. ¿Qué te parece?

—Me parece que te amo. Tanto, tanto, ¿lo sabes?

Lo vio tragar, emocionado.

—Entonces, ¿nada cambia entre nosotros a pesar de haberte enterado de… de esta mierda?

—Ya te dije que lo sé desde aquel día.

—¿Por qué nunca sacaste el tema?

Bianca sacudió los hombros y se puso de pie. Comenzó a recoger sus cosas. Gálvez la imitó.

—Supongo que para cada cosa hay un tiempo. Y para hablar de ti y de la Mattei no había llegado el momento. Hasta hoy.

—¿Qué vas a hacer con sus clases? —le pasó un brazo por los hombros y se encaminaron hacia la salida.

—No te creas que me hace mucha gracia verla, pero no puedo darme el lujo de dejarla. La Mattei es excelente. Hay pocos maestros como ella en Buenos Aires. Y yo tengo que prepararme para el examen del año que viene para entrar en el Colón. Es muy difícil.

—No tengo duda de que lo vas a pasar con las mejores calificaciones.

—Gracias, mi amor.

* * *

El plan de Gálvez iba viento en popa. Ya tenían las cartulinas y caminaban a paso rápido por el estacionamiento del Híper

Coto. Hablaban sobre la prueba de Matemáticas que les habían hecho ese día, cuando la sirena de una ambulancia inundó el recinto y los ensordeció.

—Alguien debe de haberse sentido mal en el súper —comentó Bianca.

Gálvez apretó el paso y Bianca casi trotó a su lado. Llegaron al Peugeot. Él frenó de golpe y la abrazó sin preámbulos. Ella permaneció estática, con la cabeza echada hacia atrás, las cartulinas en una mano y su bolsita en la otra.

—Anoche soñé que te morías —lo escuchó pronunciar con acento desesperado.

Experimentó un instante de pánico. Soltó las cartulinas y la bolsita, y se aferró a él. No quería morir, no ahora que su adorado Gálvez la amaba.

—Unos tipos de verde te llevaban en una camilla por un pasillo largo, larguísimo, y yo corría y gritaba, pero el ruido de la sirena de la ambulancia tapaba mis gritos, y no me escuchaban. Me desperté sentado en la cama, gritando tu nombre como un loco. A mi mamá casi le da un infarto.

—¿Tienes miedo de que tu pesadilla se haga realidad?

—Sí —lo susurró a regañadientes, y la apretujó aún más—. Así fue con Irene y mi papá, así supe que eran amantes. Lo soñé. Soñé exactamente la escena que vi aquel día en la casa de ella. Ha sido la cosa más espantosa y aterradora que he vivido.

Se quedaron en silencio. Bianca percibía la respiración agitada de él, que le golpeaba el cuello. Se rebulló cuando la presión de sus brazos comenzó a ahogarla. Él se apartó un poco. Se miraron. Bianca le sostuvo el rostro con las manos y se puso de puntitas para besarlo en los labios. Lo hizo delicadamente hasta sentir que se relajaban y se separaban apenas. Lo tentó con la lengua, y él respondió de inmediato. La boca de ella desapareció dentro de la de él. Gálvez dio un giro, y Bianca terminó apoyada en la puerta del Peugeot.

Un taconeo se aproximaba y retumbaba cada vez más cerca. Bianca apartó los labios, y Gálvez, agitado e irritado, apoyó la frente en la sien de ella, pero no se movió. El taconeo pasó a metros de ellos y siguió hasta detenerse de pronto. Se abrió y se cerró la puerta de un automóvil, que hizo crujir los neumáticos al arrancar. En ningún momento Gálvez hizo ademán de retirarse por el bien del pudor.

Levantó la cabeza lentamente y la miró, y, como siempre le ocurría cada vez que él le mostraba al niño desolado que lo habitaba, ella necesitó consolarlo.

—Sebastián, no pienso morirme, no ahora que te tengo. Créeme porque es la verdad.

* * *

Bianca introdujo las llaves en el cerrojo y las hizo girar lentamente. Abrió la puerta del departamento y entró con miedo. Se quedó un momento quieta en la oscuridad. Se respiraba paz y orden, y razonó que en parte se debían a que Granny y su madre controlaban la situación nuevamente, y también a que su padre no había llegado aún. Una energía amenazante lo seguía como una estela con la que Pablo Rocamora iba mancillando los rincones de la casa.

Entró en su dormitorio. Martina y Lourdes dormían; Lorena usaba la computadora.

—Hola, Lore.

—¿Qué haces, Pulga? —le contestó, sin volverse.

—¿Mamá duerme?

—Llegué hace diez minutos y ya dormía.

—¿Cenaste?

—No empieces, Bianca.

—¿Cenaste, Lorena?

—No, no cené. Y no jodas.

—Voy a traerte algo.

—No lo voy a comer.

—Entonces, me voy a poner a gritar como loca que eres bulímica. Te lo juro, Lorena. Que se despierte todo el edificio, no me importa.

Se midieron a través del espacio del dormitorio.

—Está bien, tráeme algo.

—Si tienes planeado vomitar, olvídate desde ahora. Te voy a vigilar durante una hora, hasta que el alimento se haya digerido y sea demasiado tarde.

—¡Qué jodona eres, por Dios!

—Ya vengo.

Abrió el refrigerador y las alacenas y estudió las provisiones. Se dijo: "Tengo que preparar poco, porque debe de tener el estómago del tamaño de un saquito de té, y tiene que ser algo nutritivo". Preparó una *omelette* con dos huevos, y le agregó queso rallado, tiras de jamón cocido y pedacitos de tomates secos hidratados en aceite de oliva. Desprendía un aroma sabroso.

—Todo —la instó al momento de presentarle la bandeja.

—Yo como, si tú me cuentas cosas de Sebas. Estoy viendo su Facebook y, desde hace días, no tiene actividad, como si se hubiera borrado. ¿Está yendo al cole?

—Sí —masculló Bianca, y comenzó a desvestirse.

—¿Lo notas raro?

—No.

—¿Con quién se sienta?

—Con Mario, un compañero con el que se sienta desde primero.

—¿Tiene amigas entre las chicas del curso?

—Sí.

—¿Quiénes?

—Camila, Karen y Bárbara.

—Háblame de Karen.

—Es muy especial, superinteligente. Gálvez la respeta como a pocas chicas, pero no hay nada entre ellos.

—¿Es mona?

—No, pero tiene una personalidad superatractiva.

—¿Y la tal Bárbara? ¿Es mona?

—Mona es poco. Es *bella*.

—Ven, fíjate si Bárbara está entre las fotos de chicas que tiene en su Facebook.

—Yo busco, tú come.

—Está bueno —concedió Lorena, y se llevó otro poco de la *omelette* a la boca.

—Ésta es Bárbara —señaló, al cabo.

—¡Es divina, la muy perdida! ¿Crees que pase algo entre ella y Sebas?

—No creo. Bárbara sigue enamorada de Lautaro.

—¿Qué Lautaro? ¿El bicho de Camila? —Bianca asintió—. ¡Pero si es un feto!

—No es ningún feto, Lorena. Y tiene una personalidad impresionante. Me enferma que seas tan hueca.

—Bueno, perdón, señorita Profundidad. Toma, ya terminé todo, *mami*. Lleva el plato que huele feo.

—Lo voy a llevar después, cuando haya pasado una hora y ya no puedas vomitar. No te voy a quitar la vista de encima.

—Qué idiota eres. ¿De qué te vale que coma esto si durante el resto del tiempo no estás para vigilarme?

—Al menos me aseguro de que estos nutrientes te lleguen a la sangre, a ver si te irrigan el cerebro, porque últimamente no te llega el agua al tinaco.

Lorena levantó las cejas en señal de asombro.

* * *

Se trataba de una semana corta, con el feriado del lunes y la Semana Santa en puerta. Bianca y Gálvez hicieron planes para transcurrir la mayor parte del tiempo juntos. Para empezar, el miércoles, después de trabajar en el local, Gladys, la madre de

Gálvez, la esperaba para cenar. Se cambió y se maquilló en la trastienda, y su tía le aseguró que estaba "hecha un primor".

—Gracias, tía.

—¿Qué excusa pusiste en tu casa? Dime, así no meto la pata.

—Que iba al cine con Camila y Lautaro. Ellos están advertidos.

—Bien. ¿Ésos son los jeans blancos que usaste para la inauguración de The Eighties? —Bianca asintió—. Te quedan divinos. Y con esta playerita negra de cuello alto, más. Estás sexy, sobrina. Tu Gálvez se va a poner a aullar a la luna como un lobo. Toma —se quitó uno de los tantos aros que le colgaban del pabellón de la oreja—. Éste de la plumita negra va perfecto. Y a ti te encanta.

—Gracias, tía —Bianca reemplazó uno de los de ella por el de Claudia.

—Creo que llegó el taxi.

A Bianca le había costado convencerlo de que no fuera a buscarla, no tenía sentido. No obstante, resultó imposible hacerlo desistir de que le enviara un taxi, no cualquier taxi, sino uno de la empresa que usaba Gladys y con su chofer de confianza, un tal Correa. Bianca cerró la puerta del vehículo y sonrió: el tal Correa tenía más de setenta años y cara de abuelo bonachón. El fantasma del sueño aún lo atormentaba, y él creía que, rodeándola de cuidados, protección y controles, la mantendría a salvo de ese destino que lo aterraba.

Correa detuvo el taxi en la Avenida Santa Fe, a metros de Salguero, y le indicó:

—Ése es el edificio de la señora Gladys. Octavo piso, departamento B.

—Sí, gracias. ¿Cuánto le debo?

—Nada, querida. Después lo arreglo con Seba. Así me lo ordenó él, y yo hago siempre lo que dice Seba.

Bianca sacudió apenas la cabeza y sonrió y devolvió la billetera a la cartera. Correa la instó:

—Baje nomás. Yo espero hasta que usted entre en el edificio. Así me lo pidió Seba.

—Un poco mandón este Seba, ¿no?

—Un caballero, eso es lo que es.

—Gracias por traerme.

—Un placer.

Bianca había comprado flores para Gladys, aunque habría querido llegar también con panqueques con dulce de leche para Gálvez. Tocó el timbre del interfón, y la voz de él le provocó un escalofrío.

—Ya bajo, amor.

Las actividades del día la habían mantenido entretenida, y justo en ese momento, frente a la puerta del elegante edificio, tomó conciencia de que estaba a punto de conocer a la madre de Gálvez. ¿No era demasiado pronto? ¿Estaba preparada? No hacía un mes que salían, ¿y ya le presentaba a la madre? Él le había confesado que, siendo su madre entrometida y medio pesada, habría preferido no revelarle su noviazgo por el momento; no obstante, lo hizo sin quererlo la noche del sueño.

Atraída por los gritos de su hijo, Gladys había corrido al dormitorio para encontrarlo sentado en la cama, aún dormido y llamando desesperadamente a una tal Bianca. A la mañana siguiente, lo acosó a preguntas hasta obligarlo a confesar.

—No vas a dejar de joderme hasta que te diga quién es Bianca, ¿no?

—Quiero saber. Soy tu madre. Casi me da un síncope anoche. No tienes idea de la manera desgarradora en que la llamabas. No puede ser *nadie*, Sebastián.

—Es una compañera del cole.

—¿Sólo una compañera del cole? Hace muchos años que vas al colegio, más de los que yo querría —Gálvez emitió un soplido de hartazgo—, has tenido muchas compañeras y nunca, jamás te has despertado gritando como un loco el nombre de ninguna de ellas.

—Es mi novia. ¿Conforme ahora?

—¿Novia? —la noticia logró acallarla durante unos segundos—. ¿Novia como el concepto de los viejos tiempos, o la novia de ahora, es decir, ella puede salir con otros, tú, con otras, y *cogen*, como dicen ustedes, cuando les da la gana?

La idea de Bianca en brazos de otro le trajo malos recuerdos, de la tarde en que la descubrió con Collantonio. Se le cerró la garganta, y el desayuno ya no le pareció tan sabroso. Apartó el plato con hojuelas, leche y rodajas de plátano, y se levantó de la mesa. Antes de abandonar la cocina, dijo:

—Es mi novia, mamá. Y si llega a coger con otro, la mato.

—Y tú, Sebastián, ¿tú sí puedes coger con otras?

—No tengo ganas.

* * *

Gálvez salió del ascensor y caminó hacia la puerta con una sonrisa que borró las dudas y los miedos de Bianca. Si había pensado que no estaba preparada para enfrentar a la madre, la alegría que él manifestaba justificó cualquier sinsabor.

La abrazó y le plantó un beso en la boca ahí, en la puerta. La arrastró hasta el taxi. Correa bajó la ventanilla del copiloto.

—Ahí te la traje sana y salva, Seba.

—Gracias, Carlitos. ¿Cuánto te debo? —sacó la billetera de cuero marrón del bolsillo trasero de los jeans, y esa simple acción, y el modo en que movió la mano para abrirla, y la forma en que sus dedos largos sacaron los billetes, y los pelos de los antebrazos, y los tendones y los músculos que se movían bajo la piel, todo, cada detalle, le secaron la boca, y la sumieron en una inquietud que se calmó en parte cuando Gálvez la acorraló en una esquina del ascensor y se apoderó de toda ella, porque no se limitó a devorarle labios y penetrarla con una lengua demandante, sino que sus manos le apretaron los hombros desnudos, le rasparon la piel de los brazos en tanto sus palmas callosas (producto de años de pesas, según él le había explicado) descendían hasta caer sobre los senos de ella, donde sólo se demoraron un momento, para seguir el descenso y acabar sobre sus glúteos.

"Y bueno, Bianquita, no te hubieses puesto estos jeans tan ajustados. Ahora, a llorar al campito. No es cuestión de tentar y después empezar a ponerte histérica."

—¡Dios mío, Bianca! ¡Qué linda estás!

—Tú más, mi amor. ¿Estás contento de que esté aquí?

—Sí, feliz más bien. Sólo espero que mi mamá no te caiga muy pesada. Está ansiosa por conocerte, me jodió para que te invitara. Cuando se pone ansiosa, se pone más insoportable que nunca. Creo que esta noche va a estar en plan interrogadora. Y yo sé que tú odias eso.

—Esta noche quiero conquistarla, así que me aguanto cualquier cosa.

—Te amo. Tanto, tanto —la besó en los labios.

Bianca no podía saber con qué había esperado encontrarse Gladys; a juzgar por la expresión con que la esperaba en el vestíbulo, resultaba claro que lo que estaba viendo la tomaba por sorpresa. ¿Tal vez, al igual que Luisa, había supuesto que la novia de su hijo sería una vedetonga?

—¡Bianca, bienvenida! —le acarició el filo de la mejilla con una mano fría—. Qué bonita eres, tan delicadita.

—Gracias, señora. Usted es hermosa.

—Una vieja, eso es lo que soy para ti.

—No, no, en verdad, creo que es hermosa —Bianca no mentía. Gladys debía de haber sido una beldad en su época. Cierto que las amarguras le habían impreso marcas que se evidenciaban en el rostro un poco ajado—. Y no es vieja para nada. Le traje flores. No tuve tiempo de cocinar nada, le pido disculpas.

—¡Gracias, querida! Amo los lisianthus violeta. Y no tenías que traer nada.

—Yo le dije, pero ella siempre quiere preparar algo.

—Quería hacerte panqueques con dulce de leche, pero no tuve tiempo.

—¡Ah, ya conoces su debilidad!

Bianca no cometería el error de contarle que había sido la hija menor de Cristian Gálvez quien le había desvelado la información, por lo que se limitó a asentir.

—Pasa, ponte cómoda, Bianca, por favor. Dame el saquito. Lo llevo a mi cuarto.

—Me encanta su casa, señora.

—Llámame Gladys, si en verdad no te parezco vieja.

Inspiró el aroma que provenía de la cocina, y sintió hambre. Ésa era una buena señal de que la energía que la circundaba era cálida y bondadosa, de lo contrario, a ella se le hubiese cerrado el estómago. Comió todo el lomo con champiñones que Gladys se había esmerado por preparar. La observaba, tan activa y orgullosa, hablando de esto y de aquello, atendiendo la mesa, fijándose en los detalles, y un cariño sincero por ella crecía en su corazón. Esa mujer había gestado a su adorado Gálvez durante nueve meses, lo había parido y criado prácticamente sola. Se sentía en deuda con ella.

—¡Son siete hermanos!

—Y uno viene en camino —acotó Gálvez.

—Ocho, pues. ¿Y tú eres la mayor?

—La segunda.

—Ella se hace cargo de todo, mamá. Tendrías que verla.

—No exageres. Ayudo un poco, pero mi mamá y mi abuela son las que hacen todo.

—Además trabaja.

—¿Ah, sí?

—Sí, en el local de mi tía. Lo atiendo por las tardes.

Gálvez no mencionó su trabajo en The Eighties, y ella comprendió que no deseaba que la conversación sobre su afición por el canto tomase derroteros peligrosos.

—Tienes que estarle muy agradecida a Bianca, mamá, porque, gracias a ella, me decidí a terminar primero y pasar a segundo.

—¿Cómo es eso? —se interesó Gladys.

—Porque el primer día de clase, esta señorita, que era una cosita diminuta y con carita de "soy más buena que el Quaker" —Bianca emitió una risita, y Gálvez la sujetó por la mandíbula y la besó en la mejilla— me miró con tanto desprecio, como diciendo: "¿Qué haces tú acá, grandote tarado?"…

—¡No fue así! —se quejó Bianca, medio ahogada por la risa. Le hacía gracia el histrionismo de Gálvez.

—Sí que fue así. Mamá, me tocó el orgullo…

—Ah, tu orgullo, hijo…

—Sí, la que tenía la carita de "no mato a una mosca" me lo tocó bien tocado. Y me dio tan por los huevos que me dije: "Ya vas a ver si no te hago tragar esos pensamientos, escuincla de mierda". Y así fue como decidí dejarme de joder y pasar a segundo.

—Te miraba como te miraba porque me habías dejado helada. Nunca había visto algo tan hermoso como tú.

—Demasiado hermoso para su bien —acotó Gladys.

"Here comes the Moon in Aries", pensó Bianca, que se había estado preguntando cuándo entraría en acción la Luna de su adorado Gálvez.

—Pero es más hermoso por dentro —lo defendió Bianca, y, ella, que no lo había tocado delante de su madre, le pasó la mano abierta por la frente y la mejilla—. Mucho más hermoso. Hiciste un excelente trabajo, Gladys. Y te lo agradezco.

Eso pareció desconcertarla y farfulló:

—Bueno, gracias a ti, Bianca. Si es como cuenta Sebastián, te debo mucho, la verdad.

—Y también le debes que haya dejado de fumar.

—¿Y eso?

—Porque a ella no le gusta.

Sonó el Blackberry de Gálvez; él lo atendió después de consultar la pantalla.

—Hola, papá.

El gesto de Gladys mudó drásticamente. Se envaró en la silla y comenzó a juntar los platos. Bianca la ayudó, y se puso de pie cuando la mujer lo hizo, y la siguió a la cocina en silencio. Con palabras gentiles pero escuetas, le indicó dónde colocar la vajilla. Prepararon los tazones para servir el postre, *mousse* de chocolate con frutos rojos, y regresaron al comedor, donde Gálvez había finalizado la conversación y, con un brazo echado sobre el respaldo de la silla de Bianca, jugaba con unas migas sobre el mantel. Bianca le sonrió, y a él volvió a iluminársele el rostro.

—¿Qué quería? —preguntó Gladys.

—Invitarme a almorzar a su casa el domingo.

—¡Qué descaro! ¿No pensó en mí? ¿Con quién voy a almorzar *yo* el domingo de Pascua? Sólo tengo un hijo, él tiene tres hijas. ¿Por qué me quiere quitar lo único que tengo?

—Nadie te quiere quitar nada, Gladys —se enojó Gálvez.

—¿Ah, no? ¿Por qué te invita, entonces?

—¿Porque es mi padre? —ironizó él.

—¡A buena hora se acuerda de que es tu padre! Ahora aterriza con sus millones y sus regalos. Ahora se viene a acordar, cuando ya estás bien crecido.

—Fuiste tú la que le dijo que no volviera a acercarse a nosotros.

—¡Lo dije en un momento de rabia, Sebastián! Él jamás debería haberse olvidado de sus responsabilidades como padre.

—Se está acordando ahora.

—Ahora no sirve. Es tarde.

—¿Qué quieres que haga? ¿Que lo rechace cada vez que me llama?

—¡Sí! —con los puños sobre la mesa, el torso inclinado hacia delante y la respiración agitada, la madre fijaba sus ojos oscuros de ira en los dolidos del hijo, y la Luna en Aries resonaba como la cola de una serpiente de cascabel.

Pasado un silencio, Bianca dijo:

—Gladys, es comprensible lo que sientes, pero fuiste tú la que le eligió el padre a Sebastián —la mujer movió la cabeza de manera brusca y la miró como si a Bianca le hubiese crecido un cuerno en la frente—. A él no le quedó otra que amarlo primero y luego padecer el abandono. Tú pudiste romper el vínculo con tu esposo gracias a una sentencia de divorcio. Sebastián no lo va a poder romper jamás, aunque finja que no existe, porque el vínculo de sangre es para siempre. ¿No es mejor que vuelva a amar a su padre y que restablezca la relación, que fingir que no existe? Fingir que su padre no existe terminará por lastimarlo, y yo no quiero que nada lo lastime.

Gladys movió los labios dos veces, como un pez fuera del agua, hasta que los cerró y siguió mirándola.

—Discúlpame, Gladys. Soy una insolente, papá siempre me lo dice. Discúlpame.

—No, no —reaccionó la mujer—. Tienes razón, Bianca. *Toda* la razón. Es que…

—Es que hay mucho dolor todavía —completó ella, y percibió que Gálvez le acariciaba el muslo bajo la mesa.

—Sí, mucho. Pero como dices, lo importante es que nada lastime a mi hijo. Cristian Gálvez es y será siempre su padre. Mejor aceptarlo que encapricharme en su contra.

—Le dije que no podía —intervino Sebastián—. Le dije que iba a almorzar contigo, mamá. Y ojalá Bianca acepte almorzar con nosotros —añadió, y le acarició la mejilla con el dorso del índice.

—Sería hermoso —acordó su madre.

—Nada me gustaría más, les aseguro. Pero faltar a la mesa de mi familia un domingo de Pascua no es algo que Pablo Rocamora aceptará de buen grado. Mejor dicho, no aceptará de ningún modo. Punto. La religión es lo más importante para él.

—¿Ah, sí? —se interesó Gladys, y comenzó a servir el *mousse* y a bañarlo con la salsa de frutos rojos—. Es un hombre joven, ¿no?

—Este año cumple cincuenta.

—Es joven. Y tan religioso... ¿Tus abuelos eran muy católicos?

—Normales, supongo. Pero mi abuelo era militar. Llegó al grado de coronel en el Ejército, y dicen, porque yo no lo conocí, que era muy tradicionalista y muy estricto. No sé si eso habrá influido para que papá se convirtiese en el católico fanático que es.

—¿Tu mamá también es muy católica?

—Mamá hace lo que papá dice, sin discutir. Es muy sumisa. Este *mousse* es exquisito. Mucho más rico que el que yo hago.

—Uy, es facilísimo de preparar.

Se entretuvieron intercambiando recetas y revelándose secretos de cocina. Bianca los hizo reír con anécdotas de sus hermanos, en especial de los más pequeños, Felipe y Lourdes, que eran muy ocurrentes, y le contó a Gladys lo enamorada que estaba Martina de su hijo Sebastián, y la admiración que les inspiraba a Pablo y a Juan Pedro.

—Sobre todo a Pablo —remarcó.

—Y tu hermana mayor, ¿Lorena, no? —Bianca asintió—. ¿Ella qué hace?

—Es modelo y estudia Relaciones Públicas.

—Ah, modelo. Debe de ser muy bonita. ¿Tú te pareces a ella?

—No, para nada. Pablo y yo somos los distintos, porque tenemos el pelo castaño y los ojos marrones de los Rocamora. Los demás son rubios y con ojos azules, como los Austin. Lorena es así, rubia y con ojos celestes. Mide casi un metro ochenta. Yo, un metro sesenta y tres —rio—. No parecemos hermanas, a decir verdad.

Entre los tres, levantaron la mesa y pusieron orden en la cocina. Tomaron café en la sala, y cuando el carrillón de un reloj de pared muy elegante anunció las doce, Gladys se puso de pie y anunció que se iba a acostar.

—Gracias por esta cena exquisita.

—Gracias a ti, Bianca, por haber aceptado la invitación. Me encantaría que se repitiera.

—A mí también.

Gladys se aproximó para despedirse, y Bianca se puso de pie. Pensó que le daría un beso; en cambio, la mujer la abrazó, la besó en la cabeza y le susurró:

—Gracias por querer tanto a mi Sebastián. Hasta mañana, hijo —saludó, impostando un tono casual.

—Hasta mañana, mamá.

Desde su posición en el sofá (de varios cuerpos, en forma de L, con un tapizado de pana gris oscuro), Gálvez extendió la mano en dirección a Bianca; ella entrelazó los dedos con los de él y terminó riéndose sobre sus piernas cuando él la atrajo de un tirón.

—Aquí te quería —dijo, y la rodeó con sus brazos como si se tratasen de bandas para inmovilizarla.

—Aquí estoy.

—Amor mío —dijo, y le besó la sien.

Encendió el equipo de música con el control remoto, y los primeros acordes de *Love today* hicieron mover a Bianca.

—¿Te gusta bailar?

—Me encanta.

—¿Sí? A mí también.

—A fines del año pasado, cuando fuimos a bailar con los chicos, yo te miraba todo el tiempo y trataba de imitarte. No podía dejar de mirarte. Bailabas tan bien…

—No me di cuenta. Es que, cuando bailo, me evado.

"Me pregunto si sabías que era parte del grupo con el que habías ido a bailar."

—¿Qué te dijo mi mamá cuando te abrazó?

Bianca notó que, aunque lo preguntaba con acento despreocupado, estaba tenso.

—Me dijo: "Gracias por querer tanto a mi Sebastián". Y yo le habría dicho: "Gracias por haberle dado la vida", pero se fue rápido. No me dio tiempo. ¿Por qué me preguntas? —se incorporó para mirarlo—. ¿Tenías miedo de que me dijera algo malo?

Gálvez se limitó a estudiarla en silencio, y a Bianca le resultó imposible desentrañar lo que estaba pensando. Se colocó de frente, hundió las rodillas en el sofá y se sentó sobre sus piernas.

—¿Qué pasa, mi amor? Cuéntame. ¿Hice algo malo con tu mamá? Dime, por favor. Quiero saber. Me desubiqué con lo que le dije de tu papá, ¿no? Es que no aguanté que… —guardó silencio.

Las manos de Gálvez, que ascendían por sus brazos, le erizaron la piel. Se perdieron detrás del cabello y le aferraron la nuca. La obligó a inclinarse y se limitó a apoyar la boca sobre la de ella con una ligereza que no se condecía con la sacudida que provocó en Bianca. La besó demorándose en saborearle los labios. Sin embargo, cuando percibió que los dedos de Bianca le trepaban por el cráneo, que ella se elevaba en su posición con la respiración acelerada y que abría la boca para él, la serenidad con que la había tratado se desvaneció, y la poseyó con el desenfreno que había intentado mantener a raya. Bianca gimió, y eso pareció afectar a Gálvez, pues lo escuchó soltar un sonido ronco antes de que, con un movimiento diestro, la recostara sobre el sofá, le pusiera el antebrazo izquierdo a modo de almohada y se colocase sobre ella.

A Bianca, el deseo estaba volviéndola loca, pero todavía le quedaba algo de cordura para darse cuenta de que, segundo a segundo, se olvidaba de todo lo que no fuese su adorado Gálvez. Estaba perdiendo el control. Él lo tenía. ¿O ninguno de los dos? Una energía con un poder grandioso los había poseído e intentaba fundirlos en un mismo ser. Se supo capaz de llegar a cualquier instancia para satisfacer el fuego que la quemaba, para satisfacerlo a él, que la aplastaba sobre los almohadones mientras la tocaba en los sitios exactos, donde ella necesitaba ser tocada, porque dolían, latían, vibraban. La experiencia resultaba devastadora, y lo peor era que, de manera intuitiva, sospechaba que no alcanzaría el punto en el que aquel deseo se aplacaría. Seguir adelante se le tornó insoportable; el fuego la devoraría si ella no conseguía apagarlo. Y no podía apagarlo en el sillón de la casa de Gálvez, con su madre a pocos metros de ellos. Jadeó el nombre de él en su oído, y lo hizo con una desesperación que lo detuvo.

—¿Estás bien? —preguntó, agitado—. ¿Bianca?

—Sí —la afirmación surgió como una exhalación que acarició el cuello de Gálvez.

Él se incorporó y la estudió con preocupación.

—Perdón —musitó ella.

—¿Perdón? ¿Por qué, amor?

—Por parar. Me dio miedo lo que sentí. Era algo que me quemaba. Todavía me late.

—¿Aquí? —él deslizó de nuevo la mano entre sus piernas, y Bianca asintió con el aliento suspendido—. Es normal, amor. No tengas miedo.

—En realidad, no tengo miedo porque estoy contigo, y contigo nunca tengo miedo, pero tuve miedo de mí misma, de ser incapaz de parar. Y pensé que estábamos en tu casa, y tu mamá está cerca…

—Sí, tienes razón. Había jurado que, en casa y con mi mamá por ahí, me portaría bien, pero después te tuve aquí, toda para mí, y no pude, no quise —aclaró— controlarme. Perdóname si te asusté.

—Me asustó sentirme tan bien —Gálvez amortiguó su risa en el cuello de Bianca—. Te juro, lo que estaba sintiendo era… *tan* bueno. Nunca había sentido algo igual.

—Tú sí que sabes hacer sentir bien a un chico, ¿eh?

—¿Por qué?

—Porque me encanta que me digas que te gusta cómo te caliento.

—¿Te queda alguna duda? Me miras y tiemblo como una idiota. No te rías. No te creas que estoy fascinada con ese poder que tienes sobre mí.

—¿Acaso tú no lo tienes sobre mí? ¿Qué te piensas, Bianca, que lo que me haces pasa como si nada? Hace un rato, cuando me defendiste de las babosadas de mi mamá, me puse duro. ¡Me excité por eso, como un tonto! ¡Ah, te sorprende! Bueno, a mí me sorprende más, te lo aseguro. Debo de estar muy mal para calentarme por eso, o porque simplemente me toques el brazo con una de esas manitas tuyas. Por Dios, te la pondría donde sea que estemos. Ah, bueno, ahora me río como la gatita satisfecha que soy.

—El otro día me dijiste que te gustaba que fuera tu gatita satisfecha.

Gálvez rio y le mordió el cuello.

—Te voy a comer, Bianca Rocamora.

—No. ¿Quién te defiende de tu mamá después?

—Mi amor, ella me defiende. Como una leona con cara de gatita —Bianca emitió una risita traviesa—. Amo cuando te ríes. Me hace tan feliz —apoyó el codo en el almohadón y se sostuvo el rostro con la mano para observarla desde cierta distancia—. Mientras le parabas los pies a mi vieja, no podía pensar en nada, sólo podía oírte y admirarme de que la tuvieras tan clara.

—¿Y de que te ame tanto? ¿En eso no pensaste?

—Eso vino después, al final, cuando le dijiste que *tú* no querías que nada me lastimase. Creo que es lo más lindo que me han dicho en la vida. "Y yo no quiero que nada lo lastime."

—Nunca. Quiero que seas siempre feliz.

—Cada día que pasa y que esto que siento por ti me desborda, me doy cuenta de que…

—¿De qué, mi amor?

—De que si la pesadilla que tuve llegase a…

Bianca le cubrió los labios con la mano.

—Shhhh —lo acalló—. No me voy a morir.

—¿Cómo lo sabes?

—Porque no pienso darle el gusto al destino ahora que soy tan feliz.

—Pero… Bianca, no te conté algo… Algo que nunca le he contado a nadie y que me asusta un chingo.

—Cuéntamelo a mí. Cuéntaselo a tu Bianca.

—Sí, mi Bianca —repitió, y sonrió con tristeza—. Mi amor. Mi vida.

—Cuéntame.

—Unos días antes de que mi abuelo, al que yo adoraba, se muriera, yo lo soñé. Supe que se moriría y supe exactamente cómo pasaría. Mi mamá y yo ya no vivíamos con él. Nos habíamos mudado aquí. Entonces, una mañana, la empleada de mi abuelo nos llamó por teléfono, llorando, para avisarnos que mi abuelo había muerto. Nos fuimos volando a su casa, que quedaba a dos cuadras. Unos camilleros estaban cargando el cuerpo en la ambulancia para llevarlo a la morgue. Entonces, subimos a su departamento y la empleada nos contó cómo lo había encontrado. Estaba sentado en su sillón, el que él amaba porque había sido el sillón favorito de mi abuela, con el control remoto todavía en la mano, que rozaba el piso, y la televisión encendida en el canal Volver. Era tal cual como yo lo había soñado, sólo que yo también sabía cómo habían sido sus últimos minutos. Recuerdo que en el sueño yo estaba con piyama y lo espiaba. Él miraba la tele y se reía con un *sketch* del Negro Olmedo que estaban dando en Volver. A él le encantaba Olmedo. Entonces, de pronto, se le arrugó la frente, se puso la mano sobre el lado izquierdo del pecho, hizo un ruido raro, como un ronquido, y cerró los ojos. Se le cayó la cabeza al costado y la mano con el control remoto le colgó fuera del sillón. Después, cuando el resultado de la autopsia dio que había muerto entre las nueve y las doce de la noche, yo me fijé en la revista de Cablevisión cuál había sido la programación del canal Volver.

—Y estaba el programa de Olmedo, ¿no? —Gálvez asintió—. Tuvo una muerte maravillosa tu abuelo.

—Sí, pero si yo le hubiese contado a mi madre lo que había soñado, podríamos haberlo llevado al médico para que lo revisara, y quizá hoy estaría con nosotros. Y te habría amado y tú lo habrías amado a él.

—¿Por qué no le contaste a tu mamá? Tenías miedo de que pensara que estabas loco, ¿no? —Gálvez asintió—. Sí, sucede a veces con la gente que tiene esos poderes. Los ocultan porque le temen a la reacción de los demás.

—Por eso te conté la pesadilla que tuve contigo. Sueño estas cosas con la gente que más amo, con las personas más importantes para mí. Te juro que estuve todo el día preguntándome: "¿Le cuento o no le cuento?". Al final, no pude soportarlo y te lo conté. No quería cometer el error dos veces.

—¿Te quedarías más tranquilo si me hiciera estudios? ¿Análisis de sangre, electrocardiograma y esas cosas? —él asintió—. Los hago, Sebastián, no se hable más.

—¿En serio?

—Sí, mi amor. Quiero que estés tranquilo y feliz, y desde que tuviste esa pesadilla, no lo estás.

—No. Más bien estoy para la mierda.

—Entonces, la semana que viene llamo al Italiano… Nosotros tenemos la prepaga del Italiano. Y saco cita con un médico clínico de la cartilla.

—Yo voy contigo.

—Me encantaría.

Gálvez se recostó a su lado, y Bianca percibió que se relajaba. Entrelazaron los dedos de sus manos.

—Ya sé que mañana es Jueves Santo, pero en la mayoría de los lugares se trabaja. ¿Podrías pedir la cita con el médico mañana mismo?

—Por supuesto.

—Gracias, amor.

—De nada.

Cayeron en un cómodo silencio. La música seguía sonando. Terminó un tema de Cold Play, y comenzó *Set Fire to the Rain*, de Adele.

—Este tema te gusta, ¿no? Me lo dijiste el día en que te llevé a la audición.

—Sí, me encanta.

—Dime de qué se trata.

—Le canta a su amante. Le dice que ella estaba acabada, y que cuando él la besó, la salvó. Pero que hay una parte de él que ella nunca conoció. Todas las cosas que le dijo no eran ciertas. Todos los juegos que jugó, él los ganaba todos. El estribillo dice, textual: "Pero le prendí fuego a la lluvia y la observé mientras te tocaba la cara. Quemaba mientras yo lloraba, porque yo la escuchaba gritar tu nombre, tu nombre". No tiene mucho sentido. De todos modos, me parece que no le guarda mucho cariño a su amante, por eso de que todo lo que él le dijo era mentira y de que jugó con ella —guardó silencio buscando la mejor forma de abordar un tema que la inquietaba—. ¿Sebastián?

—¿Mmmm?

—¿Conoces a alguna pareja que haya sido feliz y que nunca se haya mentido, ni se haya engañado?

—Sí, mis abuelos maternos.

—¿Ah, sí? ¿Se querían mucho?

—Se adoraban. Yo tenía diez años cuando murió mi abuela y nunca me voy a olvidar de lo que mi abuelo me dijo durante el velorio.

—¿Qué?

—Que lo único que él me deseaba en la vida era que yo amara a una mujer como él había amado a la suya, y que esa mujer me amase a mí como mi abuela lo había amado a él. Me dijo: "Sólo te deseo eso porque, si lo consigues, la fuerza para conquistar todo lo demás viene sola".

—¡Qué hermoso! Se me puso la piel de gallina —Gálvez le pasó la mano por el brazo desnudo—. ¿Crees que siempre fueron fieles el uno al otro?

—Sí, creo que sí. Después de que mi abuelo murió, tuvimos que vaciar su departamento, y yo encontré un montón de cartas, atadas con una cinta, y me las quedé. Eran cartas que ellos se habían escrito durante un año en que mi abuelo tuvo que vivir en La Rioja. La empresa lo mandó allá para liquidar una fábrica. No quisieron trasladarse porque mi mamá y mi tía ya iban al colegio, y mover a toda la familia sólo por un año no tenía sentido. Entonces, se escribían. Son cartas muy románticas, algún día te las voy a mostrar. Y en una, mi abuelo le confesó a mi abuela que, la noche anterior, había tenido que *aliviarse* él por su cuenta porque se había despertado deseándola —Gálvez rio y la besó en la frente—. Si te vieras… Es como si los ojos te ocupasen toda la cara de tan grandes que los abres.

—Es que me encanta lo que estás contándome.

—¿Y tú? ¿Conoces a alguna pareja que se haya amado y sido fiel siempre?

—No.

—¿No? ¿Tus papás no? —Bianca sacudió los hombros—. ¿No se quieren?

—No sé a quién quiere papá. A Lorena, supongo, a ella la quiere. A los demás, nos soporta.

—¿Y a tu mamá?

—Si la quiere, no lo demuestra.

—Tu mamá es una mujer lindísima y muy simpática. Me cayó bien.

—Creo que ella lo quiere, a su modo.

Gálvez le olisqueó el cuello y le besó el lunar en el filo de la mandíbula.

—¿Y qué tal mi modo? ¿Te gusta mi modo de amarte?

—Amo tu modo de amarme porque no me quedan dudas de que me amas. ¿Y el mío, Sebastián? Lorena dice que soy fría y que ella no sabría decir a quién quiero y a quién no.

—No me habrías defendido como lo hiciste hoy con mi mamá si no me amases.

—Tanto, amor mío. Tanto.

| |

Bianca trabajó el jueves por la tarde, y Gálvez fue a visitarla. Terminó de besarla y, sin apartar sus labios de los de ella, le preguntó si había sacado cita con el médico.

—Sí, todo listo. Le dije a la secretaria que tenía urgencia y que me diera la primera cita libre por la tarde, y me dio una el martes a las cinco. ¿Va bien para ti?

—¡Perfecto! Dejamos la natación para otro día.

—La secretaria me dijo que había tenido suerte porque justo una señora acababa de llamar para cancelar su cita. Si no, me la habría dado para dentro de un mes.

—¡Qué suerte! —exclamó él, y la abrazó—. Qué suerte —repitió, y Bianca percibió una nota de tristeza.

—Sebastián, ¿sabías que los seres humanos tenemos el poder de cambiar el destino?

—¿Sí?

—Sí, mi amor. Con nuestra energía, podemos cambiar todo lo que queramos. Somos poderosos, pero nos hacen creer que somos criaturas muy débiles para dominarnos. Lo leí en el libro *The Secret.* Y mi energía en este momento es la más poderosa del mundo.

—¿Por qué "en este momento"?

—Porque te tengo a ti, por eso. Nunca me sentí tan poderosa. Ni tan feliz.

Él insistía en abrazarla, por lo que Bianca no podía verle el rostro; sin embargo, un temblor en la presión de sus manos la alertó de que estaba emocionado. Entró un cliente, y Gálvez la dejó ir. Bianca marchó detrás del mostrador, y él caminó a paso rápido y con la vista al suelo hacia la trastienda; lo escuchó trabar la puerta del baño. Apareció unos minutos más tarde, y ella decidió cambiar el tema de conversación.

Ese jueves, a las ocho, Bianca tenía que presentarse en la Parroquia Santa María para asistir, junto con su familia, a la misa de Jueves Santo. Ni siquiera Lorena se habría atrevido a contradecir la orden de Pablo Rocamora. Por lo que Bianca y Sebastián no podrían verse esa noche.

Bianca hizo el arqueo de caja, ordenó un poco y ayudó a su tía con la alarma y a cerrar el local. Claudia se despidió de su sobrina y de Gálvez, y los dejó en la banqueta, contemplándose sin tocarse.

—¿Puedo ir a la misa? Me pongo en la otra punta de la iglesia.

—¿Y si Lorena te descubre? No quiero que empiece a tocarte todo. Antes me costaba soportarlo. Ahora no lo voy a tolerar, Sebastián.

—Me pongo en donde no se me vea.

—¡Claro! Porque tú entras en un lugar y ninguna mujer se da vuelta para mirarte.

—¿Por favor? —entrelazó las manos en la parte baja de la espalda de ella y la obligó a pegarse a su cuerpo—. No quiero dejar de verte todavía —Bianca sonrió y asintió—. ¿Sí? ¡Te prometo que nadie va a descubrirme!

En el recorrido hasta la parroquia, que hicieron caminando, tomados de la mano, Bianca le explicó la disposición del interior de la parroquia y dónde se encontraba el lugar que siempre ocupaba su familia, y especuló sobre el mejor rincón para que Gálvez se escondiera.

—Apaguemos los celulares —recordó Bianca, y Gálvez lo hizo de inmediato.

Decidieron separarse una cuadra antes. Él la aferró por la nuca con una mano, con la otra la sujetó por la espalda, y la besó con un hambre desaforada, y ella, lo que duró el beso, se preguntó cómo reuniría la fuerza para alejarse. Lo hizo a paso rápido, volviéndose cada dos segundos y sonriéndole con labios temblorosos. "¿Por qué lloras, idiota? No sé. Me duele como una despedida."

La familia Gálvez ocupaba el sitio de costumbre. Bianca saludó a sus padres y a su abuela con un beso y se ubicó dos bancas atrás, donde consiguió un lugar. La iglesia estaba a reventar. Sus hermanos giraban las cabecitas y le hablaban, la saludaban con la mano o le sonreían. Pablo la contemplaba con la mueca desolada que la atravesaba como un filo. Lorena, estratégicamente sentada detrás de Pablo Rocamora, se dedicaba a leer y contestar mensajes en el Blackberry, y Bianca se preguntó si estaría fijando citas con sus clientes.

Lo vio en el instante en que traspuso el dintel de la puerta principal de la iglesia. Por supuesto, las mujeres que lo divisaron se quedaron viéndolo. Se trató de una sensación muy poderosa, la de saber que, pese a toda la atención que recibía, Gálvez sólo la buscaba a ella entre la multitud. Contuvo el aliento hasta que sus ojos se tocaron. Él sonrió apenas y se apoyó en una columna, detrás de la cual podría ocultarse con facilidad.

A Bianca le gustaban las iglesias cuando estaban vacías. Solía sentarse en el fresco de la penumbra y pensar. Cuando un gentío las ocupaba, la sofocaban. Detestaba los ritos. La aburrían. Repetir una y otra vez la misma rutina le parecía simplemente enloquecedor. "Bueno, no se me puede culpar, soy acuariana, y la rutina es letal para mí." No obstante, pedirle a Pablo Rocamora que la excusase de ir a misa los domingos dado su signo zodiacal era tan impensable como intentar convencer al papa Ratzinguer de que se asomara al balcón de la Plaza de San Pedro con una peluca de rizos rosa.

Se trató de la única misa que Bianca había disfrutado en sus diecisiete años. Le daba risa que Gálvez no supiera qué hacer ni qué contestar. Él se pasaba observándola, y ella, a él. En el momento del saludo de la paz, la hizo reír cuando ensayó una mueca de inocencia después de que estuvo cinco minutos recibiendo besos de las feligresas que lo circundaban. Hubo un momento de tensión cuando Lourdes comenzó a llorar, y Corina abandonó su lugar para entregársela y así aplacarla. Lorena se giró y le sonrió. La sonrisa se le borró y aguzó la vista en la dirección de Gálvez. Bianca lo vio deslizarse en las sombras y contuvo el aliento hasta que la mirada de su hermana volvió a la pantalla del Blackberry.

La misa finalizó en el modo peculiar de los Jueves Santos, y Bianca supo que Gálvez no se daría cuenta. Le gustaba que no fuese religioso y que la bondad de su corazón surgiera de manera genuina y no por que los mandatos de una iglesia así lo prescribieran.

Se puso de pie y fue al encuentro de sus padres. Corina tomó a Lourdes en brazos.

—Me voy a quedar a rezar un momento. Los veo en casa.

—No demores, Pulga —la instó Corina.

—No, mamá.

Pablo Rocamora le devolvió una mirada apreciativa, y Bianca pensó: "Si supieras...".

Se contuvo y no echó vistazos hacia el sector de Gálvez. Esperó a que el recinto quedase medio vacío antes de ubicarse al costado de una capilla. Contó hasta dieciséis. En ese punto, Gálvez apareció.

—Ésta ha sido la primera misa divertida de mi vida —le echó los brazos al cuello—. Hoy, muchas mujeres cometieron un grave pecado por su culpa, señor Gálvez. ¡En Jueves Santo!

—¿Ah, sí? ¿Qué pecado?

—Pensamientos impuros.

Él rio y se inclinó para besarla.

—No puedo despegarme de ti —le confesó él—. No sé qué me pasa.

—Yo tampoco quiero que te vayas.

—Encima mañana no nos vemos.

—Mi papá me mata si salgo mañana. La única salida de mañana es para visitar en familia las siete iglesias.

—¿Las qué?

Bianca rio ante la mueca de incredulidad y confusión de Gálvez.

—Nada. Una locura católica. Mejor que no lo sepas. Mañana aprovechemos para estudiar Química y Geografía.

—Sí, qué divertido. ¿Qué le dijiste a Broda de por qué no ibas a cantar mañana?

—Le dije la verdad. Que era Viernes Santo y que tenía prohibido salir de mi casa.

—¿Tu papá no te dejaría salir ni siquiera para cuidar chicos? —Bianca negó con la cabeza—. ¡Mierda, qué estricto!

—Hola.

Bianca y Gálvez dieron un respingo. Pablo los observaba desde una corta distancia.

—Hola, maestro —reaccionó Gálvez, y se inclinó para abrazarlo. Pablo le respondió con devoción—. ¿Cómo estás, genio?

—Bien. ¿Eres el novio de Bianca?

—Sí, soy su novio. ¿Te molesta? —Pablo agitó la cabeza para negar—. ¡Súper! ¡Choca los cinco! —Pabló sonrió al hacerlo—. ¿Sabías que nos vemos el sábado, maestro?

—¿En serio?

—Sí, ya arreglamos con Bianca. Tú haz lo que ella te diga.

—Está bien.

—Pablo, ¿por qué no te fuiste con mamá y papá?

—Porque están hablando con unos amigos. Pero Lorena ya se fue, así que no hay peligro.

"Dios mío", se lamentó, "¿qué clase de hermana soy que le enseño a mentir y a ocultar?"

* * *

Al llegar a su casa, encendió el celular y sonrió. Gálvez le había enviado un mensaje. Rio. Acababa de dejarla en la puerta de su casa, con todos los riesgos que eso implicaba, y ya le escribía un mensaje.

Estás pensando en mí?, quería saber.

Sí, señor Leo, centro del mundo y d mi vida, sí. Como siempre.

Así me gusta.

Avísame cuando llegues a tu casa, p quedarme tranquila.

OK.

—¿A quién le escribes con esa sonrisa? —Bianca profirió un gritito y apretó el celular contra su pecho—. ¡Ey, qué nerviosa estás!

—No, no, es que no te escuché entrar.

—¿Con quién te escribes?

—Con Camila.

—Aluciné con ver a Sebas en misa. Loco, ¿no? ¿Sabes si tenía pensado ir a esa misa?

—No tengo idea.

—Hoy le mandé varios mensajes, y no me contestó ninguno. Me parece que me voy a aparecer en tu colegio a ver si lo emboco. ¿Qué días tiene gimnasia?

Bianca se sentó en el borde de la cama. Bajó los párpados e inspiró para calmarse. Una angustia aplastó la alegría con la que había llegado. ¿Cuándo y cómo le diría a Lorena que el chico del que estaba enamorada era su novio? Un temblor le recorrió el cuerpo.

—No tengo idea —masculló.

—¿Cómo que no tienes idea? ¿No sabes cuándo tienen gimnasia los varones de tu curso?

—No.

—Averigua. Ahora le voy a dejar un mensaje en el muro de Facebook. Le voy a contar que aluciné con verlo en misa. No, mejor no, porque va a pensar que soy una chupacirios. Le dejo un mensaje para saludarlo y listo.

Sebastián jamás le mencionaba el acoso telefónico de su hermana, ni los mensajes que le escribía en el muro, y ella hacía tiempo que había dejado de lado el Facebook, en parte porque no tenía tiempo y sobre todo porque no quería saber lo que las chicas le decían.

* * *

A primera hora de la tarde del Sábado de Gloria, Pablo, Martina, Juan Pedro y Felipe Rocamora caminaban de la mano por la Avenida José Mariano Moreno, mientras Bianca empujaba el carrito con Lourdes dentro. Se dirigían al Village Caballito para ver la película *Blancanieves. Espejito, espejito,* con Julia Roberts en el rol de la bruja malvada. Los varones se veían tan entusiasmados como Martina, que había impuesto su voluntad con mano de hierro al momento de elegir la película.

—Pulga, ¿después podemos ir al área de comida? —quiso saber Felipe.

—Sí.

—¡Viva!

—¿Puedo tomar helado? —preguntó Juan Pedro.

—Papá dice que hasta el domingo de Pascua —pontificó Martina, con su carita superpintada y lentes para sol amarillos a modo de diadema— no podemos comer nada rico porque Jesús está muerto y nosotros tenemos que estar tristes.

—Entonces —razonó Bianca—, tenemos que volver a casa ahora mismo y no ir al cine.

—¡No! —se horrorizó la niña—. ¿Por qué?

—Porque no se trata sólo de no comer carne ni cosas ricas. Tampoco se pueden hacer cosas lindas.

—Pero papá no dijo que *no* podíamos ir al cine.

—Sabes bien, Martina, que papá no sabe que estamos yendo al cine. Él se fue esta mañana a su retiro espiritual y fue mamá la que nos dio permiso para venir.

La niña mermó la marcha y bajó el rostro; lucía devastada por la noticia, y Bianca sabía que se debatía entre el deseo y el deber. "¡Maldita religión!", se encabritó su espíritu libre de Acuario.

—Marti —dijo, y la niña levantó el rostro rápidamente; Bianca jamás la llamaba por su diminutivo—. No te pongas mal. Vamos a ir al cine y vamos a comer helado y si papá se enoja, le voy a decir que fui yo la que les dio permiso.

—¡Entonces, papá te va a pegar a ti, Pulga! —se escandalizó Pablo—. Mejor volvemos y listo.

—¡No! ¡No! —gritaron a coro Martina, Juan Pedro y Felipe.

—No te preocupes, Pablo. No va a pegarme.

—Sí, te va a pegar. Y yo no quiero. Volvamos.

—¿Y si no le decimos a papá que fuimos a cine? —propuso Felipe.

Nadie abrió la boca; no obstante, el silencio tácito selló un pacto de lo más conveniente.

* * *

Había mucha gente en el almacén. Bianca le pidió a Pablo que se ocupase del carrito de Lourdes, levantó a Felipe en brazos, se lo acomodó en la cadera izquierda y, con la mano derecha, sujetó las de Martina y Juan Pedro.

—No te despegues de mí, Pablo.

—No, Pulga.

Avanzaron con dificultad hasta el pie de la escalera. Allí los esperaban Gálvez y, para sorpresa de Bianca, sus tres hermanas. Él fingió sorpresa cuando se aproximó a saludarlos.

—¡Ey! —dijo, y desembarazó a Bianca del peso de Felipe, que profirió una carcajada cuando lo elevó sobre su cabeza—. ¡Qué padre sorpresa! —exclamó, y se puso en cuclillas, con

Felipe en la rodilla, para recibir a los demás, incluida Lourdes, que dejó en claro que quería salir del carrito. Lo rodearon y lo abrazaron. Bianca amó la sonrisa suficiente de Pablo, orgulloso de ser parte de la conjura.

Las hermanitas de Gálvez miraban el cuadro con muecas atónitas. Bianca tomó a Lourdes en brazos y se aproximó para saludarlas. Candelaria, como era su costumbre, la abrazó. Les hizo un poco de plática mientras Gálvez seguía con los Rocamora.

—¡Qué casualidad encontrarlos acá!

—Yo te extrañé mucho, Sebas —coqueteó Martina.

—Yo más, princesa.

—Y ésas, ¿quiénes son? —preguntó, con acento poco amigable.

—Vengan, chicas —las convocó Gálvez, y Bianca las instó a que se acercaran al grupo—. Ellas son mis hermanas.

—¿Tú tienes hermanas? —se sorprendió Juan Pedro.

—Sí. Ella es Magdalena, ella, Francisca, y la enana es Candelaria.

—Yo tengo cuatro años —aclaró la más pequeña, y se colgó del brazo de Gálvez. Miró a Felipe, sobre la rodilla de su hermano, con una mueca desafiante.

—Yo también —dijo Felipe—, pero voy a cumplir cinco dentro de poco, ¿no, Pulga?

—¿Pulga? —se extrañó Magdalena.

—Así me llaman en mi casa.

—¿No es cierto que voy a cumplir cinco dentro de poco, Pulga?

—Bueno, Feli, dentro de poco, poco, no. Ya te expliqué que tú cumples en noviembre. Falta todavía.

—¿Puedo ir a tu fiesta de cumpleaños? —preguntó Candelaria.

Felipe le clavó los ojos azules, y Bianca se preguntó cómo una criatura tan pequeña podía tener una mirada tan penetrante. "Y bueno", resolvió, "es escorpiano". En ocasiones, le recordaba a Lautaro Gómez.

—¿Vas a hacer fiesta? —insistió Candelaria.

—Pulga me prometió que sí. ¿No, Pulga?

—Sí. Y vamos a invitar a Magui, a Fran y a Cande. ¿Qué te parece?

—Bueno.

Gálvez se incorporó y dejó a Felipe en el suelo. Bianca colocó a Lourdes en el carrito y lo tomó de inmediato de la mano. La ponía nerviosa la multitud.

—Pablo, ocúpate de Martina y de Juan Pedro.

—¡Yo estoy con Sebas! —se lanzó la pequeña Rocamora.

—¿Ustedes también vienen al cine, como nosotros? —quiso saber Gálvez, con las cuatro niñas colgadas de sus manos y antebrazos. Bianca se mordía los labios para no romper a reír. Era un cuadro que bien habría merecido la pena una fotografía enmarcada.

—¡Sí! ¡Venimos a ver *Espejito, espejito*!

—¡Nosotros también! —se admiró Magdalena.

—¿Y si entramos todos juntos? —sugirió Gálvez.

—¡Sí, sí!

Pablo miró a Bianca y le sonrió, y Bianca le guiñó un ojo.

* * *

En tanto avanzaban en la cola para comprar las entradas, Bianca y Gálvez juntaban las cabezas e intercambiaban comentarios, aprovechando que los Rocamora y las Gálvez hacían buenas migas y hablaban hasta por los codos.

—Muero por tocarte, amor, pero, como ves, tengo las manos ocupadas.

—Me encanta que las hayas traído. Fue una sorpresa lindísima.

—Sí, quería que fuese una sorpresa. Sabía que alucinarías.

—Me imagino la felicidad de ellas.

—No, no te la puedes imaginar. Creo que si Luisa, en lugar de decirles que iban al cine conmigo, los cuatro solos, les decía que estaba por llevarlas a Disney World, no se hubiesen puesto tan felices.

—No hay nada más lindo que la alegría de un niño, ¿no?

—La verdad es que no lo supe hasta hoy, cuando me aparecí en el depa de mi papá y Luisa les contó que venía a buscarlas para ir al cine. Gritaron y saltaron durante cinco minutos. Sí, fue lindo verlas contentas —admitió—. La que no debe de haber estado muy contenta de dármelas fue Luisa. Cuando la llamé el otro día para proponerle esta salida, al principio no quería, ponía excusas. Cuando le dije que ibas a estar tú, que eras una experta cuidando chavitos, empezó a aflojar un poco. Supongo que mi papá terminó de convencerla.

—La entiendo. Con las cosas que pasan últimamente, da miedo salir con los chicos, sobre todo si hay tanta gente, como en un cine.

—Me llenó de recomendaciones. Al final, mi papá le dijo que yo no era tonto y que no se pusiera pesada.

—¡Seba, Seba! —lo llamó Martina.

—¿Qué, princesa?

—¿No es cierto que tú me regalaste las pinturitas con las que me pinté hoy?

—Sí, yo te las regalé.

—¿Viste, Fran?

—¿Crees que les dirán a mis hermanos que estamos saliendo? —le susurró Bianca.

—Lo pensé, no lo creas. Pero ¿sabes qué, Bianca? Si se lo comentan a tus hermanos, y ellos van y lo cuentan en tu casa, y Lorena se entera, ¡me importa una mierda! Tengo los huevos de platino por ocultar lo nuestro como si fuésemos delincuentes. El jueves, en la misa, me moría por estar sentado contigo en la banca y no a metros de distancia, escondiéndome cuando tu hermana miró para mi lado.

Bianca bajó la vista. "¿Qué estoy haciendo? ¿Pidiéndole al sol que se esconda? Terminará por hartarse. Su corazón leonino no lo tolerará por mucho tiempo."

Como faltaba poco para llegar a la ventanilla, Bianca hurgó en su cartera y le entregó varios cupones dos por uno que venían con la factura de Metrogas y ciento cincuenta pesos.

—Sebastián, toma —Gálvez miró los billetes y después a ella, largamente y con expresión seria—. Está bien —claudicó Bianca—, pero al menos acepta esto. Somos muchos.

Él asintió y tomó los cupones que le permitirían obtener dos entradas por el valor de una. Un peso le pendía en el estómago. ¿La tarde se había arruinado? Y todo por su falta de tacto y estrategia. Cuando él volvió con las entradas, se puso de puntitas y le dio un beso rápido en los labios, y que viese quien viese, desafió.

—Perdóname —musitó.

—Amor…

—Yo tampoco aguanto más esconderme. Quisiera que todos supieran que estamos juntos, me siento tan orgullosa de ti, pero cuando pienso en "todos", eso excluye a papá y a Lorena. A ellos les he ocultado todo, toda mi vida. Aprendí a protegerme de ellos, Sebastián, sobre todo de él. Para mí ya es casi como respirar, lo hago de manera automática. Cuando Lorena descubrió que cantaba, casi me muero. Hasta pensé en dejarlo, pero tía Claudia me convenció de que no. Tú eres lo más importante en mi vida, infinitas veces más importante que el canto. A ti te protejo como a nada en el mundo.

—Bianca… Quiero abrazarte y besarte. Ahora.

—¡Pulga, tengo ganas de hacer pis!

—¿Qué, Martina?

—Pis, Pulga.

Se organizaron para llevarlos al baño antes de que comenzase la película. Bianca regresó con las nenas, y Gálvez ya la esperaba con los varones. Se sonrieron desde la distancia, y, cuando ella estuvo cerca, él le susurró:

—¡Me estás matando con esos capri ajustaditos! No te los conocía.

Bianca se observó los pantalones de un tono coral, que le llegaban a la mitad de las pantorrillas, y le gustó el conjunto que formaban con los tines blancos y las ballerinas. Sin duda, combinaban de maravilla con la playera blanca de rayón, la de cuello de ojal y mangas tres cuartos que había usado el día de la audición.

—Camila me dijo que me quedaban bien y casi me obligó a comprarlos cuando fuimos de compras para la inauguración del bar.

—Cami es una genia.

—¡Qué bueno que te gusten! Porque los compré pensando en ti.

—¿En que me dejarías bizco cuando te dieras vuelta?

No quería ruborizarse como una idiota, inexperta, virgen, timorata, santurrona, ñoña, mojigata, pero se ruborizó, y Gálvez se rio.

Cerraron el carrito y lo dejaron en el guardarropa del cine antes de encaminarse a la sala. Estaban con tiempo, pero querían ser los primeros en entrar para llevar a cabo el plan que habían trazado de modo de sentarse juntos, al tiempo que mantenían bajo control a la tropa.

—¿Por qué te tardaste? Estuve a punto de ir a buscarte.

—Le cambiamos el pañal a Lourdes con Magui.

—¡Sí, Seba! ¡Bianca me enseñó a cambiar pañales!

—¡Qué padre, Magui! ¿Es muy difícil?

La niña arrugó la nariz.

—La parte de quitar la caca, sí.

Gálvez profirió una carcajada y palmeó el hombro de su hermana. Compraron palomitas de maíz y chocolate y algunos refrescos. Por fin, entraron. Pablo ocupó el primer asiento de una fila ubicada más bien en la parte de arriba. A partir de él, fueron sentándose los varones y las niñas después; Bianca, con Lourdes en la falda, y Gálvez cerraban la hilera. Martina, trompuda porque había intentado ocupar el sitio de Bianca, junto a

Sebastián, cayó bajo una especie de hipnosis desde las primeras imágenes, lo mismo que Magdalena, Francisca y Candelaria; aun los varones observaban, fascinados, las escenas. Lourdes tomó su biberón, se acomodó en el regazo de Bianca y se quedó dormida.

Gálvez no perdió tiempo y besó a su novia, que apoyó la cabeza sobre el brazo de él, cruzado en el respaldo, y se dejó llevar. Los dos experimentaron una sensación de alivio que se manifestó en los suspiros que exhalaron cuando sus labios se separaron.

—Estaba muriéndome por hacer esto —susurró Gálvez.

—Te extrañé ayer, mi amor.

—No tanto como yo.

—¿Pudiste estudiar Química y Geografía?

Él asintió con la nariz contra la mejilla de Bianca, que le buscó los labios y los halló húmedos y dispuestos. Volvió a recostarse sobre el antebrazo de él, abrió la boca y se dejó poseer. Su rendición disparó un ansia en él que creció segundo a segundo y en la que Bianca se vio atrapada como en una tela de araña de la que resultaba imposible despegarse. Cruzó el brazo delante de Lourdes, le aferró la nuca con la mano derecha y lo pegó a ella. Sus lenguas se entrelazaron y comenzaron una danza que los condujo a un punto riesgoso, de no retorno. La mano de Gálvez, desmadrada, le sujetó los senos casi con violencia y se abrió paso bajo la niña para alcanzar el punto donde, sabía, Bianca concentraba el deseo. Ella separó apenas las rodillas para facilitarle el acceso, y eso fue un error, porque, ante ese acto de sometimiento, Gálvez emitió una serie de jadeos dentro de la boca de Bianca, que, por fortuna, la música de la película ahogó, mientras su mano la acariciaba entre las piernas como no lo había hecho ni siquiera el miércoles por la noche, en el sofá de su casa. La música, sin embargo, comenzó a languidecer.

—No, por Dios, Sebastián —le rogó, casi sin aliento—, te lo suplico. No aguanto. Mis hermanos…

Eso lo frenó. Sintió que retiraba la mano y quitaba el brazo de su asiento. Bianca se atrevió a abrir los ojos y miró por el rabillo a los más chicos. Seguían hechizados, aun Pablo, con su superradar pisciano. ¡Benditas fueran Julia Roberts y Blancanieves! Tomó coraje y observó a Gálvez. Estaba inclinado hacia delante, con los codos sobre las rodillas, y se sujetaba la cabeza con las manos. Lo vio incorporarse de pronto y llevarse dos chicles de nicotina a la boca. Observó el despliegue con una mezcla de angustia y culpa. Estiró el brazo y le buscó la mano. Él respondió enseguida, con diligencia, y se acercó a ella. Unieron las frentes y cerraron los ojos. Poco a poco, sus pulsaciones adquirieron un ritmo normal, y sus respiraciones acompasadas, que acariciaban la piel del otro, los sumieron en un letargo agradable. Bianca levantó la mano y le tocó la mejilla.

* * *

Gálvez juntó tres mesas del área de comida y los niños las ocuparon en tropel. Todos querían helado. Pablo y Martina, los mayores, acompañaron a Gálvez a comprarlos, mientras Bianca se quedó con los más chicos. Guadalupe, Francisca y Candelaria seguían prendadas de la historia de Blancanieves y el príncipe, hablaban las tres al mismo tiempo y se sumaban al bullicio general. Felipe comentó que a él le gustaba la reina malvada, y las tres niñas se quedaron mirándolo con expresiones estupefactas. En este punto, Martina llegó con su helado y se lo entregó.

—Tu hermano —Francisca señaló a Felipe con la cucharita— dice que le gusta la reina malvada.

—¿Qué? —Martina lo traspasó con sus ojos celestes—. ¡No te puede gustar la reina malvada, Felipe! No seas idiota.

—Martina, cuida tu lengua —la amonestó Bianca—. Cada uno tiene el derecho de que le guste quien quiera.

—A mí me gusta la reina malvada —se atrevió a expresar Candelaria.

Eso abrió un debate que los mantuvo entretenidos, mientras Bianca y Sebastián se hablaban al oído y se acariciaban bajo la mesa.

—Dios mío, amor, no puedo sacarme de la cabeza lo que pasó allá dentro.

—Sebastián… —Bianca levantó las pestañas y le destinó una mirada cargada de desolación. No supo qué decir, pues cualquier cosa sonaría vana.

—Shhhh. No sientas culpa, Bianca, nada de culpa. Estamos juntos en esto. Esta calentura que compartimos es lo más lindo que nos da nuestro amor.

—Sí, pero yo todavía no estoy lista, y parece que esto nos desborda, y que tú… Tengo miedo de que tú no me tengas paciencia.

—Un día de éstos te voy a escribir una carta en la que te diga que tuve que *aliviarme* yo solo, como mi abuelo —Bianca se cubrió la nariz y la boca para atajar la risa, esa que a él enloquecía—. Bianca —dijo, y hubo una inflexión en el tono de su voz—, me lastima que pienses que no te voy a tener paciencia. Amor, ¿cómo piensas que no voy a ser capaz de esperarte, de tenerte paciencia? ¿Qué ideas te metes en la cabeza? ¿Qué piensas que voy a hacer?

Una energía poderosa se alzó dentro de ella para burlarse de sus miedos y del rol de inmadura que estaba interpretando. Sobre todo, se rebeló porque percibía que ese miedo atentaba contra su libertad.

—Olvídate, mi amor, soy una tonta. Sé que estamos los dos en esto y que vamos a ir paso por paso, y que tú me vas a esperar y tener paciencia. No me hagas caso. A veces soy muy insegura.

—¡Pulga!

—¿Qué, Martina?

—¿No es cierto que Sebas es mil veces más guapo que el príncipe de Blancanieves?

Todos aguardaron su respuesta con el aliento contenido, aun Lourdes, en el regazo de la interpelada, se giró para mirarla.

—Yo creo —dijo, y, al fijar la vista en Gálvez, arrugó la nariz, con una mueca despectiva—, no sé, me parece que… el príncipe es más… *mucho* más… ¡feo que Sebastián!

Recibió vivas y aplausos a cambio de su ocurrencia. Martina se trepó a las rodillas de Gálvez y lo besó en la mejilla. Candelaria abandonó su silla y exigió su parte de mimos. Bianca aprovechó y se fijó qué hora era.

—Basta, Martina —la conminó—. Deja tranquilo a Sebastián. Además, tenemos que irnos —el "no" fue prolongado y general—. Saben que tenemos que irnos antes de que vuelva papá —paseó la mirada sobre sus hermanos, que asintieron y se pusieron de pie.

Gálvez desplegó el carrito y se mantuvo inclinado, con la cabeza pegada a la de Bianca, mientras ella acomodaba a Lourdes y le ataba el cinturón.

—¿A qué hora vengo a buscarte?

—¿No prefieres que tome un radiotaxi hasta el bar? Nos encontramos allá.

—Bianca… —Gálvez le lanzó una mirada impaciente.

—Llamas a Correa —sugirió, y la mirada de él se oscureció—. Okei. A las nueve.

—En la puerta de tu casa. ¿Cómo vas a hacer para zafarte mañana para el concierto en la catedral? ¿Qué excusa le vas a dar a tu papá?

—Todo solucionado —Bianca sonrió, y Gálvez le acarició la mano—. Le pedí a mi abuela que me invitase a dormir a su casa mañana por la noche. Le dije que quería salir con unos amigos y que estaba segura de que papá no me dejaría.

—¿Y aceptó, así, sin problema?

—Mi abuela no es una gran fan de papá.

—Entonces, ¿mañana tengo que ir a buscarte a casa de tu abuela?

—Sí. Vive cerca de casa. Después te paso su dirección.

* * *

Los hermanos de Bianca le contaron a Corina la experiencia en el cine con pelos y señales. No obstante, cuando escucharon que Pablo Rocamora entraba, se dispersaron como ratas en un naufragio y se ocultaron en sus habitaciones. Martina, sin embargo, soltó todo el rollo a Lorena apenas la vio trasponer la puerta del dormitorio.

—Fuimos al cine a ver *Espejito, espejito.* La reina malvada era muy mala y se ponía caca de pájaro en la cara para no tener arrugas. Se quería casar con el príncipe, pero él estaba enamorado de Blancanieves. Y el príncipe no era ni la mitad de guapo que Sebas —a la mención del nombre, Lorena se dignó a mirarla—. Nos encontramos con Sebas en el cine.

Bianca, que se cambiaba para ir al bar, elevó los ojos al cielo.

—¡Qué! ¿Qué estás diciendo, pendeja?

—¡No me digas pendeja!

—¿Qué dice esta pendeja, Pulga? Está alucinando, ¿no?

—No, dice la verdad. Nos encontramos con Gálvez en el cine.

—¡Qué! ¿Me estás jodiendo, Bianca? ¿Me estás jodiendo? —la aferró por el brazo y la obligó a darse vuelta—. ¿Cómo que se encontraron con Sebas?

—Había llevado a las hermanitas al cine a ver la misma película. ¿Puedes soltarme, por favor? Estoy apurada.

—¿Y tú no fuiste capaz de mandarme un mensaje para avisarme?

—¿Para qué?

—¿Cómo para qué, imbécil? Para que yo fuera al cine a verlo.

—Pero me dijiste que tenías un compromiso.

—¡Qué mierda importaba el compromiso, Bianca! Sabes que hace semanas que le sigo el rastro y no puedo encontrarlo. Habría dejado todo colgado con tal de verlo. ¿Eres tonta o te haces? Te mataría, Bianca, te lo juro.

Tomó su abrigo, su bolsa y escapó del dormitorio. Antes de cerrar la puerta, escuchó cómo Lorena intentaba sonsacar los detalles a Martina, en vano.

—¡No pienso contarte nada, *pendeja*!

Pablo Rocamora la detuvo a pasos de la puerta.

—¿Adónde se supone que vas?

—A cuidar a unos nenes.

—¿Justo hoy, que es Sábado de Gloria?

—Pablo —Corina se asomó desde el comedor—, déjala ir que está llegando tarde.

—Mañana vamos todos a misa de diez de la mañana. No llegues muy tarde esta noche. ¿Está claro?

—Sí, papá.

12

Cantarían al finalizar la misa. Bianca, sus compañeras y la Mattei habían ingresado por una puerta lateral y aguardaban en la sacristía.

Gálvez estaba con ella, le aferraba la mano, le sonreía y le susurraba palabras de aliento, y Bianca trataba de empaparse del amor de él y olvidarse de la cercanía de la Mattei y los vistazos hambrientos que le lanzaba a su novio. Era la primera vez que los veía juntos desde aquella noche a mediados de marzo, y aunque Gálvez se esforzaba por centrar su atención en ella, la energía que iba y venía entre los antiguos amantes era palpable. Para colmo de males, la Mattei estaba hermosísima. Se había hecho el *brushing*, y lánguidas ondulaciones le caían sobre los hombros y le realzaban el rostro maquillado con toques estratégicos para destacar sus pómulos elevados, sus ojos verde azulados de gata y sus labios carnosos. El vestido de hilo en tonalidad *camel* le iba como un guante a sus senos generosos y a la voluptuosidad de sus caderas.

Bianca no conseguía reprimir las imágenes de los dos desnudos en la cama, de él disfrutando, de ella venerando su cuerpo joven y sano. "Cuando empiece a cantar, me olvidaré de todo, como siempre me pasa. Tengo que tranquilizarme", se animaba.

—Voy a ver si llegaron los chicos —dijo Gálvez, y la besó ligeramente en los labios.

—Está bien.

Las compañeras la circundaron apenas él abandonó la sacristía y la felicitaron por el novio. Estaban las cinco vestidas de un modo similar; la Mattei les había exigido que se presentaran con camisa o blusa blanca, pantalón negro, zapatos negros, accesorios discretos y sutil maquillaje.

Gálvez regresó, y Bianca lo admiró una vez más en su saco azul con botones dorados, que le quedaba tan bien con los jeans y la camisa blanca. Se había puesto saco para asistir a su primer concierto, en consideración y respeto a ella. ¡Cómo lo amaba! Casi dolía amarlo tanto. "¡Basta, Bianca!", se enfadó su corazón acuariano. "No me vengas con estas meloseadas románticas. Ponte las pilas. Estás a punto de salir a cantar frente a una multitud."

Gálvez le cubrió el cuello con las manos y le acarició el filo de las mandíbulas con los pulgares.

—¿Hay mucha gente?

—Sí, está lleno. Los chicos ya llegaron.

—¿Todos?

—Sí, todos. También Bárbara. La invité. Espero que no te moleste. Está un poco sola desde que Lucía se fue.

Bianca se puso de puntas y lo besó en la boca.

—No, no me molesta para nada. ¿Y mi tía y Óscar?

—También. Y mi papá, Luisa y toda la *troupe.*

—¿Mara también?

—No. Ella no vino. Ayer, cuando llevé a las nenas a su casa, le dije a mi padre que no la quería hoy aquí.

—¿Ah, sí? ¿Y tu papá qué dijo?

—Asintió y me dijo que no me preocupara, que no la iba a ver hoy en la catedral.

—Gracias, mi amor.

—De nada.

—Estás tan guapo. Ese saco te queda pintado.

—¿Sí? ¿Te gusto? —Bianca elevó los ojos al cielo y se mordió el labio inferior—. ¿Tanto?

—No creo que sepas cuánto, Sebastián.

—Bueno, bueno —la profesora Mattei aplaudió dos veces para llamar la atención—, nos vamos preparando, que estamos por entrar. Sebastián, por favor —dijo, y lo invitó a marcharse con un movimiento de mano.

Gálvez asintió. Apoyó las manos en los hombros de Bianca y se los apretó con ligereza.

—Vas a brillar, amor, ya lo sabes.

—Quédate cerca del altar, por favor. Necesito que estés cerca.

—Ahí voy a estar.

Cinco minutos más tarde, el presentador (el mismo que había leído los salmos y las peticiones durante la misa) anunció al quinteto de voces de la profesora Irene Mattei, y las chicas, precedidas por su directora y el pianista, se colocaron en la parte central del altar. Las recibió un discreto aplauso.

Bianca buscó a Gálvez y lo halló de pie, a un costado, apoyado en la columna que sostenía al púlpito dorado a la hoja. Lo rodeaban Magdalena, Francisca y Candelaria, que habían abandonado sus lugares para estar con él. Agitaron sus manitas, y Bianca les devolvió una sonrisa. Antes de dirigir la vista hacia la batuta de la Mattei, descansó la mirada en la cara sonriente de Gálvez e intentó decirle con los ojos lo que no podía expresarle en palabras.

Las primeras piezas, unas composiciones de canto gregoriano, recibieron el favor del público y aplausos de admiración. Sin embargo, fueron los fragmentos corales de algunas óperas de Verdi y de Rossini las que despertaron el entusiasmo de la gente.

El "Ave María", de Schubert, cerraba el concierto. La profesora Mattei dirigió la mirada hacia Bianca y la invitó a dar un paso adelante con una ligera inclinación de cabeza. Bianca se puso delante de la profesora y al costado del piano, e intentó no pensar en que cientos de personas enfocarían sus ojos y su atención en ella durante los próximos cinco minutos. Miró a Gálvez, él le sonrió. Asintió en dirección a la Mattei, entrelazó las manos como si se dispusiera a rezar y bajó los párpados. Los primeros acordes del piano la envolvieron y unas ganas irrefrenables de cantar la impulsaron a sonreír.

Ave Maria/ gratia plena/ Maria, gratia plena/ Maria, gratia plena/ Ave, ave dominus/ Dominus tecum.

Cantó para él, que había dejado de fumar para que ella estuviese esa tarde allí, para que aprendiese a brillar, para que se sintiera una estrella. Deseó que el público aceptara la pasión con que entonaba cada nota, cada verso, con que exhalaba cada respiro. Admiró a Schubert por haber creado una pieza tan sublime, y amó a Dios porque le había concedido ese talento que la hacía feliz.

Ora, ora pro nobis peccattoribus/ Nunc et in hora mortis/ Et in hora moris nostrae.

El piano cerró la composición. Bianca era consciente de que no había fallado en una nota, de que el *tempo* había sido perfecto y de que su voz había surgido firme, aunque dulce y melodiosa. Abrió los ojos y vio a Gálvez, y enseguida notó que las lágrimas le volvían brillante el verde de los ojos. Entonces, cayó en la cuenta de que el aplauso la ensordecía, las personas se habían puesto de pie y de que las señoras elegantes y los señores de traje que ocupaban las primeras bancas detenían un instante los aplausos para pasarse las manos por las mejillas.

Volvió la mirada hacia Gálvez, que aplaudía, le sonreía y lloraba, y le lanzó un beso con la mano, allí, frente a todos, porque si estaba viviendo ese momento de triunfo se lo debía a él. Candelaria corrió en dirección a Bianca y se aferró a sus piernas. El público rio entre aplausos. Bianca se inclinó y le besó la cabecita. Apareció Cristian y, antes de llevarse a la nena, le guiñó un ojo lacrimoso.

Bianca cruzó una mirada con la Mattei, que conservaba la postura de profesional imperturbable, y percibió el ligero movimiento de cabeza con que le ordenaba que se uniera a las demás. Así lo hizo, y enseguida el presentador anunció el final de la presentación.

* * *

Las cinco del coro se fundieron en un abrazo apenas se refugiaron en la sacristía. La presentación había sido un éxito.

—¡Estuviste perfecta, Cami!

—¡No te saltaste una nota!

—La gente empezó a llorar apenas empezaste a cantar.

Aparecieron algunos curas y el presentador y las felicitaron. Un sacerdote, que dijo ser el secretario privado del arzobispo, estaba alabando a Bianca, cuando Gálvez entró en la sacristía.

—Discúlpeme, padre —se excusó, y corrió hacia él.

Gálvez la levantó en el aire. Bianca le rodeó el cuello y lo besó. Sus cuerpos se rozaron mientras él la bajaba lentamente. Gálvez inclinó la cabeza y apoyó la frente en la de ella, y así permanecieron, con los ojos cerrados y ajenos a las miradas entre risueñas y atónitas de los que los rodeaban.

—Amor mío.

—Canté para ti, Sebastián. Solamente para ti.

—Bianca, eres mi orgullo.

La afirmación tocó una fibra muy profunda en ella, un punto en donde había dolor largamente guardado. Las palabras de Gálvez, sinceras y hermosas, la habían traspasado y, un tiempo, la colmaron de gozo y de una tristeza infinita. Su familia no estaba allí para compartir su triunfo. Se aferró a él como si fuese lo único que le quedaba en el mundo.

—Todos están afuera, esperándote para saludarte. Mi papá quiere invitarnos a cenar a Puerto Madero. ¿Qué te parece?

—Me encantaría.

—Felicitaciones, Bianca.

Dio vuelta en los brazos de Gálvez y le sonrió a la Mattei.

—Gracias, profesora. Felicitaciones para usted también.

—Vino tu padre —comentó en dirección a Gálvez.

—Sí.

—Me gustaría saludarlo. ¿Dónde está?

—Afuera, por la entrada principal.

La profesora Mattei se despidió del pianista, de los curas, de las demás alumnas y abandonó la sacristía. Gálvez ensayó un gesto de desinterés y sacudió los hombros.

—Vamos a saludar a los chicos. Camila se muere por verte.

Cruzaron la nave de la catedral a paso rápido, de la mano, ansiosos por compartir el éxito de la presentación con los amigos, que exclamaron y aplaudieron al verla salir del templo. La rodearon y la abrazaron.

—¡Bianqui! —se emocionó Camila—. Me hiciste llorar como una loca, te juro.

—¡A todos! —acordó Karen, y que ella lo admitiera, tan fría y racional, significó mucho para Bianca.

—La vieja que estaba al lado mío —habló Benigno— casi se deshidrató de tanto llorar. Cuando terminaste de cantar, me decía: "¡Es un ángel! ¡Es un ángel!".

—¡Me mató la nena esa que te fue a abrazar! —comentó Lucrecia.

—¿Quién es? —quiso saber Morena.

—Candelaria, la hermanita de Sebastián.

—Era adorable —insistió Lucrecia.

Como si las hubiesen llamado, las tres niñas se escaparon del dominio de la *troupe* Gálvez, reunida a unos metros, y se abalanzaron sobre Bianca, que las abrazó y las besó y trató de responder a los cometarios y a las preguntas que le hacían a coro.

—De aquí al Colón, ¿eh, Bianca?

—Falta mucho para eso, Lauti, pero ésa es la idea.

Gálvez la rodeó desde atrás.

—¿Y tienes alguna duda de que lo vas a lograr, amor?

Se giró para besarlo y le susurró:

—No, si estás conmigo.

—Siempre.

—¿Vamos a comer algo? —propuso Benigno.

—Mi papá nos invitó a comer a Puerto Madero. ¿Les late venir?

—Puerto Madero cuesta un huevo, Seba —se quejó Karen.

—Depende donde vayas —objetó Gálvez—. Si vas a Cabaña Las Lilas o a El Mercado, del Hotel Faena, sí, cuestan un huevo. Si vas a Il Gatto o a La Parolaccia, no tanto. Los precios son normales. A lo mejor si pides un vino, sí, la cuenta se eleva. Pero si tomas refresco, no.

"¡Cuánto sabe!", se admiró Bianca, que, para ella, ésa sería su primera vez en un restaurante de esa zona exclusiva de la ciudad.

—Tú vienes, Bárbara, ¿no? —Bianca se apiadó de la que había sido la más popular del curso y que ahora se mantenía en la periferia y miraba con vergüenza.

—No, no —dijo, deprisa.

—¿Por qué no, Barby? —Gálvez le pasó un brazo por los hombros y la sacudió cariñosamente—. Tienes que venir con nosotros para festejar el éxito de mi novia, la mejor soprano del mundo.

—Anda, Bárbara —la alentaron los demás, pero sólo cuando cruzó una mirada con Camila y ésta le sonrió, Bárbara se atrevió a asentir.

Los Gálvez y su *troupe* se aproximaron para felicitar a Bianca. A la Mattei no se la veía por ningún lado. No quería que la mujer, por haber perdido al hijo, intentase volver con el padre y destruyese la paz de su nueva familia.

Cristian la abrazó y la besó en la mejilla, no con uno de esos besos sociales en donde prácticamente no hay contacto, sino uno dado de manera deliberada. Bianca se dijo que si ésta sería su familia, tendría que comenzar a acostumbrarse a las muestras de afecto tan poco agradables a su índole de acuariana.

—Fuiste la mejor, tesoro.

—Gracias, Cristian.

—Al final, no hiciste ningún papelón, ¡todo lo contrario! Y conseguiste que mi hijo dejase de fumar.

—Hoy termina su periodo de abstinencia.

—Yo creo que no va a volver a tocar un cigarro *porque a Bianquita no le gusta* —dijo, y la hizo reír.

Luisa, los padres de ésta, su hermana y el esposo la saludaron y felicitaron con sincera admiración, y enseguida comenzaron a deliberar acerca del lugar para cenar. Finalmente, la elección recayó en La Parolaccia. Se organizaron para transportar a tanta gente en los automóviles con que contaban y se pusieron en marcha.

Llegaron pocos minutos más tarde, y, mientras Cristian arreglaba con el *maître d'* una mesa para casi veinte personas, Gálvez arrastró a Bianca hacia la zona de los baños —quedaba claro que conocía bien el lugar— y la arrinconó en una esquina sumida en las sombras. La besó sin mediar palabras. Buscó ciegamente sus labios y se lanzó a ese rito de posesión, pasión, deseo y desmesura que los dejaba más anhelantes que antes de iniciarlo.

—Te amo, Bianca, te amo, te amo —repetía, en tanto arrastraba la boca por el cuello de ella.

Bianca arqueaba la cabeza en señal de entrega y le ajustaba los brazos al cuello.

—Si me pongo a pensar en el instante en que empezaste a cantar el "Ave María", se me vuelve a poner la piel de gallina.

Ella deslizó las manos bajo la manga del saco azul y le acarició la piel erizada.

—Sebastián, si no hubieses estado ahí, yo no habría podido hacerlo. Fuiste mi fuerza. Canté para ti, mi amor, porque para mí solamente *tú* estabas ahí. Y te amé cada instante en que cantaba con los ojos cerrados.

—¿Y ahora? ¿Me amas ahora también?

—No creo que se pueda amar más de lo que te amo, Sebastián.

—Hiciste llorar a todo el mundo. Es algo muy fuerte lo que causas con tu voz, Bianca. Muy fuerte. Me quiebra.

—Pero sólo porque tú estás enseñándome a brillar es que puedo compartirla con los demás. Sebastián, lo de hoy es gracias a ti y sólo a ti. Quiero que lo sepas. Para mí es importante que entiendas que si hoy viví un momento tan feliz es porque tú me lo regalaste —él asintió de esa manera casi aniñada que empleaba cuando no podía hablar y que a ella conmovía tanto—. Mira lo que traje —metió la mano en su bolsa y extrajo un sobre de tela; lo abrió—. El encendedor de tu abuelo y la cajetilla que me diste en la cafetería del cole. Ya cumpliste la promesa. No fumaste durante casi un mes y mi concierto fue un éxito. Te los devuelvo.

Gálvez agitó la cabeza para negar.

—Quiero que los tengas tú, para siempre. No voy a volver a fumar, amor. No pienses que no me cuesta un buen. A veces creo que el esfuerzo me va a matar, pero entonces pienso en ti y la ansiedad se me pasa.

—Siempre los voy a guardar. Los voy a cuidar como algo muy valioso para mí y cada vez que esté triste, los voy a mirar para acordarme del sacrificio que haces por mí y en cuánto me quieres, porque sé muy bien lo difícil que es dejar de fumar. Mamá trató de dejarlo muchas veces y ni siquiera por sus hijos lo logró. Y tú lo haces por mí... —se detuvo de pronto, con la garganta acalambrada—. Sebastián...

—¿Qué, amor?

—Nadie nunca me ha amado como tú me amas. Soy importante para ti.

En la penumbra del pasillo, Bianca descubrió que sus palabras lo habían entristecido. ¡Maldita Luna en Capricornio, que siempre la había hecho sentir invisible y que ahora la llevaba a decir estupideces que lo lastimaban!

Gálvez le rodeó el cuello con las manos y aplicó presión con los pulgares para obligarla a mirarlo.

—Bianca, no eres lo más importante para mí. Eres lo único.

Pasó los brazos por debajo del saco azul de Gálvez y se pegó a su cuerpo, y suspiró, aliviada y en paz. Permanecieron en silencio.

—Los demás se deben de preguntar dónde estamos —dijo Bianca, sin despegar la mejilla del pecho de él.

—¿Volvemos?

—Adelántate tú. Yo aprovecho para ir al baño.

—Te espero.

—No, no.

—Te espero, Bianca.

—Es que me bajó esta mañana y tengo que cambiarme, y eso me toma tiempo, y me voy a poner nerviosa si sé que estás esperándome.

Él asintió, le dio un beso en los labios y se marchó. Bianca se tomó su tiempo para hacer pis, cambiarse la toalla y para componerse un poco la cara y peinarse. Dio un último vistazo al espejo y le gustó lo que vio. Salió.

Gálvez estaba esperándola apoyado en la pared, con los brazos cruzados en el pecho. Se incorporó, dio un paso, frenó.

—Sé que estas cosas te sofocan y que tú eres de Acuario, y la libertad es lo más importante para ti, pero no podía dejarte en este lugar tan oscuro y alejado del comedor. Si hubieses pedido ayuda, nadie te habría escuchado, porque hay mucho ruido y esto está lejos... Perdóname —dijo, y se calló.

Bianca se aproximó y le sonrió mientras le acariciaba la mejilla. Gálvez ladeó la cara y le besó la palma, y se la humedeció al hablarle.

—Algo muy raro me pasa contigo. Me está volviendo loco esta necesidad de protegerte. Nunca me había pasado, te lo juro.

—Es por el sueño que tuviste, mi amor.

—No, no, con la pesadilla empeoró, pero todo empezó aquella noche, en el estudio de Irene, cuando abrí la puerta y te vi llorando. Se disparó algo muy groso en mí. Salí cagando detrás de ti para buscarte y tenía los huevos de moño pensando que ya te habrías ido y que no te iba a encontrar. Y cuando te vi en la parada, sentí tanto alivio… ¿Me puedes aguantar un poco hasta que aprenda a controlarme? Entiendo eso de los acuarianos, que valoran su libertad como nada y que escapan si sienten que están en peligro. Pero ¿tú podrías tenerme un poco de paciencia?

Se acordó de lo que Alicia le había dicho de Gálvez, que su cuadratura Sol-Plutón, que lo dotaba de una energía poderosa por la cual él se sentía invencible y capaz de enfrentar cualquier dificultad, lo llevaría a enamorarse del impotente, del vulnerable, del agredido.

—Sí, te voy a tener toda la paciencia que haga falta. Ya te lo había prometido aquella primera vez en el aquagym, ¿te acuerdas?

—Aquella vez no me pareciste muy convencida.

Bianca entrelazó las manos en la cabeza de Gálvez y lo obligó a inclinarse. Usó la punta de la lengua para separarle los labios y lamerlos. Él abrió la boca y terminó besándola contra la pared.

—¿Convencido ahora?

Él hizo una mueca y frunció el entrecejo.

—Más o menos. A ver, intenta un poquito más.

* * *

El lunes, durante el primer recreo, aprovechando que Gálvez había organizado un partido de futbol con los de cuarto, Camila y Bianca se fueron a charlar al refugio.

—¿Viste que invitó a jugar a Córdoba? —comentó Camila.

—Sí, y me alegra. Sergio no volvió al local desde la vez en que lo obligué a que me enseñara a besar. ¡Qué imbécil fui! Sé que no ha vuelto para no causarme problemas con Sebastián. No me gustaría perder su amistad, porque me parece un buen tipo.

—A mí también. ¿Adónde se habían metido anoche cuando llegamos a La Parolaccia? En un punto, la gente empezó a hacer comentarios subidos de tono.

—Sebastián me arrastró a la zona de los baños.

—Ajá, picarona. La gente tenía razón, entonces.

—¡No me arrastró para *eso*, Cami! ¿Qué piensas? ¿Que lo haría en el baño de un restaurante?

—¿Por qué no? Cuando no hay muchas oportunidades para hacerlo, cualquier lugar es bueno. ¿Y tú, *acuariana*, te haces la escandalizada?

—Es que no lo hemos hecho todavía. Te lo habría contado como tú me contaste tu primera vez.

—Yo te conté porque soy así. Tú tal vez no sientas la necesidad de hacerlo, y no me voy a enojar, Bianqui, te lo prometo. Eso es algo muy íntimo.

—Tengo miedo.

—¿De nuevo con eso? No empieces, Bianca. Te trajo muchos problemas el chiste de que tenías miedo de no saber besar.

—Ahora tengo miedo del deseo que él me provoca. No puedo controlarme, Cami. Es como si me quemase por dentro.

—¿Por qué tendrías que controlarte? Se aman, Bianca, eso está a la vista de todos. Si se aman, con que se cuiden, ya está.

—Pero tú esperaste casi un año para tener relaciones con Lauti.

—Bianca Rocamora, ¿te das cuenta de que me estás hablando con la boca de tu Saturnito en Casa I, no? ¿Ese que te hace sentir que el deber está antes que todo? ¿Te acuerdas de ese mucha-chito, no? —Bianca agitó la cabeza y sonrió—. Primero, yo no tuve relaciones con Lautaro antes porque soy una acomplejada con mi cuerpo. Segundo, tú hace ¡cuatro años! que mueres por Seba. Creo que esperaste bastante, ¿no te parece? Yo me di cuenta de que me gustaba Lautaro el día en que me besó en su casa, cuando fui a hacer el trabajo de Geografía. Fue un shock para mí, primero darme cuenta de que el chico que parecía odiarme, en realidad, me quería; y segundo, darme cuenta de que me encantaba el chico al que todos llamaban *nerd*. Mi historia es mi historia. La tuya es la tuya.

—Sí, tienes razón. Siento que sólo le causo ansiedad y nada de placer.

—¿Qué quieres decir con eso?

—Le exijo que deje de fumar y lo freno cuando la cosa se pone espesa. Le debe de salir humo por las orejas de tanto reprimirse, pobre.

—Tú *no* le exigiste que dejase de fumar. Él te lo propuso. Y que lo frenes, se entiende porque eres virgen, Bianca.

—Sí, soy virgen, pero en el aspecto técnico, nada más. En el otro, me siento una... ¿De dónde sale eso que siento, Cami? Es incontrolable.

—Eso, amiga, se llama una calentura de campeonato. Y se debe al hecho de que estás loca por él y él, loco por ti.

—No sabía que yo tenía esto guardado dentro de mí. El sábado, cuando llevamos a nuestros hermanos al cine... Dios mío, Cami, me creí capaz de cualquier cosa, ahí, en medio de la sala, con los chicos viendo la película ¡y Lourdes dormida en mi falda! Qué vergüenza.

—Bueno, amiga querida, no por nada naciste con una hermosa cuadratura de Plutón con Marte, no la soslayes. Te hace poner carita de "soy más buena que Mary Poppins" y por dentro se oculta un volcán en erupción —Bianca rio—. Me parece, amiga, que tu volcán está a punto de reventar y tirar lava para todos lados. Creo que tendrías que hacerle una visita a la ginecóloga. ¿Quieres que te pase el número de la mía?

—Sí.

* * *

Esa tarde, Bianca tocó el timbre del estudio de la profesora Mattei con ganas de encontrarse con sus compañeras para intercambiar impresiones sobre el concierto de la tarde anterior. La profesora se detendría más en los errores que habían cometido que en los aciertos, y ni siquiera eso la despojaría de la felicidad con la que esperaba a que le abriesen la puerta. Había decidido sacar turno con la ginecóloga de Camila (por suerte, atendía a los socios del Italiano) porque no quería seguir esperando para entregarse a Gálvez. Aún no se lo había confesado y aguardaba con ansias que fuese a buscarla para verle la cara de alegría que pondría cuando se lo contase.

Le abrió la propia Mattei. Extraño, siempre abría Connie, la secretaria.

—Hola, profesora.

—Hola, Bianca. Pasa.

—¿Las chicas ya llegaron?

—No, es temprano. Acompáñame un momento a mi escritorio. Por acá. Necesito hablarte.

La condujo a un cuarto al que sólo había entrado una vez, el día en que fue a verla para rogarle que la admitiese en su academia de canto.

—Siéntate —indicó la mujer, y Bianca se ubicó en una butaca, frente al escritorio—. Mira, Bianca, si tengo que ser sincera, tú eres una de las promesas de mi academia. Anoche lo demostraste cuando cantaste el "Ave María" y lo hiciste sin cometer errores y de manera exquisita. Todos quedaron muy impresionados.

—Gracias, profesora.

—No me agradezcas porque lo que voy a decirte no te gustará.

—¿Hay algún problema?

—Sí, la verdad es que sí. Quiero decirte que, a partir de hoy, ya no podré seguir enseñándote canto. Lo siento, tendrás que buscar otra profesora.

—¿Qué?

—Esperé hasta hoy para decírtelo porque no podía excluirte del concierto de Pascua. La presentación ya estaba organizada y tú eras una pieza clave.

—Pero... No entiendo nada. ¿Qué hice? Usted misma acaba de decirme que...

—Sé lo que acabo de decirte, y no creas que no lamento tener que pedirte que no vuelvas.

—¿Por qué?

—No hagas preguntas de las cuales no querrás oír la respuesta.

Se midieron a través del escritorio. A Bianca le tomó pocos segundos comprender.

—¿Por qué? —insistió.

—¿Por qué? Por Sebastián. No voy a convertir en una estrella a la mocosa que me arrebató a mi hombre.

—¿Su hombre?

La profesora Mattei interpretó mal el sentido de la pregunta y arremetió con ira.

—¡Sí, *mi* hombre! Porque desde hace dos años Sebastián y yo somos amantes.

—Lo sé —la respuesta de Bianca la desconcertó—. Profesora, usted habla de su hombre, pero Sebastián ni siquiera tiene veinte años.

—Querida, Sebastián es mucho más hombre que los tipos de cincuenta con los que he compartido mi cama. Y me enferma sólo pensar que una poquita cosa como tú... —se interrumpió y la contempló con desprecio—. No tienes idea de con qué estás lidiando, Bianca. Sebastián te queda muy, pero *muuuy* grande.

—¿Y usted qué pretende con él? ¿Tener hijos, una familia? ¡Usted tiene cincuenta años, treinta más que él!

Mattei se puso de pie con un movimiento veloz y se inclinó hacia delante con las manos apoyadas en el escritorio.

—Se casará con quien se tenga que casar, pero siempre volverá a mí. Soy yo la que sabe lo que necesita, la que conoce sus íntimas necesidades. Tú ni siquiera sabes de lo que estoy hablándote —Bianca recibió esas palabras como una estocada en el centro del plexo solar—. No dudo que se hartará de ti y volverá a mí, pero en el ínterin, te quiero fuera de mi vista —se puso de pie—. Por favor, no hagamos esto más difícil, ni dramático. Por favor, Bianca —dijo, y le señaló la puerta.

Bianca caminó a paso veloz hacia la salida y, cuando se encontró en la calle, volvió la cabeza hacia uno y otro lado, confundida, aturdida. No sabía qué hacer. ¿Adónde iría? Caminó sin rumbo, apretando la bolsa contra el pecho, donde el corazón latía, desenfrenado, y le provocaba un ardor incómodo. Las lágrimas brotaban y caían sobre sus manos y se le perdían entre los dedos. El celular vibró y sonó dentro de su bolsa. Lo sacó y leyó el mensaje de Gálvez.

Amor, llegaste bien al estudio d Irene?

Bianca se quedó mirando la pantalla. "¿Vas a volver con ella cuando te canses de mí y de mi inexperiencia? ¿Vas a dejarme, Sebastián?" Inspiró profundamente e intentó aferrarse a un hilo de sensatez que le pedía que analizara los eventos con la mente fría. Reinició la marcha. Al llegar a la esquina, se dio cuenta de que estaba cerca de la casa de Gálvez. Siguió avanzando, sabiendo que debía dar la vuelta y regresar a Almagro.

Otro pitido, un nuevo mensaje.

Amor, llegaste bien? No me preocupes.

Estoy bien.

Estás con Irene?

¡Cómo lo necesitaba! Él era el único con el poder para calmar esa angustia, que ahora se le había desplazado a los ovarios; parecían dos plomadas en el bajo vientre. "No lo jodas, Bianca. Está estudiando Química para la prueba de mañana. Vuelve a tu casa y enciérrate a meditar, como has hecho siempre en situaciones complicadas." En cambio, tecleó la palabra que, sabía, desencadenaría lo que no deseaba. ¿O sí lo deseaba?

No.

El *ringtone* anunció la llamada de Gálvez.

—¿Dónde estás?

—En la puerta de tu edificio.

—¿Qué? ¿Por qué no estás con Irene? ¿Con quién estás? ¿Estás sola? —la ametralladora humana había regresado—. Estoy bajando, no te muevas de ahí.

Bianca elevó el mentón, inspiró para relajarse y rotó los hombros para deshacerse de la tensión. No lloraría, no haría escándalos, se comportaría como una mujer, no como una niña asustada. Se pasó las manos por las mejillas y deseó no tener manchones colorados, ni la nariz enrojecida.

Él apareció en el pasillo por el lado de la escalera; resultaba obvio que no había utilizado el ascensor y que había descendido los ocho pisos a las carreras, a juzgar por lo rápido que había llegado. Tenía el pelo desordenado y vestía unos pants viejos y descoloridos y una playera de Spider Man que le quedaba muy chica. Nunca lo había visto tan desaliñado, y, sin embargo, nunca lo había visto tan deseable. Pero fue cuando sus ojos repararon en que iba descalzo que el dique de contención que había levantado deprisa cedió, y la pena se derramó dentro de ella, porque lo imaginó bajando a toda velocidad las escaleras a causa de ella, sin permitirse el momento de calzarse para proteger sus pies; sólo pensó en ella; ella, en cambio, sólo pensó en ella; quería que él la consolara y no había reparado en la angustia y en la culpa que él experimentaría. Y cuando lo tuvo detrás de la puerta de vidrio y le descubrió la mirada preocupada y el ceño que le unía las cejas, se echó a llorar como sólo se permitía con Gálvez.

Él la arrastró dentro y la abrazó con actitud frenética cuando estuvieron en la seguridad de la recepción del edificio.

—¿Qué pasa? Por Dios, Bianca, ¿qué pasa? ¿Estás bien? —le estudió el rostro.

—Sí, sí —dijo, entre sollozos.

—¿Te asaltaron? ¿Trataron de arrebatarte la bolsa? —ella agitó la cabeza para negar—. ¿Estás lastimada? ¿Qué pasó, amor? La angustia está matándome.

—La Mattei me echó de su academia.

—Bianca... —se compadeció él.

La puerta del ascensor se abrió y dio paso al muchacho del reparto a domicilio de Carrefour, que, de seguro, había provocado la demora que impulsó a Gálvez a bajar por las escaleras. Subieron. En la intimidad del habitáculo, Bianca se pegó a su cuerpo sólido y cerró los ojos. Inspiró varias veces e intentó relajarse. Más la apretaban las manos de Gálvez, más se relajaba ella.

—Perdóname.

—¿Por qué tengo que perdonarte?

—Por venir a molestarte con este problema.

—¿Y a quién pensabas recurrir, Bianca? —preguntó Gálvez, molesto.

—¿Está tu mamá?

—No, estoy solo.

Entraron. Él la desembarazó de la bolsa y del saquito de hilo y los colgó en el perchero. La tomó de la mano y la condujo a la cocina. Los libros y las carpetas del colegio estaban desparramados sobre la mesa. Gálvez se sentó en una silla y arrastró a Bianca sobre sus piernas. Se abrazaron en silencio.

—¿Quieres contarme qué pasó?

Bianca asintió en el hombro de él. Levantó la cabeza y, como no se atrevía a mirarlo, fijó la vista en la calcomanía desleída de Spider Man. Le acarició el pecho y percibió la calidad áspera de la tela; aplicó un poco más de presión y notó la superficie dura y sinuosa de los músculos. Extendió los dedos y pasó la mano abierta por el pectoral izquierdo. En tanto el deseo comenzaba a dominarla, separaba los labios y dejaba escapar el aliento agitado. Gálvez le atrapó la boca en un beso demandante, y Bianca se abrió y le permitió entrar porque su pasión la hacía olvidar. Así como inició el beso, Gálvez lo finalizó, y Bianca permaneció con los ojos cerrados y la boca entreabierta, deseando que no hubiese terminado.

—Cuéntame, amor. Cuéntame qué pasó.

—Me abrió la puerta la Mattei. Y eso ya me pareció raro, porque siempre nos abre Connie, la secretaria. Me dijo que fuese con ella a su escritorio, que tenía que hablarme. Yo no tenía idea de qué quería decirme. Pensé que sería algo del concierto en la catedral. Me dijo que yo era una de las promesas de su academia, que así lo había demostrado ayer cuando canté el "Ave María", pero que desde hoy no podría seguir enseñándome canto, que tenía que buscarme otra profesora. Cuando le pregunté por qué, me dijo que no hiciera preguntas de las que no querría oír la respuesta. Yo insistí, le pregunté de nuevo por qué. Y me dijo: "Por Sebastián" —las manos de Gálvez se le ajustaron en la cintura y lo sintió moverse en la silla—. Salí del estudio y caminé y caminé. Y de pronto me di cuenta de que estaba cerca de tu casa. Justo entró tu mensaje. Y... No quería molestarte, porque sabía que estabas estudiando Química para mañana.

—¿Sólo eso te dijo, "Por Sebastián"? ¿Y tú te levantaste y te fuiste?

No se trataba de ocultar lo que había tenido lugar a continuación, sino de que Bianca no podía pronunciarlo en voz alta.

—No.

—¿Qué más te dijo, Bianca?

—No quiero repetirlo. Por favor... No me pidas... —se le estranguló la voz.

—Shhhh —la acalló con un suave beso—. Está bien, amor, está bien. No digas nada.

Bianca buscó de nuevo el refugio de su abrazo y enseguida se sintió confortada.

—¿Quieres tomar algo, amor? ¿Un té, un café?

—No, gracias.

—Bianca, tú no te preocupes por nada. Yo voy a arreglar esto. Tú olvídate.

Se incorporó de pronto y lo miró con ojos aterrados.

—No quiero que vayas a verla, Sebastián. No quiero. Prométeme que no vas a ir a verla.

—Okei, pero no te pongas así.

Se odiaba por esa oleada de celos y de desconfianza que le llegaba al cuello y que estaba a punto de ahogarla. ¿Qué había sido de su esencia libre y sin ataduras? Jamás había sentido

celos de sus hermanos, por lo que el sentimiento nuevo y perturbador que Gálvez le inspiraba la sumía en una gran confusión.
El amor estaba cambiándola inesperada y súbitamente.

—Bianca, algo pasó con Irene y quiero que me lo digas. No
quiero que te lo guardes. Eso no es bueno, amor. Te va a lastimar, al final.

A su pesar, se oyó decir:

—La Mattei dice que ella sabe lo que tú necesitas y que yo ni
siquiera sé de lo que me está hablando —a Gálvez le dio risa,
y Bianca se ofendió—: Hablaba del sexo, ¿no?

—Sí, del sexo. Es lo único que tuve con ella, Bianca. Sexo.

—Perfecto —dijo, y comenzó a ponerse de pie—. Tiene razón. Yo no sé nada de eso.

—¿Adónde crees que vas? —la increpó Gálvez, con voz risueña, y la forzó a volver sobre sus piernas.

—Estoy celosa —admitió, porque la sinceridad le pareció la
salida más honrosa en ese cuadro patético.

—Qué lindo —dijo él, y le tocó con la punta de la lengua el
lunar del filo de la mandíbula—. Me mata este lunar.

—Me dijo que era poca cosa para ti. Se ve que se puso de
acuerdo con Mara —Gálvez rio con la boca pegada a la mejilla
de Bianca, y a ella le dio un escalofrío—. Y las dos opinan que
te vas a cansar y que vas a dejarme.

—¿Sí? ¿Eso opinan?

—No te burles, Sebastián. Estoy muy angustiada.

Gálvez detuvo sus besos, le cubrió las mejillas con las manos
y la obligó a levantar la cara.

—Amor, Bianca, sé que no es fácil olvidar la situación de mierda que acabas de pasar, pero ¿podrías intentarlo? No quiero que
nada arruine lo que tenemos, Bianca. No vale la pena.

—La Mattei dice que siempre vas a volver con ella. Siempre.

—¿No te das cuenta de que lo dice porque sabe que no será
así? Está encabronada porque terminé con ella. Jamás le prometí
fidelidad, y ella sabía que yo estaba con otras chavas al mismo

tiempo. Pero no le importaba, porque lo nuestro era sexo, nada más.

Bianca no estaba de acuerdo. En su opinión, la profesora Mattei se había enamorado de Gálvez, por eso actuaba con tanta insidia. No obstante, se abstuvo de comentarlo.

—Cuando empezamos lo nuestro, no tuve duda de que no volvería a estar con ella, ni con ninguna otra. Así se lo dije a Irene y eso le dio en los huevos porque se dio cuenta de lo importante que eres para mí. Se dio cuenta de que tú eres distinta de las demás.

Una parte de Bianca necesitaba huir de esa maraña de sentimientos que le resultaban intolerables y con los que no sabía qué hacer. Era como verse en un espejo y no reconocer la imagen reflejada. Otra parte quería creerle. Se limitó a asentir y se puso de pie con una decisión que él no se atrevió a impedir.

—Bianca, no sabes cuánto me molesta que tengas que pasar por esto. Pero no le des más importancia de la que tiene. Por favor.

—Perdí a mi profesora, Sebastián. La necesitaba para aprobar el examen del año que viene. *Tiene* importancia.

—Vamos a conseguir otra profesora. Tú no te preocupes, amor. Yo te la voy a conseguir.

Bianca asintió y se encaminó hacia la recepción.

—¿Te vas?

—Sí.

—¿No quieres quedarte a cenar?

—No, gracias.

—Voy a cambiarme y te llevo.

—No, Sebastián. Es una locura cruzar toda la ciudad para llevarme.

—Pensaba hacerlo para llevarte a tu casa desde el estudio de Irene, como hago todos los lunes.

—Sí, pero era porque salía tarde.

—Ahora no es muy temprano que digamos. Y está bastante oscuro.

—Lo mismo.

—¿Me estás castigando, Bianca?

Se miraron fijamente y desde cierta distancia, y como siempre le ocurría cuando Gálvez le mostraba su desolación, Bianca experimentó una necesidad incontrolable de consolarlo. Caminó hacia él, le tomó la mano y se la besó en varios puntos, con labios blandos y caricias lentas. Pensó: "Tiene la piel seca. Le voy a comprar una crema". Arrastró la boca por las grietas de sus nudillos. Gálvez le pasó el brazo libre por la cintura y la atrajo hacia él.

—Bianca… —había pronunciado su nombre en voz baja y con acento desesperado—. Amor, no te vayas sin mí. Déjame que te lleve.

—Necesito estar sola. Por favor —le cubrió las mejillas ya rasposas a causa de la barba y se las acarició—. He vivido muchas cosas en estos últimos días y siento que estoy desintegrándome. Necesito estar sola y meditar.

Gálvez cerró los ojos y apoyó la frente en la cabeza de Bianca.

—Dime que todo va a estar bien entre nosotros. Dime que vamos a superar esto como superamos todo lo demás.

—Sí, mi amor, vamos a superarlo como superamos lo demás.

—Te amo, Bianca.

—Y yo a ti.

—¿Aunque sea puedo llamar a un taxi del sitio que usamos nosotros?

Ella había planeado tomar el autobús; no obstante, asintió.

—Gracias, amor.

—De nada.

Bianca lo escuchó hablar con el sitio de taxis desde el teléfono de la cocina. A diferencia de otras veces, lo hacía con acento apagado, y ella no comprendía lo que decía. Sin embargo, cuando regresó, parecía más animado.

—Corrca cstá de turno. Él viene a buscarte en unos minutos. Qué suerte, así me quedo más tranquilo.

La maravilló que la alegría le retornase a causa de algo tan simple y banal, y sonrió, contagiada por la energía positiva que él le transmitía en tanto se le aproximaba.

—Mañana en la tarde tenemos la cita con el médico —comentó él, y Bianca recordó otra cita que había decidido sacar y que a él volvería loco de contento. Pensó en decírselo y, al final, calló.

—Sí, mañana a las cinco.

—¿En el Italiano? —Bianca asintió—. Queda cerca del local de tu tía. ¿Te parece que pase a buscarte tipo cinco menos cuarto?

—Perfecto. ¿Vamos bajando? —Gálvez asintió—. Pero quiero que te calces, Sebastián. Te vas a resfriar. Y ponte un abrigo. Está refrescando.

—¿Estas recomendaciones son porque te importo aunque sea un poquito?

—Pero muy poquito.

—¡Muy poquito, y un cuerno! —la circundó con los brazos de modo tal de inutilizarle los de ella y la levantó del piso. Comenzó a morderle el cuello y a hacerle cosquillas con la barba. Bianca se rebullía y, entre carcajadas, le suplicaba que se detuviera—. ¿Cuánto te importo? —exigía saber él.

—¡Muy poquito! —porfiaba ella, y él proseguía con la tortura de cosquillas y mordidas.

—¡Mucho, mucho! —claudicó Bianca.

—¿Mucho? ¿Sólo mucho?

—¡Muchísimo! Eres lo más importante para mí —admitió, agitada, y Gálvez se detuvo y la miró a los ojos.

—¿En verdad? ¿Soy lo más importante para ti?

—Lo sabes mejor que nadie.

—Dímelo.

—Eres lo más importante. Eres el centro de mi vida, Sebastián.

—Amor…

—Siempre me haces reír. Eres mi alegría.

—Es lo más lindo que me has dicho.

La bajó lentamente y, cuando le liberó los brazos, Bianca se los echó al cuello con actitud frenética. Se puso de puntas y le buscó el olor del cuello. Había descubierto cuánto la tranquilizaba el familiar aroma.

Sonó el timbre del interfón, y Gálvez fue a la cocina a atenderlo y luego a su dormitorio para calzarse y abrigarse, y, aunque fueron unos pocos minutos, Bianca sintió frío y soledad. Esa dependencia de él la asustaba.

Bajaron por el ascensor y se besaron de manera febril lo que duró el viaje de ocho pisos. La resolución de Bianca de retirarse a meditar se desmoronaba segundo a segundo. A punto de contarle lo de la cita con la ginecóloga, de confesarle que se había arrepentido y que deseaba quedarse a cenar, de decirle que le creía, que sabía que no volvería con la Mattei, guardó silencio, más por costumbre que movida por una decisión prudente.

—¡Ey, Carlitos! —saludó Gálvez al chofer, y le dio la mano—. ¿Cómo va todo?

—Bien, querido. ¿Tu mamá bien?

—Sí, bien. Aquí te encomiendo de nuevo a mi novia. Cuídamela, Carlitos.

—Tú quédate tranquilo que la llevo sana y salva hasta su casa.

—Gracias, maestro —se inclinó dentro del habitáculo y dio un beso rápido y profundo a Bianca—. Ponte el cinturón —susurró, y lo extendió—. Carlitos, cóbrate de acá y dale el vuelto a Bianca.

—No, Sebastián… —comenzó a quejarse ella.

—Hecho —dijo Correa.

—Chau, amor.

—Gracias —dijo ella, con intención.

—Un placer.

Aunque la dificultaba el cinturón, Bianca se giró en el asiento y lo observó hasta que el taxi dobló en la primera esquina. Y mientras hubo contacto visual, con la mente le dijo que lo amaba, tanto, tanto. Cuando lo perdió de vista, se lo escribió en un SMS.

Yo +, mucho +, contestó él de inmediato.

13

Bianca y Camila fueron las primeras en terminar la prueba de Química. Entregaron la hoja, abandonaron el aula y se recluyeron en su refugio. Sin demora, Bianca le contó lo sucedido el día anterior y también le refirió lo de Mara.

—¿Por qué me pasan estas cosas?

—Alicia diría —contestó Camila— que es porque tu carta tiene demasiada energía transpersonal. Tu vida nunca será común, ni fácil, amiga, pero de seguro será divertida.

—Lindo consuelo.

—Eres muy fuerte, Bianca. Y tienes una sabiduría que a veces me deja con la boca abierta. Me haces sentir una idiota —Bianca rio—. Te juro. No hagas tanto drama, Bianqui. Vas a poder con lo que la vida te ponga en el camino. Estás domando al salvaje de Seba, con eso te digo todo.

—Tanto Mattei como Mara dijeron lo mismo, que soy poca cosa para él y que se cansará de mí.

—Y tú, ¿qué piensas?

Bianca pegó las rodillas al pecho y se las rodeó con los brazos.

—Que tienen razón —admitió.

Camila suspiró.

—Amiga, no cometas el mismo error que yo. Tú conoces mi historia. No hace falta que te recuerde que, cuando me enteré de que Lautaro y Bárbara habían estado saliendo durante el verano de 2011 y de que habían tenido relaciones, me volví un poco... idiota, por no decir otra cosa. Casi lo pierdo por mi estupidez sublime. No dudes de Seba, Bianqui. Está *tan* enamorado de ti. Nunca me imaginé que Sebastián Gálvez enamorado se convertiría en este caballero medieval, todo cortés y galante.

—¿No es muy Leo ser así, cortés y galante?

—Sí, pero los chicos de ahora son tan a la qué me importa que ni los astros pueden con ellos —rieron—. Lo que más me asombra de Seba es su compromiso contigo. Te confieso que pensé que Sebastián sería el eterno soltero, que andaría con todas y con ninguna, que estaría de fiesta toda la vida y que nunca se animaría a establecer un vínculo estable.

—Yo pensaba lo mismo y, cuando se lo dije, él me contestó que lo había cambiado mucho el accidente en las sierras. Y que se había pasado dos días viéndolos a ustedes amarse como se aman, y que él había deseado tener lo mismo. Así que, Cami, gracias, porque de algún modo te lo debo a ti (y a Lauti, obvio) que quiera estar conmigo y sólo conmigo.

—Entonces, ¿por qué te tiras al piso con las estupideces que dicen la tal Mara y la Mattei?

—Voy a tratar de no pensar, amiga, pero a ti te digo que me cuesta mucho.

—¿Le contaste a Seba que vas a pedir cita con mi ginecóloga? Va a alucinar.

—Se lo iba a decir ayer, cuando fuera a buscarme al estudio de la Mattei, pero todo se arruinó.

—¿Qué vas a hacer con tus clases de canto? Necesitas una profesora para tu examen del año que viene.

—Tengo que ponerme a buscar una, pero no será fácil encontrar una tan buena como la Mattei.

—¿Y si googleamos "profesora de canto lírico"?

—Puede ser una buena forma para empezar.

—Ahora que me acuerdo, una de las amigas de mi abuela, del grupo de *bridge*, es profesora de piano. Puedo preguntarle. Tal vez conozca a alguna profe de canto.

—Sería buenísimo. Pregúntale, por fa.

El timbre del celular de Bianca anunció la entrada de un mensaje.

Dónde estás, amor?

—Es Sebastián.

Con Cami. Nos vemos en la cafetería.

—¿Vamos a la cafetería?

—Vamos.

Como no había comenzado el recreo, la cafetería estaba desierta, salvo por la presencia de Gálvez y de Gómez, que ocupaban la mesa más codiciada, donde él le había prometido que no volvería a fumar si ella cantaba el domingo de Pascua. Bianca cruzó la entrada y Gálvez levantó la vista. Sus ojos nunca rompieron el contacto mientras ella se abría camino entre las mesas. Se le anudó la garganta y se le calentaron los ojos. ¿Por qué estaba tan sensible? No podía borrar de su mente la mueca desolada con que Gálvez la había mirado el día anterior, cuando ella se negó a que la llevase a su casa. ¿La emplearía como un modo para manipularla? Conseguía doblegarla en la disposición en que se hallase, fuera que estuviese enojado, ofendido, triste, contento, jocoso, en todas le aferraba el corazón y se lo estrujaba. Vislumbró un brillo tan genuino en sus ojos mientras le sonreía, que le resultó imposible aceptar que se tratase de una táctica consciente para someterla. Sebastián Gálvez había nacido bajo el signo del león, era un rey y sabía cómo dominar a sus vasallos; estaba en su naturaleza. Punto.

Gálvez y Gómez se pusieron de pie al mismo tiempo para recibirlas y besarlas.

—¿Cómo les fue en Química? —se interesó Camila.

—Bien —respondieron al unísono.

—Mi tema era bastante fácil —admitió Gálvez, y obligó a Bianca a sentarse en sus rodillas—. A ustedes no les pregunto cómo les fue porque son dos matadazas. Seguro que les fue bien.

—Sí, nos fue bien —ratificó Bianca.

—¿Dónde estaban?

—En nuestro lugar secreto —confesó Camila.

—¿Qué lugar secreto? ¿Tú sabes cuál es, Gómez?

—Sí, el aula clausurada, esa que tiene el techo rajado. Pero no se te ocurra aparecerte porque te tiran un pupitre.

Camila y Bianca rieron.

—¿Ah, sí? ¿Me tirarías un pupitre? —Gálvez le pasó la punta de la nariz por la depresión que se forma tras la oreja—. ¿Serías capaz, amor?

"¿Por qué no puedo contestarle: '¡Sí, te lo tiraría!'?" Lo cierto era que no podía, ni siquiera para bromear. "Pero ¿por qué? Porque sabes que, con su Ascendente en Piscis, es muy sensible y se va a sentir mal, y tú lo amas tanto que prefieres darle con el gusto que hacerlo sufrir. Dios mío, estoy perdida."

—Sabes que no sería capaz.

—Qué lindo. ¿Puedo ir a visitarlas de vez en cuando?

—No, Seba. Prohibido el ingreso de testosterona en nuestro refugio.

—Te lo dije, Gálvez. No lo intentes.

—Okei. Ustedes se lo pierden. ¿Qué quieren tomar?

—Un té con limón —pidió Bianca—. Me molesta un poco la garganta —Gálvez le destinó una mirada preocupada—. No es nada. Apenas una molestia. Tomo té con limón y miel y se me pasa.

—¿Le pido miel a Santos? —se refería al encargado de la cafetería.

—No creo que tenga.

Gálvez, sin embargo, regresó con un té con limón y miel.

—¿Tenían miel? Qué raro.

—Me la dio Ofelia —Gálvez hablaba de la mujer del encargado, una gorda gruñona que lo ayudaba en la cocina.

Bianca miró hacia el mostrador, y ahí estaba Ofelia, con una sonrisa de oreja a oreja mientras secaba unos vasos y lanzaba vistazos cómplices a Gálvez, que levantó el pulgar en su dirección y le exclamó:

—¡Gracias, Ofe!

El efecto Gálvez (dícese de una especie de tsunami emocional) alcanzaba a la totalidad de la población femenina, gordas malhumoradas incluidas. "Tómalo o déjalo", se instó Bianca. "Lo tomo", decidió sin dudar, y lo besó en la mejilla.

—Gracias, amor —dijo Gálvez, con una sonrisa de sorpresa y alegría—. Qué lindo beso. ¿Cómo estás? —preguntó, en tono intimista.

—Mejor.

—Qué buena noticia. ¿Pudiste meditar anoche?

—Sí, y dormí bien. El té está muy rico. Gracias, mi amor.

—De nada.

—Y tú, ¿dormiste bien?

—Más o menos, la verdad. ¿Sabías que —dijo rápidamente y en voz alta— Ximena, la mamá de Lautaro, estudió canto lírico?

—Sí, nos contó el otro día, cuando nos llevó a la inauguración del bar.

—Lautaro dice que estudió con una grosa.

—Al menos mamá siempre dice que era una soprano famosa en su tiempo.

—¿Te acuerdas del nombre, Lauti?

—No, ni ahí.

—Oye, Gómez, ¿le podrías preguntar a tu mamá?

—Ahora mismo le escribo un mensaje y le pregunto.

—Sería padre si todavía diese clases, ¿no? —dijo Gálvez a Bianca—. Podríamos pedirle que te diera a ti. No creo que se niegue después de oírte cantar, ¿no? ¿Qué pasa? ¿Por qué sonríes?

—Porque te amo.

—¿Ah, sí? ¿Y se puede saber por qué? —susurró sobre la mejilla de Bianca.

Aparecieron Lucrecia, Benigno y Morena. Se sentaron en torno a la mesa e iniciaron una charla con Camila y Lautaro acerca de la prueba de Química.

—Dime por qué me amas, Bianca —le insistió Gálvez al oído, mientras le mordía el cuello y le hundía los dedos en la cintura.

—Porque estás desesperado por conseguirme una profesora de canto, por eso.

—Sí, es verdad. Quiero que estés contenta.

—*Estoy* contenta. Anoche, mientras meditaba, me di cuenta de que las cosas malas pasan siempre para algo bueno.

—¿Cómo es eso?

—Las cosas malas que nos suceden finalmente causan otras en nuestra vida que son para nuestro bien. Por ejemplo, la noche en que nos encontramos en la casa de la Mattei, yo estaba supermal porque era tardísimo, sabía que mamá no se sentía bien y que mis hermanos estaban a la deriva. Me quería ir, no aguantaba más. Si no me hubiese quedado hasta esa hora, no nos habríamos cruzado, y tú seguirías ignorándome.

—*Tú* seguirías ignorándome. Yo siempre te miraba la naricita esta que tienes y tus lunares, éste de la mandíbula y éste en el pómulo. A veces alucinaba que te los mordía —le mordisqueó la carne en torno al lunar de la mandíbula, y Bianca rio—. ¿Tienes otros lunares como éstos? —ella asintió—. ¿Dónde? Dime —se señaló con disimulo el pecho izquierdo—. ¿Ahí? —volvió a asentir—. ¿Cerca del pezón? —otro asentimiento, y percibió que él crecía bajo sus glúteos. Se miraron fijamente, los semblantes de pronto serios—. ¿Dónde más? —Bianca le guio el índice de la mano derecha y lo apoyó en un punto cerca del ombligo. La nuez de Adán de Gálvez subía y bajaba—. Son míos —reclamó él—. Son todos míos.

—¿De quién más, Sebastián?

Las pupilas de Gálvez se dilataron y le oscurecieron los ojos verdes.

—Bianca, acá me contestó mi mamá —anunció Gómez—. Dice que la profesora se llama Feliciana Castro.

—¡Feliciana Castro!

—¿La conoces, amor?

—¡Sí! Es superfamosa. Una genia. Tengo un montón de óperas con ella.

—¿En serio? —se fascinó Gálvez—. Gómez, ¿puedes pedirle a tu mamá el teléfono de la mujer?

—Le mando otro mensaje ahora mismo.

—Gracias, Lauti.

—¡Ojalá dé clases todavía! —se entusiasmó Gálvez.

—Ojalá.

—Me decías que anoche, mientras meditabas, pensabas que las cosas malas pasan para que después vengan las buenas. ¿Cómo se aplica a lo que pasó con Irene?

—No lo sé aún, pero creo que será para bien. No te lo dije el domingo porque estaba demasiado feliz después del concierto, pero me hizo mal verte en el mismo espacio que ella —le apoyó la mano sobre la boca para acallarlo—. Sé que no la miraste, ni le hablaste y que lo hiciste por mí, pero era una situación forzada. ¡Fueron amantes, por Dios santo! —exclamó en voz baja y entre dientes—. Te la habrías encontrado en todos mis conciertos. Habría sido inevitable. ¿Hablaste con ella?

—Me llamó anoche.

"Por eso no dormiste bien, mi amor."

—¿Qué quería?

—Que nos viéramos. Quería explicarme la decisión que tomó contigo.

—Por favor, Sebastián, no vayas.

Gálvez la besó en la boca y, sin apartar los labios, le aseguró:

—No voy a ir. Tranquila.

—¿Qué le dijiste?

—Bianca, ¿tienes para anotar? Mi mamá acaba de pasarme el teléfono.

Gálvez sacó una tarjeta de la billetera y una pluma del bolsillo de la camisa y tomó nota.

—Gracias, Lauti. Y agradécele a tu mamá de mi parte.

—Dice que el teléfono tal vez haya cambiado. Lo tiene desde aquella época.

Gálvez tecleó en el Blackberry y se lo acercó al oído.

—¿Estás llamándola? —Bianca lo vio asentir y se puso nerviosa.

—Buenos días. ¿Podría hablar con la señora Feliciana Castro? Buenos días, señora Castro —Bianca entrelazó las manos bajo el mentón en la actitud de quien reza—. Mi nombre es Sebastián Gálvez. Mucho gusto. La madre de un amigo fue alumna suya y me dio su teléfono. ¿Su nombre? Ximena…

—Digiorgi —apuntó Gómez.

—Ximena Digiorgi. Sí, realmente encantadora. Como le comentaba, ella me dio su teléfono y me dijo que usted es una grande del canto lírico. ¿Yo? No, no, es para mi novia, ella la romp… Ella es una excelente cantante lírica y está buscando una profesora porque la que tiene ahora no la convence. Sí, obvio. ¿Ah, no? Aunque sea, concédanos una entrevista, por favor. Mi novia la ama a usted. Tiene los cidí con todas sus óperas. La admira muchísimo. ¿No le gustaría oírla? Va a alucinar cuando la oiga. Es un ángel. Tal vez se decida a dar clases de nuevo cuando escuche a Bianca. Sí, así se llama, Bianca Rocamora. Hasta nombre de soprano tiene, ¿no le parece? —Bianca se cubrió la boca para atrapar la risotada—. Sí, la escucho, dígame. Ajá. Perfecto. ¿Adónde se los llevo? Sí, tengo para anotar —garabateó una dirección, y Bianca vio que era en la calle Posadas, en la Recoleta—. Perfecto. Se los dejo a los de la guardia. Mil gracias, señora Castro. Sebastián Gálvez. Sí, Gálvez. Gracias de nuevo. Adiós.

—Y, ¿qué te dijo? —preguntaron a coro los demás.

—Quiere que le lleve unos cidís con grabaciones de Bianca y que se los deje en la guardia de su edificio con nuestros teléfonos. Ella los va a escuchar y va a decidir después. Hace unos años que no da clases, pero me dijo que, si valías la pena, amor, podría tomarte como alumna.

"Descubrimiento de la jornada: el efecto Gálvez también da resultados por teléfono. De este modo queda demostrado que no es sólo una cuestión de su belleza, sino también de su energía leonina arrolladora. Definitivamente, estoy perdida."

—Gracias, mi amor —Bianca le rodeó el cuello con los brazos y lo besó en la boca, gesto que levantó silbidos y hurras entre los amigos, acostumbrados a su comportamiento austero.

—De nada, amor mío.

* * *

Gálvez llegó al local a las cuatro y media de la tarde y encontró a Bianca hablando por el celular. Anotaba algo en su pequeña agenda.

—Perfecto. Muchas gracias. Hasta luego —cortó y levantó la vista—. Hola, mi amor.

—Hola —dijo, y la besó en los labios—. ¿Con quién hablabas?

—Es una sorpresa.

—¿Para mí?

—Obvio. Para ti.

—Dime, rápido —le envolvió la cintura con los brazos y la obligó a ponerse de puntitas—. Dame mi sorpresa.

—El otro día le pedí a Cami el teléfono de su ginecóloga y acabo de sacar una cita —él la observaba sin comprender—. Quiero pedirle que me recete pastillas anticonceptivas porque quiero que hagamos el amor.

Bianca verificó el mismo fenómeno de esa mañana en la cafetería: las pupilas de Gálvez se dilataron en una habitación perfectamente iluminada. Los ojos, ahora oscuros, le brillaron.

—¿Estás contento? —le pasó la mano por la frente, y él asintió—. Yo estoy feliz con esta decisión, Sebastián. ¿Por qué no me dices nada?

—Amor… —balbuceó antes de atrapar el labio inferior de Bianca entre sus dientes y mordisquearlo suavemente. Al sentir que los dedos de ella se entreveraban en el cabello de su nuca, Gálvez inspiró de modo brusco y la besó profunda y desenfrenadamente.

—¿Estás contento? —insistió ella, con los labios todavía unidos.

—¿A ti qué te parece?

—A juzgar por este beso, sí.

—Y a juzgar por esto, ¿qué? —le guio la mano hasta el cierre del pantalón donde la erección era evidente, y Bianca ocultó su risa en el pecho de él—. Casi que no puedo esperar. ¿Para cuándo te dieron la cita?

—Para el 25 de abril —la expresión de Gálvez la hizo reír de nuevo—. Sí, ya sé que falta mucho, pero no tenía nada antes. Y quiero ir con ella porque Cami dice que es muy buena y que te explica todo muy bien.

—Yo voy contigo.

—¿Sí?

—Obvio, Bianca —se la quedó mirando, y Bianca supo que quería decirle algo.

—¿Qué, mi amor?

—Podemos hacer el amor sin necesidad de ir a la ginecóloga. Es decir, me parece bárbaro que vayamos y vamos a ir. Pero no es necesario esperar hasta el 25 de abril para hacerlo. Yo puedo usar preservativo y listo —Gálvez rio—. Amo cuando abres los ojos así de grandes. Parece que te ocupan toda la cara. No te asustes, no estoy presionándote. Vamos a esperar todo lo que necesites. Si quieres esperar hasta después del 25, esperamos. Sabes que quiero que estés feliz.

—Sí, lo sé.

—¡Hola, hola! —Claudia irrumpió en el local—. ¿Llego tarde, Bianqui? ¡Perdón! Hola, Sebastián. ¿Cómo estás?

—Bien, Claudia. Gracias.

—¿Llegué tarde?

—No, tía. Estamos con tiempo. Hola, Óscar.

—Hola, niña bonita —se besaron en la mejilla. A Gálvez, le estiró la mano—. Hola, Sebastián.

—Hola —respondió, siempre con la actitud desconfiada que el caribeño le inspiraba.

—Bueno, vayan, vayan, no lleguen tarde.

—Gracias, tía —la abrazó y la besó en la mejilla.

—De nada.

* * *

Al médico, Gálvez le explicó que, como Bianca iniciaría un largo viaje, querían hacer una revisión completa para estar seguros de que no se presentarían problemas de salud. El hombre pareció tomar a bien la excusa y, después de medirla, pesarla, auscultarla y tomarle la presión, llenó varias órdenes con estudios de todo tipo.

—La presión es normal —informó el hombre—. El pulso es normal. La ausculto y no encuentro nada inusual. Bianca no fuma, no toma, no ingiere drogas, ni medicamentos, lleva una vida sana… Está un poco por debajo de su peso, pero no es para preocuparse. Vamos a ver qué dicen los estudios. Sin embargo, me atrevo a adelantarles que no encontraremos nada que impida hacer ese viaje.

Salieron del consultorio, y ahí, en la sala, frente a los pacientes que esperaban, la abrazó y la besó. Bianca se pegó a su cuerpo y buscó absorber la energía luminosa que emanaba de él por el simple hecho de saber que ella estaba bien. La importancia que Gálvez le daba a su salud y a sus cosas era lo más difícil de creer y aceptar.

—¿Estás contento?

—Sí, mucho.

Aunque de seguro él también lo había pensado, Bianca jamás le mencionaría que existía la posibilidad de que, en la pesadilla, no la hubiese visto muerta a causa de un problema de salud, sino de un accidente.

Gálvez no estaba dispuesto a perder el tiempo, por lo que a las siete menos diez de la mañana del día siguiente, se encontraron en la puerta del Italiano para la extracción de sangre y para entregar la muestra de orina. Después de la consulta con el médico, habían ido a un Farmacity y comprado, además de más chicles y parches de nicotina, un recipiente esterilizado.

—¿Te dolió? —quiso saber Gálvez.

—No. La chica tenía buena mano.

—Vamos a desayunar a la cafetería del cole —la tomó de la mano y la condujo fuera del hospital—. Las medialunas son buenísimas. Quiero que tomes café con leche con tres medialunas.

—¡Tres!

—El médico dijo que estás por debajo de tu peso.

—Pero aclaró que no es preocupante.

—Para mí *es* preocupante, Bianca.

Era temprano y la calle estaba bastante tranquila. El aire no se había saturado con los gases de los automóviles, y Bianca respiró el fresco de la mañana. "No creo que pueda ser más feliz de lo que estoy siendo en este momento", se dijo, y miró de reojo a Gálvez, y lo descubrió concentrado en el entorno. Al ver que un chico se acercaba con la capucha de la sudadera echada sobre la cabeza, Gálvez le pasó el brazo por los hombros y la pegó a él y giró dos veces para comprobar que se alejaba sin intentar nada raro. "Por eso su signo es de fuego y el mío, de aire", concluyó Bianca. "Yo vivo colgada de un árbol y jamás me daría cuenta si un tipo con pinta sospechosa se me acercase."

—¿Vamos al aquagym cuando termine hoy en el local?

—Estaría padre —acordó él—, así recuperamos la clase de ayer. ¿No te van a decir nada en tu casa si llegas un poco tarde?

—Papá viajó a Mendoza por trabajo. Vuelve el viernes. No hay problema si llego tarde.

—Buenísimo. ¡Ah! Tenemos que preparar el sobre para Feliciana Castro. ¿Trajiste los cidís?

—Sí.

—¿Trajiste ese que escuché aquella noche en mi auto, la primera noche?

—*La habanera*. Sí, ése es uno de los que elegí.

—¿Y el que cantaste en el bar? No el sábado pasado, sino el otro. Ese que me mató.

—¿*Time to say goodbye*?

—¡Ése! Me quiebra.

—Sí.

—Perfecto. Yo compré un sobre con burbuja para proteger los discos.

—¿Cuándo?

—Anoche, después de que te dejé en tu casa. Fui al Carrefour y lo compré. Lo tengo aquí —señaló la carpeta—. Después te lo muestro.

—Gracias, mi amor.

En la cafetería, "Ofe" les preparó dos cafés con leche y les eligió seis medialunas, las menos quemadas, y las calentó en el horno a pedido de "Sebastiancito".

—Desde ahora te lo digo: no existe ninguna posibilidad de que pueda comerme tres medialunas. Éstas no son medialunas. ¡Tienen el tamaño de un pan dulce!

—¿Dos? —negoció él, que ya había engullido una y mojaba la segunda en el café con leche—. Si comes dos, te muestro una cosa que hice anoche en el almacén.

—Está bien, dos. Anda, muéstrame.

—¿Ansiosa? ¿No era que las acuarianas no lo eran?

—Lo que tú no sabes es que yo tengo dos planetas muy poderosos que forman lo que se llama una cuadratura. Plutón y Marte. Y esa cuadratura, además de hacerme muy ansiosa, es la que me hace desearte tanto.

—Y yo que pensé que me deseabas porque soy guapo, seductor, simpático...

Bianca rio.

—Es que mi cuadratura Plutón-Marte sólo funciona contigo, amor mío. Es un hecho. ¿A ver? Muéstrame lo que hiciste anoche en el shopping.

Gálvez metió la mano dentro de la chamarra que colgaba en el respaldo de la silla y extrajo un sobre de papel, de esos que entregan los negocios donde se revelan fotografías.

—Ábrelo.

Fotos de ella en el concierto del domingo anterior, y con los amigos y la familia en La Parolaccia, y de ella y Gálvez apoyados sobre la baranda de Puerto Madero, después de la cena. Gálvez la abrazaba y la besaba, y ella reía, achinando los ojos y mostrando todos los dientes. Eran las primeras fotografías juntos, y Bianca se la quedó mirando, aunque la imagen se borroneaba segundo a segundo.

—Las bajé del Blackberry a una USB y las imprimí en unas maquinitas amarillas que están por todas partes. Es muy fácil. No sé si la calidad es la mejor, pero salieron bien, ¿no? Ey, amor, ¿qué pasa?

Bianca agitó la cabeza y tragó varias veces.

—Me emocioné. Qué tonta —Gálvez le acarició la mejilla con el dorso áspero de los dedos—. Es nuestra primera foto juntos.

—De ésa hice dos copias, una para ti y otra para mí. Ésa es la tuya.

—¿Y la tuya?

—Le volé un portarretrato a mi mamá y la puse en mi mesa de luz.

—¿En serio?

—Claro, Bianca. Anda, toma el café con leche. Se te va a enfriar. Y se me ocurrió que dentro del sobre con los cidís pongamos esta foto, la que te saqué mientras cantabas el "Ave María". Estás alucinante.

—¿Te parece ponerle mi foto?

—¡Obvio! Si yo fuera la Castro, me gustaría ver la cara de la persona a la que estoy oyendo cantar. Y cuando vea tu carita perfecta, tu voz le va a parecer más bonita todavía. Dame los cidís para preparar todo.

Bianca los sacó de su bolsa y se los entregó. Él se limpió las manos y comenzó a preparar el sobre. En la parte posterior de la fotografía, escribió con letra de imprenta: *Bianca Rocamora, concierto en la Catedral de Buenos Aires, 8 de abril de 2012.* Además, en un post-it, que pegó en la caja de uno de los cidís, anotó los números de los celulares de él y de ella. Cerró el sobre con un barrita de Pritt que tenía en el bolsillo de la chamarra. No había descuidado ningún detalle.

Sin levantar la vista, todavía ocupado en pegar la solapa, él comentó:

—Lo llevo hoy mismo cuando salga del cole. No queda lejos de casa.

Bianca le detuvo la mano afanosa y se la llevó a los labios y después se la pasó por la mejilla, y no le importó que su aspereza la raspase.

—Sebastián, quiero que sepas que nunca han hecho por mí algo como lo que tú estás haciendo ahora. Gracias, mi amor —le pasó los labios por los nudillos, mientras sus ojos se encadenaban a los de él.

—No te han mimado mucho, ¿eh, amor? —Bianca sacudió los hombros—. Prepárate, Bianca Rocamora, porque yo tengo planeado mimarte hasta que grites ¡basta!

Bianca volvió a reír.

* * *

A última hora de la tarde, salieron del local y caminaron de la mano hacia el aquagym. A Bianca le resultaba casi mágico que, a poco menos de un mes de haber comenzado su relación con Gálvez, ya le conociera los estados de ánimo, aunque él intentase ocultárselos, pues si bien en ese momento le contaba, entusiasmado, que había dejado el sobre en la casa de la Castro, ella sabía que algo no andaba bien. No intentaría sonsacarlo. Prefería esperar a que él se decidiera a confiarle aquello que lo inquietaba.

Conversaron acerca de la prueba de Geografía, de la cita del día siguiente para hacer otros estudios médicos y de las canciones que entonaría el viernes y el sábado.

—Carmelo quiere hacer fines de semana temáticos. Por ejemplo, este fin de semana será para Billy Joel el viernes y para Manoeuvres in the Dark el sábado, y tengo que cantar sus canciones más famosas.

—¿Dónde vas a ensayar ahora que no puedes usar el estudio de Irene?

—Estudio las letras en el local, entre cliente y cliente, y mi tía me dijo que puedo ir a ensayar a su casa. Según ella, no voy a molestar a nadie porque sus vecinos no están en todo el día.

—Qué bueno, amor.

Trabajaron duro y, por fin, Bianca consiguió flotar. Gálvez la condujo a la parte honda y fue soltándola poco a poco, mientras le daba indicaciones y le recordaba los ejercicios que le había enseñado. Finalmente, Bianca, agitando los brazos y las piernas, consiguió permanecer con la cabeza fuera del agua. La sensación de libertad la hizo reír a carcajadas.

—Tienes el mejor estilo perrito que he visto.

—¡No me importa que te burles! ¡Soy feliz! ¡Puedo flotar!

Gálvez nadó hacia ella, le rodeó la cintura con un brazo y, con el que le quedaba libre, la arrastró hacia el borde, donde la aprisionó para besarla.

—No me burlo —le dijo, agitado, sobre los labios—, eres lo más lindo que he visto en mi vida, estilo perrito y todo.

Bianca sacudió la cabeza.

—Sé que no estoy linda. Con esta gorra que nos obligan a usar parezco pelona.

—Pelona, peluda… De cualquier forma eres lo más lindo que he visto en mi vida. Además, esta gorra encierra tu carita chiquitita y me parece más delicada todavía. Eres hermosa, Bianca.

Le rozó la nariz con la de él.

—Gracias, mi amor, por enseñarme a flotar —le tomó la cara con las manos y lo besó en la boca—. No sabes lo importante que es para mí. Me siento libre, Sebastián. Y eso es muy importante para mí. Era como una cadena este miedo al agua.

—¿Amor?

—¿Qué?

—No quiero ocultarte nada, Bianca —ella asintió, de pronto seria—. Por eso quiero que sepas que, antes de ir a buscarte al local, estuve con Irene.

—¿Ah, sí? —atinó a pronunciar, y sintió que se le enfriaban las mejillas.

—Se apareció en el gimnasio. Como me llamó varias veces y no le contesté, fue a buscarme. Me invitó a tomar un café a la cafetería y acepté para terminar bien y que no me siguiera jodiendo. ¿Te molesta, amor? —ella agitó la cabeza para negar—. La verdad es que me arrepentí porque me dijo cosas que me cayeron como patada en los huevos.

—¿Qué, mi amor? Cuéntame. No te guardes nada, por favor.

—Me dijo que, con tu voz, bien educada y bien entrenada, podías llegar adonde quisieras. Milán, Londres, París. Cualquier teatro lírico te querría. Que ibas a convertirte en una estrella. Que ibas a tener que viajar todo el tiempo, que te iban a codiciar, que te iban a adular. Ella lo sabe de primera mano, porque ésa fue su experiencia. Y que yo me voy a convertir en un peso muerto para ti, que vas a necesitar libertad para moverte, y que yo seguramente trabajaré en Buenos Aires y nunca podré acompañarte. Y que vamos a estar separados la mayor parte del año y que las sopranos famosas están casi todas divorci...

Bianca le acunó las mejillas y lo acalló con un beso.

—Sebastián, ¿te acuerdas de lo que te dije el sábado en el Village? ¿Que tú, para mí, eres más importante que el canto? ¿Te acuerdas? —él asintió—. Entonces, ¿por qué te preocupas por lo que dice la Mattei?

—Porque yo *quiero* que seas soprano, Bianca, en serio.

—Lo sé, mi amor.

—Pero no voy a soportar que te vayas de mi lado, que te pases meses de gira, que otros tipos te deseen... Si ahora no soporto cada día cuando nos despedimos, no quiero pensar si tengo que llevarte a Ezeiza para que estés lejos de mí por varios meses. No lo voy a soportar, Bianca.

—Yo tampoco, Sebastián.

—¿No? Pero me acuerdo de aquella conversación que tuvimos la noche en que nos encontramos en el estudio de Irene. Me dijiste que si tu pareja te amaba, iba a querer lo mejor para ti, y lo mejor para ti es cumplir tu sueño de ser cantante. Y yo te amo, Bianca, no tienes idea cuánto, pero ¿soy un desgraciado por tener miedo de que, si cumples tu sueño, me dejes?

—Cuando te dije aquello, yo ya te amaba, Sebastián, lo sabes, pero no había pasado contigo este mes increíble en el que he sido feliz y me he sentido viva como nunca me había sentido. Ahora las cosas cambiaron y, si bien cantar para mí es muy importante, ¿de qué me valdrá ser famosa en Milán y en París si, cuando termino de cantar, tú no estás ahí para abrazarme como hiciste en la catedral? El vacío sería enorme.

—Bianca... Amor.

—Lo que a mí me gusta es cantar. Brillar no es una necesidad para mí. Eso es leonino, no acuariano. No me importaría hacer una carrera más modesta, más local, con tal de que estemos juntos.

Gálvez apoyó la frente en la de Bianca y soltó un suspiro.

—Me siento una mierda por haberte confesado esto, un egoísta. Quería contarte que estuve con Irene, pero no lo que me había dicho. Pero me estaba volviendo loco.

—No quiero que te angusties por esto, Sebastián. Falta tanto para que yo llegue a ser lo que dice la Mattei, y tal vez nunca lo logre. La competencia es terrible.

—Lo vas a lograr, lo sé.

—No nos adelantemos. Vivamos el ahora, que es tan hermoso. La vida siempre da sorpresas y todo cambia de un día para el otro. ¿Para qué hacer planes y preocuparnos? —Gálvez asintió, para nada convencido—. La Mattei sabe dónde golpear, ¿eh? A mí me partió cuando me dijo que ella sabía lo que tú necesitas y que yo no tengo idea, que no voy a saber satisfacerte.

—Sabe muy bien que vas a satisfacerme, por eso te lo dice.

—Tal vez tenga razón, Sebastián.

—No, no la tiene —la tonalidad más grave, más ronca de su voz impulsó a Bianca a levantar la vista. Los ojos de Gálvez estaban esperándola, hambrientos y anhelantes. Se le cortó el aliento. De manera inconsciente, se pasó la lengua por el labio inferior, y él pareció tomarlo como una provocación que desató una fuerza que, ella intuyó, no podría, ni querría frenar. La mano con que la sujetaba por la cintura descendió hacia sus glúteos, se deslizó bajo el traje de baño y le apretó la carne. Bianca dio un respingo y ajustó sus brazos en la nuca de él. Pegó la cara a su cuello e intentó guardar la calma. Pero ¿cómo? Si el fuego que Gálvez había encendido en el cine volvía a inflamarse con una facilidad pasmosa.

Apartó la cara y escrutó los alrededores, desesperada. Era tarde, y el aquagym estaba prácticamente vacío; sólo se divisaban a un par de empleados, acomodando los elementos y poniendo orden, y a un nadador solitario en el último carril de la piscina, que iba y venía practicando el estilo crol.

Gálvez la buscó con la mirada y la hechizó con sus ojos ennegrecidos.

—Mírame a *mí* —le exigió.

—Hay gente.

La expresión que Gálvez le devolvió era una mezcla de desafío, agresividad y deseo, y ella no supo qué hacer. Sus ojos permanecieron fijos en los de él mientras le permitía que escurriese la mano hacia abajo y alcanzase la zona donde nacía el fuego que la devoraba. La tocó suavemente, y a ella le pareció una descarga de alto voltaje. Apretó los párpados, al tiempo que un gemido se le escapó entre los labios.

—Sebastián —jadeó.

—¿Te gusta? —asintió con los ojos cerrados y, sin darse cuenta, hundió las uñas en los trapecios de él—. Te amo, Bianca —dijo, y la penetró con un dedo.

El mundo de Bianca giró como un trompo. Sabía que los amantes lo hacían, eso de meter los dedos; lo había leído en las novelas románticas que Camila le prestaba, pero una cosa era leerlo y otra muy distinta experimentarlo en carne propia. En este caso, no había palabras para describirlo.

—Abre los ojos, Bianca. Mírame —lo hizo—. Sólo por mirarme de este modo y responder a mis caricias de esta manera, no tienes idea de cuánto me satisfaces, amor.

—¿Sí?

Gálvez rio.

—Sí.

A Bianca, por alguna extraña razón, la excitó que Gálvez estuviera tan compuesto y en control, mientras ella era un despojo. Ahogó otro gemido en su hombro cuando él comenzó a mover los dedos ahí abajo, y soltó un pequeño alarido en el momento en que su pulgar se apoyó en el epicentro del volcán. Gálvez soltó una carcajada y la acalló con un siseo, pero jamás dejó de frotar eso que la hacía gritar. Y fue su perdición. Nada volvería a ser igual después de ese momento, lo sabía. Un espíritu voraz estaba apoderándose de ella, uno que la hacía mecerse sobre la mano de él en busca de esa sensación que ella había conocido cuando se tocaba, sólo que esta vez, intuía, sería como un cataclismo.

Por fin explotó, y Bianca se olvidó de que se encontraban en un lugar público, con personas pululando en torno, y gritó. En medio del terremoto que estaba sufriendo, escuchó la risa de Gálvez y enseguida lo sintió caer sobre su boca para enmudecerla con un beso que ella no estaba en condiciones de devolver. Los espasmos fueron disipándose, y volvió a respirar. Su cuerpo, no obstante, seguía palpitando y recordándole los sitios donde él la había tocado.

Levantó los párpados lentamente. Gálvez la miraba con una ansiedad notable. Había perdido la traza de macho compuesto y en control y le mostraba su deseo con una mueca anhelante que la llevó a cubrirle las mejillas con las manos y a besarlo en los labios con delicadeza.

—Esto es lo más fuerte que he compartido con otro ser humano —admitió Bianca.

—Tócame. Por favor.

La nota de súplica le traspasó el corazón y, aunque no sabía bien qué hacer, metió la mano entre sus cuerpos y la guio hasta tropezar con su pene duro. Gálvez curvó la espalda violentamente y soltó el aire por la nariz repetidas veces, con una agitación que fue calmándose. Ella seguía con la punta de los dedos sobre su miembro duro y lo miraba, a la espera de instrucciones. Él mantenía los ojos apretados en un ceño de dolor y se mordía el labio inferior. Finalmente, recostó la frente en el antebrazo apoyado sobre el borde de la piscina y jadeó la súplica:

—Tócame, Bianca.

Deslizó la mano dentro del elástico del traje de baño, cuidando de no enredarse en el vello, y lo tocó. Su atención se dividía en varios puntos: en la reacción de él, que se convulsionó y ahogó un rugido en el antebrazo; en la calidad suave de su carne desnuda; en los empleados, que se aproximaban; en la manera en que Gálvez apretaba la mandíbula y en la forma en que se le tensaban los músculos del brazo.

El espíritu voraz que la había dominado momentos atrás volvió a poseerla y le susurró que procediera como había leído en las novelas románticas, que cerrase la mano en torno a él, que apretase y que la moviera hacia arriba y hacia abajo. La reacción de Gálvez fue desmedida, y Bianca se asustó. Lo vio sacudirse como si el agua estuviese electrificada y, aunque él se mordió el antebrazo para ahogar los gritos, produjo un jadeo ronco que, a oídos de Bianca, rebotó en el techo del aquagymy se reprodujo varias veces. Justo cuando Gálvez desenterró los dedos de la carne de su cintura, ella tuvo conciencia de cuánto le dolía.

Gálvez se incorporó y la buscó, ciego, con la boca. Sus labios se rozaron, y el beso expresó la felicidad que compartían después de ese instante de magia.

—Bianca —susurró Gálvez—. Bianca, Bianca —repitió, al tiempo que depositaba besos en su cara—. Gracias, amor. No quería, pero me volví loco cuando te vi venirte.

—Sebastián —dijo ella, de pronto abrumada por la inmensidad de lo que acababan de vivir. Lo abrazó.

—¿Te gustó, amor?

—Sí, muchísimo —Gálvez rio—. ¿Y a ti? —quiso saber, con miedo.

—Si por tocarme y apretarme un poco me hiciste venir de este modo, como un chamaco caliente de mierda, no quiero pensar lo que será cuando te haga el amor.

—Quiero satisfacerte, Sebastián.

—Me mata que uses esa palabra. Me mata —la besó en la mejilla—. Yo también quiero satisfacerte, Bianca, en todos los sentidos, amor.

—Lo haces, te lo juro. Dejaste de fumar. No sabes lo que eso significa para mí. Y canté en la catedral el domingo sólo porque tú estabas ahí para darme fuerza. ¿Qué más puedo pedirte?

—Y lo que te acabo de hacer, ¿te gustó *muchísimo*?

—Más que muchísimo. Necesito volver a casa para meditar sobre esto, señor Gálvez. Tengo que revivir todo de nuevo, tengo que analizarlo, porque fue demasiado grande para entenderlo ahora. Fue mucho, fue hermoso, fue fuerte.

Gálvez le besó la mano como solía hacer, en la yema de los dedos.

—Salgamos. Tienes los dedos como pasitas.

14

El resto de la semana la dedicaron a completar los estudios médicos: electrocardiograma, ecografía del aparato digestivo y radiografía de tórax. Compartían cada momento con intensidad y les costaba separarse, aun en los recreos, cuando los compañeros reclamaban a Gálvez para una cascarita. Bianca lo instaba a aceptar; él decía que no; ella insistía; él le reclamaba que quisiera deshacerse de él, y ella le decía que ya no lo aguantaba, lo que desataba una ráfaga de cosquillas por parte de Gálvez, que la forzaban a confesar que lo amaba locamente. Hasta que ella no agregaba "locamente", las cosquillas no cesaban. Al final, lo convencía acariciándole el ego.

—Me encanta verte jugar. Eres el mejor. Anda. Yo te miro desde aquí.

Él partía con el corazón henchido de gozo y, a pesar de la atención que ponía en el juego, cada tanto levantaba la vista para comprobar que Bianca estuviese mirándolo. "Ay, mi Leo", suspiraba con una sonrisa, hasta que se dio cuenta de que no era la única que lo miraba y suspiraba, y la sonrisa se le borró en un santiamén. En torno a la improvisada cancha de futbol se congregaban chicas de otros cursos, entre ellas la rubia teñida de cuarto con la que le había dado celos. Cuando Gálvez hacía una jugada notable o metía un gol, las chicas saltaban y vociferaban piropos, que iban subiendo de tono a medida que cobraban coraje.

—¡Qué pompas, Seba!

—¿Tienes escondida otra pelota debajo del cierre del pantalón?

—¡La haces superbién en la cancha! ¿No quieres hacérmelo a mí?

—¡Hazme un penal con tu pelota, Seba!

—¡Te dejo cometer todas las faltas que quieras si juegas en mi cancha, cuerazo!

A Bianca, los celos la cegaban de ira; también la enojaba saber que a Gálvez le fastidiaba que le gritasen groserías. Presentía que ése no era el tipo de atención que su vanidad leonina pedía; debía de hacerlo sentir menos y poco digno.

Bárbara se detuvo junto a ella. Bianca le sonrió.

—No les hagas caso a esas desubicadas. Son unas guarras. A Sebastián no le mueven un pelo.

—No, creo que no.

—Sé que le molesta. Una vez me lo dijo.

—Sí, lo sé.

—¿Te lo dijo a ti también?

—No, nunca lo mencionó. Pero es como si pudiera sentirlo en mi piel, que le molesta.

—Yo quiero mucho a Seba, como al hermano que no tengo. Tiene un corazón de oro.

—Sí, lo sé.

—Te adora, Bianca. Es raro verlo tan entregado a una chica. En los años que lo conozco, nunca lo he visto así.

—¿Ni con Camila?

—Con Camila era distinto. Le gustaba, obvio, pero la quería para joder a Lautaro. Con ella no ponía la atención que pone contigo. Lo veo contigo y me sorprende que sea tan detallista, tan caballero.

—Gracias por decírmelo, Bárbara.

Al final, lo único bueno del partido fue ver que Gálvez chocaba los cinco con Collantonio después de que éste metiese un gol gracias a un pase del otro.

—Me alegra de que no se hayan convertido en enemigos por mi culpa —comentó.

—Ésa fue otra sorpresa, que te perdonase el beso con Collantonio, por más que haya sido para aprender a besar.

—¡Qué idiota! ¿No?

—Yo no soy quién para juzgar a nadie por idiota. El año pasado me gané el Óscar a la mejor idiota. No te juzgo, Bianca. Cada uno hace lo que le parece, pero en serio, pensé que Seba jamás te perdonaría. Cuando ese sábado, en el bar, lo vi entrar en el camerino y supe que estaba ahí para arreglarse contigo, me quedé helada. Ahí me di cuenta de que estaba enamorado por primera vez en su vida. Me puse muy contenta por él, porque creo que eres una chava de fierro. Si Camila te eligió como su amiga íntima, así debe de ser.

—Gracias, Bárbara.

—¿Cómo te fue en la prueba de Geografía?

—Bien, creo. ¿Y a ti?

—Bien, por suerte. Tienes una piel lindísima, Bianca. No tiene defectos: ni manchas, ni marcas de granos, nada. Lisita, lisita.

—Tú también tienes una piel alucinante.

—Ahora la cuido mucho. ¿Ves que te conté que estoy tomando un curso de maquillaje? —Bianca asintió—. También me enseñan cómo cuidar la piel, sobre todo a protegerla del sol y a mantenerla hidratada.

—¡Qué interesante!

—Si quieres, te cuento lo que me enseñaron.

—Me encantaría.

El timbre del recreo anunció el final del partido. La rubia de cuarto se aproximó para saludar a Gálvez, y éste le apartó la mano que ella había apoyado sobre sus pectorales, evidenciados bajo la camisa mojada a causa del sudor.

—No me toques —Bianca lo escuchó decir.

La despachó sin miramientos y se fue al baño.

* * *

Se escuchó el último timbre del viernes. Los alumnos se pusieron de pie y salieron en horda. Bajaban las escalinatas del ingreso cuando alguien llamó a Gálvez.

—¡Ey, Sebas!

Bianca, que por un golpe de fortuna charlaba con Bárbara acerca de cremas para la piel y no se hallaba en los brazos de Gálvez, levantó la cabeza de manera súbita. Habría reconocido esa voz en cualquier parte. Era la de Lorena.

Ahí estaba ella, de pie en la banqueta, desplegando su esplendor de modelo de metro ochenta, con piernas largas como las de una garza bajo la falda de tubo que le apretaba las caderas perfectas. Su cabello rubio y abundante despedía destellos al sol del mediodía. Los varones la miraban como si se tratase de Venus recién emergida de la concha de una ostra.

Bianca buscó a Gálvez, que se había quedado congelado a la mitad de la escalera, la visión fija en Lorena. ¡Claro! ¿Cómo no? Para él también debía de componer un espectáculo alucinante.

—¡Ups! —dijo Bárbara.

¿Se habían puesto de acuerdo? ¿Primero la Mattei en el gimnasio y ahora Lorena en la puerta del colegio? La deprimió pensar que siempre sería así, como durante el partido de futbol, mientras las chicas le vociferaban guarradas, o como en ese momento, con Lorena tentándolo con su belleza y elegancia. ¿Cuánto podría resistir? La abuela Kathleen solía decir: "Tanto va el cántaro a la fuente que al final se rompe". La entereza de Gálvez acabaría por romperse, porque él era un leonino lleno de fuego, que adoraba ser admirado y venerado. Y ella terminaría con el corazón destrozado.

—¡Hola, Pulga!

—Te dejo, Bárbara.

—Con calma —le aconsejó, y Bianca asintió con cara triste—. Paso esta tarde por el local de tu tía y te llevo mis cremas para que las pruebes.

—Te espero. Chau.

Bajó lentamente los escalones y se abstuvo de mirar en dirección a Gálvez. Llegaron los dos juntos. Lorena echó los brazos al cuello del objeto de su deseo e intentó besarlo en la boca, pero Gálvez apartó la cara justo a tiempo y, con la mano libre (en la otra llevaba las carpetas del colegio) se deshizo del abrazo.

—¿Qué haces aquí, Lorena?

—Hola, ¿no?

—Hola.

—Hola, Pulga. Vete a casa. La abuela me acaba de decir que te necesitaba para preparar ese *soufflé* de berenjenas que te sale tan bien.

—Las llevo —propuso Gálvez.

—No, *sweetie*. Tú no te me escapas. A ti vine a buscarte para que vayamos a comer. Tenemos que hablar.

—Imposible —lo tajante de la respuesta sorprendió a Bianca y a Lorena por igual—. Tengo un compromiso ahora. Si quieres, te dejo por ahí, pero no puedo ir a comer contigo.

—¿Vamos, Seba? —Bárbara se aproximó de manera sigilosa y deslizó el brazo bajo el de Gálvez.

—Y ésta, ¿quién es? —lo increpó Lorena.

—Te presento a Bárbara, una amiga. Barby, ésta es Lorena, la hermana de Bianca.

—Hola, Lorena. Te vi en el bar The Eighties, la noche del estreno.

—Ah, ¿tú estabas? No te vi.

—Estaba en el camerino, maquillando a Bianca.

—Mira tú. Qué interesante. ¿Y bien, Sebas? ¿Vienes a comer o no?

—Te dije que no puedo.

—Es que me va a acompañar a mí a comprarme ropa —lo excusó Bárbara, y Bianca le admiró la sangre fría, y se acordó de cuánto había sufrido su querida Camila el año anterior a causa de un comportamiento similar de la beldad del curso y, en cierto modo, compadeció a Lorena—. Seba es lo máximo para aconsejar a una mujer en la compra de ropa. Tiene muy buen ojo.

—¿Cuándo podemos vernos, Sebastián?

—Estoy hasta las manitas con el estudio y otras cosas. Yo te llamo.

—¿Así que estás hasta las manitas con el estudio? Sin embargo, tienes tiempo para acompañar a *Barby* a comprarse ropa.

—¡Pero no sabes lo que me costó convencerlo, Lorena! Desde que anda de novio, es imposible hacer nada con él. Sólo quiere estar con la novia. Superformal se ha vuelto nuestro Seba. ¡Quién lo ha visto y quién lo ve!

Un silencio cayó sobre el grupo.

—No conozco a la novia de Sebas —admitió Lorena, al cabo.

—Es una chava muy padre —informó Bárbara—. Superdulce. Es divina. Todos los amigos de Seba estamos felices de verlo tan bien con ella.

A Bianca le dolió el corazón al ver la amargura impresa en el rostro de su hermana.

—¿Vamos a casa, Lore? —habló por primera vez—. Chau, chicos. Hasta el lunes —dijo, y su mirada se tocó fugazmente con la de Gálvez, cuyo ceño le advirtió que habría problemas.

* * *

Esa tarde, alrededor de las siete y media, Gálvez entró en el local y se topó con Collantonio, que devoraba el consabido hot dog. También estaban Bárbara, que le explicaba a Bianca las ventajas de una crema, y los Rocamora menores, incluso Lourdes, que, cuando divisó a Gálvez, se bajó precipitadamente de las piernas de Bianca y corrió hacia él.

No tuvo tiempo de enojarse. Los niños le hablaron a coro y le arrancaron sonrisas y respuestas apresuradas. A Martina le dijo que le quedaba alucinante la bandana en el pelo; a Juan Pedro lo alabó mientras el niño hacía rebotar la pelota en el empeine sin que tocase el suelo; a Felipe le prometió otra caja de Playmobil.

—¡Felipe! —se enojó Pablo—. No seas pedigüeño. Sebas ya te regaló un Playmobil.

—¡Pero yo quiero el de los cowboys!

—Deja de molestar a Sebas, Felipe —lo amonestó Martina—. Ven, Sebas, te voy a mostrar una princesa que dibujé.

—A ver, princesa, muéstrame a la princesa.

A Bianca le dio risa la mueca de labios entreabiertos con que Bárbara observaba el cuadro.

—Hola, maestro —Gálvez se aproximó a Pablo y estiró la mano; chocaron los cinco.

—Hola, Sebas.

—¿Qué onda? ¿Todo bien? —Pablo asintió—. Hola, Barby —le dio un beso en la mejilla y evitó deliberadamente a Bianca. Se volvió hacia Collantonio.

—¿Qué tal, Sebastián? —se limpió la mano en la playera antes de ofrecérsela. Intercambiaron un apretón—. Espero que no te moleste que haya venido. Cuando me bajé del autobús, estaba tan cag... muerto de hambre —se corrigió delante de los niños— que entré aquí sin pensar. Espero que no te moleste —repitió.

—Todo bien —dijo, serio, desconfiado, y lanzó un vistazo de reojo a Bianca.

—Vinimos con Pulga porque mamá no se sentía bien —le comentó Pablo, y Gálvez se volvió hacia Bianca y la inquirió con la mirada.

—Acabo de enviarle un mensaje para saber cómo le fue con el médico.

—¿Qué tenía? ¿Vómitos de nuevo?

—Dolor de cabeza y los pies hinchados.

—¡Sebas! Mira mi princesa.

—Muy linda, pero no tanto como tú.

Martina ocultó la cara tras la hoja de papel. Bianca elevó los ojos al cielo, y Bárbara y Collantonio rieron.

—¿Cuándo vamos a volver a ver a Magui, Fran y Cande? —quiso saber Felipe.

—Cuando quieran. Es cuestión de hacer un plan.

Se enzarzaron en una discusión acerca de cuál sería el mejor plan. Bárbara terminó de explicarle a Bianca la conveniencia de hacer una limpieza de cutis cada mañana y cada noche con un gel.

—Bueno, yo huyo —anunció Collantonio.

—Yo también —dijo Bárbara, y guardó las cremas en un bolso.

—Gracias, Bárbara. Superinteresante lo que me enseñaste. Me voy a comprar todo.

—Toma, te regalo el gel de limpieza. Yo tengo otro en casa.

—¡No, yo lo compro!

—Anda, quédatelo. Me encantaría que lo aceptaras.

—Okei. Mil gracias.

Bárbara y Collantonio se despidieron y salieron. Acto seguido, entró Claudia, que besó y mimó a sus sobrinos menores. Y en todo ese tiempo, Bianca y Gálvez nunca rompieron el contacto visual. En ese instante, se miraban a través de Claudia y de los chicos, que ocupaban el reducido espacio. Lo que él pensaba, a Bianca le resultaba evidente; lo que ella pensaba de él, no se reflejaba tan fácilmente. "Estás divino, mi amor. Me encantan esa camisa a rayitas blancas y azules y esa chamarra de gamuza. Y me mata tu perfume. ¿Cuál es? Me gustaría olerlo mientras me haces de nuevo lo que me hiciste el miércoles, en la piscina." Lo había sabido desde aquella experiencia mágica en el aquagym, el espíritu voraz y escandaloso que la había poseído la dominaría para siempre. Había probado el fruto prohibido de manos de Gálvez y ahora la tentación se había vuelto irresistible.

—Hola, Sebastián. Hola, Bianqui.

—Hola, Claudia. ¿Cómo estás?

—Bien, gracias. Vamos, enanos, prepárense que los tengo que llevar a su casa. Su madre los está esperando.

—Nos lleva Pulga —sugirió Pablo.

—Bianca tiene que ir a cuidar a unos niños esta noche. Se va directamente después de cerrar.

Pablo caminó hacia Bianca y la abrazó.

—No quiero que vayas a cuidar a esos niños. Quédate con nosotros esta noche —levantó la carita—. Sebas puede quedarse a cenar. Lorena no va a estar.

—Ya me comprometí, Pablo. Tengo que ir. Me van a pagar, acuérdate.

—¡Ey, maestro! —lo distrajo Gálvez—. ¿Qué te parece si mañana vamos al Abasto, a ese parque de diversiones que hay ahí?

—¡Neverland se llama! —aportó Felipe—. ¡Sí, vamos! Está buenísimo. ¿Podemos, Pulga?

—¿Te gustaría? —Bianca miró a Pablo, y éste asintió—. Está bien, mañana vamos al Neverland del Abasto —los niños saltaron y gritaron "viva", excepto Pablo—. ¿Estás contento? —Pablo asintió—. Entonces, ¿por qué sigues con esa cara?

—Yo quería estar contigo esta noche.

—Mañana vamos a estar todo el día juntos.

—Bueno, Pablito, vamos, tesoro, que mamá los espera.

—¿Hablaste con mamá, tía? —preguntó Bianca.

—Me mandó un mensaje. Me pidió que le llevase a los chicos.

—¿No te dijo cómo le fue con el médico?

—Le tomaron la presión. Estaba un poco alta. Tiene que tomar unas gotas y un diurético.

—Hecho —proclamó Gálvez, y chocó la mano con la de Pablo—, mañana nos vemos en el Neverland.

Los niños y Claudia partieron, y el local quedó sumido en la calma. Bianca y Gálvez volvieron a medirse con la mirada.

—¿Qué hacía Collantonio acá?

—Comía un hot dog.

—No me hagas encabronar, Bianca. ¿Por qué estaba acá?

—Ya lo oíste. Se bajó del autobús muerto de hambre y entró a comprar un hot dog. Es un cliente, Sebastián. No puedo negarme a venderle. Tampoco puedo echarlo.

—¿Y vino como cosa de él? ¿O tú lo invitaste? Ya te imagino —agudizó la voz para imitarla—: Hola, Sergito. ¿Por qué no has ido a verme al localito? Vuelve, que te preparo un hot doguito como a ti te gusta.

Bianca explotó en una carcajada, y Gálvez cruzó el espacio en dos zancadas y la envolvió con sus brazos. La espalda de ella se curvó hacia atrás cuando Gálvez le atacó el cuello con dientes, lengua y besos. Las risotadas la ahogaban, la barba de Gálvez la pinchaba, sus manos le hacían cosquillas.

—¡Basta! ¡Basta!

—No te voy a soltar hasta que confieses.

—¿Qué?

—¿Cómo fue que invitaste a Collantonio? Creí que le había quedado claro que no tenía que volver después de los puñetazos que le metí.

—¡No lo invité!

—¿Ah, no? —intensificó las cosquillas.

—Hola, Sergito —lo imitó con voz forzada—. Ven a mi localito. Te preparo un hot doguito —se detuvo; las carcajadas le impedían continuar. Al final, Gálvez se echó a reír, y terminaron abrazados y riendo.

Se calmaron poco a poco. Gálvez le depositaba besos pequeños en la frente, en las sienes, en la nariz, en los ojos húmedos de lágrimas felices, en los pómulos, y Bianca se relajaba y se abandonaba a sus brazos. Él pegó los labios a los de ella para confesarle:

—Estoy muy celoso.

—Puedo entender lo que sientes porque yo también estoy celosa. Pero a diferencia de Sergio, que no anda detrás de mí, a ti te persigue una horda de babosas.

—¿Una horda?

—Sí, con la Mattei a la cabeza. La siguen Lorena, la rubia teñida de cuarto...

—¿Es teñida? A mí me parece que es rubia de verdad.

—¡Es teñida! —se indignó Bianca.

—Okei, okei, es teñida.

—¡Qué pompas, Sebita! ¿Tienes escondida otra pelotita en el pantalón? ¡Juega en mi canchita con tu pelotita, *Sebita*! —Gálvez la observaba con ojos chispeantes de risa—. ¡No te atrevas a reírte, Gálvez!

—No me rio. Te estoy amando por estar celosa.

—No me gusta estar celosa, sábelo. Las acuarianas *no somos* celosas.

—¿Ah, no?

—No. Pero tú eres exasperante y me haces cambiar de personalidad.

—Te amo con cualquier personalidad.

Se miraron, sonrientes, agitados. Bianca le pasó la mano por la frente y por la mejilla, y las sonrisas comenzaron a desaparecer. Gálvez fijó la vista en los labios de ella y se inclinó lentamente para acariciarlos con los de él. Bianca enredó los dedos en su cabeza y lo atrajo hasta sentir que sus bocas se fundían en una. El beso se desató con pasión y los transportó a un mundo lejano, donde los únicos sonidos los producían ellos, con sus respiraciones agitadas y sus lenguas, y el único aroma era el perfume de él. Absortos como estaban no vieron entrar a una clienta, que tosió varias veces hasta que la escucharon.

—¡Disculpe, señora! —exclamó Bianca, y se acomodó el cabello.

Gálvez se precipitó hacia la trastienda y se encerró en el baño. Bianca bajaba la cortina metálica cuando Gálvez regresó. Se pegó a su espalda y la abrazó. Ella notó que masticaba un chicle de nicotina, y se apiadó de él. Levantó el brazo y se aferró a su nuca.

—Vamos —lo escuchó decir—, quiero que cenes antes de ir al bar.

* * *

Cenaron en un restaurante próximo a The Eighties. Gálvez devoraba unos ravioles con salsa *alla bolognese*, en tanto Bianca se esforzaba por terminar su plato de lasaña. Planeaban el encuentro del día siguiente en el Abasto.

—Fue riesgoso organizar un programa con los chicos —expresó Bianca—. ¿Qué excusa le voy a dar a Lorena cuando Martina le refriegue que estuvo contigo? No se va a tragar otra vez la de que nos encontramos de casualidad.

Gálvez apoyó los cubiertos, inspiró y levantó la vista.

—Amor, no quiero presionarte con lo de tu hermana, pero tenemos que buscarle una solución. No podemos seguir escondiéndonos como delincuentes. Y no creo que pueda soportar otra vez lo que pasó hoy a la salida del cole.

—Lo sé.

—Quiero ser libre contigo, Bianca. ¿A qué le tienes tanto miedo?

—A ella, a Lorena. A que se ponga agresiva. Es muy codiciosa, y tú eres lo que más codicia en este momento.

—Puedo hablar con ella, explicarle. Me parece que ella te quiere, Bianca. No creo que te haga nada. Estaba muy orgullosa de ti la noche del estreno del bar.

—Tal vez no me agreda físicamente, pero sí verbalmente, la conozco. Y mamá de nuevo está mal, y no quiero que se ponga nerviosa. Estoy preocupada por mamá, Sebastián. La presión alta en un embarazo es una de las cosas más peligrosas.

—¿Sí? No sabía.

—Puede derivar en una enfermedad de las embarazadas que se llama eclampsia, que provoca unas convulsiones horribles, que las pueden matar, a ellas y al feto. Mamá tuvo presión alta durante el embarazo de Felipe y la controlaban casi todos los días. Por eso sé bien cómo son las cosas. Hoy, cuando volví del cole y me dijo que se le habían hinchado los pies y que le dolía la cabeza, casi me muero.

Gálvez estiró el brazo y le apretó la mano que descansaba sobre la mesa.

—Esperemos, entonces. Quiero que estés tranquila, Bianca —ella asintió con la vista en el mantel—. Pero, como decía mi abuelo, la mentira tiene patas cortas. No quiero que lo nuestro se descubra de la peor forma.

—Por eso te decía que era riesgoso organizar otra salida con los chicos.

—Es que vi tan mal a Pablito, me partió, te juro. Todos tus hermanos son apegados a ti, pero ninguno como él, ni siquiera Lourdes. ¿Por qué? Es como si tú fueses su mamá y no su hermana.

—Pablo es pisciano, ¿te acuerdas que te conté? Es hipersensible. Alicia me explicó que, cuando yo nací, la Luna y Neptuno, el regente de Piscis, estaban en conjunción, es decir, que los dos unen su fuerza de manera armoniosa. Por eso yo tengo una conexión casi telepática con mamá, porque la Luna representa a la madre y Neptuno es el brujo, el hechicero, el vidente. Si ella se siente mal, lo más probable es que yo me sienta mal también.

—¿En serio?

—Sí, a veces la sensación es más intensa que otras. Hoy, cuando salíamos del cole, a mí me dolía un poco la cabeza, algo que jamás me ocurre. Entonces me di cuenta de que algo le pasaba a mamá. Y así fue.

—Qué alucinante. Y como yo tengo Ascendente en Piscis, cuyo regente es Neptuno, tengo sueños premonitorios.

—Además eres hipersensible como Pablo y percibes cosas que nadie percibe con tu megarradar. Alicia me explicó también que esta conjunción Luna-Neptuno hace que los chicos se me peguen como moscas en la miel. De hecho, el día en que fui a que me hiciera la carta natal, Lucito, su hijo, quería estar conmigo todo el tiempo, y eso es raro, porque es un nene al que sólo le gusta estar en brazos de su mamá o de Camila. Por eso Pablo, que percibe esa energía neptuniana en mí, se me pega. Yo lo comprendo, lo escucho, le hablo, nunca lo contradigo en sus percepciones, y eso hace que me busque continuamente. A veces me asusta que dependa tanto de mí —sacudió los hombros—. Supongo que lo irá superando a medida que crezca.

—¿Será por mi Ascendente en Piscis y tu Luna-Neptuno...

—*Conjunción* Luna-Neptuno —lo corrigió Bianca.

—¿Será por mi Ascendente en Piscis y por tu conjunción Luna-Neptuno que ando como un tonto detrás de ti?

—Tal vez. Sólo espero que tú nunca lo superes.

—Nunca, amor. No creo que sea posible. Come, Bianca, por favor.

—Sí —se llevó un bocado de lasaña a la boca.

—¿En qué piensas?

—En que probablemente los chicos ya dijeron en casa que mañana vamos a ir contigo a Neverland.

—Pablo dijo que Lorena no estaría esta noche. Lo importante es que ella no lo sepa. No te angusties, por favor.

—¿Vas a invitar a tus hermanas?

—Sí, porque eso te hace feliz.

Bianca sonrió.

* * *

Incluso Bianca, que se había mostrado reacia al programa en Neverland, terminó por aceptar que pocas veces se había divertido y reído tanto. En su opinión, los carritos chocadores resultaron de lo más entretenido. Como en el auto había espacio para dos, ubicó a Lourdes a su lado, la ató con el cinturón y se lanzó a chocar a sus hermanos y a las hermanas de Gálvez. Éste, con Candelaria al puesto de copiloto, inició una persecución implacable a la que Bianca no consiguió escapar. Él era hábil al volante; ella, sofocada por la risa e inexperta, siempre acababa encajonada. Pablo, para rescatarla, empujaba el auto de Gálvez, que se vengaba persiguiéndolo por la pista a toda velocidad. Entonces, Bianca se precipitaba en defensa de su hermano y chocaba a Gálvez, que de nuevo iniciaba su persecución despiadada.

No resultó fácil arrancar a los niños de los juegos, en especial a Felipe, al que nada le bastaba. Los engatusaron con la promesa de helados y golosinas, que disfrutaron en el área de comida. Al igual que el sábado anterior, en el Village Caballito, Gálvez se ubicó junto a Bianca, pasó el brazo por el respaldo de su silla y le habló al oído aprovechando que los más chicos conversaban entre ellos.

—Hoy almorcé en casa de mi papá. Me enganchó con esto de que tenía que ir a buscar a las nenas. Me suplicó que fuera más temprano, así comíamos todos juntos.

—¿Lo pasaste bien?

—Sí, la verdad es que sí. Con las nenas ahí, sobre todo con Cande, es más fácil. A mi papá se le dio por ponerse romántico —Bianca lo miró contrariada—. Estábamos solos en el balcón, viendo la vista alucinante que tiene, y me preguntó por ti. Me dijo que tú eras un tesoro y que yo no tenía que perderte. Le dije que no tenía ninguna intención de perderte. Me hizo una cara de "vamos, somos pocos y nos conocemos mucho" y se zarpó con el discurso de que él había amado a mi mamá como a ninguna otra mujer, pero que la había perdido por dejarse llevar por la tentación, por querer probar algo nuevo. Que había sido un idiota. Y que él estaba seguro de que a mí las mujeres me perseguían como lo habían perseguido a él, por eso me daba este consejo, para que no te perdiera sólo por una calentura. Me dijo que mi mamá era y sería el amor de su vida, y que la había perdido para siempre, y que todavía le dolía. Yo le pregunté por Luisa, y me dijo que le daba estabilidad y tranquilidad, y que la quería mucho, pero como había querido a Gladys, no volvería a querer jamás. Según él, esa clase de sentimiento sólo se da una vez en la vida. Me dijo que yo había sido el fruto de un amor inmenso, que nunca lo dudara.

—Qué hermoso, mi amor —Bianca entrelazó sus dedos con los de él bajo la mesa, y Gálvez inclinó la cabeza y le pasó la punta de la nariz por la oreja.

—Me dejó helado con lo que me dijo y no tuve los huevos para preguntarle: "Si fui el producto de un amor inmenso, ¿por qué me abandonaste? ¿Por qué desapareciste durante tantos años?".

—¿Por qué piensas que no tuviste valor para preguntárselo?

—No lo sé.

—Tal vez te dio lástima incomodarlo.

—Puede ser. De todo lo que me dijo, lo que más me llegó fue eso de que este tipo de amor sólo se experimenta una vez en la vida. ¿Tú qué crees, amor? ¿Es así, sólo una vez en la vida?

Bianca apuntó la vista a la cabecita de Lourdes, sentada sobre sus piernas, y sonrió con timidez.

—¿Qué puedo decirte, Sebastián? He amado una vez en mi vida. Amo al mismo chico desde que tenía trece años y no podría dejar de amarlo, aunque estuviese con otro.

—Bianca… —Gálvez le humedeció la oreja con su aliento—. Nunca vas a estar con otro que no sea yo, amor, nunca. No podría soportarlo. Eres mía, Bianca, mía y sólo mía.

—Sabes mejor que nadie que soy tuya y de nadie más. ¿Y tú? —levantó las pestañas y lo miró fijamente—. ¿Eres mío y de nadie más?

—Si alguna chica me hubiese hecho esta pregunta dos meses atrás, me habría cagado de risa y tal vez le habría dicho que sí para echármela. Pero ahora te digo sí con el corazón en la mano. No sé qué me hiciste, Bianca, pero sí, soy tuyo y no quiero ser de nadie más.

—Prometo confiar en ti, Sebastián. No voy a dudar de tu fidelidad, nunca. Pero si llegas a fallarme, no creo que pueda resistirlo. Creo que entiendo por qué Gladys quemó todos los puentes con tu papá. Después de amar de esta forma en la que yo te amo, una traición no se comprende.

—Confía en mí, amor. Para mí es superimportante saber que no me ves como un tipo poco confiable, como un mujeriego. Una vez me dijiste que te parecía sólido, que era tu héroe, que te hacía sentir segura. Eso y que soy tu alegría son las cosas más lindas que me has dicho, Bianca.

—Y lo eres, Sebastián. Eres mi roca y eres la alegría de mi vida.

—Me das fuerza, Bianca. Creo que soy capaz de lograr cualquier cosa si te tengo a mi lado.

—Lograrías cualquier cosa así no me tuvieses, porque eres poderoso. Tal vez no lo sepas, Sebastián, pero eres muy poderoso.

—Pero te quiero a mi lado igualmente.

—Aquí estoy, a tu lado —volvió a sujetarle la mano bajo la mesa, y a él no le importó llevársela a los labios, frente a los niños, y besársela.

* * *

El domingo muy temprano, alrededor de las siete, sonó el teléfono. Bianca levantó los párpados con dificultad y consultó la hora en el despertador. Hacía poco más de tres horas que se había ido a dormir. La cama de su hermana estaba vacía, sin deshacer. Se incorporó. El teléfono seguía sonando. Escuchó que su padre lo contestaba y que elevaba el tono de voz. Saltó de la cama y se puso la bata. Por fortuna, Martina y Lourdes seguían durmiendo. Segundos después, la silueta de Pablo Rocamora se dibujó en el espacio de la puerta.

—¡Bianca!

—Sí, papá. Estoy levantada.

—Acaba de llamar Ricardo Fischer, el agente de tu hermana. Dice que está internada.

—¿Qué?

—Sufrió una descompensación y la llevaron al Fernández. Estoy yendo para allá.

—¿Quieres que te acompañe?

—No. Quiero que te quedes en casa y te hagas cargo de tus hermanos.

—Sí, papá.

Sus padres se vistieron a toda prisa y partieron. Bianca no pudo volver a la cama. Aprovechó que sus hermanos dormían y se dio un baño. ¿Una descompensación? ¿Qué la habría producido? ¿La falta de alimentos? ¿Habría mezclado alcohol con las drogas que tomaba en los antros? La aterrorizaba la idea de que Lorena muriese. Lloró bajo la lluvia de la ducha. Se acordó de cuando su hermana la defendía en las ocasiones en que Pablo Rocamora le pegaba; y de cuando le enseñó las divisiones con punto, que tanto le costaban; y de cuando le dijo que era la mejor hermana del mundo por cubrirla en sus salidas clandestinas. ¿Sí? ¿Era la mejor hermana del mundo? Sabía de Lorena más que cualquier otra persona; sin embargo, no hacía ni decía nada; guardaba silencio, como una cobarde, y la observaba destruirse. Y ahora le decían que estaba internada, descompensada.

Necesitaba hablar con Gálvez. Miró la hora. Ocho y media. No lo despertaría. Esperaría. Iría preparando el biberón, que Lourdes reclamaría en un rato. Puso a lavar ropa y tendió la cama de sus padres. Vio el medicamento para la presión de Corina y volvió a amargarse. ¿Y si se le subía la presión a causa del mal trago? "No hay nada que puedas hacer, Bianca, sólo esperar."

Mandó un mensaje al celular de su madre. Diez minutos después y sin respuesta, envió otro al de su padre. Desde que tenía teléfono celular, era el segundo que le enviaba. Pablo Rocamora le contestó un momento después. *Ya está compensada, fuera de peligro.* No era mucho, pero era algo. Se quedó más tranquila.

La casa comenzó a cobrar vida. Lourdes fue la primera en despertarse. La cambió y la vistió, y la sentó frente a la televisión para que viera dibujitos animados mientras tomaba el biberón. Apareció Pablo en la cocina, descalzo. Lo mandó a ponerse las pantuflas. Volvió con Juan Pedro y Felipe a la zaga. Bianca se afanaba en preparar pan tostado, leche caliente para algunos, hojuelas con leche para otros. Moquito ladraba, muerto de hambre. Lourdes volvió con el biberón vacío, todavía insatisfecha.

—Pablo, ¿podrías poner un poco de alimento en el plato de Moqui?

—Sí.

—¿Quieres un pan tostado, Louli? Con miel. Mmmm… *Yummy, yummy.*

—Ami, ami —la imitó la bebé.

—¿Dónde están papá y mamá? —preguntó Pablo.

—Tuvieron que salir.

—¿Y Lorena? —insistió—. No está durmiendo y su cama está tendida. ¿No durmió anoche en casa?

—No.

—¿Adónde está?

Bianca lo miró fijamente.

—Está internada, Pablo. Esta mañana llamaron para avisar. Se desmayó. Pero ahora está bien.

—¿Se desmayó porque no come?

—No lo sé.

Martina se despertó llorando a causa de una pesadilla, y Bianca corrió al dormitorio a calmarla. Mientras lo hacía, se desencadenó una pelea entre Juan Pedro y Felipe, por lo que voló de nuevo a la cocina para poner orden. Les pidió silencio y decidió hablarles con la verdad.

—Ya escucharon lo que le dije a Pablo, que Lorena se puso mal y hubo que llevarla al hospital.

—¿Se va a morir? —preguntó Felipe.

—No, por suerte no. Pero seguramente estará unos días internada. Mamá tendrá que quedarse con ella y nosotros vamos a estar solos. Necesito que se porten bien y que me hagan caso.

—Si nos portamos mal, ¿no nos vas a llevar más a Neverland con Sebas? —se alarmó Juan Pedro.

A Bianca no le gustaba echar mano de ese tipo de extorsiones; no obstante y dada la situación crítica, aprovechó la oportunidad.

—Exacto —le guiñó un ojo a Pablo, que le devolvió una sonrisa compinche—. Nada de salidas con Sebastián y sus hermanas.

Les preparó la ropa y les mandó vestirse. Les ordenó que tendieran las camas y que acomodaran el lío en sus dormitorios. Lo hicieron con devoción, aunque bastante mal, por lo que Bianca debió ajustar sábanas y enderezar edredones. Los sentó en la mesa de la cocina para que hicieran las tareas mientras ella preparaba el almuerzo. Martina leía en voz alta la leyenda del palo borracho, en tanto Juan Pedro armaba un *collage*, Pablo preparaba un resumen para Ciencias Sociales, Felipe hacía un dibujo para Lorena, y Lourdes jugaba con masa de colores.

A la una, mientras Bianca sacaba las milanesas del horno, escuchó el pitido del celular que le anunciaba la entrada de un mensaje. Era de Gálvez. *Buen día, amor. Cómo dormiste?* Meditó un momento y se decidió a llamarlo.

—¡Hola, amor! ¡Qué lindo que me llames!

—Te quería contar algo.

—¿Estás bien? —enseguida se puso en guardia—. ¿Todo bien, amor?

—Yo estoy bien, no te preocupes. Pero Lorena está internada. Se descompensó hoy por la madrugada y la llevaron al Fernández.

—¿Cómo está ahora?

—No sé mucho. Acabo de recibir un mensaje de mi abuela, que fue al hospital. Dice que van a trasladarla al Italiano esta tarde, pero que está bien. Fuera de peligro, por suerte.

—Me alegro, Bianca.

—Sí. Qué alivio. No sabes los momentos que pasé.

—Me imagino, amor. ¿Se sabe por qué se sintió mal?

—No. Todavía no me han dicho nada.

—Imagino que estás a cargo de tus hermanos.

—Sí.

—Ahora mismo voy para allá a echarte una mano.

—Mi abuela está por llegar de un momento a otro, no te preocupes. Además, se están portando muy bien porque los amenacé con que no iríamos más a Neverland contigo.

—No te imagino amenazándolos.

—Ah, pero lo hice.

—Voy lo mismo, Bianca, aunque esté tu abuela. A ella podemos contarle lo nuestro. Siempre me has dicho que ella es muy buena onda.

Bianca no tuvo corazón para negarse. Además, lo necesitaba.

* * *

El encuentro con la abuela Kathleen se desarrolló de manera más simple y normal de lo que Bianca había esperado. La señora entró en la cocina y, al ver a Gálvez, se detuvo en seco. Habló en inglés para decir:

—¿Quién es este muchacho tan buen mozo?

—Granny —intervino Bianca—, hablemos en castellano. Sebastián no entiende el inglés.

Gálvez se aproximó con actitud solícita, ejecutó su sonrisa de publicidad de Colgate y se inclinó para besar a Kathleen en la mejilla.

—Mucho gusto, señora. Sebastián Gálvez a sus órdenes.

"¿Sebastián Gálvez a sus órdenes?" Bianca contuvo la risotada.

—Ahora entiendo por qué su hija Corina es tan hermosa.

"Pues sí, Leo sabe cómo tratar a una mujer."

—Gracias, señor Gálvez. Hacía tiempo que no me decían piropos.

—¿De verdad? ¡Qué raro!

—Granny, Sebastián es mi novio.

—¡Oh!

—En casa no lo saben todavía.

—¿Ah, no?

—Lo conocen. Pero creen que es mi compañero de cole solamente.

—Y eso, ¿por qué?

—Es complicado, Granny. Más tarde te lo explico. Sebastián estuvo perdido en las sierras el año pasado, con Camila y Lautaro.

—¡Ah! Por eso su cara me resultaba familiar. Me acuerdo de haberlo visto en la tele —pronunció "teli", como hacen los ingleses.

—Fue por mi culpa, señora —admitió Gálvez.

—Oh, bueno, todos hemos cometido travesuras en nuestra juventud.

Los más pequeños entraron en la cocina y, al descubrir a la abuela, la rodearon para saludarla. La mujer se alejó respondiendo preguntas y dando besos.

—Dejen a Granny tranquila —la rescató Bianca—. Necesito hacerle unas preguntas acerca de Lorena.

La mujer les comentó que se había tratado de una hipocaliemia, una baja súbita y marcada del potasio en sangre. Más tarde y mientras Gálvez veía con los chicos una de las películas que había traído para entretenerlos, *Madagascar,* Kathleen le confesó a Bianca que la baja del potasio se había debido a que Lorena había abusado de los diuréticos y los laxantes para bajar de peso. Bianca corrió a la computadora y googleó la palabra hipocaliemia. En muchos sitios mencionaban que la bulimia podía causarla. Eso, sumado a la diarrea y la orina excesivas causadas por los diuréticos y los laxantes, la había conducido al colapso. En todas partes leyó que una baja pronunciada de potasio podía causar la muerte.

Alrededor de las siete y media de la tarde, sonó el celular de Kathleen, que se alejó para atenderlo. Volvió al cabo con noticias para Bianca.

—Pulga, era tu madre. Dice que Lorena quiere que pases la noche con ella. No quiere a nadie más con ella. Prepara ropa, querida, y lleva el delantal y los útiles del colegio. Mañana te irás directamente desde allí al colegio.

—¿Tengo que ir ahora?

—Sí. Tus padres ya quieren volver. Tu mamá, sobre todo, está deshecha.

—¿Le preguntaste cómo está su presión?

—Se la tomó varias veces y todo está bien.

Bianca soltó un suspiro y caminó hacia su dormitorio. Gálvez la siguió. Se detuvo bajo el dintel de la habitación.

—¿Aquí duermes tú, amor?

—Sí, ahí. Pasa.

—¿Duermen las cuatro juntas?

Bianca asintió y sonrió al verlo girar sobre sí para estudiar el pequeño entorno.

—¿No es muy chico para las cuatro?

—Sí. Pero sólo hay tres dormitorios, uno para papá y mamá, otro para los tres varones y otro para nosotras cuatro. Roguemos que el que viene en camino sea varón y no nena.

—No entiendo por qué Lorena no se fue a vivir sola. Ella trabaja. Debe de ganar bien como modelo.

"Muy bien", ironizó Bianca, "pero no como modelo".

—¿No le alcanza para pagar un alquiler?

—Ella dice que está ahorrando para comprarse un departamento. Que no piensa tirar el dinero en un alquiler. Creo que no se va por otra razón, porque la verdad es que no comprendo cómo aguanta vivir aquí, sin lugar para sus cosas, sobre todo para su ropa, que es muchísima. Mira —dijo, y levantó el edredón—, algunas cosas las guarda en cajas bajo su cama.

—¿Qué razón puede haber para no irse a la mierda de este lugar tan chico?

Bianca rio ante la mueca de incredulidad de Gálvez. Le atrapó la cara con las manos, se puso de puntitas y lo besó en los labios.

—Me haces morir de risa. Tú, mi Leo amado, no soportarías compartir el dormitorio con un hermano que te tocase las cosas, que te desacomodase los cidís, que se pusiera tu ropa, tu perfume, tus tenis.

—Lo asesinaría —Bianca profundizó la risa, y Gálvez la pegó a su cuerpo entrelazando las manos en la parte baja de su espalda, obligándola a permanecer de puntas—. Quiero decirte algo —susurró sobre los labios de ella, que se estremeció y bajó los párpados—. Amé cuando le dijiste a tu abuela: "Sebastián es mi novio" —jugó con sus labios, sin besarla—. ¿Te das cuenta de que es la primera vez que se lo dices a otra persona, que soy tu novio?

—¿Sí?

—Sí. Y aluciné oyéndote decirlo.

—¡Pulga! —la abuela Kathleen la llamó desde la cocina—. Vamos, querida, tus padres te esperan para volver a casa.

—¡Sí, Granny! Ya voy.

—¿Vas a poder dormir en el Italiano? Anoche no dormiste nada, Bianca, trabajaste todo el fin de semana y ahora seguro que no vas poder descansar bien.

—He dormido muchas veces en el Italiano para acompañar a mamá cada vez que nacía uno de mis hermanos. Estoy superacostumbrada.

Gálvez torció la boca; no se mostraba convencido.

—Te llevo —Bianca asintió—. Mañana te paso a buscar a las siete y cuarto, así desayunamos juntos en la cafetería del cole, como el otro día. Me encantó desayunar contigo, amor.

—A mí también.

—Me encanta estar contigo, Bianca. Amo cada momento que pasamos juntos. Después, cuando vuelvo a casa y me voy a dormir, me pongo a pensar en todas las cosas que hicimos y que nos dijimos, y me rio solo, como un tonto.

—Mi tonto adorado.

—¿Muy adorado?

—Adoradísimo.

* * *

Bianca apenas rozó la puerta con los nudillos y entró sin esperar la invitación. Una enfermera extraía sangre de la vena radial de Lorena, que miraba hacia el lado opuesto con mala cara.

—¿Ya está?

—Un momento —contestó la mujer.

—¿Están alimentando a una legión de vampiros con mi sangre? Digo, porque me han sacado quinientas veces desde que llegué.

—Ésta es la segunda vez que te sacamos, Lorena —replicó la enfermera, con paciencia.

—Pero en el Fernández también me sacaron. ¿No ves cómo tengo la vena?

—Ya está. No te molesto más por hoy.

—¡Menos mal! ¡Pulga! —exclamó al verla esperando en la entrada—. ¡Pasa!

—Buenas tardes —saludó Bianca a la enfermera.

—Buenas tardes. Pasa, ponte cómoda. En un rato, viene la cena para esta belleza.

La enfermera se marchó y Lorena ejecutó el gesto de *fuck-you*.

—¡Ay, Pulgui! —estiró los brazos hacia su hermana, que se acercó a la cama—. ¡Qué suerte que viniste, hermanita! —le rodeó el cuello y Bianca se vio obligada a inclinarse—. Ya no aguantaba a papá y a mamá. Quería que se fueran.

—¿Cómo estás?

—Mejor. Todavía un poco mareada, pero mejor.

—¿Qué fue lo que te pasó?

—Fue horrible, la verdad. Se me puso dura la garganta y sentí un ahogo. Las piernas se me debilitaron y me caí al suelo. No recuerdo nada más. Me desperté en el Fernández, rodeada de médicos y enfermeras.

Bianca asintió y no habló mientras se desembarazaba de sus cosas. Marchó al baño para lavarse las manos. Regresó y sacó un papel de su bolsa.

—Toma —se lo entregó a Lorena—. Es un dibujo que te manda Felipe. Lo hizo para ti.

Se sentó en el borde de la cama del acompañante y guardó silencio mientras la mayor estudiaba el diseño. Al final, levantó la vista, y las hermanas se miraron a los ojos.

—¿Dónde estabas cuando te desmayaste?

—En un antro. Por suerte Ricky estaba cerca y llamó enseguida a la ambulancia.

—Granny dice que tuviste una baja abrupta del nivel de potasio en sangre. Los médicos les dijeron que se debió a la cantidad de diuréticos y laxantes que tomaste.

—También se me fue la mano con los daiquiris.

—¿Sólo con los daiquiris? ¿Y qué hay de esas porquerías que me contaste que tomas? ¿Cristal, éxtasis, ketamina?

—Algo de eso hubo también. Estaba depre porque no me peló Sebas el viernes y me tomé todo.

Bianca bajó la vista y la fijó en sus manos unidas, tan apretadas que los dedos estaban blancos en algunas zonas y rojos en otras.

—¿Por qué no te olvidas de Gálvez, Lore? Ya te dije que no me gusta ver que te arrastras así por él. Ni por él, ni por nadie.

—No quiero hablar de eso. Quería pedirte que no les digas a mamá y a papá que vomito... a veces.

—¿A veces, Lorena? No hay vez que comas algo que después no vayas al baño a vomitar. Ésa es una enfermedad y se llama bulimia. Estoy segura de que tú lo sabes mejor que nadie.

—Yo lo controlo muy bien. Vomito si comí mucho o cuando subí de peso. Lo hago para mantenerme y nada más.

—Está a la vista que lo controlas estupendamente bien —las hermanas se midieron con la mirada—. Si tienes ganas de engañarte a ti misma, adelante. Me parece la cosa más idiota, pero cada uno hace lo que quiere. Sólo te pido que no trates de convencerme a mí de lo que no es. La realidad es una, y punto. Tú vomitas. Siempre. No hay otra cosa que decir.

—Está bien, es cierto, vomito bastante seguido. Pero no se lo digas a papá y a mamá.

—Lorena, los médicos se van a dar cuenta de que no comes bien. ¿Por qué crees que te están sacando sangre tan seguido?

—Porque quieren ver si respondo a la medicación oral que están dándome para aumentar el potasio.

—Pero se van a dar cuenta de que te falta de todo en la sangre. ¡No mantienes nada en el estómago! No sé cómo haces para estar en pie todo el día.

—No le digas a papá y a mamá, *please*.

Lorena extendió los brazos en dirección a su hermana y movió las manos en un gesto de invitación a tomárselas. Bianca se puso de pie y se las aferró.

—Papá estuvo con jeta todo el día hoy porque los médicos le dijeron que tenía mucho alcohol en la sangre. ¿Te imaginas si tú encima le dices que vomito?

—Yo no le diría que vomitas, Lorena. Le diría que estás enferma, que tienes un desorden alimenticio que se llama bulimia. No tienes que tener miedo de papá. Tú no, que eres su preferida.

—No le digas, Pulga, por favor.

—Callé durante mucho tiempo, Lorena. Hoy, cuando me dijeron que estabas internada y descompensada, sentí mucha culpa por no haber hablado antes, para ayudarte.

Llamaron a la puerta. Bianca abrió. Una empleada entró con la comida. Bianca acercó la mesa con rueditas a la cama y ayudó a Lorena a acomodarse sobre las almohadas, cuidando de no tirar del suero. La chica colocó la bandeja sobre la mesa y se marchó.

Bianca levantó las cubiertas metálicas, y un agradable aroma inundó la habitación. Había sopa de verduras, puré de papa y calabaza, un bife de chorizo jugoso y un plato con rodajas de plátano y gajos de naranja.

—No pienso comer nada de esto.

—Vas a comer todo. Si no lo haces, voy a buscar a un médico y le digo que eres bulímica. Te lo juro por lo más sagrado, Lorena.

—¡Eres una hija de puta!

—Se me resbala que me insultes.

—Tú no entiendes. No puedo comer tanta cantidad. Voy a reventar.

—Sí, eso lo sé. Tienes el estómago del tamaño de un saquito de té. Vas a comer un poco de cada cosa, sobre todo la fruta.

—¿Por qué la fruta? Sabes que odio la fruta.

—Porque te han traído plátano y naranja a propósito, porque tienen grandes cantidades de potasio.

—¿Cómo sabes?

—Hoy estuve investigando en Google. Anda, toma un poco de sopa —le acercó la cuchara a la boca—. Vas a ver que, con el primer sorbo, se te abre el apetito.

—Un poco de cada cosa, nada más.

—Yo me como el resto, te lo prometo.

Bianca guardó silencio mientras la alimentaba. No quería iniciar una conversación. Sabía que si hablaban, el pequeño estómago de Lorena se llenaría de aire y no de comida. Le ordenó callar las veces que Lorena intentó iniciar un diálogo. Por fin, le cerró la boca cambiando de estrategia.

—No hables, así no te llenas de gases. Leí que la baja de potasio provoca muchos gases si se habla mientras se come —le mintió, y se tragó la risa al ver el gesto de horror de su hermana.

Lorena comió bastante bien dadas las circunstancias y su renuencia a la ingesta de alimentos. Bianca estaba contenta, aunque sabía que, si no se tomaban medidas, volvería a lo mismo de siempre una vez que abandonase el hospital. Ella acabó con el resto de la cena y después se prepararon para dormir. Sostuvo a Lorena del brazo mientras caminaba hasta el baño para orinar y lavarse los dientes, acción un poco complicada a causa de la impaciencia de la chica y el tubo del suero a rastras. La ayudó a acomodarse en la cama.

—Gracias, hermanita —Lorena le apretó la mano—. Quería que vinieras porque tú nunca me haces sentir una mierda. Hoy papá casi no me habló y me miraba como odiándome.

Llamaron a la puerta. Era la misma enfermera que le había extraído sangre.

—¿Cómo estás, Lorena?

—Bien.

—Veo que comiste todo.

—Yo la ayudé un poco —admitió Bianca—, pero ella comió la mayor parte, sobre todo la fruta.

—Aquí te traigo esto para que duermas toda la noche.

Bianca agradeció para sus adentros, así ella también dormiría. Debido a la falta de descanso tenía un dolor de cabeza que casi le impedía mantener los ojos abiertos. La enfermera les deseó buenas noches y se marchó.

Bianca se puso el camisón y se metió en la cama.

—Y, Pulga, ¿qué me dices? ¿Me vas a balconear con papá y mamá?

—Te hago una propuesta.

—¿Cuál?

—No les digo nada a papá ni a mamá si tú empiezas a ir a Aluba.

—¿A... qué?

—Aluba. Es un instituto que se especializa en curar los trastornos alimenticios, como la bulimia.

—¿Cómo sabes estas cosas? Ah, sí, no me digas. Lo leíste en Google.

—*Exactly.* ¿Qué te parece mi propuesta? —Lorena se quedó mirando el techo—. Yo llamo por teléfono, yo fijo la entrevista, yo hago todo. Hasta te acompaño. ¿Qué te parece?

—Eres una extorsionadora. Con esa carita de no le pego a nadie, ¡me estás extorsionando!

—*Exactly.* No voy a tener tu muerte en mi conciencia.

—¡No exageres, Pulga!

—Me estoy muriendo de sueño, Lorena. No voy a discutir contigo. Ésa es mi oferta. Tómala o déjala.

—La tomo, reverenda hija… —el pitido del celular de Bianca detuvo el insulto de la hermana mayor—. ¿Quién te mensajea?

—Es Granny —mintió.

Amor como estás? T extraño. Estás bien?

Muy bien, mi amor. No t preocupes. Yo también t extraño, tanto tanto.

Cenaste?

Si. Bife con puré. Tú?

Ravioles. Riquísimos.

Te amo.

Yo +

Imposible.

15

A Lorena la dieron de alta el martes por la mañana. Tal como Bianca había pronosticado, los médicos se dieron cuenta de que padecía un trastorno alimentario. Lo sospecharon al estudiar los resultados de los análisis de sangre y al pesarla y medirla, y lo confirmaron cuando le vieron los nudillos de la mano derecha, lastimados de tanto rasparlos con los dientes para provocarse el vómito, y después de que una psicóloga del hospital la visitó.

Convocaron a Pablo Rocamora y a Corina y les expusieron el diagnóstico. Bianca desconocía los detalles de la conversación. Corina, que se mostraba tan sorprendida como su esposo, sólo le refirió que les habían aconsejado que buscasen ayuda en Aluba (Asociación de Lucha contra la Bulimia y la Anorexia), preparados para lidiar con casos como los de Lorena.

—Yo había oído hablar de estas enfermedades —le confesó su madre—, de la bulimia y de la anorexia, pero no sabía que podían ser mortales.

"¿No se supone que soy yo la que vive colgada de una nube?", exclamó Bianca para sí.

—Es mortal —ratificó—. Una chica que iba a quinto cuando yo iba a tercero se murió de anorexia.

—¿No me digas?

—Sí. Nos dieron una charla en el cole en aquella ocasión. Creo que la profesión de Lorena no es lo más recomendable si va a empezar un tratamiento para curarse —aportó—. Leí que las modelos y las bailarinas son los dos grupos más castigados.

—Todavía no entiendo cómo tu padre le permitió a Lorena hacerse modelo.

—Lorena le suplicó y papá cedió, como siempre. Es su favorita y le deja hacer cualquier cosa.

—Bueno, no cualquier cosa, Pulga. La condición fue que no desfilara en ropa interior, ni en trajes de baño.

—Lo que sea, mamá, pero es modelo y no tiene que estar flaca, tiene que estar esquelética.

—Los médicos nos dijeron algo que nos preocupó muchísimo.

—¿Sí? —se asustó Bianca, aunque trató de disimularlo.

—Había rastros de una droga en su sangre, de esas que se venden en los antros. Ketamina.

—Es parecida al éxtasis. En realidad, son distintas, pero producen efectos similares.

—¿Cómo sabes tanto?

"Estuve investigando porque hace rato que sé que Lorena las consume."

—Mamá, casi todos los chicos consumen eso. Todo el mundo lo sabe.

—Y tú, hija, ¿alguna vez has consumido?

—No.

—¡Qué alivio! Con Lorena, tenemos suficiente. Nos contaron cosas horribles acerca de las consecuencias de ingerir ese veneno. Tu padre está que trina. Le dio un sermón esta mañana mientras nos preparábamos para volver a casa.

—¿Qué van a hacer, mamá?

—Apenas llegamos del Italiano, llamé a Aluba y nos dieron una entrevista para la semana que viene, para el martes. Pero nos invitaron este jueves a una charla que dan en la sede, aquí cerca, en Combate de los Pozos al dos mil cien.

—¿Te gustaría que los acompañase?

—No, hija, prefiero que te quedes con los chicos. Vamos a ir con tu abuela.

—Y con papá —Bianca lo expresó como una afirmación.

—No puede. Tiene un compromiso con el grupo de la Virgen de Schoenstatt.

"WHAT!"

—Ah, no puede —se guardó los comentarios para evitar que a su madre le subiera la presión—. Pero a la entrevista de la semana que viene va, ¿no?

—No sabe. Tal vez tenga que viajar de nuevo a Mendoza. Con esto de que están por abrir una sucursal del banco allá, está muy ocupado con ese tema.

* * *

A última hora de ese martes, Gálvez intentaba enseñarle a Bianca las primeras lecciones de nado.

—Éstas no son lecciones de nado, Bianca. Son lecciones de *nada*.

—No me hagas reír que voy a tragar agua y me voy a ahogar.

—¿Qué tiene de difícil nadar de muertito?

—No me tienes paciencia.

—Es que no entiendo.

—Sebastián…

—Me mata cuando me dices "Sebastián" como si estuvieras a punto de echarme una bronca. Te comería la boca de un beso.

—Estaba a punto de decirte que, después de diecisiete años de tenerle pánico al agua, creo que aprendí a flotar bastante rápido, ¿no te parece?

—Chica, tienes el mejor profe. ¿Qué esperabas?

—Esperaba…

Gálvez no le dio tiempo a terminar. Le aprisionó la cara entre las manos y la acalló con un beso. Ella se rindió sin presentar batalla. Separó los labios y se sujetó a su espalda. Amaba esos momentos de amor en el agua; tenían un encanto especial, aunque hubiese tanta gente en torno; tal vez por eso eran especiales, eran momentos robados.

—No me retes —suplicó él—. Te voy a tener paciencia.

—Gracias, mi amor. Si me pongo de espaldas, me da la sensación de que me hundo.

—¿Cómo piensas que voy a dejar que te hundas, amor? Yo estoy ahí para sujetarte.

—Es instintivo. Perdóname.

—Si me das un beso.

Bianca le rodeó el cuello con los brazos y la cintura con las piernas, y le atrapó el labio inferior entre los dientes; se lo succionó porque le parecía tan apetecible, así carnoso y pequeño, y, después, con la punta de la lengua, le hurgó las comisuras, y las encías, y le tanteó el frenillo, y la suavidad del esmalte de sus dientes, hasta que él se cansó del juego, le introdujo su lengua bien profundo y la besó hasta quitarle el aliento. Un hambre voraz se desató en ella. Sintió que Gálvez se desplazaba y, al cabo, percibió el borde de la piscina en la espalda.

Fue Gálvez quien recuperó la cordura. Cortó el beso y, agitado, le rogó como solía en esos casos:

—Háblame de algo para distraerme.

—Hoy dieron de alta a Lorena.

—Sí, me lo contaste en el cole.

—No te conté que los médicos se dieron cuenta de que es bulímica y de que consume drogas de diseño y que se lo dijeron a papá y a mamá.

Eso le devolvió la sobriedad con la efectividad de una bofetada. Apartó la frente de la de Bianca y la miró a los ojos.

—¿Tú lo sabías? —Bianca asintió—. ¿Cómo?

—Observándola.

—Y todo este tiempo, sabiendo lo que sabes de ella, ¿tuviste miedo de decirle que estamos saliendo?

—¿Qué podía hacer con esa información?

—Amenazarla con contárselo a tus papás si ella llegaba a joderte de algún modo por saber de lo nuestro.

—No.

—¿Preferiste sacrificar lo nuestro y no contárselo a tu familia? ¿Preferiste esconderme? —de pronto, lo vio separar los párpados en una expresión de sorpresa, como si hubiese caído en la cuenta de algo importante—. ¿O es que tienes vergüenza de decirles a tus papás que soy tu novio porque yo fui el culpable de lo que ocurrió el año pasado en las sierras?

—¡No! ¡No!

Bianca le aferró la cara, pero él apartó la cabeza con brusquedad. La soltó, y ella se sujetó del borde. Lo vio alejarse, cruzar las corcheras bajo el agua, sin importarle si la gente pasaba por encima. Lo vio emerger en el último carril y lanzarse a nadar de un extremo al otro, una y otra vez. Lo observó hasta que las lágrimas le impidieron distinguirlo. Lo había lastimado, y se odiaba por no haberse dado cuenta de que lo haría confesándole lo que sabía acerca de Lorena. ¿Cómo reaccionaría si supiese que conocía una verdad mucho más oscura?

Salió de la piscina y fue al vestidor. Estuvo media hora bajo el chorro de la ducha antes de comenzar a bañarse, y se decidió a salir una vez que corroboró que no se oían voces ni otros sonidos. Quería estar sola. Se envolvió en la toalla y apartó la cortina. Reprimió a tiempo un grito al darse cuenta de que era Gálvez el que la observaba desde una corta distancia, apoyado en el marco de la puerta. Se quedó inmóvil mientras él cerraba y se aproximaba. Él también acababa de ducharse y llevaba ropa limpia. El aroma de su loción su mezcló con la humedad y la envolvió.

Llevó la cabeza hacia atrás cuando lo tuvo a unos centímetros. Parecía más alto, más imponente. Se sintió pequeña e indefensa con una toalla como toda vestimenta. La manera en que él la observaba provocó que su cuerpo respondiera de manera automática, como regido por una voluntad propia: los pezones se le endurecieron, su estómago pareció ahuecarse y la vagina le latió.

Gálvez deslizó su brazo por la parte baja de la espalda de Bianca y la arrastró dentro de la ducha. Corrió la cortina con un tirón brusco y la empujó hasta que la espalda de ella dio contra la pared, todavía tibia. Sin que mediasen palabras, la desposeyó de la toalla, que cayó a sus pies. Bianca era consciente de que estaba completamente desnuda delante de él y de que él estaba completamente vestido; más aún, llevaba el bolso deportivo colgado en bandolera sobre la espalda para que no lo molestase.

Las manos de Gálvez ascendieron desde la parte más fina de su cintura hasta ahuecarse para contener sus pequeños pechos. Bianca tembló y gimió, y se sujetó a sus brazos para no caer. El placer era intenso e imposible de controlar, y Bianca no encontró un punto firme para asirse y resistir. Se soltó del último escrúpulo y se dejó llevar. Quería vivir esa experiencia en plenitud, sin remordimientos, sin represión. Gimió y se contorsionó contra la pared cuando los pulgares de él le acariciaron los pezones. Nada la habría preparado para la reacción que le sobrevino cuando Gálvez se metió uno en la boca y después el otro. Se convulsionó y soltó un gemido doliente que a él le causó risa. Los succionó y los estimuló con la lengua hasta que Bianca pensó que su cuerpo ardía.

—Aluciné durante mucho tiempo con este lunar que tienes cerca del pezón, desde el día en que me contaste que lo tenías. Y ahora lo veo. Es más erótico de lo que pensaba —lo empujó con la punta endurecida de la lengua.

—Es tuyo, amor.

—Obvio que es mío. Mío y de nadie más.

Incapaz de volver a articular, le rogó con el pensamiento que hiciera algo para calmarla, y él pareció comprenderla porque se quitó el bolso que le colgaba a la espalda con una maniobra impaciente, lo arrojó sin miramientos al piso húmedo de la ducha y se puso de rodillas delante de ella. Nada vio Bianca de todo esto; lo adivinaba gracias a los sonidos y a las corrientes de aire que la rozaban. Enredó sus manos en el cabello de Gálvez cuando él apoyó los labios en su vientre.

—¿Te acuerdas de aquel domingo, cuando íbamos a la quinta de mi papá? —Bianca asintió, sin abrir los ojos—. ¿Te acuerdas que te dije que te iba a enseñar el beso holandés? —volvió a asentir—. Bueno, te lo voy a enseñar ahora.

—No… —suplicó, movida por la vergüenza.

—Sí —replicó él, brutal, y ejerció presión en sus muslos para que separase las piernas—. Eres hermosa, amor. Ah, aquí está el otro lunar —se refería al que se encontraba cerca del ombligo. Lo succionó y chupó antes de arrastrar la boca hacia el punto que latía y dolía.

¿Era posible sentir más intensamente? Nada lo hacía de manera consciente ni racional, ni el modo en que arqueaba la espalda contra el muro, ni los gemidos cada vez más escandalosos que emitía, ni los movimientos de su pelvis, ni la fuerza con que hundía los dedos en el cuero cabelludo de Gálvez. Y cuando la energía se tornó insoportable, el orgasmo explotó entre sus piernas y en la boca de él. Bianca se aferró al placer con todas sus fuerzas hasta que fue desvaneciéndose igual que sus gritos, y quedó laxa, contra la pared. Gálvez le besó el vientre y también cada pezón antes de ponerse de pie.

—¿Tienes vergüenza de mí? Dime la verdad.

Bianca sacudió la cabeza contra la pared. No levantaría los párpados porque las lágrimas escaparían. La traicionaron igualmente; se le escurrieron por el rabillo de los ojos. Gálvez le envolvió el cuello con las manos y las secó con los pulgares.

—Te amo tanto.

Ante esas palabras, Bianca se atrevió a mirarlo, y la tristeza que descubrió en sus ojos la quebró. Se abrazó a él y lloró en su pecho. En el corto tiempo que había compartido con Gálvez había llorado más veces que en sus diecisiete años. Paradójicamente, nunca había reído tanto.

—No tengo vergüenza de ti, créeme, por favor. Te lo juro, Sebastián. Te lo juro. Eres lo más hermoso y preciado que tengo en la vida, créeme, por favor.

—Te creo, amor.

—Pero pensaste…

—Me equivoqué. Después me di cuenta de que *yo* habría extorsionado a Lorena si hubiese estado en tu lugar, pero tú no. Mi Bianca no es capaz de esa clase de mierda.

—No podría hacerlo.

—Lo sé. Lo entendí después.

—Ella parece muy fuerte, pero es débil y está confundida. No quiero lastimarla. Es mi hermana y la quiero…

—Shhh. Ahora lo entiendo y te pido perdón por haber pensado lo peor.

—Lo de la sierra no tiene importancia para mí, Sebastián. Seguí amándote después de eso, y ni siquiera me importó que lo hubieses hecho para estar solo con Camila. Lo único que quería era que te pusieras bien y que no te quedara nada malo en la pierna porque yo sabía cuánto te gusta jugar al futbol…

—Shhh. Perdóname.

Bianca suspiraba como una criatura y mantenía el rostro pegado al pecho de él. Gálvez apoyaba la mejilla en su cabeza y la sujetaba por la cintura. A medida que fue ganando compostura, interpretó que la fuerza con que él hundía los dedos en su carne expresaba el deseo que lo atormentaba. Entonces comprendió con claridad meridiana que se hallaba desnuda en el vestidor del aquagym, que Gálvez acababa de practicarle cunnilingus, que casi había perdido la conciencia a causa del placer y que él todavía no se había aliviado, como le gustaba decir.

Bianca acarició la cara de Gálvez, sus orejas también y enredó los dedos en el cabello húmedo de él.

—Quiero verte —se miraron—. Quiero saber cómo eres —añadió.

Gálvez se desató la hebilla del cinto, se desabrochó el pantalón, dio dos pasos hacia atrás y se quedó quieto, con los brazos inertes a los costados del cuerpo. Bianca le bajó el cierre y le arrastró los pantalones hasta las rodillas. Se quedó observando la trusa blanca. Pasó la mano abierta por el bulto que estiraba el tejido de la tela. Gálvez inspiró de manera ruidosa y se apoyó en la pared. Había adoptado una posición de cateo, con los brazos extendidos sobre la cabeza y las piernas separadas. Apretaba los párpados y fruncía el entrecejo como si padeciese un dolor. Bianca enganchó los pulgares en el elástico del calzoncillo y se lo quitó con delicadeza. El pene de Gálvez saltó delante de ella, firme y enorme. Era la primera vez que veía el pene de un hombre adulto. Bianca lo tocó, y Gálvez profirió un gemido, como un lamento ronco, y descansó la frente en el antebrazo apoyado sobre la pared. Bianca se puso de rodillas, levantó la vista y le pidió:

—Enséñame a darte el beso holandés.

Lo observaba desde esa postura y aguardaba su respuesta. Gálvez, con la cara medio escondida y la respiración agitada, parecía meditar la conveniencia de dar ese paso. Al final y sin mediar palabras, se aferró el pene, retiró el prepucio y lo acercó a la boca de Bianca, que separó los labios con timidez y lo tocó con la punta de la lengua. La reacción de Gálvez fue desproporcionada, como si Bianca lo hubiese mordido, y, cuando ella intentó proseguir, él le apretó el hombro y le ordenó:

—No. Espera.

—¿Te lastimé?

Gálvez negó con la cabeza, que aún descansaba en el antebrazo.

—Espera.

Al cabo, la invitó a continuar. Bianca, que había cobrado seguridad, lo introdujo en su boca. Como resultaba obvio que él no estaba en condiciones de instruirla, hizo como había leído en las novelas románticas: se sujetó a sus glúteos y lo acarició con la lengua. Más gemía y se contorsionaba él, más lo provocaba ella. Se quedó literalmente con la boca abierta cuando él se retiró con un movimiento repentino y brusco para eyacular en el piso de la ducha. Todavía de rodillas, Bianca lo contempló, extasiada, mientras él iba agotándose en el orgasmo. Era el Gálvez más hermoso que había visto, doblegado por el placer, vulnerable con esa mueca de dolor, tan suyo.

Segundos más tarde, a ciegas, él estiró el brazo izquierdo, la tomó por la axila y la obligó a ponerse de pie. La aplastó contra la pared y le hundió la cara en el cuello, donde siguió respirando de manera agitada. Bianca le rodeó la cintura y lo pegó a su cuerpo.

—Bianca… Amor…

—¿Te gustó? —recibió una risa sofocada como respuesta—. ¿Sí?

—Sí, amor.

—Entonces, ¿por qué terminaste afuera?

—Era demasiado para la primera vez.

—Pero yo quería, Sebastián.

Gálvez no prosiguió la conversación, y a Bianca le pareció que lo fastidiaba. Intentó relajarse. Se concentró en el contacto de sus cuerpos: en el lugar exacto donde él apoyaba las manos, en la presión que su pelvis le ejercía en el estómago, en los escalofríos que le provocaba su respiración tibia sobre la piel que comenzaba a enfriarse.

Gálvez se removió y emergió lentamente de su estado de quietud. Le depositó pequeños besos en la columna del cuello, y en la oreja, y en el filo de la mandíbula; al llegar al lunar, lo tocó con la punta de la lengua.

—Bianca…

—¿Qué, mi amor?

—Estaba seguro de que contigo sería distinto, pero no me imaginé que tanto.

—¿Distinto bien o distinto mal? —él volvió a reír—. Dime, por favor. Necesito saber.

—Distinto más que bien, amor. Mierda, Bianca. Me pasó igual que la otra vez en la piscina. Casi me hiciste explotar sólo con tocarme con la punta de lengua —ella rio y le besó el pectoral—. ¿Me haces la risita de la gatita satisfecha en este momento, en esta posición? ¿Qué estás buscando, Rocamora?

—Todo, Gálvez. Estoy buscando todo.

Él rio sobre la piel de su mejilla y ahí permaneció hasta cobrar seriedad.

—Gracias por esto, amor.

—Fue un placer, literalmente hablando.

—Lo mismo para mí, amor.

Se quedaron en silencio, disfrutando de la calma y del hecho de estar juntos. Gálvez le pasó las manos por los brazos y levantó la cabeza.

—Amor, tienes la piel fría.

—Sí, ahora tengo un poco de frío.

—Y tu toalla está mojada —apuntó, y se subió la trusa y los pantalones antes de ponerse en cuclillas para revolver en el interior de su bolso, de donde extrajo una toalla, con la que cubrió los hombros de Bianca—. Toma, está limpia y seca.

—Gracias.

—Vamos, quiero que te vistas —dijo, mientras se ajustaba el cinto y se acomodaba la playera.

Salieron de la ducha. Gálvez recorrió las instalaciones y comprobó que estuviesen vacías. Regresó al sector de las duchas. Bianca ya se había puesto el brasier y los panties, y se cubrió deprisa con la playera de manga larga y con el pantalón. Resultaba increíble experimentar esa timidez después de lo que habían vivido juntos. Él no apartaba sus ojos mientras ella se colocaba las calcetas, las zapatillas, mientras se cepillaba el pelo húmedo, mientras se ponía un poco de la crema hidratante que le había recomendado Bárbara. Sus miradas se encontraron en el espejo.

—Me haces sentir linda cuando me miras así.

—Te estoy deseando, por eso te miro así.

Corrió a sus brazos y él pareció tragarla con su cuerpo; se arqueó sobre ella y sus brazos le cubrieron la espalda.

—Quiero que sepas que lo que acabamos de hacer —habló Bianca— es lo más lindo que he compartido con otra persona. Y estoy feliz de que haya sido contigo, porque yo siempre soñaba que fueras tú el que me hiciera sentir así, pero era sólo eso, un sueño, y estaba segura de que nunca se haría realidad.

—Gracias, amor, por esperarme. Gracias por lo de ahorita y por la felicidad que me has dado todos estos días en que hemos estado juntos, y por querer conocerme, y por ayudarme a entender mi vida, y por ser la única capaz de hacerme dejar el tabaco, y porque cada mañana, cuando me levanto, pienso que te tengo y eso hace que el día valga la pena. Te amo, Bianca.

—Yo más.

—Imposible.

* * *

El miércoles, mientras Bianca trabajaba en el local, Gálvez fue al Italiano a buscar los resultados de los estudios. Cuando se los entregó, ella notó el brillo en sus ojos y la sonrisa reprimida y supo que ya los había leído y revisado y que no había encontrado nada inusual.

—Ya los viste, ¿no? —él asintió con la actitud de un niño que ha cometido una travesura—. ¿Y?

—¡Todo perfecto! —colocó los brazos bajo el trasero de Bianca y la levantó en el aire, por encima de su cabeza—. Todo normal. En el análisis de sangre tienes todo en rango. En la ecografía y en la radiografía dice que no se observan anomalías y bueno, ya nos había dicho la cardióloga que el electro había salido bien. Así que estás más sana que una manzana, amor.

—Con versito y todo. Más sana que una manzana.

—Dame un beso.

—De todos modos, el lunes que viene, vamos al médico, ¿no?

—Obvio. Quiero que él los vea, pero no aguanté la ansiedad y los abrí todos.

—Hiciste bien, mi amor.

—Dame un beso.

Bianca le dio gusto. Le apoyó las manos en las mejillas, bajó el rostro hasta tocar sus labios con los de ella y lo tentó arrastrándolos y depositando pequeños besos, hasta que él no lo toleró, la puso sobre el piso y la besó de la manera desaforada que ella tanto amaba.

—Anoche no podía dormirme pensando en lo que hicimos en el vestidor.

—Yo tampoco —admitió ella.

—Tú eres nueva en esto, Bianca, por eso quiero que me cuentes todo lo que sientes, lo que te gusta y lo que no, lo que te molestó, lo que te hizo sentir incómoda, todo. Quiero que el sexo entre nosotros sea perfecto. No te guardes nada, amor, por favor. Cuéntame todo.

—Prometo decirte todo, lo prometo, pero anoche fue perfecto, al menos para mí. Yo también quiero que sea perfecto. Pero necesito que me enseñes. Quiero hacerlo bien, tú sabes que es importante para mí hacerlo bien. Y anoche no me decías nada. Y cuando me dijiste que esperara, me asusté. Pensé que había hecho algo mal —Gálvez rio y la besó en la frente—. No me decías nada —insistió, con aire afligido.

—¿Qué podía decirte? Cualquier cosa que hicieras, lo que fuese, me habría hecho venirme. Estoy tan caliente contigo que parezco un chamaco calenturiento, ya te lo dije la vez pasada.

—Pero ¿me vas a enseñar?

—Sí, cuando no pierda la cabeza porque me pones la mano encima, entonces te voy a enseñar. ¿En serio te gustó? Después, en casa, me puse mal porque pensé que te había forzado. Te sorprendí en el vestidor y te quedaste mirándome así, como me miras ahora, como si fueras lo más vulnerable del mundo. Y yo me aproveché.

—Sí, te aprovechaste. Y yo te dejé aprovecharte porque estaba igual de ansiosa que tú. Te aseguro que si no hubiese querido, no lo habría hecho. Siempre voy a ser clara en lo que quiero y en lo que no, así que no te quiebres la cabeza con esto.

—Bianca, amo esta intimidad que tenemos.

—Eres el único que me ha visto desnuda. Eres el único que me ha tocado como tú me tocas. Eres el único que me provocó un orgasmo.

—Basta o te juro que te llevo a la parte de atrás y te cojo sobre esa mesita, y a la mierda con todo.

Volvieron a besarse como un paliativo para apaciguar con sus bocas la excitación que les sometía todo el cuerpo.

—¡Ah, pero qué bonito!

Bianca cortó el beso de inmediato y, cuando intentó apartarse de Gálvez, éste la retuvo contra su torso.

—Mira a los dos tortolitos, Óscar. Pueden desvalijarme el local y éstos ni se van a enterar.

—Perdón, tía.

—Hola, Claudia —saludó Gálvez, y se aproximó, con Bianca aún entre sus brazos, para darle un beso.

—Hola, Sebastián.

—Hola, Óscar.

—Hola, niña bonita. No pongas esa carita de culpa, que estabas hermosa mientras el macho alfa te besaba. ¿Cómo estás, Sebastián?

—Bien, gracias.

—¿Qué son ésos? —se interesó Claudia, y señaló los sobres que Gálvez aún tenía en la mano—. ¿Estudios médicos?

—Sí —contestó él, tajante.

—¿Tuyos, Sebastián?

—No, de Bianca.

—¿De Bianca? ¿Por qué te hiciste estudios médicos, Bianqui?

—Me los pidieron en el aquagym —mintió porque no revelaría, ni siquiera a Claudia y al Maestro Luz, algo tan íntimo como el sueño de Gálvez; eso era sólo de ellos.

—¿Puedo verlos? —pidió Óscar Santos.

—Prefiero que los vea el médico de Bianca —expresó Gálvez.

—Yo soy médico, Sebastián.

—¿Eres médico? —replicó, desconfiado.

—No sabía, Óscar —dijo Bianca.

—Es neurólogo —aportó Claudia.

—¡Neurólogo! —se escandalizó Gálvez.

—Así es, recibido en la Universidad de Miami. ¿Por qué esa cara, Sebastián? Los negros caribeños también podemos estudiar medicina en una universidad norteamericana.

—Pero eso debió de costar uno y la mitad del otro.

—Bueno, mi familia es muy rica gracias a nuestras plantaciones de azúcar. Podrían haberme pagado cualquier universidad.

—¿Y qué haces acá, en Argentina?

—Llegué aquí hace más de quince años, persiguiendo el amor. Adela, mi esposa, era argentina, neuróloga ella también. Nos conocimos en un seminario sobre neurología infantil en París y nos enamoramos.

—No conozco a tu esposa —comentó Bianca.

—Murió, niña bonita.

—Lo siento, Óscar.

—Por eso abandoné la medicina tradicional, porque un tumor cerebral me la arrebató. A mí, a un neurólogo. Sufrí muchísimo viéndola sufrir y después sufrí con su pérdida. Estuve muy mal, no sabía quién era sin ella. Pero, como decía Nietzsche, lo que no nos mata, nos hace más fuertes. Inicié una búsqueda que me llevó a recorrer gran parte del planeta y que me devolvió al mundo de los vivos. Y me devolvió de esta forma que a Sebastián le causa tanta desconfianza.

—No son ropas que se vean muy seguido por la calle —dijo éste en su defensa—, pero es cierto, soy muy prejuicioso.

—Como la mayoría —concedió el Maestro Luz.

—¿Por qué volviste a la Argentina, Óscar? —se interesó Bianca.

—Porque ésta es la tierra de mi Adela, aquí descansa ella. Además, porque aquí están los mejores amigos que un hombre pueda pedir. Es una tierra generosa. Me gusta vagabundear por el mundo, pero siempre vuelvo aquí. ¿Me permites ver los estudios ahora, Sebastián? —Gálvez lo miró todavía con dificiencia—. Sé que amas a Bianca y que te vuelves loco si piensas que alguien quiere siquiera rozarla. Conozco el sentimiento. Pero te aseguro que esta niña bonita es como una hija para mí y sólo quiero su bien.

Gálvez le extendió los sobres con un gesto que a Bianca casi le arrancó una carcajada. A veces le recordaba a un niño.

—Todo está muy bien, a juzgar por los estudios. Un poco bajos los glóbulos rojos.

—Pero están en rango —objetó Gálvez, ansioso—. ¿Ves? —señaló la línea en el reporte del análisis.

—Sí, Sebastián, pero están muy cerca del límite inferior.

—¿Y eso qué significa?

—No te alarmes. No es grave. Dime, niña bonita, ¿tu menstruación es muy abundante?

—Sí, bastante. Lo mismo le sucede a mi madre y sé que era lo mismo con mi abuela.

—Puede tratarse de eso.

—¿Qué se hace en estos casos? —se impacientó Gálvez.

—Yo no recetaría hierro, no aún. Probaría con un complejo vitamínico y un buen bife de chorizo todos los días, de esos maravillosos que sólo se encuentran en este país. Creo que con eso, en unos seis meses, si se repite el análisis, el indicador habrá subido. Pero esperen a ver qué les dice el médico de Bianca.

—¿Qué complejo vitamínico es el mejor? —quiso saber Gálvez.

—Supradyn, Centrum... Sí, ésos son los mejores. Son de venta libre.

—¿Cómo está Lorena, Bianqui? —preguntó Claudia.

—Todavía en cama, pero bien. Un poco insoportable porque no aguanta el reposo.

—¿Está comiendo?

—Sí. La pregunta es si está vomitando. Mamá cerró las puertas de los dos baños con llave y tenemos que pedirle a ella que nos abra cada vez que queremos ir.

—¡Qué engorro!

—Lorena es capaz de vomitar en un frasco y ponerlo debajo de la cama. La conozco.

—¿Se lo advertiste a tu madre?

—Sí, pero me parece que no me cree.

—Hoy voy a ir a ver a tu hermana y voy a hablar con tu madre.

—Sí, tía. Les va a hacer bien, las vas a distraer.

—Le vendrían bien unas sesiones de reiki —sugirió el Maestro Luz—. Me ofrezco de corazón.

—Lo sé, Óscar, pero mi hermana es muy incrédula y no será fácil convencerla. Se lo voy a proponer esta noche, a ver qué dice.

—Yo también le diré —apuntó Claudia.

* * *

Esa noche, mientras Bianca bañaba a Felipe y a Lourdes, sonó el timbre del interfón. Su madre se asomó en la puerta del baño.

—Pulga, ¿tú pediste comida?

—No. ¿Por qué?

—Un chico dice que tiene un pedido para ti.

—No... —una idea despuntó en su mente—. Ah, sí, yo pedí. Me olvidé. Tengo la cabeza en las nubes.

—Como siempre, hija. Ve, anda. Yo me quedo con estos dos.

En tanto bajaba por el ascensor, consultó los mensajes del celular. Sonrió al leer uno de Gálvez, de quince minutos atrás.

Estás x recibir un regalo d mi parte. Avísame cuando llegue.

—Te amo, Sebastián —dijo en voz alta mientras sacudía la cabeza y sonreía.

Apostaba todos sus ahorros a que se trataba de un bife de chorizo. Esa tarde se había ausentado unos minutos del local y había regresado con una cajita de Supradyn. La obligó a tomar un comprimido con un té que él mismo le preparó en la trastienda.

El repartidor le entregó una bolsa bastante pesada.

—¿Cuánto te debo?

—Está pagado.

—¿Sí?

—Lo pagó el joven que hizo el pedido. Pagó por teléfono con tarjeta de crédito.

—Ah, bueno.

—¿Es tu novio?

—Sí.

—Tiene suerte —le guiñó un ojo y se puso el casco.

Bianca llamó a Gálvez después de entrar en su casa y comprobar el contenido de la bolsa, que se había delatado desde un principio a causa del rico aroma a carne asada.

—¡Hola, amor! —la saludó con la alegría que acostumbraba cuando ella lo llamaba por teléfono.

—Hola. Acabo de recibir tu regalo —se produjo un silencio—. Te amo, Sebastián.

—¿Sí?

—Mucho. Tanto.

—Quiero que lo comas todo, amor.

—Es enorme. Debió de costarte una fortuna.

—Te voy a mandar uno todas las noches, a menos que almuerces o cenes conmigo y yo te vea comerlo.

—¿Qué voy a hacer contigo, Gálvez? Se suponía que yo defendía mi libertad a capa y espada.

—Mandarte un bife de chorizo todas las noches, ¿eso te quita la libertad?

—¡Definitivamente sí!

—No estoy de acuerdo.

—¿Ah, no?

—No. Estoy cuidando tu salud para que tú puedas disfrutar a pleno de tu libertad.

—Eres hábil, Gálvez. Tu Mercurio en Casa V te da esa labia y esa inteligencia.

—¿Te parezco inteligente?

—Sí, mucho, mi amor.

—Me encanta que me digas eso.

—Es la verdad. ¿Y cómo es que sigues los consejos del "pirado", como llamas al pobre Óscar?

—Me partió lo que me contó. Pensé que si… tú… Si te perdiera como él perdió a su mujer, me volvería loco, Bianca. No creo que podría reponerme.

—Él se repuso.

—Quedó medio pirado.

—Tú serías el pirado más lindo del mundo.

Rieron, y a continuación un mutismo inundó la línea.

—No me dejes, amor. Nunca.

—Nunca, mi amor. Te lo prometo.

Gálvez carraspeó y, con otro acento, más alegre, le ordenó:

—Anda a comer el bife. Es horrible si se enfría.

* * *

El jueves, Gálvez terminó la prueba de Historia antes que Bianca, y, al pasar junto a su pupitre, le dejó un papelito. *Te espero en nuestra mesa de la cafetería.* Bianca se apresuró para terminar y entregó la hoja unos minutos después. Salió deprisa, ansiosa por encontrarlo. En la cafetería lo vio conversando con Lautaro y Camila.

—¿Cómo les fue? —se interesó.

—Ven —le ordenó Gálvez—, siéntate aquí —la obligó a ubicarse sobre sus piernas y le hizo cosquillas con la barba al besarla en el cuello.

—Nos fue bien —contestó Camila—. ¿Y a ti?

—Bien. La pregunta tres de mi tema era medio capciosa, me parece.

Hablaron sobre la prueba de Historia hasta que sonó el celular de Gálvez.

—Anónimo —informó él, y oprimió el botón para responder la llamada—. Sí, él habla. ¡Ah, cómo le va! Sí, sí, claro que me acuerdo. Un placer escucharla. ¿En serio? ¿Vio lo que es? Sí, cuando usted diga. ¿El sábado por la tarde? Nos queda perfecto. Sí, por supuesto. Mil gracias, señora Castro —a la mención del nombre, Bianca abrió grandes los ojos y se rebulló sobre las piernas de Gálvez—. Perfecto. Nos vemos el sábado a las cinco. Hasta luego —apretó el botón para finalizar la llamada—. ¡Era Feliciana Castro! ¡Quiere verte, amor! —se puso de pie con Bianca en los brazos y la hizo dar vueltas entre las mesas—. ¡Dice que tienes una voz hermosa y que quiere conocerte!

Bianca, abrumada por la noticia y por la reacción de Gálvez, se dejaba arrastrar por la alegría de él. Después se retiraría a meditar, porque si la gran Feliciana Castro se convertía en su maestra, implicaría un salto cualitativo que podía llevarla muy lejos. Sintió vértigo.

—Amor, amor —Gálvez la depositó en el suelo y la besó en los labios—. Te felicito, amor. Sabía que lo lograrías.

—¿Qué te dijo?

—Eso, que tienes una voz hermosa y que quiere conocerte. Nos invitó a tomar el té el sábado en su casa.

—¿En serio?

—Sí —Gálvez la abrazó y le habló al oído—. Eres mi orgullo, Bianca.

—Te amo —dijo ella, porque la asombraba la generosidad con la que él se alegraba de su suerte después de que la Mattei le había envenenado el corazón asegurándole que la vida de una soprano exitosa era incompatible con el amor.

—¿Sí? ¿Por qué?

—Por tener el corazón más grande que conozco.

—Contigo es fácil, amor.

—Eres bueno con mucha gente, no sólo conmigo. Con Bárbara, con mis hermanos, con tu papá, a pesar de todo lo que hizo, con tus hermanitas... Te amo por ser así, tan buena persona.

—¡Ey, vengan a contar! —pidió Camila—. Estamos intrigados.

Gálvez la contempló con ojos brillantes, la besó ligeramente en los labios y la guio de nuevo hasta la mesa.

* * *

Al mediodía, a la salida del colegio, Gálvez le rogó que le permitiera acompañarla hasta la puerta de su edificio, y Bianca accedió. Resultaba improbable que se toparan con Lorena, que todavía guardaba reposo. Entrelazaron las manos y caminaron los primeros metros en silencio. Bianca observaba las miradas que le echaban las mujeres de todas las edades y sonreía ante la absoluta indiferencia con que Gálvez los recibía.

—¿Comiste todo el bife anoche?

—Casi todo. Un pedacito fue a parar al estómago de Lourdes, que es una loca por la carne.

—Esta noche te mando otro.

—Iba a ir a comprar a Disco, así no tienes que gastar tanto. Tienen buena carne.

—¿Cuándo vas a ir, Bianca? No tienes tiempo para nada. Me dijiste que esta noche tienes que cuidar a tus hermanos porque tu mamá y Lorena van a... ¿Adónde?

—A Aluba.

—Okei, a Aluba. ¿Y me quieres hacer creer que, después de trabajar toda la tarde en el local, vas a ir a Disco? Ni hablemos de cocinar el bife de chorizo en tu casa.

—Imposible hacértelo creer, ¿no?

—Imposible.

—Es que no quiero que gastes.

—Lo que me ahorro en cigarros lo gasto en carne para mi novia. ¿Puedo?

—Okei. Gracias, mi amor.

—¿Qué te dijo tu mamá cuando llegó el bife de chorizo?

—Me preguntó por qué lo había comprado. Le dije que me había hecho unos análisis de sangre y que el médico me había prescrito vitaminas y un bife todos los días.

—¿Te ofreció hacértelo ella? —Bianca agitó la cabeza para negar y Gálvez no hizo comentarios—. Hablando de comer. Mi mamá me pidió que te invitase a almorzar el sábado. ¿Te va? No quiero que te sientas obligada, ni presionada, amor. Encima mi papá viene martillándome los huevos con que pasemos el fin de semana largo en la quinta de Pilar. El lunes 30 de abril es su cumple, y quiere que estemos con él. En realidad, él quería pasarlo en su casa de Punta del Este, pero cuando le dije que era imposible conseguir un permiso para que tú salieras del país, cambió todos los planes y lo organizó en la quinta de Pilar.

—¿En serio?

—Sí. Sin más, cambió todo. Me dijo: "Si Bianquita no puede viajar a Punta, lo hacemos en Pilar y listo".

—Guau. Me siento halagada.

—Sí, ya ves que todos los Gálvez, incluidas mis hermanas, estamos locos por ti, Rocamora —levantó las manos unidas y besó la de ella—. Pero insisto, no quiero que mi familia se meta entre nosotros, ni mi mamá, ni mi papá. Aceptamos si tenemos ganas. Si no, hacemos la nuestra y punto.

—A mí me gustaría aceptar las dos invitaciones.

—¿Sí? ¿No lo dices para complacerme?

—Tengo ganas de ir, la verdad. Con tu mamá lo pasé muy bien la otra vez. Lo mismo en la quinta de tu papá, a pesar de Mara y su lengua bífida.

—Seguro que Mara estará para el festejo porque es una de las mejores amigas de Luisa. Y su esposo es el mejor amigo de mi padre.

—Supongo que puedo soportarla, siempre y cuando mantenga sus garras lejos de mi hombre.

Gálvez se detuvo de manera abrupta y la atrajo hacia él pasándole un brazo por la parte baja de la espalda. La obligó a ponerse de puntas y la besó profunda y lentamente en medio de la banqueta. Bianca, luego de la primera sorpresa, se sujetó a su cuello y le devolvió con fervor el amor que él le comunicaba con ese gesto.

—Estoy duro sólo porque me dijiste que era tu hombre.

—Mío y de nadie más.

—Sí, sabes bien que es así.

Siguieron caminando en silencio.

—Amor, ¿qué excusa vas a dar en tu casa para lo del fin de semana en Pilar?

—Estaba pensando en eso. Supongo que lo mejor será decir que Camila me invitó a la quinta de Lautaro. Lo arreglo con ella, para que me cubra por cualquier cosa.

—Entonces, iríamos el domingo, porque el sábado cantas en el bar. Pasaríamos ahí la noche del domingo y la del lunes. ¿Te va?

—Me va perfecto. Pero no le confirmes a tu papá hasta que yo obtenga el permiso de mamá. Trataré de preguntarle ahora, antes de ir al local. Apenas sepa algo, te aviso.

16

El sábado por la mañana, Gálvez y Bianca discutieron por teléfono. Él quería ir a buscarla para llevarla a comer a su casa; ella quería ir en autobús.

—Y seguro vas a viajar en el autobús hecha un equeco, trayendo *lemon-pie*, ramos de flores, macetas con plantas, jaulas con loros y todas esas cosas.

Bianca rio, a pesar de sí.

—No tuve tiempo de hacer nada, así que pensaba comprar galletitas para el café.

—No se te ocurra gastar en galletitas para el café —la imitó, agudizando la voz.

Bianca volvió a reír.

—¿Cómo voy a ir a tu casa con las manos vacías?

—Bianca, a las doce y media estoy en tu casa.

—No te impongas de ese modo. Sabes que me sofoca.

—Okei, okei —cedió él—. Es que no soporto la idea de que te subas a un autobús lleno de tipos, algunos ratas, otros pervertidos, y que te hagan algo.

—He viajado en autobús toda mi vida, Sebastián. No me va a pasar nada.

—Mando a Correa si no quieres que yo vaya.

—No. Ya gastas demasiado comprándome el bife de chorizo todas las noches. No vas a pagar un taxi cuando puedo tomar el autobús. ¡Es sábado al mediodía! No me va a pasar nada.

—¡Por Dios, Bianca! Me voy a volver loco de angustia.

—Mi amor —dijo ella, y suavizó el tono de voz—, te prometo que voy a ir enviándote mensajes lo que dure el viaje hasta tu casa, pero te suplico que no me obligues a hacer algo que no quiero. Por favor, Sebastián. Necesito saber que no vas imponerte siempre. Siento que me asfixio.

Se produjo un silencio en la línea. Al cabo, Bianca lo escuchó suspirar.

—Está bien. Pero me vas mensajeando desde que pisas la parada hasta que te bajas. Yo voy a estar esperándote en la parada de acá.

—Trato hecho.

Durante el viaje, hubo momentos en que Bianca se tapó la nariz y la boca para sofocar las carcajadas que le provocaban los mensajes de Gálvez.

Estoy x darle el asiento a una viejita.

Ni se t ocurra. Nadie le va a tocar el trasero a una vieja. En cambio el tuyo es como si tuviese un cartel q dijera parezco pan dulce p q me toques y me muerdas.

El otro día en la ducha no lo tocaste ni lo mordiste.

Me desafías, Rocamora?

No. Digo la verdad, no lo tocaste.

Me dejaste idiota, amor. No sabía ni como me llamaba. Y después me di cuenta d q estabas helada.

Mi trasero y yo estamos ofendidos :—(

Mi verguita y yo estamos calientes ☺

Habrá q hacer algo al respecto ;—)

Síííí. Dónde estas?

Dos paradas y llego.

Salgo p allá.

Bianca descendió del autobús, y Gálvez la recibió en sus brazos. Se miraron con una sonrisa y, sin pronunciar palabra, se besaron como si estuvieran en la intimidad de un dormitorio. Se saborearon lentamente; sus lenguas jugaron; sus labios se acariciaron; sus respiraciones se fundieron en una.

—No veía la hora de tenerte así, segura entre mis brazos.

Bianca respondió ajustando sus manos en la espalda de él. En tanto, reflexionaba que, a medida que la pesadilla quedase en el pasado, la obsesión de Gálvez iría menguando.

—Estás tan linda.

—¿Te parece? No sabía qué ponerme, sobre todo pensando en que esta tarde tenemos que ir a la casa de Feliciana Castro.

—Estás perfecta.

—Tú también. Me encanta este suéter de hilo con ochos. Te queda pintado. Que sea blanco le da un toque veraniego.

—¿Te gusta? Me lo trajo mi papá de Miami hace poco. ¿Y te gusto yo?

Bianca frunció la boca y entrecerró los ojos.

—Más o menos.

Gálvez la levantó en el aire y le pasó el mentón sin afeitar por el cuello.

—¡Me encantas! —claudicó ella, deprisa.

La gente los observaba, algunos sonreían, otros les lanzaban miradas desaprobatorias, y Bianca y Gálvez seguían en su propio mundo, como si una cúpula los mantuviese aislados y a salvo de las interferencias externas. Entrelazaron los dedos y caminaron por Avenida Santa Fe.

—¿Qué trae mi equeco favorito en esa bolsa de Disco?

—Dos latas de galletas danesas que conseguí a un precio excelente. Y me fijé en la fecha de vencimiento, y no están por vencer. Compré una para tu mamá y otra para la Castro. Parecen exquisitas y la lata es divina.

—Se me ocurrió que a la Castro también podemos llevarle un ramo de flores.

—Me parece perfecto.

Gladys los esperaba con la puerta del departamento abierta. Abrazó y besó a Bianca, le dijo que estaba preciosa, y enseguida la invitó a pasar con aire nervioso, avergonzada tal vez por el caluroso recibimiento.

—¿Hay olor a bife? Dime la verdad, Bianca.

—No, para nada.

—Es que tu novio me exigió que te cocinara bife de chorizo. ¡De seguro no es lo mejor para recibir invitados! Tengo la puerta de la cocina cerrada y el extractor a todo lo que da, pero el olor a bife es lo peor y siempre se impone.

—Hay un perfume exquisito, en realidad.

—Es que estoy quemando una esencia para combatirlo.

—Bueno, mamá, qué mierda importa el olor. Lo que cuenta es que Bianca coma un bife todos los días.

—¿Estás anémica, querida?

—No, pero tengo los glóbulos rojos cerca del límite inferior.

—Ah, bueno, el olor vale la pena, entonces. Todo sea para subir un poco esos glóbulos rojos.

Bianca le entregó la lata de galletas danesas.

—Me habría gustado preparar algo, pero esta semana ha sido de locos y no tuve tiempo.

—Sí, lo sé. Sebastián me contó que tu hermana estuvo internada. ¿Cómo está?

—Mejor, gracias.

—Qué suerte. Y gracias por estas galletas. Son exquisitas.

—Amor —intervino Gálvez—, ven, quiero mostrarte mi dormitorio. La vez pasada no lo conociste.

—Pero tu mamá tal vez necesite ayuda.

—No, no, querida. Tengo todo listo. Anda, ponte cómoda nomás. Yo los llamo para comer. Los bifes de chorizo tardan en hacerse, pero no quería ponerlos hasta último momento.

Gálvez la condujo por un pasillo hasta su habitación. Bianca se detuvo unos instantes en el umbral y la estudió.

—Qué ordenado está todo.

—Lo ordené para ti, amor. En general, es un desmadre.

—Es lindísima y superluminosa.

—Ven, pasa —la invitó, y la desembarazó de la bolsa de Disco, de la cartera y del abrigo.

Bianca observó las paredes pintadas de un celeste profundo, el techo de blanco, las cortinas de *voile,* el edredón azul marino, el piso de madera, la mesa de luz con la fotografía de ellos dos, la biblioteca de madera blanca, que, además de libros, tenía cidís, fotografías, autos a escala, varios trofeos, un par de pesas y otras cosas, y pensó que había calidez en el conjunto, y se sintió cómoda, como en casa. Se dio vuelta. Gálvez la miraba fijamente, como a la espera de su aprobación.

—Qué bien me siento acá —dijo, y él le regaló su sonrisa de Colgate—. Este lugar tiene tu energía, por eso me siento tan bien.

Avanzó hacia ella y la abrazó.

—Siempre me dices cosas que me quiebran. Siempre me dices lo que me hace feliz.

—Te digo lo que me nace del corazón. Con nadie me siento tan libre como contigo.

—Perdóname si me puse pesado con lo de ir a buscarte. No quiero sofocarte, amor, te lo juro.

—Lo sé.

—Es que no puedo evitarlo. Cuando me doy cuenta de que estoy asfixiándote, ya es tarde.

—Eres leonino, Sebastián. Una de las características más marcadas de Leo es ésa, la de ser protectores.

—Sin contar la pesadilla que tuve.

Bianca elevó la mano y le acarició la mejilla. Se dio cuenta de lo bien que le quedaba esa media barba, y sintió el vuelco en el estómago que presagiaba una oleada de deseo irrefrenable. Alejó la atención de ese punto porque, con Gladys a pocos metros, no quería iniciar ningún juego.

—Te prometí que no te voy a dejar. Créeme, Sebastián, porque no hablo por hablar.

Gálvez le sujetó la mano con que ella lo tocaba y la besó en la palma. Su gesto de ojos cerrados trasuntaba amargura.

—Quiero ver fotos —expresó, con un tono alegre—. Muéstrame estas que tienes en la biblioteca. ¿Quién es ése? Tu abuelo, seguro.

—Sí. Y eso soy yo a los cinco años.

—Eras comestible. Qué nene más bello, por Dios. Y tu abuelo… Te mira con tanto amor.

—Mi abuelo era lo máximo. Yo lo amaba.

—Y él a ti. ¿Ésa es tu abuela? —Gálvez le dijo que sí—. Era hermosa. Tu mamá se le parece muchísimo.

Gálvez le fue mostrando fotografías con los compañeros de futbol, con los de natación, con los del antiguo colegio, una con Camila y Lautaro, otra sólo con Lautaro en el dojo de Wing Chung, otra con Bárbara y Lucía Bertoni. No había ninguna con Cristian Gálvez, ni con sus hermanas. Bianca le pidió permiso para sacar un álbum que divisó en la biblioteca y se sentó en la cama para hojearlo. Gálvez se ubicó a su lado e iba respondiendo a sus preguntas. Se detuvo ante una foto enorme; ocupaba toda la hoja del álbum. Era la primera fotografía de Cristian con la que tropezaba. Tenía en brazos a un Gálvez muy chiquito, tal vez de dos o tres años, que se abrazaba al cuello del padre y lo besaba con la boca abierta en la mejilla. Cristian reía a mandíbula batiente. Apoyó los dedos sobre la carita del bebé y la acarició. Una oleada de tristeza le nubló la vista, y agradeció que los mechones de cabello le ocultasen el rostro transfigurado por las ganas de llorar. La había tomado por sorpresa y lo estaba experimentando en carne propia, al dolor por el que había atravesado su Gálvez, y le resultó injusto, intolerable, destructivo, despreciable, y odió a Cristian por haberlo sometido a esa tortura cuando era apenas un niño.

—¿Te gusta esa foto? —Bianca se limitó a asentir—. Te la regalo.

Bianca no halló la fuerza para seguir conteniendo la pena y se echó a llorar.

—Ey, amor, ¿qué pasa? Bianca, ¿qué pasa, amor?

Bianca sacudió la cabeza, incapaz de articular. Gálvez la contuvo y, cuando percibió que se calmaba, le sujetó el rostro con las manos y la obligó a enfrentarlo. Bianca le habló con los ojos cerrados.

—Perdóname. Traté de contenerme, pero no pude. Me sobrepasó.

—¿Qué, amor? ¿Qué te sobrepasó?

Levantó los párpados, pesados de lágrimas, y descubrió la ansiedad con que él la miraba.

—Fue como si sintiera aquí, en el corazón, todo el dolor por el que pasaste cuando él se fue. Y no pude soportarlo. Era demasiado. No sé cómo lo soportaste, mi amor. No sé cómo pud...

—Shhhh —Gálvez le selló los labios con los suyos—. No llores, te lo suplico. Fue duro, pero ya pasó. Y ahora te tengo a ti y soy feliz como no lo había sido en toda mi vida, Bianca. Te lo juro.

Descansó la frente en la de él, y, mientras intentaba recuperar el control, rezó, algo que nunca hacía. "No permitas que la pesadilla se convierta en realidad, no por mí, sino por él, porque no quiero que sufra de nuevo. No quiero que vuelva a sufrir. Nunca más. Te lo ruego."

—¿Mejor? —Bianca asintió—. No quiero que te pongas mal por esto.

—Está bien.

—Una vez, una persona, a quien amo como a nadie, me dijo que todo lo malo que nos sucede es para que después algo bueno aparezca en nuestras vidas. Creo que ella tiene razón, porque si mi padre no me hubiera abandonado, yo no habría repetido dos veces primer año. Si no lo hubiese hecho, no habría conocido al amor de mi vida.

Los ojos de Bianca se anegaron sin remedio y volvió a refugiarse en el pecho de Gálvez.

—Se suponía que lo que estaba diciéndote era para calmarte, no para hacerte llorar.

—Ya se me va a pasar.

Estuvieron en silencio durante un rato, abrazados, tranquilos en la tibieza del otro.

—¿Todavía quieres la foto?

—Sí, la quiero. Es hermosa.

En tanto Gálvez buscaba un sobre para la fotografía, Bianca fue al baño a componer su imagen. No se había pintado las pestañas, lo cual reducía bastante el daño. Se enjuagó la cara y la secó dando golpecitos para no enrojecerla. Se hidrató la piel con crema y se puso brillo en los labios. Volvió al dormitorio de Gálvez.

—¿Se nota que estuve llorando?

—No, para nada. Estás más linda que antes —Bianca rio sin brío, y Gálvez se acercó—. Estás preciosa, como dice mi mamá —le acarició el filo de la mandíbula con el dorso de los dedos—. Mi amor precioso —la recogió entre sus brazos y volvió a susurrarle—: Mi amor precioso.

—Te amo, Sebastián.

—Sí, lo sé.

* * *

El almuerzo con Gladys se desarrolló en un ambiente distendido y alegre. Gálvez las hizo reír con sus ocurrencias, y a Bianca le resultó obvio que apelaba a su histrionismo para hacerla olvidar del momento amargo. No obstante, se mostró inflexible cuando dijo que no podía terminar el bife. Lo cortó en pedacitos y, como pretendía dárselo en la boca, Bianca tomó el tenedor y lo comió.

Como Gladys empezó a hacer planes para la tarde, Gálvez la paró en seco.

—Mamá, a las cuatro y media nos vamos. Tenemos un compromiso.

—¿Ah, sí?

—Tengo una entrevista con una profesora de canto —informó Bianca.

—¡Ah! No sabía que quisieras estudiar canto.

—Sí, canto lírico.

Las palabras canto lírico debieron de traerle malos recuerdos porque Gladys se amotinó en un mutismo deliberado y comenzó a recoger los platos.

—Mamá, Bianca sabe lo de Irene y papá. Se lo conté.

—¿Ah, sí? —dijo, y siguió juntando la vajilla.

Bianca se apiadó de ella, de su humillación y de su dolor.

—Irene Mattei era mi profesora hasta hace dos semanas.

La mujer detuvo el movimiento de sus manos y la miró a los ojos.

—¿Ya no lo es más?

—No. Me echó de su academia. Por eso ahora necesito otra profesora.

—Te habrá echado porque tu voz es mejor que la de ella. Es muy envidiosa —se puso de pie y aferró la pila de platos—. Me alegro de que ya no sea tu profesora, Bianca. Esa mujer es inescrupulosa. Pero, sobre todo, es peligrosa.

* * *

Las puertas del ascensor se abrieron de manera automática, y Bianca y Gálvez entraron en un pasillo privado, amplio y lujoso. Una mujer uniformada los hizo pasar y les pidió que se acomodaran en una sala tan amplia que la ocupaban dos juegos de sillones y un piano de cola.

Apenas puso pie en la sala, Bianca reconoció su voz, que emergía por los parlantes Bosse, estratégicamente ubicados.

—¡Ésa eres tú, amor! —exclamó Gálvez en voz baja, y le tomó la mano.

—Sí.

—Qué canción alucinante. Nunca la había escuchado.

—Es parte de una ópera, *Los cuentos de Hoffman*. Se llama *Barcarolle*.

—Es… sublime.

—Se canta a dos voces. Ese día la grabamos con Silvana, una compañera de la academia de la Mattei.

—Para mí, sólo existe tu voz. ¿Es en francés? —Bianca asintió—. Pronuncias muy bien.

—Buenas tardes.

Bianca y Gálvez se pusieron de pie y avanzaron en dirección a la anfitriona, una dama de unos setenta y pico, menuda, de baja estatura, con el cabello completamente blanco recogido en un rodete en la nuca. Su rostro apenas maquillado les sonrió en tanto se aproximaban. Aunque Bianca no era una experta en ropa, se dio cuenta de que vestía un traje sastre de calidad, de una tela de lana rústica, que combinaba hilos blancos y rosa.

—Componen la pareja más hermosa que he visto en años —dijo, a modo de saludo—. Sean bienvenidos. Soy Feliciana Castro —estiró la mano, primero hacia Bianca, luego hacia Gálvez.

—Gracias por invitarnos a tomar el té, señora Castro —dijo Bianca—. Es un honor para nosotros.

—¿Esas flores son para mí?

—Sí —dijo Gálvez, y le entregó el ramo.

—Las rosas rojas son mis favoritas. Gracias —llamó a la empleada con una campanita—. Por favor, Karina, ponlas en agua.

—También le trajimos esto, señora —Bianca le extendió la caja con galletas danesas.

—Mmmm… Esto atenta contra la figura. Soy muy golosa, así que aprecio este regalo también. Gracias —le entregó la lata a Karina y le indicó—: Por favor, sírvelas en un plato y llévalas a la mesa.

Se volvió hacia sus invitados y los contempló con una sonrisa.

—Hace días que escucho tu voz, Bianca. Me tiene cautivada.

—Gracias, señora. Me siento muy halagada.

—Te confieso que acepté recibir tus grabaciones sin demasiadas esperanzas, pero lo hice porque me conmovió la pasión de este muchacho. Aun por teléfono, era palpable.

Bianca se volvió hacia Gálvez y adoró verlo sonreír, feliz.

—Está claro que es tu admirador número uno.

—Sí, lo soy.

—Me pareció apropiado que agregara una fotografía tuya. Fue una excelente medida.

Bianca apretó la mano de Gálvez a modo de agradecimiento.

—Tienes un talento, Bianca. Lo sabes, ¿verdad? —las mejillas de Bianca se colorearon y se limitó a sonreír—. Aunque le falta entrenamiento y educación, tu voz posee una extensión y una fuerza que rara vez he oído tan bien combinadas. Es de una dulzura que conmueve.

—Gracias.

—Pero lo que más me atrajo de tu canto es algo que las sopranos intentamos lograr toda la vida: que parezca que la voz emerge sin esfuerzo, como si se tratase de algo natural, como si respirásemos o hablásemos. Y esa impresión me dio al oírte, que no te costaba. Parecía que lo hacías sin esfuerzo, cuando tú y yo sabemos que el esfuerzo es mucho, en realidad.

—Señora —la interrumpió la empleada que los había hecho entrar—, la mesa del té está servida.

—Gracias, Irma.

Bianca nunca había visto una mesa tan primorosamente puesta, con un centro de rosas rosa, vajilla de porcelana con flores en colores pastel y un plato de tres pisos haciendo juego colmado de exquisiteces. La propia Castro sirvió el té (café para Gálvez) y mientras lo hacía, les preguntaba acerca de sus familias, el colegio, los amigos, los *hobbies*. Poseedora de una gracia sutil, los interrogaba sin que Bianca ni Gálvez sintieran incomodidad, ni intrusión, por el contrario, le contestaban con gusto.

—Me comentó Sebastián que estás buscando una nueva profesora de canto porque la que tienes no te convence.

—En realidad, tuvimos una diferencia y me pidió que no volviera a su academia.

—¿Puedo pecar de curiosa y preguntarte de quién se trata?

—Irene Mattei.

—Ah, Irene.

—Es una excelente profesora —apuntó Bianca.

—Sí, lo es. Una gran soprano también. Desafortunadamente su carrera se truncó años atrás.

—¿Se truncó? —se extrañó Bianca—. ¿No lo abandonó todo por amor?

—Eso es lo que ella le hizo creer al mundo, pero no fue así. ¿Por qué tendría que haberlo abandonado todo por amor? ¡Como si el amor y el canto lírico fueran incompatibles!

—¿No lo son, entonces?

Feliciana Castro miró a Gálvez con ternura y una media sonrisa.

—¿Tienes miedo de que lo sean, Sebastián?

—Sí —admitió, luego de una pausa.

—Debes de amarla mucho para ayudarla a lograr su sueño a pesar de saber que podrías perderla. Un amor así es una rareza. Me siento honrada de tenerlos en mi mesa. Pensé que los jóvenes de ahora no valoraban el verdadero amor. En realidad pensé que no sabían ni siquiera lo que era. Me equivoqué.

—Yo no lo conocía hasta que me enamoré de Bianca.

—¿Y tú, Bianca? ¿Has estado enamorada antes?

—No. Sólo lo he amado a él. Lo amo desde que tengo trece años. Es el amor de mi vida. El único.

—Me recuerdan a mí y a mi esposo. Estuvimos enamorados hasta el final, hasta que él me dejó hace dos años. Lo sigo amando. Lo amaré hasta que muera. Tal vez lo siga amando después.

—¿También se conocieron cuando eran jóvenes? —quiso saber Bianca.

—Nuestras familias eran amigas. Él era ocho años mayor que yo, por lo que cuando yo era una nena de doce, él tenía veinte.

Me miraba como a una hermanita, me trataba como a una hermanita, y yo ya sabía que sería el padre de mis hijos.

—Qué hermosa historia. ¿Cómo lo conquistó finalmente?

—Cuando me oyó cantar por primera vez en una fiesta familiar.

Bianca y Gálvez intercambiaron una mirada cómplice.

—¿Su esposo también se dedicaba al canto lírico? —preguntó él.

—¿José? ¡No, qué va! Tenía menos oído que un perro viejo. No, era abogado. Heredó el bufete de su padre, que ahora está en manos de nuestros hijos.

—Y… ¿Podían compatibilizar sus carreras? —se interesó Gálvez.

La señora Castro rio en un gesto de comprensión.

—José era un gran compañero, así que me apoyaba y me cubría, sobre todo con nuestros hijos. Yo trataba de armar mi agenda más pesada durante el mes de feria, en enero y en julio. Entonces, él viajaba conmigo. Los demás viajes los hacía sola y trataba de firmar contratos en teatros de países cercanos para ausentarme de casa lo menos posible. Cuando mis hijos eran muy chicos, me tomé algunos años sabáticos. Eso sí, practicaba todos los días, para no perder la voz. ¿Qué vas a estudiar, Sebastián?

—Todavía no he decidido. Estoy pensando que tal vez me convenga una carrera que me permita seguir con la empresa de mi papá.

—¿Empresa de qué?

—Es una fábrica de pinturas.

—Interesante. Se me ocurre que podrías ser abogado (siempre hacen falta en las empresas), o contador, o administrador o ingeniero químico. Las posibilidades son varias.

—Sí. Alguna de ésas será la elegida.

—Sea lo que sea que elijas, no tengas miedo. El amor y el canto lírico no son incompatibles. El caso de Irene es diferente. Años atrás, su voz empezó a decaer a causa de unos nódulos en sus cuerdas vocales. La operó el mejor especialista, un médico de Ginebra. Quedó bien, pero no volvió a ser la misma. La propuesta de matrimonio de Emiliano Rotta le vino como anillo al dedo para justificar su alejamiento de las tablas, pero en realidad el motivo era otro. Debo admitir que no era muy querida en el medio de los teatros líricos. Muchos personas se alegraron cuando se fue, yo entre ellas. Lamentablemente, Rotta murió de un infarto tres años más tarde del matrimonio, pero Irene no volvió a los teatros porque la razón no era el amor, sino la calidad de su voz. Debió de darse cuenta de la eximia voz que tienes, Bianca, si no, jamás te habría asumido como alumna. Sé que es muy selectiva.

La revelación sobre la Mattei los había dejado mudos. Se buscaron bajo la mesa y entrelazaron sus manos.

—Bianca —habló la señora Castro—, como le dije a Sebastián cuando hablamos por teléfono, hace tiempo que no doy clases, pero tengo muchas ganas de asumirte como mi pupila.

—Para mí sería una alegría y un honor enormes, señora Castro.

—Llámame Feliciana, por favor. Lo mismo tú, Sebastián. Pero antes de establecer un compromiso, quiero saber cuáles son tus objetivos.

—Mi objetivo a corto plazo es presentar el examen a fines del año que viene para ingresar en el ISA. A largo plazo, ser una soprano, la mejor posible, y vivir del canto.

—¿Quieres ser famosa?

—Debo admitir que la fama me tiene sin cuidado. Lo que quiero es cantar. Es lo que me gusta hacer.

—Tienes todo para ser famosa, querida, pero cada uno elige qué camino le conviene tomar —la Castro se quedó mirándola con dulzura—. En fin. Pasemos a cuestiones más prosaicas. Estoy pensando que, como todavía vas al colegio y trabajas tanto, lo mejor sería que vinieras a casa los sábados por la mañana, a las nueve. Te quedarías hasta la una. Serían cuatro horas intensivas, sólo tú y yo. Las aprovecharías muchísimo.

—¡Me parece genial! ¿Y cuáles serán sus honorarios, Feliciana?

—¿Honorarios? Es que no hago esto por el dinero, querida. Lo hago porque tú eres un diamante en bruto y yo quiero convertirte en un brillante. Serías mi *capolavoro*, como dicen los italianos. Mi obra maestra.

—Pero no puedo venir si no acepta cobrarme. Nadie trabaja gratis.

—¿Te parece que necesito dinero, Bianca? —la Castro levantó los brazos y le señaló el entorno.

—No, la verdad es que no, pero no me parece justo.

—A mí sí, y no se hable más.

Bianca estiró la mano a través de la mesa y la Castro se la apretó.

—Gracias, Feliciana.

—De nada, querida.

* * *

Apenas alcanzaron la vereda de la calle Posadas, Gálvez tomó a Bianca por la cintura y la hizo dar vueltas en el aire, al tiempo que lanzaba gritos victoriosos. A ella le dio un ataque de risa, que la dejó exhausta, por lo que, cuando él la devolvió a tierra firme, descansó sobre su pecho. Gálvez la sujetó contra su cuerpo y le besó varias veces la coronilla.

—Parece ser que la teoría de esta persona de la que te hablaba antes, ésa a la que amo más que a nadie en el mundo, es verdad. Las cosas malas pasan para que después venga lo bueno.

—Sí, es así.

—Vas a ser la mejor soprano del mundo, amor. Estoy seguro.

—Y te lo voy a deber a ti, Sebastián. Lo que acabamos de conseguir es gracias a ti, amor mío.

—Me encanta que digas *lo que acabamos de conseguir*. Quiero ser parte de todo lo que logres en tu carrera, Bianca.

—Y yo quiero que hagamos siempre todo juntos. Los dos siempre juntos.

—Siempre juntos, amor.

Como ninguno tenía hambre, decidieron tomar un café en La Biela antes de ir a The Eighties. Se sentaron en una mesa pequeña y apartada, y se sostuvieron las manos y la mirada en silencio, hasta que el mesero les preguntó qué deseaban pedir.

—Gracias, Sebastián. Yo jamás habría conseguido que Feliciana Castro me tomase como alumna.

—Sí, lo habrías logrado. Fue tu voz la que la conquistó.

—Pero oíste lo que dijo, que aceptó escuchar mis cidís porque *tú* la conquistaste por teléfono. De algo me sirve que vayas rompiendo corazones por ahí.

—Pero tú confias en mí, ¿no, amor?

—Sí.

—Jurámelo.

—Lo juro.

—Quiero contarte algo que pasó ayer —el corazón de Bianca se aceleró—. Irene volvió al gimnasio. Fue a buscarme.

Bianca intentó disimular el golpe que significaba esa noticia.

—¿Qué quería? —preguntó de buen modo.

—Tomar un café, platicar… Dice que quiere que seamos amigos.

—¿Tomaron un café?

—Sí, acepté. Me caga, la verdad, que se aparezca en el gimnasio cuando se le antoja. No hay nada en común entre ella y yo. Lo que había, se acabó. Pero me hace sentir una mierda no pelarla, como si estuviese tratándola como a una basura.

—¿En qué consistirá esta amistad?

—No hay tal cosa, amor. Ella quiere, yo no.

—¿Hablaron de mí?

—Me preguntó por ti, pero le dije que de ti no iba a hablar, que cambiara el tema o me iba.

—No le cuentes nada, por favor. No confío en ella.

—Te hace daño esto que estoy contándote, ¿no? —Bianca bajó la vista y asintió—. Entonces, olvídate. La próxima vez que se descuelgue y se aparezca por el gimnasio, le corto el rostro y listo. No quiero que te angusties, Bianca.

—Estoy bien. No te preocupes.

La reaparición del mesero con las tazas de café sirvió para cambiar la energía y la disposición del ánimo. Gálvez levantó el pocillo y dijo:

—Brindemos por la genia de la Castro.

—Por la Castro —repitió Bianca, y chocaron las tacitas.

—Y por la mejor soprano del mundo, Bianca Rocamora, amor precioso de mi vida.

—Y por el amor de mi vida, Sebastián Gálvez, que es más importante que el canto, que ser una soprano, que cualquier cosa. Él está siempre primero.

—Brindo por eso.

—¿Te diste cuenta de una cosa? —Gálvez bebió su café y levantó las cejas—. Que no voy a poder seguir cantando los viernes en The Eighties.

—Ah, claro.

—Es imposible tener bien la voz a las nueve de la mañana si me acuesto a las cuatro. No hay forma.

—Carmelo y Mariel se van a querer matar.

—Van a tener que pedirle a la otra chica, la que canta los jueves, que vaya los viernes también. No pienso sacrificar mis clases de canto por el bar. Además, si Feliciana no me cobra, no voy a estar tan apretada como antes.

—Bianca, no vas a estar apretada porque ahora estoy yo. No quiero que pases necesidades, amor.

—No paso ninguna necesidad, Gálvez. Tengo todo lo que necesito, empezando por un novio exasperante.

—Amor, quería preguntarte algo.

—¿Qué?

—El miércoles y el jueves mi mamá se va a Rosario para hacer un seminario de lengua castellana. Vuelve el viernes. Me voy a quedar solo en casa —Bianca apoyó la taza sobre el plato con lentitud deliberada y evitó el contacto visual—. Mírame, por favor. ¿Quieres venir a dormir a mi casa esas dos noches?

Bianca le contempló la expresión que ella asociaba con la de un pequeño, la de ojos bien abiertos, cejas levantadas y boca entreabierta. Casi parecía una escena extraída de un jardín de niños: "¿Quieres venir a dormir a mi casa? Si vienes, te presto todos mis juguetes".

Gálvez malinterpretó el mutismo de Bianca, lo que desató su verborrea.

—Mira, tengo todo planeado. El miércoles, después de la ginecóloga, nos vamos a casa. Podrías ensayar en mi dormitorio las canciones para el bar. Cierras la puerta y no te jodo, te prometo. Y podríamos estudiar juntos para la prueba de Francés, que yo no entiendo un pito y tú la tienes muy clara. Y podríamos hacer juntos los ejercicios de Matemá…

—Sí.

—¿Sí?

—Sí. Voy a ver cómo hago para obtener el permiso de mamá, pero sí. Tal vez no pueda ir las dos noches, pero una creo que no será problema.

—Le puedes pedir a tu tía Claudia que te cubra.

—Sí, seguramente le pediré a ella.

—Gracias, amor.

Se sostuvieron la mirada. Las palabras sobraban.

17

El miércoles, antes de que Gálvez fuera a buscarla al local para ir con la ginecóloga, Claudia le entregó un paquetito con un moño. Bianca ensayó una mueca de extrañeza y lo abrió. Se trataba de una cajita de preservativos; en letras grandes, rezaba: "Espermicida. Para mayor protección". Bianca soltó una risita y se ruborizó.

—No creo que esta noche jueguen al ajedrez, tú y Sebastián. Dudo que te haya invitado a su casa para eso, ¿no?

—No, creo que no —Bianca metió la cajita en el bolso con la muda de ropa—. Gracias, tía.

—Bianqui, aunque nunca me lo hayas confiado, porque eres muy reservada, sé que ésta va a ser tu primera vez. ¿Tengo razón? —Bianca asintió, y el rubor se profundizó—. Espero que lo disfrutes y que seas muy feliz. No me cabe duda de que Sebastián te quiere mucho y de que hará todo lo posible para que lo pasen bien. Quiero que seas feliz, sobrina.

—Gracias, tía. Lo soy.

—Sí, sé que tu Sebastián te hace feliz. Y no me cabe ninguna duda —aclaró, y acentuó sus palabras con un movimiento de mano— que es *muy* experimentado en esto del sexo, así que espero que sepa cómo tratarte. No me contaste —dijo, y cambió abruptamente de tema— cómo les fue el lunes con el médico.

—Me dijo casi lo mismo que Óscar, que estaba todo bien, pero que veía un poco abajo los glóbulos rojos. Así que me recetó vitaminas y me prescribió alimentos con hierro. Parecía que se habían puesto de acuerdo, el médico y Óscar.

—¿Cómo le quedó el ojo a tu Sebastián?

Bianca rio.

—Morado, tía.

* * *

La ginecóloga, de baja estatura a pesar de los tacones altos, sonriente y cargada de *bijouterie*, se mostró sorprendida al ver a Gálvez detrás de Bianca. Ésta no supo si el asombro se debía a la belleza llamativa de su novio o a lo inusual de que un hombre pisara ese espacio exclusivamente femenino.

Después de los saludos, la médica se aprestó a llenar la ficha de Bianca en una laptop.

—Nombre completo.

—Bianca Leticia Rocamora —Gálvez acababa de descubrir su secreto mejor guardado, el Leticia que odiaba.

—Fecha de nacimiento.

—Veintinueve de enero del 95.

—¿Tomas algún medicamento?

—No. Bueno, hace unos días mi médico clínico me dio vitaminas. No sé si eso se considera medicamento.

—¿Por qué te prescribió vitaminas?

—Tengo los glóbulos rojos un poco bajos. Traje los análisis que me hice hace poco.

—¿A ver? Muéstramelos, por favor.

La mujer los estudió en silencio durante un par de minutos.

—Todo normal, aunque sí, los glóbulos rojos están cerca del límite inferior. También te habrá dicho que comas bife, lentejas, espinaca...

—Sí, estoy comiendo un bife de chorizo todos los días.

—Bien. Fecha de la última menstruación.

Bianca aguzó los ojos y apoyó el índice sobre los labios en la actitud de quien intenta recordar un dato que se le escapa. Fue Gálvez el que respondió:

—Ocho de abril.

—¡Ah, pero qué novio más conveniente! —se admiró la médica—. Se acuerda de esa fecha y todo.

—Fue el día del concierto en la catedral —le explicó a Bianca.

—Gracias, mi amor —murmuró ella. A la ginecóloga le confirmó—: Sí, ocho de abril.

Al terminar de completar la ficha, la mujer preguntó:

—¿Qué te trae por acá, Bianca?

—Queremos empezar a tener relaciones, y yo quería saber si usted podría recetarme pastillas anticonceptivas.

—Bien. Vamos por partes. Primero quiero decirles que me parece perfecto que hayan venido los dos a la consulta. En general, las chicas vienen solas por este tema; pocas veces con una amiga y rara vez con las madres. Pero con quien siempre deberían venir es con sus parejas, porque la cuestión los involucra a los dos. Si bien las pastillas anticonceptivas son muy confiables a la hora de evitar la concepción, lo ideal es un esquema de doble protección: preservativo y pastillas.

—Ah —se decepcionó Gálvez—. Por más que Bianca tome pastillas, ¿yo tengo que usar fo... preservativo igualmente?

—Es lo más conveniente, no sólo para aumentar la protección y prevenir el embarazo, sino para evitar el contagio de toda ETS, como llamamos a las enfermedades de transmisión sexual. Bianca, ¿cómo ha sido tu vida sexual hasta ahora?

—No he tenido vida sexual. Soy virgen —sintió que Gálvez le apretaba la mano bajo el escritorio.

—Y en tu caso, Sebastián, ¿cómo ha sido tu vida sexual? ¿Activa, más o menos, nula?

—Activa.

—Entonces, hay que proteger a Bianca de cualquier ETS que pudieras tener sin saberlo. Eso sólo se logra si tú usas preservativo.

—¿Y si me hiciera estudios para descartar cualquier enfermedad?

—Sí, podríamos hacer un análisis de sangre, sobre todo para descartar el sida, que, hoy por hoy, es la ETS más temida. Sin embargo, existen otras enfermedades que no se detectan por sangre y que serían muy dañinas para Bianca, como el VPH, herpes y algunas otras.

—Ah, no, entonces uso preservativo y listo.

—Pero cambia la cara, Sebastián. Esta situación no es para siempre. Dentro de un año, un año y medio, si su relación ha sido *absolutamente* monógama, es decir, que sólo han tenido relaciones entre ustedes, podrían dejar de lado los preservativos y seguir sólo con las pastillas.

Gálvez guardó silencio, con la mirada fija en la médica.

—Entonces —habló al cabo—, mientras yo tenga que usar preservativos, prefiero que Bianca no tome pastillas. No quiero que se cocine con hormonas y químicos, si yo tengo que cuidarme igualmente.

—Esa decisión les corresponde a ustedes. No obstante, mi consejo es usar el doble esquema de pastillas *y* profilácticos, porque hay que reducir las probabilidades de embarazo al máximo. Ustedes son muy jóvenes, y estoy segura de que todavía no tienen planeado traer hijos al mundo.

—En un futuro, sí —contestó Gálvez—. Ahora, no.

Bianca se quedó mirándole el perfil. "¿En un futuro, sí? Nunca hablamos de hijos, Gálvez, ni en un futuro, ni en un presente, ni… Nunca hablamos de eso. Ay, mi Leo autoritario."

La ginecóloga extendió la receta para comprar las pastillas anticonceptivas y una orden para que Gálvez se hiciera los estudios para ir descartando aquellas ETS que se detectaban en sangre.

—Bianca, si te decides a empezar con las pastillas, es importante que lo hagas con mucha responsabilidad. Debes tomarlas todos los días y a la misma hora exacta, si no, no estarás protegida. Yo siempre les recomiendo a mis pacientes que elijan una hora en la que siempre les será fácil tomarla —en tanto hablaba, la ginecóloga extendía la orden para la compra de las pastillas, que, aclaró, eran de última generación—. Comienza a tomarla el primer día del ciclo, es decir, el primer día de la menstruación. A partir de ahí, como te decía, todos los días a la misma hora. Otra cosa: el inicio de la vida sexual implica para la mujer comenzar con el papanicolau y la colposcopia anuales. Por ejemplo, si comenzases hoy a tener relaciones con Sebastián, tendrías que hacerte estos estudios el... —la mujer consultó un almanaque— veinticinco de octubre.

—¿Y en qué consisten esos estudios? —preguntó Gálvez.

La médica se puso de pie y se acercó a una mesa donde había frascos con líquidos oscuros y toda clase de instrumentos que de inmediato despertaron su desconfianza. La mujer volvió al escritorio con un paquetito envuelto en papel celofán transparente.

—Esto es un espéculo —Bianca observó el adminículo de plástico, con la forma de un pene pequeño—. Te vas a recostar en una camilla como ésa, pondrás los talones en los estribos y quien te practique los estudios te insertará en la vagina el espéculo. No voy a mentirte, Bianca, no es agradable, pero es indoloro. Es incómodo, nada más. Pero el estudio es breve. En pocos minutos, habrá terminado.

—¿En qué consiste? —insistió Gálvez.

—Los dos están muy relacionados, el pap, como lo llamamos, y la colpo. Son para descartar la existencia de células cancerígenas en el cuello uterino. La colpo se realiza observando el estado del cuello a través del conducto vaginal con aquel aparato que ven allá, el que parece un telescopio. Se extrae un poco de material y se lo envía al patólogo. Esta extracción es indolora absolutamente. El estudio que realiza el patólogo es lo que llamamos papanicolau.

* * *

Apenas salieron del consultorio, Gálvez se detuvo frente al escritorio de la secretaria dispuesto a sacar un turno para fines de octubre. Bianca lo tomó de las manos con el fin de ganar su atención y se puso de puntitas para hablarle al oído.

—Mi amor, necesito meditar acerca de todo esto. No puedo tomar decisiones ahora. Necesito meditar —insistió, y se apartó para mirarlo.

Gálvez asintió, con expresión contrita.

—Perdóname. Me excedo cuando se trata de tu salud.

—Voy a sacar turno para hacerme esos estudios, te lo juro, pero primero tengo que repasar todo lo que nos dijo la doctora. Ahora siento que tengo una gran confusión en la cabeza.

—Vamos a casa —propuso él, y a Bianca, esa simple frase, le disparó las pulsaciones.

Iba callada en el automóvil, con la cara hacia la ventanilla. Le gustaba observar los negocios, la gente, los perros. Se llevó la mano al cuello para atrapar la de Gálvez, que se lo acariciaba.

—¿Qué pasa, amor? ¿Hubo algo que te molestó con la ginecóloga?

—Nada —lo tranquilizó, y depositó un beso en su palma callosa—. Sólo que nos dio un montón de información y necesito procesarla. Yo soy así, Sebastián. No quiero que te preocupes cuando me veas pensativa, incluso cuando necesite estar sola para meditar —tras una pausa, admitió—: Pensé que podríamos hacerlo sin que tú tuvieras que usar profiláctico. Una vez leí que para los hombres no es lo mismo, que no sienten igual.

—Con tal de preservarte de cualquier mierda que yo pueda tener, soy capaz de enchufarme cuatro condones. Te lo juro, Bianca.

La vehemencia de su Gálvez no tenía parangón. Le sonrió y estiró el brazo para acariciarle la mejilla.

—De todos modos —continuó él—, esto no es para siempre. Ya viste que la mujer dijo que, dentro de un año, un año y medio, podremos hacerlo sin preservativo.

—Sí —contestó, y no quiso agregar "si llevamos un vida sexual monógama" porque Gálvez necesitaba saber que confiaba en él—. ¿Así que en un futuro vamos a tener hijos?

Él la miró con ojos sorprendidos durante un segundo; luego volvió la atención al tráfico.

—Obvio, Bianca —la miró de nuevo y expresó, con acento prudente—: ¿O no?

A Bianca le dio risa la expectación con que aguardaba su respuesta.

—Como nunca lo habíamos hablado, me sorprendió que le dijeras a la doctora que en un futuro sí tendríamos. Eso es todo. Aunque me parece un poco prematuro hablar de eso.

—Sí, superprematuro —se apresuró a confirmar él—. No sé por qué lo dije. No me hagas caso.

—¿Qué piensas de usar la doble protección, profilácticos más pastillas?

—Como le dije a la doctora, a mí no me gusta la idea de que tomes químicos si yo tengo que cuidarme igualmente, pero es cierto que ningún método anticonceptivo es ciento por ciento efectivo, así que, si te deja más tranquila usar las dos cosas, yo estoy de acuerdo.

—Lo voy a pensar.

—Okei.

Viajaron durante algunos minutos en silencio. La mano derecha de Gálvez pasaba de la palanca de velocidades a su pierna, y Bianca percibía cómo el simple contacto y la perspectiva de una noche juntos iba ablandándole el cuerpo y llenándoselo de latidos y cosquilleos. Se había puesto los jeans blancos, esos que le marcaban el trasero, para tentarlo. No obstante, a medida que se acercaban a la Avenida Santa Fe y pese al deseo que la consumía, Bianca perdía valor.

—Ayer mi hermana tuvo su primera entrevista personal en Aluba —comentó, para alejarse de su obsesión.

—¿Ah, sí? ¿Cómo le fue?

—Volvió de mal humor. Dice que no entiende por qué tiene que ir a ese lugar si ella no está enferma de bulimia, ni de anorexia, ni de nada. No acepta que tiene una patología alimentaria. Eso me preocupa mucho.

—Amor… —Gálvez la sujetó por el mentón y le volvió el rostro hacia él—. Entiendo que te preocupes, pero ella tiene un par de padres que se van a hacer cargo de este problema. Tú no puedes asumir esa responsabilidad, Bianca. Tú quizá no lo veas, porque eres parte de eso y porque lo vienes haciendo desde hace tanto tiempo que no te das cuenta, pero haces más de lo que una hija común y corriente haría. Creo que tu mamá colapsaría sin ti.

—Colapsaría sin mi abuela, pero no sin mí. Ya viste que terminó internada cuando Granny estaba en Londres.

—Pero sin ti también colapsaría, Bianca. Por lo que me cuentas, tu mamá depende mucho de ti. De tu abuela y de ti.

—Mamá está sola en esto de Lorena. Papá no las acompañó a la charla de la semana pasada, ni a la entrevista de ayer. Y Lorena, al único que le hace caso, es a él. Dice que no piensa empezar el tratamiento, ni dejar de modelar.

—¿Le dijeron que tiene que dejar de modelar?

—Es una profesión muy perjudicial para una chica con antecedentes de bulimia. Yo sé que Lorena vomita más los días previos a un desfile. La he observado.

—Dios mío… Qué enfermedad de mierda.

* * *

Llegaron cerca de las ocho. Gálvez abrió la puerta del departamento y le cedió el paso. Bianca traspuso el umbral y, en la oscuridad del vestíbulo, cerró los ojos e inspiró el aroma que ya asociaba a la casa de él; se parecía al del laurel. Como por arte de magia, las tensiones del día se diluyeron y experimentó una dicha que le levantó las comisuras en una sonrisa inconsciente y que borró la tristeza por la enfermedad de Lorena. Pensó que estaba a punto de hacer el amor con el único chico que había amado en su vida, y de nuevo la asaltó la misma sensación de irrealidad que había experimentado aquel día, en la quinta de Pilar, porque resultaba increíble que él la deseara y la amara.

Gálvez le puso una mano en el hombro. Bianca se dio vuelta y le pasó los brazos por la cintura; se pegó a su cuerpo.

—¿Qué pasa, amor?

—Estoy contenta de estar aquí. Me parece imposible.

—¿Qué te parece imposible?

—Que me quieras, que me desees como mujer.

Gálvez la tomó por los brazos, la separó de su torso y se la quedó mirando con gesto severo.

—Ah, ya sé —dijo, y la expresión se le suavizó—. Estás diciendo esto para provocarme, para que te arrastre a mi cuarto y te demuestre cuánto te deseo como mujer. ¿Es así? —Bianca rio—. Y encima la muy condenada me hace la risita de la gatita satisfecha.

—Nada de satisfecha, Gálvez. Todavía no me has satisfecho, te lo aseguro. Y mis pompis y yo seguimos ofendidas.

—¡Pero quién es ésta! Ahora, en este momento crucial, me doy cuenta de que mi novia con su carita de "soy la Virgencita de Itatí" es una ninfómana —la risa de Bianca se profundizó—. Amo cuando te ríes, me haces sentir tan bien —la abrazó con un fervor que Bianca percibió en las costillas—. Ven, vamos a mi cuarto para que dejes tus pertenencias, equeco mío.

Gálvez fue encendiendo luces y guiándola hasta su dormitorio. Bianca entró en la habitación y fijó la vista en la cama, que pronto compartiría con él. Gálvez la desembarazó de sus bolsas y las puso sobre una silla. Bianca abrió el cierre del bolso y extrajo la cajita de preservativos que le había regalado Claudia.

—Mira lo que nos regaló mi tía.

Gálvez los tomó y rio quedamente.

—¿Le dijiste que íbamos a hacer el amor?

—No. Cuando me los dio, me dijo que era obvio que tú no me habías invitado a tu casa para jugar al ajedrez.

—¿Ah, no? Yo tenía pensando jugar al T.E.G. —Bianca rio, y él la atrajo a sus brazos—. Amor, quiero que hablemos un momento. Ven —se sentó en el borde de la cama y la acomodó sobre sus piernas.

—¿Qué pasa? —dijo, de pronto alarmada.

—Nada pasa, sólo quiero que sepas que si, después de la charla con la ginecóloga, necesitas meditar un poco sobre todo lo que nos dijo, no hay drama, podemos esperar. Se me ocurre que tal vez quieras empezar a tomar las pastillas antes de hacer el amor para reforzar la protección.

—Todavía no sé si quiero tomar las pastillas, Sebastián.

—Por eso, porque todavía no tienes muchas cosas claras, tal vez quieras esperar. No voy a presionarte, amor. Quiero que te sientas libre.

—¿Tú quieres hacerlo?

—Bianca —la asió por el mentón con una brusquedad controlada—. Mírame. Quiero que te quede claro que estoy viendo todo rojo y en cuadritos de las ganas que te tengo, y no de ahora, sino desde hace muchas semanas, que ya parecen años. ¿Te queda claro?

—Sí.

—Para que te quede *bien* claro, siente las ganas que te tengo —la ubicó sobre su erección—. ¿Alguna duda?

—No —dijo, con una mueca risueña—. Yo sí quiero hacerlo, Sebastián. Desde que me invitaste a tu casa el sábado, no puedo pensar en otra cosa —se inclinó y le besó los labios con ligereza.

—Amor… —suspiró él, con los ojos cerrados.

—Con el preservativo será suficiente, ¿no?

Gálvez estudió el regalo de Claudia en silencio. Se estiró, abrió el cajón de la mesa de luz y extrajo otra cajita, de la misma marca, Prime, pero que decía *Ultrafino. Como usar nada.*

—Yo había comprado éstos —le pasó la cajita a Bianca—. Pero creo que será mejor usar los que nos regaló tu tía, con espermicida.

—Ponte uno solo, Sebastián. No te pongas cuatro.

Gálvez soltó una carcajada y volvió a abrazarla.

—Está bien, amor, me pongo uno solo.

—Quiero que sientas. Quiero que esta primera vez conmigo sea inolvidable para ti.

—Va a ser inolvidable, Bianca. Nada de lo que me has hecho vivir en estas semanas se me ha olvidado. Me acuerdo de cada cosa, es impresionante. A veces me rio como un tonto pensando en algo que me dijiste o que hicimos juntos.

—A mí me pasa lo mismo.

—Pero, en realidad, la que cuenta hoy eres tú, que lo vas a hacer por primera vez.

Bianca le rodeó el cuello y le habló en un susurro.

—¡Qué suerte que sea contigo, mi amor! Es el mejor regalo que me ha hecho la vida.

Gálvez le sujetó la cabeza y la apartó para mirarla. Bianca se dio cuenta de que sus palabras lo habían conmovido, porque tenía los ojos brillantes y la nuez de Adán le subía y le bajaba rápidamente. Le acarició la mejilla barbuda después de tantas horas sin afeitarse, y le tocó los labios, y le dibujó la curva de las cejas casi negras, primero la derecha, después la izquierda, y descendió por el tabique nasal, y regresó a la boca, donde él le besó la punta del dedo.

El timbre del interfón los devolvió a la realidad. Se pusieron de pie al mismo tiempo. Gálvez carraspeó antes de explicarle:

—Debe de ser el repartidor. Cuando estábamos esperando a que nos atendiera la doctora, le mandé un mensaje para que trajeran a esta hora tu bife de chorizo. Ya vengo.

Bianca se quedó sola y observó el entorno. Caminó hacia su bolso y revolvió el contenido hasta extraer lo que buscaba. Se trataba de la cinta negra que Camila le había puesto alrededor del cuello la noche de la inauguración del bar. La estiró entre sus manos y se preguntó si se atrevería a cumplir la fantasía que Gálvez le había susurrado en el camerino.

—*Aluciné cuando te vi tan linda esta noche, pero cuando descubrí que tenías esta cinta negra aquí…*

—*¿Qué?*

—*Mejor no te digo.*

—*Dime.*

—*Quise que algún día te pusieras solamente esta cinta negra en el cuello para mí. Y me puse duro, ahí, frente a todos.*

Dos voces pugnaban por imponerse en su interior. Una, la que hablaba con los labios de Saturno en la Casa I, la que siempre le marcaba lo que *debía* hacer, lo que era correcto e incorrecto, lo bueno y lo malo, la exhortaba a devolver la cinta al bolso y olvidarse de esa idea descabellada, que terminaría por asustar a Gálvez. "¿Qué pensará cuando regrese y te vea así?"

La otra, la que hablaba con la voz de Urano, el regente de Acuario, la impulsaba a ser libre, a vivir plenamente, a romper con las cadenas de Saturno, a dejarse llevar por sus fantasías, a experimentar vivencias nuevas, a ser feliz, a divertirse. Entonces, le pareció escuchar de nuevo la conclusión que Alicia, la astróloga, había expresado meses atrás, al final de la lectura de su carta natal: "Tu desafío en esta vida, Bianca, es ser tan libre y distinta como Acuario te exige y no sentirte culpable por eso". Sin duda, seguir los consejos de Urano implicaba riesgo y, si bien a ella el riesgo le daba pánico, por Gálvez estaba dispuesta a enfrentar cualquier reto.

Se sentó en el borde de la cama y se quitó las botas y las calcetas con rapidez. No contaba con demasiado tiempo. Él regresaría en pocos minutos. Se puso de pie y se desabrochó el pantalón, que arrojó en el respaldo de la silla. Se deshizo de la camisa y de la ropa interior, que también acabaron colgando de la silla. Buscó un espejo. No había ninguno a simple vista.

¿Gálvez, el leonino más leonino que conocía, no tenía un espejo en su dormitorio? Abrió las puertas del clóset, y allí se topó con su imagen desnuda, lo cual la impresionó. Estuvo a punto de desistir, pero juntó fuerzas de flaqueza y siguió adelante con determinación. Escuchó que él regresaba. Todavía contaba con unos segundos porque de seguro pasaría primero por la cocina para dejar el paquete. Terminó de atarse la cinta y se perfumó con una imitación de Organza, que la había juzgado bastante buena cuando la compró. Volvió a plantarse frente al espejo para recogerse el cabello de modo que él notase con el primer vistazo la cinta en su cuello.

Así la encontró Gálvez, de espaldas a él y frente al espejo, con los brazos levantados, mientras se ataba una colita.

—Amor, ¿qué prefieres…?

La pregunta quedó en el aire. Gálvez, bajo el dintel, se sujetó del marco. Se miraron a través del espejo, y a Bianca le resultó evidente que su amado no era consciente de la transformación que iban sufriendo sus facciones: la manera en que levantaba las cejas, la forma en que se le dilataban las aletas de la nariz, el modo en que se le marcaban los huesos de la mandíbula, la pequeña separación que se producía entre sus labios.

Bianca le sonrió con timidez y se tocó la cinta para que él recordara sus propias palabras. Gálvez dejó escapar un resuello y, en dos pasos, estuvo detrás de ella, y sus brazos la circundaron con posesividad, y sus manos le recorrieron la piel desnuda con el descaro que le permitía saberse solos, sin apremios, sin riesgos.

—Te amo. Te amo, Bianca. Te amo —repetía mientras, con hábiles caricias, le arrancaba gemidos.

Bianca apretó los párpados, formó puños con las manos y se dejó llevar por la sensación arrolladora del orgasmo. Escuchaba sus propios gritos y le parecía mentira que fuese ella la que los producía. Eran como un canto a la libertad.

El placer fue desvaneciéndose entre sus piernas y, aunque seguía respirando de manera agitada y tenía los músculos en tensión, empezó a tomar conciencia de algunas cosas, como por ejemplo, que una mano de Gálvez seguía aferrada a su monte de Venus y la otra a su seno derecho; que la besaba en la curva que formaban el cuello y el hombro; y que le susurraba palabras maravillosas, de las que ella no quería perder ni una.

—Te amo por tantas cosas, Bianca, pero esto me partió. Que te hayas acordado de lo que te conté en el bar, aquella noche tan de mierda y tan alucinante al mismo tiempo… Estoy tan duro, por Dios.

—Te dije que yo también me acordaba de todo lo que nos decimos, de todo lo que me dices.

—Sí, sí, te creo, siempre te creo, amor. En nadie confío como confío en ti, Bianca.

—Yo también confío en ti como en nadie —levantó los párpados y lo buscó a través del reflejo—. Tenía miedo de hacer esto —le confesó—, tenía miedo de que pensaras mal de mí. Pero después me dije que estaba por hacerlo para mi Sebastián, para que él fuera feliz, y entonces me animé. ¿Te hice feliz?

—Sí, más que feliz, amor.

Inspiró violentamente y se arqueó al sentir la mano de él en su trasero. Lo acariciaba con un descaro que casi la llevó a apartarse. Tal vez porque presagió sus intenciones, Gálvez ajustó el brazo con el que le envolvía el vientre y la mantuvo pegada a su torso.

—¿Así que están ofendidas mi pompis favoritas?

—Ya no —alcanzó a articular con la cabeza echada hacia atrás, sobre el hombro de él.

Gálvez rio con esa risa perezosa, medio sarcástica, que a ella la excitaba, y reanudó el movimiento de sus manos que la condujeron de nuevo al orgasmo. Medio desfallecida, se habría disuelto sobre el piso si él no la hubiese sujetado con firmeza. La sostuvo durante un tiempo, Bianca no habría sabido decir cuánto. Al elevar los párpados nuevamente, supo que él ya no estaba para juegos. La miraba con un hambre que le volvía negros los ojos.

—Desvísteme. Por favor.

Bianca giró entre sus brazos. Se miraron antes de que ella se pusiese en cuclillas para desatarle los tenis.

—Me calienta verte así, agachada, en el espejo —le confesó, y Bianca advirtió el cambio en el tono de su voz, más oscuro, más grave—. Tienes el mejor trasero que conozco, Bianca.

—Levanta el pie, así te quito el tenis —él obedeció e hizo lo mismo con el otro—. Ahora de nuevo, así te quito los calcetines.

—Siempre me pongo talco. No tengo olor, ¿no?

—No, para nada. El talco es mentolado.

—Sí —confirmó, satisfecho.

Bianca se incorporó, y Gálvez la sujetó con rudeza por los glúteos y le dio un beso francés, largo y profundo. Había cambiado, parecía ebrio. Mientras la besaba, ella se ocupó, a ciegas, de desabrocharle la hebilla del cinto y los pantalones. Él se despojó de la camisa y de la playera con movimientos impacientes y rápidos. Bianca se detuvo en el tatuaje negro de alambre de púas que le rodeaba el bíceps del brazo izquierdo y lo dibujó con el índice, y notó que la piel se le erizaba. Era un símbolo agresivo y tenía que ver con el Gálvez lastimado del pasado. Se puso de puntas y lo besó varias veces. Cuando levantó los párpados, lo descubrió observándola con expresión seria, inescrutable.

Bianca le pasó las manos abiertas por los pectorales y las deslizó por los abdominales, y admiró la belleza de ese cuerpo que ya sentía como suyo.

—Una vez, hace mucho, escuché a unos chicos del otro curso que decían que tomabas anabólicos para tener estos músculos.

—Y tú, ¿qué pensaste?

—En aquel momento, no sabía qué pensar. También se decía que te drogabas.

—Y ahora que me conoces, ¿qué piensas?

—Que no. Creo que si tomaras anabólicos, serías tres veces lo que tú. La hipertrofia muscular sería desproporcionada, algo horrible. En cambio, eres armonioso.

Apoyó los labios entreabiertos sobre su pecho y, con la punta de la lengua, se abrió paso en la mata de pelo hasta alcanzar la piel. Gálvez se estremeció y ajustó las manos en sus glúteos.

—¿Y qué piensas de eso que se decía, que me drogaba?

Sin retirar los labios de su torso, Bianca levantó las pestañas y lo miró a los ojos.

—Creo que sí, que es verdad.

—¿Camila te contó?

—Con Camila, jamás hablaba de ti.

—¿No?

—No. Ella nunca me dijo nada.

—Entonces, ¿cómo lo sabes?

—Lo intuyo.

—¿No te da miedo estar con uno que se droga?

—Estoy con uno que se *drogaba,* y estoy segura de que lo hacías con éxtasis y esas cosas, no con cocaína o heroína. No es que me encante la idea de que te metieras ese veneno en el cuerpo, pero eso quedó en el pasado

—Entonces, ¿tienes o no tienes miedo de estar conmigo?

—¿Te parece que estaría aquí, exponiéndome como jamás me he expuesto ante nadie, si no confiara en ti, si te tuviera miedo? Contéstame.

—No, supongo que no.

—Supones bien —levantó las manos y le sujetó la cara—. Te amo desde hace tanto tiempo, Sebastián. Te he amado cuando sabía que hacías cosas con las que no estaba de acuerdo, te amaba cuando fumabas, cuando estabas con otras, cuando sabía que te drogabas, que fumabas marihuana. Te he amado sin importarme nada, porque yo veía que estabas lastimado, y que querías lastimar a alguien lastimándote. No sabía bien de qué se trataba, pero lo sospechaba. Pero veía también que tenías un corazón enorme debajo de todos estos músculos. Una vez, cuando íbamos en segundo año, te vi comprarle un helado a una nena de primer grado porque se le había caído y lloraba como loca —Gálvez rio y apoyó la frente en la de ella—. Dios, cómo te amé ese día. Te seguí de lejos y observé, paso a paso, todo lo que hiciste, lo que le dijiste, todo. Te amé en aquella época salvaje de tu vida, te amo ahora, que eres mi héroe, y te voy a amar siempre, seas como seas, Sebastián.

—¡Bianca! —hundió el rostro en el hombro de ella y siguió pronunciando su nombre con voz poco firme—. Bianca... Bianca... Precioso amor de mi vida.

Bianca enganchó los pulgares en el elástico del calzoncillo y arrastró la prenda hacia abajo. Se quedó de rodillas mirando el pene de Gálvez, erecto frente a sus ojos. Levantó la mano para tocarlo, pero él la frenó aferrándola por el antebrazo.

—No. Si me tocas... No —repitió—, estoy demasiado caliente —la tomó de la mano y la guio hasta la cama—. Suéltate el pelo —le exigió, y tomó distancia para contemplarla—. Es así como te imaginé aquella noche en el bar, exactamente así. Date vuelta.

Bianca se volteó y enseguida lo sintió detrás de ella. No la tocaba, y esa espera aumentaba la efervescencia que le bullía en todo el cuerpo; no recodaba haber experimentado unas ansias tan grandes; casi le daban ganas de salir corriendo, de gritar, de reír.

Gálvez le desnudó la espalda al colocarle el cabello sobre el hombro derecho, que le tapó el seno. La sujetó por el hombro izquierdo y la acarició entre los glúteos con la cabeza de su pene. Bianca dio un respingo e inspiró de manera violenta, escandalizada y excitada al mismo tiempo. Le dolían los pezones y entre las piernas. Echó la cabeza hacia atrás y gimió.

Gálvez le pegó el torso a la espalda y le habló al oído.

—¿Te gusta, amor? —Bianca asintió—. Alucino con tu trasero, Bianca. Me vuelve loco. Ellas también son hermosas —dijo, y deslizó la mano bajo el cabello y le contuvo el seno derecho; después el izquierdo.

Bianca se sacudió violentamente cuando los dedos de Gálvez le apretaron los pezones endurecidos. Gimió y le clavó las uñas en los muslos que la rodeaban por detrás.

—Sebastián… —dijo, en tono de súplica.

—¿Qué, amor?

Durante unos segundos no supo qué decir. El clamor había brotado de manera inconsciente.

—No doy más —expresó al cabo.

—Acuéstate en la cama.

Arrancó el cobertor azul y lo tiró en el piso, y Bianca se acostó boca arriba, muy tensa. Lo siguió con la mirada mientras él sacaba un condón y se lo colocaba rápidamente, con movimientos eficaces, y le pareció mentira el instante en que se acomodó sobre ella, en que sintió el peso de su cuerpo, la textura del vello de su pecho sobre sus pezones sensibles. Gálvez la miró, y Bianca pensó que nunca se había sentido tan amada.

—Bésame, Sebastián.

Gálvez lo hizo suavemente. Bianca entretejió los dedos en el cabello de él y lo acercó para profundizar el encuentro. La contención se rompió dentro de él, y la penetró con una lengua agresiva, que luego cayó sobre un pezón, después sobre el otro. Bianca lanzaba gemidos desesperados, mientras una energía que se acumulaba entre sus piernas la obligaba a rebullirse bajo el peso abrumador de Gálvez. La respiración de los dos se aceleró. Gálvez se apoyó en un codo y se apartó para estudiarla. Se miraron. Bianca le acarició la boca, la mejilla, la oreja.

—No quiero que dejes de mirarme. Quiero que me mires todo el tiempo. Si te miro, sé qué te está pasando —Bianca asintió—. Rodéame con las piernas —las separó y las unió en la parte baja de la espalda de él—. Relájate, amor. Relaja los músculos para que no te duela tanto.

—No le tengo miedo al dolor. Estoy contigo, no le tengo miedo a nada.

—Bianca... —se inclinó para besarla en los labios y comenzó a penetrarla—. Dios... —lo oyó jadear, y lo vio apoyarse de nuevo en el codo y tomar distancia. Fruncía el entrecejo y apretaba los párpados en un gesto de dolor—. Eres tan estrecha.

Le acarició la mejilla, y él, con actitud nerviosa, le besó la palma y se quedó ahí, respirando en su mano, humedeciéndosela, calentándosela. Abrió los ojos y la buscó con la mirada.

—Aquí estoy —dijo Bianca—. No he dejado de mirarte.

—¿Te dije que vengo pensando en este momento desde hace mucho?

—¿Desde cuándo?

—Desde el día en que subiste por primera vez a mi auto.

—Estaba fea, toda llorosa y cansada.

—No sé, yo no te vi así. Me calentaste. Estaba tan caliente... Te lo habría hecho en el asiento de atrás. Y después, cuando oí tu cidí con esa canción...

—*La habanera.*

—*La habanera...* La calentura no se me fue, pero me pasó algo raro. Te quise. Te quise para mí. Quería que fueras de mi propiedad. Quería poseerte. Sí, ya sé que suena de la Edad Media.

—Sí, pero me gusta.

—Qué suerte, amor, porque así es como siento, no puedo evitarlo. Y cuando apareció tu hermana, te escapaste del auto. Casi me muero. Subí porque quería verte de nuevo. No podía irme. Te juro, Bianca. Era algo muy fuerte. Nunca me había pasado. Tú no aparecías por ningún lado. Yo escuchaba ruidos y voces de chicos, pero no la tuya. Y me estaba desesperando por volver a verte. Entonces, abrí la puerta del baño y tú me empujaste dentro —Bianca se tapó la boca para reír—. Pocas veces me han sorprendido tanto. Y me hablaste con ese modito autoritario que tienes —impostó la voz para imitarla—: "Escúchame bien, Gálvez" —Bianca soltó una carcajada—. Y de nuevo casi te lo hago en el bañito. Después me sorprendiste de nuevo, con tus hermanos. No podía dejar de mirarte. Me impresionó el modo en que los atendías y cómo ellos te rodeaban y te respetaban, como si fueras la madre. Y casi me caigo de sentón cuando estaba por llegar tu papá y me dijiste: "No lo tutees, apriétale fuerte la mano y llámalo señor".

—No quería que le causaras mala impresión.

—En realidad, eso fue lo que me sorprendió, que quisieras que tu papá me viera con buenos ojos. Me dio esperanza.

—Y hoy, ¿te sorprendí? —se tocó la cinta negra.

—Todavía me está temblando la mandíbula.

—¿Y te excité?

—¿No se nota?

—Sí, pero hoy me lo puedes hacer, Gálvez. Hoy no te vas a quedar con las ganas.

—Hoy no, amor.

Se inclinó para besarla y reinició la penetración. Bianca se dio cuenta de que él había echado mano del relato no sólo para recobrar el control, sino para distraerla y relajarla. Sus bocas se separaron y sus miradas volvieron a enlazarse. Se hablaron en el silencio, con sus ojos, con sus cuerpos. Bianca trataba de recordar las escenas eróticas de las novelas románticas que había leído para poner en práctica algunas técnicas. Por eso, deslizó las manos por la espalda de él y le aferró los glúteos. Gálvez echó la cabeza hacia atrás con violencia y endureció el torso. Cuando volvió a mirarla, lo hizo con una fiereza que presagió la embestida que llegó un instante después y que la despojó de su virginidad. Bianca se arqueó bajo su peso y gimió de dolor.

—Amor —lo escuchó decir con acento angustiado, por lo que intentó recobrarse y mirarlo.

—Estoy bien.

Bianca amó la manera en que Gálvez le recorría la cara con ojos ansiosos y gesto preocupado.

—Estoy bien, Sebastián.

—Dime qué sientes.

—Un latido.

—¿Dolor?

—Sí, un poco.

—Amor… —susurró, con los labios sobre su frente—. Te amo. Tanto.

Le buscó los labios, y Bianca se concentró en la voracidad con que su boca y su lengua la poseían y la penetraban. Quería concentrarse en el amor que ese beso le comunicaba y olvidar el dolor entre sus piernas, porque le había dicho que era poco, cuando, en verdad, le llegaba hasta le ombligo.

Al sentirse más segura, levantó las piernas y volvió a rodearle la cintura. El mensaje fue claro para Gálvez, que comenzó a mecerse sobre ella sin dejar de besarla. Con un brazo equilibraba el peso para no aplastarla; con la mano libre del otro le masajeaba un pezón. Bianca le clavó las uñas en la espalda y gimió sin continencia, enloquecida a causa de la excitación.

Gálvez apartó la boca y tensó el cuello hacia atrás. A Bianca la impresionó cómo se le marcaron los tendones y los músculos y amó la mueca estática en la que permaneció durante unos segundos. La mano de él que le sujetaba el seno se deslizó hacia abajo y la tocó con la destreza que siempre le prodigaba tanto placer. Las caricias aumentaban su agresividad, lo mismo que sus embestidas. Bianca se aferró a sus hombros y apretó los párpados.

—¡Mírame!

Los ojos de Gálvez se habían tornado de un negro insondable, y sus facciones estaban tensas y enrojecidas a causa del orgasmo inminente. Bianca se arqueó con un impulso sobrenatural bajo el torso de él y gritó en tanto una energía poderosa la sumía en un goce indescriptible. Gálvez la siguió un instante después. La impresionó la violencia de su alivio, que se manifestó en los gemidos roncos con que acompañó las acometidas finales, que parecían querer llegar al centro de su cuerpo. Gálvez se desplomó sobre ella, y se mantuvo rígido y quieto durante un par de minutos. Ambos respiraban de modo superficial y rápido.

Al cabo, él se apartó para observarla. Bianca le sonrió y le acarició la mejilla.

—Gracias.

—¿Por qué? —preguntó ella.

—Por esto, por entregarte a mí, por aceptarme, por conocerme, por hacerme feliz.

—Por amarte.

—Sí, por amarme.

—De nada, mi amor.

—Ahorita vengo.

—¿Adónde vas?

—A quitarme el condón.

—Ah, claro.

Gálvez le dio un beso rápido en los labios y se bajó de la cama. Bianca lo vio alejarse, glorioso en su desnudez, y volvió a sentir deseo por él: por su cuerpo, y por su sonrisa, y por sus ocurrencias, y por sus manos en ella, y por su boca, y por su corazón generoso; lo quería todo.

Percibió la sangre que se deslizaba entre sus piernas y se quedó quieta para no manchar las sábanas. Se dijo que tendría que seguirlo al baño y lavarse, pero se quedó ahí.

Gálvez regresó y se acomodó de costado en la cama. Bianca se desplazó con cuidado hacia el borde para darle espacio. Él hundió el codo en la almohada y se sostuvo la cabeza con la mano. Se miraron, y Bianca notó que masticaba un chicle de nicotina.

—Tienes ganas de fumar, ¿no?

Gálvez sacudió un hombro.

—Es la costumbre.

—¿Fumabas después de hacer el amor?

—Fumaba después del sexo. Lo de ahorita fue hacer el amor.

—¿Cómo se siente la diferencia?

Gálvez se recostó sobre la almohada y fijó la vista en el techo.

—Hay más emoción cuando la chica que está contigo es una que te importa de verdad. Sientes alegría. Lo malo se te olvida. Sólo te importa ella y darle placer. Todas las veces que hice que te vinieras fueron especiales, pero ahora, cuando te veniste conmigo dentro de ti… Fue muy fuerte, Bianca. Fue como tú querías que fuera, amor: inolvidable.

* * *

Al día siguiente, durante el primer recreo, Bianca y Camila se retiraron al aula clausurada. Apenas entraron, Bianca aferró la mano de Camila, algo que la sorprendió porque su amiga la acuariana era reacia al contacto físico.

—¿Qué pasa, Bianqui?

—Sebastián y yo hicimos el amor anoche.

—¡Yupi! —la abrazó—. ¿Cómo fue? ¿Estás contenta?

—Muchísimo, Cami. Fue perfecto.

—¡Qué bueno, amiga! No sabes cuánto me alegro.

Caminaron hasta el fondo del aula y se sentaron en el piso, la espalda contra la pared.

—¿Estás bien? ¿Te molesta?

—Siento un poco de ardor, pero nada más. Es como si la piel se me hubiese estirado mucho.

—Es por la fricción. Ponte un poco de crema con vitamina A, de esa que usas cuando Louli se raspa.

—Buena idea. La primera vez me hizo ver las estrellas, a ti puedo decírtelo. La segunda, no sentí casi nada de dolor, un poco de molestia. Ya habían pasado varias horas.

—Por lo que veo, no durmieron en toda la noche.

—Me quedé dormida, pero él me despertó en la madrugada, no sé a qué hora, las tres, tres y media, supongo, y volvimos a hacerlo. Pero no me siento para nada cansada. Al contrario, siento una vitalidad impresionante.

—Y parece que él tampoco está cansado, porque lo vi jugando al futbol con la misma energía de siempre.

—Nos costó levantarnos cuando sonó el despertador.

—¿Te vas a quedar esta noche en su casa? Por lo que me dijiste, su mamá vuelve mañana.

—Esta noche no puedo. Mamá tiene otra plática en Aluba. Tengo que quedarme con mis hermanos.

—¿Cómo te fue ayer con mi ginecóloga? ¿Te pareció buena?

—Sí, muy simpática. Nos explicó eso del doble esquema de precaución, pastilla *más* preservativo.

—Así nos cuidamos nosotros. Dentro de un tiempo, Lautaro podrá dejar el condón, pero él dice que prefiere seguir usándolo para mayor seguridad. Imagínate si las pastillas fallasen y me quedase embarazada. Me muero.

* * *

A la salida del colegio, Gálvez la arrinconó en una esquina del patio y la besó sin mediar palabras. Cortó el beso y se quedó mirándola. Bianca elevó lentamente los párpados y lamió la saliva que él había dejado en sus labios.

—Hola —saludó él.

—Hola.

—¿Cómo estás, amor?

—Muy bien. ¿Y tú?

—Con ganas. No puedo dejar de pensar en lo que tuvimos anoche.

—Yo tampoco.

—Creo que me pasé haciéndotelo de nuevo. Tú estabas dolorida. Aunque no me lo digas, yo lo sé.

Le deslizó la mano bajo el delantal y bajo la falda, y Bianca separó ligeramente las piernas para que él la tocase. Cuando sus dedos le rozaron la carne, inspiró súbitamente y cerró los ojos. La piel de los antebrazos y de las piernas se le erizó.

—Amé esa segunda vez, Sebastián. Fue mejor que la primera porque estaba más relajada.

—Estabas dormida —le recordó.

—Tú estabas muy despierto, con el condón puesto y todo.

—Me levanté para ir al baño y, cuando volví, me di cuenta de que eras un bultito en mi cama, y me vino una emoción muy grande, y tuve ganas de verte dormir. Así que dejé encendida la luz del pasillo y me acosté con cuidado para no despertarte y te observé. Y me llegó una oleada del perfume del champú con el que yo te había lavado el pelo mientras nos duchábamos juntos, y me empecé a acordar de cuando me arrodillé para lavarte la sangre seca que tenías entre las piernas, y te provoqué otro orgasmo. Y del orgasmo que tú me provocaste a mí, de rodillas en la ducha… Fue mucho. No quería despertarte, pero alguien me dijo que Leo es egoísta y egocéntrico, así que te desperté.

—Me alegro de que lo hayas hecho, mi Leo egoísta. Fue alucinante.

—Estaba seguro de que en la cama nos llevaríamos bien, pero no imaginé que tanto. Bianca, no sé cómo voy a aguantar solo esta noche. Te quiero en mi cama de nuevo, amor.

—Yo también quiero hacer el amor de nuevo.

—Hay un hotel aquí cerca. Lo hacemos, comemos algo rápido y después te llevo al local.

El celular de Bianca anunció el ingreso de un mensaje. Bianca lo leyó y después levantó la pantalla para que Gálvez lo viese. Era de Corina.

Pulga, te necesito ya en casa. Tengo que acompañar a tu abuela al oftalmólogo y tú tienes que darle de comer a tus hermanos.

Gálvez puso cara de malhumorado.

—¿Y Lorena? ¿Ella no puede hacerse cargo de tus hermanos?

—No, ella no. ¿Te gustaría almorzar en casa?

—¿Sí? ¿Puedo? —la alegría que comunicaban sus ojos siempre la conmovía—. Y cuando tu mamá me vea aparecer, ¿qué historia le contamos?

—¿Que vienes para que te explique un tema de Francés, porque mañana hay prueba?

—¡Perfecto! Gracias, amor —dijo, y apoyó la frente en la coronilla de Bianca—. Te juro, no podía separarme de ti en este momento.

—Piensa que el fin de semana largo vamos a estar juntos todo el tiempo.

—Sí, pero rodeados de la *troupe* de mi padre. Algo voy a planear para que podamos rajarnos y hacer el amor.

—Sí, por favor, planea algo.

Caminaron de la mano hasta casa de Bianca. Gálvez quiso comprar refresco y alfajores, por lo que, cuando llegaron, a la sorpresa de ver a "Sebas", se sumó la alegría por ese botín delicioso. Su madre y la abuela también se asombraron al verlo y se conformaron con la explicación de Bianca. La anciana, sin embargo, miró a su nieta con el entrecejo fruncido, un gesto de condena porque aún no había revelado a Corina que Gálvez era su novio.

Cuando las mujeres se fueron, Gálvez la presionó en la cocina.

—¿Cuándo vamos a formalizar lo nuestro, Bianca?

—En este momento no, Sebastián. Va a ser terrible para Lorena cuando se entere. Y ahora que está con todo este tema de la bulimia, sería como darle un golpe de gracia.

—¿Dónde está ella ahora? ¿No hay riesgo de que se aparezca?

—Supuestamente está en la facultad.

—¿Por qué supuestamente?

—La verdad es que no estoy segura de que asista a clases.

—¿Qué hace durante ese tiempo?

Bianca, sin volverse, sacudió los hombros y masculló un "no sé".

18

La primera experiencia con Feliciana Castro superó las expectativas de Bianca. La esperaba con un té caliente para relajar la garganta y las cuerdas vocales, y, mientras lo tomaban, la soprano se interesó por saber si había llegado bien.

—¿Viniste en autobús?

—Sí.

—Pensé que te traería el galante de tu novio.

—Sebastián quería ir a buscarme a Almagro y traerme, pero por suerte logré convencerlo de que era una locura. Tuve que mandarle un mensaje apenas entré en su edificio para que se quedara tranquilo.

—Es muy protector, como todo caballero debe ser con su dama. Te vendrá bien tenerlo en torno. El mundo es un lugar feroz, Bianca.

La inquietó esa afirmación, por lo que desvió la vista, que recayó en un portarretratos de plata.

—Ésta es usted, ¿verdad?

—Sí, en *Tosca,* en el teatro lírico de Zúrich.

—Estaba hermosísima.

—Fue una buena actuación. Me sentí orgullosa cuando me aplaudieron porque había dejado todo en el escenario.

A continuación, la soprano se metió de lleno en el universo de la lírica y le explicó que no sólo debía aprender a dominar la voz, sino a actuar, algo que la Mattei no había mencionado.

—La ópera es música y arte dramático, Bianca. Puedes ser una excelente cantante, pero si tu actuación no convence al público, la representación se verá muy opacada. Trabajaremos este aspecto también.

Iniciaron con una serie de vocalizaciones (do-re-mi-re-do; do-mi-sol-mi-do; do-re-mi-fa-mi-re-do) antes de meterse de lleno en ejercicios relacionados con la respiración y el uso del diafragma y sus resonadores.

—No subas tanto la cabeza; tampoco tan baja; inclina apenas la frente. Así, muy bien. Que tu boca forme un óvalo. Las inspiraciones deben ser profundas, pero no ruidosas. Los cantantes líricos decimos que es lo mismo que inspirar el aroma de una flor. Se hace con profundidad y delicadeza.

Trabajaron en las técnicas de "apoyo", es decir, el control de la salida del aire una vez que se llenó la parte baja de los pulmones. A diferencia de otros cantantes líricos que sostenían que la salida del aire debía realizarse presionando el diafragma hacia arriba, la Castro sostenía que, durante la espiración, el diafragma debía mantenerse abajo para evitar que "saltase" y el aire saliese todo junto, de manera violenta.

A la Castro le agradó saber que Bianca estaba practicando natación. Le recomendó una serie de ejercicios diarios para reforzar los músculos abdominales y mantenerlos tonificados, ya que eran clave en el proceso por el cual se soltaba el aire al cantar. Le indicó algunos en la alfombra de la sala.

Las cuatro horas pasaron volando, y cuando el guardia llamó desde la planta baja para avisar que el señor Gálvez esperaba a la señorita Rocamora, Bianca se asombró de que fuese la una. En tanto guardaba el cuaderno y las partituras en su bolsa, cayó en la cuenta de que, pese a que la Castro era una profesora exigente, se había sentido más relajada, más a gusto, porque la mujer carecía de la veta agresiva y competitiva de la Mattei. No había tenido miedo a equivocarse.

—Has trabajado duro, Bianca, y has trabajado bien. Me encanta ver la pasión que tienes por aprender.

—No voy a defraudarla, Feliciana. Su generosidad es muy importante para mí y quiero que esté orgullosa de su alumna.

—Sé que lo voy a estar. Y ahora anda. No hagas esperar a tu enamorado, que debe de estar loco por verte sana y salva.

* * *

El domingo al mediodía, mientras el Peugeot avanzaba por la Panamericana en dirección a Pilar, Bianca le contaba a Gálvez que su padre se había levantado de mal humor y que, por poco, no la había autorizado para irse ese fin de semana largo.

—Él piensa que estoy en San Justo, en la quinta de Lautaro. No quiero imaginar lo que sería si se enterase de que estoy contigo.

—¿Por qué no quería dejarte salir?

—Porque dice que me lo paso callejeando, que no estoy nunca.

—Y tu mamá, ¿no abrió la boca para defenderte?

"Con mi Luna en Capricornio, sería pedir mucho."

—No. Le tiene miedo a papá. Por suerte mi abuela sí me defendió, y le dijo que dejara de decir estupideces, que yo trabajaba para ahorrarle a él muchos gastos y que siempre estaba pendiente de mis hermanos. Que era muy joven y que tenía derecho a divertirme con mis amigos.

—Cada vez quiero más a tu abuela. Es una ídola.

—Entonces, papá aflojó.

—¿Por qué aflojó con tu abuela? ¿Le tiene miedo?

—Mi abuela cobra una pensión muy buena y nos ayuda mucho económicamente. Mi abuelo era empleado del consulado británico en Buenos Aires y ganaba muy bien. Creo que sin ese dinero que Granny nos da, no llegaríamos a fin de mes.

—¿Qué te haría tu papá si se enterase de que estás conmigo y no en la quinta de Lautaro?

Bianca fijó la vista en el parabrisas y guardó silencio. Gálvez giró varias veces la cabeza a la espera de la contestación.

—¿Qué te haría, amor?

—Nada —mintió—. Me prohibiría salir por medio siglo, nada más.

—No sería capaz de golpearte, ¿o sí, Bianca?

La fastidiaba ocultarle la verdad porque sabía que él se lo preguntaba porque lo percibía gracias al radar del cual lo dotaba su Ascendente en Piscis. No obstante, confesar que le temía a su padre como a la peste bubónica le daba miedo. La reacción de Gálvez podía alcanzar proporciones descomunales.

—Cuando era chica, sí, me pegó. Algunas veces.

—¡Hijo de puta! —Gálvez le asestó un golpe al volante con el talón de las manos.

—No reacciones así, Sebastián. Me asusta.

—¿Cómo quieres que reaccione, Bianca? Si llega a tocarte un pelo…

—Quédate tranquilo, mi amor. Ya no me pega. Hace años que no lo hace.

—Quiero que formalicemos lo nuestro, Bianca. Estoy hasta la madre con tanta mentira y ocultación. Quiero que tus padres sepan que ahora *yo* estoy a tu lado. Quiero que el cabrón de tu papá sepa que, si te pone un dedo encima, le voy a arrancar las bolas con los dientes.

—Dame tiempo, Sebastián. Conozco bien a mi familia. Sé que éste es el peor momento. Mamá está teniendo un embarazo difícil, mi hermana está medio loca y papá se desaparece más que nunca. No quiero provocar una crisis. Cambiemos de tema. No debería haberte contado esto. Quiero que lo pasemos bien.

—Y lo vamos a pasar bien, amor. Pero no digas que no deberías habérmelo dicho. Me hace daño. Es como si no confiaras en mí.

—Confío en ti como en nadie, lo sabes, pero detesto angustiarte con los problemas de mi familia. Cuéntame, ¿te gusta el regalo que le compramos a tu papá?

—Sí, me gusta —contestó, de mal humor.

—Creo que ese set para vino es superoriginal, ¿no crees?

—Sí —admitió con desgana—. Él es fanático del vino y sabe un chingo.

—¿No deberíamos haberle comprado un vino también?

—Los que él toma son de cuatrocientos pesos para arriba. Era mucha lana.

—Sí, la verdad. Yo le compré un regalo. Pero es sólo de mi parte.

—¿Ah, sí? —Gálvez la miró de mejor talante—. ¿Qué le compraste?

—Sorpresa.

—Espero que no hayas gastado mucho.

—No, muy poco. Y tu mamá, ¿se quedó muy mal porque vamos a pasar el fin de semana en Pilar?

—Esta mañana, se fue a Rosario.

—¿Ah, sí?

—Se hizo amiga de una chava en el seminario y la invitó a una quinta que tiene en las afueras —el silencio se apoderó del habitáculo—. Sí, ya sé qué piensas, que conoció a un tipo.

—Sí, pienso eso. Acaba de volver de Rosario y se vuelve a ir. Es cierto que queda cerca, pero lo mismo. ¿Te molesta?

Gálvez asintió con el gesto severo y la vista al frente, y Bianca lo amó por su sinceridad. Le pasó la mano por la mejilla y le tocó el pabellón de la oreja.

—Ella nunca volvió a estar en pareja desde que se separó de tu papá, ¿no?

—No que yo sepa.

—Y lo habrías sabido. Con tu radar pisciano, no se te habría escapado, como no se te está escapando ahora.

—Me caga, Bianca. Y me siento una mierda porque quiero que sea feliz, te lo juro.

—Lo sé, mi amor. Pero es lógico que sientas celos. Gladys se dedicó a ti toda la vida. Eres leonino, no lo olvides. Ustedes son posesivos y protectores. Date un tiempo. No te esfuerces por sentir felicidad si no es así.

Las tres nenas corrieron fuera de la casa al ver que el Peugeot ingresaba en la zona del estacionamiento. Candelaria se colgó del cuello de Gálvez, mientras las más grandes esperaban sus turnos con actitud tímida. Él se acuclilló para besarlas y lo abrazaron sin el derroche de energía de la más pequeña, pero con cariño evidente. Luego fueron hacia Bianca, y con ella se mostraron más distendidas y en confianza. Le preguntaron por qué no había traído a sus hermanos, y Bianca rio de sólo pensar en caer en casa de Cristian Gálvez con el clan Rocamora.

Candelaria, que había acaparado la mano y la atención de Gálvez, lo guiaba hacia la entrada, mientras parloteaba acerca de las películas de princesas que su papá les había regalado.

—Y tú, Cande, ¿a cuál de todas las princesas te pareces? —le preguntó el hermano mayor.

—Yo me parezco a Aurora, que es la bella durmiente del bosque.

—Tú tienes el disfraz de Aurora —la corrigió Francisca—. Eso no quiere decir que te parezcas a ella.

—¡Sí que me parezco! —replicó, y le sacó la lengua.

—Anda a ponerte el disfraz —la instó Gálvez—. Yo seré el que diga si te pareces o no.

Cristian y Luisa salieron a recibirlos. Los abrazaron y los besaron con una efusividad similar a la de Candelaria. Bianca notó que, en esa oportunidad, Gálvez rodeaba la espalda del padre y la palmeaba.

—¡Hola, Bianquita! —saludó Cristian, y tras apretujarla, le preguntó—: ¿Cómo está nuestra soprano favorita?

—Muy bien. Gracias por invitarme a tu cumpleaños.

—Gracias a ti por aceptar —bajó la voz para confesarle—: No creas que no sé que si tú no estuvieses en la vida de mi hijo, él no estaría aquí hoy, con nosotros.

Bianca sonrió, y Cristian le acarició la mejilla.

—¿Sabías que me llamó por teléfono para exigirme, porque te aseguro que no me lo pidió por favor, que te hiciéramos un bife de chorizo todos los días?

Bianca elevó los ojos al cielo y sacudió la cabeza.

—Tu hijo, Cristian, va a lograr que tenga más glóbulos rojos que un jugador de rugby.

—Sí, me explicó que los tenías bajos.

—Él está seguro de que me moriré si no como bife todos los días.

—Si es por eso, me parece perfecto que te obligue a comer carne a diario.

—¿De tal palo, tal astilla?

—No, tesoro, mi Sebastián es mil veces mejor que yo, te lo aseguro.

La familia de Luisa (padres, hermana y cuñado) se acercó para saludarlos. Detrás apareció Mara, despampanante en unos jeans que debía de habérselos puesto con calzador, botas tejanas rojas y una camisa blanca tan ajustada que traslucía el encaje del brassier que le contenía los pechos exuberantes. Bianca se desmoralizó y, casi de inmediato, sintió las manos de Gálvez que le apretaban los hombros.

—Hola, Mara —lo escuchó decir, y la mujer se conformó con un impersonal beso en la mejilla y con Bianca entre ellos.

Al final, se presentó un hombre que no había participado de la reunión anterior.

—Hola, Benjamín —Gálvez le apretó la mano y le sonrió con cordialidad—. Te presento a Bianca, mi novia. Amor, Benjamín Abramovich es el esposo de Mara y el mejor amigo de mi padre.

A Bianca, Benjamín le cayó bien desde el primer vistazo. De unos cincuenta años, era atractivo, a pesar de la calva. Tenía la piel cetrina y los ojos en una tonalidad entre verde y gris que resultaba exótica. Aunque no demasiado alto, presentaba un cuerpo delgado y firme. Vestía una camisa Ralph Lauren blanca, que le acentuaba los colores del rostro.

—Así que ésta es la famosa Bianquita de Cristian, ¿eh? Con razón están todos tan emocionados contigo. Eres preciosa.

—Gracias.

—Y me dicen que cantas como un ángel.

—Estoy aprendiendo.

—Después nos podrías cantar algo —sugirió Benjamín—. ¿Qué te parece?

—Si ustedes quieren, con gusto.

—¡Sí! ¡Sí! —saltaron Magdalena y Francisca.

Apareció Candelaria, con el disfraz puesto, y le pidió a Bianca que le subiera el cierre de la espalda.

—¿Quieres que te peine y te pinte un poco antes de que Sebastián te vea?

—¡Sí, por fa! —rogó, con las manitas entrelazadas a la altura del mentón.

—Bianca —dijo Magdalena—, ¿te gustaría dormir con nosotras en nuestra habitación? Tenemos una cama lista para ti.

—Me encantaría —contestó, y reprimió una sonrisa al preguntarse qué opinaría Gálvez de ese arreglo.

Lo observó. Conversaba animadamente con Benjamín Abramovich mientras Mara, colgada del hombro de su marido, lo devoraba con los ojos. Marchó hacia el interior de la casa rodeada por las tres niñas.

* * *

Por la tarde, dado que lloviznaba y estaba desapacible, las más pequeñas y Bianca miraban una película, mientras los mayores se entretenían con juegos de mesa y conversaciones. Gálvez apareció en la sala con la chamarra puesta y el abrigo de Bianca en la mano y la escrutó con un vistazo significativo. Sin pronunciar palabra, ella abandonó el sitio junto a Francisca y a Candelaria, que ni se inmutaron y siguieron concentradas en el film, y se colocó el saco con la asistencia de Gálvez. Salieron de la casa por la puerta de la cocina, donde Delia leía una revista.

Bianca inspiró el aire cargado de gotas, con aroma a tierra húmeda y a pasto recién cortado, y sonrió. Gálvez la tomó de la mano y casi la obligó a cruzar el parque corriendo en sus ansias por alcanzar el quincho, que, en verdad, era una réplica en miniatura de la casa. Deslizó la puerta corrediza, le puso la traba y la guio hacia un sitio en las penumbras de un estrecho pasillo. La acorraló contra la pared y empezó a besarla con pasión.

—Estoy muy caliente. Hagamos el amor.

—Sí —jadeó Bianca.

—Tengo una fantasía.

—¿Cuál?

—Hacértelo parado, contra la pared.

—Sí, está bien.

Gálvez emergió del cuello de Bianca y le despejó el rostro de los mechones que su intemperancia le había desacomodado.

—Te amo por ser así.

—¿Cómo?

—Tan libre en el sexo. Te desvirgué el miércoles nada más —adujo él.

—Te dije que quiero complacerte, que quiero que me enseñes todo lo que te gusta. Quiero que lo pasemos bien mientras hacemos el amor. Que seamos felices.

—Me haces feliz, Bianca, ya te lo dije, como nunca lo he sido en mi vida. El miércoles aluciné contigo en la cama, pero también alucino contigo todo el tiempo, amor, y eso hace que lo nuestro sea diferente para mí.

Bianca lo miró fijamente a través de la penumbra y comenzó por quitarle la chamarra, que acabó en el suelo. A continuación, le desabrochó la hebilla del cinto. Le bajó los pantalones y el calzoncillo y volvió a ponerse de pie. Sin apartar la vista de la de él, le acarició el pene; su mano subía y bajaba; le retiraba el prepucio y le cubría el glande de nuevo. Al primer contacto,

Gálvez echó el cuerpo hacia delante y apoyó las manos en la pared, formando una cúpula sobre Bianca. Cuando ella, sin frenar sus caricias, le pasó la mano por el trasero desnudo, Gálvez soltó un gemido y se sacudió como si sufriese una convulsión.

—Basta —suplicó—. Saca un condón del bolsillo trasero del pantalón y ponmelo.

Bianca procedió del modo en que él lo había hecho el miércoles anterior, cuidando de no pellizcarlo con el látex ni con sus dedos.

—Quítate la falda y los panties —le exigió.

—¿Las ballerinas y las calcetas también?

—No, déjatelas. Me calienta verte así, sin panties y con las calcetas y los zapatos puestos.

La atrajo hacia él, le deslizó las manos bajo el abrigo y la camisa y la sujetó por los glúteos. Bianca se contrajo y jadeó, y Gálvez rio en su cuello con deleite. La levantó en el aire, y no necesitó que le indicase que le envolviese la cintura con las piernas. La espalda de Bianca dio contra la pared al tiempo que Gálvez le introducía el pene. Esperó a que llegase el dolor, pero sólo experimentó una sensación exquisita de plenitud mientras él la expandía y llenaba con su carne. Se aflojó.

—¿Estás bien, amor?

—Sí, muy bien.

—¿Duele?

—Nada, ni un poco.

Bianca se dio cuenta de que en esa posición poco podía hacer; se encontraba atrapada, inmovilizada entre la pared y el cuerpo de él, que inició un movimiento con la pelvis, al tiempo que la besaba. Los embistes mermaban, y la lengua de Gálvez se detenía dentro de su boca, y Bianca sabía que estaba intentando recuperar el control. Lo hizo un par de veces hasta que las arremetidas recomenzaron y fueron cobrando un vigor desmesurado. La espalda de Bianca subía y bajaba contra la pared, cada vez más rápido. De modo instintivo, extendió la pierna derecha y apoyó la ballerina en la pared opuesta. Se sujetó a Gálvez y ejerció presión contra el punto por el que estaban unidos. Estiró el cuello y sacudió la cabeza hacia uno y otro lado cuando la ya conocida y ansiada sensación la hizo gritar. Un momento después, Gálvez liberó su placer, y los bramidos roncos que profirió sofocaron los de ella, y Bianca, que se había permitido expresar su gozo sin contención porque se sabía lejos de la casa, temió que esos gritos fueran imposibles de ocultar, aun a la distancia. Incluso después de largo rato, Gálvez aún sufría pequeñas sacudidas, como afectado por un fuerte escalofrío, presionaba la pelvis contra la de ella y no aminoraba la brutalidad con que la sujetaba.

La soltó lentamente. Las piernas de Bianca habían sufrido una prueba a la que no estaban habituadas, por lo que cedieron al tocar el suelo. Gálvez la sostuvo para que no cayera y, con los pantalones a los pies, la llevó en andas al sector principal, amueblado con una gran mesa, sillas, sillones y sofás. Ya había oscurecido, por lo que, si no encendían las luces, nadie los vería a través del ventanal.

La acomodó en un sofá de cinco plazas antes de levantarse el calzoncillo y el pantalón y desaparecer en el pasillo en el cual acababan de amarse. A Bianca la mortificó su silencio y esperó ansiosa a que regresara. Se apartó hacia el respaldo para darle sitio y apoyó la cabeza sobre su pecho. La reconfortó que la abrazara.

—¿Por qué estás tan callado?

—Porque no tengo fuerza para hablar.

—Es un gran esfuerzo para ti, ¿no? Así, parado.

—No es eso. Es que me vine de una forma descomunal. Me quebré. No paraba de eyacular.

Bianca sonrió en la oscuridad. Las palabras de Gálvez le provocaron cosquilleos en los sitios más sensibles del cuerpo. Transcurrieron varios minutos antes de que volviesen a hablar. Bianca sentía una vitalidad que él no parecía compartir. Es más, estaba segura de que se había quedado dormido a juzgar por su respiración. La sorprendió cuando le dijo:

—Lo de ahorita fue único, Bianca. Quiero que lo sepas.

—¿En verdad?

—Sí. Estoy alucinando todavía.

—¿Por qué fue tan especial?

—No sé. Tal vez por la posición, pero estaba muy caliente de antes. Me calentó que quisieras hacerlo así, que te entregaras a mí con tanta confianza, sin poner ninguna traba. Cuando me dijiste: "Sí, está bien", con esa vocecita tuya y me miraste con esos ojos enormes, algo se desató dentro de mí. Me volviste loco. Después me preguntaste si también te quitabas las ballerinas y las calcetas... Te parecerá que exagero, pero esa pregunta me puso al máximo, no sé por qué. Me provocó algo raro, una excitación que no había sentido antes, sólo por esa pregunta, por el modo en que la hiciste. Y después, cuando te pregunté si te dolía y me dijiste: "Nada, ni un poco", me sentí lleno de fuerza, como si fuese invencible. Fue raro y fuerte al mismo tiempo.

—¿Sabes en qué pensaba mientras me penetrabas?

—¿En qué, amor?

—En aquel día que, después de estar aquí, nos fuimos al Volta de Libertador...

—Nuestro lugar.

—Sí, nuestro lugar. ¿Te acuerdas de aquel día?

—Sí, sobre todo del imbécil que te quería levantar regalándote bombones.

Bianca rio, y enseguida percibió la respuesta en el cuerpo de él, que de relajado, casi laxo, se tensó. Movida por la curiosidad, le tocó la zona del cierre del pantalón.

—Sí, Bianca Leticia, me pusiste duro con la risita de la gatita.

—Pensé que no te habías dado cuenta de mi segundo nombre.

—¿De Leticia? Imposible olvidarlo.

—Lo odio.

—A mí me encanta. Cuando te vuelva a coger, te voy a gritar Leticia.

Bianca rio de nuevo, y Gálvez se embarcó en caricias más deliberadas.

—¿Y de qué te acordabas de esa tarde en Volta?

—De cuando me acorralaste contra el mostrador y me dijiste que estabas imaginándonos completamente desnudos, en esa misma posición, haciendo el amor. En eso pensé, y tuve ganas de que me hicieras el amor así también.

—¿Ah, sí? ¿Con exigencias, Bianca Leticia? ¿Quién me creería ahora si le dijera: "Ésta, que ahora me pide guarradas, hasta el miércoles, señoras y señores, ¡era virgen!"? ¡Nadie! ¡Nadie me creería! —Bianca reía a carcajadas por las ocurrencias de su amado y a causa de las caricias que se habían convertido en cosquillas.

Bianca se rebullía entre risotadas y ruegos de piedad, en tanto Gálvez se montaba sobre ella y la dominaba fácilmente. Agitados y sin aliento, se detuvieron y se contemplaron a la suave luz que bañaba la cabaña desde el exterior.

—¿Qué piensas hacer ahora, amor?

—¿Con qué?

—Con esta calentura que me provocaste.

—¿Cumplir tu fantasía de Volta? Ahí hay una mesa. Puede funcionar como mostrador.

A Bianca la impresionó la manera en que los ojos de Gálvez fulguraron en la penumbra. Se le cortó el aliento. Levantó la mano y le tocó los labios entreabiertos. Introdujo el índice, y Gálvez lo succionó ávidamente. Se puso de pie y la ayudó a levantarse. La excitaba que la guiase hacia la mesa sin pronunciar palabra y con esa expresión seria. Le entregó un preservativo. Él mismo se desabrochó el cinto y se abrió el pantalón y se bajó apenas el calzoncillo, lo suficiente para liberar su pene erecto. Bianca retiró el prepucio para colocárselo, y Gálvez se inclinó para aferrarse al borde de la mesa, encerrándola entre sus brazos. Se detuvo cuando él la buscó para besarla, y finalizó un momento después.

Bianca levantó la vista. La forma en que él la miraba le causó una flojedad en las rodillas. Se apoyó en el borde de la mesa y colocó sus manos sobre las de él. Eso pareció afectarlo, porque la besó con pasión renovada, mientras le quitaba las últimas prendas: el abrigo, la camisa y el brassier. Le pasó las manos ásperas por los pezones, y Bianca echó la cabeza hacia atrás y gimió. Sintió sus labios en el cuello, en el escote, en los pezones, en el ombligo, y cuando pensó que seguiría bajando, la obligó a darse vuelta y a recostar el torso sobre la mesa. Bianca descansó con los antebrazos sobre la madera y separó los dedos para ampliar la base de apoyo.

—Me calienta que estés completamente desnuda y yo, completamente vestido. Me calienta tanto…

Las manos de él sobre su trasero la volvieron loca de excitación. Bajó la cabeza hasta tocar la mesa con la frente y apretó los párpados en el acto reflejo de quien soporta una tortura. Él la obligó a ponerse de puntitas para obtener un mejor acceso a su vagina, y la penetró con lentitud premeditada. La sensación resultó completamente distinta. En su recorrido hacia el interior de su cuerpo, Gálvez tocaba puntos que no había tocado antes, en las otras posiciones, y una euforia se apoderó de ella. Se restregó contra su pelvis y gimió sin continencia, lo que causó un cataclismo en él, que extendió los brazos para tomarse de los bordes de la mesa y la cubrió con su torso antes de intensificar las embestidas. La mesa de roble se sacudía al son de su cópula. Él guardaba un silencio intencional, y su descontrol sólo se adivinaba en los resoplidos que producía con su respiración agitada.

Bianca soltó una exclamación larga y doliente cuando por fin el alivio la abrumó. Quedó laxa sobre la mesa, con la mejilla aplastada contra la madera. Respiraba aceleradamente por la boca, con los dedos curvados, como si intentase hundirlos en la dura superficie. Gálvez la siguió segundos después, y ella disfrutó cada gemido, cada impulso que lo colocaba más profundo dentro de ella, y también la desesperación con la que su mano se aferraba al borde, y se imaginó el modo en que los pectorales se le marcarían con el esfuerzo de cada embestida. Por fin, la aplastó al caer sobre ella, agotado.

—¿Así nos imaginaste ese día en Volta?

—No —respondió él, todavía corto de aliento—. Sabía que sería bueno, pero nunca como esto.

—Esta posición me encanta. Me hizo sentir más intensamente.

Gálvez rio cansinamente y le besó el trapecio, y demoró los labios en ese punto, y a Bianca se le erizó la piel cuando su respiración acelerada le tocó el cuello.

—¿Tienes frío? —preguntó Gálvez.

—No.

—De todos modos, vamos. Este lugar está sin calefacción y afuera hace frío.

—No. No quiero que salgas de mí todavía.

—Bianca, si sigues diciendo esas cosas, vamos a volver a la casa mañana.

—Qué lindo.

—Te amo con toda el alma, ¿sabías?

—No estoy muy convencida. Tal vez necesite más pruebas como ésta para creerte.

—Insisto: ¿quién va a creerme *a mí* si le digo que hasta el miércoles eras virgen?

—Es por tu culpa, Gálvez. Hasta el miércoles, yo no sabía que era tan alucinante. Ahora, hazte cargo.

—Con todo gusto, amor.

* * *

Gálvez quitó la traba y deslizó la puerta corrediza de la cabaña. Le cedió el paso, y Bianca salió al frío de la noche. Distinguió a pocos metros la silueta de una persona y la brasa de un cigarro que se intensificó en la oscuridad y luego perdió vigor. El perfume que le bailoteó bajo las fosas nasales le reveló que se trataba de Mara.

Gálvez, consciente de la presencia de la mujer, la aferró por la cintura en actitud protectora y se encaminó hacia la casa.

—Además de cogértela sobre la mesa, ¿también te la cogiste en el sillón donde me cogiste a mí?

Bianca recibió las palabras de Mara con el impacto de una patada en la boca del estómago.

—No seas desagradable, Mara —la instó Gálvez, con una fría corrección que le dio la pauta que podía ser cruel si se lo proponía—. No te rebajes. No te queda bien.

Aceleró el paso, y Bianca casi corrió para mantenerse a su altura. Él guardaba un mutismo belicoso y fijaba la vista al frente con el entrecejo fruncido y la boca tensa. La condujo hacia la galería y, cuando abrió la contraventana para entrar en el comedor, Bianca dio un paso atrás y dijo:

—No puedo entrar, no ahora. Necesito estar sola.

—No, amor… —la súplica de él le causó el efecto de siempre: le llegó al alma y la hizo trastabillar en su decisión—. Bianca, por favor… —Gálvez estiró la mano, y ella se retrajo otro paso.

—Necesito estar sola, Sebastián. Por favor.

Se alejó por el parque. Para evitar toparse con Mara, no fue hacia la cabaña, sino en sentido contrario, hacia la piscina, donde tiempo atrás las nenas los habían pillado besándose. Apoyó los codos sobre la reja y echó la cabeza hacia delante. Inspiró varias veces para bajar el diafragma y controlar el desagradable cosquilleo en el estómago.

Mara los había estado espiando. No sentía vergüenza, ni pudor. Sentía odio y ganas de arrancarle los ojos, no porque la hubiese visto a ella en esa posición de entrega y sumisión, sino porque lo había visto *a* él. Le resultaba intolerable la idea de que lo hubiese deseado mientras compartían ese momento sublime. Lo había arruinado, mancillado. "No, no, no voy a concederle ese poder", se propuso. "Mara no va a arruinar uno de los mejores momentos que compartimos Sebastián y yo."

Quería entender por qué estaba tan enojada. Por supuesto, enterarse de que su novio había tenido sexo con la mejor amiga de Luisa, que por otro lado era la esposa del mejor amigo de Cristian, habría impresionado a cualquiera; no obstante, percibía que otras fuerzas macabras se retorcían en su estómago. Cerró los ojos e inspiró y exhaló como su tía Claudia le había enseñado para meditar. Quería entender, quería aferrar el núcleo de su odio negro.

Comprendió repentinamente que estaba celosa porque él la había amado en el mismo lugar donde había tenido sexo con Mara. Y estaba rabiosa porque se lo había ocultado. La rabia y los celos le carcomían las entrañas y no conseguía apaciguar el malestar en el estómago.

"La serpiente Mara va a triunfar si no te sobrepones a este sentimiento tan negativo", le susurró la voz sabia. "Te ataca porque sabe que él te ama, porque sabe que lo perdió para siempre. No permitas que esta estupidez arruine lo que él y tú están construyendo con tanto amor."

No necesitaba voltearse para saber que Gálvez no se había movido de la galería y que estaba atento a ella. Tenía la certeza de que él habría permanecido en ese sitio toda la noche, si ella así lo hubiese decidido. No se acercaría, respetaría el momento de soledad que necesitaba, pero no la apartaría de su vista, ni de su protección.

Se volvió lentamente y lo vio, de pie en el filo de la galería, el brazo izquierdo apoyado en una columna. Se incorporó al ver que Bianca regresaba. Aun desde esa distancia, ella olfateaba el nerviosismo que lo afectaba. "Amor de mi vida", clamó, desgarrada por la pena de él, pero todavía enojada y celosa.

Se detuvo a pocos pasos. Se miraron a los ojos. Los de él ofrecían un espectáculo desolador. ¿Algún día lograría ser inmune al dolor que trasuntaba su mirada? Gálvez extendió el brazo y le ofreció la mano abierta. Bianca le rozó la yema de los dedos con las de ella. Él la atrapó por la muñeca y la atrajo hacia él con un tirón brusco. La aplastó contra su pecho con la desmesura de quien acaba de salvar a alguien de un accidente mortal.

—¿Por qué no me lo dijiste?

—Perdóname, amor, perdóname. Me equivoqué. Pensé que tenías de sobra con el problema de Irene.

—No me advertiste, Sebastián. Estaba vulnerable, expuesta a que ella me lastimara.

—Creí que podía protegerte.

Se dio cuenta, por el aroma de su aliento, que Gálvez estaba comiendo chicle. Este y otros detalles, como las ansias con que la abrazaba y la tristeza con que la había mirado antes de engullirla en su torso, colaboraban para que su rabia se diluyese más rápidamente de lo que hubiese deseado. La guio hasta unos sillones, donde se sentó y la ubicó sobre sus piernas. Bianca se recostó sobre su pecho, de pronto cansada.

—Háblame, por favor. Dime qué sientes.

—Celos.

—¿Celos? —la palabra pareció escandalizarlo.

—Me hiciste el amor en el mismo lugar que a ella.

—Bianca, a ella no le hice el amor. Con ella tuve sexo porque me estuvo buscando desde que me vio por primera vez. Y yo no era un santo. Pero después me arrepentí porque Benjamín me cae bien. Es muy buen tipo. Esa cabrona no se lo merece.

—Me duele la panza.

—Amor… —Gálvez deslizó la mano bajo el abrigo de ella y la colocó sobre su vientre.

Guardaron silencio durante un rato. Bianca mantuvo los ojos cerrados e intentó relajar los músculos.

—El calor de tu mano me calma el dolor.

—¿Sí? —Bianca asintió—. ¿Te gustaría darte un baño caliente? Eso seguro que te hace bien.

—Bueno —dijo, pero no hizo ademán de abandonar la posición. Al cabo, preguntó—: ¿Por qué me hiciste el amor en el mismo lugar que tuviste sexo con ella?

Gálvez se tomó un momento para reflexionar, y eso le dio la pauta de que no quería responder lo primero que le viniera a la mente, como solía hacer; estaba siendo cauto porque le temía. Sin remedio, la rabia desaparecía a pasos agigantados.

—No me vas a creer, pero la verdad es que estaba ciego por la calentura y no me acordé de que había estado ahí con ella.

—¿Cómo se puede olvidar algo así? Yo no podría olvidarlo.

—Porque tú habrías estado ahí conmigo, que, según me dices, soy el amor de tu vida, el único al que has amado.

—Y es así, eres el amor de mi vida, el único al que he amado.

—¿Sí? ¿Todavía?

—Sí, sabes que sí, leonino vanidoso.

—Entonces, ¿me perdonaste?

—No —contestó, con talante caprichoso.

Gálvez la recogió y escondió la cara en su cuello. La besó varias veces. Después, le susurró:

—Amor, no quiero que te angusties por esto. No tiene importancia, Bianca. Te lo juro. No dejes que esa cabrona se salga con la suya. Si esto nos afecta, ella habrá triunfado.

—No quiero que nos afecte, pero me dolió mucho y no puedo evitarlo.

—Sí, te entiendo.

—Hoy fue muy fuerte todo lo que vivimos, al menos para mí...

—¿Y para mí no? —se enojó él—. Bianca, casi me mata el orgasmo que tuve cuando te lo hice contra la pared.

—Y ella estuvo ahí, todo el tiempo, viéndote, deseándote, odiándome... Ahora no quiero acordarme de lo que hicimos porque pienso en ella... Y todo el amor que nos dimos...

—Mucho amor —la acalló él con un beso—. Tanto amor —musitó, sin apartarse de su boca—. Demasiado.

—¿Por qué *demasiado*?

—Porque cuando me dejaste para estar sola y no sabía si ibas a volver a mí, sentí que me moría de dolor, que todas las ganas de vivir que había sentido un segundo antes se habían ido a la mierda, te las habías llevado tú. Y esa dependencia me dio por las bolas, y me hizo acordar de la pesadilla que tuve tiempo atrás y de la angustia que sentí, y…

Bianca se incorporó y le sujetó la cara con las manos.

—Shhh… —lo acalló, y lo besó en los labios—. Amor mío, amor de mi vida —repitió una y otra vez, y padeció la rudeza con que sus manos le oprimieron la cintura—. Iba a volver, ¿acaso no sabías? ¿Cómo pudiste dudarlo? Una vez te dije que, a veces, necesito estar sola, que es parte de mi personalidad esconderme para rearmarme. A veces siento que me desintegro, Sebastián. Necesito entender por qué. Entonces quiero estar sola.

—Yo *nunca* necesito estar solo. *Siempre* quiero estar contigo.

—Porque tú eres distinto a mí, mucho más seguro; tienes las cosas más claras. Mi energía es distinta. Necesito que entiendas que no tiene que ver con nuestro amor. Nadie te ha amado, ni te va a amar como yo, Sebastián. Nunca dudes de eso, por favor.

—Bianca —dijo, con timbre desesperado—, ¿por qué te necesito tanto? Yo no necesitaba a nadie. Era libre. Ahora me muero si no te tengo en mi campo visual. Siento que si estás fuera de mi vista, estoy fuera de tu mente.

—Nunca estás fuera de mi mente, Sebastián. A veces paso algunos minutos sin pensar en ti y me asombro —Gálvez sonrió, con desgano—. Siempre estás ahí, todo gira en torno a ti.

—Tú no me necesitas como yo a ti.

—Entonces, ¿por qué tuve ganas de morirme cuando me dejaste el día en que me viste con Collantonio? Porque te juro que si un auto me hubiese pasado por encima, le habría dado la bienvenida.

—¡No digas eso, por Dios! —Gálvez se incorporó y la aferró por las muñecas—. No vuelvas a decirlo —la sacudió ligeramente.

—Es la verdad.

—No, por Dios —la acomodó de nuevo sobre su regazo y la acunó como a un bebé—. Me muero si te pasa algo.

—No digas que no te necesito tanto como tú a mí. Es injusto.

—Es lo que siento. Tengo que compartirte con demasiada gente, y yo quiero que sólo me mires a mí. ¡Y tú no lo haces! Miras a todos y, si te queda tiempo, a mí.

—Eres el espécimen de Leo más leonino que existe. Se supone que yo, de Acuario, amante de la variedad, tengo que mirar a todos.

—Pues puedes quedarte *muy* tranquila, eso es lo que hacen, tú y tu Acuario de mierda —a Bianca le dio un ataque de risa—. No le veo la gracia.

—Yo sí, Gálvez, aunque no debería reírme, porque es muy serio esto que me pasa.

—¿Qué te pasa?

—Desde que empezamos nuestra historia juntos, me robaste la personalidad acuariana y ahora sólo pienso en ti, sólo te miro a ti, sólo te quiero a ti. ¿Crees que algún día se me pase y vuelva a ser la maravillosa acuariana que era, que tenía tiempo para todos?

—Yo me voy a ocupar de que eso no pase nunca, Bianca Leticia.

—¿Ah, sí? ¿Cómo?

—¿Viste lo que te hice hoy en el quincho? —Bianca asintió y contuvo la risa—. Bueno, de ese modo me voy a ocupar. Pero prepárate, amor, porque lo que tuvimos hoy fue un aperitivo, una muestra gratis. No tienes idea de lo que te espera.

—Además de robarme mi corazón acuariano, me convertiste en una adicta al sexo.

—Adicta al sexo con Gálvez y con nadie más.

—¡Como si existiera otra posibilidad!

* * *

Bianca levantó los párpados y le llevó unos segundos recordar que dormía en la habitación de las hermanas de Gálvez. En algún momento de la noche, Candelaria se había metido en su cama y estaba hecha un bollito contra su pecho. La niña roncaba ligeramente. La apartó con delicadeza y se levantó. Tenía ganas de orinar. No usaría el baño de la recámara porque el enjuague del inodoro era el más ruidoso que Bianca había escuchado y terminaría por despertar a las tres criaturas. Si no recordaba mal, había otro en el pasillo.

Se calzó las pantuflas y se puso la bata (muy linda, de raso lavanda y encaje beige, que Lorena había descartado y que a ella le llegaba hasta los talones) y salió de la habitación. Por fortuna, dejaban una luz tenue encendida en el pasillo porque Candelaria le temía a la oscuridad. Encontró el baño sin problema. Después de orinar y de lavarse las manos, se estudió en el espejo. Se vio linda y se acomodó el pelo.

Al salir, percibió dos cambios: había una luz encendida en el otro sector de la casa y se escuchaban voces. Bianca se quedó petrificada de miedo; el corazón le latía en la garganta. ¿Se trataría de ladrones? Que estuviesen en un barrio cerrado, con seguridad las veinticuatro horas, no desalentaba a los delincuentes.

El alivio la cubrió de un sudor frío al reconocer la voz de Gálvez; aunque de inmediato el corazón volvió a saltarle en el pecho al darse cuenta de que estaba con Mara. Caminó hacia la luz y se detuvo en un sitio en el cual los oía con nitidez.

—Te dije que no me tocaras, Mara.

—¿Por qué no? ¿Me vas a decir que quedaste satisfecho con la pendeja sin tetas?

—Tú me dirás, que nos estuviste espiando.

—Sólo puedo decirte que me calenté como pocas veces en mi vida cuando te vi cogerla sobre la mesa.

—Te voy a aclarar cómo son los tantos, porque el que advierte no es traidor. Si yo reinicié la relación con mi padre es porque Bianca cree que es bueno para mí. Y yo, por complacerla, hago cualquier cosa. Pero si en esta casa hay algo que la enoja, la pone triste, la molesta o simplemente no le gusta, yo corto con esto y no vuelvo a aparecer más. Ahora paso a explicarte lo que sucederá. Mi papá me va a llamar por teléfono para preguntarme por qué Bianquita y yo no hemos vuelto a visitarlos. Entonces, Mara, no me va a quedar otra que explicarle que, como tú y yo cogimos dos veces, te crees con derecho a ser agresiva y tratar mal a mi novia, que por eso nos hemos borrado. No sé cómo es entre las mujeres, pero te cuento cómo funciona entre los hombres: si uno se entera de que la mujer del mejor amigo lo caga, va y se lo cuenta. No lo piensa dos veces. Así que, no tengas duda, mi papá le va a decir a Benjamín que eres una loca, y a ti se te va a acabar la fiesta. ¿Te quedó claro o necesitas que te repita alguna parte?

—Cristian no le diría nada a Benjamín para protegerte.

—¿Protegerme? ¿De qué? Creo que Benjamín se lo pensaría dos veces antes de venir a buscarme. Te aseguro que mi papá se lo diría, y tu marido tendría que aguantar mi cara cada vez que pisa esta casa simplemente porque mi papá es el dueño de la empresa para la que trabaja y el que le paga un sueldo de… ¿cuántos ceros? Varios, tengo entendido. No subestimes el poder del dinero, Mara.

—Hijo de puta.

Bianca dio un respingo al escuchar un sonido seco, más bien tenue, como el de un golpe contra el pecho, al que le siguieron susurros de telas que rozaban y jadeos entre dientes.

—¿Se te pasó el ataque de histeria? —preguntó Gálvez, con voz que evidenciaba cierto esfuerzo—. ¿Por qué no vuelves a la cama con tu marido? Yo tengo ganas de irme a dormir. Ya me estoy aburriendo con esto.

—Maldito.

"Sí," confirmó Bianca, "Gálvez puede ser cruel cuando se lo propone". No se movió, pese a saber que Mara se aproximaba en su dirección; forzosamente, pasaría junto a ella en su camino hacia los interiores de la casa.

La mujer ahogó a tiempo una exclamación al toparse con alguien en el pasillo. Al advertir de quién se trataba, le destinó una mirada cargada de desprecio que estremeció a Bianca. Masculló un insulto y pasó junto a ella empujándola con el codo. Segundos después apareció Gálvez y se detuvo en seco. Bianca lo miró de arriba abajo. Estaba descalzo, con unos bóxers blancos que no se molestaban en camuflar su masculinidad, y una playera de manga larga que le quedaba chica y se le adhería al torso.

—No es lo que parece —expresó, nervioso, tenso.

—Lo sé. Estuve escuchando.

El alivio se le reflejó en la mueca que hizo con la boca. Estiró los brazos y la atrajo hacia él. Se cerró sobre ella, y Bianca ajustó las manos en su espalda para confirmarle cuánto deseaba su cercanía. Gálvez la condujo en silencio hasta su dormitorio y echó llave después de que entraron. Volvieron a abrazarse en la penumbra.

—Amor, ¿qué haces despierta?

—Tenía ganas de ir al baño. Cuando salí, oí voces. ¿Qué pasó, Sebastián?

—Se metió en mi cuarto, la muy cabrona. Como un imbécil, me olvidé de trabar la puerta.

Bianca apretó los ojos, dolida, celosa, desesperada. No se atrevía a preguntarle cómo lo había despertado.

—¿Te despertó o tú te despertaste solo?

—Me despertó. Yo estaba a las vivas.

"¿Cómo lo hizo?"

—Me pareció que era mejor aclarar las cosas para que dejara de jodernos. Había estado muy pesada durante la cena, haciendo comentarios capciosos y tirando indirectas. Creo que sólo las nenas no se dieron cuenta de que hicimos el amor en la cabaña.

—Estaba un poco borracha.

—La arrastré al comedor, porque la quería lejos de mi cuarto, y le dije lo que tú habrás escuchado.

—Sí. Gracias por defenderme. Eres mi héroe.

Se puso en puntas de pie y lo besó en la boca.

—Sabes que daría mi vida por ti, ¿no? ¿Lo sabes, Bianca?

—Y yo daría la mía por ti.

—Quédate conmigo. Hagamos el amor. Te necesito.

—Yo también. Pero ¿prometes taparme la boca si grito mucho? No me doy cuenta.

Gálvez rio quedamente y comenzó a despojarla de la bata de raso.

—Sí, amor, te prometo.

* * *

Al día siguiente, lunes 30 de abril, Cristian Gálvez recibió los regalos después de un desayuno especial que Delia le preparó con huevos revueltos, toda clase de bizcochos, medialunas, budines, cereales, embutidos, quesos, varios sabores de mermeladas, fruta y café y distintas infusiones. Bianca sólo había visto una mesa tan surtida en un hotel de Mar del Plata donde transcurrió dos días con su tía Claudia, y al final recordó que ni siquiera estaba tan bien provista.

Las primeras en agasajar al cumpleañero fueron las más pequeñas, que le entregaron una docena de dibujos y de artesanías a las que Cristian destinó extrema atención. Finalizado el análisis de las obras de arte, Luisa les pasó una bolsa, que las tres sujetaron con gestos de expectación para depositarla en manos del padre. Se trataba de un conjunto de camisa, pantalón y suéter.

—Ve a ponerte el conjunto, papi —exigió Candelaria.

—Ahora mismo, Candita. Abro el resto de los regalos y me pongo todo, corazón.

—¡Sí, sí! Ahora abre el de los abuelos.

El regalo de los Abramovich, un reloj Breitling que, según le informó Gálvez a Bianca, costaba alrededor de quince mil dólares, fue el que despertó mayor admiración. Le siguió el set para vino de Gálvez y Bianca: una caja de madera lustrosa, que en su interior de terciopelo contenía un sacacorchos, un termómetro, dos tapones (uno simple y otro con pico vertedor), un anillo salvagota y un cortacápsula.

—¡Está espectacular! —exclamó el padre mientras admiraba las piezas.

—Se le ocurrió a Bianca cuando le conté que eras un fanático del vino.

—¡Gracias! —exclamó, y los besó y los abrazó.

—Yo tengo otro regalo para ti, Cristian. Éste es mío solamente —le extendió un paquete—. Espero que te guste.

—¿A ver? ¿De qué se tratará?

—¡Ábrelo rápido, papi! —presionó Candelaria.

La sonrisa de Cristian Gálvez primero se congeló; después fue desapareciendo lentamente, en tanto sus ojos recorrían la foto enmarcada en el portarretratos. Era él, unos diecisiete o dieciocho años atrás, con su hijo de apenas dos o tres en brazos; reía a carcajadas porque el niño le rodeaba el cuello con sus bracitos rechonchos y le chupaba la mejilla con fruición. El original seguía en poder de Bianca, y constituía uno de sus tesoros; no se habría separado de él por nada del mundo. Ésa era una fotocopia a color, realizada en un papel grueso y brillante; en la imprenta habían hecho un buen trabajo.

Ante la transformación de Cristian Gálvez, los adultos lo rodearon en silencio y observaron la fotografía por sobre sus hombros.

—¡A ver, papi! ¡A ver! —exigieron las más pequeñas.

Cristian Gálvez, ajeno al pedido de sus hijas, inclinó la cabeza hacia delante y se apretó los ojos con la punta de los dedos. Luisa le quitó el regalo de la mano y se acuclilló para mostrárselo a las niñas, que soltaron exclamaciones al enterarse de que ese bebé tan hermoso era Seba.

Cristian Gálvez llevó la cabeza hacia atrás e inspiró profundamente. Carraspeó y buscó a Bianca con una mirada cargada de lágrimas.

—Me hiciste emocionar, Bianquita —admitió, con voz llorosa.

—Perdón, no era mi intención.

Cristian la abrazó y la besó dos veces en la cabeza. Al oído, le susurró:

—Es el mejor regalo que me han hecho en mucho tiempo. Gracias, tesoro.

—De nada.

—A ver, Luisa —dijo, más recuperado—. Dame ese portarretratos. Vamos a la sala. Quiero ponerlo en un sitio de privilegio. ¿Adónde te parece?

Todos lo siguieron; las nenas corrían en torno y lanzaban propuestas a viva voz.

—En la mesa de los portarretratos —sugirió Luisa—, con las fotos de toda la familia.

—Sí, pero en primera línea.

—¡Ponla al lado de mi foto, papi! —ordenó Candelaria.

—¡No, al lado de la mía! —se lanzó Francisca.

—¡Yo soy la más grande! —les recordó Magdalena—. Tiene que estar al lado de la mía.

Al final, ubicaron el nuevo portarretratos en el centro de la mesa y lo rodearon con los de sus hermanas. Bianca observaba la alegría que su regalo había causado y sonreía. El marco, de laca blanca y líneas sobrias, armonizaba con la decoración y con los demás portarretratos. Estaba orgullosa de su elección.

* * *

Apenas terminaron el almuerzo, Bianca, Gálvez y las nenas fueron al cine en el Village Pilar para ver *Alvin y las ardillas 3*. Aunque la película parecía divertida, Gálvez y Bianca se dedicaron a besarse y a susurrarse palabras de amor, por lo que, cuando se sentaron a tomar un helado y las niñas comentaban acerca de las travesuras de Alvin y sus amigos en la isla desierta, ellos se limitaban a asentir, exclamar y engullir el postre.

Antes de regresar, dieron un paseo por el complejo de negocios. Las niñas correteaban y se detenían para observar los aparadores, mientras ellos las seguían tomados de las manos. Gálvez caminaba con aire pensativo, la mano libre en el bolsillo del pantalón y la vista al suelo. Bianca lo atisbaba por el rabillo del ojo y esperaba; sabía que, tarde o temprano, él compartiría su preocupación.

—¿Por qué crees que mi papá se emocionó cuando vio la foto que le regalaste?

—Porque te ama y porque siente culpa por haberte abandonado.

—¿En verdad crees que me quiere?

—No tengo ninguna duda. Cuando llegamos el domingo, me dijo que estaba muy bien que tú me obligases a comer carne todos los días. Yo le dije: "De tal palo, tal astilla". ¿Sabes lo que me contestó? "Mi Sebastián (así dijo, *mi* Sebastián) es mil veces mejor que yo, te lo aseguro."

—Entonces, si me quiere, ¿por qué me abandonó?

—Eso, mi amor, tendrás que preguntárselo a él.

* * *

Por la noche, hubo una gran fiesta, con servicio de meseros y un espectáculo de magia y otro de chistes. La casa se llenó de amigos y empleados de la fábrica, y Cristian quería que todos conocieran a su primogénito y a su novia, la futura soprano.

Aunque Mara estaba despampanante en un vestido rojo festoneado de plumas en el mismo color y guantes blancos hasta el codo, Bianca se sentía cómoda con su conjunto de falda tubo de seda negra, que llevaba por debajo de las rodillas, y una blusa de raso en tonalidad champán, que se le ceñía al torso y delineaba su cintura. Las mangas abullonadas y ajustadas a mitad del brazo le conferían un toque delicado y vistoso. Siguiendo el consejo de Camila, se había comprado medias negras traslúcidas y zapatos de gamuza en el mismo color, con un tacón un poco más elevado de lo que ella hubiese juzgado saludable, pero, como en ocasión del bautismo de Lourdes, cuando estrenó esa misma falda tubo con ballerinas, Lorena le aseguró que se parecía a un "pitufo", se atrevió a elevarse unos centímetros. Tenía que admitir que el cambio era notable, lo mismo que el delineado líquido que había aplicado sobre sus párpados superiores, sugerencia de Bárbara, y que a Gálvez había fascinado.

—Tienes los ojos más hermosos que conozco, Bianca, pero esta noche están alucinantes. Parecen más grandes todavía.

—Es por el delineador negro que usé. Bárbara me enseñó a aplicarlo el otro día en el cole. Es bastante complicado, debo decir.

—Estás hecha una diosa, amor. Lo único que no me gusta es que esa falda te ajusta mucho en el trasero —le rodeó la cintura con un brazo y le pasó la mano bien abierta por las asentaderas, una y otra vez, delicadamente. Bianca cerró los ojos e intentó contener la oleada de deseo que le volvió de agua la boca.

—No, por favor.

—¿Por qué no?

—Porque me excito, Sebastián, y me empieza a latir algo entre las piernas que no se me pasa si tú no me haces tener un orgasmo.

—Te lo haría aquí, en la habitación de las nenas, me importa una mierda. Me calientas cuando me dices esas cosas.

—Bueno, basta —se impuso Bianca; inspiró profundo y caminó hacia atrás—. Déjame que te vea, que estás más que bello.

—¿Sí? —Gálvez levantó las solapas del saco en una tonalidad entre gris y azul claro, de buena confección, pensó Bianca, al ver las costuras terminadas a mano, y de una tela que, se notaba, tenía un porcentaje bastante alto de cachemir. Por debajo asomaban una playera blanca, básica, con cuello a la base, y un chaleco que hacía juego con el saco. El toque de la playera, vanguardista y provocador, que se contraponía con la sobriedad del saco y del chaleco, encantó a Bianca. Unos jeans de gabardina gruesa en una tonalidad gris claro y tenis Converse blancos completaban al atuendo. Tenía el pelo más largo, por lo que se había alborotado algunos mechones con gel.

—Estás hermoso, divino —aseguró Bianca—. Me fascina la playera con el saco y el chaleco. ¿Cómo se te ocurrió hacer esta combinación?

—No sé, me vino a la mente.

—Creatividad leonina, que la llaman.

—¿Ah sí? ¿Los leoninos somos creativos?

—Muy.

—¿Quieres que te cuente algunas ideas que se me ocurrieron para cuando te haga el amor?

Le apoyó las manos en la cintura y la atrajo hacia su pelvis. Bianca bajó las pestañas cargadas de rímel y sonrió, con timidez.

—¡Seba! —Candelaria, primorosa en el vestido que su hermano le había regalado para el cumpleaños y que ella se encaprichó en usar esa noche, entró corriendo en el dormitorio—. ¡Seba, ven! Papi quiere que vayas para que saludes a sus amigos.

Gálvez tomó de la mano a Bianca, y Candelaria lo tomó de la mano a él.

—¡Vamos, Seba!

A Bianca le gustó la energía que fluía en la casa esa noche. La música se mezclaba con el murmullo incesante y el tintineo de las copas y de la vajilla y, junto con la profusión de luces, llenaba de vida los espacios. Los meseros no detenían su ir y venir, y ofrecían pequeños manjares y copas de champán, jugos y refrescos.

En un momento en que Gálvez se alejó para buscarle otro vaso con jugo de durazno, Bianca hizo lo que más le gustaba: observar la variopinta reunión desde la periferia. A Cristian lo vio reír a carcajadas con Benjamín y otros empleados de su fábrica; Luisa hablaba con uno de los meseros; las nenas habían atrapado a Gálvez y lo acribillaban a preguntas; Mara conversaba con un chico muy atractivo; resultaba obvio que se había pasado con el champán. Apartó la vista de ella y descubrió, a unos metros, la mesa con los portarretratos, que habían desplazado para hacer espacio. Caminó atraída por la fotografía de Gálvez y su padre y se quedó observando las demás; algunas la hacían sonreír.

—Quiero volver a agradecerte por este regalo tan maravilloso —Cristian la tomó por sorpresa, y Bianca se volvió con un sobresalto—. Perdón, te asusté.

—Es que estaba tan concentrada mirando las fotos que no te sentí llegar.

—Me acuerdo de ese día como si fuese hoy —levantó el portarretratos que Bianca le había regalado—. La foto la tomó Gladys. Para ser una aficionada, tenía un excelente sentido del espacio y de la luz. ¿No te parece?

—Es una foto lindísima. Yo tengo el original. Sebastián me la regaló.

—¿Ah sí? ¿Él te la regaló?

—Se dio cuenta de que me había gustado muchísimo y me la dio.

—Era el bebé más simpático y vivaz que he conocido en mi vida. A veces, Candelaria me lo recuerda.

Cristian Gálvez fijó la vista en la foto y guardó silencio.

—Supongo que ya conociste a Gladys —Bianca asintió—. ¿Cómo está ella?

—Yo la veo bien, aunque no la conozco demasiado para darte una opinión certera.

—Nunca volvió a estar en pareja, ¿no?

—Sebastián me dijo que no.

—Se dedicó a nuestro hijo por completo.

—También tuvo que trabajar muy duro para mantenerlo.

—Sí, claro —dijo, con aire compungido, y enseguida ensayó una sonrisa y devolvió el portarretratos a su lugar privilegiado, el que él había dispuesto—. ¿Estás pasándolo bien, Bianquita?

—Sí. Es una fiesta lindísima.

—¿Soy un desubicado si te pido que, cuando quieras, cantes algo?

—Hoy es tu cumpleaños. Tus pedidos son órdenes.

—Es que me encantaría lucirte con mis amigos.

—¿Qué te gustaría que cantase?

—Lo que tú quieras, pero el *Ave María* que cantaste el otro día me encantó.

—Perfecto. Pero te advierto que lo cantaré a capela y que no será lo mismo sin el acompañamiento del piano.

—Mejor. Sólo tu voz. ¿Hay que pedirle permiso a tu novio para que cantes? Porque no creas que no vi cómo te cela.

—No, no hace falta que le pidas permiso.

—¿Bianca? —Cristian titubeó.

—¿Sí?

—¿Cómo te trata Irene Mattei?

—Ya no me trata de ninguna manera. Me echó de su academia.

Al ver la expresión desolada de Cristian Gálvez, a Bianca le dio cargo de conciencia por habérselo revelado sin sutilidad.

—¿Te echó?

—Sí, pero como decimos Sebastián y yo, todo lo malo ocurre para que algo bueno resulte al final.

—¿Ah, sí? ¿Ustedes piensan eso?

—Sí, estamos convencidos. Ahora me da clases una profesora que es mejor que la Mattei, superdulce y paciente, que sabe muchísimo. La conseguí gracias a tu hijo. Él la convenció de que me aceptara como alumna, porque hace años que no da clases. Como sabrás, Sebastián tiene un modo que las mujeres encuentran irresistible.

—Pero él te adora, Bianquita —se apresuró a aclarar—. Me hace acordar… Él te adora, tesoro. Soy tan feliz de verlo feliz. Y es gracias a ti, Bianca. Quiero que sepas que mi agradecimiento es eterno.

—No me des las gracias, Cristian. Amar a tu hijo es lo que más me gusta hacer en la vida.

Cristian Gálvez soltó una risotada y le acarició la mejilla.

* * *

Bianca cantó una vez que los dos espectáculos, el de magia y el de chistes, terminaron. Cristian Gálvez fue a buscarla de entre el público, la tomó de la mano y la acompañó para presentarla. La llamó la última joya adquirida por la familia Gálvez.

—Mírenla bien porque dentro de unos años será famosa en los teatros de Europa y ustedes podrán jactarse de que la conocieron una noche en esta casa. Me prometió que cantaría el *Ave María* de Schubert. ¿Es así?

Bianca asintió y miró a Gálvez. Él le devolvió una sonrisa serena, y a ella le pareció que su expresión estaba cargada de orgullo. Cantar a capela siempre representaba un desafío, ya que cualquier falla se evidenciaba fácilmente. Bianca cerró los ojos, pensó en lo feliz que era y en la bendición que había recibido con el amor de Gálvez, inspiró y comenzó a cantar. Al terminar, supo que lo había hecho mejor que en la catedral. La aplaudieron de pie, con los brazos en alto.

—¡Otra! ¡Otra! ¡Otra!

Bianca buscó a Gálvez en el bosque de brazos levantados, y lo halló apartado, a un costado, emocionado, con los ojos brillantes; la contemplaban con tanto amor que la garganta se le estranguló. "Te amo", dibujó él con los labios, y Bianca le devolvió una sonrisa plena.

—¿Tienes ganas de cantar otra, Bianquita? —preguntó Cristian, al tiempo que le entregaba un vaso con jugo.

Bianca sorbió para deshacer el nudo y asintió.

—¿Qué vas a cantar?

—El *Ave María* te lo dediqué a ti, Cristian. Lo que voy a cantar ahora se lo dedico al amor de mi vida, a tu hijo —los aplausos y las exclamaciones recomenzaron—. *Caruso*, de Lucio Dalla.

Nunca apartó la vista de Gálvez en tanto entonaba las estrofas. *Te voglio bene assai/ ma tanto, tanto bene, sai/ É una catena ormai/ e sciogle il sangue dint'e vene, sai.*

Bianca se dio cuenta de que, a capela, *Caruso* desvelaba de manera más cruda su candencia doliente y melancólica. Al volverse para recibir los aplausos, vio varios rostros mojados por las lágrimas. Probablemente no habían entendido la letra, pero la emoción los embargaba igualmente, y Bianca meditó que ahí radicaba la magia de la música: se trataba de un lenguaje universal.

Gálvez avanzó en su dirección y la abrazó frente a todos, lo que provocó un paroxismo en las aclamaciones. Al oído, le confesó con fervor:

—No existe amor más grande que el que yo siento por ti, Bianca.

—Sí existe: el que yo siento por ti.

* * *

La fiesta había terminado alrededor de las cinco de la mañana, por lo que la familia se había ido a acostar poco después. A las once y media, Bianca se despertó. Candelaria, que había sido de las primeras en desertar la noche anterior, la contemplaba de cerca, con los codos hundidos entre las sábanas y las manitas bajo el mentón.

—Te desperté con la mente —confesó la niña.

—¿Ah, sí? —Bianca se estiró y bostezó.

—Mami me dijo que no te despertara, que te dejara dormir, pero yo te miré y te dije con la mente: "Bianca, despiértate. Bianca, despiértate".

—Y me desperté.

—Sí.

—Eres una chica poderosa.

—Sí. ¿Vamos a desayunar? Yo quería desayunar contigo, por eso no he desayunado todavía. Seba sigue dormido, pero con él no funciona mi poder.

—Es que tu hermano es un chico *muuuy* poderoso.

Candelaria ahuecó la manita cerca del oído de Bianca y le susurró:

—Anoche, Seba lloraba cuando tú cantabas.

—¿Ah, sí?

—Siempre llora. La vez que cantaste en esa iglesia enorme, también lloró.

—Entonces yo también soy una chica poderosa.

—¡Sí!

—¿Quiénes están despiertos?

—Papi, mami, los abuelos, Magui, Fran… La tía y el tío, no. Pero mami, los abuelos y mis hermanas se fueron al supermercado, así que sólo papi está desayunando.

—¿Y Mara y Benjamín?

—No están. Papi me dijo que se fueron a su casa anoche, después de la fiesta.

"Qué bendición."

Bianca apareció en el comedor de diario poco después, en bata y con el cabello recogido en una colita. Cristian Gálvez, que leía el periódico, lo dejó sobre una silla, se puso de pie y salió a recibirla con una sonrisa.

—Finalmente te despertó, ¿eh?

—La desperté con la mente, papi.

—Sí, es verdad, me desperté sola, porque Cande me llamó con la mente.

—Ah… Qué extraordinario.

—Es que soy una chica poderosa, papi.

—Ya lo creo, amor mío.

Delia se presentó en el comedor, saludó a Bianca y se dirigió luego a Candelaria:

—Candita, ¿quieres ayudarme a hacer los panqueques para tu hermano? El otro día me dijiste que querías ver cómo los hago dar vuelta en el aire.

—¡Sí, sí! ¡Viva!

Cristian Gálvez ensayó un gesto indulgente tras la partida de la niña y volvió a su silla.

—Candelaria tiene más energía que un motor de fórmula uno.

—Es ariana. Ésa es su naturaleza. Se los llama las dínamos del Zodiaco. Nunca se cansan, nunca se detienen. No hay nada que hacer. Así son.

—¿Crees en eso de los signos?

—Sí.

—Yo soy de tauro, creo.

—Sí —confirmó Bianca—, y eres *muy* taurino, por lo poco que te conozco. Tauro es el signo de los bienes, de las posesiones. Es raro que les falte el dinero. En general, lo tienen en abundancia. Son tenaces, emprendedores y muy tercos. Cuando se proponen una meta, nada los desvía de ella. Son muy cariñosos. Necesitan el contacto físico para sentirse amados. Son fanáticos de la buena mesa. Son los burgueses del Zodiaco. Les gusta vivir bien y en el lujo.

Cristian Gálvez lanzó un silbido movido por el asombro.

—Pocas veces me han descrito tan certeramente.

—Y si una buena astróloga, no una aficionada como yo, estudiase tu carta natal, te diría cosas que te sorprenderían todavía más.

El hombre se quedó mirándola con una sonrisa, mientras asentía ligeramente.

—Eres una chica fuera de serie, Bianca. No por nada mi hijo está embobado contigo.

—Yo estoy embobada con tu hijo desde mucho antes, desde que tenía trece años. Para Sebastián, yo no existía.

—¿Qué lo hizo cambiar?

—Escucharme cantar.

Cristian rio y vertió un poco de café y leche en la taza de Bianca.

—Anoche fue el mejor cumpleaños que he pasado en años, te lo aseguro.

—Fue una fiesta lindísima. Yo lo pasé superbién.

—Tú pusiste el broche de oro cuando cantaste para mí y para mi hijo.

—Fue un placer.

—¿Te diste cuenta de que es el primer cumpleaños que paso con Sebastián después de mi separación?

—Ah, claro.

—Tantos años sin festejarlo con él… Verlo ayer aquí, charlando con mis amigos y mis empleados… Fue… hermoso.

Bianca sorbió el café con leche y, al levantar la vista y encontrarse con los ojos anhelantes del padre de su amado, preguntó sin meditar:

—¿Por qué lo abandonaste, Cristian?

El hombre sonrió con una mueca triste.

—Supongo que la palabra que cabe es ésa, ¿no? Abandonar.

—Me resulta difícil entender cómo un hombre tan cariñoso y dulce como tú abandonó a su hijo.

—A un hijo que amaba con locura, Bianca. De eso no tengas duda. Pero es que en aquella época yo no era yo. Era un pobre idiota que acababa de perder a la mujer de mi vida por una calentura (te pido perdón por la expresión, pero no encuentro otra mejor). No sé si sabías que…

—Sí —se apresuró a contestar Bianca, para ahorrarle el embarazo—. Sebastián me contó todo acerca de Irene Mattei.

—Cuando Gladys me dejó, el mundo a mi alrededor se desmoronó. Yo hacía tiempo que estaba enojado con ella porque no me apoyaba en mi proyecto para abrir la fábrica de pinturas. Inconscientemente, lo vivía como una traición de su parte. Es cierto que estábamos pasando por un mal momento económico. Habíamos vendido nuestro departamento, los dos autos, yo había renunciado a mi puesto jerarquizado en una empresa en donde ganaba muy bien, y todo para embarcarme en un proyecto que no sabíamos adónde iría a parar en un país tan inestable como éste. Alquilábamos, y a veces no teníamos para pagar el alquiler, así que Gladys le pedía a mi suegro, que era un hombre estupendo y siempre nos daba, pero a ella la mortificaba… En fin… Las cosas en mi casa se habían convertido en un infierno. Lo de Irene fue un escape, un modo de castigar a Gladys, de descargar energía y coraje. Cuando Gladys lo supo, no pudo soportar el dolor que le causé. Se fue el mismo día en que se enteró. Dejó un montón de cosas que le pertenecían, no le importó nada. Se fue a casa de mi suegro y nunca más me permitió verla. Yo me sentía muy avergonzado porque… no sólo porque había traicionado al único amor de mi vida, sino porque Sebastián… Él, una vez…

—Sí, lo sé, Cristian. Sebastián te descubrió una vez con Irene Mattei.

—Ah —dijo, sorprendido—, veo que te ha contado todo —Bianca asintió y lo invitó a seguir hablando con su mutismo y sus ojos fijos—. Hacía tiempo que no soportaba la mirada condenatoria de mi hijo. Hacía tiempo que no soportaba mirarlo de frente. La culpa y la vergüenza estaban volviéndome loco. Cuando todo se supo y Gladys me dejó, me derrumbé. No era yo sin ella. Sentí que no podía seguir viviendo. Ella se negaba a verme, a hablarme, no me dejaba hablar con Sebastián. Estaba tan herida, pobre amor mío… —sorbió un poco de café y recomenzó luego de dominar la emoción—. Caí en una profunda depresión. Me emborrachaba para dormirme y tomaba pastillas para poder mantenerme en pie durante el día. No comía, así que perdí no sé cuantos kilos. Parecía un espectro. En la fábrica, me comportaba como una sombra. Por eso siento tanto aprecio por Benjamín. Sin su ayuda, su amistad y su honestidad, la fábrica habría terminado en la quiebra, y ése habría sido el tiro de gracia para mí. Él fue el que la sostuvo durante todo ese tiempo en que yo parecía muerto. Me llevó tres años y mucha terapia superar la depresión y las ganas de morirme. A través de Mara conocí a Luisa. Era una chica muy tranquila, muy dulce y me daba paz estar con ella. Ella me ayudó a recuperar las ganas de vivir y la dignidad, porque me sentía una basura. Para cuando volví a ser yo mismo, ya habían pasado varios años desde mi separación. A la vergüenza de que mi hijo supiera de mi asunto con Irene, se sumaba la vergüenza de haberlo descuidado durante todo ese tiempo. Fui un cobarde, lo sé, pero me dije que Sebastián estaría mejor sin mí y renuncié a él.

—Sebastián no sabe nada de esto, Cristian. Si lo supiera, me lo habría contado.

—No, no lo sabe. Jamás lo hemos hablado, un poco porque yo siento vergüenza; otro poco por el muro que hay todavía entre nosotros. Cuando una mañana del año pasado vi en el noticiero que mi hijo estaba desaparecido en la sierra, volé a Córdoba y moví cielo y tierra para que el gobierno destinara más helicópteros, más baquianos, más perros, lo que fuese para que lo encontraran, yo pagaba todo. Volvimos a vernos en el Hospital de Urgencias, apenas lo sacaron del quirófano. Sebastián estaba medio atontado aún por la anestesia cuando me vio por primera vez después de todos esos años. Me sonrió y se volvió a dormir. Cuando recuperó la conciencia, no se mostró tan amigable. Me dijo que me fuese, que no me necesitaba, que había vivido sin mí mucho tiempo y que quería seguir así. Pero me puse terco y le dije que no me iría, que él era mi hijo y que, si había cometido un error en el pasado, estaba dispuesto a rectificar.

—Sin duda, fue tu terquedad taurina la que hizo que Sebastián te aceptara.

—No, Bianca. Lo que hizo que Sebastián me aceptara fue tu llegada a su vida. De algún modo, tú tendiste un puente entre nosotros. Pero me doy cuenta de que, por más que él ahora acepta mis invitaciones y pasa tiempo conmigo y sus hermanas, no me ha perdonado. Y dudo que algún día lo haga. Por eso, cuando tú me dijiste anoche que todo lo malo que pasa es para que después pase algo bueno, yo pensé que esa teoría no se probaba en el caso de mi ruptura con Gladys. Mi hijo perdió dos años de su vida repitiendo primer año, le destrocé el corazón engañando a su madre y nunca conseguiré su perdón.

—Si no hubiese repetido dos veces primer año —expresó Gálvez, al tiempo que entraba en el comedor y se quedaba de pie en el extremo opuesto de la mesa—, no habría conocido a Bianca. Si no hubiese conocido a Bianca, hoy no sería tan feliz. Así que, papá, toda aquella mierda sí ocurrió para que algo bueno sucediera después. Para que Bianca hoy esté conmigo.

Bianca y Cristian lo observaban desde sus sitios con expresiones pasmadas. Bianca atinó a pensar en lo bien que le quedaba esa bata de toalla blanca, y sólo después se preguntó desde cuándo estaría oyendo la conversación.

—Bendita sea tu Bianca, hijo —dijo Cristian con voz emocionada—, pero me habría gustado que la conocieras sin que tuvieras que pasar por todo ese calvario por mi culpa.

Gálvez sacudió los hombros y se sentó junto a Bianca. Pasó el brazo por sus hombros y la atrajo hacia él.

—Tal vez era lo que teníamos que vivir mamá, tú y yo. Tal vez teníamos que aprender y crecer a partir de esa experiencia de mierda. Tú tocaste fondo, por lo que pude oír. Yo toqué fondo también. Y los dos surgimos bien de la prueba. Eso vale mucho. Es como decía Nietzsche, lo que no te mata, te hace más fuerte.

—¿Y mamá? ¿Ella tocó fondo?

—Mamá es de hierro, más fuerte que tú y que yo juntos. Ella siempre fue ella, constante, confiable.

—Sí, Gladys es una mujer fuera de serie, hijo. Jamás me habría traicionado con otro, a pesar de que no le faltaban propuestas.

Bianca le sirvió café con leche y le preparó un sándwich con un pan que a él le gustaba y queso gruyer, su favorito.

—Gracias, amor.

Gálvez lucía sereno y en dominio de sus emociones, más allá de la confesión que acababa de oír. Sorbió el café con leche y dio un mordisco al sándwich en un silencio sepulcral. Masticó mirando el parque por la ventana. Un momento después, a Bianca la sobrecogió la manera en que se volvió para mirar a Cristian, que pareció congelarse en la silla.

—Bianca una vez me dijo que así como me había costado acostumbrarme a tu abandono, me tomaría un tiempo acostumbrarme a tu reaparición, y eso me dio mucha paz, porque entonces me relajé y dejé que la cosa fluyera. Dejé de tratar de perdonarte, de *forzarme* a perdonarte, porque cuanto más lo intentaba, más difícil me resultaba. Si yo no podía vivir sin ti, ¿cómo era que tú podías vivir sin mí? Eso me preguntaba siempre cuando era chico.

—Hijo mío —sollozó Cristian.

—Esa pregunta sin respuesta era lo que me hacía imposible dejar de sentir rencor.

—Es que, justamente, yo no podía vivir sin ti, *sin ustedes.* Por eso me derrumbé como un castillo de naipes. Si me hubieses visto por aquellos años, no me habrías reconocido.

—Cuando me quedé en primer año y tuve que cambiar de colegio, mi única preocupación era que tú no ibas a saber a qué colegio me cambiaba —rio por lo bajo, con la vista en el mantel—. Cada día, cuando salía del colegio, tenía la esperanza de que estuvieras ahí afuera, esperándome. Te buscaba entre los padres de los otros chicos y nunca te encontraba.

Las lágrimas caían libremente por el rostro de Cristian. Bianca apretaba la mano de Gálvez bajo la mesa para contener el llanto que le volvía de agua los ojos.

—Pero yo estaba —confesó Cristian, y Gálvez levantó la vista de manera súbita—. Te observaba desde el auto de Benjamín, que tenía vidrios polarizados. Cada vez que podía zafarme de la fábrica al mediodía y que no estaba muy tomado, iba a verte a la salida del colegio.

—¿En serio?

—Sí. Pero era un cobarde y no me atrevía a acercarme; te tenía miedo, le tenía miedo a tu rechazo. Fue tu abuelo, una vez que aceptó hablar conmigo y no me colgó el teléfono, el que me dijo que te habías cambiado a la Escuela Pública Número 2 en Almagro. Entonces, fui a espiarte ahí. Pero me hacía mucho mal, y mi terapeuta me recomendó que no volviera, al menos por un tiempo, hasta que recuperara el dominio de mí mismo. ¡Qué historia de mierda! —explotó Cristian al descubrir el rostro de su hijo distorsionado por la pena y el llanto. Abandonó su sitio en la mesa y lo abrazó por detrás—. ¡Perdóname, hijo de mi alma! ¡Perdóname, por favor! Te quiero más que a mi vida, lo juro, Sebastián. Eres mi alegría, mi orgullo, mi primogénito, y te amo como a nadie. Por favor, perdóname. Quiero que dejes atrás el rencor por tu propio bien, hijo mío, para que seas feliz. Perdóname por tu bien, no por el mío.

Gálvez se giró en la silla y lo abrazó, y hundió la cara en el pecho de su padre, y lloró amargamente. Cristian lo besaba en la cabeza y lo mantenía pegado a su torso. Bianca se secaba las lágrimas con la servilleta.

—¿Por qué está llorando Seba? —Candelaria se detuvo a pocos pasos de su padre y de su hermano y se quedó mirándolos a la espera de una respuesta, que no llegó—. ¿Es porque Bianca se puso a cantar de nuevo?

—¡Sí! —contestó Cristian, entre lágrimas—. Es que Bianquita se puso a cantar y a Seba le dio por llorar.

—¿Ves, Bianca? Mi hermano no es *taaan* poderoso como tú dices.

—No, la verdad es que no, pero yo lo amo igualmente.

—¡Yo también lo amo! —declaró la niña, y se trepó a las piernas de Gálvez y le sujetó el rostro con sus manitas regordetas—. No llores más, Seba. Delia y yo te hicimos panqueques con dulce de leche de postre.

—Ah, Cande, qué delicia —dijo, y la estrechó entre sus brazos.

19

Los días transcurrían sin sobresaltos. Corina no había vuelto a tener problemas de vómitos ni de presión alta; Lorena, aunque a regañadientes, concurría a Aluba y parecía llevarse bien con la terapeuta que coordinaba su grupo; Pablo Rocamora, con sus viajes de trabajo y sus reuniones religiosas, no paraba mucho en casa; todo marchaba bien en el colegio, lo mismo en el local y en The Eighties; cierto que a los Broda no les había caído en gracia que redujese sus presentaciones a la del sábado, pero comprendieron que, para Bianca, su carrera como soprano estaba primero; de hecho, cada día estaba más convencida de que el canto lírico era su pasión, y las clases con Feliciana Castro se habían convertido en uno de los momentos más esperados de la semana.

Bianca respiró profundamente mientras meditaba sentada como los indios sobre la cama. A medida que repasaba los distintos aspectos de su vida, se daba cuenta de que pocas veces se había sentido tan en control de las situaciones que la rodeaban. Gálvez era el aspecto más fascinante y feliz de su existencia.

Después del fin de semana en la quinta de Pilar, su relación había adquirido un cariz tan profundo y trascendental que a Bianca la asustaba, porque la libertad, su bien más preciado, carecía de valor frente a la inmensidad de lo que Gálvez le inspiraba. La estremecía acordarse del reclamo que él le había hecho la tarde en que Mara los espió mientras hacían el amor. "Yo no necesitaba a nadie. Era libre. Ahora me muero si no te tengo en mi campo visual." Jamás se habría atrevido a afirmar que esa clase de amor constituía una maldición; no obstante, era consciente de que los volvía dependientes el uno del otro y, por lo tanto, vulnerables. Les costaba separarse cada día, las despedidas se volvían desgarradoras. Les resultaba imposible quitarse las manos de encima mientras estaban juntos, en el colegio, en el aquagym, en sus paseos, en el local. A juicio de Bianca, las únicas sombras que rozaban su felicidad las componían la pesadilla que Gálvez no conseguía olvidar, el capricho de Lorena y la Mattei, que la había llamado por teléfono para disculparse por haberla expulsado de su academia.

—Fui poco profesional contigo, Bianca —se excusó—. Mezclé cuestiones personales con la docencia. Fue una acción imperdonable.

Bianca la oía con atención, mientras un sexto sentido le advertía de que no era sincera, de que, en realidad, estaba tratando de congraciarse con Gálvez. Éste se había mostrado tajante la última vez que la Mattei se presentó en el gimnasio. Le pidió que desistiera y le aseguró que no estaba interesado en una amistad con ella. A Bianca no se lo había referido, pero conociendo a la gran soprano, imaginaba que la reacción había sido, como poco, agresiva.

La siguiente parte del discurso de la Mattei desató alarmas estruendosas en la cabeza de Bianca.

—Me gustaría que volvieras a ser parte de esta academia. Necesitas prepararte para el examen, y yo no quiero perder a un gran talento como tú. Todavía, al día de hoy, recibo felicitaciones por el *Ave María* que cantaste el domingo de Pascua.

No le cabía duda: la Mattei no sólo quería congraciarse con Gálvez, sino que planeaba llegar hasta él a través de ella.

—Le agradezco mucho el ofrecimiento, profesora, pero creo que lo mejor será dejar las cosas como están. Igualmente, gracias. Lo aprecio.

Un mutismo llenó la línea.

—¿Cómo? ¿No aceptas volver? ¿Ya tienes quien te prepare para el examen?

—No —mintió Bianca, movida por el instinto de conservación.

—¿Entonces? No comprendo.

—No me sentiría cómoda. Lo siento.

—Ahora eres tú la que no está siendo profesional, Bianca. Esta decisión puede perjudicar tu carrera de manera irreversible. No aprobarás el examen del ISA si no te prepara alguien con mi nivel y experiencia.

—Sí, tal vez usted tenga razón, pero ya he tomado una decisión y no volveré atrás.

Bianca podía verla envararse con el teléfono en la mano y mutar el gesto sorprendido en uno de odio.

—Muy bien, si ésa es tu decisión, allá tú. Pero te advierto que te estás equivocando. Buenas tardes.

Bianca no tuvo tiempo de contestar; la línea murió antes de despedirse. Un frío le bailoteó en el estómago al sospechar que ésa no sería la última vez que sabría de la examante de Gálvez. Como si buscasen confirmar su presunción, las palabras pronunciadas por Gladys le volvieron a la mente: "Me alegro de que ya no sea tu profesora, Bianca. Esa mujer es inescrupulosa. Pero, sobre todo, es peligrosa".

* * *

Elevó lentamente los párpados y acabó con su meditación. Los ruidos de la habitación (el parloteo incesante de Martina, los gorgoritos de Lourdes, la irrupción permanente de sus hermanos para pedir o preguntar algo, los ladridos de Muquito, el sonido de la radio en la cocina) volvieron a materializarse y a circundarla. Había aprendido a abstraerse de todo para conseguir esos preciados minutos de paz en los que apaciguaba su espíritu sensible.

Lorena entró en el dormitorio y soltó un bufido, junto con su cartera Jackie Smith, que rebotó sobre la cama, y los zapatos Salvatore Ferragamo, que aterrizaron muy cerca de Lourdes, que jugaba en el suelo con la muñequita de Gálvez.

—Hola, Lore —saludó Bianca—. ¿Qué te pasa?

—Que tu compañerito Sebastián "Me Hago Desear" Gálvez se la vive ignorándome. Acabo de invitarlo a cenar a un lugar padrísimo en la Recoleta y me dice que tiene un asado con los amigos. ¿A quién quiere engañar?

Bianca sabía que no le mentía; de hecho, Gálvez se había mostrado muy entusiasmado con ese encuentro de excompañeros de su antiguo colegio. Primero irían a jugar al futbol en los bosques de Palermo y después comerían un asado en la casa de uno de ellos.

—Tal vez sea cierto —sugirió.

—¿No será puto?

—¡No digas malas palabras! —la amonestó Martina.

—Cállate, pendeja, que no estoy de humor. ¿No será puto? —insistió, y fijó la mirada en la de su hermana—. Tú, que los ves todos los días, qué piensas.

—Que no.

—Tal vez esa novia de la que tanto habla sea un *novio*. ¡Por eso debe de ser que hace semanas que su cuenta de Facebook está inactiva! Porque no se anima a poner la foto de su novia, que en realidad es su *novio*. ¡Claro! Debe de ser eso. Este tipo de hombres, que tienen una belleza tan perfecta, casi femenina, suelen pasarse para el otro bando. Se ve mucho entre los modelos.

—¿Por qué llegas a esa conclusión, Lorena? Es de locos.

—Porque es imposible que no quiera hacerme caso siendo heterosexual.

—No seas tan vanidosa. Es chocante.

—No es vanidad. Digo la verdad.

—¿Por qué te cuesta tanto entender que se enamoró de otra y que quiere serle fiel?

—No existe la fidelidad, Bianca. Quítate esa idea naíf de la cabeza. Si un tipo tiene la posibilidad de coger, lo hará, por muy enamorado que esté de su novia.

—No es así. Hay hombres que son fieles.

—No me hagas reír que tengo los labios partidos. Y *tú* no seas tan ingenua, hermanita. *Wake up, darling! Welcome to the real world!*

—¿Cómo te fue en tu sesión de Aluba? —preguntó para cambiar de tema; la deprimía que Lorena hablase de Gálvez y que se expresase de manera tan mundana.

—Sí, sí, mejor *change the subject,* porque nunca vamos a ponernos de acuerdo.

—¿Cómo te fue?

—Bien, dentro de lo que cabe. Susana, la terapeuta, es buena onda, la verdad. Me cae rebién. Le pedí tener sesiones personales, además de las grupales.

—Buenísimo —se entusiasmó Bianca, y pensó que tal vez, en privado, Lorena sacaría a la luz el tema de la prostitución—. ¿Cómo andan las cosas con papá?

—Se hace el ofendido todavía, pero no lo he visto mucho últimamente. La verdad es que me importa un cuerno.

—Estás más linda ahora que comes regularmente —la lisonjeó Bianca—. Tienes color en la cara, no como antes, que ibas siempre muy pálida —Lorena sacudió los hombros y siguió desvistiéndose—. ¿Qué dice tu agente, que dejaste de modelar?

—No *dejé* de modelar, Bianca. Me tomé un tiempo hasta que las cosas se calmen con mis padres. Después vuelvo a la pasarela como que me llamo Lorena Rocamora.

—Pero no vas a volver a hacer más locuras con la comida, ¿verdad, Lore? ¿Por favor?

—No me estés fregando, Bianca. Me voy a bañar —anunció—. Tengo un compromiso en una hora.

—¿Adónde vas?

—Ya que Me Hago Desear Gálvez no puede salir conmigo, decidí aceptar otra cita.

Bianca apretó los puños y los dientes. Sabía bien qué clase de cita esperaba a su hermana mayor.

* * *

Más tarde, esa misma noche, Bianca leía *Otelo* en la cama, una obra de Shakespeare que Feliciana le haría declamar en su próximo encuentro. Si bien no ponía el mismo acento en el aspecto dramático de su preparación como en el lírico, había dispuesto concederle alrededor de media hora cada sábado. Bianca debía admitir que la parte de la actuación comenzaba a gustarle más de lo que había creído en un principio, cuando le costaba soltarse y se avergonzaba de declamar como una loca. Pero la Castro poseía maneras sutiles, aunque firmes, para conseguir lo que se proponía.

Consultó la hora en el reloj y abrió su cajón de la mesa de luz, al que siempre echaba llave. Extrajo el blíster de las pastillas anticonceptivas y tomó una. Se habían decidido por el doble esquema de seguridad, por lo que Bianca las tomaba desde el primer día de su ciclo, que había comenzado pocos días atrás, el 6 de mayo. Hasta el momento, no había sufrido ningún efecto adverso.

El pitido del celular anunció el ingreso de un mensaje. Lo levantó deprisa, ansiosa por leerlo; no tenía duda de quién era el emisor. Desde el domingo pasado, día del inicio con las pastillas, la llamaba siempre a esa hora para recordarle. También seguía enviándole un bife de chorizo cada noche.

Te extraño. Tomaste la pastilla?

Yo + Sí, la tomé. Cómo lo estás pasando?

Bien. Pero t extraño.

Bianca notó que no le contaba acerca de la invitación de Lorena para cenar. Conociendo a su hermana, supuso que lo molestaría a diario. Él, sin embargo, jamás mencionaba el asedio para no angustiarla.

Te amo, escribió en un impulso repentino.

Yo + Todos t quieren conocer.

Les hablaste d mí?

Creo q no hice otra cosa.

Bianca rio y tecleó enseguida.

Yo también quiero conocerlos.

T parece que los invite el sábado al bar?

Perfecto. Después pueden venir con nosotros a festejar el cumple d Cami a Promenade.

Okei. Me voy a comer el asado. Te amo.

Yo +

* * *

Al día siguiente, Bianca no necesitó que Gálvez le confesase que algo lo preocupaba. Como siempre, le sonrió desde las escalinatas del colegio al verla aparecer, bajó deprisa los escalones y la abrazó y la besó en la banqueta. Bianca lo miró con una sonrisa y le acarició la mejilla que no se había afeitado.

—¿Qué pasa, mi amor? —Gálvez sacudió la cabeza y le destinó una sonrisa forzada—. ¿De nuevo la pesadilla?

—No —contestó con firmeza—. No —dijo, más relajado—. ¿Qué trae ahí mi equeco?

—El regalo de Cami. *Nuestro* regalo para Cami.

—¿Y ahí?

—Un pastel, así le cantamos el feliz cumple en el recreo.

—¿En qué momento lo hiciste, Bianca? —se molestó.

—Cuando volví del local. Es una receta facilísima. Lo hice en dos patadas.

—Vamos. Entremos.

Terminaron la prueba de Trabajo y Ciudadanía casi al mismo tiempo. Bianca entró en la cafetería con el pastel para Camila envuelto en una bolsa, y lo divisó enseguida en su mesa favorita. Gálvez se puso de pie, la desembarazó del paquete y la besó larga y lentamente. Notó que había estado masticando un chicle de nicotina, y se sorprendió; raramente lo hacía por la mañana. ¿Habría estado preocupado por la prueba?

—¿Cómo te fue?

—Bien. Era fácil. Y a ti, ¿cómo te fue?

—Bien.

—Voy a pedirle un café a Ofelia. ¿Tú qué quieres, amor?

—Un té, por favor.

Incluso en el modo en que él apoyó las tazas sobre la mesa, la manera en que colocó el azúcar, la forma lenta en que revolvió para disolverla, cada acto de Gálvez evidenciaba que algo muy serio lo afectaba. ¿Se trataría de Gladys? ¿Le habría revelado que estaba de novia?

—Sé que estás preocupado. Quiero que sepas que lo sé.

Sin mirarla, Gálvez terminó de chupar la cucharita y la apoyó al costado de la taza. Asintió con el entrecejo fruncido.

—No tienes que contarme si no quieres, sólo...

—Quiero —la miró a los ojos con una mezcla de fiereza y desesperación, que la sobresaltó—. Quiero —insistió, y Bianca le aferró la mano.

—Dime lo que sea, Sebastián. Sabes que puedes decirme lo que sea, ¿no?

—Más tarde. Ahora no —dijo, y sacudió la cabeza hacia la entrada, por donde aparecieron Camila, Lautaro y Karen.

Camila le destinó una sonrisa que calentó el corazón de Bianca. Se abrazaron.

—¡Feliz cumple, Cami! Éste es nuestro regalo. Mío y de Sebastián.

—¡De Paula Cahen! ¡Amo la ropa de esa casa!

—Lo sé, por eso te lo compramos ahí.

—Pero es carísima, Bianqui. No tendrías que haber gastado tanto.

—Sebastián puso más de la mitad. Puedes cambiarlo, si no te gusta. Traté de elegir lo más *Camila* posible, pero tal vez me traicionó el Urano loco y te compré algo que no te gusta.

—¡Seguro que me gusta! ¡Gracias!

Camila abrazó a Gálvez también, que la apretó fuerte y debió de decirle algo gracioso al oído porque la hizo reír. Todavía sonriente, Camila sacó de la bolsa una chaquetita azul, con delgadas líneas blancas, casi invisibles desde lejos, y con botones dorados.

—¡Es lo máximo, Bianqui! ¡Gracias, amiga! La voy a estrenar el sábado con el pantalón blanco. ¡Gracias, Seba querido!

—Te va a quedar alucinante.

—Miren lo que me regaló Lautaro. Fuimos a desayunar temprano esta mañana y me lo dio. ¿No es bello?

Camila se apartó el cabello, se abrió un poco la bata y les mostró un colgante de oro con la C y la L unidas a través de un lazo que formaba un corazón. Cada letra tenía un pequeñísimo rubí. "¡Guau!", se sorprendió Bianca. Contando la cadena bastante gruesa, también de oro, el conjunto debía de valer una fortuna, sin mencionar que se trataba de una pieza mandada hacer especialmente.

—¡Lauti, qué regalo más padre! —exclamó Bianca, en una muestra inusual de admiración.

—Te la rifaste, Gómez —admitió Gálvez—. ¿Quién lo hizo? Porque lo mandaste hacer, ¿no?

—Mi madre tiene un amigo que es orfebre, un genio el tipo. A él se lo pedí.

—¿Tú la diseñaste?

—Yo le conté lo que quería y él hizo varios diseños. Éste era el más padre desde mi punto de vista.

—¡Es el más padre desde cualquier punto de vista, mi amor! —exclamó Camila; le rodeó el cuello y lo besó en la boca.

Más compañeros fueron uniéndose al festejo y, mientras saludaban y felicitaban a la agasajada, Bianca desenvolvió el pastel, colocó las diecisiete velitas y le pidió fósforos a Ofelia. Camila se emocionó con el gesto de su amiga y volvió a abrazarla y a besarla.

—Te quiero, Bianca. Eres la hermana que no tengo.

Bianca asintió, con los pómulos encendidos, y se dispuso a prender las velas. Le cantaron el "Cumpleaños feliz" y el "Feliz, feliz en tu día". Lautaro, que se mantenía severo y callado, siempre detrás de su novia, la abrazó y la besó en los labios después de que Camila apagó las velitas. Bianca vio cómo le susurraba "Te amo, mi amor", sin apartar su boca de la de ella.

El grupo acercó más sillas y se colocaron en torno a la mesa. Bianca cortaba pedazos de pastel, los colocaba en las servilletas que había llevado para ese fin y los iba pasando. Todos se relamían y la alababan por su talento culinario. Al levantar la vista para comprobar que a nadie le faltase pastel, descubrió a Bárbara sola en una mesa; los observaba con expresión melancólica. Bianca le sonrió y elevó el pedazo que tenía en la mano en el acto de ofrecérselo. Bárbara sonrió y negó con la cabeza.

Camila giró para ver de quién se trataba y Bianca contuvo el aliento. Aunque habían establecido una tregua tácita, el trato entre ellas se limitaba a una fría cortesía. Camila le sonrió, y eso habilitó a Gálvez, el único con ascendente suficiente sobre la chica, para que fuese a buscarla. Le hizo lugar en la mesa. Bianca notó que ponía la silla junto a la de Collantonio con la intención de alejar al cordobés todavía más de ella.

—Feliz cumple, Camila —dijo Bárbara.

—Gracias.

Bianca le entregó el pedazo de pastel y Gálvez le sirvió un poco de refresco. Bárbara estaba incómoda y resultaba obvio que seguía enamorada de Lautaro Gómez por las miradas furtivas que le destinaba. Éste, después de saludarla con normalidad, había iniciado una conversación con Karen y no había vuelto a prestarle atención.

—Entonces —habló Benigno—, ¿el festejo sigue el sábado?

—Sí —contestó Camila—. Esta noche celebramos con la familia y el sábado, con los amigos.

—¿Nos echamos un *drink* en The Eighties? —propuso Lucrecia.

—Sí, y después nos vamos a Promenade —anunció Gálvez.

—La música es padre —comentó Karen.

—¿Te gustaría venir, Bárbara?

El grupo contuvo el aliento ante la pregunta de Camila, y Bianca nunca la admiró ni la quiso tanto; tenía la horrible sospecha de que ella, con su cuadratura Plutón-Marte, jamás habría mostrado un corazón tan generoso.

—Sí, me encantaría. Gracias.

—Nos juntamos en el bar donde canta Bianca.

—Perfecto.

Bianca estudió la expresión de Lautaro, que observaba a Bárbara con seriedad, y confirmó lo que hacía tiempo sospechaba de él: no permitía que nadie descifrase lo que había en su cabeza.

* * *

El timbre señaló el comienzo del segundo recreo, el largo, como lo llamaban. Gálvez se detuvo junto al pupitre de Bianca y le preguntó:

—¿Podemos hablar en el aula clausurada?

Terminó de cerrar el estuche para lápices con dedos temblorosos, intercambió una mirada con Camila y asintió.

—Vamos —la instó Gálvez, y se apartó para darle paso.

Caminaron en silencio hasta el refugio. Apenas entraron, Bianca apuntó en dirección a la parte trasera.

—Allá es donde me siento con Cami.

—Aquí está bien —dijo, y cerró la puerta.

—¿Qué pasa, Sebastián? ¿Quieres terminar conmigo?

—¿Qué? ¿Terminar contigo? ¿Me estás jodiendo, Bianca?

—Estás muy raro —la voz le tembló tanto como las manos, que ocultaba en los bolsillos del delantal—. Pensé que... —finalmente se quebró; bajó la vista, se mordió el labio y apretó los párpados.

Gálvez la atrajo hacia él con una energía violenta. Le habló al oído con fervor.

—Perdóname, amor, perdóname. No quise angustiarte de este modo. No me di cuenta. ¿Cómo se te puede ocurrir por un instante que quiero que terminemos? ¡Bianca, por Dios! Sólo de pensar en eso, se me congelan las pelotas.

—Sí, tienes razón. ¡Qué idiota! —exclamó, y se pasó las manos por los pómulos—. Es que estás tan raro. Tan serio. ¿Qué pasa? Cuéntame.

—Lo que tengo para decirte *es* serio, pero no tiene que ver con nuestro amor. Quiero que te quedes tranquila. No tiene que ver con nosotros —Gálvez la tomó de las manos y se las acarició con los pulgares antes de levantar la vista y expresar—: Anoche, mientras comía el asado con mis excompañeros, me enteré de algo muy cabrón..., algo que te va a doler, y te juro por Dios que preferiría no decírtelo, pero estuve casi toda la noche despierto pensando si te lo decía o no, y al final decidí que tienes que saberlo —Bianca asintió y tragó el nudo de la garganta—. Uno de los chicos, Juan Carlos, el que era mi mejor amigo en la primaria, me preguntó cómo te llamabas. Le dije tu nombre. Cuando me preguntó tu apellido y se lo dije también, me miró de una forma rara y se quedó callado. Al rato, me llamó aparte y me mostró una foto que tenía en el celular. Era de Lorena —Bianca bajó la vista; comenzaba a sospechar qué rumbo tomaría la confesión—. Me preguntó: "¿Esta chica es la hermana de Bianca?". Le dije que sí y le pregunté de dónde la conocía. Me dijo que era la hija de un amigo de su padre. Y después me dijo: "Y es la chica con la que me acuesto cuando tengo ganas. Por dinero" —Bianca apretó las manos de Gálvez y se empecinó en ocultarle la mirada—. Amor, mírame, por favor.

Necesito saber qué piensas. No puedes ocultarme nada cuando miro esos ojos que amo tanto —Bianca elevó el rostro, pero sólo vio una imagen distorsionada de Gálvez—. Bianca, amor mío —la rodeó con sus brazos—. Bianca, Bianca... Qué cagada más grande. Lo siento, amor, lo siento. No creo que Juanca me haya mentido. Es un tipo muy buena onda, te lo juro.

—Es Juan Carlos Velázquez, ¿no? —Gálvez asintió—. No está mintiendo.

—¿Cómo? —Bianca se apartó y se secó las lágrimas con las manos—. ¿Tú lo sabías, Bianca?

—Sí. Desde hace bastante.

—¿Qué? ¿Y te guardaste esta mierda para ti sola? ¿Quién más lo sabe?

—Nadie. Nadie de mi familia, agregó. Sólo yo. Su agente, el tal Ricky Fischer, es quien le arregla las citas.

—Sí, Juanca lo mencionó. De hecho, él llama al tal Ricky cada vez... ¡Amor! —la atrajo hacia él y la apretó hasta que Bianca se quedó sin aire en los pulmones—. ¿Cómo lo supiste? ¿Ella te contó?

—No. De hecho, la vi una vez tener sexo con Juan Carlos.

—¡Qué!

—Tal como te dijo Juan Carlos, su papá, Armando Velázquez, y el mío son muy amigos. Trabajan juntos en el banco y son del grupo que se reúne a rezar el rosario. Nos invitaron una noche de Año Nuevo a su quinta y fuimos. Hacía tiempo que yo sospechaba algo porque Lorena se estaba comportando de manera extraña. Además, se aparecía con carteras carísimas, zapatos de más de mil pesos, iPod, iPad, Blackberry, laptop, perfumes franceses... Era imposible que pagase todo eso con su sueldo de modelo. Ella no es famosa y tampoco trabaja de tiempo completo.

—¿Y?

—Juan Carlos la había devorado con los ojos desde el momento en que la vio. Al rato, los vi secretear. Ella salió primero.

Él la siguió unos minutos después. Yo hice lo mismo. Estaban en una casa, de invitados o de los caseros, no sé… Me asomé por una ventana y los vi teniendo sexo sobre un sillón. Al principio no me di cuenta de que estaban teniendo sexo. Pensé que sólo se estaban besando, porque tenían la ropa puesta. Cuando terminaron, él se levantó, se abrochó el pantalón, sacó la billetera y le pagó. Todo así, rápido, en silencio, sin decirse nada. Fue horrible. Cuando le dije a Lorena lo que había visto, se rio en mi cara. Me dijo que lo hacía desde los dieciséis años. Al principio, sólo cobraba por dar besos y por chupárselas. ¡Cómo odio esa palabra! La odio. Pero no sé cómo se dice de otro modo, si es que lo hay.

—Felación.

—Felación —repitió—. Tampoco suena muy bien.

Gálvez rio sin entusiasmo y la besó en la frente.

—Suena bien si tú me lo haces a mí. Sigue contándome. No quiero que te guardes nada. ¿Cómo pudiste guardarte esta mierda, Bianca? ¿Cómo nunca se lo dijiste a nadie? ¿Por qué no me lo dijiste a mí, amor?

—No lo sé, Sebastián. Así soy, muy reservada, muy desconfiada. No podía contarle esto a nadie, me daba miedo, me daba vergüenza. Si lo contaba en casa, hubiese sido mejor soltar una bomba atómica y matar a todos. ¿Te imaginas, Lorena teniendo sexo por dinero con el hijo de uno de los amigos del grupo de católicos de papá? Él, con lo preocupado que está por las apariencias, se hubiese tirado de la terraza.

—No debería preocuparse tanto por las apariencias, el muy imbécil —declaró, y elevó la vista al techo.

—¿Qué pasa? Dime. Tú tampoco me ocultes nada.

—Me dijo Juanca que su padre también es cliente de tu hermana.

—¡Qué! —Bianca se pasó las manos por los ojos—. ¿En serio? ¡Pero si es casado! ¡Y ultracatólico!

Gálvez rio con sarcasmo.

—Esos chupacirios son los peores.

—¿Y a Juan Carlos no le importa que engañe a su mamá?

—No le pregunté, pero me acuerdo de que era una mujer muy seria, muy distante, siempre con cara de fuchi y más chupacirios que el marido.

—¿Juan Carlos está de novio?

—Sí.

Bianca se desmoralizó.

—Veo que lo que me dijo Lorena ayer es cierto.

—¿Qué te dijo? —Gálvez intentó acercarse, pero ella retrocedió.

—Que no existe la fidelidad. Si a un chico se le presenta la oportunidad de tener sexo, lo hará, aunque esté enamorado de su novia.

—¡Eso es una mierda, Bianca, y tú lo sabes bien! Lo estás diciendo para lastimarme, porque no confías en mí. Me estás haciendo daño, Bianca. Me estás haciendo mierda.

Bianca ahogó un sollozo y avanzó para abrazarlo. Gálvez chasqueó la lengua, sacudió el brazo para deshacerse de la mano de ella y se dirigió hacia la puerta. Se iba, enojado y lastimado. Ella lo había lastimado. A él, al amor de su vida.

—¡No! —exclamó, y lo sobrepasó para colocarse delante de la salida—. ¡No te vayas! Perdóname, mi amor, perdóname. No quise lastimarte. Soy una imbécil. Y fui injusta al pensar que tú eras como Juan Carlos. Perdóname. Por favor...

Estiró la mano. Gálvez la observó con desprecio, todavía lastimado y furioso.

—No quería que supieras lo de mi hermana. ¡No quería! Quería mantenerte al margen de esa historia sórdida. Me da tanta vergüenza. Me duele tanto saber lo que hace. El dolor me llevó a decir esa estupidez. Perdóname, por favor. Te amo, Sebastián, y confío en ti como en nadie.

—¿Por qué dijiste entonces que sería capaz de acostarme con otra?

—Cuando me dijiste que Juan Carlos tenía novia…

—¡Tú no tienes idea de cómo son las cosas entre Juan Carlos y su novia! No puedes compararme con él cuando no sabes qué tipo de relación tienen ellos. Está muy claro para mí que no se aman, ni están comprometidos como lo estamos nosotros, Bianca.

Lo último que dijo, y del modo en que lo hizo, la alcanzó como una flecha en el corazón. Habría jurado que había sentido el impacto en el pecho. ¡Pum! Directo en el plexo solar. Se cubrió el rostro y se echó a llorar, aunque habría preferido ahorrarse la parte patética del llanto. Estaba cansada de llorar. Antes, nunca lo hacía. En ese momento, sollozaba como un niño, con espasmos y todo. ¡Qué idiota! Lo único que faltaba era que se le escapasen los mocos.

Le volvió el alma al cuerpo al sentir las manos de Gálvez, que la sujetaron por los brazos y la acunaron contra su pecho. Se aferró a su cintura con actitud desenfrenada, no le importaba, sólo quería componer el desastre que había provocado.

—Perdóname, por favor.

—Te perdono.

—Fui injusta.

—Sí.

—Pero hay tanta perversidad, tanta traición alrededor nuestro…

—Bianca —Gálvez la alejó para hablarle—, si se te presentara la oportunidad de coger con otro tipo, un modelo, digamos, con un cuerpazo, bien trabado, supergalán, ¿lo harías?

—No, nunca. Jamás.

—Entonces, ¿por qué piensas que yo sí lo haría?

—Tal vez lo pensé por esta cuestión cultural de que los hombres son infieles.

—Hay muchas mujeres que engañan a sus esposos, a sus parejas, a sus novios. Te aseguro que la infidelidad ya no es patrimonio exclusivo de nosotros. Tú, ¿por qué no me engañarías con otro?

—No podría tolerarlo. Me cuesta incluso imaginarlo. No podría soportar que me tocase. Sólo tú puedes tocarme.

—Eso es lo mismo que yo siento, que ya nadie puede tocarme excepto mi Bianca —le sonrió con labios trémulos, y él le apartó el mechón de la frente—. Sé que fui un mujeriego y un salvaje antes, y que eso te asusta, lo sé, Bianca. Pero una vez te pedí que confiaras en mí, ¿te acuerdas? La primera vez que fuimos a Volta.

—Sí, me acuerdo. Nunca me voy a olvidar de ese día. Para mí, ese día comenzó nuestra historia juntos.

—Para mí ya había comenzado.

—¿Cuándo?

—El lunes 12 de marzo, cuando te vi en la academia de Irene —Bianca apretó los labios, que habían comenzado a temblar sin remedio—. Bianca… Confía en mí, amor. Quiero que esto que tenemos sea en serio, sea verdadero, no una farsa. Quiero saber que yo soy todo para ti, como tú eres todo para mí. No te perdería por cogerme a una chava, Bianca. Sólo de pensar en el dolor que te causaría si llegases a saberlo, se me iría toda la posible calentura, te lo juro.

—Nunca voy a volver a dudar de ti, ni de tu fidelidad, ni de nada. Mi confianza es absoluta. Te lo juro.

—¡Amor mío! —se abrazaron. Él le habló al oído—. No quiero que te angusties más por esto de Lorena. Ella eligió su vida. ¿Quiénes somos nosotros para juzgarla? Te lo conté porque quería que estuvieras informada. Me pareció importante que lo supieras, por cualquier cosa. No quería que te tomara por sorpresa en el lugar y en el momento equivocados. Pero no quiero que te cause dolor, Bianca.

—Pero mi hermana es una prostituta, Sebastián. Eso me duele, aunque trate de hacerme la superada y me repita eso que tú dices, que no soy nadie para juzgarla. Tal vez, si la viera feliz, no me angustiaría tanto y aceptaría su decisión más fácilmente, pero no lo es. Mi pobre hermana no lo es.

—Tú me enseñaste que cada uno tiene que vivir la experiencia para la que vino a este mundo. Lorena está viviendo la de ella.

* * *

—El último tema de la noche —anunció Bianca, desde su taburete en el escenario de The Eighties— se lo dedico a mi amiga, Camila, porque el jueves fue su cumple y porque sé que es importante para ella. *Insensitive,* de Jann Arden.

Camila se tocó el corazón y levantó el brazo, y Bianca le aventó un beso. Fue testigo de las miradas que su amiga y Lautaro Gómez intercambiaron lo que duró la canción, y adoró las que Gálvez le destinó a ella. El público, como de costumbre, la aplaudió con entusiasmo y pidió otra. Bianca los complació y cantó una de Queen, *I want to break free,* que los impulsó a la pista. Bianca abandonó el escenario y caminó hacia Gálvez. Se tomaron de las manos.

—Ven, amor. Mis amigos llegaron hace un rato. Quiero presentártelos.

—Va.

Eran cinco, y Juan Carlos contaba entre ellos. Bianca se había preparado para el encuentro con el cliente de Lorena, por lo que lo saludó con una sonrisa y semblante sereno.

—¡Tanto tiempo! —exclamó Juan Carlos Velázquez—. La última vez que te vi eras una nena. Y ahora te encuentro hecha toda una cantante.

—Sí, bueno, parecía una nena, pero no lo era.

—Estás lindísima. Y aluciné escuchándote cantar. Tienes una voz increíble, Bianca.

—Gracias. Y tú, ¿cómo estás?

—Bien, normal. Estudiando abogacía para complacer a mi padre…

—Me dijo Sebastián que estás de novio.

—Sí, pero esta noche Andrea tiene una despedida de soltera, así que no pudo venir. Estaría padre salir alguna vez los cuatro, ¿no?

—Sí, claro.

—Hola, Bianca.

Los tres (Bianca, Gálvez y Juan Carlos) voltearon al mismo tiempo para toparse con un muchacho de estatura media, de espaldas fuertes y rostro atractivo en su tosquedad, aunque dulcificado por una mirada anhelante que mantenía fija en ella.

—¡Hola, Marcos! Qué sorpresa —dijo con menos fervor al sentir la mano de Gálvez cerrarse en su cintura. Se besaron en la mejilla—. Te presento a Sebastián, mi novio —Gálvez le apretó la mano y lo miró a los ojos con las cejas formando una línea—. Él es Juan Carlos, un amigo. Marcos es instructor de karate en el instituto de Lauti —explicó a un Gálvez con el semblante cada vez más oscuro.

—¿Cómo has estado? Hace siglos que no te veo.

—Con mil cosas. Trabajo, colegio, familia…

—Y Pablito y Juan Pedro, ¿cómo van?

—Bien. Ahora los llevo a karate los jueves, bien temprano, antes de ir al local.

—Sí, me dijo Lautaro. Es por eso que ya no te veo. Yo estoy laborando a esa hora. ¿Sigues en el local de tu tía?

—Sí, ahí sigo.

—No sabía que cantabas. No me habías contado.

Los dedos de Gálvez comenzaron a hundirse en su carne.

—No lo comento mucho, la verdad.

—Pero me quedé con la boca abierta. Eres genial.

El macho alfa decidió entrar en acción.

—Amor, ya son casi las tres. ¿Por qué no traes tus cosas para que nos vayamos?

—Sí, está bien. Bueno, Marcos, te dejo. Tenemos que irnos.

—¿Vienen a Promenade para festejar el cumple de Camila?

—Sí —contestó Bianca.

—Nos vemos ahí, entonces.

—Va. Nos vemos.

—Chau —saludó Gálvez con un tono antipático.

—Ahorita vuelvo —anunció Bianca, y le lanzó un vistazo intencionado antes de marcharse al camerino, donde trabó la puerta para cambiarse de ropa. Había llevado un conjunto especial para esa noche. Quería estar linda en el antro porque sabía que el desfile de "amigas" de su amado sería largo y vistoso.

Diez minutos más tarde, alguien intentó entrar sin llamar. Bianca elevó los ojos al cielo; no tenía duda de quién era.

—Bianca, ábreme. Soy yo.

Lo hizo. Gálvez irrumpió más enojado de lo que lo había dejado en el salón. Bianca trabó de nuevo y volvió al diván para terminar de ponerse las medias de lycra.

—¿Se puede saber quién mierda es el Marcos ese?

—Un amigo de Lautaro.

—Ya sé que es amigo de Gómez. Acaba de decírmelo. Me refiero a quién es para ti, Bianca.

—Nadie, Sebastián.

—¡No es lo que Gómez me dijo!

—No grites. No sé qué te dijo Lautaro. Yo te digo que para mí no es nadie, simplemente un chico con el que salí un par de veces.

—¡Ah, bueno! *Simplemente* un chico con el que salí un par de veces —cuando arrugaba la cara y agudizaba la voz para imitarla, Bianca no controlaba las carcajadas que le trepaban por la garganta.

Se puso de pie y le dio la espalda para ponerse la falda y reír sin que se diera cuenta, si podía.

—No me muestres el trasero con esas medias, Bianca, o te juro por Dios que te lo hago aquí mismo y te hago aullar de placer, así el Marquitos ese de mierda te escucha y sabe de quién eres ahora.

—Yo no fui de Marcos, ni de ningún otro. Tú sabes muy bien de quién he sido únicamente.

Gálvez la aferró justo por debajo de la axila y la obligó a volverse con tanta violencia que Bianca soltó un grito. Le pasó el brazo por la cintura y la apretó hasta que los pies de Bianca se despegaron del suelo.

—¿Qué te pasa? —preguntó, corta de aliento—. ¿Te volviste loco?

—Me dijiste que sólo *a mí* habías amado. Sólo a mí.

—Sólo te he amado a ti, Sebastián.

—¿Y qué hay del Marcos ese?

—Ir un par de veces al cine y a comer pizza después no te habilita para echarme en cara que estuve enamorada de él.

—¿Por qué aceptaste salir con él si estabas enamorada de mí?

—Sí, en verdad, ¿por qué? Si me lo pasé comparándolo contigo, todo el tiempo, las dos veces que me invitó.

—Está clarísimo que el tipo salió perdiendo en la comparación. No había forma de que la ganara.

Bianca sonrió y le sujetó el rostro con las manos. Lo besó en los labios.

—Te amo, leonino engreído.

Gálvez apoyó la frente en la de Bianca y la deslizó suavemente hasta regresarla a tierra firme.

—Quiero asesinarlo.

—Yo iría a verte a la cárcel todos los días que hubiese visita, mi amor, te lo prometo.

—No te burles.

—Es que si no me burlo y me río, me voy a dar cuenta de que me sofocas, de que me quitas la libertad y te voy a mandar a pasear, Gálvez.

—Perdóname, amor.

—Sí, mi amor, te perdono.

—Gómez dice que lo volvió loco pidiéndole que planeara una salida contigo.

—¿Ah, sí?

—Sí. Dice que te conoció una vez que llevaste a tus hermanos al dojo de karate y que quedó embobado contigo.

—Mira tú.

—¿Cuándo se conocieron?

—El año pasado, en septiembre, cuando empecé a llevar a mis hermanos a karate.

—¿Cuándo salieron?

—En febrero, cuando Cami volvió de Brasil.

—¡Todos esos meses baboso por ti! Con razón Gómez dice que tenía los huevos de platino con el tipo.

—Es que yo no quería salir y siempre rechazaba la invitación.

—¿Y por qué carajos aceptaste en febrero?

—Porque Cami me dijo que alucinaba con que saliéramos los cuatro. Que Marcos era muy buen chico, que le daba lástima…

—Creo que voy a tener una charlita con mi *amiga*.

—No seas injusto. Tú no me registrabas en esa época.

—Gómez dice que cuando lo invitó a esta salida, lo primero que le preguntó fue si tú ibas a estar. Gómez le advirtió que estabas de novia y el muy hijo de puta le contestó que no estabas casada, sólo de novia. Quiero triturarlo.

—No vale la pena, mi amor. Cuando me invitó por tercera vez, le dije que no. ¿Sabes por qué? —Gálvez sacudió la cabeza, todavía pegada a la frente de Bianca—. Porque me parecía deshonesto de mi parte estar con él y tenerte a ti en la cabeza todo el tiempo.

—¿Sí? ¿Me lo juras? ¿Todo el tiempo?

—Todo el tiempo.

—¿Te tocó?

—Trató de agarrarme la mano, pero yo no lo dejé.

—Hijo de puta. Le voy a sacar las bolas con los dientes.

—No vale la pena, repito.

—Parece más grande que yo —dijo, desolado.

—Sí, tiene veinticuatro.

—¡Ah, veo que te acuerdas bien del dato!

—Sí, me acuerdo. Estaba por presentar las últimas materias para contador público. Supongo que ya se habrá recibido.

—Y yo ni siquiera terminé el bachillerato.

Bianca se arrepintió de haber hecho el comentario; lo había lastimado en el amor propio, a él, uno de los ejemplares de Leo más perfectos. Lo apartó de su frente para mirarlo a los ojos.

—Sebastián, mírame, por favor. Tenías razón hace un rato.

—¿Sobre qué? —preguntó, deprimido.

—Ese chico no resiste una comparación contigo. Nada de lo que él sea, haga o tenga me hará dejar de amarte. Nada. ¿Sabes cómo lo sé? —Gálvez volvió a negar con la cabeza—. Porque lo intenté durante todos estos años y no lo logré. A veces le ponía onda con un chico para que me gustara, y nada. Siempre llegaba al punto en el que me echaba para atrás porque no quería ser de nadie, sólo de mi amado Gálvez.

—¡Amor! —la abrazó con pasión y no la soltó para confesarle—: Nunca he sentido estos celos, Bianca, te lo juro. Es nuevo para mí. Y no me gusta ser así, te lo juro. Tenme paciencia, amor. Pero cuando vi cómo te miraba, con esa cara de pendejo, supe que estaba loco por ti, y eso hizo que algo rabioso explotara dentro de mí. Lo habría matado, no estoy exagerando. Sólo de pensar que estuviera deseando a mi mujer...

—Piensa —lo interrumpió Bianca— que vamos a estar juntos toda la noche y que vamos despertar juntos como la otra vez, pero vamos a desayunar tranquilos porque mañana no hay cole, y que podemos quedarnos en la cama todo el día, si queremos.

—Bianca, no quiero ir a bailar. Quiero ir a casa y cogerte mil veces.

—¿Cómo, Gálvez? ¿No era que el futbol y bailar eran tus pasiones?

—Ahora tengo una sola: hacerle el amor a Bianca.

—Vamos a bailar con Cami y Lauti, nos divertimos un rato y después hacemos el amor mil veces. ¿Tu mamá vuelve de Rosario el domingo por la tarde?

—No, por la noche. Tengo que ir a buscarla a Retiro a las nueve.

—Mmmm... —Bianca le pasó las manos por la cintura y le acarició el trasero—. Cuántas horas para nosotros... Me parece un sueño.

—No me toques así, amor, o te juro que no hay Promenade, ni baile, ni un carajo, y lo siento mucho por Cami, pero nos vamos a casa.

* * *

En el antro, todos conocían a "Seba" y lo saludaban como viejos amigos, desde los cadeneros en la puerta hasta los que atendían la barra, como también las meseras y hasta los disc jockeys; uno sacudió la mano desde la cabina al verlo en la pista. Bianca notó el cateo minucioso que los guardias de seguridad (personal femenino y masculino) realizaban a los que hacían la cola, incluidos los amigos que los acompañaban; a ellos dos, en cambio, les sonrieron y les indicaron que entraran.

—¿Por qué a nosotros no?

—Porque me conocen bien y saben que no entro con bebidas, ni con droga.

—Y al que le encuentran droga o alcohol, ¿qué le hacen?

—Lo entregan a los policías que están afuera.

Esperaron a sus amigos para dirigirse hacia la pista. Una chica, que parecía poseer unas piernas más largas que las de una jirafa, exacerbadas por unas botas hasta las rodillas y unos minishorts que más bien deberían haberse llamado nalgotas, soltó un grito al divisar a Gálvez, abandonó la pista y corrió hacia él.

—¡Seba! ¡Papito! —se colgó de su cuello y lo habría besado en los labios si Gálvez no hubiese apartado la cara a tiempo—. ¡Pensé que alucinaba! ¡Pero eres tú, guapura! ¡Por fin! Hace años que no te vemos. Las chicas se van a poner locas de contentas.

—¿Qué haces, Trini?

—¡Te extrañaba, hijo de puta! ¿Dónde te habías metido? Hace mil que no entras en tu Facebook. Te dejé un chingo de mensajes en el muro. ¿Los leíste?

—No. La verdad es que no me he conectado últimamente —Gálvez colocó a Bianca delante de él y le cubrió los hombros con las manos—. Trini, te presento a Bianca, mi novia.

—¿Tu qué?

—Mi novia —dijo, y le destinó una mirada de advertencia.

—¿Novia? ¿Qué es esa palabra? ¡Está fuera de moda!

—Es la única que conozco para describir lo que Bianca es para mí.

Bianca la observaba desde su escasa estatura (no importaba que llevase tacones; junto a la mujer-jirafa, nada habría sido suficiente) y sonreía con aire inocente.

—Hola —la saludó.

—Hola —contestó la tal Trini, con gesto desconfiado, y la estudió de pies a cabeza antes de preguntarle—: ¿Así que tú eres la novia de Seba?

Bianca tradujo de inmediato la pregunta: "¿Así que tú, cosita insignificante, te coges ahora al cuero de Seba? ¡Qué injusta es la vida!".

—Dime una cosa, Seba. Esto del noviazgo, ¿es muy formal?

—Muy formal.

—¿Al menos tu *novia* te deja bailar?

—Siempre que lo haga conmigo —contestó Bianca, y la confortó la risotada de Gálvez sobre su cabeza y la mueca incrédula de Trini—. De ahora en adelante, Trini, la cosa con Sebastián se rige por la siguiente regla: ver, pero no tocar. ¿Está claro? —se dio vuelta para dirigirse a Gálvez—. ¿Vamos a la pista, mi amor? Cami y yo amamos este tema.

—Sí, amor. Nos vemos, Trini.

No hubo tiempo para comentarios. *We are young*, de Fun, sonaba a todo volumen, por lo que Camila ya estaba buscando a su amiga en el lío de gente. Les gustaba tanto que se habían aprendido la letra de memoria. Al encontrarse, soltaron una exclamación de alegría y se pusieron a cantar. Gómez y Gálvez intercambiaron una mirada condescendiente y sacudieron las cabezas. Se les unieron Lucrecia, Benigno y Morena. Al rato aparecieron Bárbara, Córdoba y Karen. Juan Carlos y los demás excompañeros de Gálvez también se sumaron, así como los amigos de Lautaro, entre ellos, Marcos.

Al empezar a sonar *Don't you worry, child,* de Swedish House Mafia, Gálvez la aferró por la muñeca, la apartó del grupo de amigas y la pegó a su cuerpo. Bianca contuvo el aliento cuando sus ojos se encontraron; los de él destellaban a las luces de la discoteca, y el dorado, el verde y el negro se alternaban, otorgándole una cualidad sobrenatural. Lo vio inclinarse y esperó sus palabras con el corazón desbocado.

—Te amo. Eres el amor de mi vida —se apartó y le regaló una sonrisa, la más bella de todas las que le había dado en ese tiempo juntos, y comenzó a bailar.

Bianca admiró la destreza con la que su cuerpo acompañaba la música, la flexibilidad de sus piernas y la gracia de sus brazos; amaba el modo en que los movimientos de su cabeza le evidenciaban las líneas perfectas de su diseño y la nariz pequeña y recta. Pronto, las chicas en torno a él comenzaron a apreciarlo y a imitarlo. Pero él sólo tenía ojos para ella.

Sonaron *She wolf,* de David Guetta, y *I kissed a girl,* de Katy Perry, y la multitud saltaba con los brazos levantados. Bianca, sin embargo, permanecía absorta en el halo de energía que manaba del cuerpo de Gálvez, y le resultaba imposible desviar la mirada de él. Sintió que le apretaban el brazo, no un roce inocente en la aglomeración, sino uno intencionado. Se volvió. Marcos sonreía y le ofrecía un trago, que, evidentemente, había traído a la pista para ella; él tenía uno igual en la otra mano. Le habló al oído.

—Es tu favorito. Daikiri de fresa sin alcohol.

Bianca levantó las cejas, asombrada de que recordase algo que le había contado en su primera cita. Marcos se alejó de ella con un movimiento brusco, y Bianca vio, horrorizada, que Gálvez se había interpuesto entre ellos y mantenía extendido el brazo con el que lo había empujado. Los daikiris se agitaban en los vasos largos y un poco de su contenido se derramaba sobre la pista.

Sin pronunciar palabra, Gálvez le acercó el puño de la mano derecha a la cara y luego extendió el índice, que agitó a pocos milímetros del ojo del muchacho. Bianca se abrazó al torso de Gálvez para evitar que la advertencia escalase en una pelea. Marcos clavaba la mirada en su adversario con aire desafiante, hasta que Gómez intervino. Bianca cerró los ojos, aliviada. Al volver a abrirlos, vio cómo su amigo se alejaba con Marcos.

Gálvez siguió con la vista a su rival hasta que fue engullido por la masa. Sólo después, le prestó atención a ella. La rabia le bullía en los ojos; tenía el mentón tenso, lo mismo los labios, y debía de estar apretando los dientes por el modo en que se le marcaban los huesos en las mandíbulas. Bianca le acarició la mejilla sin afeitar, una caricia lenta que contrastó con el ritmo de la música. Gálvez se la sujetó y la besó en la palma, sin perder el contacto visual.

—Vamos a sentarnos —propuso, y Bianca asintió, desconcertada porque él era de los que raramente abandonaban la pista, sin contar que *Good time,* de Owl City y Carly Rae Jepsen, le gustaba.

Al pasar junto a sus excompañeros, Juan Carlos lo inquirió con la mirada, y Gálvez se acercó para hablarle al oído. El otro asintió y siguió bailando con una rubia platinada.

Subieron por una escalera de caracol a un entrepiso, donde había un reservado bastante exclusivo, a juzgar por la poca gente que lo ocupaba. Gálvez chocó los cinco con el guardia apostado en la entrada, que se apartó para franquearles el paso, y la guio hasta unos sillones bajos y mullidos, con una mesa delante de ellos. Se apoltronaron, y Gálvez enseguida la ubicó sobre sus piernas y le hundió la cara en el cuello. A Bianca, la respiración agitada de él le golpeaba y humedecía la piel. Al cabo, lo escuchó preguntar:

—¿Qué te dijo el cabrón ese? No sé cómo me contuve para no aplastarlo a trompadas. Aprovechó que hablaba con Tony —se refería a uno de sus excompañeros— para acercarse a ti. Cabrón, hijo de la rechingada, cabrón del mierda… Lo voy a matar.

—Shhh… —Bianca le acariciaba la nuca y le pasaba la yema de los dedos por el cuero cabelludo—. No quiero que esto nos arruine la noche. Por favor.

—¿Qué te dijo? —insistió, implacable.

—Que me había comprado mi trago favorito.

—¿Qué? —se apartó de repente—. ¿Cómo mierda sabe cuál es tu trago favorito?

—Hablamos de eso en nuestra primera salida. Cada uno, o sea Cami, Lautaro y él y yo, dijimos qué tragos nos gustaban. Se acordaba.

—¡Obvio que se acordaba! Si el muy hijo de puta está obsesionado contigo.

Bianca lo obligó a apoyar la mejilla sobre su escote y siguió acariciándolo.

—¿Cuál es tu trago favorito? —quiso saber.

—El daikiri de fresa sin alcohol. El de durazno también me gusta.

Desde su posición relajada, Gálvez levantó la mano, y una de las meseras se acercó con una sonrisa.

—¡Hola, Seba! —la chica se inclinó y le dio un beso en la mejilla.

—Hola, Silvi. ¿Cómo estás?

—Bien, corazón. Hacía tiempo que no nos visitabas.

—Te presento a Bianca, mi novia.

—¡Hola! —Silvina la besó con calidez—. Qué bonita es tu novia, Sebas. Y tiene cara de buena chica.

—Es la mejor, Silvi. ¿Nos traes algo de tomar?

—Lo que quieran.

—Dos daikiri de durazno sin alcohol.

—¿Sin alcohol para ti también, Seba?

—Sip. No se maneja y se toma. Al menos, eso dicen los de tránsito.

—Eh, sí. Están perros con el alcoholímetro. Ya se los traigo.

—Gracias —dijo Bianca.

—De nada, bonita.

Gálvez la tomó por la nuca con una mano y la sorprendió con un beso en el que resultaba obvio que, además de aplacar el deseo sexual, estaba marcando territorio, dejando su sello en ella, proclamándola como de su propiedad. Los dedos de Bianca treparon por la parte posterior de su cabeza y lo atrajeron hacia su boca para profundizar el juego de lenguas. Gálvez soltó un gruñido, que vibró en el pecho de Bianca, y la mano que la sujetaba por la cintura, trepó bajo la playerita de rayón, se deslizó bajo el brasier y le contuvo el seno. Sus pezones se convirtieron en piedritas, que Gálvez apretó e hizo rodar entre sus dedos. Bianca emitió un gemido desgarrador en la boca de él e interrumpió el beso al echar la cabeza hacia atrás. Sabía que la tocaba porque, en ese sitio y en esa posición, nadie podía verlos.

—Qué lindo beso —concedió, y apoyó la frente sobre la de él.

—Es que me acordé de cómo paraste en seco a Trini y me calenté.

—Lo siento, mi amor, pero creo que pensó que, porque me llevaba tres cabezas, podía pisarme como a un bicho. ¿Es muy amiga tuya?

—No, para nada. Amiga de antro, de fin de semana, nada más. La dejaste con la boca abierta y te aseguro que eso no es fácil con ella. Te amé cuando le dijiste —Gálvez impostó la voz para imitarla—: "De ahora en adelante, Trini, la cosa con Sebastián se rige por la siguiente regla: ver, pero no tocar. ¿Está claro?" ¡Por Dios! Nunca una chava me había celado con tanto nivel, ni estilo —Bianca reía a carcajadas, y él se quedó observándola, con una media sonrisa, hasta que la tentación de ella fue mermando—. Me amas, ¿no? ¿Más que a nadie?

—Sí, más que a nadie.

—¿Me necesitas tanto como yo a ti?

—¿Cuánto me necesitas, Sebastián?

—Amor… —la atrajo hasta que sus frentes se tocaron—. Te lo dije el otro día, siento que me falta el aire si no te tengo en mi campo visual. No es normal esto, lo sé. A veces creo que me voy a volver loco. Y hace rato, cuando el imbécil ese te hablaba al oído y te ofrecía el trago… Creí que…

Bianca le cubrió las mejillas con las manos y lo beso en los labios.

—Te necesito —contestó ella, para darle paz—. Te necesito tanto… Al principio tenía unos lapsus horribles en los que pensaba que había tenido un sueño y que nada de lo que había entre nosotros era verdad, y se me cortaba la respiración, hasta que me decía: "Todo es verdad. Él te ama". Entonces, volvía a respirar. Te necesito, Sebastián. Te necesito como el aire.

—¡Bianca! —la besó profunda y rápidamente. Agitado, con los ojos cerrados y aún sobre sus labios, le rogó—: Nunca me faltes, amor. No podría seguir sin ti. ¿Cómo haría sin ti a mi lado? Me has ayudado en estos dos meses más que nadie en mis casi veinte años. Bianca, prometémelo. Jurámelo, mejor.

—Te lo juro, nunca te voy a faltar. Después de cuatro años de silenciosa fidelidad, ¿todavía tienes dudas?

—No, no dudo de ti, amor. Eres la persona más estable, constante y confiable que conozco. Feliz dos meses juntos, amor de mi vida —Bianca lo cuestionó con el gesto—. Hoy es 12 de mayo, bah, ya es 13, pero para mí todavía es 12, y quería darte esto aquí, en el antro —del bolsillo de la camisa, sacó una bolsita de terciopelo azul, de las que suelen contener *bijouterie*, y se la entregó. Bianca sonreía y alternaba la mirada entre el regalo y la mueca expectante de Gálvez—. Ábrela, amor —la urgió.

Se trataba de un par de anillos, uno bastante más grande que el otro, cuyo cinta plana de plata, de poco más de medio centímetro de ancho, contenía el diseño de la mitad de un corazón esmaltado en azul. Si los anillos se unían, el corazón azul se completaba. En la mitad del corazón del anillo más pequeño, había una piedrita roja engarzada.

Gálvez se los quitó de la mano y le explicó:

—Mira, amor. Aquí, en la cara interna de tu anillo, grabé mi nombre. Y en el mío, grabé el tuyo. En los dos puse la fecha del inicio de nuestro amor, 12 de marzo de 2012.

—¡Sebastián! —Bianca le rodeó el cuello y lo besó en la boca—. Gracias, mi amor, gracias. Es el regalo más hermoso que me han hecho en la vida. Gracias.

—¿Sí, te gustan?

—¡Alucino, Sebastián! No sabes lo que significa esto para mí. Ponme el mío, por favor —Gálvez le deslizó el anillo en el anular izquierdo y le besó la mano—. Me queda perfecto. ¿Cómo supiste la medida?

—Te até un hilito mientras dormías en la quinta de mi padre.

—Te amo, Sebastián. Te amo para siempre.

—¿Sí, para siempre?

—Para siempre, mi amor.

—Ponme el mío.

Bianca lo hizo, y enseguida entrelazaron las manos y el corazón quedó completo.

—Cuando lo vi en la joyería pensé que esto que nos pasa, este amor tan enorme que sentimos hace que tengamos un solo corazón. El día en que el corazón de alguno de los dos deje de latir, el del otro también lo hará. Porque en realidad son uno solo.

—Sí, es cierto, compartimos el mismo corazón. A veces siento que te conozco desde hace mil años. Te veo y sé en qué piensas, qué te pasa, si estás enojado, contento, preocupado. Es raro, pero siento lo que tú sientes. Y lo siento aquí —afirmó, y apoyó la mano en el lado izquierdo del pecho—. Porque tu corazón es el mío, y el mío, el tuyo.

—Sí, amor —le besó el lunar sobre el filo de la mandíbula—. Sí, amor de mi vida —sus besos descendieron por el cuello—. Sí, precioso amor de mi vida, sí.

—Aquí les dejo los tragos, chicos. Perdón por la demora, pero la cosa está que arde.

—Gracias —musitaron los dos.

Gálvez se inclinó sobre la mesa y le pasó el trago.

—Tal vez querías el de fresa, pero no podía comprarte el mismo que te compró el cabrón ese.

—Él no me compró nada, Sebastián, porque yo no le *pedí* nada. El único al que le permito que me compre cosas sin que se las pida es a ti. Sólo tú tienes ese derecho.

—¡Ey, Seba!

Bianca giró la cabeza y se encontró con un chico que la estudió de pies a cabeza con una sonrisa. Gálvez, sin moverse ni apartarla de sus piernas, estiró la mano y, con un gesto poco amistoso, lo saludó.

—¿Qué haces, Germán?

—No podía creer lo que me decía Trini, que habías venido ¡y con una novia! Hola —dijo, y se inclinó para besar a Bianca.

Ésta sintió cómo se ajustaba el brazo de Gálvez en torno a su cintura en el ademán de alejarla de los labios que se cernían sobre ella.

—Hola —contestó Bianca.

—¿No vas a presentarnos, Seba?

—Bianca, él es Germán.

—Bianca. Nombre bonito. ¿Qué sabes de Lucía, Seba?

—Nada. Está superdesaparecida.

—¿Y de Bárbara?

—Está en la pista, bailando con unos amigos.

—¡Qué bien! Después voy a ir a buscarla. ¿Qué estás tomando? —Gálvez no tuvo tiempo de quitarle el vaso. Germán se lo llevó a los labios y frunció la cara en una mueca de disgusto—. ¡Puaj! ¡Esto no tiene alcohol, Gálvez! ¿O es el trago de tu chica?

—No, es el mío. ¿Podrías dejarlo de nuevo sobre la mesa? Me caga que tomes de mi trago.

—¡Ey! ¿Qué te pasa? Antes no te molestaba.

—Antes.

—Ya sé lo que estás necesitando para que se te vaya la cara de estar oliendo mierda que tienes —extrajo del bolsillo interno de su chamarra una bolsita con cierre, las del tipo Ziploc, que contenía varias decenas de pastillas—. Esto, una buena tacha. La mejor calidad. Tú sabes que mi merca es lo máximo. Te hago un precio alucinante por ser un amigo. Tengo porros también. Seguro que Bianca necesita una tacha para ponerse mimosa.

Aunque su gesto permaneció inmutable, a Bianca se le frunció el estómago. El tal Germán acababa de cometer un grave error al involucrarla en una conversación tan sórdida. Percibió bajo sus piernas la tensión de Gálvez, como la del predador que se agazapa para arrojarse sobre su presa.

—Gracias, Germán, pero no vamos a tomar, ni a fumar nada. No quiero ser mala onda, pero preferiría quedarme solo con mi novia.

El *dealer* silbó largamente y soltó una risotada que a Bianca le hizo rechinar los dientes.

—¡Es cierto, entonces! Trini me dijo que estabas más raro que una vaca con bikini, pero yo no podía creerle. Pensé que mentía. ¡Pero, en serio, es cierto! —las carcajadas seguían, y Bianca dedujo que eran producto del psicofármaco que, seguramente, había consumido—. ¡Ahora te haces el formal! Pero yo me acuerdo de cuando eras el rey de la noche. En lo único que pensabas era en chupar, consumir tacha y coger.

Gálvez depositó a Bianca en el sillón y se puso de pie. Dio un paso en dirección a Germán, que retrocedió en clara actitud defensiva; la diferencia física entre uno y otro resultaba evidente.

—Te pido de buena forma que te vayas, pero sólo lo haré una vez. La próxima te aplasto la jeta de un puñetazo. De eso también te acuerdas, ¿no, Germán? ¿De cuando me agarraba a puñetazos y, no importaba la peda que tuviera, nadie podía ganarme? Bueno, imagínate cómo será si estoy sobrio.

La mueca risueña de Germán fue desvaneciéndose. Se miraron fijamente. Los ojos vidriosos del *dealer* reflejaron un destello de entendimiento. Asintió apenas, se dio vuelta y se marchó. Gálvez volvió al sillón, donde se apoltronó con un suspiro y colocó a Bianca sobre sus piernas otra vez.

—Perdón por esto.

—No me pidas perdón, Sebastián.

—Son los coletazos de una vida que ya no existe, te lo juro.

—Lo sé, mi amor —le acarició el cabello que le cubría la nuca—. Pero no me pidas perdón.

—¿Por qué no?

—Porque tengo la impresión de que piensas que te juzgo, que te condeno, que te controlo, y eso es exactamente lo que no hago. Te lo dije una vez: te amé cuando eras un salvaje, te amo ahora, que eres mi roca, y te voy a amar siempre, seas como seas.

Gálvez le cubrió la espalda con las manos completamente abiertas y la besó, un beso en el que sus labios se demoraron sobre los de ella para succionarlos y mordisquearlos; en el que su lengua se abrió paso con gentileza y tentó a la suya a enredarse en ese juego de amor; un beso en el que le comunicó sin palabras cuánto la amaba. Sus bocas siguieron pegadas aun cuando el beso hubiese terminado. Él la acariciaba con los labios y le depositaba pequeños besos en las comisuras, en la barbilla, en los pómulos. Volvió a su boca y le habló sin apartarse:

—No entiendo cómo la vida me premió contigo habiendo sido el hijo de puta que era antes. Me avergüenzo de mi pasado.

—Tú no eras un hijo de puta. Eres la persona más buena y generosa que conozco. Y eres bueno porque así es tu naturaleza, no porque estés cumpliendo con algún dogma religioso. Eso es algo que amo y admiro de ti, tu bondad, tu generosidad espontáneas.

—¿Te dije que eres lo mejor que me ha dado la vida?

—Sí, pero dímelo de nuevo.

—Eres lo mejor que me ha dado la vida; lo más puro y lo más lindo, lo más profundo y lo más trascendental. Eres lo que va a durar para siempre, pase lo que pase, ¿no? —Bianca asintió, emocionada—. A veces alucino porque contigo me divierto y me río como nunca y también están esos momentos en que me hablas con tanta sabiduría y me haces razonar, y me haces pensar, y me explicas las cosas de mi vida. ¡Hasta tuviste los huevos para preguntarle a mi padre por qué me había abandonado!

—No lo hice de curiosa, mi amor. Es que quiero saber todo de ti, y esa parte se me escapaba. Por eso quería saber.

—Amo que quieras saber de mí, Bianca. A ti no quiero ocultarte nada, amor —se inclinó para tomar el vaso y se acordó de que Germán lo había usado—. Este imbécil me cagó el trago. No pienso tomar de ese vaso.

—Compartamos el mío. Es mucho para mí de todos modos.

—Gracias, amor.

—¿Cómo es que este chico está vendiendo droga si el guardia te revisa a la entrada?

—En la entrada no te revisan como parte de una política antidroga, sino para asegurarse de que nadie entre con droga, ni para consumir, ni para vender. Sólo venden los *dealers* que tienen acuerdo con el antro, y sólo consumes si compras en el antro.

—Los *dealers* le dan un porcentaje al antro por todo lo que venden, ¿no? —Gálvez asintió mientras sorbía del vaso de Bianca—. ¿Cómo sabe el antro qué cantidad exacta de droga vendió?

—No lo sé. Supongo que contarán las pastillas con las que entra, lo mismo los porros. Y lo catearán también para confirmar que no esconde nada. De todos modos, no creo que ninguno se quiera pasar de vivo porque no debe de ser muy agradable que un gorila de ésos te agarre a puñetazos. Hacen lo que sea para asegurarse un mercado cautivo. Este trago, por ejemplo, cuesta veinticinco pesos, tal vez un poco menos porque no tiene alcohol, pero ronda ese precio. ¿Sabes cuánto cuesta una botellita de agua mineral? Treinta pesos.

—¡Treinta pesos! Te compras seis botellas de dos litros en el súper con treinta pesos. ¿Por qué venden tan cara el agua?

—Porque cualquier droga de diseño (ketamina, cristal, éxtasis, la que sea) te da una sed como no has sentido en tu vida. Y eres capaz de vender a tu madre por una botella de agua.

—Ah, no sabía.

—Me gusta que no lo sepas, Bianca. Me gusta que nunca hayas probado esa mierda.

—Pero sí soy adicta a una droga, tengo que confesártelo
—Gálvez frunció el entrecejo, que relajó enseguida al comprender el significado de la sonrisa pícara de Bianca—. Tú eres
mi droga. Nunca me canso de ti, Sebastián, y lo peor es que ya
no puedo vivir sin ti. ¿Acaso esto no encaja en la definición de
adicción? Estoy preocupada.

—No, amor, no estés preocupada. La única adicción que
puedes tener en la vida soy yo. Es la única que *tienes* que tener.
Yo también soy adicto a ti.

Bianca le entreveró los dedos en el cabello que le cubría las
sienes y, al hacerlo, se vio el anillo en la mano izquierda, y una
emoción exaltada la impulsó a acercarlo a su boca para besarlo
con una osadía que se evidenció en la erección de él y que ella
sintió en las nalgas. Gálvez acabó el beso y le habló sobre los
labios con acento atormentado.

—Ya quiero estar moviéndome dentro de ti, Bianca. Ya quiero
estar dentro de ti.

Bianca jadeó el nombre de él, y percibió la humedad que le
mojaba los panties y el latido entre las piernas. El beso que com-
partieron a continuación fue de una intensidad que los aisló por
completo, como si la música se hubiese acallado, la discoteca
desaparecido, y ellos, como por arte de magia, se hallaran en medio de un desierto silencioso y eterno. Gálvez movía la cabeza
hacia uno y otro lado como si nunca consiguiese penetrarla lo
suficiente. La boca de Bianca se hallaba sumida dentro de la él; sus
manos trepaban, ansiosas, por su cabeza para incitarlo a que se
fundiera con ella, para decirle que, en verdad, compartían el
mismo corazón. Dominada por una excitación imposible de
controlar, comenzó a moverse sobre su pene erecto. Gálvez
detuvo de pronto el beso y, sin despegar la boca de la de ella,
exhaló el aire por la nariz de manera ruidosa. Bianca no lo
culpó por la manera dolorosa en que le hundió los dedos en la
carne.

—¡Ey, tortolitos! Miren a quién les traigo.

Al sonido de la voz de Juan Carlos, despegaron sus bocas y giraron las cabezas hacia la puerta. Bianca contuvo un grito y se puso de pie. Gálvez se ubicó detrás de ella y le apretó los hombros. Lorena, con Juan Carlos a su lado, ajeno al lío que acababa de propiciar, los observaba con una expresión de incredulidad.

—Miren con quién me encontré abajo. Le dije: "Tengo una sorpresa para ti", y la traje.

Bianca dedujo dos cosas: Gálvez no le había informado a su amigo que Lorena estaba al margen de su noviazgo, y Juan Carlos desconocía que ella sabía cuál era el vínculo que lo unía a Lorena.

—¿Y? ¿No dicen nada?

Lorena se aproximó a paso rápido, y Gálvez se movió velozmente para colocarse delante de Bianca, que quedó fuera de su campo visual. La actitud protectora de él la hizo detenerse en seco. Lo miró fijamente, primero a los ojos, luego su erección.

—¿Era ella?

—Sí —contestó Gálvez, con voz firme, decidida.

—¿Ella es la chica de la que estás tan enamorado?

—Amo a tu hermana, Lorena.

—Pero…

—La noche en que acepté subir a tu casa era porque quería estar con ella.

—¿*Amas* a la Pulga? No es posible, Sebastián. ¡No es posible!

—Lore…

—¡Tú cállate, traidora! ¡No se te ocurra abrir el hocico o te lo cierro a trompadas!

—Cálmate, Lorena —ordenó Gálvez, y su tono amenazante resultó evidente—. Las cosas se dieron de una manera complicada, pero Bianca no tiene la culpa de nada. Es conmigo con quien tienes que estar encabronada, no con ella.

—¡Los dos son unos traidores! ¡Hijos de puta! —se lanzó sobre Bianca, pero Gálvez la aferró por las muñecas y la obligó a retroceder.

Juan Carlos la tomó por la cintura y la arrastró en dirección a la salida. La gente los observaba desde sus asientos y cuchicheaba.

—¡Me las van a pagar, par de hijos de puta! ¡Me las van a pagar!

Se presentó el guardia, y Lorena se calmó enseguida. Se quitó de encima las manos de Juan Carlos y despareció por la escalera de caracol.

—Qué cagada me mandé, Seba. No sabía que...

—No te calientes, Juanca. Fui un imbécil y no te advertí de que Lorena no sabía nada de mi relación con su hermana. De todos modos, algún día se iba a enterar.

—Voy a ver si puedo alcanzarla y calmarla.

—Nosotros nos vamos.

—Okei. Nos hablamos durante la semana.

—Okei.

Al darse vuelta, Gálvez se encontró con una Bianca pálida y al borde del llanto; le temblaban las manos y los labios. La encerró en su abrazo y le siseó para tranquilizarla.

—¿Qué vamos a hacer?

—Irnos a casa y hacer el amor, eso vamos a hacer. No quiero que te preocupes por esto de Lorena. Yo lo voy a arreglar.

* * *

Al entrar en la casa de Gálvez, Bianca respiró profundamente el aroma familiar y procuró relajar la presión en el estómago. La calefacción debía de estar encendida, y el ambiente cálido y confortable la ayudó a calmarse. Se dirigió a la sala, encendió la lámpara y se desplomó en el sofá, el que le traía tan buenos recuerdos. Se quitó los zapatos con tacón y las medias de lycra, y movió los dedos de los pies para devolverles la circulación. Suspiró, aliviada, y se echó sobre el respaldo.

Miró la hora: las seis de la mañana. Echó la cabeza hacia atrás y cerró los ojos. Esperaba a que Gálvez viniera por ella; había ido al dormitorio a dejar su bolso. Apareció unos minutos más tarde. Bianca lo oyó moverse y aguardó con expectación, sin levantar los párpados. El almohadón se hundió en el punto en que él apoyó la rodilla y el puño. Primero la besó en la frente, y Bianca sonrió. Sus labios le recorrieron el tabique de la nariz antes de descansar sobre su boca.

—Estuviste muy callada todo el viaje hasta acá.

—Necesitaba pensar.

—Sí, ya sé que cuando pasan cosas como ésta, necesitas pensar. ¿Estás bien?

—Sí —Bianca abrió los ojos y levantó las cejas al descubrir que él estaba desnudo, a excepción de una trusa negra—. Hola.

—Hola, amor —Gálvez se ubicó junto a ella y la obligó a sentarse a horcajadas frente a él. Le acunó la mejilla, y Bianca descansó el rostro en la palma de su mano—. Hablemos. No quiero que te guardes nada, Bianca. No conmigo, amor.

—La culpa de lo que acaba de ocurrir es mía —aseguró, concentrada en las caricias que le prodigaba a sus pectorales y a sus brazos—. Tú me dijiste muchas veces que habláramos con Lorena, y yo siempre me negué. Ahora se enteró de la peor forma. Debe de estar devastada.

—Alguien a quien amo con toda mi alma me dijo que las cosas malas pasan para que después pase algo bueno. Seguro que en este caso será así, algo bueno saldrá de todo esto. Por lo pronto, mañana por la tarde, te voy a llevar a tu casa, me vas a invitar a subir y me voy a presentar con tus papás como tu novio —Gálvez le apoyó el índice sobre la boca para acallar su protesta—. No, Bianca. Acabas de decir que, si me hubieses hecho caso, esa escena de mierda que acabamos de tener, no habría existido. Entonces, ahora se hace como yo digo. Y yo digo que no me escondo más. Quiero ir a verte a tu casa y pasar tiempo con tu familia como tu novio oficial.

—Está bien —acordó, sin levantar la vista.

—¿Qué dijiste en tu casa de esta noche? ¿Que dormías en casa de Camila?

—Sí. Obvio, ella está al tanto, así que no va a meter la pata.

—Tal vez tu mamá ya lo sepa, lo de nuestro noviazgo, digo. Seguro que tu abuela se lo contó.

—Puede ser. Ellas se cuentan todo.

—¿Y tu mamá no te preguntó nada? ¿No te encaró?

—No.

—¿No?

—Mi casa no es una casa normal, Sebastián. Mamá no tiene tiempo para nada. Supongamos que mi abuela le contó, como es lo más probable. Al minuto siguiente, alguno de mis hermanos la llamó, Lourdes se puso a llorar y Moquito empezó a ladrar, y mamá se olvidó de todo.

—¿En serio? ¿Hasta de que su hija anda de novia?

—La verdad es que mi Luna en Capricornio no me ayuda mucho.

—¿Cómo es esa Luna?

—Es una Luna complicada porque sientes que eres invisible, que no cuentas para tu familia. Aprendes a arreglártelas sola, a no pedir ayuda *jamás* y a conformarte con las sobras. Eso dicen los libros de astrología.

—Y no se equivocan; al menos, no contigo. Sin embargo, tu mamá te acompañó al viaje a la sierra el año pasado.

—No lo hizo por mí, te lo aseguro. Lo hizo para evadirse por unos días. Sé que las cosas con papá estaban mal. Los oíamos discutir (siempre a puerta cerrada, obvio), pero los oíamos discutir todo el tiempo. Aprovechó esa oportunidad y se largó.

—¿Quién se hizo cargo de tus hermanos?

—Mi abuela, como siempre. Mi tía Claudia le echaba una mano en la noche, después de cerrar el local.

—¡Padres! —exclamó Gálvez—. ¿Quién pudiera prescindir de ellos? —ensayó un gesto que la hizo reír—. Sí, muy bien, quiero que rías. Que rías siempre, amor mío —la risa de Bianca fue languideciendo, y las miradas, intensificándose—. Hagamos el amor, Bianca. Aquí. ¿Te acuerdas de la primera vez que estuvimos aquí? Tenía tantas ganas de hacerte el amor…

—Yo también. Me acuerdo de que sentí una excitación… Pensé que no podría contenerla, y me asusté porque tu mamá estaba cerca.

—Te deseo.

Bianca se elevó sobre sus rodillas y se estiró para quitarse la playera. Todavía la tenía encajada en la cabeza cuando sintió las manos de Gálvez cerrarse sobre sus senos y, un segundo después, desprenderle el brasier en la espalda. Lo ayudó a quitárselo. Miró fijamente la manera en que él le tocaba los pezones. Hundió los dedos en la carne firme de sus hombros para no perder el equilibrio cuando él abandonó el juego con las manos y se los acarició con la lengua, primero uno, después el otro. Emitió un gemido cuando Gálvez comenzó a succionarlos.

Entonces, se le ocurrió que ese juego podría procurarle a él el mismo placer que le proporcionaba a ella. Le sujetó los pezones de las tetillas entre el índice y el pulgar, y Gálvez se echó hacia atrás y profirió un sonido extraño, como un ronquido ahogado, y se quedó así, como entregado. Bianca se inclinó y lo imitó en sus caricias con la lengua y los labios. Gálvez actuaba como si se tratase de un padecimiento. Gemía y se convulsionaba; le apretaba la cintura sin misericordia y movía la cabeza sobre el respaldo.

—Dejé un condón sobre la mesa. Pónmelo —le ordenó, con la voz torturada y sin abrir los ojos.

Bianca abandonó su sitio en el sofá para quitarse el resto de la ropa. Gálvez se limitó a levantar la pelvis cuando ella le quitó la trusa negra. Su pene saltó fuera, y ella experimentó un instante de codicia por esa parte de él que tanto placer les proporcionaba a los dos. Lo desnudó y se lo llevó a la boca. Gálvez se arqueó de manera violenta, y Bianca se asustó.

—No, amor, no. Voy a explotar en tu boca. No quiero. Ponme el condón.

Apenas lo hubo hecho, Gálvez la ubicó de nuevo a horcajadas sobre sus piernas. Incorporó la cabeza y la miró a los ojos. No le preguntó si estaba lista; lo verficó el mismo introduciendo el índice y el mayor en su vagina. Le concedió una sonrisa ladeada al comprobar lo húmeda que estaba para él. La tomó por la cintura y ejerció un poco de presión hacia abajo, y Bianca comenzó a descender sobre su miembro, que se introdujo dentro de ella lentamente, y mientras la llenaba, le arrancaba gemidos de placer y de dolor. Aun después de haber hecho el amor varias veces, su intrusión le expandía la carne con cierta cuota de sufrimiento.

—Bianca… Verte así… Tan mía —su voz forzada le dio la pauta del esfuerzo que hacía para no eyacular—. Dime qué sientes, amor —le pidió, al tiempo que le mostraba cómo tenía que moverse sobre su pelvis.

—Que te tengo muy dentro de mí. En esta posición, te siento muy dentro de mí.

—Bianca… —Gálvez aceleró sus embestidas, lo mismo que los movimientos de ella—. Más. Dime más.

—Siento fuego entre las piernas, algo que está a punto de explotar. Es… muy fuer… te.

Gálvez escurrió la mano en el punto por el cual estaban unidos y le masajeó el clítoris. Bianca se agitó como poseída por una convulsión y, aferrada al cuello de él, le permitió a ese fuego que le incendiara las entrañas y se consumiera entre sus piernas. En la última etapa de esa agonía de placer y de amor, escuchó el gemido de Gálvez que precedió al orgasmo, y soportó la punzada de dolor que le causaron sus dedos al enterrársele en la cintura; y admiró la fuerza de su cuerpo, que se arqueaba y la embestía como si ella pesase lo que una pluma; y amó que gritase su nombre en tanto el alivio lo sobrecogía; y que su cara se contrajera; y que su placer se prolongara. Él le había dado tanto, que ella saboreaba cada segundo en el que le proporcionaba ese placer abrumador.

Gálvez quedó laxo en el sofá, la cabeza hacia un costado y los brazos extendidos sobre los almohadones. Bianca se incorporó sobre sus rodillas, y, al sacarlo de su cuerpo, él se agitó y emitió un quejido. Le sostuvo la cabeza y le depositó pequeños besos en la cara, en la mandíbula, en el cuello.

—Te amo, Sebastián. Me haces tan feliz.

—¿Ahorita te hice feliz? —quiso saber, desde su posición relajada y todavía con los ojos cerrados.

—Sí, mi amor, muy feliz. Antes de que me hicieras tuya, yo no sabía que se podía sentir tan intensamente.

—No con cualquiera es así, Bianca. No siempre es tan perfecto.

—Entonces, ¿entre nosotros es perfecto, Sebastián?

Gálvez levantó los párpados y alzó un poco la cabeza, intrigado por el acento inseguro de Bianca.

—Claro, amor. Más que perfecto —le pasó el pulgar por los labios—. El sexo contigo es único, Bianca. Irrepetible.

—Y yo, ¿te hice feliz ahorita?

—Creo que está claro. No tengo fuerza ni para levantar la cabeza —a modo de confirmación, la devolvió a su posición inicial, sobre el respaldo.

—¿Me vas a decir si hago algo mal? Ahorita, por ejemplo, cuando quise chuparte, me parece que hice mal.

—¡No! —Gálvez se sacudió el sopor, se irguió y la tomó por el cuello con delicadeza—. Amor, amé que tomaras la iniciativa. Amé que lo hicieras, en serio. Lo que pasa es que contigo me caliento sin necesidad de demasiada asistencia mecánica. Me caliento con tan poco que a veces me asombro. A veces simplemente me dices algo o me miras de determinada manera y me caliento. Tienes un gesto con la boca, como si fueras a dar un beso… Sí, así. Es un gesto que haces a veces, cuando estás pensando, y bueno… Te arrastraría a una cueva para cogerte. Esta noche, venía juntado calentura en el antro, así que estaba a punto de explotar.

—Ah, entiendo. Pero ¿me vas a decir si hago algo mal?

—Sí, ya te dije la otra vez que sí.

—Gracias.

—¿Te dije que alucino con esta intimidad que compartimos? —ella negó con la cabeza y rio con una risa aniñada, porque sí se lo había dicho, pero quería volver a oírlo—. ¿Ah, no? ¿Me olvidé de decírtelo? Qué descuido —Bianca profundizó la risa—. Pues alucino, amo, me encanta, me fascina esta intimidad que tenemos. A veces, estamos con otras personas, y te miro y me acuerdo de lo que me dejas hacerte cuando estamos solos y, te juro, Bianca, siento algo acá —se llevó la mano al pecho—, como un calor, y una alegría tan grandes…

—Mi amor, amor mío…

—Siempre quiero que tengamos esto, no sólo el sexo alucinante, Bianca, sino esta capacidad de comunicarnos tan increíble. Nunca he hablado con tanta facilidad con otra persona como contigo, amor.

—Eso es porque nos tenemos confianza, y no nos asusta decirnos todo.

—Es porque nos amamos de esta manera tan rara.

—Tan extraordinaria.

—Sí, es única, como tú, Bianca.

20

Se despertaron pasadas las tres de la tarde, famélicos, por lo que se dirigieron a la cocina donde prepararon un desayuno con visos de almuerzo.

—Amor, estos huevos revueltos son lo máximo. Me encanta que no sean tan secos, sino más bien cremosos. Nunca los había comido así.

—Ah, eso es porque tengo un secreto.

—A mí cuéntame todos tus secretos.

—Menos los de cocina —él levantó las cejas, la boca demasiado llena para hablar—. Cuando quieras huevos cremosos, sólo vas a poder pedírmelos a mí, porque sólo yo conozco el secreto. Así te tendré cautivo.

Gálvez sonrió con ternura y estiró la mano a través de la mesa para unir sus dedos con los de Bianca.

—Ya me tienes cautivo, amor. Formemos nuestro corazón —le pidió, y colocaron sus anulares izquierdos de modo que los anillos completaron la figura azul.

—¡Qué lindos son, Sebastián! Me sorprendiste anoche, sábelo. ¡Qué emoción sentí! Todavía no puedo creer que los hayas comprado.

—¿Por qué no puedes creerlo?

—No sé. Supongo que es por la Luna de Capricornio de la que te hablé. Me cuesta creer que los demás piensan en mí, que hacen cosas especiales para mí. Sé que suena raro, pero te juro que no lo hago a propósito. Cuando Alicia, la astróloga, me dijo qué significaba tener la Luna en Capricornio, me relajé bastante porque me di cuenta de que no era un loca por pensar así, sino que había nacido con esa energía.

—Bianca, tu Luna en Capricornio podrá funcionar muy bien con tus padres, pero no conmigo. Conmigo es lo opuesto. Quiero que sepas que abro los ojos y pienso en ti. Los cierro en la noche y pienso en ti —Bianca sonrió con los pómulos sonrojados—. No sé qué pasó aquella noche del 12 de marzo, pero fue como si me hubieras embrujado. Todo cambió, amor. Esa noche, un tsunami arrasó con todo lo que había en mi vida, y lo único que quedó fue Bianca. Y es lo único que necesito para ser feliz. A Bianca.

—¿Sí?

—Sí, amor. Siempre estoy pensando qué darte, qué hacer para que seas feliz. Hacía tiempo que venía pensando en hacerte un regalo. Quería que fuera algo especial, que nos uniera, que fuera de los dos. El día en que iba a buscarte a tu primera clase con Feliciana, pasé por el aparador de una joyería y me paré a ver qué había. Y vi los anillos y aluciné. Me pareció el regalo perfecto. Estaban los dos modelos, con piedrita roja en el de la mujer y sin. A mí me gustó que el tuyo tuviera ese toque... no sé, más femenino.

—Me encanta esa piedrita roja.

—Me dijo la chica de la joyería que es un granate.

—¡Ah, un granate! Con razón me gusta tanto. Mamá tiene unos aritos de granate que yo amo.

—Qué bueno que te guste con el granate. A mí me encantó apenas lo vi. Los compré ese mismo día, pero el tema era conseguir la medida de tu dedo. La chica me dijo que podía dártelo y después ir contigo al negocio, así ella te tomaba la medida y lo hacía ajustar. Pero yo quería dártelo y que te lo pusieras y que no te lo quitaras más, por eso se me ocurrió lo del hilo mientras dormías.

—No me lo voy a quitar nunca, Sebastián, te lo juro.

—Yo tampoco, amor.

Gálvez apretó los dedos y le sonrió. Se contemplaron en silencio; había cierta melancolía en la mirada de él, que impulsó a Bianca a estirar el otro brazo y rozarle la mejilla.

—¿En qué piensas, mi amor?

—En que te admiro.

—¿Por qué?

—Por muchas cosas, pero sobre todo porque tienes tan claro lo que quieres hacer, lo que quieres estudiar.

—Tú todavía no sabes qué vas a estudiar, ¿no?

—No. Mi padre siempre me tira la onda de que estudie algo que me sirva para seguir con la fábrica, y creo que tiene razón.

—Sí, se lo dijiste a Feliciana la vez que fuimos a tomar el té a su casa. Pero yo creo que tendrías que estudiar lo que te hiciera feliz. Si es algo relacionado con la fábrica, perfecto. Si no, no importa.

—Seguir con la fábrica de mi padre nos daría seguridad económica, amor. Yo no quiero que te falte nada.

—Pero yo no quiero que trabajes todos los días de tu vida en algo que no te hace sentir pleno, Sebastián. Eso termina destruyendo a la persona. Es lo que le pasa a papá. Odia su trabajo, odia ser contador público.

—Sí, puede ser, pero lo que pasa, amor, es que no sé qué me haría sentir pleno.

—¿Quieres que te diga qué dice tu carta natal respecto de tu carrera?

—¿En la carta natal está esa información?

—En la carta natal está todo. Lo único que hace falta es conocer la clave para decodificar el mensaje. Y creo que Alicia la conoce muy bien.

—Cuéntame.

—Cuando naciste, tu Sol estaba en la Casa VI, que está relacionada con el sexto signo del Zodiaco, es decir, Virgo. Virgo es el signo del servicio al otro y también de la salud. Por eso, la Casa VI es la parte de la carta natal que representa a estos aspectos de la vida: el servicio, la salud y el trabajo también. Dime si no entiendes algo. Al principio es confuso.

—Hasta ahora, todo bien.

—Okei. Entonces, en esta casa, la del trabajo, la salud y el servicio a los demás, tú tienes al Sol, el astro más poderoso del Sistema Solar, el de la energía más poderosa. Por eso Alicia cree que deberías dedicarte a algo relacionado con la salud y el servicio al prójimo. Podrías estudiar enfermería, pero, como eres leonino, necesitas reconocimiento y prestigio, y la enfermería no te daría eso. Así que ella sugirió que tu destino podría estar en la medicina o tal vez en la psicología.

—¿Medicina? ¿Psicología? Ni en mil años habría pensando en esas carreras.

—Yo, en cambio, sí te veo como médico o psicólogo. Humano, cordial, bueno, generoso y muy muy capacitado. Eres tan inteligente que serías uno de esos médicos o psicólogos al que todos consultan porque sabe resolver cualquier problema.

—¿En serio piensas que soy inteligente?

—Tienes que serlo para haberme elegido, Gálvez.

—¡Ah, bueno! Y después me dicen que los leoninos somos vanidosos.

—Tú me hiciste vanidosa cuando me elegiste.

—No, amor, no tienes una gota de vanidad. Eso es algo que amo de ti. ¿Así que piensas que debería ser médico?

Bianca sacudió los hombros.

—Eso se refleja en tu carta astral. Pero hay algo más. Desde el punto de vista astrológico, nuestra vida se divide en ciclos; la cantidad dependerá de lo que vivas. Duran unos veintinueve años. Tú empezaste un nuevo ciclo en 2003. Seguramente, algo importante debió de pasar en esa época de tu vida. ¿Te acuerdas de algo importante? Más, menos un año.

Gálvez la miró con seriedad, y Bianca sintió que ajustaba la sujeción de su mano.

—A fines de 2004, mis padres se separaron.

—Sí, es lógico. Pues bien, en 2003, entraste en un nuevo ciclo, un ciclo de Virgo en Casa VI. Antes te dije que tienes el Sol en Casa VI. ¿Casualidad? No creo. Todo apunta a lo que te decía antes: tu destino está en el mundo de la salud, donde puedas servir a los demás con tu talento y conocimiento.

—Alucinante.

—Te lo conté porque a veces una nueva perspectiva nos hace mirar en otra dirección y descubrimos algo que no habíamos tenido en cuenta. Pero para nada quiero que sientas presión o que fuerces la situación. Creo que lo mejor es dejar que la cosa fluya. Todavía tienes varios meses para decidir. Tampoco está escrito en ninguna parte que tengas que estudiar. Tal vez prefieras trabajar. Estamos llenos de mandatos, como dice Alicia, y no vivimos nuestras vidas con libertad. Eso, al final, nos convierte en unos amargados.

—Como tu papá.

—Sí, como él.

—¿Qué le vas a decir el año que viene, cuando empieces a estudiar canto lírico? No vas a poder esconderlo, amor.

—No sé. Tal vez tenga que irme de casa.

—¿Tanto así?

—Tú no conoces a papá.

—¿Estás segura de que no quiere que estudies canto lírico?

—Estoy segura.

—¿Te lo prohibió expresamente?

—Una vez, cuando tenía catorce años, Lorena, que estaba en quinto, dijo que quería ser modelo. Al principio, papá dijo que no, pero Lorena puede con él y, al final, lo convenció. Él le puso condiciones, pero aceptó. La abuela, que estaba en ese momento ahí, me preguntó a mí qué pensaba estudiar y yo dije canto lírico. Creo que si hubiese dicho que quería ser asesina a sueldo no se habría enojado tanto. Me dijo que era una loca, igual que mi tía Claudia, que siempre tenía ideas descabelladas, que ni se me ocurriera que iba a estudiar eso. Sí, me lo prohibió expresamente.

—A tu papá le faltan algunos tornillos, ¿no? Parece de la Edad Media, el hijo de puta.

—Tía Claudia dice que es por la educación que recibió. Mi abuelo era militar, superestricto y de derecha. Muy tradicionalista.

—Pero tu tía Claudia es buena onda, nada que ver.

—Mi tía Claudia se peleó con mi abuelo cuando tenía dieciocho años y se fue a vivir sola.

—Tu papá y tu tía no se llevan muy bien, ¿no?

—Se toleran, pero nada más. Mi tía Claudia quiere mucho a mamá, y a nosotros también. Y papá sabe que puede contar con ella siempre. Por eso muchas veces se muerde la lengua y no le dice nada. Mi tía, en cambio, no se calla y siempre le dice lo que piensa. A veces me da la sensación de que papá le tiene miedo a mi tía. Es como si ella tuviese poder sobre él.

Sonó el celular de Gálvez, que lo atendió después de consultar la pantalla.

—Juanca, ¿qué onda? Olvídate, hermano. Tarde o temprano, lo iba a saber. Es complicado. Después te platico. ¿Ah, sí? Perfecto. ¿Eso te preguntó? Pues sí, me imagino. Pobre chava. Va, sí, nos hablamos. Le digo. Chau —cortó la llamada y apoyó el celular sobre la mesa con deliberada lentitud—. Era Juan Carlos. Te manda saludos.

—¿Qué dijo? —se impacientó Bianca.

—Anoche alcanzó a Lorena y la llevó a tomar un café. Hablaron. Dice que se puso muy mal cuando Juanca le contó que yo sabía que ella... se acuesta por dinero. Pensó que tú me lo habías dicho, hasta que Juanca le aclaró cómo habían sido las cosas. Dice que, después de eso, se quedó callada y no volvió a hablar. Le pidió que la llevara a su casa.

Bianca bajó la vista y jugó con la cucharita del café, abstraída en sus pensamientos y recuerdos.

—Lorena se enoja cuando yo pronuncio la palabra prostituta. Me dice: "Yo no soy un gato. A mí el sexo me gusta y lo sé hacer bien. No pienso hacerlo gratuitamente". También me dice que ella sólo se acuesta con quien quiere, con el que le gusta, que lo hace por placer. A veces me horroriza cuando habla de ese modo y después me pregunto: "¿Quién soy para juzgarla?". ¡Qué confusión! —apoyó los codos sobre la mesa y se cubrió las sienes.

—Tranqui, amor. Ahora no estás sola. Me tienes a mí. Vamos a superar este momento de mierda y vamos a ser felices.

—¿Cómo podemos ayudarla?

—¿Ayudarla a qué, Bianca? ¿A que deje de cobrar por acostarse con tipos? ¿Qué le diríamos? No lo hagas porque está mal. Pero ¿está mal? Si a ella le gusta, si ella dice que lo hace por placer, ¿qué podemos decirle nosotros? ¿No lo hagas porque es pecado? Creo que se reiría de nosotros en la cara por un buen rato.

Bianca asintió, con aire abatido.

* * *

El Peugeot de Gálvez avanzaba por la Avenida Boedo, y, a medida que se aproximaba a la esquina con México, la inquietud de Bianca le aceleraba la respiración y le empalidecía las mejillas. Gálvez la observaba de reojo y le apretaba la mano helada entre cada cambio de velocidad.

—¿Confías en mí, Bianca?

—Sí, sabes que sí.

—Entonces, ¿por qué esa cara de susto?

—Porque conozco a papá y conozco a Lorena. Es en ellos en quienes no confío. Tengo miedo de que te lastimen, de que te traten mal, de que te hieran. Y no voy a poder soportarlo. A veces, algo muy feo se despierta dentro de mí y me vuelve casi feroz. Creo que si alguien intentase hacerte daño, ese algo feo se pondría más furioso que nunca y lo destrozaría.

—Lo que acabas de decirme lo agrego a la lista de las cosas más lindas que has dicho. Aunque te confieso que no te imagino *casi feroz*.

—Ojalá nunca me veas así, no me gusta. Es una parte de mí que detesto.

—A veces hace falta ser feroz, amor, sobre todo en un mundo de mierda como éste.

—Sí, supongo que sí. Pero no me gusta.

En un semáforo en rojo, Gálvez entrelazó sus dedos con los de Bianca, que descansaban en el asiento.

—Bianca, mírame, por favor —ella se volvió hacia él—. Estamos juntos en esto. Pase lo que pase, nadie podrá separarnos. Quiero que eso quede claro entre nosotros, amor. Nada ni nadie podrá separarnos.

—Nada ni nadie, te lo prometo.

—Tú eres todo para mí, amor. Lo primero y lo último.

—Y tú eres mi alfa y mi omega.

—¿Cómo es eso?

—Alfa es la primera letra del alfabeto griego; omega, la última. En religión se dice que Dios es el alfa y el omega, el principio y el fin. Alfa y omega no son Dios para mí, sino mi amado Gálvez. Él es mi alfa y mi omega.

Gálvez se la quedó mirando, y Bianca le estudió la expresión: no estaba serio, tampoco sonriente; en realidad, parecía aturdido; pasmado más bien.

—No puedo vivir sin ti —pensó en voz alta, y a Bianca, el corazón le dio un brinco—. Ya no.

Un bocinazo los sacó del trance. Gálvez, con el entrecejo fruncido, puso primera y arrancó. Poco después, llegaron al edificio de los Rocamora. Horas antes, Bianca había tomado la precaución de enviarle un mensaje a su madre en el cual le advertía que iría con alguien a quien quería que conocieran. A pesar de la falta de respuesta, Bianca sabía que Corina lo había recibido.

Le tembló la mano mientras intentaba meter la llave en la cerradura, por lo que Gálvez se la envolvió con la de él y la guio para acertar con el orificio.

—Gracias —musitó Bianca.

—De nada.

Abrió. Sus hermanitos y Moquito, que habían escuchado la llave y la aguardaban con ansiedad, formaban una hilera frente a la puerta. Al ver que se trataba de Gálvez, soltaron gritos de alegría y lo circundaron; le hablaron al unísono (Moquito ladraba) y se le colgaron de la ropa. Bianca dejó sus cosas en el suelo y lo desembarazó de la bolsa de la panadería y de los ramos de flores. Gálvez se acuclilló para abrazar y besar a los niños.

—¡Sebas! —Martina llamó su atención—. Mira, me pinté con las pinturitas que me regalaste. ¿Estoy linda?

—Más linda que Blancanieves —dijo, porque sabía que la niña había quedado prendada de la actriz después de ver *Espejito, espejito*—. Mucho más.

—¿En serio?

—Sí, princesa.

—¡Sebas, Sebas! —lo llamó Felipe—. Ven a ver la choza que armé para mis Playmobil.

—¡No, primero le voy a mostrar los katas nuevos que me enseñó Lauti! —gritó Juan Pedro tan cerca de Gálvez, que éste frunció la cara y se cubrió la oreja. Lourdes, en tanto, le ponía la muñequita tan cerca del rostro que la manita de goma estaba metiéndosele en la nariz.

—Loulita, por favor —Bianca la levantó en brazos.

—Hola, maestro —Gálvez se puso de pie y se acercó a Pablo. Chocaron los cinco. El niño, que se había mantenido silencioso y aparte, le sonrió con un gesto de complicidad.

—Hola, Sebas. Qué bueno que viniste. Te extrañaba.

—Yo también, genio.

La abuela Kathleen y Corina entraron en el vestíbulo batiendo palmas y pidiendo orden. Bianca devolvió los ramos de flores a Gálvez.

—*Leave him alone, for heaven's sake* —pidió la señora.

—Felipe, no tironees a Sebastián —le advirtió su madre—. Hola, Sebastián —lo besó en la mejilla.

—¿Cómo le va, señora?

—Te pido disculpas por este recibimiento un tanto abrumador.

—Para nada. Yo adoro a sus hijos.

—Hola, Sebastián —saludó la abuela Kathleen.

—Buenas tardes, señora. ¿Cómo está?

—¿Para quiénes son las flores? —quiso saber Martina.

—Este ramo de rosas rosas es para tu abuela —se lo entregó, y la mujer le sonrió, entre divertida y sorprendida—. Estas rojas son para tu mamá —hizo otro tanto con Corina, que dibujó un "oh" con la boca, pero no pronunció sonido—. Bianca me dijo cuáles eran sus colores favoritos.

—Sí, son éstos —aseveró su madre—. Gracias, querido —volvió a besarlo—. No tendrías que haberte molestado.

—Gracias, Sebastián. La rosa rosa es mi flor favorita. Mi esposo me regalaba para nuestro aniversario de casados un ramo con tantas rosas rosas como años cumpliésemos. Me trae muy buenos recuerdos.

—Me alegro, señora.

—Pero, pasa, querido —invitó Corina—. Estábamos esperándolos.

Al entrar en el comedor, Pablo Rocamora enmudeció el televisor con el control remoto y se puso de pie. Gálvez se aproximó para saludarlo, y Bianca los comparó, no sólo la diferencia de tamaño —si bien su padre era un hombre alto, no lo era tanto como Gálvez, ni poseía su solidez física—, sino la benevolencia en el gesto de su amado y la severidad en el de su padre, cuya nariz aguileña se le pronunciaba cuando apretaba las cejas, lo mismo el hueso de la frente, que parecía sobresalir aún más.

—Buenas tardes, señor —dijo Gálvez, y extendió la mano, que Rocamora apretó con firmeza.

—Buenas tardes, Sebastián.

—Pulga me mandó un mensaje diciéndome que venía con alguien —prosiguió Corina—, pero dijo que se trataba de alguien que debíamos conocer. Pero a ti ya te conocemos —añadió, con una sonrisa perpleja.

—Sí, es verdad, pero hoy quería presentarme con ustedes como el novio de su hija —giró la cabeza y estiró el brazo hacia Bianca, que permanecía bajo el dintel y observaba con la actitud de una empleada doméstica y no con la de la protagonista de la historia—. Ven, amor —Bianca se acercó, evitando el contacto visual con su padre, y entrelazó los dedos con los de Gálvez—. Bianca y yo nos amamos y decidimos empezar una relación. Queríamos compartirlo con ustedes. Espero que me acepten como su novio, porque la amo y la respeto. Creo que es la mejor persona que conozco.

—¡Claro que lo es! —proclamó la abuela Kathleen, y plantó un beso en la mejilla del novio.

—Bueno, qué sorpresa —farfulló Corina, y su reacción espontánea y sincera demostró a Bianca que su abuela había mantenido la boca cerrada. La abrazó con un fervor como nunca se había permitido en sus diecisiete años. La besó dos veces y le susurró "gracias, Granny".

—Sebas, ¿eres el novio de la Pulga? —Martina lucía desolada.

—Sí, princesa. Bianca es el amor de mi vida.

—¿Y yo?

Se puso en cuclillas y la abrazó.

—Tú eres mi princesa adorada.

—¡Pero yo quería ser tu novia!

—Martina —habló Rocamora—, te comportas o terminas castigada en tu habitación. Pasa, Sebastián, siéntate, por favor.

—Gracias.

—Mamá —dijo Bianca—, Sebastián compró estas galletitas para tomar el té.

—¡Qué rico! —proclamaron los chicos, y se abalanzaron sobre la bolsa.

—*Don't grab, don't grab* —los amonestó la abuela mientras ponía las galletas fuera del alcance de varios pares de manos que la siguieron dentro de la cocina.

Sebastián, Bianca y Pablo, que abrazaba a su hermana y le sostenía la mano que Gálvez había dejado libre, ocuparon el sofá desvencijado, enfrentado al sillón exclusivo de Rocamora.

—¿Así que han decidido empezar una relación de novios?

—Sí, señor.

—¿Cuántos años tienes, Sebastián?

—Diecinueve, señor.

—Y con diecinueve años, ¿todavía estás en quinto año?

Aun Moquito pareció contener el aliento ante el sarcasmo con el cual Rocamora había planteado la pregunta.

—Sí, señor. Repetí dos veces primer año.

—Y eso, ¿por qué?

—Me afectó el divorcio de mis padres —respondió, y Bianca se enorgulleció de su ecuanimidad—. Una vez que lo superé, seguí adelante.

—Si es que alguna vez se supera algo tan nefasto como un divorcio. No por nada Jesucristo lo condenó expresamente.

—Seguro que lo condenó porque, como era tan sabio, sabía cuánto hace sufrir a los hijos.

"¿Cómo te quedó el ojo, papá?"

—Más que sabio, era Dios.

—Sí, señor.

—Y tus padres, rehicieron sus vidas, imagino.

—Mi papá sí, volvió a casarse. Mi mamá, no. Se dedicó a mí por completo.

—Bueno, al menos alguien con sensatez en medio de tanto descalabro. ¿No fuiste tú el que armó todo aquel lío el año pasado, en la sierra?

—Bueno, Pablo...

—Corina —Rocamora no la miró y mantuvo la vista fija en Gálvez—, le he preguntado a Sebastián, no a ti.

—Sí, señor, fue todo culpa mía, como admití frente a los medios. Por suerte, me perdí con dos personas maravillosas, que hoy son mis mejores amigos, Camila y Lautaro. Ellos me salvaron la pierna; la vida, tal vez. Aprendí una lección en la sierra, una lección que me cambió por completo. Me perdí siendo una persona y regresé siendo otra. Su hija, que es muy sabia, dice que lo malo siempre pasa para que después pase algo bueno. Bueno, creo que éste fue el caso con lo que sucedió en la sierra de Córdoba.

Pablo Rocamora asintió con expresión rigurosa.

—Nosotros somos una familia respetable, Sebastián —dijo, y Bianca odió el aire pomposo con que habló—, de costumbres cristianas, por lo que exigimos que nuestra hija sea tratada con respeto y consideración, de acuerdo con nuestras costumbres.

"¡Hipócrita!", aulló Bianca.

—Sí, señor.

—Puedes venir a visitarla a casa dos veces por semana. Ustedes elijan dos días y se lo comunican a Corina, para que nosotros decidamos si nos va bien.

—Sí, señor.

—¿Fumas?

—No, señor.

Martina, que había regresado de la cocina con las manos vacías, dijo:

—Sebas dejó el...

—Martina, una interrupción más y te quedás sin televisión por un mes. ¿Tomas alcohol?

—No, señor.

—No quiero viciosos en mi casa.

"¿Qué hacemos con Lorena, papá?"

—No, señor. Entiendo perfectamente.

La abuela Kathleen regresó al comedor haciendo tintinear la vajilla sobre una bandeja enorme.

—Bueno, Pablo, espero que hayas finalizado tu interrogatorio porque el té está listo y me encantaría tomarlo en paz con estas galletas exquisitas que trajo Sebastián. *Martina, go and fetch your sister. She's been sleeping all day long.*

—Déjala dormir, abuela —intervino Bianca.

—*No, no, dear.*

—Es mejor que se despierte —coincidió Corina—. Después, son las tres de la mañana y sigue levantada.

Bianca ayudó a su abuela a servir el té y el café y a repartir las galletitas, que sus hermanos devoraban como si no hubiesen comido en días.

—Dejen algunas para Lorena —ordenó Corina—. Quiero que coma.

—Me habías dicho, Sebastián —prosiguió Rocamora—, que tu padre tiene una fábrica de pinturas, ¿verdad?

—Sí, señor.

—¿Cómo se llama?

—Pinturas Luxor.

—Ah, sí, son conocidas. ¿Con qué banco trabaja?

Bianca miró a su padre por primera vez en la tarde. ¿Sería capaz de utilizar a su novio para conseguir un nuevo cliente para el banco?

—No lo sé, señor. Puedo preguntarle.

—Sí, pregúntale.

—Si quiere, le mando un mensaje ahora.

—No, ahora no —dijo Bianca, y los adultos la contemplaron con asombro—. No lo molestes con eso ahora. Le preguntas cuando lo veas.

Lorena apareció en bata, con el pelo desbaratado y los ojos hinchados de sueño, de llanto, tal vez, dedujo Bianca.

—¿Fiestita familiar? —dijo, a modo de saludo, sin destinar una mirada a su hermana, ni a Gálvez.

—Estamos festejando que tu hermana y Sebastián se hicieron novios —informó la abuela Kathleen.

—¿Ah, sí? —dijo, mientras estudiaba las pocas galletitas que quedaban—. Esta parece buena.

—¿Quieres té, Lore? —preguntó Bianca.

—Granny, ¿me sirves té?

—*Yes, dear. Have a seat.*

—¿No vas a felicitar a tu hermana y a Sebastián?

—Sí, claro —ensayó una sonrisa en la que mostró todos los dientes—. Felicitaciones, Sebastián —se acercó para besarlo, y Bianca se percató del modo deliberado en que se inclinó para revelarle los pechos desnudos.

—Gracias, Lorena.

—Felicitaciones, Pulga —al oído, le dijo—: Traidora. Estás muerta para mí.

Bianca tembló, y Gálvez, atento al intercambio con Lorena, lo notó. Apoyó la taza en la mesa de centro y le tomó la mano. Pablo, que también había percibido el nerviosismo de su hermana, dejó la galletita a medio comer y le aferró la otra. El dolor de Bianca se alojó en su estómago y le provocó nauseas. Y al dolor se le sumó el pánico, porque al cruzar la mirada con la de Lorena supo que estaba a punto de arrojar artillería pesada. Ese algo feo del que le había hablado a Gálvez y que ella llamaba cuadratura Plutón-Marte comenzó a vibrar y a ponerse al rojo vivo. Se incorporó y fijó sus ojos oscuros en los celestes de su hermana.

—Oye, Sebas —dijo, simulando simpatía—, anoche estuve con tu amigo Juan Carlos Velázquez.

—¿Juan Carlos Velázquez? —se interesó Rocamora—. ¿El hijo de Armando?

—El mismo —confirmó Lorena.

—¿Lo conoces, Sebastián? —insistió el hombre.

—Era mi mejor amigo en la primaria.

—Estuvo contándome algunas de las salvajadas que hicieron juntos —prosiguió Lorena.

—¿Ah, sí? —dijo Gálvez, con serenidad y una sonrisa ladeada.

—Yo también estuve hablando con Juan Carlos —intervino Bianca, y su tono de voz, más elevado de lo usual, borró la mueca de superioridad de Lorena y atrajo las miradas—. Me estuvo contando de ti, Lore. No sabía que eran íntimos amigos.

—Sí, somos amigos.

—Me dijo que también eres amiga de Armando —Bianca sabía que había ido demasiado lejos, pero estaba dispuesta a detener la perfidia de su hermana y a defender a Gálvez a como diera lugar—. ¿Cómo es eso? Armando y tú, ¿amigos?

—¿Tú y Armando amigos, hija? —se desconcertó Rocamora—. ¿De qué está hablando Bianca? Armando jamás me contó que fuera tu amigo.

—No somos amigos, Bianca. Juan Carlos, su padre y yo fuimos un par de veces a jugar al tenis. Pero a eso no se lo puede llamar una amistad.

—Qué raro. Armando jamás me comentó que hubiese jugado al tenis contigo.

—Habremos ido un par de veces, papá, nada más. No te lo habrá dicho porque no fue nada. Ni se habrá acordado de mencionártelo. Bueno, ahora los dejo. Me voy a bañar.

Abandonó la sala, y Bianca la contempló con la satisfacción y el desprecio de un general que disfruta la desbandada del ejército enemigo.

* * *

Lo invitaron a cenar, pero Gálvez explicó que tenía que ir a buscar a su madre (no aclaró adónde) y se despidió.

—Gracias por las flores y las galletas, querido.

—De nada, señora.

—Espero que en la próxima visita me llames Corina.

Gálvez sonrió y asintió.

—Bueno, Sebastián, ha sido un placer volver a verte —aseguró Kathleen.

—Gracias, señora. A mí también me encantó volver a verla. Bianca siempre me habla de usted. La quiere mucho.

—Y yo a ella. Es un tesoro, mi Pulga. La vas a cuidar, ¿verdad?

—Con mi vida, se lo juro.

Rocamora se aproximó con el gesto pomposo que a Bianca tanto fastidiaba y ofreció la mano a Gálvez.

—Buenas noches, Sebastián.

—Buenas noches, señor. Y gracias por aceptarme.

Los niños lo rodearon para despedirse. Pablo lo hizo al final, y Gálvez lo miró a los ojos para pedirle:

—¿Me la cuidas, maestro?

—Sí. Siempre tengo aquí la navaja que me regalaste —se tocó el bolsillo del pantalón.

—Perfecto. Toma, aquí te anoté el número de mi celular. Por cualquier cosa, Pablito, *cualquier cosa*, me llamas. Siempre voy a tener el celular encendido, día y noche. ¿Estamos de acuerdo, genio?

—Sí.

—Gracias.

Bianca se colocó el abrigo para acompañar a Gálvez.

—Vuelve rápido, Bianca —ordenó su padre—. Tienes que ayudar a bañar a tus hermanos.

En tanto el ascensor los conducía a la planta baja, Gálvez la sostuvo entre sus brazos y, sin pronunciar palabra, le devoró los labios. Sabía que Rocamora estaría observándolos desde el balcón, por lo que tendrían que compartir un casto beso de despedida.

—Te amo, Bianca.

—Gracias por soportar a papá. Te juro que me daba pena ajena.

—No, amor. Creo que yo sería igual si tuviese que proteger a nuestra hija.

—Lo mismo. Tuviste que aguantarte preguntas dolorosas. Te pido perdón.

—¿Qué no haría por ti, Bianca? Haría cualquier cosa, amor. Lo de ahorita no es nada en comparación con lo que estaría dispuesto a hacer por ti.

—¡Sebastián! —exclamó, abrumada por la emoción, y lo besó con ardor, no un simple contacto de bocas, sino que le succionó los labios como él hacía con los de ella y lo penetró con una lengua enfebrecida.

Gálvez respondió de inmediato, y siguieron besándose incluso cuando el ascensor había llegado a su destino.

—Vamos, amor. No quiero que tu papá se encabrone contigo. Te dijo que volvieras rápido —sin embargo, la detuvo antes de que abriera la puerta de la calle y le acunó la cara entre sus manos—. ¿Estás contenta con que tu familia ya sabe lo nuestro? —había tanta felicidad y anhelo en la mirada de Gálvez, que Bianca supo que le resultaría imposible detener las lágrimas; sin remedio, los ojos se le calentaron y la visión se le tornó borrosa—. Ey, ¿qué pasa? —agitó la cabeza para negar, y las lágrimas desbordaron y cayeron por sus mejillas—. ¿Son lágrimas de felicidad o de tristeza?

—De felicidad —dijo, con la voz ronca.

—Ah, qué alivio. Sé que Lorena te insultó cuando te felicitó. No le hagas caso, amor, por favor. Ya se le va a pasar. Tendrá que acostumbrarse a la idea. Pero quiero que me prometas que si se pone muy espesa, me vas a avisar. Vengo y te saco de aquí.

—No te preocupes —lo tranquilizó, y se pasó las manos por los ojos—. Creo que le quedó claro que, si bien callé durante todo este tiempo, ahora, por ti, estoy dispuesta a contar todo lo que sé de ella. No es tonta. No me hará nada.

—Prometémelo igual, Bianca.

—Te lo prometo.

La abrazó con destemplanza, sin medir la fuerza, y le vació los pulmones con su ardor.

—No quiero dejarte, Bianca. Más bien, no puedo.

—Vete tranquilo. Voy a estar bien. Saluda a tu mamá de mi parte —Gálvez asintió con aire triste—. Formemos nuestro corazón antes de que te vayas, así todo va a estar bien.

Lo hicieron.

* * *

El lunes, durante el primer recreo, Camila y Bianca fueron a charlar al refugio.

—Estabas superlinda el sábado, Cami. La chaquetita que te regalamos te quedaba pintada con esos jeans blancos.

—A Lautaro le encantó. Gracias, Bianqui. La verdad es que fue un regalazo. Tú también estabas monísima.

—Sabía que la competencia sería feroz en el antro. Quise ir bien preparada.

—Bueno, Seba también tuvo competencia. Casi me muero cuando vi que él y Marcos estaban por irse a los golpes.

—¿Y yo? Pensé que me moría.

—Te juro que todavía no puedo creer el descaro de Marcos. Es un chico tan buena onda... Tan maduro. ¡Un contador público! Y quería a toda costa ligarte bajo las narices de Seba. Todavía no me entra en la cabeza, te lo juro. Entiendo que esté loco por ti, pero ese comportamiento tan violento... Es de no creer. Lautaro le había advertido que tenías novio.

—Pero él le contestó que estaba de novia, no casada. Al menos eso me dijo Sebastián, que le contó Lauti.

—¿Ah, sí? Está más desesperado de lo que pensé.

—Mira lo que me regaló Sebastián —separó los dedos de la mano izquierda y le mostró el anillo—. Él tiene uno igual, con la otra mitad del corazón.

—*Oh-my-gosh!*—Camila le tomó la mano y estudió la joya de cerca—. Es bello, Bianqui. Bello. Y me encanta esa piedrita ahí.

—Es un granate. Sólo el mío lo tiene. El de Sebastián es liso. Los compró porque cumplimos dos meses.

—¿Ya dos meses?

—Sebastián dice que lo nuestro comenzó el 12 de marzo, cuando nos topamos en la academia de la Mattei. El sábado fue 12 de mayo.

—Hablando de la Mattei, el sábado en la noche estaba en The Eighties.

—¿La Mattei? ¿Estás segura?

—Sí, casi segura. Me acuerdo de ella por el domingo de Pascua, cuando cantaste en la catedral.

—¿Estaba con alguien?

—No sé. Había mucha gente. Pero la vi que te sacaba fotos mientras cantabas.

—¿En serio?

—Sí. Raro, ¿no?

—Sí, muy raro.

—¿Ella sabía que tú cantabas en The Eighties o te habrá descubierto de casualidad?

—Lo sabía. Al principio, ensayaba las canciones en uno de sus estudios. Para pedirle que me dejara usarlo, tuve que contarle.

* * *

Después del domingo, Bianca y Lorena casi no se cruzaron y, en las pocas oportunidades en que coincidieron, la mayor hizo de cuenta que Bianca era invisible. El martes por la noche, al regresar de su clase de natación, la encontró sentada frente a la computadora y se le acercó.

—¿Podemos hablar, Lore?

—Le voy a jugar al cuarenta y ocho, al muerto que habla —se giró en la silla, apoyó los antebrazos en el respaldo y la miró con tanta malevolencia, que Bianca retrocedió—. Porque eso eres para mí, un muerto que habla. Lárgate, no quiero que vuelvas a dirigirme la palabra.

Bianca se dio vuelta y, a punto de abandonar el dormitorio, se detuvo bajo el dintel al escuchar la voz de su hermana.

—Algún día me voy a cobrar ésta, Bianca. Y te voy a pegar donde más te duela. Porque no tengas duda de que Sebastián se va a cansar de ti, como todos, y cuando te cague por primera vez, me voy a asegurar de que sea conmigo.

Al día siguiente, en parte para ocultarse de Gálvez (no quería que descubriese la angustia que las palabras de Lorena habían sembrado en ella), se recluyó con Camila en el aula clausurada y le relató lo sucedido.

—¿No te pusiste a pensar qué significa, desde el punto de vista astrológico, todo este enredo con tu hermana? —Bianca negó, cabizbaja—. Sabemos que tu carta tiene mucha energía transpersonal. Eso siempre nos lleva a vivir situaciones complejas, enredadas. Además, tú tienes a Plutón en Casa X, lo que te da polaridad inversa, que te hace sentir vulnerable y poco poderosa. Creo que esta experiencia con Lorena se da para que asumas tu poder, de una vez y por todas, y para que no te sientas débil y aplastada.

—Guau. Ya hablas como Alicia.

—Paso muchas horas con ella, amiga, no lo olvides.

—Sí, tienes razón. Estas cosas me pasan por algo, eso es seguro.

—Para que dejes de sentirte el patito feo de la historia y asumas que eres un cisne hermoso, lleno de luz, al cual Sebastián adora más que a nada en el mundo. Tu hermana puede decir misa, Bianqui. Seba jamás te va a traicionar, ni con ella, ni con nadie.

—Gracias, Cami.

—De nada.

* * *

Por la noche, Bianca se encontraba más tranquila. Aunque no había contado con un momento para abstraerse y meditar, había reflexionado a lo largo del día acerca de las palabras de Camila, y había comprendido que Lorena era un instrumento del cual el cosmos se valía para enseñarle una lección, la del poder. Ella debía asumir su posición en la vida y dejar atrás los sentimientos de pequeñez e indefensión.

Abrió la puerta de su casa y entró. Se detuvo en seco al encontrarse con Pablo Rocamora, que la miraba de ese modo al que ella tanto le había temido de chica.

—Cierra la puerta, Bianca.

Lo hizo, pero no echó llave. Junto con el sonido del pestillo que se cerraba, llegó el chasquido de la cachetada de revés que su padre le propinó y que la arrojó al piso. Cayó de costado, y al latido en la parte derecha del rostro, se le sumó una punzada dolorosa en la cadera.

—¡No, Pablo! —vio las pantorrillas de su madre, que se interpuso ante ella, seguramente para detener otro golpe de Rocamora—. ¡Basta! ¡No la golpees!

—Hazte a un lado, Corina.

—¡No quiero que la golpees!

Bianca seguía con la cabeza colgando, concentrada en las gruesas gotas de sangre que manchaban el parqué del vestíbulo. A los gritos de su madre se sumaron los ladridos de Moquito, que intentaba morder el tobillo de Rocamora.

—¡Saquen a este maldito perro de aquí o lo tiro por el balcón! ¡Martina, saca a este animal de aquí ya!

—Sí, papá.

—¡Quiero una explicación! ¡Hazte a un lado, Corina! —unas fotografías y un papel aterrizaron delante de Bianca, que se quedó mirándolos sin verlos, al tiempo que pensaba que se arruinarían a causa de la sangre—. ¡Qué significa esto, Bianca! ¡Quiero una explicación! ¡Ahora!

Corina, con una panza pequeña que asomaba bajo su vestido, se puso de rodillas e intentó recogerla, pero Bianca sacudió los hombros y negó con la cabeza.

—¿Qué son esas fotos, hija? —le habló, con tono de súplica.

Bianca movió los ojos y dentro de su campo visual entraron los piecitos de sus hermanos; al cabo, se dio cuenta de que algunos lloraban. Trataba de identificar quiénes lo hacían cuando los zapatos de su padre se aproximaron. Lo escuchó exigir de nuevo:

—Habla, Bianca, o te muelo a palos.

Recogió las fotografías y la nota y las estudió. Eran de ella en The Eighties el sábado anterior. En el papel, una impresión rezaba: "¿Sabe que su hija canta todos los sábados por la noche en este sitio de mala muerte?".

Se dijo que había sido Lorena para cobrar venganza, y de inmediato cambió de parecer: "Fue la Mattei". Por fortuna, Camila la había descubierto fotografiándola; todo cuadraba.

—Los sábados por la noche, canto en un bar de Palermo Hollywood.

—¿Qué? —la voz de Corina salió como una exhalación sin fuerza.

Rocamora la aferró del cabello y la obligó a levantar el rostro.

—Eres una perdida, siempre lo supe. Meterte en ese antro a nuestras espaldas. Seguro que fue ese padrote con el que estás de novia el que te convenció. ¿Cuánto le pagan por explotarte como a una puta?

—Sebastián no tiene nada que ver. Son amigos de la tía Claudia. Y no me explotan. Son buena gente.

Sólo atinó a cerrar los ojos y protegerse la cabeza al ver que el brazo de su padre tomaba carrera para aterrizar de nuevo sobre ella. El golpe, sin embargo, no llegó. En cambio, escuchó a Pablo proferir un alarido antinatural, y se dio cuenta de que la cubría a modo de escudo humano. Se aferró a su cuerpito con desesperación.

—¡No le pegues más! ¡Basta, basta! ¡No quiero que le pegues más!

Pablo Rocamora apartó a su hijo, que cayó sentado junto a Bianca. Ésta se cerró sobre él para protegerlo de la ira del padre. Ambos contenían el aliento en tanto esperaban la próxima golpiza, que no llegó.

—Pablo —la voz agitada de Rocamora demostraba que a duras penas estaba controlando su mal genio—, lleva a tus hermanos al dormitorio y se quedan ahí hasta que yo lo ordene. Bianca, ve a lavarte la cara y vuelve a la sala. Tú y yo vamos a ajustar cuentas.

Bianca se estremeció con cada crujido de los mocasines de Pablo Rocamora, que se retiraba hacia la sala.

—Ven, Pulga —dijo Corina, y le extendió la mano—. Vamos a ponerte hielo antes de que se te hinche la cara —Bianca negó con la cabeza caída hacia delante—. Vamos, hija.

—Lleva a los chicos a su dormitorio, mamá. Yo me arreglo sola.

—Estás sangrando.

—No es nada.

—Eres cabezona, Bianca. Ponte hielo. Ven, Pablo.

—Ya voy, ma —contestó el niño.

—¿Qué haces con mi celular? —se fastidió Corina.

—Lo usé para mandar un mensaje.

—Ya te dije que no lo uses. Te la vives dejándome sin crédito. Dámelo.

Pablo se lo entregó sin moverse de su sitio en el suelo, junto a Bianca. Una vez que Corina se marchó, apartó el mechón largo que ocultaba el rostro de su hermana y le susurró:

—Sebas viene para acá.

—¿Qué?

—Yo le avisé. Él me pidió que te cuidara. Antes de que llegaras, papá y mamá discutían por estas fotos. Le mandé un mensaje. Está acá cerca, en el dojo de Wing Chung.

—¿Qué le escribiste en el mensaje?

—Que papá estaba furioso contigo y que tenía miedo de que te pegara.

—Pablo... —Bianca no sabía si enojarse o besarlo—. Gracias, hermanito.

Recogió las fotografías, la nota, tomó su bolso, besó a Pablo en la frente y se escapó. Bajó corriendo por las escaleras, no se arriesgaría a esperar el ascensor. El Peugeot frenó en doble fila con un chirrido de los neumáticos en el momento en que Bianca abandonaba el edificio. Gálvez, con una mueca desesperada, descendió del vehículo y corrió hacia ella. La puerta del copiloto se abrió, y apareció Lautaro Gómez, y su presencia tranquilizó a Bianca.

—¡Amor!

De lejos y dada la mala iluminación, Gálvez no había notado la hinchazón que comenzaba a formarse en el lado derecho de su rostro. Bianca supo en qué instante lo descubrió, y le temió a su ira. La aferró por los hombros y la estudió con las aletas de la nariz dilatadas y el entrecejo fruncido. Negaba ligeramente con la cabeza. Su silencio la aterrorizaba.

—Lo voy a matar —prometió al fin—. Dios mío, Bianca. Lo voy a matar. Lo voy a matar. ¡Estás sangrando, amor!

—Toma, Bianca —Lautaro le pasó un pañuelo desechable.

—Gracias, Lauti. Me corté un poco el labio con el diente. No es nada, Sebastián. Quédate tranquilo.

—¡Que me quede tranquilo! ¡Voy a matar a ese hijo de puta! ¿Qué mierda pasó?

—No lo sé bien. Llegué a casa y me recibió con estas fotos y esta nota. Descubrió que canto en el bar los sábados. Se puso furioso y me golpeó.

—Tú espérame en el auto con Gómez. Yo subo y le pongo las bolas de moño a esa bestia. Dame las llaves.

—¡No, Sebastián, por favor! —Bianca lo detuvo colocándole las manos sobre el pecho—. ¡No, te lo suplico!

—¿Qué estás pidiéndome, Bianca?

—Gálvez —intervino Gómez—, ¿por qué no llevamos a Bianca al Italiano para que la revisen?

Destinó un vistazo rabioso a su amigo y enseguida asintió. Le pasó un brazo por los hombros y la guio hasta el automóvil con el cuidado que habría empleado con una ancianita desvencijada. Ella no se animaba a hablar por temor a enardecer su mal genio.

Gómez se ubicó en el asiento trasero, y Bianca ocupó el del copiloto. Gálvez le ajusto el cinturón de seguridad y la besó en la frente con delicadeza. Se empecinaba en un mutismo que no pronosticaba nada bueno.

Esperaron media hora en la guardia antes de que los atendieran. En ese tiempo, Lautaro Gómez le compró dos latas heladas de refresco para que se las colocase sobre el golpe y combatiese la hinchazón. Gálvez sostenía una y ella, la otra.

—¿Qué te pasó? —la inquirió el médico.

—Me asaltaron —mintió Bianca.

—No es verdad. La golpeó el padre. Y quiero que me haga un certificado para presentarlo en la policía.

—Sí, lo haré, por supuesto.

Gálvez le sostuvo la mano mientras el doctor le estudiaba el reflejo de las pupilas con una pequeña linterna. Después le tomó la presión, le midió el pulso y la aferró por el cuello para tocarle los huesos de la mandíbula y de la parte posterior de la cabeza.

—Se te va a hacer un derrame en el ojo. Es desagradable, pero no es grave. Te vas a poner unas gotitas, con eso será suficiente. Ahora voy a pedir que te saquen una radiografía de cabeza y otra de la cadera. ¿Te duele?

—Un poco —Bianca percibió que la mano de Gálvez se ajustaba en torno a la de ella.

—Y esa sangre que veo en tu chamarra, ¿qué es? ¿De la nariz?

—Bianca se dio vuelta el labio inferior y le mostró una pequeña cortadura—. Te lo hiciste con el diente. Bien, no parece necesitar sutura. Lo mejor para estos casos es una buena bolsa con hielo y reposo. Te voy a hacer también un certificado para el cole. Mañana te quedas en casa y guardas reposo.

Las radiografías revelaron que todo estaba bien. El médico, sin embargo, le repitió varias veces que si experimentaba mareos, desorientación, si tenía ganas de vomitar o si percibía cualquier sensación fuera de lo normal, regresara de inmediato al hospital.

—Y acuérdate: mañana reposo, hielo en la cara y tranquilidad. ¿Quieres que te recete algún relajante suave para que duermas esta noche?

—No, doctor, gracias. Voy a estar bien.

Le dio la receta para comprar las gotitas y un analgésico, los certificados, para la policía y para el colegio, y la despidió.

En el pasillo, Gálvez la recogió entre sus brazos con delicadeza exagerada. Bianca se puso de puntitas y le rodeó el cuello; necesitaba pegarse a su cuerpo fuerte y protector.

—Amor… Ésta es mi peor pesadilla. Que alguien te haya hecho daño, Bianca… No sé cómo manejarlo. Lo voy a matar. Lo voy a degollar.

—No quiero que te metas en un lío por mí.

—¡Bianca! Eres lo único en mi vida. Me metería en cualquier cosa por ti.

—Sí, lo sé, pero no estás pensando en mí en este momento. Entiendo tu ira, a mí me pasaría igual si te viera lastimado, pero quiero que nos calmemos y pensemos con la mente fría. Por favor, Sebastián. Si algo te pasara por mi culpa, por defenderme, me moriría del dolor. Quiero que hagas el esfuerzo por entender esto. Por favor.

Gómez se aproximó y puso la mano sobre el hombro de Bianca.

—¿Qué dijo el médico, Bianca?

—Todo bien, Lauti. Gracias por haber acompañado a Sebastián hasta casa.

—Lo acompañé porque me dio miedo cómo se puso cuando leyó el mensaje de tu hermano. Quería asegurarme de que no corriera sangre —dijo, medio en broma, medio en serio.

—Y habría corrido si no me hubiesen detenido ustedes dos.

—La salud de Bianca estaba primero, Gálvez.

—Sí, sí —masculló—. Vamos, Bianca. Te vienes a casa. No vas a volver a la casa de ese loco mientras yo viva.

—Llévame a casa de tía Claudia, por favor. Ahí tengo ropa y un montón de mis cosas. Me voy a sentir más cómoda.

Dejaron a Gómez en su casa antes de pasar por la farmacia. Compraron las gotas, el analgésico, una bolsa para el hielo, un ungüento y artículos para la higiene personal, y se dirigieron a casa de Claudia. En el camino, Gálvez iba callado. Bianca pocas veces lo había visto tan serio y abstraído.

—Y tu mamá, ¿le permitió a esa bestia que te pegara? Pedazo de mierda. Cobarde hijo de puta. ¡Dios! —apretó el volante, y la piel de los nudillos se le estiró y cobró una tonalidad amarillenta—. Perro, hijo de su putísima madre. Lo voy a matar. Le voy a triturar las bolas. Y tu mamá, ¿bien, gracias? ¿No intercedió por ti, que siempre le haces de sierva?

—Ella intervino apenas recibí el primer golpe. Creo que la tomó por sorpresa. Impidió que me siguiera pegando.

—Tu abuela, ¿ella no estaba?

—No. No se habría atrevido con mi abuela ahí. Después me protegió Pablo.

—Qué genio, ese Pablito.

—Dice que le pediste que me cuidara.

—El domingo me fui muy intranquilo. Por Lorena —aclaró—. Le di a Pablito mi número de teléfono y le dije que me llamara por cualquier cosa. Y lo hizo. Se merece un regalazo.

Bianca encendió su celular y confirmó lo que sospechaba: había varios mensajes de texto de su madre.

—Mamá dice que vuelva, que papá ya está más tranquilo.

—¡Dile que se vaya a la mierda! ¡Díselo de mi parte, Bianca! No te llevo a tu casa ni con una pistola apuntándome a la cabeza, ¿te quedó claro?

—Sí.

—Acepto llevarte a casa de Claudia porque soy un tarado que se deja convencer, pero desde ahora te digo que yo me quedo a dormir ahí. No sé, dormiré en el piso, me importa una mierda, pero no te dejo. A ver si al cabrón de tu padre se le da por ir a buscarte. ¿Sabes qué tendría que hacer? Llevarte a la comisaría y hacer la denuncia, así lo meten preso, al muy cobarde. ¡Pegarle a una hija! ¡A ti, que eres tan dulce! ¡Y con esa violencia! No me entra en la cabeza. No me entra en la cabeza.

Bianca percibió el instante en que tuvo lugar el cambio, cuando la ira de Gálvez se transformó en angustia. Pegó un volantazo y acercó el Peugeot a la orilla de la banqueta. Con el automóvil todavía en marcha, apoyó la frente sobre el volante y respiró ruidosamente en una batalla tenaz por contener el llanto. Bianca se quitó el cinturón y lo abrazó. Se echó a llorar sobre su hombro, estremecida por la pena de él. Gálvez la cubrió con su cuerpo e, incapaz de controlar la erupción que lo quemaba por dentro, lloró con unos lamentos tan desgarradores que hicieron enmudecer a Bianca.

Lo acarició y le susurró hasta que el llanto fue soltando sus garras, y la respiración, normalizándose. Le prestó el pañuelo que Lautaro Gómez le había dado, y Gálvez lo utilizó para secarse los ojos y sonarse la nariz.

—Abrázame —le pidió, y Bianca lo atrajo hacia ella—. Estoy mal porque siento que no estoy haciendo lo que tendría que hacer.

—Ir a golpearlo.

—Ir a matarlo. Sabía que si alguien te tocaba iba a reaccionar de este modo, pero nunca pensé que sentiría esta lava hirviendo que tengo en las tripas. Te juro, Bianca, nunca he sentido algo tan fuerte. Nunca he sentido estos deseos tan grandes de destrozar a alguien.

—Amor mío. Amor de mi vida, perdóname por hacerte vivir esto.

Gálvez chasqueó la lengua y la apretó hasta que Bianca soltó un gemido adolorido.

—Perdóname, amor. Soy una bestia.

—No es nada.

—Es que quiero tenerte a salvo, conmigo.

—Aquí me tienes, contigo, a salvo.

—No vas a volver a tu casa.

—No. Llévame a casa de mi tía, por favor.

Claudia tenía invitados para cenar, por lo que Bianca y Gálvez saludaron rápidamente y se refugiaron en la cocina. A poco, se presentaron Claudia y el Maestro Luz, y los cuatro intercambiaron miradas significativas.

—Fue papá —confesó Bianca, cuando Claudia, en silencio, le señaló la hinchazón en el ojo—. Alguien le mandó fotos mías cantando en The Eighties y se puso como loco.

—¿Te revisó un médico, niña bonita?

—Sí, Óscar. Sebastián me llevó al Italiano.

—Le sacaron estas radiografías —dijo Gálvez—. ¿Podrías verlas, Óscar? Nos dijeron que está todo bien, pero me gustaría conocer tu opinión.

—Sí, por supuesto.

El hombre las elevó para aproximarlas a la lámpara que colgaba del techo y las estudió con un ceño.

—Tengo miedo de que papá les arme lío a los Broda. Yo soy menor de dieciocho. Sin un permiso de él, no puedo trabajar. Además, trabajo sin contrato. Es capaz de mandarles a la AFIP, además del Ministerio de Trabajo.

—Claudia, ¿tienes hielo?

—Sí, Sebastián. Saca del congelador lo que necesites. No quiero que te preocupes por Mariel y Carmelo. Ahora mismo me voy para tu casa y le marco un alto a tu padre.

—No, tía. Está furioso. Capaz que te pega a ti.

La carcajada de Claudia atrajo la atención aun del Maestro Luz, que apartó la vista de las radiografías por un momento.

—¿Tu padre ponerme una mano encima? Sabe muy bien que no le conviene.

—Pero no puedes irte. Tienes invitados.

—Son grandes amigos, Bianca. Tengo mucha confianza con ellos. Les explico que se presentó una urgencia y se acabó.

—Perdón por arruinarte la cena, tía.

—Toma, amor —Gálvez le entregó la bolsa con hielo—. Pontela sobre la hinchazón.

—Acá está todo normal, niña bonita. No se ve nada raro. Sin embargo, si sientes mareos o náuseas, corres al hospital. ¿Has entendido?

—Sí, Óscar.

—Muy bien. Claudia, ¿quieres que te lleve a casa de tu hermano?

—Sí. Te lo agradecería. Sebastián, pónganse cómodos. Ahí tienen de todo para comer. Siéntanse como en casa.

—Claudia, si no te molesta, me gustaría quedarme a dormir acá esta noche. ¿Puede ser? Me tiro en cualquier parte. No jodo para nada.

—No hay problema. Y no vas a tener que tirarte en ningún lado. Con siete sobrinos, esta casa está llena de camas y colchones.

—Gracias, de verdad.

—De nada.

* * *

Sólo se escuchaba el goteo del grifo en la bañera. Gálvez envolvía con sus brazos y sus piernas a Bianca, cuya espalda descansaba sobre el torso de él. La tibieza del agua los contenía y relajaba lentamente. Los músculos crispados comenzaban a ceder, los dientes cesaban de rechinar, los dedos de los pies ya no se contraían. El cuerpo intentaba recuperar la armonía.

Gálvez le depositó pequeños besos en el trapecio, y la piel de Bianca se erizó. Inspiró profundo y cerró los ojos cuando sintió la mano de él sobre la cadera derecha, en el punto en el cual había caído como un peso muerto.

—¿Te duele, amor?

—Un poco.

—Por suerte no es nada. Cuando salgamos, te voy a poner la árnica que compré. Es muy buena para estas contusiones. Yo la uso cuando me lastimo jugando al futbol o en las competencias de Wing Chung.

—¿Te calma?

—Sí, bastante.

—¿Le avisaste a tu mamá que vas a dormir aquí?

—Sí.

—¿Le contaste qué pasó?

—Más o menos. Le dije que te habías peleado con tu papá y que te habías ido a casa de tu tía. Y que, como no te sentías bien, me iba a quedar contigo para cuidarte.

Sobrevino otro silencio, que Gálvez rompió para preguntar:

—Bianca, ¿quieres contarme qué pasó? Pero con detalles, amor —ella lo hizo, aunque evitó mencionar los pormenores macabros para no hacerlo sufrir—. Fue Lorena —concluyó—, ella le dio las fotos.

—Yo creo que fue la Mattei.

—¿Irene? ¿Cómo? No hay conexión entre ella, The Eighties y tu padre.

—Camila me contó el lunes que la vio el sábado sacándome fotos en el bar.

—¿Sí? ¿Cami está segura?

—Dice que la reconoció porque la recuerda muy bien de la noche en la catedral.

—Sé que la Mattei estaba al tanto de que tú cantabas los fines de semana. De hecho, usabas su estudio para ensayar. Pero ¿cómo supo que era en The Eighties? Y lo que es más importante, ¿cómo supo que esas fotos iban a poner loco al cabrón de tu padre?

—La Mattei sabe que estudio a escondidas de papá. Cuando le rogué que me aceptase en su academia, me pidió que le pagara una cuota carísima. Yo no podía pagarla, así que le expliqué que estudiaba a escondidas de papá porque él se oponía a mi pasión por el canto y que sólo tenía mi sueldo para pagarle. En cuanto a The Eighties, una vez me preguntó el nombre del bar donde cantaba y se lo dije. Habrá entrado en la página del bar. Ahí está toda la información, incluso a qué hora y qué días canto.

—¿Cómo le habrá hecho llegar las fotos? ¿Sabe dónde vives?

—Sí. Cuando empiezas en su academia, Connie, la secretaria, llena una ficha con todos tus datos. Habrá echado las fotos y la nota anónima en el buzón del edificio —como Bianca pensó que Gálvez seguía incrédulo acerca de su teoría de la Mattei, dijo—: Todo encaja, Sebastián. Por suerte, Cami la vio el sábado sacando fotos, si no, ahora diríamos que fue Lorena.

—Sí, lo más probable es que haya sido Irene.

—Conozco a Lorena. Se va a cuidar mucho conmigo. El mensaje que le mandé el domingo frente a papá le llegó fuerte y claro. No, ella no lo hizo. Fue la Mattei.

—Perdóname, amor —Gálvez ajustó el abrazo—. Esto es por mi culpa.

Bianca giró sobre sus nalgas y pasó los pies por encima de las piernas de Gálvez para acercarse de tal modo que sus narices casi se tocasen. Sintió un instante de dolor cuando el músculo de la cadera derecha se contrajo.

—Esto no es por tu culpa, Sebastián. Es culpa de los que lo hicieron. De la Mattei y de papá, por reaccionar como un loco. No quiero que sintamos culpas que no nos corresponden. ¿Estamos de acuerdo en esto? ¿Sí?

—No puedo dejar de sentirme culpable, lo siento.

—¿Estoy muy fea? —la pregunta desorientó a Gálvez—. Digo, ¿tengo muy hinchada la cara? ¿Me veo muy mal?

—No, amor, para nada. Estás diosa, como siempre.

—¿Me harías el amor, entonces? Vi que pusiste una caja de preservativos en el canasto en Farmacity.

—¿Sí? ¿En serio tienes ganas? ¿Te sientes bien como para hacerlo?

—Sí, te necesito dentro de mí. Creo que es lo único que me va a calmar de verdad.

—Bianca… —la erección de Gálvez le acarició el monte de Venus, al tiempo que sus dedos apenas le rozaron el pómulo golpeado.

—Nunca me lo has hecho en la bañera.

—Ayer te lo hice contra la pared de la ducha, en el aquagym.

—Sí, en la misma ducha donde lo vi a él por primera vez —rodeó con la mano el pene de Gálvez, que se sacudió y apretó los labios—. Pero tuvimos que refrenarnos mucho. No podíamos gritar. Todavía quedaba gente por ahí. Además, nunca me lo hiciste *en* el agua.

—¿No hay drama con tu tía? Mira si llega cuando estemos cogiendo. Va a escuchar los gritos desde el pasillo, porque no creo que hoy pueda controlarme.

—Se va a reír y se va a poner contenta.

—Está bien, me convenciste —estiró el brazo y tomó la bolsa de la farmacia que descansaba sobre una silla y de la cual extrajo la caja de condones—. Toma —le entregó uno—. Ponmelo, así te lo hago *en* el agua. Pero debo decir que me tocó una novia insaciable. Ni con un puñetazo en medio de la jeta se le van las ganas.

Bianca rio con esa cualidad entre aniñada y erótica, que en él causaba un profundo efecto y que en esa ocasión le hizo elevar los ojos al cielo y pronunciar:

—Y encima me hace la risita de la gatita satisfecha. Creo que no va a quedar mucha agua en la bañera cuando termine contigo, amor.

* * *

Sentados en medio de la cama, Gálvez secaba el cabello de Bianca mientras ella se sostenía la bolsa de hielo contra la parte derecha de la cara. Cada tanto, la apartaba porque el frío intenso le provocaba dolor. El ruido de la secadora les impidió escuchar que Claudia había regresado y que se aproximaba hacia el dormitorio. La mujer abrió la puerta, y se quedó mirándolos con afecto. Sebastián apagó la secadora y saltó de la cama. Por fortuna, llevaba puestos un pantalón de gimnasia y una playera, la muda que había planeado usar después de su clase de Wing Chung.

—¿Cómo te fue, tía?

—Bien, corazón. ¿Puedo pasar?

—Obvio, Claudia. Ésta es tu casa.

—¿Cómo te sientes, Bianquita?

—Bien.

—¿Comieron?

—Sí. ¿Cómo estaban las cosas en casa?

—Tu madre, un poco alterada, así que la obligué a que tomara las gotas para la presión y la mandé a la cama. Tu hermano Pablo estaba muy afectado. Quería venirse para acá, pero se quedó más tranquilo cuando le dije que estabas con Sebastián. Te mandó esta cartita —Claudia se la entregó y Bianca la miró fijamente sin atreverse a abrirla—. Hablé con tu padre. Lo convencí para que te deje cantar en el bar de los Broda. Me prometió que no los va a denunciar, ni con la AFIP ni en el Ministerio de Trabajo.

—¿En serio?

—Sí. Parecía arrepentido por la forma en que te trató —Gálvez profirió una risa sarcástica y se golpeó los muslos con los puños—. Sí, Sebastián, te entiendo, pero yo lo vi arrepentido. Dice que, si lo que deseas es estudiar canto, él no se va a interponer.

—No lo puedo creer. ¿Cómo lograste eso, tía? Es como si me hablases de otra persona.

—Mi hermano mayor y yo hemos recorrido mucho camino juntos. Nos conocemos bien, sobre todo, yo a él. Sé qué botones pulsar para obtener lo que necesito.

Bianca miró a su tía en lo profundo de los ojos, con la expresión de quien observa un misterio imposible de desentrañar. Sí, Claudia conocía a Pablo Rocamora como nadie; sin embargo, le resultaba difícil de creer que, sólo por eso, hubiese traspasado su coraza de hierro y llegado a un corazón que, en ocasiones, Bianca juzgaba inexistente.

—Tu padre quiere que vuelvas a casa, Bianqui.

—¡No, eso no! —intervino Gálvez—. No vas a volver al lado de ese maniático y violento hijo de puta, Bianca. Ahorita fingió con tu tía, como hacen todos estos dementes de mierda, pero cuando se vuelva a encabronar, te va a dar duro de nuevo. Y te juro por lo más sagrado que tengo en la vida, y tú sabes bien, Bianca, qué es lo más sagrado que tengo en esta vida, que si ese hijo de puta te vuelve a tocar, yo lo mato.

Bianca abandonó la cama y se dirigió hacia él, que en un primer momento no le permitió que lo tocase, tan alterado estaba. Bianca esperó a que se calmara y le ofreció la mano. Gálvez la aferró por la muñeca y la engulló dentro de su pecho.

—Bianca, te lo suplico. No vuelvas, amor. Me vas a destruir si lo haces.

—No voy a volver. Quiero que te quedes tranquilo, por favor.

—Jurámelo. Júralo por nuestro amor. Cuidado, Bianca, no jures en vano por lo más sagrado que tenemos.

—Lo juro por nuestro amor.

—Puedes vivir en casa. Mi mamá te recibirá con los brazos abiertos. Te ama, lo sabes.

—Sí, amor. Gracias.

—Mi casa —intervino Claudia— es la casa de Bianca también. Así que puede quedarse aquí para siempre.

—Gracias, Claudia. Te lo agradezco de verdad. ¿Tu hermano tiene llave de acá?

—No, ni mi hermano, ni mi cuñada. Nadie tiene la llave de casa, excepto el Maestro Luz. ¿En él confías, Sebastián? —preguntó, con una sonrisa amistosa.

—No lo conozco mucho —expresó, renuente.

—Sí, es verdad, no lo conoces, pero yo sí. Ahora —propuso la mujer—, vamos a dormir. Es la una de la mañana y todos estamos pasados de sueño. ¿Necesitan sábanas, mantas, almohadas, algo?

—Nada, tía. Ya preparamos todo.

—Buenas noches, entonces. Que duerman bien.

—Buenas noches —respondieron a coro.

* * *

Bianca levantó los párpados lentamente y se estiró en la cama. Un placentero y sutil dolor le recorrió las extremidades. Tomó su reloj de la mesa de luz y consultó la hora: diez y veinte de la mañana. Al súbito sobresalto le siguió la calma al recordar que el médico le había prescrito un día de reposo. No le gustaba faltar al colegio, nunca le había gustado, menos aún en quinto año, en el cual se cuidaban de hacerlo ya que necesitaban la menor cantidad de faltas disponibles para realizar el viaje de estudios sin riesgos a quedarse libre.

Como estaba sola, supuso que Gálvez se habría marchado al colegio sin despedirse para no despertarla. Cerró los ojos y sonrió, mientras emitía un sonido similar a un ronroneo. Habían pasado toda la noche juntos, acostados de cucharita, y a pesar de que se trataba de una cama individual y Gálvez no era justamente menudo, ella había dormido como pocas veces; esperaba que él también.

Se levantó con cuidado; tenía miedo de que le doliera la cabeza, lo mismo que mirarse al espejo. Se aproximó con paso vacilante y, una vez que estuvo enfrente, elevó la cara con lentitud. Sí, el ojo derecho estaba un poco hinchado, lo mismo el pómulo, donde ya se había formado un hematoma, pero el hielo había hecho su trabajo y el espectáculo no resultaba tan macabro. Se acercó, ya más dueña de sí, y se estudió en detalle, incluso la cortada en la cara interna del labio inferior, que evolucionaba muy bien. Lo más desagradable, tal como el médico había pronosticado, era el derrame que le volvía roja la parte blanca del ojo.

Se cubrió con la bata y salió del dormitorio. La voz de Gálvez la alcanzó en el momento en que entraba en la cocina. Se aproximó con sigilo y se ocultó tras la puerta que comunicaba con el comedor. Discutía; le llevó pocos segundos descubrir con quién.

—Si no fueses mujer, Irene, en este momento te estaría dando tantas trompadas en medio de la jeta, que tendrían que hacerte una cirugía plástica para volverte a la normalidad. Me importa una mierda *tu sufrimiento*. Me cago en él. Los términos de nuestra relación eran claros: cada uno hacía la suya, no había compromiso, nadie hacía preguntas, nadie exigía nada, y cogíamos cuando teníamos ganas. ¡Porque no pienso traicionar a Bianca, por eso! Okei. Ya está, me hartaste. No pienso seguir hablando con una deschavetada. Te aclaro algo antes de cortar: hoy tengo una cita con el abogado de mi papá para ver qué se puede hacer para ponerte una orden de restricción o lo que sea, para que no vuelvas a acercarte a Bianca, ni a su familia. ¡Me importa una mierda! Voy a hacer lo que haga falta para mantenerte lejos de ella. Y si no quieres que aparezca en todos los blogs de canto lírico y en todas las revistas de música clásica que tú no cantas más porque tienes las cuerdas vocales hechas mierda… Ah, sí, lo sé. Pocos lo saben, ¿no? Yo soy uno de ésos y ahora que estoy muy, pero muy encabronado, pienso usar lo que sé. Por ejemplo, voy a contar que te operó una eminencia en Ginebra para quitarte los nódulos, pero que igualmente tu voz no volvió a ser la misma. Eso de que dejaste todo por amor a tu esposo… Siempre me sonó raro, porque tú no eres capaz de amar a nadie. ¿A mí? Si me amases, no le harías daño a la persona que *yo* más amo en el mundo. Mantente lejos de ella, Irene. Es mi último aviso.

El bufido que expulsó Gálvez al finalizar la llamada sobresaltó a Bianca, que se retrajo en el pasillo y volvió a la habitación.

Sabía que él necesitaba estar solo; no le habría gustado que lo viese tan desencajado y violento. Aprovechó para limpiarse el cutis, ponerse la crema hidratante y vestirse. Se dejó el pelo suelto, de modo que los mechones le cubriesen el moretón. Se sentó en la cama y consultó su celular. Tenía varios mensajes. Contestó los de Camila y los de su abuela. Los de su madre los dejaría para más tarde. Leyó la carta de Pablo. *Pulga, la tía dice que estás con Sebas en su casa. Qué bueno. Papá no está tan enojado ahora, pero no vengas, porque tengo miedo que te pegue de nuebo. TKM. Pablo.*

—Yo también te quiero, hermanito.

Guardó la carta en la billetera, en la parte donde tenía las fotografías de sus hermanos. La llevaría siempre con ella. Levantó la cabeza al sonido de la puerta que se abría.

—Hola, amor.

—¡Qué sorpresa! —Bianca abandonó su sitio en la cama y se abrazó a él—. Pensé que te habías ido al cole.

—¿Y dejarte sola? Bianca…

—Es que hay que cuidar las faltas para el viaje a Bariloche.

—Qué mierda me importa el viaje a Bariloche, Bianca. Me vale. Hoy no iba a dejarte sola, amor.

—Gracias. ¿Dormiste bien?

—Sí, como un tronco.

—¿A pesar de la cama tan chica y el poco espacio?

—Sí. ¿Y tú?

—Perfecto. Siempre que duermo contigo, duermo bien. Me cuesta dormir bien, ¿sabías? —Gálvez apoyó la nariz en la mejilla de Bianca y negó con la cabeza—. A veces tengo la mente tan revuelta de cosas, que me da insomnio. Por eso medito en la noche, para dormir mejor. Con lo que pasó ayer en casa, ni con dos horas de meditación habría dormido bien. Pero como lo hice entre tus brazos, dormí como un bebé.

—Otra razón para dormir conmigo todas las noches.

—Sí —murmuró ella, cohibida por la seriedad de él.

—Vamos a desayunar. Te estaba esperando y ya me dio hambre.

—¿Te levantaste muy temprano?

—Antes de que tu tía se fuese al local. Dice que ni se te ocurra ir esta tarde a trabajar, que ella se las arregla. Le vas a hacer caso al médico y vas a descansar.

—En algún momento tendría que ir a casa a buscar libros, carpetas y otras cosas.

—No.

—Pero...

—No. Le pides a tu abuela, a tu tía, a quien sea, pero no vuelves a ese lugar. Bianca —dijo, con acento inexorable—, así es como estos hijos de puta terminan matando a sus hijas y a sus esposas, porque ellas se dejan. Sí, no me mires así. Vuelven como borregos al matadero, una y otra vez, a pesar de que el hijo de puta les da una madriza para que tengan y guarden. Al final, están tan enfermas como el golpeador con el que viven. Eso leí una vez. Pues bien, tú no eres una enferma como lo son esas mujeres. A mi mujer *nadie, nunca, jamás* la va a volver a tocar. Me vas a hacer caso en esto, y me importa una mierda si te sofoco, si te quito la libertad, si eres acuariana o si tienes a Marte y Plutón en el Parque Rivadavia. Me vale.

Bianca rio, una carcajada emocionada, que por fin arrancó una sonrisa a Gálvez, cuyo semblante se relajó, todavía tenso después de la discusión con la Mattei. Lo detuvo en medio del corredor al rodearle el cuello con los brazos.

—Te amo, Sebastián —Gálvez apoyó la frente en la de ella y suspiró—. Después de lo de ayer en casa, hoy estaría deprimida y triste si no fuera por ti. En cambio, estoy contenta.

Prepararon el desayuno, que Gálvez devoró sin hablar. Al terminar, en silencio, entrelazaron los dedos sobre la mesa y formaron el corazón.

—No pretendo que entiendas lo que sentí ayer cuando te vi golpeada y sangrando. Pero quiero tratar de explicártelo para que no vuelvas a exponerte, amor. Sería capaz de ponerme de rodillas para pedirte que te mantengas lejos de ese loco. Lo que sentí ayer, Bianca, nunca lo he sentido en mi vida. Creo que fue una cosa buena que Gómez estuviera ayer porque él es el único que podía detenerme como lo hizo. Si no, hoy estaría preso por haber asesinado a ese cabrón, porque sé que no me habría detenido hasta matarlo —Bianca bajó la vista, de pronto avergonzada por las miserias de su padre—. Todavía me hierve dentro un poco de esa rabia feroz que sentí ayer. Y va a pasar un tiempo hasta que vuelva a ser yo mismo; vas a tener que aguantarme. El otro día me contaste que tú, a veces, sientes algo muy feo y que serías capaz de ser muy cruel si alguien me lastimara, ¿te acuerdas?

—Sí —musitó.

—Entonces, si eres capaz de sentir esa ira cruel, ¿puedes comprender lo que yo siento ahora?

Bianca se imaginó a un Gálvez golpeado y sufriente, y apretó los ojos y los dedos en torno a los de él en un acto mecánico para cerrarse al dolor que le provocó esa imagen.

—Sí, puedo comprender lo que sientes.

—Bien.

* * *

Aunque tenían que estudiar, Gálvez se mostró intransigente: Bianca sólo descansaría. Se apoltronaron en el sofá de la sala y miraron televisión, charlaron, se mimaron, rieron e intentaron olvidar la pesadilla del día anterior. Bianca esperó que Gálvez le contase lo de su conversación con la Mattei. El tiempo pasaba, y ni una palabra salía de su boca, por lo que ella prefirió no mencionar que lo había oído.

Alrededor de las tres de la tarde, se presentó la abuela Kathleen con los libros y la ropa que Bianca le había solicitado. Gálvez aprovechó que la dejaba en buena compañía para salir.

—No me voy a desubicar quedándome aquí por mucho tiempo, pero esta mañana le pedí a tu tía si me invitaba por dos o tres días, hasta que las cosas se calmasen, y me dijo que sí. Voy a buscar ropa a casa, arreglo unos asuntos y vuelvo. ¿Tengo tu promesa de que no le vas a abrir a nadie?

—Sí, te lo prometo.

—¿Me vas a llamar por cualquier cosa?

—Sí.

—Señora, le encargo a mi tesoro más preciado. Espero que la cuide bien y que no le meta ideas raras en la cabeza.

—¿Como por ejemplo? —se asombró Kathleen.

—Como la de que vuelva a su casa, con la bestia de padre que tiene.

—Vete tranquilo, Sebastián. No tengo planeado aconsejarle algo tan insensato.

Gálvez sonrió, besó a Bianca en la boca con ligereza, en la mejilla a la anciana y se marchó. Volvió cerca de las nueve de la noche. Bianca no estaba preocupada porque habían intercambiado varios mensajes y, al verlo entrar sonriente, se relajó ella también. Las invitó a cenar fuera, a ella y a Claudia, y mientras comían en un restaurante de la Avenida Rivadavia, no abordaron el tema de Pablo Rocamora. De regreso, Bianca esperó que le contase qué había hecho durante las horas pasadas lejos de ella; él, sin embargo, se mantuvo callado mientras se bañaban y se preparaban para la cama y sólo le contestaba con monosílabos y sonrisas.

Le hizo el amor con una ternura que no había empleado en otras ocasiones. La miraba fijamente en tanto se impulsaba dentro de ella, y a Bianca le resultaba imposible apartar la mirada de esa intensidad, pues si bien su cuerpo la trataba con delicadeza, en sus ojos había un fuego que reflejaba los sentimientos turbulentos que lo dominaban.

21

Al día siguiente, Bianca y Gálvez llegaron al colegio unos minutos antes de lo habitual. Habían citado a Bárbara para que le enmascarara el hematoma. Bianca quería evitar las preguntas indiscretas y las miradas curiosas.

—Gracias por venir más temprano, Bárbara —dijo Bianca.

—De nada. Me encanta maquillar y me encanta poder ayudarte. Lamento que tu padre se haya puesta tan espeso.

—Gracias.

—¡Hola! —Camila entró en el baño, donde sabía que las encontraría, y las saludó con un beso, el primero que le daba a Bárbara desde hacía mucho tiempo—. Está quedando perfecto, Bianqui. Casi no se nota. ¿Te duele, amiga?

—No.

—Y el ojo, con ese derrame, ¿te molesta?

—No. El médico me recetó unas gotitas y no siento nada. ¿Después puedes pasarme lo que hicieron ayer para fotocopiarlo?

—Ya lo hice, amiga, no te preocupes. Hice dos juegos, uno para ti y otro para Seba.

—Gracias, amiga. Eres lo máximo.

—Yo creo que ya está —opinó Bárbara, mientras movía la cabeza hacia uno y otro costado para admirar su obra.

—Quedó perfecto —admitió Camila—. Tienes una mano excelente, Bárbara.

—Gracias.

Bianca se estudió en el espejo y sonrió.

—Gracias, Bárbara. Eres una genia.

* * *

Durante el segundo recreo, el largo, Bianca y Camila se escabulleron al refugio.

—Casi me muero cuando Lautaro me contó lo que pasó. ¿Por qué te pegó? ¿Es cierto que se enteró de que cantas en el bar?

Bianca relató los hechos una vez más, si bien a Camila le comentó detalles que a Gálvez le había escondido.

—Lo que más me duele, más que papá me golpeara, más que la cortada en la boca, que el moretón en la cara, que todo, es haberle causado tanto dolor y rabia a Sebastián. No sabes cómo se puso. Por suerte, Lauti estaba con él. Sólo Lautaro podía frenarlo. Si no, lo habría matado, lo sé —Camila bajó la vista y se miró las manos entrelazadas—. ¿Qué pasa, Cami?

—Quiero contarte algo, pero tienes que prometerme que vas a hacer de cuenta que jamás te lo conté, sobre todo con Sebastián. Es una infidencia muy grande, porque Lautaro me pidió que no te lo contara, pero tú eres mi mejor amiga y te debo fidelidad. ¿Prometes no mencionar ni una palabra de lo que te diga?

—Prometo. ¡Pero, por favor, cuéntame! No me asustes.

—No te asustes. No es grave. Bueno… No pasó nada grave, aunque… En fin. Ayer por la tarde, Seba le pidió a Lautaro que lo acompañase a ver a tu papá al banco.

—¡Qué!

—Tranquila. No me asustes. Te pusiste pálida de repente. Me estoy arrepintiendo de contarte.

—No, no, me siento bien. Sigue.

—Creo que le pidió a Lautaro que lo acompañara porque no confiaba en él mismo. Se encontraron en la puerta del banco donde trabaja tu papá a las cinco y media. Obvio, el banco estaba cerrado, así que Seba llamó al guardia y le dijo que lo anunciara con el contador Rocamora, que su yerno quería hablar con él. Tu papá los hizo esperar bastante. Cuando entraron en su oficina, cerraron la puerta. Lautaro se quedó ahí, cerca, por si alguien intentaba entrar. No te pongas así, Bianca, me asusta. Estás respirando como si fueras a desmayarte. No pasó nada, quédate tranquila. No sigo si no te calmas.

—Está bien, está bien. Ya estoy más tranquila. Sigue, por favor.

—Tu papá recibió mal a Seba. Se puso de pie y, sin saludarlo ni nada, le dijo que le exigía que te llevase hoy mismo a tu casa, que lo iba a denunciar por haber secuestrado a una menor, una estupidez enorme como este edificio, porque tú ni siquiera estás en la casa de él, sino de tu tía. Pero bueno, tu papá estaba un poquito desquiciado.

—¿Y?

—Sin pronunciar una palabra, Seba estiró el brazo a través del escritorio y le hizo algo que les enseñan en Wing Chung. Es muy impresionante.

—¿Qué le hizo? ¡Por Dios, Cami!

—Con el pulgar y el índice, Seba le apretó dos puntos estratégicos a los costados de la tráquea y lo dejó frito. Esa acción te aspira todo el aire de los pulmones. Te paraliza. La cara se te pone roja y los ojos se te inyectan de sangre, y sientes que te ahogas. Cuando lo soltó, tu papá se cayó sobre su silla, y ahí se quedó, boqueando por un poco de aire y tosiendo como loco. Entonces, Seba le habló. Le dijo que acababa de consultar a un abogado penal (parece ser que lo había visto antes de reunirse con Lautaro) y que, con el certificado médico que tenía donde se dejaba constancia de los golpes que tú tenías, lo iba a denunciar. Tu papá alcanzó a decir que no había testigos. Seba se rio y le dijo que sí había testigos, pero que de todos modos no eran necesarios. Estando constatadas las lesiones, la policía iba a recibir igualmente la deposición y bastaba con el testimonio de él y de Lautaro, que te habían visto apenas te había golpeado. Dice Lautaro que hasta él se sorprendió de cómo hablaba Seba. Era obvio que no había mentido con respecto a lo del abogado, era obvio que sí lo había consultado porque usaba el lenguaje de los abogados. Después le dijo: "Aquí le dejo una copia del certificado que nos dieron anoche en el Italiano, así se entera de los golpes y los daños que le causó a su hija, perro inmundo, pedazo de mierda, bestia repugnante", y no sé cuántos insultos más.

Bianca se enjugó las lágrimas e instó a su amiga a que continuase.

—No sé si tu papá se conmovió al leer el certificado médico o tuvo miedo al ver que Seba iba en serio, pero, con la voz rasposa, le dijo que no quería tener líos, que estaba arrepentido de lo que te había hecho, que se había tratado de un momento de rabia, nada más. Seba le dijo que le daba asco y que era un cobarde, como todos los que golpean a una mujer. Entonces, lo amenazó. Le dijo… Te lo repito más o menos como me lo contó Lautaro. Le dijo: "Si usted vuelve a acercarse a Bianca, si vuelve a presentarse frente a ella, a dirigirle la palabra, si vuelve a llamarla, a molestarla, a rozarla, mi abogado va a iniciar los trámites para realizar la denuncia en la policía. Yo lo haría hoy mismo, ya, en este instante. Y cómo disfrutaría viendo que lo sacan de aquí esposado, al gran Pablo Rocamora, el intachable, el católico chupacirios. Pero sé que a Bianca le haría mucho daño, y por ella me contengo. Pero me contendré sólo esta vez. La próxima no tendré piedad y lo destrozaré. Queda advertido, Rocamora. Y le recomiendo que rece muchos rosarios para que su carácter de mierda no vuelva a perjudicar a Bianca porque entonces lo voy a mandar al Infierno para que el diablo se encargue de usted como se merece, pedazo de mierda". Tu papá le dijo que no podía pedirle que no volviera a tener contacto contigo, que eras su hija y que te quería.

Bianca profirió una risa incrédula, que se mezcló con el llanto silencioso.

—Eso fue lo mismo que hizo Seba, se rio. Le dijo que tú ya no estabas sola y que él te iba a defender con su vida. Escupió a tu papá en la cara…

—¿Eso hizo?

—Sí. Te lo cuento tal como me lo contó Lautaro. Y sabes que él no miente ni exagera. Dice que Seba lo escupió en la cara, le levantó el puño en señal de amenaza y se fue.

Bianca soltó un suspiro largo y dejó caer la cabeza. No pensaba, ni razonaba, no analizaba las consecuencias, no planeaba los pasos a seguir; sólo le permitía a las escenas que Camila había dibujado en su mente que se sucediesen como en un film.

—Bianqui, no sabes cuánto lamento todo esto, amiga, pero quería contártelo, sobre todo porque quería que supieras cuánto te ama Seba, con toda su alma. Es obvio que eres el amor de su vida. En realidad, tú *eres* su vida.

—Y él es la mía.

* * *

Gálvez la acompañó al local y permaneció toda la tarde con ella. Se instaló en la trastienda y se dedicó a estudiar y a completar algunos trabajos para el colegio, con un oído atento a las voces que provenían del negocio. A las ocho, cerraron el local y caminaron en silencio y de la mano de regreso a casa de Claudia. Bianca no traicionaría la confianza de Camila, por lo que callaba su conocimiento acerca de la visita a Rocamora del día anterior y esperaba que él se lo contase. Gálvez, sin embargo, callaba. La entristecía que hubiesen perdido la capacidad para comunicarse y confesarse cualquier cosa. Él estaba ocultándole su conversación telefónica con la Mattei, la consulta al abogado penal y su visita al banco, y ella no le había referido ciertos detalles del incidente. Se consolaba pensando que lo hacían para protegerse mutuamente y no causarse tristeza, ni preocupación. Extrañaba la voz alegre y el buen humor de su amado Gálvez.

Claudia y el Maestro Luz meditaban en la sala, sumidos en un ambiente de paz gracias a la música, la luz tenue y el aroma a sahumerio. Bianca y Gálvez marcharon a la cocina y cerraron la puerta.

—Amor, aprovecho que están Claudia y Óscar y que no vas a estar sola para ir un rato al gimnasio. Necesito descargar un poco de energía.

—Sí, mi amor. Me parece perfecto. Yo me voy a poner a ver las canciones para mañana y tengo que leer unas cosas que me dio Feliciana.

—Mi mamá quiere que vayas a almorzar mañana al mediodía y que te quedes a dormir en casa, y papá nos invitó a la quinta el domingo. ¿Tienes ganas?

—Voy a cualquier parte, si tú estás conmigo.

—Claro, amor, siempre voy a estar contigo.

—¿Sí? ¿Me lo juras?

—Sí, Bianca, te lo juro. Para mí, estos anillos que usamos son mucho más que un par de anillos bonitos. Significan mucho más, amor. Significan un compromiso para siempre.

—Sí, para siempre.

La besó con delicadeza debido a la pequeña cortada en el labio y se despidió. Regresó pasadas las diez de la noche, bañado, con el pelo todavía mojado y despidiendo aroma a loción, que excitó a Bianca.

No había cenado para hacerlo con él, por lo que, mientras Claudia y el Maestro Luz sorbían un té digestivo, Bianca y Gálvez engullían bife de chorizo y ensalada. Conversaban acerca de los beneficios de la comida macrobiótica cuando, en una pausa, Gálvez se dirigió a Claudia.

—Mañana por la noche, Bianca va a dormir en mi casa, y el domingo vamos a pasar el día en la quinta de mi papá. La voy a traer el domingo en la noche, para que duerma aquí. Pero yo no me voy a quedar. No quiero ser pesado ni abusar de tu hospitalidad.

—Sebastián, puedes quedarte el tiempo que quieras.

—Gracias, Claudia, pero no. Una cosa es que vivas aquí con tu sobrina y otra, muy distinta, es tener al novio de tu sobrina metido aquí dentro. Te agradezco que me hayas permitido quedarme estos días, mientras se me pasaba la rabia por lo que tu hermano le hizo a mi novia, pero ya sé que tengo que volver a la normalidad. Lo único que necesito para hacerlo es que me prometas que tu hermano no va a entrar en esta casa mientras Bianca esté aquí. Sé que ésta es tu casa y mi pedido suena un poco autoritario, pero lo hago por su seguridad. No confío en él, Claudia. Te pido que me entiendas.

—Te prometo que mi hermano no entrará en esta casa si Bianca está aquí. Quédate tranquilo. Además, mi hermano nunca viene a verme.

—Tal vez ahora lo haga para hablar con Bianca.

—Sí, tal vez —admitió la mujer—, pero no le permitiré entrar, no te preocupes. De todos modos, Pablo es el padre de Bianca, Sebastián. Ésa es una realidad que no se puede soslayar, y en algún momento tendrán que arreglar sus asuntos.

—Sí, tía, puede ser, pero por ahora no me siento preparada para enfrentarlo. Necesito recuperarme antes de hablar con él. Además, ¿qué le diría? "Papá, ¿por qué no me quieres? ¿Por qué nunca me has querido?" Porque eso es lo que siento, que él nunca... —se le estranguló la voz. Gálvez soltó los cubiertos y la envolvió con sus brazos.

—Ésa es una buena pregunta, niña bonita —opinó el Maestro Luz—, sin rodeos y apunta directo a la diana. Cuando estés en condiciones de enfrentarlo, creo que sería una buena manera de iniciar tu conversación con él. Algunas sesiones de reiki te ayudarían a restablecer la armonía energética de tu cuerpo y espíritu. ¿Qué te parece?

—Bueno —sollozó.

* * *

Una sacudida violenta despertó a Bianca en medio de la noche. Un grito terminó de despabilarla. Casi aterrizó en el suelo a causa del ímpetu de los brazos de Gálvez, que se agitaban como si intentase sujetar algo que se le escabullía.

—¡¡Biancaaaa!! ¡¡Biancaaaa!! —se agitaba en medio de la pesadilla y la llamaba con clamores desgarradores.

Bianca saltó fuera para evitar que la golpease e intentó sujetarle los brazos. La fuerza de Gálvez resultaba imposible de doblegar, y parecía adquirir más potencia a medida que sus gritos se volvían más profundos y dolientes.

—¡Sebastián! ¡Sebastián, despiértate, mi amor!

—¡¡Biancaaa!! ¡¡Biancaaa!!

Claudia entró ajustándose la bata. En silencio, apartó a su sobrina y, protegiéndose de las manos de Gálvez, le propinó dos cachetadas.

—¡Sebastián! —lo llamó—. ¡Vamos, Sebastián! ¡Despiértate!

Gálvez se incorporó con violencia y se sentó en medio de la cama, los ojos desmesuradamente abiertos e inyectados de sangre. Jadeaba, al tiempo que miraba hacia uno y otro lado para entender dónde se hallaba. Bianca se colocó de rodillas en la cama y le sujetó el rostro.

—Mírame, mi amor. Soy Bianca. Aquí estoy. Estoy bien.

—Bianca… —susurró—. Amor… —la atrajo hacia su cuerpo todavía trémulo. Bianca se hizo un bollito para quedar entre el torso de él y el colchón. Gálvez la meció con los labios apoyados en su cabeza.

—Voy a preparar té de tila —anunció Claudia, al comprobar que Gálvez se había tranquilizado—. Nos vendrá bien a los tres.

Gálvez se recostó de lado y colocó a Bianca pegada a él, de modo que sus ojos se encontrasen a la misma altura. La aferraba con los restos de la violencia que lo había dominado minutos atrás. Bianca extrajo la mano con dificultad y le pasó el índice por el ceño hasta relajárselo.

—¿La pesadilla de nuevo?

—Sí —admitió Gálvez, con voz ronca.

—¿Igual que la vez anterior?

—Sí, sólo que esta vez tu papá estaba ahí. El muy mal parido estaba ahí, cerca de la camilla. Quería cagarlo a trompadas y no podía. No podía... Algo me frenaba.

—Shhh... Lo que me pasó con papá hizo que soñaras esto. Estamos muy sensibles y preocupados, por eso la pesadilla volvió.

—Sí, puede ser.

—No quiero que te preocupes. Las cosas van a volver a la normalidad.

—No, a la normalidad no, porque tú no vas a volver a vivir con él.

—Ya te prometí que no lo voy a hacer. Quiero que estés tranquilo, Sebastián.

—Tengo miedo de que vengan tu mamá o tus hermanos, o él mismo, y te convenzan de que vuelvas. Y yo no voy a poder vivir en paz si tú vives bajo el mismo techo que ese golpeador.

—Yo lo único que quiero es que tú seas feliz y que estés tranquilo, así que no voy a hacer nada que ponga eso en riesgo.

—¿Me lo prometes?

—Sí, mi amor, sí.

—Gracias.

—De nada.

22

Aunque Gálvez opinase que no era posible, cierta normalidad comenzó a reinar en la vida de Bianca, y, por ende, en la de él. Pasaban más tiempo juntos, ya que él siempre era bienvenido en casa de Claudia; incluso, en ocasiones, se quedaba a dormir. Tenía un cepillo de dientes, hojas y espuma de afeitar y prendas íntimas.

Quizá por esa posibilidad de acceder a Bianca cuando lo deseara, las consecuencias de la segunda pesadilla no habían escalado a niveles dramáticos; en parte también porque estaba convencido de que se había desencadenado debido a lo sucedido con Pablo Rocamora. Seguía obsesivo y la cuidaba como si fuese de cristal, pero nada fuera de lo que Bianca no estuviese habituada.

Sus hermanos y su abuela Kathleen la visitaban a menudo. A veces pasaban la tarde con ella en el local. Le pedían que regresase. Bianca dirigía la mirada hacia su hermano Pablo, que agitaba la cabeza ligeramente para indicarle que no lo hiciera. Ella les explicaba a los más chicos que, por un tiempo, permanecería en casa de tía Claudia. Irremediablemente, cuando los veía marchar, se le hacía un nudo en la garganta y la vista se le enturbiaba. Los echaba tanto de menos; la tristeza se convertía en un dolor que se le alojaba en el pecho y no se le iba aun horas después de que se habían despedido.

Gálvez, para compensarla, los invitaba al cine, al Neverland del Abasto, a tomar helado, los llenaba de pequeños regalos. A Pablo, en agradecimiento por su intervención el día de la golpiza, le regaló el mismo reloj Swatch que él tenía y que al niño le fascinaba. Estaba tan orgulloso de su reloj que, pese al frío, siempre se arremangaba las prendas en el antebrazo izquierdo para lucirlo.

En una oportunidad en que habían organizado una visita al zoológico hacia mediados de junio y de la cual participarían las tres niñas Gálvez, se les unió Corina. A Bianca le dolía que su madre no contase con la confianza y la libertad para visitarla en casa de Claudia, tal como hacía la abuela Kathleen. A diferencia de lo que sucedía en el pasado, cuando Bianca habría dado cualquier cosa por que Corina respondiera sus mensajes de texto, ahora la fastidiaba que se los enviase para comentar banalidades, como si sus vidas no hubiesen dado un giro de ciento ochenta grados el miércoles 16 de mayo.

Corina y la abuela Kathleen bajaron de dos radiotaxis con sus hermanos. En tanto desplegaba el carrito de Lourdes, Corina le sonrió con timidez, y Bianca temió que, entre ellas, hubiese comenzado a abrirse una grieta que las separaría para siempre.

Gálvez la trató con fría deferencia, muy marcada en comparación con el cariño que destinó a Kathleen. Se alejó con los niños, que le saltaban en torno y le pedían cosas a viva voz. Bianca se ocupó del carrito de Lourdes y todos entraron en el jardín zoológico. Corina, Kathleen y Bianca cerraban el cortejo.

—¿Ésas son las hermanitas de Sebastián? —se interesó Corina.

—Sí. La más grande es Magdalena. La del medio se llama Francisca y la más chica, Candelaria.

—Adoran a tu Sebastián —comentó—, todos, tanto sus hermanas como tus hermanos.

—Sí. Y él los adora a ellos.

—Pero no le importa hacerlos sufrir impidiéndote que vuelvas con nosotros.

—¿Por qué dices eso?

—Porque fue a ver a tu padre al banco al día siguiente de que...

—De que papá me golpease —completó Bianca.

—Sí, al día siguiente de ese episodio lamentable. Le dijo que no volviera a acercarse a ti. Prácticamente le exigió que se olvidase de ti. Si no, iba a denunciarlo. Hasta tenía un certificado médico que le dieron en el Italiano cuando te llevó para que te curasen, y había consultado a un penalista.

—No sabía —mintió Bianca.

—¿Él no te lo contó? —Bianca agitó la cabeza para negar—. Pues es verdad. Hasta fue agresivo con tu padre. No sé qué le hizo. Le apretó el cuello y lo dejó sin aire. A tu padre le dolió la garganta durante varios días.

—Como a mí me dolió la cara y la cadera durante varios días también. Estamos a mano.

—Me preocupa tu situación, Bianca. Sebastián tiene tanta fuerza que podría matarte con una mano. Y se reveló como violento.

—No, no lo es. Jamás golpearía a una mujer, como sí hace papá.

—Hija, ¿qué te pasa? Antes no eras así, tan rencorosa.

—No es rencor, mamá. Antes tenía miedo y bajaba la cabeza. Ahora no, porque él está para defenderme, como tú nunca lo estuviste.

—Bianca... No te conozco.

—No, mamá, la verdad es que no me conoces. No tienes idea de cómo soy, de lo que pienso, de lo que me gusta y de lo que no me gusta, de lo que amo y de lo que detesto. Siempre has estado muy concentrada en complacer a papá como para darte vuelta y mirarnos a nosotros, tus hijos.

—¡Ja! —exclamó la abuela Kathleen.

Corina bajó la cabeza y se mordió el labio.

—Mamá, tu vida es tu vida, no quiero juzgarte, pero lo que estoy diciéndote nace de mi corazón. Es lo que siento.

—Sí, lo sé. Jamás hablarías por hablar. No eres como Lorena.

—Si estoy en casa de la tía no es porque Sebastián me lo haya pedido, sino porque yo estoy más tranquila ahí. Amo a mis hermanos y te amo a ti, pero cuando papá entra en escena, me tenso, le tengo miedo, tengo que ocultarme, ocultar lo que deseo hacer, tengo que mentir, algo que detesto. Ya no quiero vivir así. Son más los malos recuerdos que me unen a él que los buenos. Me gustaría que fuese distinto, pero no es así.

—Sí, lo sé. Pablo nunca te tuvo paciencia. A pesar de tu disposición tan tranquila, hay algo en ti que a él lo saca de quicio.

—No me quiere, mamá. Es tan simple como eso.

—¡No digas esa estupidez! —Corina la aferró por el antebrazo y la obligó a detenerse—. Él sí te quiere. Eres su hija.

—Mamá, no hay ninguna ley, ni de la naturaleza ni del hombre, que diga que un padre está obligado a querer a su hijo —Corina la observó con desconcierto, y Bianca suspiró—. Te propongo que pasemos este momento en armonía. Hacía mucho que no nos veíamos y, la verdad, no tengo ganas de pelear. Para eso, creo que tendremos que dejar de lado el tema de papá. Jamás nos pondremos de acuerdo —Corina asintió y reanudaron la marcha—. ¿Cómo estás tú? ¿Cómo va el embarazo?

—Bien, gracias a Dios.

—¿Te controlas la presión?

—Todos los días —contestó Kathleen en lugar de su hija.

—Está dentro de los valores normales —la tranquilizó Corina—. No te preocupes.

—¿Cómo está Lorena?

—Mejor. Está contenta con las sesiones particulares con la terapeuta de Aluba. A mí me gusta la mujer. Parece sensata. Y debido a algún milagro, tu hermana la admira y le hace caso.

—¿Está comiendo?

—Poco. Como ahora no puede vomitar porque está muy controlada, pasó a desarrollar un lado anoréxico.

Bianca asintió. Caminaron en silencio unos metros.

—El sábado 12 de mayo —dijo Bianca—, salimos a bailar con los chicos, ¿te acuerdas? Para festejar el cumple de Camila.

—Sí. De hecho te quedaste a dormir en su casa.

—Ajá —mintió—. Esa noche, Lorena estaba en el antro. No parecía haber tomado nada, ni alcohol ni drogas, pero ¿es bueno que ella vuelva a esos lugares tan pronto? Ahí te ofrecen pastillas como si te ofrecieran bocaditos. Es una tentación muy fuerte para ella.

—*For heaven's sake!* —se escandalizó la abuela.

—Sí, Granny, es así. Pasan ofreciendo pasta o tacha, así le dicen.

—¿Por qué le dieron permiso para salir, Corina?

—Se pone insoportable, mamá. Pablo le concede algunos gustos porque el tratamiento está siendo muy duro para ella. De pronto, se quedó sin su amado modelaje y tiene que atenerse a muchas limitaciones y cambios. Prácticamente va a la facultad y nada más.

Bianca dudaba que su hermana estuviese cursando alguna materia y sospechaba que las salidas a la "facultad", en realidad, le servían para encontrarse con sus clientes.

Las tres sonrieron al ver que Gálvez hacía girar a Martina en el aire y le arrancaba risas.

—Se ve que Martina —comentó Kathleen en inglés— le perdonó a Sebastián que te eligiese a ti, Pulga. Mírala, está feliz de la vida.

—Es que Sebastián tiene un encanto especial —contestó Bianca, en el mismo idioma—. Nadie se resiste a sus modos galantes y a su sonrisa.

—Es realmente encantador —acordó Corina—. Me pregunto cómo hará para resistir la tentación.

—¿A qué te refieres, mamá? —preguntó Bianca.

—Imagino que las mujeres se arrojarán a sus brazos. Es buen mozo hasta el hartazgo y sumamente seductor. Al principio, me pareció que estaba interesado en Lorena. Después apuntó su atención a ti.

—Te equivocas, mamá. Sebastián nunca estuvo interesado en Lorena, sino que era *ella* la que estaba interesada en él.

—Como sea. Ahora está contigo, que también eres hija mía, y me preocupo. Con ese físico y esa cara, ¿cómo hace para no caer en la tentación y serte infiel?

—Amándome, mamá. Así como a mí me sería imposible traicionarlo, a él le sucede lo mismo.

—Con los hombres es distinto —objetó—. Ellos, si ven la oportunidad, la toman.

—¿Papá es así?

—¡Por supuesto que no! Tu padre tiene valores cristianos muy profundos.

—Bueno, Sebastián no es católico, pero tiene valores tan o más profundos que los de papá.

—Y si no es católico, ¿qué es? —se preocupó Corina.

—Un ser humano con ideas propias, sin ningún papa ni cura que le dicte lo que tiene que pensar ni sentir.

—¡Ja!

Corina miró de soslayo a su madre e inspiró profundamente para no perder la paciencia.

—Y tú, hija, ¿olvidaste tus valores cristianos?

—¿Por qué me preguntas eso?

—Nos enteramos de que, a veces, Sebastián se queda a dormir en la casa de Claudia. No me extraña, porque ella es de costumbres muy liberarles, pero ¿tú, Bianca? ¿Acaso no te educamos en la fe cristiana?

¿Tienes miedo de que Sebastián y yo hagamos el amor?

—¡Ja! —volvió a relamerse la anciana.

—¡Mamá! —se enojó Corina—. ¿Podrías dejar de hacer eso? Estás poniéndome nerviosa.

—Es que tu hija de diecisiete años parece la adulta, y tú, la adolescente, Corine.

—No digas estupideces. Soy su madre y tengo derecho a saber.

—Mamá, quédate tranquila. Sebastián y yo somos jóvenes, no idiotas. No vamos a hacer nada que nos perjudique, ni que comprometa nuestros planes para el futuro.

—Pero tu padre está… —Corina calló de pronto.

—Papá está ¿cómo?

—Nada. Dijimos que no hablaríamos de él.

—¿Papá está enojado porque Sebastián duerme a veces en casa de tía Claudia?

—Sí —admitió Corina a regañadientes.

—¿Le preocupa que yo cometa el pecado de fornicación y que ya no sea virgen, como la madre de Jesús?

—Tuerces todo, hija. Lo haces parecer pacato y ridículo.

—¿Acaso no lo es? —intervino la abuela Kathleen.

—*Shut up, mother!* Tu padre y yo queremos lo mejor para ti, Bianca, aunque te cueste creerlo. Y no sabemos si un chico como Sebastián, bastante mayor que tú, con esa belleza desconcertante y ese *savoir-faire* con las mujeres, sea bueno para nuestra hija. Tenemos miedo de que te haga sufrir. De que te use y luego te deseche, como habrá hecho con varias.

—*Really, Corine!* —se escandalizó la abuela—. ¿En verdad crees que un muchacho que está usando a tu hija para el sexo habría hecho todo lo que hizo por ella cuando el idiota de tu marido la golpeó y ahora estaría jugando con sus hermanitos en el zoológico un sábado por la tarde?

—Yo no podría haberte dado una mejor respuesta, mamá.

—Es imposible entablar una conversación con ustedes. Pero quiero que sepas que si tu padre fuera el ogro que tú dices, ya te habría obligado a regresar a casa por la vía legal. Tú eres menor de edad. ¡Tienes que estar con tu familia!

—¿Papá te dijo eso, que piensa obligarme a volver por la vía legal?

—No… Bueno, lo mencionó, pero como al pasar.

—Que no se atreva, mamá. Te aconsejo que lo disuadas, porque si él me obliga a volver, yo voy a denunciarlo por golpeador. Vamos a ver quién gana.

—¡Hija! ¡Tu padre no es un golpeador!

—¿Ah, no? Yo creo que sí.

—¡Dios mío! —se lamentó Corina—. Esto parece una pesadilla de la cual no logro despertar. Mi hija no quiere volver a casa, con su familia, y cree que su padre es un golpeador. Jamás pensé que me tocaría vivir algo tan doloroso.

—Mamá —dijo Bianca, con acento conciliador—, no quiero que te preocupes por mí. Estoy bien, en verdad. Me siento feliz. ¿Eso no cuenta para ti?

—¡Por supuesto que cuenta!

—Entonces, quiero que te quedes tranquila. Sebastián me ama. Y yo lo amo a él. Nadie sabe qué nos depara el futuro. Por ahora, tomo lo que el presente me da y lo disfruto a pleno. Es lo más sabio, desde mi punto de vista.

Cayó un silencio entre las mujeres. Cada tanto, soltaban risitas a causa de las ocurrencias de los niños y de las monerías de Gálvez para divertirlos. Fue Corina la que retomó la conversación.

—La noche… Bueno, aquella noche, cuando tu tía Claudia habló con tu padre, le dijo que estás tomando clases de canto lírico con una profesora muy buena.

Tal vez por su naturaleza acuariana, reacia a abrirse; tal vez porque se había acostumbrado a esconder sus deseos para evitar ser castigada; o simplemente porque no quería compartir su pasión por el canto con sus padres, Bianca se mantuvo callada.

—¿Es así? —insistió Corina, y Bianca asintió—. Claudia dice que eres muy buena.

—¡Cómo me gustaría oírte cantar! —exclamó la abuela Kathleen—. ¡Qué orgullosa me sentiría viéndote interpretar alguna de mis óperas favoritas!

—¿Cuáles son? —se interesó Bianca, y la conversación tomó derroteros que no le permitieron a Corina seguir indagando.

* * *

Ese sábado por la noche dormirían en la casa de Gálvez, otra vez solos, ya que Gladys había viajado a Rosario para visitar a su "amiga". El beso se desmadró en el ascensor, por lo que, cuando Gálvez atinó con la llave y abrió, entraron como una estampida. Gálvez pateó la puerta, que se cerró con estruendo, y echó la traba sin mirar, mientras devoraba la boca de Bianca, que, a ciegas, se ocupaba de desabrocharle los jeans. Se puso de rodillas e introdujo el pene de Gálvez en su boca, que se sacudió y gimió.

—Tengo un condón en el bolsillo del pantalón. Sí, en ése. Ponmelo, amor.

Lo hicieron en el primer lugar donde aterrizaron, sobre la mesa del comedor, y se amaron con una desesperación que, más tarde, al meditar, Bianca asoció a la participación de Corina en la salida al zoológico. Gálvez se había sentido amenazado por la presencia de su suegra, como si la mujer hubiese llegado con instrucciones para robársela, y en ese momento en el cual se impulsaba dentro de ella con agresividad y que la miraba a los ojos casi con rabia, descargaba los sentimientos negros alimentados durante la tarde.

Aún agitados y estremecidos por el orgasmo, se aferraban el uno al otro buscando el último vestigio de placer que brotaba del punto por el cual sus cuerpos se unían. Con Gálvez todavía dentro de ella, Bianca le susurró:

—Te amo por lo que hiciste.

—¿Qué hice?

—Ir a ver a papá al banco y dejarle claro que ahora estás tú para defenderme.

Gálvez mantuvo el rostro oculto en el cuello de Bianca y guardó silencio durante unos segundos.

—Tu mamá te lo dijo, ¿no?

—Sí.

—Yo no quería que lo supieras.

—¿Por qué?

—Porque no quiero que te preocupes. Tú te preocupas mucho por todo.

—No estoy preocupada, Sebastián. Estoy agradecida.

—¿Tu mamá te dijo que lo ataqué? Físicamente, me refiero.

—Sí. Me dijo que le hiciste algo que hizo que la garganta le doliera durante varios días.

—Me alegro. Hijo de puta.

—¿Qué le hiciste?

—Le apliqué un *grappling*, una técnica de ataque —explicó—, que nos enseñan en Wing Chung. Es muy efectiva porque paralizas al otro al dejarlo sin respiración. Así sabe lo que se siente ser golpeado, perro, hijo de su puta madre. Y fui suave. Lo tendría que haber molido a palos.

—Gracias por defenderme tanto.

—Lo haría con mi vida, ya te lo dije.

—Sí, lo sé.

Se quedaron callados. Poco a poco, sus respiraciones se normalizaban y sus espíritus se aquietaban; sin embargo, ninguno hacía el intento por apartarse del otro.

—Tu mamá te habló mal de mí, ¿no?

—Sí.

—¿Qué te dijo?

—Que me querías para el sexo y que después me ibas a dejar.

—¿Qué? ¿Está loca? Y tú, ¿qué le dijiste?

—Yo, nada. Fue mi abuela la que respondió. Le dijo que era una estupidez pensar que me quisieras sólo para el sexo habiéndome defendido de papá como lo hiciste y habiendo invitado a mis hermanos al zoológico un sábado por la tarde.

—Amo a tu abuela, es un genia.

—Sí, una ídola. Mamá también dijo que eres buen mozo hasta el hartazgo…

—¿Así dijo, hasta el hartazgo?

—Sí.

—Qué rara expresión.

—Mamá es un poco rara. También dijo que eres seductor. Que las mujeres seguramente se te arrojan a los brazos y que no sabe cómo haces para no serme infiel. Que eres violento y que tienes mucha fuerza.

—Y tú, ¿qué le dijiste?

—Que no eras violento y que serías incapaz de pegarle a una mujer.

—¿Y con respecto a lo de ser infiel?

—Que me amabas demasiado para traicionarme.

—¡Chúpate ésa! —la besó en los labios—. Te ganaste un premio por haber dado la mejor respuesta.

—¿Cuál premio?

—Lo voy a pensar. Pero podríamos comenzar por bañarnos juntos y hacerlo otra vez en el agua. Fue alucinante la vez que lo hicimos en casa de tu tía. ¿Hay tiempo? —se preguntó, y consultó la hora—. En un rato tenemos que salir para el bar, pero sí, hay tiempo —decidió, y le sonrió mostrándole todos los dientes, esa sonrisa amplia que Bianca amaba y que la hizo sonreír a su vez de pura dicha.

* * *

Salvo por la tristeza que experimentaba cada vez que se despedía de sus hermanos, Bianca admitía que su nueva vida era mejor que la anterior. La vivía con más intensidad, y la razón era una sola: se sentía libre, como si se hubiese desembarazado de un peso agobiador; ahora respiraba profundamente. Hasta haber tomado la decisión de escapar y buscar refugio en casa de Claudia, no había tenido conciencia de cuánto la limitaba, la entristecía y la abrumaba vivir bajo el mismo techo que su padre. En ese momento, las palabras que Alicia había pronunciado meses atrás y en las que ella había meditado a menudo, cobraban un significado profundo: "Ese Saturno en la Casa I te exige encajar en esquemas muy rígidos que van en contra de tu naturaleza uraniana. Tu desafío en esta vida, Bianca, es ser tan libre y distinta como Acuario te exige y no sentirte culpable por eso".

En esta nueva etapa, hasta tenía la impresión de que cantaba mejor. No sabía si adjudicarlo a la nueva profesora, a las lecciones de natación o a la sensación de libertad recién adquirida, o a las tres cosas; como fuese, vocalizaba mejor, tenía más potencia y accedía a registros muy altos más fácilmente. La Castro estaba satisfecha y se lo decía a menudo. Había dispuesto que comenzaran a trabajar en el examen que Bianca haría a fines del año siguiente, por lo cual Gálvez y ella habían concurrido al Instituto Superior de Arte del Teatro Colón, donde tomaron el programa y los apuntes de lenguaje musical.

—No entiendo nada —admitió él mientras paseaba la vista por los pentagramas cargados de notas—. ¿Qué es eso?

—La clave de fa. Como la clave de sol, pero ésta es de la nota fa. También está la de do.

—¿Puedes leer todo esto?

—Sí.

—Te admiro. Para mí es chino básico.

—¿No te acuerdas nada de la clase de Música del cole?

—No. Nunca le di importancia. Aprobaba de churro, y al día siguiente me olvidaba de todo.

—La música es como cualquier lenguaje. Una vez que aprendes la simbología, como si aprendieras las letras de un alfabeto, lo lees y escribes sin problema.

—Lo mismo, te admiro.

—Gracias. Me gusta que me admires.

—Soy tu admirador número uno, amor.

* * *

—Necesito ir a casa a buscar algunas cosas —anunció Bianca.

—¿Qué cosas? —preguntó Gálvez, con el entrecejo apretado—. ¿No te las puede traer tu abuela?

—No, mi amor. Necesito ir. Hay cosas en mi mesa de luz que están bajo llave y que quiero tener conmigo. Otras están en el clóset, y no sé cómo explicarle a mi abuela dónde tiene que buscarlas porque ni yo me acuerdo dónde las puse.

—No quiero que vayas.

—Vamos juntos cuando no haya nadie.

—Bianca, en tu casa *siempre* hay alguien.

—No. A las doce y cuarto, mi mamá y mi abuela llevan a Feli y a Louli al jardín maternal, y después van al súper. La casa queda sola por un rato. Podemos ir en ese momento. ¿Sí? ¿Vamos?

—A las doce y cuarto estamos en el cole todavía.

—Yo le pido a Rita que nos deje salir un ratito antes. Con el auto, en cinco minutos estamos en casa.

—Si Rita te deja…

—Sí, Rita es lo máximo. Seguro que nos deja.

Rita, la preceptora, la misma del año anterior, los autorizó cuando Bianca le contó cómo estaban las relaciones con su familia.

—Háganlo el viernes, que tienen Arte, y María Amelia —la preceptora se refería a la profesora— es amiga mía y no va a tener problema en dejarlos salir unos minutos antes. Yo se lo pido.

—¡Gracias, Rita! —exclamó Bianca—. Te debo una.

* * *

El viernes 22 de junio, Bianca saludó a Camila con disimulo y abandonó el aula unos minutos antes de que sonase el timbre, seguida por Gálvez. Los compañeros silbaron y pronunciaron comentarios subidos de tono hasta que la profesora los amenazó con hacerles una prueba sorpresa sobre el impresionismo.

Llegaron a casa de Rocamora pasadas las doce y veinte. Incluso desde la recepción del edificio, escucharon golpes, como si alguien intentase tirar abajo una puerta. En el ascensor, a Bianca los latidos se le dispararon cuando reconoció la voz de su vecino que vociferaba el nombre de su hermana.

—¡Es Chicho!

—¿Quién es Chicho?

—Nuestro vecino. ¡Dios mío, está llamando a Lorena y golpeando la puerta! Vamos, vamos, por favor, vamos —repetía en un intento por acelerar la velocidad del ascensor, mientras aprestaba las llaves.

El ascensor llegó a su destino, y Gálvez deslizó las puertas con rapidez. Bianca salió primero y se topó con Chicho, que aporreaba la puerta y le pedía a Lorena que lo dejase entrar. Gálvez se quedó perplejo ante el vecino: era una mole; tan alto como él, pero dos veces su tamaño. De hecho, la puerta era blindada; en caso contrario, ya la habría echado abajo.

—¡Chicho!

—¡Pulga!

—¿Qué pasa, por Dios santo? —preguntó, al tiempo que insertaba la llave en la cerradura.

—Tu hermana grita como loca, tu papá también. Creo que la está golpeando.

—¡Qué!

La puerta se abrió, y Chicho y Gálvez se precipitaron en dirección a la sala. Durante unos segundos, sus figuras le bloquearon la visión, y Bianca no consiguió ver qué sucedía. Corrió detrás de ellos, y entonces vio a Chicho que asestaba un puñetazo en el estómago a su padre, y a Gálvez, que recogía a Lorena, en posición fetal en el suelo.

—¡Lore! —emitió un sollozo al verla tan lastimada. La sangre le brotaba por la nariz y por una cortada en el labio.

—¡Sáquenme e'acá! —farfulló Lorena de modo casi ininteligible.

—Sí, sí —contestó Bianca—. Chicho, ¿podemos ir a tu casa un momento?

—¡No, no! Sáquenme d'aquí. Tía Claudia.

Rocamora se incorporó, con la mano contra el estómago. Se apoyó en el respaldo de su sillón, desde donde fijó un vistazo furibundo a Gálvez.

—No te atrevas a llevártela —amenazó, con la voz tensa.

—La voy a llevar a la policía, así te meten preso, hijo de tu puta madre. Golpeador de mujeres.

—¡No policía! —gritó Lorena.

—¡Basta! —intervino Chicho—. Vamos a llevarte al hospital.

—¡No se atrevan a cruzar esa puerta con mi hija! ¡Los voy a denunciar por secuestradores!

Bianca soltó un alarido cuando Gálvez se arrojó sobre Pablo Rocamora y los dos rodaron sobre el parqué, entreverados como fieras. Tras un momento de forcejeo, Gálvez ganó preponderancia y se elevó sobre el hombre. Le descargó varios golpes en la cara, y, con cada trompada, soltaba un insulto.

—¡Basta! ¡Basta! ¡Chicho, por favor! ¡Páralo! ¡Lo va a matar!

Chicho aferró a Gálvez por las axilas y lo quitó de encima de Rocamora. Gálvez, completamente alienado, intentó abalanzarse sobre su adversario de nuevo, pero Chicho, que era más fuerte, lo detuvo.

—¡Basta! ¡Lo vas a matar! ¡Tranquilízate! —lo instó, al tiempo que lo sacudía por los hombros—. Hay que llevar a Lorena al hospital. Vamos. No perdamos tiempo.

Chicho la cargó en brazos, y Bianca y Gálvez salieron detrás de él. Como el ascensor era pequeño y no cabían los cuatro, ellos fueron por la escalera. En tanto bajaba a toda prisa, Bianca intentaba oír si su padre los seguía, pero le pareció que no. En la planta baja, Chicho empujó la puerta que conducía al garaje del edificio.

—Vamos en mi camioneta.

—Te seguimos en mi auto.

—Chicho, vamos al Italiano —indicó Bianca.

—Okei.

—¡No, no! ¡Italiano no! ¡No! —Lorena se rebulló con tanto brío que estuvo a punto de caer—. ¡No, Pulga, no!

—Estás muy lastimada, Lore. Quiero que te vea un médico.

—No, a la tía. ¡Ahí!

—Síguenos, Chicho —claudicó.

Una vez que estuvieron en camino, Bianca llamó por teléfono a Claudia.

—Tía, estoy llevando a Lorena a tu casa. Papá la golpeó, pero ella no quiere ir al Italiano. ¿Podrías pedirle a Óscar que vaya a tu casa para revisarla y curarla un poco?

—Sí, obvio. Ahora mismo lo llamo.

El Maestro Luz los aguardaba en la puerta del edificio con un maletín en la mano, cuando los dos vehículos frenaron de golpe. Bianca les franqueó el paso a la recepción y, antes de que el hombre subiera al ascensor con Lorena en brazos de Chicho, le entregó su juego de llaves. De nuevo, ella y Gálvez subieron por la escalera.

Ya habían llevado a Lorena a la habitación de Bianca, y yacía sobre su cama. Le habían taponado la nariz con algodón. El Maestro Luz buscaba quebraduras en las piernas cubiertas por medias de lycra llenas de roturas; le faltaba un zapato.

—Salgan, por favor —pidió el médico—. Tú no, niña bonita. Ayúdame a desvestirla. Tengo que revisarle las costillas.

Lo hicieron con extremo cuidado, y Bianca se mantuvo atenta a las indicaciones del Maestro Luz, quien, luego de comprobar que no hubiese quebraduras, le tomó el pulso, la presión, le estudió el reflejo de las pupilas y le hizo preguntas para comprobar que Lorena estuviese en uso de sus facultades.

—Trae un recipiente con agua tibia —le pidió a Bianca—. Vamos a limpiar un poco las heridas sangrantes.

En la cocina, se encontró con que Gálvez había preparado café para él y Chicho y que lo bebían en silencio.

—¿Cómo está? —preguntaron al mismo tiempo.

—No tiene quebraduras, y Óscar dice que sus reflejos responden bien.

—¡Gracias a Dios! —suspiró el vecino, y Bianca esbozó una sonrisa inspirada por la mueca de alivio del muchacho, cuyo rostro bonachón siempre le había parecido fuera de lugar en un cuerpo tan enorme y macizo.

Bianca regresó con un tazón de vidrio con agua caliente y lo depositó sobre la mesa de luz. Lorena contemplaba el cielo raso con los ojos bien abiertos y sin pestañar.

—¿Lore? —su hermana no le contestó—. ¿Qué le pasa?

—Está en estado de shock. Ya le inyecté un tranquilizante. Se va a dormir en un rato.

Bianca tomó la mano de su hermana y la besó.

—Lore —sollozó.

—Él lo sabe —musitó la chica antes de quedarse dormida.

* * *

Invitaron a Chicho a comer en casa de Claudia las empanadas que Gálvez pidió por teléfono. Bianca, sin apetito, picaba sólo las orillas, mientras intentaba armar el rompecabezas en el que se había convertido su mente. Pablo Rocamora nunca había puesto una mano encima de su favorita. ¿Qué había desencadenado esa violencia? "Él lo sabe", había pronunciado Lorena. ¿Qué sabía? Bianca bajó los párpados en la actitud de quien se niega a enfrentar la realidad, porque la aterraba que Rocamora se hubiese enterado del secreto de su hermana.

—Amor, quiero que comas al menos una empanada.

—No tengo hambre.

—Vamos, niña bonita. Sebastián tiene razón. Necesitas estar fuerte para cuando se despierte tu hermana.

Asintió y dio un bocado. El sabroso jugo de la carne le inundó la boca y le estimuló el apetito; comió dos empanadas, y Gálvez la premió con una de sus sonrisas.

—Chicho, ¿qué fue lo que escuchaste?

—Lo primero que escuché fue un portazo. Me di cuenta de que había sido la puerta principal. No le hice caso. Pensé que se había cerrado con el viento. Cuando estaba por reanudar lo que estaba haciendo, escuché la voz de tu padre, que llamaba a Lorena. Me pareció muy desencajado, tu papá. Me quedé quieto, oyendo. Lorena gritó "¡No, no!", entonces salí al pasillo e intenté entrar, pero la puerta estaba con llave. Me desesperé porque Lorena gritaba como loca, y tu papá...

—¿Qué decía papá, Chicho? Por favor, dime.

—Le gritaba que era una puta, una mujerzuela, una inmunda prostituta.

Los párpados de Bianca volvieron a cerrarse e inclinó la cabeza hacia delante. Sintió que la mano de Gálvez la buscaba y se la apretó bajo la mesa. No cabía duda: Pablo Rocamora había descubierto el oficio de su hija mayor, de su favorita y consentida. ¿Cómo habría ocurrido?

—Qué suerte que estabas ahí, Chicho.

—De pura casualidad. Me había olvidado de unos papeles en casa que necesitaba para el trabajo, por eso estaba ahí. De todos modos, no pude hacer nada por ella. Era imposible tirar abajo esa puerta. Si tú no hubieses llegado... —dijo, y sacudió la cabeza.

La amargura del muchacho conmovió a Bianca. Era mayor que Lorena, le calculaba unos veintitrés años. Lo conocían desde que, siendo niñas, se habían mudado a ese edificio. Él se había mostrado amistoso desde el momento en que se las cruzó en el pasillo, y Bianca sonrió para sí al recordar sus modos un poco torpes y bien intencionados. Creía que Chicho se había enamorado de su hermana a primera vista. Lorena, sin embargo, lo consideraba un "gordito idiota y pesado".

—Estaba a punto de llamar a la policía cuando ustedes llegaron.

—Gracias de todos modos, Chicho. ¿No tienes que volver a la oficina?

—Sí, pero ya llamé a mi papá y le dije que se me había presentado un problema, que no iba a volver enseguida. De algo tiene que servir ser el hijo del dueño del bufete, ¿no?

—Sí, supongo que sí —sonrió Bianca.

—¿Tú eres abogado? —se interesó Gálvez.

—Sí, apenas recibido, debo aclarar.

—¿Podemos denunciar a Rocamora por esto?

—Sí, por supuesto, pero mejor habría sido ir al hospital para conseguir un certificado médico o haberla llevado a la comisaría para que la revisaran los médicos forenses. De todos modos, con nuestros testimonios serviría.

—No —dijo Bianca—, nada de denuncia. Lorena no quiere, ya la escucharon.

—Pero, amor…

—Lo siento, pero Lorena fue muy clara: nada de policía. Sus razones tendrá —concluyó, y miró fijamente a Gálvez, que asintió con aire derrotado.

—Entonces tu padre se saldrá con la suya de nuevo.

—¿De nuevo? —preguntó Chicho.

—Hace unas semanas golpeó a Bianca también.

—Ah, sí, me acuerdo de que, cuando eras chica, te pegaba bastante seguido. Una vez te refugiaste en casa y mi mamá te mimó hasta que dejaste de llorar.

Gálvez descargó el puño sobre la mesa, y sobresaltó a Bianca y a Chicho. El Maestro Luz, en cambio, no se inmutó; continuó en silencio, con actitud observante.

—¡Mierda, Bianca! Me dijiste que te había pegado *algunas veces*. Ahora él dice que *bastante seguido*. ¿Y no quieres que lo mate? ¿Al menos que lo meta preso?

La impotencia de Gálvez le provocó una honda tristeza, porque comprendía la profundidad de su sentimiento; le resultaba fácil tomar su lugar y padecer la pena del ser amado sin poder hacer nada para borrarla.

—Mi amor, todo eso ya pasó.

El timbre del interfón la interrumpió. Gálvez se levantó para atender. Gracias a la cámara de seguridad, se dio cuenta de que eran Corina, Kathleen y Rocamora.

—Si Rocamora llega a poner un pie dentro del edificio, lo saco a patadas. Sólo usted, Corina, y su mamá pueden entrar. ¿He sido claro?

—Sí —contestó la abuela.

Gálvez oprimió la chicharra y esperó hasta comprobar que sus órdenes se cumpliesen. Bianca abrió la puerta incluso antes de que el ascensor llegase al piso de Claudia.

—¿Qué pasó? —exclamó Corina, y se precipitó dentro—. ¿Dónde está Lorena?

—Aquí, mamá. Ven, sígueme. Óscar le inyectó un calmante y está dormida.

—¿Quién es Óscar?

—El Maestro Luz, el guía espiritual de tía Claudia.

—¿Cómo es que él le inyectó un calmante a mi hija?

—Es médico, mamá. Quédate tranquila.

Bianca acercó una silla a la cabecera de la cama, y Corina tomó asiento. Hizo otro tanto para Kathleen, que se ubicó junto a su hija. Bianca se puso de rodillas del otro lado y entrelazó los dedos con los fríos de su hermana.

—La golpeó mucho —lloriqueó Corina—. Dios mío…

—Es una bestia —farfulló Kathleen en inglés.

—Su hija estará bien, señora —pronosticó el Maestro Luz, al tiempo que entraba en el dormitorio.

Chicho y Gálvez permanecieron bajo el dintel.

—¿Sí?

—Físicamente está bien. Tendrá moretones y contusiones durante algunas semanas, pero no hay ningún daño permanente. Al menos ninguno que yo pueda detectar con las rudimentarias herramientas con las que cuento.

—¿No la llevaron al hospital? —se horrorizó la madre.

—Ella no quería, mamá. Se puso histérica cuando quisimos llevarla. Si decíamos la palabra policía u hospital, se ponía como loca. Así que la trajimos aquí, y Óscar la revisó y la curó.

—Gracias —musitó Corina, en dirección al Maestro Luz, y, durante un momento, prestó atención a su atuendo extravagante.

—De nada.

—Soy la mamá de Lorena. Mi nombre es Corina. Y ella es mi madre. Kathleen.

Se saludaron con un apretón de manos.

—Encantado de conocerlas. ¿Usted cómo se siente, Corina? Veo que está encinta.

—Sí, pero me siento bien.

—Me gustaría tomarle la presión.

—¡Sí, por favor! —intervino Kathleen—. Mi hija ha tenido episodios de presión alta desde hace unas semanas. Me preocupa.

En silencio, el Maestro Luz extrajo el estetoscopio y el tensiómetro del maletín, que había dejado en la habitación, y se acercó a Corina.

—¿Me permite?

Bianca la ayudó a quitarse el abrigo y a arremangarse la blusa. El Maestro Luz se condujo con delicadeza al ajustarle el brazalete en torno al brazo.

—Está un poquitico alta —diagnosticó, al cabo—, lo cual es normal dada la situación, pero no tan bueno en su estado. Le recomiendo que se recueste y haga unos ejercicios respiratorios que yo le indicaré.

—Aquí tengo tus gotas, hija —apuntó Kathleen; al Maestro Luz le explicó—: Se las recetó el obstetra.

—Pues que las tome.

—Voy por agua —dijo Bianca.

—Yo la traigo —se ofreció Gálvez.

—Vamos a la otra habitación, mamá, así te recuestas.

Corina miró a Lorena antes de irse por el pasillo. Bianca la tomaba por la cintura y la guiaba. Una vez que su madre estuvo acostada, le quitó los zapatos y la cubrió con una manta.

—Cierre los ojos, Corina, y busque distender todos los músculos y los miembros. Comience por los dedos del pie.

Incluso a Bianca, la voz serena y monótona del Maestro Luz fue sumiéndola en un letargo. Gálvez apenas la tocó en el codo para entregarle el agua.

—Toma, amor.

—Gracias. Óscar, aquí está el agua para mamá.

Bianca la ayudó a incorporarse, y Corina tomó la medicación. Volvió a recostarse y prosiguió con las indicaciones del hombre. Sonó su celular, y Bianca se apresuró a responderlo por ella, fuera del dormitorio. Era Pablo Rocamora.

—Soy Bianca, papá.

Se hizo un silencio en la línea. Era la primera vez en más de un mes que hablaban.

—Pásame a tu madre.

—Mamá está descansando. Le subió la presión.

—¿Y Lorena?

—Le dieron un calmante y está durmiendo.

—Ábreme la puerta, Bianca. Déjame pasar.

—No. Ya oíste lo que dijo Sebastián.

—¿Quién mierda es ése para impedirme estar con mi mujer?

Bianca cortó la llamada. El teléfono volvió a sonar, pero Bianca lo apagó. Rocamora oprimió el timbre del interfón y no lo soltó. Gálvez se hizo cargo de la situación, y, pese a las súplicas de Bianca, él y Chicho bajaron. Rocamora los vio descender del ascensor y se marchó. Los muchachos regresaron sin haber intercambiado una palabra con él.

* * *

Corina despertó alrededor de las seis de la tarde y expresó no haber dormido tan profundamente en años. Se levantó fresca y renovada, y marchó al dormitorio de su hija mayor, que todavía se hallaba sumida en el sopor del tranquilizante. Le pasó la mano por la frente y la notó fresca.

—¿Óscar ya se fue?

—Sí —contestó Bianca, de pie a su lado—. Tenía un compromiso. Dijo que va a volver esta noche. Cena casi siempre con nosotros.

—¿Es el novio de Claudia?

—No, es su amigo y su maestro espiritual.

—Ah. ¿Por qué se viste tan raro?

—No lo sé.

—Parece loco.

—Pero no lo es.

—¿Sebastián se fue?

—No, está con Granny. Chicho se fue. Tenía que volver a su trabajo.

Corina acarició la mejilla de Lorena, donde un moretón le oscurecía la piel diáfana.

—¿Qué pasó, Pulga?

—Sebastián y yo llegamos alrededor de las doce y veinte y oímos desde la planta baja que Chicho golpeaba la puerta y le pedía a Lorena que lo dejase entrar. Cuando entramos, papá la estaba golpeando en la sala. Ella estaba en el suelo y él le pegaba.

—¿Por qué?

—No lo sé, mamá.

—¿Qué pasó, Dios bendito? Él jamás le había pegado. Debió de suceder algo terrible. Dame el teléfono, tengo que hablar con tu padre.

Bianca lo encendió y se lo pasó.

—Pablo, soy yo. Estoy bien. No, ya se normalizó, no te preocupes. ¿Fuiste a buscar a los chicos? ¿Dónde estás? No, todavía no vengas a buscarme. Lorena no se ha despertado aún y quiero hablar con ella. Quiero que me explique qué pasó. ¿Por qué, Pablo? ¿Por qué le pegaste tan salvajemente? Tiene la cara llena de moretones y está toda hinchada. Estaba en estado shock. Hubo que dormirla. ¿Por qué? Está bien, esta noche hablamos.

Las miradas de Corina y Bianca se anclaron la una en la de la otra. Los labios de la mujer comenzaron a tremar, y lo mismo hicieron los de la más joven. Lorena se rebulló y emitió quejidos débiles. Corina y Bianca la contemplaron con ansiedad. Sus pestañas aletearon. Abrió los ojos. Bianca la incorporó colocándole un brazo bajo el cuello y la instó a beber un sorbo de agua.

—¿Qué pasó? —preguntó Lorena con voz rasposa.

—Te inyectaron un calmante para que te durmieras —explicó Bianca—. Óscar dijo que estabas en estado de shock. Estás en casa de tía Claudia —agregó, cuando su hermana estudió el entorno con gesto confundido.

—¿Qué pasó, hija? Tu padre no me explicó nada. Sólo me dijo que te había dado una paliza que merecías.

Lorena frunció el rostro en la mueca de quien empezará a llorar y giró la cabeza para no enfrentar la mirada de su madre.

—Las dejo solas para que hablen.

—No, Pulga —habló Lorena—. No te vayas.

—Por favor, Lorena, necesito que me expliques qué pasó.

—Esta mañana, papá me vio salir de un hotel de paso que hay en el centro con un hombre.

—¿Qué? No es posible, hija. No es posible.

Bianca temió que la presión de su madre se disparase, por lo que aprestó el celular para llamar a la ambulancia del Italiano.

—Mamá, por favor, déjame hablar. Ya sé que te parece raro, pero es así.

—¿Quién es ese hombre? ¿Un novio que no nos presentaste?

—Armando.

—¿Qué Armando?

—Armando Velázquez.

—¿El amigo de tu padre? —Lorena asintió—. Oh, Dios mío… Él está casado. Él es muy católico. No pueden ser amantes. Podría ser tu padre.

—No somos amantes. Armando es mi cliente.

—¿Cliente?

Bianca echó la cabeza hacia delante y apretó los párpados. Se habría tapado los oídos para no escuchar la explosión que su hermana provocaría al soltar la bomba.

—¿Cliente de qué, hija?

—Además de trabajar como modelo, también trabajo como prostituta.

Corina se la quedó mirando, mientras una sonrisa incrédula le despuntaba en los labios. Sacudió ligeramente la cabeza.

—No —susurró—, no... Mi hija... ¡¡Nooooo!! —se puso de pie de un salto y la silla cayó detrás de ella—. ¡¡Noooo!! ¡Mi hija no!

Lorena se cerró en posición fetal y empezó a llorar. Bianca aferró a su madre por los brazos y la sacudió. Pensó que ella tenía una conexión especial con Corina, que su Luna-Neptuno la dotaba de un poder sobre ella y se dispuso a usarlo.

—¡Mamá! —le gritó—. ¡Mamá, mírame a los ojos! ¡Mamá, mírame a los ojos! Así, muy bien. Mírame, mamá. Tranquila. No es nada, mamá. No es nada. No es grave. Respira como te enseñó Óscar —Bianca ejecutó el ejercicio, y Corina la imitó de manera autómata—. Vamos, mamá. Así, muy bien. Tranquila. Otra vez.

Gálvez y Kathleen corrieron a la habitación al escuchar los gritos.

—¡Hija! ¿Qué pasa? ¿Por qué estás tan pálida?

Gálvez levantó la silla del piso y ayudó a Bianca a sentar a su madre.

—Mamá, si no te serenas, vamos a tener que llevarte al Italiano. Si la presión se te dispara, puede ser grave. Cálmate.

—Sí, sí. Por favor, déjenme a solas con Lorena. Necesito hablar con ella. Tú no, Pulga. Tú quédate. Por favor, Sebastián, cierra la puerta.

—Sí, Corina.

Parecía difícil sortear el silencio que se había apoderado de la habitación. Lorena permanecía hecha un bollito en la cama, mientras Corina la observaba, incapaz de llegar a ella.

—Lore —Bianca se sentó en el borde de la cama y apartó el pelo de la cara de su hermana—, Lore, no tengas vergüenza. Cuéntanos todo, así te alivias. No te vamos a juzgar.

—*Tú* no me vas a juzgar. A mamá le doy asco.

—No, hija, no. Es que…

—Sí, te doy asco.

—Lore, tienes que admitir que es una noticia un poco dura de digerir. Mamá no se la esperaba. Tienes que comprenderla. Anda, siéntate un ratito —Bianca acomodó la almohada sobre el respaldo y la ayudó a incorporarse—. ¿Quieres tomar algo? ¿Un tecito? No has comido nada.

—No.

—Cuéntame, hija. ¿Qué pasó con papá hoy?

—Dice que me vio salir del hotel con Armando. No sé, yo no lo vi. Me fui para la casa. Al rato, él entró como un loco llamándome a gritos. Me dijo que nos había visto y que después había encarado a Armando en el banco.

—Dios mío… En el banco, frente a todo el mundo.

—Mamá, por favor —le reprochó Bianca.

—Armando le dijo que yo no era su amante, que era una prostituta a la cual pagaba a cambio de… Papá no le creyó. Armando le dijo que mi agente era el que concertaba las citas…

—¿Ricky Fischer? —Lorena asintió—. ¡Maldito delincuente! ¡Nunca me gustó!

—Mamá, yo ya me dedicaba a esto antes de conocer a Ricky.

—¿Cómo?

Lorena le relató su historia que comenzó cuando, a los dieciséis años, obtuvo sus primeras ganancias por dar un beso en un antro. Corina la miraba con labios entreabiertos y ojos fijos.

—¿Qué hice para equivocarme tanto como madre? ¿Qué? ¿Por qué, Lorena?

—Quería tener cosas, muchas cosas caras que ustedes no podían darme. Además, era divertido. Conseguir dinero de ese modo no me costaba, y ganaba mucho.

—Dios mío… Señor mío… Cosas caras. ¿Por qué querías cosas caras? ¿Para qué?

"Tu hija mayor es taurina, mamá. Obvio que quiere cosas caras, de marca y vivir como una reina. Es así, no puede evitarlo."

—Mamá… —Lorena estiró la mano, que Corina no aferró. La tomó Bianca y se la besó.

—Lore, no quiero que te avergüences. Tú sabes que yo nunca aprobé lo que hacías, pero no has cometido ningún delito. No le hiciste daño a nadie. No tienes que sentirte mal.

—¿Qué estás diciendo, Pulga? —Corina cayó en la cuenta del discurso de su otra hija—. ¿Tú sabías a qué se dedicaba tu hermana?

—Sí.

—¿Y nunca me lo dijiste? ¡Te lo callaste! ¿Cómo fuiste capaz, Bianca?

—Mamá… Era muy chica cuando me di cuenta. No sabía qué hacer. Tenía miedo de que papá la matase si se enteraba. Y no estaba tan equivocada. Tal vez lo habría hecho hoy si nosotros no hubiésemos llegado a tiempo.

—Dios mío… Esto es una pesadilla. En mi casa, ¡en mi propia casa!, mis dos hijas llevaban vidas paralelas, y yo estaba completamente al margen, como si fuese una empleada doméstica, una maceta.

—Mamá, cálmate —le ordenó Bianca—. Tengo listo el teléfono para llamar al número de emergencias del Italiano. Si te pasas de la raya, lo hago. Y se acabó.

La autoridad de Bianca devolvió la sobriedad a su madre.

—¿Cómo lo supiste, hija?

—No importa. Me di cuenta.

—Y yo no. Tú, una nena, te diste cuenta. Y yo no.

—Es lo que te dije el otro día en el zoológico. Siempre has estado muy concentrada en complacer a papá y no has tenido tiempo para nosotros, en especial para nosotras dos.

Corina se cubrió el rostro y lloró.

* * *

El sábado por la mañana, Bianca se despertó temprano, comprobó que su hermana aún dormía y se preparó para ir al estudio de Feliciana. Necesitaba huir, sumergirse en el canto y olvidarse de lo vivido el día anterior. Llamó al celular de su abuela.

—Granny, buen día.

—Buen día, querida. ¿Cómo estás?

—Bien. ¿Puedes venir a casa de tía Claudia para quedarte con Lorena? Ella tiene que abrir el local y yo tengo mi clase de canto. No puedo faltar.

—Paso por tu casa primero para buscar una muda para tu hermana y después voy para allá.

—Gracias.

Feliciana Castro la notó ojerosa y mal dormida. Chasqueó la lengua y agitó el índice en el aire.

—Nada de empezar la clase con ese desánimo. Lo mejor para estos casos es una buena taza de té caliente. Esto me lo enseñó una soprano inglesa, una querida amiga que conocí en una temporada en el Covent Garden. Ella decía que un té caliente arreglaba cualquier problema.

Irma, el ama de llaves, les trajo una bandeja con el té, que la Castró sirvió. Bianca sorbió la infusión e inspiró su fragante aroma, y sí, se sintió mejor y, al cabo de una taza, con más energía.

—¿Dormiste mal anoche, querida? ¿Algún problema con tu príncipe azul?

—No. Ayer se presentó un problema en casa.

—¿Alguien cayó enfermo?

—No, por suerte no, pero… —Bianca se detuvo, movida por su costumbre de ocultar—. Usted sabe, Feliciana, en una familia tan grande como la mía, siempre hay problemas. Ya se solucionará —dijo, aunque lo dudaba. Pablo Rocamora jamás le perdonaría a Lorena que lo hubiese desacreditado frente a sus amigos, que lo hubiese dejado en ridículo y enfangado su buen nombre. La preocupaba Lorena, porque su vida daría un giro drástico cuando ella necesitaba estabilidad para sanar de su patología alimentaria.

—¿Más té? —ofreció la soprano—. Mientras lo tomamos, me gustaría que hablásemos acerca de las arias que vas a interpretar en el examen. Estuve leyendo los papeles que te dieron en el ISA y ahí dice que son cuatro, dos de las cuales deberán ser en italiano. ¿Has pensado en cuáles?

Se zambulleron en el mundo de la ópera y del canto lírico mientras sorbían el té, y Bianca pronto se olvidó de todo. A la una y cinco, la Castro detuvo la práctica de un aria de *Norma* al ver que Irma se presentaba en la sala para informar que el joven Sebastián había venido por la niña Bianca. ¡Qué rápido pasaba el tiempo en esa dimensión que componían Feliciana Castro, su piano y la música! Se sentía con fuerzas renovadas para regresar a casa de Claudia y lidiar con Lorena. Se despidió de su profesora y bajó ansiosa a la recepción. Al verla descender del ascensor, Gálvez le comunicó su alegría con una sonrisa de dientes desvelados y comisuras bien levantadas. Bianca traspuso la puerta de cristal y, como siempre, Gálvez la alzó en el aire y la besó en los labios.

—Te extrañé anoche —le confesó.

—Yo más —dijo Bianca.

—¿Cómo estás?

—Mejor. Cantar siempre me hace bien.

—Te amo.

Bianca se puso de puntitas y le echó los brazos al cuello.

—Ey, amor, ¿qué pasa?

—Nada. Te necesito —confesó al cabo.

—¿Para qué? —bromeó él.

—Para todo, para siempre.

Los brazos de Gálvez se cerraron un poco más en torno a su cintura, y la besó en la cabeza.

—Yo también, Bianca. Para todo, para siempre.

Permanecieron abrazados en medio de la banqueta, con el guardia del edificio que los observaba a través del cristal, y los transeúntes que los esquivaban.

—¿Qué tienes ganas de hacer? —quiso saber Gálvez.

—Quisiera volver a casa de mi tía. Tengo que relevar a mi abuela, que se quedó con Lorena.

—Vamos, entonces.

—Gracias.

—De nada, amor.

* * *

Apenas llegaron, Kathleen se marchó a casa de Rocamora. Corina, sin la ayuda de su madre ni la de Bianca, estaba al borde del colapso. Encontraron a Lorena en bata, desgreñada y con la cara hinchada.

—Hola, Lore.

—Hola. Hola, Sebas —saludó, con una sonrisa afable.

—Hola —dijo, y se inclinó para besarla en la mejilla—. ¿Cómo estás?

—Para la mierda. Parezco un monstruo.

Bianca desapareció un momento y regresó con la bolsa de hielo que Gálvez le había comprado tiempo atrás. Abrió el congelador y extrajo una charola de hielos.

—¿Por qué no te acuestas un rato hasta que esté el almuerzo y te pones esta bolsa en la cara? A mí me desinflamó muchísimo.

—Okei.

Bianca y Lorena se fueron al dormitorio. Bianca ordenó un poco las sábanas y las almohadas y ayudó a Lorena a quitarse la bata y a recostarse.

—No estoy paralítica. Puedo hacerlo sola.

—Está bien. Toma —le extendió la bolsa con el hielo—, póntela en la cara.

—¿Por qué haces todo esto? Yo te sigo odiando por haberme quitado a Sebastián.

—Problema tuyo si me odias. Y te ayudo porque te quiero.

—Si me quisieras no me habrías quitado al chico del que estoy enamorada.

—No te quité nada, Lorena, y tú lo sabes. Si quieres autoengañarte como has hecho toda la vida, adelante. Pero eres demasiado inteligente para creerte esa mentira.

Lorena soltó un suspiro y se puso la bolsa sobre los ojos. Bianca subió la persiana, abrió la ventana para airear el cuarto y se puso a ordenar la ropa.

—Susana vino a verme esta mañana.

—¿Tu terapeuta?

—Sí. Anoche la llamé y me dijo que fuese hoy a su consultorio para una sesión de emergencia, pero le aclaré que con esta cara no salía ni al pasillo. Así que ella vino para acá.

—¿Le contaste todo?

—Sí, todo.

—Qué bueno.

—Sí. Me dijo lo mismo que tú.

—¿Ah, sí? ¿Qué?

—Que no me avergonzara porque no le había hecho daño a nadie, sólo a mí misma.

—Y tú, ¿qué piensas? ¿Te hiciste daño a ti misma? Siempre decías que te gustaba el sexo y que te divertías haciéndolo.

—Nunca pensé que estuviese haciéndome daño a mí misma. Vivía sin pensar, creo. Hasta que Juanca me dijo que Sebastián sabía que yo hacía esto… Entonces, fue como si el techo se me cayera sobre la cabeza. Ahí empecé a tener conciencia de lo que estaba haciendo y de las consecuencias. Como nunca me había enamorado realmente de un chavo, no me interesaba lo que la gente pensase. Pero con Sebastián… Me sentí horrible. Sentí algo que jamás había sentido: me sentí sucia. ¿Qué te dijo él de mí?

—Nada.

—¿Nada?

—Me dijo que cada quien tiene que vivir la experiencia para la que vino a este mundo y que tú estabas viviendo la tuya.

—Sé que tú no le contaste nada. Juanca me explicó cómo fueron las cosas —Bianca asintió, mientras doblaba la ropa interior de su hermana—. Eres hermosa —pensó Lorena en voz alta.

—¡Gracias! —contestó Bianca, risueña—. Que me lo digas tú, la Claudia Schiffer argentina, me da esperanza.

—Gracias por nunca haberle dicho a nadie lo que hacía. Sobre todo, gracias por no habérselo dicho a él. Yo, en tu lugar, lo habría hecho.

—¿Por qué?

—Para asegurarme de que no se le ocurriera dejarme por ti. Aunque supongo que tú no necesitaste hacerlo porque sabes que él está loco por ti.

—No lo hice porque jamás te perjudicaría, no para asegurarme de que Sebastián estuviese conmigo. Así no me sirve. Detesto engañarme a mí misma. Quiero que las cosas sean genuinas, reales, verdaderas. Nada de mentiras, ni cosas forzadas. Las detesto. La verdad o nada.

—¡Guau! —Lorena se quitó la bolsa y elevó un poco la cabeza para mirar a su hermana—. Qué claro lo tienes, pendeja.

—Será porque me alimento bien y el cerebro me funciona.

—Auch.

—Me dijo mamá que estás desarrollando *un lado anoréxico* porque ahora no puedes vomitar tan fácilmente. Bueno, conmigo olvídate de ese lado. Vas a comer y listo. Así que ahora preparo algo y en un rato te llamo.

Lorena comió un bife con ensalada de tomate y huevo. Al principio, la incomodidad los obligaba a hablar con monosílabos y a mantener las miradas bajas.

—Qué buena ensalada, amor.

—Es porque la preparé con tomates cherry y le puse vinagre balsámico en vez del blanco.

—La mía no tiene vinagre balsámico —se quejó Lorena.

—A tu porción no le puse porque te iba a hacer arder las cortadas que tienes en el labio.

—Ah, sí, claro.

—Está buenísima —insistió Gálvez—. ¿Hay más?

—Sí —Bianca le sirvió lo que quedaba—. Tengo más tomates y huevos duros. Puedo preparar otra en un segundo.

—No, con esto está bien. Gracias.

—¿Qué? —dijo Bianca a su hermana, que la miraba con fijeza.

—Eres la mejor persona que conozco.

Bianca sonrió.

—Eso será porque conoces a pocas personas.

—Conozco a muchas, lo sabes. Pero son personas que pertenecen al mundo real. Tú eres como de cuento.

—¡Yo no soy de cuento! —aseguró, entre risas—. Soy muy real.

Bianca estudió de reojo la actitud de Gálvez, que si bien mantenía la vista en el plato y masticaba en silencio, no perdía palabra del intercambio.

—Tú no conoces el mundo real, Pulga. Al menos, nunca te salpicaste con su mierda y mezquindad. Sebas y yo, sí. ¿No, Sebas?

—Sí.

—Y ahora te sientes mejor persona porque estás con mi hermana, ¿no?

—Sí.

—Cuando éramos chicas, Pulga y yo estábamos siempre juntas. ¿No, Pulga?

—Sí. Me defendías cuando papá me pegaba y me enseñabas Matemáticas, que siempre me costó.

—Después, la diferencia de edad se hizo más evidente y ya no jugábamos tanto. Yo empecé a pasar el tiempo con mis compañeros y bueno… La vida cambió. Dejé de ser la chica normal que era cuando estaba cerca de ti.

—¿Qué es ser normal, Lore? —la joven levantó las cejas en señal de sorpresa—. ¿Alguna vez te lo preguntaste?

—No, la verdad es que no. Una persona normal… No sé, tú eres normal. Mamá es normal.

—Yo no me considero normal, no en los estándares de papá. No quiero ser normal. Quiero ser feliz. Y sé que la normalidad de nuestros padres no es la que me haría feliz. ¿Crees que mamá, con toda su normalidad, es feliz? ¿Y papá?

Lorena la miraba con ojos bien abiertos.

—Sí —dijo Gálvez—, tu hermana siempre dice este tipo de cosas, que te dejan pensando por mucho tiempo.

—Es sabia, la pendeja.

—Ya te dije, como bien y por eso el cerebro me funciona.

—¡No puedes quejarte, pendeja! Comí bien.

—Sí. Bravo. Me hace feliz verte comer. Quiero que vuelvas a disfrutar de la comida como cuando éramos chicas y nos robábamos el dulce de leche del refrigerador y nos escondíamos para comerlo.

—¡Qué tiempos! Nadie pensaba en la celulitis, ni en los kilos de más.

—¿Quién te obliga a pensar en eso ahora? ¿Quién es tu dueño, Lore?

—Pendeja, déjame en paz.

—No. Ya te dejé en paz durante mucho tiempo. Ahora te voy a joder tanto que, por hartazgo, me vas a hacer caso.

Gálvez soltó una carcajada.

—¿Quién es tu dueño? —insistió Bianca—. ¿Tu cuerpo, tu agente, la pasarela, la ropa? ¿Quién?

—Todos ésos, supongo.

—Te cuento que son usurpadores y de la peor calaña, porque no te quieren. La única dueña de ti eres tú.

—Y tú, ¿me quieres?

—Sabes que sí.

—¿Sí? ¿Aunque te haya dicho que te odio?

—Sí.

—¿Cómo lo sé? Nunca me lo has dicho. Eres fría, Pulga.

—No soy fría. Soy acuariana, un poco desapegada. Además, las hermanas no van por ahí diciéndose que se quieren. Es algo que se sabe. Punto. Y tú lo sabes.

—Sí, lo sé. La prueba más grande de tu amor la tuve cuando me enteré de que no le habías contado a Sebas acerca de lo que yo hacía. Ahora sé que eres capaz de hacer cualquier cosa por mí.

—Sí. Voy a hacer cualquier cosa para que seas feliz.

—¿Cómo puedo ser feliz? Yo creí que lo era.

—Cada cosa a su tiempo. Como dice la tía: *Pian piano si va lontano*. No hace falta que resuelvas todas las dudas hoy o en los próximos meses. Lo primero es lo primero.

—¿Qué es lo primero?

—Lo primero es lo básico —dijo Bianca, con una mueca de impaciencia—, que te alimentes. Lamentablemente, los seres humanos tenemos este pequeño detallito en contra: si no comemos, nos morimos. Así que yo lo considero básico, ¿no te parece?

—Sí —contestó Lorena, con una sonrisa, y aferró la mano izquierda de su hermana—. Qué anillo más bonito.

—Me lo regaló Sebastián. Él tiene la otra mitad, sin el granate.

—¿A ver, Sebas? —Gálvez extendió la mano y se lo mostró—. Alucinantes. Superoriginales, pero sobrios al mismo tiempo.

—Si la reina del buen gusto lo dice —opinó Bianca—, así debe de ser.

—Quieres mucho a mi hermana, ¿no?

—Sí, mucho.

Sonó el celular de Bianca. Se trataba de una llamada anónima.

—¿Hola?

—¿Bianca?

—¿Quién es?

—Chicho.

—¡Ah, Chicho! ¿Qué tal?

Lorena torció los labios en señal de fastidio.

—Bien, gracias. ¿Cómo está Lorena?

—Mucho mejor.

—Ah, qué bueno.

El chico se quedó callado; su indecisión era palpable aun a través de la línea.

—Chicho, ¿te gustaría venir más tarde a tomar mate a casa de mi tía?

Lorena sacudió los brazos de manera frenética, mientras gesticulaba la palabra "no".

—¿Sí? ¿No molesto?

—Para nada. ¿Tipo cuatro?

—Sí, genial. Yo llevo los bizcochos.

—Perfecto.

* * *

Bianca convenció a Lorena para que se bañara y se planchase el cabello, e invitó a Bárbara para que le disimulase los moretones con sus técnicas de maquillaje. Se vistió con el conjunto que le había enviado Corina con Kathleen, una camisa celeste Ralph Lauren, jeans desgastados y botas tejanas. Se miró en el espejo y sonrió mientras se estudiaba desde distintos ángulos.

—Estoy bastante pasable, ¿no? —se aproximó para contemplarse los moretones del rostro—. No se notan tanto. Bueno —suspiró—, con el labio hinchado no hay nada que hacer.

—Estás monísima —aseguró Bárbara.

—Estoy de acuerdo —habló Bianca—. Eres una genia, Bárbara. Hiciste un trabajo alucinante. Voy al comedor a preparar todo. Chicho debe de estar por llegar.

Gálvez bajó a abrirle y, cuando le cedió el paso para que entrase en el departamento, hizo un gesto divertido en dirección a Bianca y le señaló desde atrás el ramo de flores que el chico cargaba junto con el paquete de bizcochos.

—Son para ti —le dijo a Lorena.

—Gracias, Chicho. Son lindísimas. Me encantan los jazmines del cabo. En realidad, los amo —cerró los ojos e inspiró el perfume, y Bianca observó cómo la expresión incómoda de Chicho se dulcificaba.

—Sí, lo sé. Una vez se lo comentaste a mi mamá.

Gálvez profundizó la mueca divertida, y Bianca, incapaz de sofrenar la carcajada, se fue a la cocina, seguida por Claudia, que se puso a buscar un florero.

—Me gusta este Chicho. Tiene el cuerpo de un gigante y la cara de un santo.

—Sí, es buen chavo —acordó Bianca—. Pero hay algo que me preocupa. Tiene novia.

—¡Apa! Podrá tener novia —dijo Claudia, después de una pausa—, pero está embobado con tu hermana.

—Sí, desde que éramos chicas. Lorena jamás le prestó atención.

—Vamos. Yo llevo el termo y el jarrón. Tú trae la bandeja con el mate y todo lo demás.

Formaron parejas para jugar al Pictionary: Bárbara con Claudia, Bianca y Gálvez, y Lorena con Chicho. Terminaron desternillándose de la risa cuando Chicho les reveló que intentaba dibujar el Arca de Noé.

—¡Chicho! —se quejó su compañera—. ¡Eso parece cualquier cosa menos un barco con animales!

—Es que soy pésimo dibujando.

—¡Ya nos dimos cuenta!

Bianca miró la hora, luego a Gálvez, que también consultó su reloj, y se puso de pie.

—Me quedaría jugando toda la noche, me estoy divirtiendo muchísimo, pero me tengo que preparar para ir al bar.

—¿Al bar? —preguntó Chicho.

—Mi sobrina es una gran cantante, Chicho. Canta en un bar y es la sensación de los sábados por la noche.

—No sabía.

—¿Te gustaría venir? —propuso Bianca—. Si quieres, puedes avisarle a tu novia y vamos todos juntos.

—Sol y yo no estamos saliendo. Nos dejamos hace unas semanas.

—Qué lástima.

—Estoy bien, no te preocupes.

—¿Vienes, entonces? Y tú, Bárbara, ¿vienes también?

—Sí —contestó Gálvez—, Barby va incluída.

—Sí, obvio. Me encanta escucharte cantar.

—Yo también voy —aceptó Chicho—. Ahora estoy intrigado. Jamás me imaginé que cantases, Bianca.

—Ah, pero lo hago.

—Conmigo no cuentes, Pulga —dijo Lorena.

—¿Por qué no?

—No pienso salir con esta cara llena de moretones y con el labio hinchado.

—¡Pero si estás divina! —protestó Chicho, y enseguida se avergonzó de su vehemencia.

—Gracias, Chicho, pero parezco recién salida de una cirugía plástica.

—Te maquillo de nuevo —propuso Bárbara— y te tapo bien todo. Voy a usar una base más pesada. No se te va a notar nada. En serio.

—Además —insistió el muchacho—, ¿qué te importa si te ven con algunos moretones? Con moretones y todo, eres la chica más linda que conozco. Te llevas de calle a todas.

—¡Gracias por la parte que nos toca, querido Chicho! —se quejó Claudia, y rompió a reír cuando el gigantón se puso colorado.

* * *

Bianca se preparaba para ir a la cama. Estaba exhausta y extrañaba a Gálvez. Últimamente, los sábados, después del bar, dormían juntos, ya fuese en la casa de él o en la de Claudia. Era imposible compartir esa noche; Gladys no había viajado a Rosario y, con Lorena en casa de su tía, no podían abusar, sin contar que Bianca no se habría sentido cómoda.

Se abalanzó sobre el celular, que había dejado a la vista, cuando entró el mensaje que esperaba.

Llegué bien amor. T extraño.

No tienes idea d cuánto t extraño yo.

Estás en la cama?

No. Me estoy preparando.

Estás desnuda?

No. Con la bata.

Mañana lo hacemos, amor. No aguanto +

Sí, mañana lo hacemos. Ya quiero q sea mañana.

Yo también. Te amo.

Hasta mañana, mi amor. Te amo.

Más allá del cansancio y de la melancolía por la separación de Gálvez, Bianca sonrió a Lorena cuando ésta se apareció en bata en su dormitorio.

—¿Cómo estás?

—Bien —dijo Lorena—. Alucino cuando cantas, Pulga. Tienes una voz increíble.

—Gracias.

—Chicho se quedó con la boca abierta.

—Sí, puede ser, pero más abierta la tenía cada vez que te miraba a ti, y lo hizo casi toda la tarde y la noche.

—¿Sabías que se llama Francisco?

—No.

—Dice que en Italia, a los Francescos les dicen Chicho. Como su familia, por ambos lados, es italiana, a él lo llaman así, por tradición. Yo le dije que, de ahora en adelante, lo voy a llamar Francisco o Fran. Es diez veces más cool. Chicho me suena a gordito menso.

—Chicho no es menso, Lorena. Es abogado. Sólo tiene veintitrés años y ya es abogado. Y no es gordo. Es enorme, pero no gordo. No te olvides de que juega al rugby.

—*By the way,* me invitó mañana a su club, porque juega un partido. Me pasaría a buscar tipo tres de la tarde.

—Buenísimo. Vas a ir, ¿no?

—No sé, Pulga. ¿Para qué salir con él si ni siquiera me gusta?

—¿Ni un poquitico, como dice Óscar?

—Bueno, la verdad es que hoy lo vi con otros ojos. Es muy… brusco, nada sofisticado, cero glam, pero me mira de un modo que me hace sentir la mujer más linda del mundo.

—Creo que fue claro cuando dijo que te llevas de calle a todas. Para él, *eres* la más linda del mundo.

—Cuando le dije que lo iba a llamar Francisco o Fran, sonrió de un modo que, de pronto, me pareció buen mozo. ¿Sabes qué me dijo? Que había dejado a su novia porque no podía sacarse de la cabeza a una chica, una de la que está enamorado desde que tenía doce años.

—¡Eres tú, Lore! Acuérdate de que nos mudamos a ese edificio cuando tenías nueve y él, doce. Se enamoró de ti a primera vista la vez que nos lo cruzamos en el pasillo y él te preguntó cómo te llamabas.

—¿Cómo haces para acordarte? Eras mínima. Tenías seis.

—No sé, me acuerdo de ciertas cosas. Ésta es una de ellas.

—De igual modo, ¿para qué empezar algo? Cuando le cuente a Chicho lo que hacía antes, me va a dejar y, lo peor, me va a despreciar. No tengo ganas de sufrir.

—Lo que acabas de decir tiene ciertas connotaciones interesantes. Primero dijiste: "Cuando le cuente a Chicho", eso quiere decir que estarías dispuesta a decirle la verdad, lo cual me parece perfecto y aplaudo. Demuestras tener mucho valor. Segundo, dijiste: "Lo que hacía antes", lo cual significa que tienes pensado no hacerlo más. También aplaudo esto.

—¿Tú cuántos años tienes? ¿Quinientos? Me voy a la cama. Como dice Sebas, tú dices cosas que te dejan pensando por mucho tiempo, y mi cerebro a esta hora no funciona.

—Pero ¿vas a ir al partido de rugby?

—Ya veré. ¿Estás segura de estudiar canto lírico? Creo que deberías ser psicóloga.

23

Pablo Rocamora declaró que su hija mayor había muerto para él y le prohibió regresar a su casa o acercarse a sus hermanos menores. No se lo dijo personalmente, sino a través de Corina. Lorena lloró sin consuelo, porque había albergado la esperanza de que su padre la perdonase y la recibiese de nuevo en el seno familiar. Bianca se mostró asombrada.

—¿Pensabas que papá te iba a perdonar?

—Sí. Conmigo siempre fue muy bueno.

—¿No lo conoces, acaso? ¿No sabes que es inflexible, dogmático y condenatorio?

—Sí... Bueno, conmigo era más blando.

—Pero lo pusiste en ridículo con sus amigos católicos. No te olvides de que Armando pertenece al grupo del rosario.

—¡Sí, el grupo del rosario! Armando me dijo que forma parte de ese grupo porque le conviene desde el punto de vista social y laboral.

—*Whatever!* Lo pusiste en ridículo, Lore, y eso es imperdonable para él, el gran Pablo Rocamora.

—¿Qué voy a hacer ahora?

Bianca se sentó en el borde de la cama y despejó el rostro lloroso de su hermana, que le tomó la mano y se la colocó sobre el pecho, donde el corazón le latía, desenfrenado.

—Yo siempre digo que lo malo pasa para que después venga algo bueno.

—¿Cómo es eso?

—Las cosas malas, en realidad, son cambios que nos asustan, que nos desequilibran, pero son las que preparan el terreno para que venga lo bueno. Pero para que eso suceda tú tienes que tomar la situación en tus manos. No puedes quedarte aquí, llorando. Tienes que actuar.

—¿Cómo? —se incorporó en la cama y se apoyó en el respaldo.

—Tienes que poner orden en tu vida. Primero, lo básico, ¿te acuerdas? En este caso, tienes que decidir dónde quieres vivir. Aquí, en casa de la tía Claudia, con Granny o sola.

—Con la tía Claudia no me llevo muy bien, la verdad. Es divina, pero somos muy distintas. Tarde o temprano, van a saltar las diferencias. Podría vivir con Granny... Pero creo que llegó la hora de irme a vivir sola. O podemos irnos a vivir las dos juntas, ¿qué te parece?

—Sí, podría ser. Tendría que hablarlo con Sebastián.

Lorena bajó la vista y entrelazó sus manos.

—No creo que él quiera que vivas con una prostituta.

—Oh, bueno, antes me decías que no eras prostituta. Ahora te lo pasas diciendo esa palabra. A Sebastián no le importa eso, Lore. Pero no nos desviemos del tema. No pienses en mí. Piensa en ti, en qué tienes que hacer ahora. Yo creo que son tres cosas básicas las que importan: dónde vivir, buscar trabajo y retomar tus estudios, si es que quieres estudiar. Hay algo que está fuera de discusión: tus sesiones con la psicóloga y tus reuniones grupales en Aluba siguen, sea como sea. ¿Tengo tu palabra, Lore?

—Sí.

—Prométemelo, por favor.

—Te lo prometo.

—Gracias.

Lorena volvió a observarse las manos, mientras las restregaba con nerviosismo.

—Me llamó Ricky. Quiere que vuelva a modelar.

Bianca inspiró profundamente y soltó el aire con los ojos cerrados.

—Amo modelar, Bianca.

—Lo sé, pero lo que no sé es si estás preparada para enfrentarte a ese mundo de nuevo.

—Sí, mi terapeuta dice lo mismo.

—Es muy cruel, Lore, sin mencionar que tu agente hará lo imposible para que vuelvas a acostarte con tus clientes. Él sacaba una tajada muy gruesa.

—Papá fue a ver a Ricky a su oficina.

—¿En serio?

—Lo amenazó con denunciarlo a la policía por padrote si volvía a acercarse a mí.

—Y el muy imbécil te llama para modelar. Qué descarado.

—Que papá haya ido a verlo para defenderme, ¿significa que todavía me quiere?

Si bien estimó que Rocamora se había enfrentado al proxeneta para que Lorena no siguiera enfangando su apellido, Bianca se guardó el pensamiento para sí.

—No lo sé, Lore. Papá es un tipo muy especial. Nunca termino de comprender sus motivaciones. Pero creo que deberías olvidarte de Pablo Rocamora por un tiempo —Lorena asintió con tristeza, y a Bianca la abrumó su pena—. Los seres humanos somos muy dependientes de nuestros padres, que son tan imperfectos como cualquier persona, y les permitimos que nos invadan y lastimen. Si te toca un padre divino, bueno, todo okei, pero eso sucede pocas veces. En general, los padres están llenos de problemas, que nos pasan a nosotros, los hijos. Hay que liberarse de su influencia. Por eso, ahora piensa en ti. Cuando estés fuerte y tranquila de nuevo, tal vez podrás hablar con él, para ver qué se puede hacer con su relación. Pero primero lo primero, ¿sí? Por ejemplo, ¿de qué quieres trabajar? ¿De modelo de nuevo?

—Tú dices que no debería.

—Sí, ésa es mi opinión, pero *tú*, ¿qué piensas tú?

—Amo ese mundo de la ropa, el glam, los accesorios, el brillo.

—Tal vez podrías participar de ese mundo sin exponerte tanto como modelo, sin someterte a las exigencias de la pasarela. Por ejemplo, ¿por qué no estudias diseño de moda y piensas en tener tu propia marca? Así como está Paula Cahen puede estar Lorena Rocamora. Suena superbién.

—¡Qué dices! —Lorena soltó una risotada.

—Conozco a pocas personas con tu sentido del buen gusto. Tú te pones tres trapos encima y armas un conjunto que parece diseñado por Armani. ¡Sí, es así! No pongas esa cara. Tienes olfato para combinar los colores, los tejidos, para realzar la ropa con accesorios. ¿Te acuerdas de cuando te pusiste esa playera naranja con el cárdigan fucsia y esos aros enormes blancos? ¡Era alucinante! Si alguien me hubiese dicho que esos colores combinaban, yo habría dicho que no, ¡y eso que soy acuariana, capaz de echarme encima cualquier cosa!

Todos los días, Lorena y Bianca charlaban acerca del futuro y de la mejor manera de afrontarlo. Bianca insistía en que debía ir paso por paso cuando la más grande se mostraba ansiosa y desesperaba. Por el momento, seguía en casa de Claudia, aunque había comenzado la búsqueda de un departamento, en principio, para comprar, ya que había ahorrado lo suficiente durante sus años como prostituta para permitirse un estudio o un loft.

Como finalmente había rechazado la oferta de Ricky Fischer, también estaba buscando trabajo. Chicho, o Fran, como lo llamaba ahora, le tendió una mano en este sentido la tarde en que, mientras tomaban un café cerca de Tribunales, le comentó:

—En nuestro bufete necesitamos una recepcionista. La de ahora está por ser mamá y ya nos dijo que no va a volver después de la incapacidad —Chicho la estudió por un instante—. Sé que no es nada comparado con lo que tú hacías. Es un trabajo sin glam, como tú dices. Pero...

—Fran, ese mundo quedó atrás. Ahora entiendo que no estaba preparada para enfrentarlo. Tiene mucho glam, pero también tiene crueldad y una exigencia a nivel físico que casi me destruye. Ahora busco un trabajo común y corriente. Y te agradezco que me hayas ofrecido éste de recepcionista. Agradezco tu confianza. Si tu papá me acepta, yo también acepto.

Chicho ejecutó la sonrisa que a Lorena comenzaba a provocarle un cosquilleo en el estómago.

—¿Cómo va la búsqueda del departamento?

—Hoy por la mañana, fui a ver uno en Barrio Norte. Es la segunda vez que voy a verlo. Me gusta mucho, la zona y el depa. ¿Te gustaría venir a conocerlo? Una segunda opinión me serviría mucho.

—Me encantaría.

—¿Cuándo te queda cómodo?

—Al mediodía o a esta hora, después del bufete.

—Perfecto. Hago la cita con la inmobiliaria y te aviso.

—Buenísimo.

—¿Sabes de dónde vengo?

—No, cuéntame —pidió Chicho, ansioso y sonriente.

—De la Facultad de Arquitectura de la UBA. Fui a buscar folletos e información sobre la carrera de Diseño de Indumentaria. ¿Qué tal?

Chicho soltó una risotada y, de manera autómata, aferró las manos de Lorena, quien, en un primer momento, pensó en retirarlas, pero después las dejó. El muchacho tenía las manos tibias y ella, frías.

—¡Genia! ¡Te felicito! Al final, ¿te decidiste por esa carrera?

—Sí. Lo pensé mucho desde que Bianca me lo propuso. Estuve investigando en internet y hoy me animé y fui a la facultad, sin ningún objetivo claro, así, como para ver qué onda, dónde queda, cómo es el edificio… En fin, para enfrentar esas cosas que a mí me dan miedo. Y me fue bien. Llegué bien en el autobús, caminé por la Ciudad Universitaria, entré en el pabellón donde está la Facultad de Arquitectura… No sé, me sentí bien. Me gustó.

Chicho inclinó la cabeza al tiempo que acercaba las manos de Lorena a sus labios. Las besó, primero una, después otra, con los ojos cerrados. Lorena lo contemplaba con el aliento contenido. Era una chica experimentada en las cuestiones sexuales; sin embargo, nadie la había besado con tanta devoción.

—Chicho…

—¿Te acuerdas de la noche en que fuimos al bar para ver cantar a Bianca? —Lorena asintió—. ¿Te acuerdas de que te conté que había cortado con Sol? —volvió a asentir—. Sol es muy buena chica y no se merecía que yo la engañara, ni siquiera con el pensamiento, por eso rompí con ella. Porque cada vez que la besaba o que hacíamos el amor, yo pensaba en otra chica… Yo pensaba en ti, Lorena. Un día te vi, cuando tenía apenas doce años, y te me clavaste en el corazón, y nunca pude sacarte. Es loco, lo sé, pero es así.

Lorena bajó la vista y se mordió el labio. Tragó repetidas veces buscando desbaratar el calambre que le estrangulaba la garganta. Retiró las manos de las de Chicho con delicadeza.

—Sí, ya sé —dijo él—. No te gusto.

—Sí, me gustas. Me gustas muchísimo, Fran.

—¿Sí?

—Sí. En estas tres semanas desde que… Bueno, en este tiempo en que hemos estado viéndonos y platicado tanto, me he sentido muy bien. Me has hecho feliz. No sé, me da alegría cuando te veo. Me encanta cuando sonríes. Me das paz. Eres tan buena persona, Fran. Pero yo no te merezco.

—¿Qué? ¡*Yo* no te merezco! Tú eres la chica más inteligente y linda que conozco. Yo no soy nadie en comparación.

—No sabes lo que estás diciendo y eso es porque no sabes quién soy…, quién fui. ¿Nunca te preguntaste por qué papá me golpeó aquel día?

—Sí, pero no quise ser imprudente y me callé.

—Seguramente escuchaste lo que me gritaba mientras me pegaba.

—Sí, escuché.

—Me gritaba puta y prostituta. ¿Sabes por qué? —Chicho ni siquiera se movió; la miró sin pestañear y sin respirar—. Porque eso es lo que era, Fran. Yo era una prostituta. Me acostaba con hombres por dinero. Ya no lo hago más, pero lo hacía, y ésa es una mancha que llevaré encima toda mi vida —se puso de pie. Chicho sólo atinó a seguirla con la mirada, inmóvil en la silla—. Por eso te digo que no te merezco. Eres demasiado bueno para mí. Tú no te mereces una chava como yo, sino una buena chica, decente, sin este pasado de mierda a las espaldas.

Arrancó el abrigo y su cartera del respaldo de la silla y salió del bar casi corriendo. Se lanzó dentro del primer taxi que encontró y, entre sollozos, le farfulló la dirección de su tía Claudia. Por suerte, Bianca estaba en casa. Se echó a llorar en sus brazos y le relató cómo había acabado la amistad con el mejor chico que conocía.

**

Habían comenzado las vacaciones de invierno dos días atrás. El 18 de julio, Bianca y Camila irían de compras a los *outlets* de la Avenida Córdoba. Como Bianca había trabajado el lunes y el martes por la mañana además de por la tarde, Claudia la había autorizado para que se tomase ese miércoles como franco. Alicia, por su lado, le había dado la tarde libre a Camila porque no atendería a pacientes ni a clientes.

Recorrieron varias cuadras y entraron en la mayoría de los negocios cuyas marcas les interesaban. Al final, llenas de bolsas y cansadas, se sentaron a comer en Burguer King.

—¿Cómo está Lorena? —se interesó Camila, a quien Bianca le había contado acerca de su pasado días atrás.

—Más o menos.

—¿El tal Chicho no volvió a llamarla?

—No.

—Bueno, Lorena se lo confesó el lunes, hace sólo dos días. Hay que darle tiempo para que se acostumbre a la idea.

—No creo que vuelva a llamarla. Chicho pertenece a esas típicas familias italianas. Son superunidos, cariñosos, generosos, pero medio machistas y muy tradicionalistas. No va a tolerar que su novia haya sido... Bueno, lo que fue mi hermana.

—Pero me dices que la quiere desde que tenía doce años. ¡Hace más de diez años que está enamorado de ella, Bianqui! Y dejó a la novia porque no podía quitarse a tu hermana de la cabeza. Es muy fuerte.

—Sí, es muy fuerte, pero no creo que vuelva a llamarla. Ahora lo único que me preocupa es que no caiga otra vez en eso de los vómitos o que decida no comer. O que se deprima.

—¿Sabrá la terapeuta lo que le pasó con Chicho?

—No lo sé. Esta mañana tenía sesión. Espero que le haya contado.

—Y tú, Bianqui, ¿cómo estás?

—Yo, muy bien, a pesar de todo. Y es gracias a que tengo a Sebastián conmigo. No sé cómo habría pasado por todo esto sin él. Mira lo que me regaló el jueves pasado, cuando cumplimos cuatro meses —se bajó el cierre de la sudadera polar y le mostró el dije de plata en forma del número ocho, pero acostado, que colgaba de una cadena, también de plata—. ¿Te gusta?

—Es bello. Superoriginal. Es el símbolo del infinito, ¿no?

—Sí. Él dice que es el símbolo de su amor infinito por mí.

Camila aleteó las pestañas y suspiró.

—Este Seba es lo más romántico que hay. Y tú, amiga, ¿qué le regalaste?

—Una foto nuestra que amo y que mandé enmarcar y que él colgó en su cuarto, y una bufanda que le tejí para cuando vayamos a Bariloche. Va a hacer frío todavía.

—Sí, obvio. Hacia fines de septiembre todavía hace frío. ¿Le gustó la bufanda?

—Creo que sí. Se asombró cuando le dije que la había tejido yo.

Siguieron conversando, mientras saboreaban un *sundae* con jarabe de dulce de leche, la perdición de Camila. Reían, intercambiaban chismes y hacían planes para el viaje de estudios.

—Vamos a casa, Bianqui. Quiero que veas el Kindle que Lautaro me regaló.

—Sí, muero por verlo. ¿Cómo hizo para comprártelo?

—En realidad, lo trajo Ximena de Miami. Lautaro lo compró por internet y lo mandó al hotel donde iba a estar alojada su mamá. Es bello.

—Seguro, pero no sé si algún día me acostumbraré a leer en otra cosa que no sea papel.

—Te acostumbrarás cuando te cuente que puedes comprar novelas románticas en inglés por noventa y nueve centavos de dólar.

—¿Qué? ¿Sólo noventa y nueve centavos?

—Ajá. Las compras y las tienes en dos segundos en tu Kindle, listas para leerlas.

—Noventa y nueve centavos no es nada al tipo de cambio.

—Hay hasta de doce dólares, pero de noventa y nueve centavos hay un montón.

En el autobús, siguieron analizando los pros y contras de la lectura digital. Camila hacía hincapié en los bajos costos y en la rápida disponibilidad, mientras que Bianca destacaba el aspecto ecológico del asunto, gracias al ahorro de papel y, por ende, de árboles.

Aníbal, el portero del edificio de Camila, les abrió la puerta principal. Subieron por las escaleras para hacer ejercicio y matar las calorías del *sundae*. Llegaron jadeando. Encendieron la luz del pasillo. En tanto Camila hurgaba en su cartera para encontrar las llaves, escucharon que se abría la puerta de Alicia

Buitrago. Las dos aguardaron, expectantes, a que saliera. Querían saludarla.

Bajo el dintel de Alicia se perfiló la figura de un hombre alto, que no alcanzaron a distinguir porque se apagó la luz. Camila fue hacia el interruptor y la encendió de nuevo. Entonces, vieron que el hombre cargaba a Lucito y abrazaba a Alicia.

—¡Hola, Cami! —saludó la astróloga—. ¡Hola, Bianca!

—¿Papá? —Bianca fijaba la vista en el hombre—. ¿Papá? —repitió.

Prestó atención al niño, a Lucito, y profirió un grito desfallecido. Tantas veces que lo había sostenido en brazos, que lo había hecho reír y jugar, y jamás, *jamás* había reparado en cuánto se parecía a Pablo, su hermano. Sin embargo, lo que más la apabullaba era la sonrisa de su padre, que para ese momento había desaparecido, pero ella la había visto, le había quedado impresa en la retina para siempre: la sonrisa de su padre. Era la primera vez que la veía. Diecisiete años viviendo bajo el mismo techo, y ésa era la primera vez que lo veía feliz, relajado, sonriente. Con otra mujer, con otro hijo.

—Bianca…

Bianca levantó la mano en el ademán de detenerlo y comenzó a alejarse hacia atrás.

—Bianca, hija.

"¿Hija?" Era la primera vez que la llamaba hija. Vio que Rocamora colocaba a Lucito en brazos de Alicia y se aproximaba a ella.

—No —susurró, sin aliento, y siguió caminando hacia atrás. Quería huir, no permitiría que ese extraño la tocase. Sentía asco; la hamburguesa y el helado le revoloteaban en el estómago, y las náuseas se pronunciaban segundo a segundo.

—Bianca, espera, por favor. Hablemos.

—No.

—Bianca, cuida… ¡Bianca!

El grito de su padre coincidió con una sensación extraña, como si flotara. Enseguida recibió el primer golpe en la espalda y se dio cuenta de que caía por las escaleras. Como no tenía rellano, sino que era continua, siguió rebotando y cayendo. Las paredes, los escalones, el techo, la baranda, todo pasaba delante de sus ojos de una manera caótica. Aterrizó en el piso de abajo, de espaldas. Fijó la vista en las lámparas del techo. Oía los alaridos de Camila, los gritos de su padre, que le daba órdenes de Alicia (no entendía qué), pero sabía que eran órdenes; le conocía ese tono autoritario. Las luces comenzaron a volverse débiles, titilaban, se apagaban y volvían a encenderse con menos fulgor.

"Sebastián", pensó antes de que las luces se extinguiesen por completo y ella quedase sumida en la oscuridad.

24

They told me I was going to lose the fight/ leave behind my Wuthering/ Wuthering/ Wuthering Heights/ Heathcliff! It's me/ I'm Cathy/ I've come home now/ So cold!

Amor, amor, amor...

Te voglio bene assai/ ma tanto tanto bene, sai/ É una catena ormai/ e sciogle il sangue dint'e vene, sai.

Amor de mi vida... Amor precioso de mi vida... Bianca...

"Aquí estoy. ¡Aquí!" Estiraba los brazos hacia él sin conseguir tocarlo. Una bruma lo envolvía, y ella se quedaba horadando la espesura blanca hasta que los ojos le ardían y los cerraba de nuevo para hallar alivio en la oscuridad.

L'amour est un oiseau rebelle/ que nul ne peut apprivoiser/ et c'est bien en vain qu'on l'appelle/ s'il lui convient de refuser... L'amour, l'amour, l'amour, l'amour...

Ave Maria/ gratia plena/ Maria gratia plena/ Maria gratia plena/ Ave, ave dominus/ Dominus tecum/ Benedicta tu in mulieribus...

Te necesito. Para todo, para siempre. Bianca...

"Para todo. Para siempre. Sebastián. Sebastián. Sebastián." Seguiría pronunciando su nombre, una y otra vez; no dejaría de hacerlo; temía olvidarlo. Cuando la oscuridad la rodeaba, perdía fuerza, los pensamientos se le enredaban, los brazos se le debilitaban y caían. Detestaba la oscuridad. ¿Dónde estaba la luz? Ni un mínimo destello para guiarse, nada. La nada era simplemente eso, oscuridad. Y silencio. Entonces, aparecía la bruma junto con la música, su amada música, y lo veía a él, a su amado, aunque sólo se trataba de una silueta, la de su cabeza perfecta, ella sabía que era él. ¿Se había vuelto a cortar el pelo al ras? Quería pasar la mano por la curva que formaba su cráneo sobre la nuca.

Time to say goodbye/ Paesi che non ho mai veduto e vissuto con te/ adesso sì li vivrò/ Con te partirò su navi per mari/ che, io lo so/ no, no, non esistono più/ It's time to say goodbye.

"Es hora de decir adiós." ¡No, no, no! ¡Sebastián, Sebastián, Sebastián! ¡SEBASTIÁN!

$$* * *$$

Alguien le siseaba al oído, *shhhh*, y su aliento cálido le hacía cosquillas. ¿A qué hora se había ido a dormir? ¿Por qué le costaba tanto levantar los párpados? Alguien le apretaba la mano. ¿Lo hacía para instarla a que se levantase? ¿Había que ir al colegio? La mano se estrechó un poco más. Ella la conocía, conocía esos cayos que raspaban y esa presión, inmisericorde a veces. Quiso pronunciar su nombre, el del dueño de la mano, pero, al igual que con los párpados, le resultó imposible despegar los labios, y de su garganta brotaron sonidos ininteligibles.

—Amor, amor, amor.

El siseo se había convertido en esa palabra: "amor". "Más", pidió con la mente, y él la complació.

—Amor, amor mío, amor de mi vida.

"Más", dijo, y sonrió.

—Sí, amor. Sí, Bianca. Soy yo. Tu Sebastián.

—Se… —le dolió la boca, el paladar, en realidad, porque lo tenía seco.

—Sí, amor, sí. Sebastián.

¿Por qué lloraba? Porque él lloraba, estaba segura. "¡Abre los ojos!", se urgió, movida por la desesperación; quería saber por qué lloraba. Hizo aletear las pestañas, pero la luz le molestó. Percibió que él se alejaba y se dio cuenta de que el brillo disminuía. ¿Habría bajado la persiana o corrido la cortina? La bruma no se había ido por completo y la aturdía. Lo sintió de nuevo a su lado y la tranquilizó que le aferrase la mano.

¿Se habría emborrachado la noche anterior? Ella nunca tomaba. Su trago favorito era el daikiri de durazno (no, más el de fresa), pero sin ron, así que, ¿cómo podía haberse emborrachado?

Levantó los párpados y suspiró; la oscuridad le refrescó el ardor de los ojos. Lo vio a él, que se inclinaba para besarla en los labios. Quiso devolverle el beso, pero no tenía vigor. Quiso preguntarle por qué estaba tan barbudo. En los años que lo conocía, jamás lo había visto con esa barba tan espesa. "Te queda superbién", le dijo con la mente. "Cualquier cosa te queda bien."

—Seba…

—Sí, amor, sí —él le besaba el rostro, por todas partes, incluso en lugares insólitos, como los costados de la nariz, el rabillo de los ojos, el entrecejo, las cejas, la unión de la mandíbula con la oreja, y con cada beso dejaba en ella un rastro de lágrimas.

—¿Por… lloras? —el dolor en el paladar al pronunciar esas dos simples palabras la hicieron llorar a ella también.

La luz estalló de nuevo y sobrevino un caos de gente, que irrumpió en torno a ella y que apartaron a Gálvez, quien se hizo a un lado sin discutir. Eso era raro, que no discutiera, ni pelease. Hombres, mujeres, todos de blanco, algunos con estetoscopios al cuello. No necesitaba estar muy despabilada para comprender que eran médicos y enfermeras.

—¡No te toques! —le ordenó una joven, cuando se tanteó un tubo que le salía por la nariz—. Es la sonda nasogástrica, no la toques.

Le había costado levantar la mano y llevársela a la nariz, y le dio rabia que la chica se la apartase sin consideración. "Sonda nasogástrica", repitió. Estaba en un hospital. ¿En un hospital? ¿Le habían puesto una sonda nasogástrica? ¿Por qué? ¡Por qué! ¡Díganme por qué! La respiración se le alteró y el mentón comenzó a temblarle.

—Shhhh —la calmó uno de los médicos, y le apoyó la mano sobre la frente, lo que la reconfortó—, no llores, Bianca. Todo va a estar bien. Tranquila.

—¿Seb…tián?

—¿Sebastián? —repitió el hombre—. ¿Quieres mucho a Sebastián? —bajó los párpados a modo de afirmación—. Sí. Ya nos imaginábamos acá que lo quieres mucho.

Escuchó risas. Movió con dificultad los ojos y, por lo que pudo captar dentro de su campo visual, vio que, los que la rodeaban, los hombres y las mujeres vestidos de blanco, se reían de ella.

"¿Qué hay tan gracioso, idiotas? ¿Dónde está mi novio? ¿Dónde está Sebastián?"

—Seb… án —fue todo lo que consiguió pronunciar.

"¿Nadie se da cuenta de que tengo la boca seca, de que por eso no puedo hablar bien?"

—Sí, Bianca, aquí está tu Sebastián.

—Aquí estoy, amor.

Escuchó su voz llorosa, pero no pudo verlo. El muro de humanos de blanco se lo impedía. No obstante, sintió que le apretaba los dedos del pie. Eso la tranquilizó como nada. Él estaba ahí, para protegerla de todo mal. "¡Te amo!"

—Te aseguro que tu Sebastián no se va a ir a ningún lado.

Más risas. ¿Qué estaban haciéndole? Se dio cuenta de que la tocaban por todas partes. El médico que le había hablado se inclinó, le sujetó un párpado y la apuntó con una linterna. Bianca intentó cerrar el ojo, en vano. El hombre hizo lo mismo con el otro ojo.

—Reflejo de pupila, perfecto.

—Constantes vitales con parámetros normales.

Siguieron hablando en la jerga de los médicos. El que la había fastidiado con la linterna volvió a inclinarse y le sonrió.

—Bianca, sé que estás confundida. No quiero que te pongas nerviosa, ni te alteres. Es normal que no entiendas qué está pasando a tu alrededor. Acabas de salir de un estado de coma en el cual estuviste durante dieciocho días.

"WHAT!" Sin remedio, se le aceleró la respiración y empezó a sentir pánico.

—Tranquila, tranquila. Enfermera, un sorbo de agua para Bianca. ¿Cómo? —el médico acercó la oreja a sus labios para entender el susurro que ella apenas conseguía exhalar.

—Quiero... Seba...tián.

—Sí, Sebastián. Por supuesto, tu Sebastián. Seba, ven, acércate.

Bianca sonrió cuando Gálvez volvió a aparecer ante sus ojos. Se trató de una sonrisa de labios inseguros porque no conseguía refrenar el llanto. Le daba la bienvenida a las lágrimas, que brotaban sin cesar y que, al escurrirse entre sus labios, le humedecían la boca. El agua que le ofreció la enfermera terminó con la sequedad que le impedía hablar, y mientras sorbía lentamente, observaba al médico, que retenía a Sebastián por el brazo y le hablaba al oído; él asentía, con ese gesto de preocupación que ella le conocía bien.

—Anda —dijo, por fin, el hombre—, ve con tu Bianca adorada.

Sebastián se cerró sobre ella, le pasó los brazos bajo la espalda, la recogió contra su pecho y lloró con tanta amargura que Bianca, contenta un segundo atrás de tenerlo cerca de nuevo, rompió a llorar como una niña.

—No, no, no —repetía él, entre suspiros y sollozos, mientras le besaba la frente, los párpados y las mejillas—. No, amor, no. No lloremos. Ya volviste a mí. Ya estás de nuevo conmigo. Ahora todo está bien. Ahora vuelvo a vivir. Bianca, amor mío.

—Te amo, Sebastián —balbuceó—, te amo tanto.

* * *

Esta vez no le costó levantar los párpados; lo hizo suavemente. Gálvez la observaba con una sonrisa y el mentón apoyado sobre las manos, que descansaban en un barandal que circundaba la cama.

—Hola, amor.

—Hola —contestó—. Tengo sed.

Una voz desconocida indicó:

—Dale un poco de agua con el popote.

Bianca intentó mover la cabeza hacia la voz, pero desistió; parecía que pesaba una tonelada. ¿Por qué? Enseguida cayó en la cuenta de una presión sobre la frente, y se imaginó un aro de hierro que la rodeaba y que ajustaban con crueldad.

Gálvez operó con destreza un control remoto y elevó la parte superior de la cama. Le acercó la botella de agua mineral y le colocó el popote entre los labios. Bianca succionó con esfuerzo, y le dolieron las sienes.

—Despacio, amor. Un traguito, nada más.

—Ya está.

—¿Cómo te sientes?

Bianca elevó la mano y se tocó la nariz. La sonda nasogástrica seguía allí. Prosiguió su recorrido hacia la frente. Nada. Subió un poco más y descubrió una textura suave y plástica.

—No, amor, no te toques. Es una venda que tienes.

—Siento como si tuviera un aro que me aprieta la frente.

—Es normal —explicó la voz desconocida, y entró en su campo visual. Se trataba de una mujer alta y robusta, con uniforme de enfermera. Le sonrió antes de explicarle:

—Te operaron, Bianca, y ahí está la herida, por eso tienes esa sensación de presión. Pero, como te digo, es normal.

—¿Me operaron? —volvió a tocarse y soltó una exclamación, horrorizada al darse cuenta de que estaba rapada—. ¡Estoy rapada! ¡Sebastián!

Gálvez se inclinó y le apoyó los labios sobre la frente. Sin despegarlos, le respondió:

—Sí, amor, sí, tuvieron que raparte para operarte. Ahora te voy a explicar todo.

—¡No, no! ¿Por qué me raparon? ¡No me mires! ¡No me mires! ¡No quiero que me mires!

—Bianca, estás hermosa, rapada y todo. Y me importa una mierda si estás rapada. Aunque hubieses quedado igual que la novia de Frankenstein, yo te vería diosa, como siempre. Lo único que cuenta es que estás de nuevo conmigo, amor. Mira si me voy a preocupar por una simple rapada. El pelo te va a crecer de nuevo, no te preocupes por eso.

—Estoy fea, seguro —lloriqueó.

—¿Te acuerdas de lo que te dije aquella vez en la piscina? Pelona, peluda… Para mí siempre estás diosa. Confía en mí.

Corina entró en su limitado campo visual y se colocó junto a Sebastián.

—Hija… —pronunció, con voz ahogada.

—Hola, mamá.

—Hija…

Gálvez se apartó para que Corina ocupase su sitio. La mujer la besó en la frente y se la quedó mirando con una sonrisa congelada y los ojos desbordantes de lágrimas.

—Pulga, Pulga… Gracias a Dios que estás de nuevo con nosotros. Qué angustia, hijita mía.

—¿Y los chicos?

—Todos afuera, con tu abuela y tu tía. También está Óscar. Cuando Sebastián me llamó para decirme que habías despertado, vinimos corriendo para acá. Pero cuando llegamos, nos dijeron que dormías.

—¿Por qué no entran?

—Esto es terapia intensiva —informó Gálvez—. Podemos entrar pocos a la vez.

—¿Cómo te sientes, hija?

—Me siento rara. ¿Qué me pasó?

Corina se limitaba a sonreírle y a mirarla.

—¡Bianca! —exclamó por fin, y se quebró.

Gálvez la tomó por los hombros y la alejó. Bianca movió la cabeza para ver adónde la conducía y soltó un gemido cuando el dolor se hizo insoportable.

—No te muevas —la instó él, de nuevo a su lado—. Quiero que tengas paciencia, amor. Te va a llevar un tiempo volver a la normalidad. Sólo quiero que tengas paciencia.

—¿Qué pasó?

Gálvez acercó una silla y se sentó.

—¿No te acuerdas de nada?

—Lo único que recuerdo es que me desperté de un sueño horrible. Todo estaba oscuro y yo gritaba tu nombre. Gritaba y gritaba, pero tú no aparecías.

Gálvez le tomó las manos y las besó alternadamente, hasta que permaneció quieto, con los ojos cerrados y los labios apoyados sobre sus nudillos.

—Sucedió que se cumplió mi pesadilla. Cuando llegué aquí ese día… Y vi que te bajaban en la camilla… Esos tipos de verde… Igual que… —ahogó un sollozo—. Bianca… —la voz se le cortó, y apretó los labios de nuevo contra las manos de ella.

—¿Por qué estás tan barbudo? Me encanta cómo te queda. Sólo me sorprende.

—Tu Sebastián no quiso afeitarse en todos estos días en que estuviste dormida, Bianquita —volvió a hablar la enfermera—. No había modo de convencerlo. Es hermoso igual, ¿no?

—Sí —afirmó Bianca—. ¿Dónde está mamá?

—Aquí afuera —le informó la enfermera, la única en control de la facultad del habla—. Se emocionó un poco, la pobre. Ya va a volver.

—¿Cuál es su nombre, señora?

—Esther.

La mujer estudió los indicadores de los aparatos que la circundaban e hizo anotaciones en un bloc, que luego metió dentro de una caja de acrílico a los pies de la cama.

—Los dejo solos ahora. Cualquier cosa me llamas, Sebita.

—Sí, Esther, gracias —contestó Gálvez, más recuperado.

—¿Sebita?

—Nos hicimos amigos, con ella y con todo el mundo aquí dentro. Hace dieciocho días que prácticamente vivo aquí. Parecen dieciocho años.

Bianca liberó su mano para tocarlo. Le pasó los dedos por la arruga del entrecejo, y Gálvez bajó los párpados lentamente. Además de barbudo, concluyó Bianca, estaba exhausto, con ojeras de un profundo color violeta.

—¿No se puede quitar esto? Quiero que apoyes la cabeza aquí.

Con la misma habilidad que había manejado el control remoto, Gálvez quitó el barandal, que colgó al costado de la cama, y descansó sobre el pecho de Bianca, como se lo había pedido.

—¿Te peso?

—No, mi amor —Bianca le acarició el pabellón de la oreja y enredó los dedos en su cabello, bastante largo, por cierto. Luego de un silencio, expresó—: La pesadilla se hizo realidad, entonces —Gálvez asintió, siempre con los ojos cerrados. Bianca continuó con las caricias—. ¿Viviste lo mismo que soñaste? —él asintió de nuevo—. Pero te equivocaste en pensar que me iba a morir —Gálvez soltó un gemido y apretó los párpados—. Shhhh… No te angusties ahora. ¿Cuántas veces te prometí que no me iba a morir? ¿Cuántas?

—Muchas —balbuceó él.

—Volví por ti, Sebastián. Tiene que ser así, porque lo único que recuerdo es eso que te dije antes, que te llamaba con desesperación, gritaba tu nombre hasta sentir que me dolía la garganta. Lo único que quería era verte. Verte. ¡Qué desesperación sentía por verte! Entonces, me desperté y te vi. Y me sentí bien de nuevo.

Él rompió a llorar, y Bianca comenzó a dimensionar la angustia y el sufrimiento por los que había atravesado a lo largo de esos dieciocho días. Pero ¿qué había ocurrido? Él no parecía en condiciones de hablar acerca del tema, al menos no por el momento. Estaba devastado por el estrés y el cansancio. No insistiría. Siguió acariciándolo en silencio.

—No querías despertarte —lo escuchó susurrar, y percibió cierta nota de reproche—. Nos decían que la operación había sido un éxito, pero que no respondías a los fármacos que te daban para sacarte de la anestesia. No querías despertarte porque no querías volver a la realidad. Donde estabas, estabas en paz. No querías volver a mí.

—Pero volví porque ahí donde estaba no estaba mi adorado Gálvez.

—Creí que me volvía loco.

—Perdóname por hacerte sufrir tanto —Bianca pugnó por controlar la emoción, pero el acento lloroso la traicionó.

Gálvez levantó la cabeza de manera súbita y la contempló con dulzura.

—No me pidas perdón por eso, amor. *Tú* no me hiciste sufrir. Tú no. Durante estos días en que creí que iba a perderte… —calló, inspiró profundamente y controló el temblor de los labios—. Eres el centro de mi vida, Bianca. Mi vida, en realidad. Sin ti, no hay nada. Ni vida, ni alegría, ni ganas de hacer nada. Todo había perdido sentido. Me asusta, Bianca.

—Lo sé.

—Te necesito de esta manera…

—Para siempre, para todo, como yo te necesito a ti.

Él asintió sobre el pecho de ella.

—Gracias por volver a mí.

—Te dije que ni loca te dejaba. Después de cuatro años esperándote, ahora vas a tener que soportarme para siempre.

* * *

Poco a poco, Bianca fue construyendo el rompecabezas de lo sucedido durante los días en que se desconectó del mundo, y lo hacía gracias a los relatos de la gente, sobre todo de las enfermeras. En un principio, la trataban con condescendencia y dudaban de contarle porque los médicos habían prescrito que debía estar serena, y todos temían que se emocionase. Además, era complicado en terapia intensiva porque sólo la visitaban dos veces por día, al mediodía y al atardecer, aunque a Gálvez le permitían ingresar en otras ocasiones; sabían que su presencia le hacía bien. Pero él no quería hablar del pasado; se mostraba sonriente, alegre, conversador, pero renuente a referirle los hechos.

—Sebastián sabía que te ibas a despertar cuando él estuviera a tu lado —le comentó Esther al día siguiente de su regreso al mundo mientras le cambiaba la bolsa del suero fisiológico—. Me dijo: "Esthercita, cuando Bianca abra los ojos va a querer verme a mí primero, y ahí voy a estar".

—Tenía razón, Esther. Me desperté porque lo llamaba con desesperación y él no aparecía. Me desperté porque quería verlo.

—Mira, Bianquita, llevo treinta y dos años en este hospital, y te juro por la memoria de mi madre que es la primera vez que mis compañeros y yo vemos al ser querido de un paciente hacer las cosas que Sebastián hizo por ti.

—¿Qué hizo, Esther? Cuéntame, por favor.

—Qué no hizo, deberías preguntar. Nunca se movió del hospital. Su mamá, la señora Gladys, su papá, el señor Cristian, sus amigos, tu abuelita, todo el mundo le suplicaba que se fuese a dormir a una cama decente. Tu abuelita vive aquí cerca y lo invitaba siempre. Él decía que no, que no te iba a dejar sola. Que quería estar lo más cerca posible de ti porque, cuando te despertaras, lo primero que pedirías sería verlo a él, que no lo molestaran más, que él no se movía. Nos hizo jurar que si tú empezabas a mostrar señales de recuperar la conciencia, aunque no fuese en el horario de visita, lo íbamos a llamar de inmediato. Nos hizo grabar su número de celular en todos nuestros celulares. No sé cómo lo logra, pero siempre se sale con la suya, así que ahí estábamos todos grabando su número de teléfono.

—Sí, él es así. Se hace lo que él dice o nada. ¿Qué más hacía?

—Esperaba con la paciencia de un santo, eso es lo que más hacía. Te esperaba a ti.

—¿Dónde dormía? —quiso saber, mientras batallaba contra las lágrimas.

—Los primeros días, en un sillón de la sala de espera. Superincómodo. La señora Gladys le trajo mantas y una almohada, pero lo mismo. Es grandote, así que dormía poco y mal. Al final, nos dio lástima y lo dejábamos que se tirase en una camilla. Ahí dormía un poco mejor.

—¿Dónde se bañaba?

—No me llores, Bianquita. Mira que te cuento sólo para que veas lo que te adora ese chico. Pero si te me pones mal, no, tesoro. Después viene el doctor Juncos y me mata.

—No, no, estoy bien, Esther. Cuéntame, me gusta. No aguanto estar en la nebulosa, no saber nada. Cuéntame dónde se bañaba mi amor.

—Sólo para eso salía del hospital. Nos contaba que se bañaba en el vestidor de un gimnasio donde hace Wig... Wig no sé qué.

—Wing Chung.

—Eso. El gimnasio queda aquí a la vuelta nomás, así que él iba, se duchaba y volvía todo perfumado para verte en la primera visita, la del mediodía.

—Pero no se afeitaba.

—Ah, no, eso no.

Otra enfermera, Nadia, también le refería detalles. Ella le contó que, durante las largas horas de espera entre visita y visita, Gálvez se lo pasaba leyendo en el iPad acerca de los hematomas subdurales (de lo que la habían operado), de los estados comatosos, de las consecuencias, de los testimonios de gente que había despertado después de haber transcurrido mucho tiempo en estado vegetativo.

—Aprendió tantas cosas, Bianca. No sabes. Venía y nos preguntaba esto y aquello con una autoridad que nos daba ternura. Estaba preocupado de que te escarases.

—¿Qué es eso?

—Las escaras son heridas que se forman cuando el paciente está mucho tiempo en reposo y la sangre no circula bien y el tejido se necrosa, se muere —aclaró—. Le explicamos que estabas sobre un colchón de gel de primera tecnología, con burbujas que se van moviendo de un lado a otro, para fomentar la circulación. Que no se preocupara. Que en los pies y en los brazos te poníamos esta zalea y que con eso bastaba. Entonces se quedaba más tranquilo, para volver más tarde con otra pregunta.

—¿Cuál, por ejemplo?

—Cómo te alimentábamos. Le explicamos que por la sonda nasogástrica. Él investigó y se aprendió todo sobre el tema: los tipos de sonda que hay, cada cuánto se la debe cambiar, la higiene, todo. También leyó sobre las distintas fórmulas de alimento enteral, y nos preguntaba por qué te dábamos ésta, por qué no aquélla. Estaba preocupado porque nos dijo que te habías hecho un análisis hacía poco y que tenías los glóbulos rojos medio bajos. Nosotros le asegurábamos que tú estabas más controlada que la reina de Inglaterra, pero a él nada lo tranquilizaba. Un día encaró a la nutricionista y le habló de tú a tú. La chica, medio embobada porque tu Sebastián es más guapo que Brad Pitt, accedió a cambiar la fórmula. Nosotras, que ya estábamos acostumbradas a él, nos reíamos.

—Amor mío…

—También quería saber qué te poníamos en el suero, y nos volvía locas cuando se infiltraba y el brazo se te hinchaba. Entonces, nos perseguía hasta que te lo cambiábamos a otra vena. Estaba en cada detalle, quería saber todo. Anotaba lo que le decíamos y después, cuando tenía que dejarte, sabíamos que se iba al bar con su iPad para investigar. Después, en la tarde, volvía con una lista de preguntas y observaciones.

—Qué paciencia le tuvieron. Gracias, Nadia. Agradéceles a todos de mi parte.

—Es que es un divino, ese Sebita. Nos tenía a todos, mujeres y hombres, en el bolsillo. Verlo tan interesado por su amada... Era casi de novela. Además, es muy seductor y sabe cómo ganarse un corazón.

—Ah, eso sí.

—Todos los días, cuando volvía del gimnasio donde se bañaba... No sé si sabías que ahí se bañaba.

—Sí, me contó Esther.

—Todas las mañanas, cuando volvía, nos traía algo rico: bizcochos, bombones, galletitas, pasteles... y se lo daba al guardia para que nos lo llevara y desayunáramos. Hasta que le pedimos que dejara de traer porque íbamos a terminar rodando. Entonces, empezó a caer con flores, muñequitos, pequeñas golosinas... Siempre traía algo. Es muy generoso. Nos decía que lo hacía porque estaba agradecido por lo bien que te cuidábamos.

Jaqueline, una enfermera de la noche, le contó que, como Gálvez había leído que se juzgaba conveniente estimular a los pacientes en coma con música y todo tipo de sonidos, le pidió prestado el iPad a su padre (el de él lo necesitaba para realizar sus investigaciones durante las horas de espera) y grabó varias horas de música para ella.

—A nosotras nos pidió que enchufáramos el iPad cuando la batería estuviese por acabarse. Y siempre estábamos atentas para que la música no dejase de sonar. Ya nos sabemos los temas de memoria. Nos contó que eres cantante profesional y que tienes una voz sublime, y que vas a estudiar canto lírico. Por eso te grabó música de óperas junto con otras canciones. Hay una en italiano que a mí me gusta mucho. Seba nos contó que se la cantaste una vez que él estaba enojado contigo, para que te perdonase...

—*Caruso*, de Lucio Dalla.

—¡Ésa! Cuando nos tradujo el estribillo, mis compañeras y yo moqueábamos de lo lindo. Durante las visitas, apagaba la música porque te hablaba. Te hablaba todo el tiempo, como si tú pudieras oírlo y responderle. Te decía: "Amor, hoy desayuné con Cami y Gómez", "Amor, mira quién vino a verte: Pablito", "Amor, te amo y te extraño. ¿Cuándo te vas a despertar?" A veces…

—A veces ¿qué, Jaqueline?

—A veces estaba un poco desmoralizado y lloraba todo el tiempo sobre tu mano. Eso nos partía el corazón.

Aunque intentaba guardar la calma, frente a confesiones como ésa, Bianca se quebraba. La destrozaba imaginar el calvario por el que Gálvez había pasado. ¡Qué fácil le resultaba ponerse en su lugar y experimentar las mismas emociones dolorosas! Emociones dolorosas; casi le parecía una falta de respeto emplear esa expresión, que se quedaba corta para definir lo que Gálvez había padecido. Más que dolorosas, las emociones debían de haber sido lacerantes, hirientes, punzantes, turbulentas, desestabilizadoras. Por eso, cuando él se presentaba, alegre, y sin ganas de referirle lo sucedido, ella no lo presionaba.

* * *

Tres días más tarde de su vuelta a la realidad, Bianca fue trasladada a una habitación privada, con una cama para el acompañante, que, por supuesto, ocuparía Gálvez. Resultaba claro que Corina y Kathleen habían aceptado que él estaba al mando de la situación. De Pablo Rocamora nadie hablaba, y Bianca no se atrevía a preguntar.

A partir del traslado, la afluencia de visitas se incrementó notablemente. Volvió a reunirse con sus hermanos, que la saludaron con expresiones serias, o más bien, atemorizadas, salvo Lourdes, que apenas la vio, se arrojó sobre la cama y se acostó junto a ella. Felipe se refirió a su rapada.

—¿Por qué te quitaron todo el pelo?

—Para operarme. Me había hecho tres chichones en la cabeza, pero por dentro, y había que sacarlos. ¿Estoy muy fea, Feli?

—No —dijo, y Bianca sonrió, satisfecha, porque su hermano el escorpiano nunca dulcificaba la verdad.

—¿Te duele? —quiso saber Juan Pedro, y señaló una de las vendas.

—No, para nada.

—¿Cuándo te va a crecer el pelo? —se interesó Martina.

—Ya está creciendo. Lentamente. Va a tardar unos meses hasta volver a ser lo que era —Bianca dirigió la mirada al rincón desde donde la observaba Pablo—. Hola, Pablo. ¿No vienes a darme un beso?

Pablo se acercó, serio y tieso como una momia, y se detuvo junto a la cama. La contempló hasta que el gesto se le arrugó y se echó a llorar. Bianca lo sujetó por el brazo y lo atrajo hacia ella. El niño se acomodó sobre su pecho, donde siguió llorando. Bianca le pasaba la mano por la espalda, mientras Lourdes le besaba la cabeza.

—¿Puedes volver a vivir con nosotros, en casa? —le pidió, y se limpió la nariz con el revés de la mano.

—Maestro —intervino Gálvez—, después vamos a hablar de eso. Ahora dejemos que Bianca se recupere bien.

—Pero papá…

—Pablo, ven para acá —ordenó Corina—. Estás sofocando a tu hermana.

—No, no me sofoca. Quédate, Pablo. Cuéntame, ¿qué hicieron en las vacaciones?

—Granny nos llevó al cine —dijo Felipe.

—¿Qué fueron a ver?

—*Madagascar 3* —informó Juan Pedro—. Buenísima.

—Y después fuimos a Neverland —acotó Martina.

—Sí, pero no estuvo tan divertido como cuando vamos con Sebas y contigo —admitió Pablo.

—*Thank you very much, my dear* —ironizó la abuela Kathleen.

—Es que tú no quisiste subir a ningún juego, Granny.

—¡A mi edad!

—Lorena nos llevó una vez al McDonald's con Chicho —le contó Juan Pedro.

—Y nos compró una cajita feliz a cada uno —añadió Felipe.

—¿Con Chicho? —Bianca desvió la vista en dirección a su hermana, que asintió en silencio con una media sonrisa.

—Sí, es muy buena onda Chicho —informó Martina—. Pero Lorena no quiere que le digamos Chicho. Quiere que le digamos Fran.

—Ya te dije que lo llames como quieras.

—Le voy a decir Chicho.

—Okei.

—Bueno, llegó la hora de irnos —anunció la abuela Kathleen—. Pulga tiene que descansar.

—Ufa.

—No.

—¡Quiero quedarme!

—¿Cuándo te vas a ir de acá? —preguntó Pablo.

—Dentro de unos días, si todo sigue tan bien.

La convalecencia de Bianca avanzaba sin dificultades. Cada día, recuperaba un poco de energía y de dominio sobre su cuerpo, que, en un principio, le había parecido ajeno y la había hecho sentir torpe. Apenas la llevaron en camilla a la nueva habitación, el neurocirujano dispuso que se levantase y caminara.

—Vamos, Seba, ayúdala, y salgan a caminar por el pasillo. Háganlo despacito, con mucho cuidado porque vas a estar muy mareada, Bianca. Llevas demasiado tiempo acostada.

Bianca se sujetaba al portasueros, que rodaba junto a ella, en tanto avanzaban por el corredor. Si Gálvez no la hubiese sostenido por la cintura con tanta firmeza, Bianca se habría desplomado, pues padecía de flojedad en las piernas y de vértigo.

—Inspira hondo, amor, y suelta el aire despacio. Eso te va a ayudar a frenar las náuseas.

Con cada paso, ganaba confianza y vigor. Al final del recorrido estaba exhausta, pero feliz y con la mente más despejada; las piernas le respondían mejor. Gálvez la sentó en el borde de la cama, le quitó las pantuflas y la bata y la ayudó a recostarse. La besó en la frente, y Bianca inspiró el aroma de su rostro recién afeitado.

—¿Estás bien?

—Muy bien. Te afeitaste.

—Sí.

—¿Por qué no te afeitaste durante este tiempo?

Gálvez ensayó una mueca de indiferencia y sacudió los hombros. Bianca pensó que, como muchas de sus preguntas, ésta tampoco recibiría una respuesta. Sin embargo, pasado un silencio, él dijo:

—Me afeito todos los días. Es algo que hago normalmente. Es parte de mi rutina diaria. Es parte de mi normalidad. Y yo no quería hacer nada normal durante el tiempo en que tú estuvieras en coma. No quería que nada fuera como antes, porque volver a la rutina iba a ser como aceptar que tú no volverías nunca a mí, que te dormirías para siempre, que Bianca en coma pasaría a ser parte de mi vida, de mi normalidad. Y no podía aceptarlo, no quería… —comenzó a respirar con dificultad, y los labios le temblaron—. No quiero llorar, amor. Ahora sólo quiero estar feliz.

—Abrázame, por favor.

Así los encontraron Cristian Gálvez y Luisa, que traían un ramo enorme de flores y un oso de peluche, regalo de las nenas, que estaban en la escuela, pero que le habían grabado un mensaje en el iPad de Luisa, y que a Bianca hizo reír entre lágrimas.

Cristian la abrazó con cuidado extremo y le habló al oído:

—Gracias por volver con nosotros.

—Me habría gustado volver antes, enseguida en realidad, para no causarles tanta angustia.

Unos minutos más tarde, mientras Luisa hablaba con Gálvez en un rincón, Cristian se sentó junto a la cabecera y le tomó la mano.

—Quisiera haber escrito un diario de estos días en que no estuviste consciente para que ahora lo leyeras y supieras lo que mi hijo hizo por ti, no para que lo valores como ser humano, porque sé que eso ya lo haces, sino para que te sientas la chica más amada del mundo. Bianquita, yo, que he amado locamente a una mujer, me quedaba pasmado ante la pasión con que Sebastián afrontaba este calvario, porque te juro, tesoro, que fue un calvario para él.

—Me siento tan culpable… —lloriqueó.

—No, tesoro, no. ¿Qué culpa tienes tú? Te caíste. A cualquiera puede sucederle.

—Estoy tan orgullosa de él, Cristian. Todos (los médicos, las enfermeras, hasta los camilleros y los de la guardia), todos lo quieren y respetan y están admirados de su dedicación a mí. Le debo la vida, Cristian, porque no sé si habría vuelto de no tenerlo a él.

—Es que Gladys hizo de él una gran persona. Mi hijo es mi gran orgullo.

Le encantaba que viniesen a visitarla porque cada uno le regalaba una anécdota de Gálvez para avanzar en la reconstrucción de los dieciocho días en que había decidido evadirse de una realidad demasiado dolorosa. Sin embargo, era con Camila con quien más deseaba hablar. Si bien la había visitado una vez en terapia intensiva y todos los días desde que ocupaba la habitación del ala de cuidados normales, nunca estaba sola, ya fuese porque llegaba con Lautaro Gómez o con otro compañero, sin mencionar que Gálvez no se despegaba de su lado. Al final, se cansó y le escribió un mensaje.

Necesito q hablemos. Q Lauti lleve a Sebastián a la cafetería para que tú y yo podamos hablar.

Esa tarde, Bianca y Lautaro llegaron de visita como de costumbre.

—Gálvez, vamos a la cafetería. Tengo que contarte algo.

—Cuéntamelo acá. No quiero dejar a Bianca.

—Anda, mi amor. Me quedo con Cami.

—Anda, Gálvez. Sal un poco. Ya estás de color verde. Airearte te va a venir bien.

—Sí, vayan —los instó Camila—. Seba, te prometo que te llamo por cualquier cosa.

—¿Prometido?

—Sí, prometido.

—Ya vuelvo, amor —se inclinó y la besó en los labios—. ¿No quieres ir al baño antes de que me vaya?

—No, estoy bien. Gracias.

Apenas se cerró la puerta tras Gálvez y Gómez, Bianca le indicó a Camila que acercase la silla y se sentase junto a la cabecera.

—No tenemos mucho tiempo. Sebastián va a volver enseguida, lo sé, así que cuéntame cómo fueron las cosas. Nadie me explica nada, como si hubiesen hecho un pacto de silencio. Pero yo ahora me acuerdo bien de qué pasó esa tarde, cuando fuimos a tu casa porque tú me querías mostrar el Kindle.

—Sí, es verdad, te quería mostrar el Kindle. Y, ¿qué más?

—Mientras buscabas las llaves de tu casa, se abrió la puerta del depa de Alicia y... Bueno, salieron mi papá con Lucito en brazos y Alicia. Él la abrazaba.

Las amigas se miraron fijamente, y, cuando los ojos de Bianca se anegaron, Camila le apretó la mano.

—Fue un shock para ti ver eso —admitió Camila—. Yo no conocía a tu papá, así que no pude saber quién era hasta que tú dijiste: "¿Papá?". Yo también debo de haber entrado en shock porque tardé unos segundos en comprender qué estaba pasando.

—Lucito... es igual a Pablo, mi hermano. Lucito es hijo de papá, ¿no?

—Sí, amiga, lo es.

—Dios mío... Pero sigue contándome, por favor.

—Empezaste a caminar hacia atrás. Tenías una cara... Estabas pálida y con los ojos muy abiertos. Tu papá te llamó y se acercó a ti, pero tú seguiste alejándote hacia atrás. No te diste cuenta de que tenías el hueco de la escalera detrás. Para colmo, te enredaste con las bolsas de nuestras compras en Avenida Córdoba, ¿te acuerdas de que habíamos ido a los *outlets*?

—Sí, me acuerdo. Le había comprado el regalo de cumpleaños a Sebastián.

—Yo tengo todo en casa, no te preocupes. Aníbal, el encargado de mi edificio, las guardó y después me las dio.

—Gracias, Cami. Sigue, por favor.

—Como te digo, tenías el hueco de la escalera a tus espaldas, diste un paso, te enredaste en las bolsas y caíste. Tu papá actuó con mucha sangre fría, por suerte. Sacó de la billetera el carnet del Italiano, se lo arrojó a Alicia y le dijo que llamara al teléfono de urgencias que había en la parte de atrás. Yo ya había bajado y, cuando te vi tirada en el piso, inconsciente… Me quedé helada. Estas cosas me pasan por mi Ascendente en Escorpio, lo sé —Bianca rio sin fuerza—. Tu papá me pidió que fuese a la planta baja y que les abriera a los de la ambulancia, así que bajé corriendo y me quedé hasta que llegaron. No sé cuánto tardaron. Tu papá dijo que habían sido cinco minutos.

—¿Los de la ambulancia iban vestidos de verde?

—Sí. ¿Por qué me preguntas eso?

—No, por nada, sigue.

—Subieron rapidísimo adonde tú estabas. Te pusieron algo en torno al cuello, te hicieron otras cosas y te subieron a la camilla. Tu papá corrió a su auto, que estaba estacionado en la otra cuadra. Yo fui detrás de tu papá y me subí sin siquiera pedirle permiso. Lo primero que hice fue llamar a Seba.

—Pobre amor mío…

—Sí, Bianqui, fue durísimo para él. Me atendió con tanta alegría, que me puse a llorar. Le dije: "Seba, Bianca tuvo un accidente", y me quedé sin aire. Después de un segundo de silencio, empezó a gritar: "¡Qué! ¿Qué le pasó a Bianca? ¡Por Dios! ¡Bianca! ¡Camila, dime qué le pasó a Bianca!". Me contó después Lautaro que se puso blanco como la tiza; que lo más impresionante era que él estaba blanco, pero que tenía los labios azules. Pobrecito... —Bianca se secó los ojos con un pañuelo desechable y la instó a seguir con un ademán—. Yo me recuperé y le dije que te habías caído por la escalera y que te estaban llevando al Italiano. Me dijo Lautaro que se le cayó el Blackberry de la mano y que se mareó; que tuvo que agarrarse de unos palos que usan para hacer las ejercitaciones. Por suerte estaba con Lautaro. Salieron corriendo hacia el Italiano, que está a la vuelta del dojo, y vinieron justo por la parte por donde entran las ambulancias, así que la vieron cuando llegaba. Tu papá y yo llegamos detrás. Tu papá había manejado como un loco, se pasó todos los semáforos en rojo, así que casi los habíamos alcanzado. Me bajé del auto antes de que tu papá lo detuviera y corrí hacia la ambulancia. Justo te estaban bajando. Ay, Bianqui... La impresión que me causaron los gritos de Sebastián... Gritaba tu nombre de una manera desgarradora. Quería... —Camila se quebró.

Bianca le pasó un pañuelo desechable y le tocó la mano.

—Cuéntame, amiga. Ya pasó todo. Ahora quiero saber.

—Sí, sí. Es que no puedo olvidarme de esas escenas, Bianqui. En la noche, cuando cierro los ojos, todavía se repiten en mi mente. En ese momento, era como una pesadilla, de esas en las que corres, pero no avanzas, o gritas, pero nadie te escucha. Seba corrió detrás de la camilla, gritaba tu nombre como un loco. Los camilleros se metieron por un pasillo, pero no lo dejaron avanzar. Le dijeron que tenía que ir por la puerta principal, que los médicos le iban a informar por ahí. Cuando Seba me vio, corrió hacia mí y me agarró por los hombros y me preguntó: "¿Qué le pasó, Camila? ¿Cómo fue que se cayó por las escaleras?". Entonces, vio a tu papá y... Bueno, se volvió loco. "¡Qué le hiciste, hijo de puta! ¡Te voy a matar, hijo de tu puta madre!" La gente se juntaba en la banqueta. Tu papá no le hizo caso y caminó rápido hacia la entrada principal del Italiano.

FLORENCIA BONELLI

Seba corrió hacia él, Lautaro y yo por detrás. "¿Qué le hiciste, pedazo de mierda? ¡Te voy a matar, hijo de puta!" Se tiró sobre él y cayeron los dos al suelo. Lautaro trató de separarlo, pero era imposible. Salieron unos guardias y, junto con Lautaro, agarraron a Seba, que estaba matando a tu papá. Seba parecía loco, un perro salvaje; respiraba a mil por hora por la boca, y su cara... Eso fue lo que más me impresionó; nunca había visto a una persona tan poseída por la rabia. Su cara, tan bella y perfecta, estaba desfigurada por la ira. Cuando se dio cuenta de que lo sujetaban y lo alejaban de tu papá, soltó un rugido que me heló la sangre ¡y se zafó de los guardias y de Lautaro como si fuera Hulk! Te juro, se los quitó de encima como si fuesen pulgas. Tres hombres contra él. Fue horrible. Alcanzó de nuevo a tu padre y empezó a darle trompadas otra vez y a insultarlo. Lautaro y los guardias corrieron para separarlo de nuevo. Entonces, apareció un gigante de la nada, que los ayudó y lo sujetó por detrás. Le pasó los brazos por las axilas y los trabó. Después supe que el gigante era Chicho, de quien habíamos estado hablando en Burguer.

—¿Chicho? ¿Qué hacía ahí?

—Tu mamá le había avisado a Lorena que tú estabas en el Italiano. Ella estaba justo con Chicho, tomando un café en Las Violetas, que queda cerca del hospital. Así que llegaron superrápido.

—Y a mamá, ¿quién le avisó?

—Yo, después de que corté con Seba, porque tu papá me lo pidió.

—Entonces, Chicho lo sujetó...

—Sí, como te digo, lo agarró por detrás, lo trabó con los brazos y empezó a hablarle al oído. Le decía: "Tranquilo, hermano, tranquilo. No vayas a hacer una tontería. No vale la pena". Seba respiraba como un toro en la arena antes de que lo rematen, y trataba de zafarse, pero Chicho lo tenía bien agarrado. Lautaro también le hablaba. Seba le decía a tu papá que lo iba a matar porque te había matado a ti, porque te había perdido por su culpa. "No la mató", le decía Chicho. "Ahora está con los médicos. Vas a ver que todo va a salir bien." Empezó a calmarse y se le cayó la cabeza para delante. Repetía tu nombre y lloraba. Me alegra de que no hayas visto nada de esto, amiga. Tal vez estoy haciendo mal en contártelo.

Bianca sacudió la cabeza para negar. Inspiró y le rogó en un hilo de voz:

—Sigue, Cami.

—Chicho lo fue soltando poco a poco. Seba dejó de ser Hulk y se convirtió en un muñeco de trapo. Me vio llorando y caminó hacia mí. Me miró y siguió de largo, con Lautaro y Chicho por detrás. Tu papá estaba dentro, limpiándose la sangre que le salía por la nariz. Chicho agarró a Seba por el antebrazo, pero Seba negó con la cabeza y se fue a sentar. Lautaro fue a averiguar adónde teníamos que ir para saber de ti y yo me senté con él.

—¿Dónde estaba Lorena? ¿Con mi papá?

—No, tu papá estaba sentado en la otra punta, solo. Lorena estaba con Chicho. Seba me preguntó: "Cami, dime exactamente qué fue lo que pasó". Entonces le contó todo. "Fue su culpa, culpa de ese cabrón. Se las da de recto y católico y se cree tan perfecto, con autoridad para golpear a sus dos hijas, y él tiene una amante, hasta tal vez el escuincle sea hijo de él. Pedazo de mierda." En ese momento, entraron tu mamá y tu abuela. Corrí para avisarles dónde estábamos. Seba vino detrás de mí. Tu papá también se acercó. Tu mamá estaba como loca. Me preguntaba a mí qué había pasado porque sabía que íbamos a pasar el día juntas. Le conté cómo fueron las cosas. Tu mamá me preguntó: "¿Cómo se llama la mujer que estaba con Pablo?". Tu papá dijo: "¿Qué importa eso ahora, Corina?". "¡Cállate, Pablo!", dijo tu mamá. "¡No te atrevas a abrir la boca!"

—¿Eso le dijo mamá?

—Sí. Yo le dije el nombre. Y tu mamá me preguntó: "¿Alicia Buitrago?". Le contesté que sí, sorprendida porque no había mencionado el apellido en ningún momento. Era obvio que tu mamá sabía de ella. Se dio vuelta y miró fijamente a tu papá. "Corina, no es lo que parece", le dijo. Tu mamá le contestó: "Vete de aquí y no vuelvas". Eso le dio pie a Seba, que se le plantó enfrente y lo increpó: "Sí, cabrón inmundo, vete de aquí. Y si llegas a acercarte a Bianca de nuevo, te mato. Esta vez es una promesa. Te mato, Rocamora. La próxima vez, nada, ni nadie me va a frenar". Tu papá se fue y, por lo que sé, no volvió al hospital. Enseguida llegaron tu tía y el Maestro Luz. Nos sentamos a esperar. Sebas sacudía las piernas y las manos. Lo consumía la angustia y la ansiedad. Nos llamaron casi una hora después. El médico preguntó por los familiares de Bianca Rocamora. Como tú tenías tu bolsa en bandolera cuando te subieron a la ambulancia, ahí estaban todos tus datos. Corrimos hacia el médico. Y ahí Sebas casi se muere de nuevo, cuando le dijeron que, debido a la caída, tenías tres hematomas subdurales (después nos explicaron qué quería decir eso) y que había que operarte. "¿Qué, abrirle la cabeza?", vociferó Seba. El médico le dijo que sí, que era una operación bastante común, que esto, que aquello. Seba no lo oía. Se agarraba la cabeza y decía: "No, no, Dios mío, no". Por suerte, estaba el Maestro Luz. Lo agarró por los hombros y lo sacudió hasta que Seba lo miró. Le dijo: "Tranquilo, Sebastián. Tranquilo. Hay que ser juicioso y conservar la calma para que los nervios no nos traicionen". Con su voz, nos calmaba a todos. "Pero, Óscar", lloriqueó Seba, "me dicen que le quieren abrir la cabeza, a mi amor, a mi Bianca, le quieren abrir la cabeza. No quiero, no puedo…". "Tranquilo", insistió el Maestro Luz. "No es así como tú piensas, no le van a abrir la cabeza. Ahora hay técnicas en las cuales la invasión es mínima. No te olvides de que soy neurocirujano. Déjame evaluar las cosas." El Maestro Luz se volvió hacia el médico, que lo miraba con cara de espanto por su ropa extravagante, y le preguntó: "¿Está el doctor Juncos?". Ahí el médico cambió la expresión. Resultó ser que Juncos era el jefe de neurocirugía del Italiano. El médico le contestó que sí, que el doctor Juncos estaba y que en ese momento estudiaba tu tomografía. Entonces, el Maestro Luz le dijo: "¿Podría anunciarle que el doctor Óscar Santos está aquí y que le gustaría hablar con él acerca de Bianca?". El médico se fue y volvió al rato con otro médico, el tal Juncos, que lo abrazó y lo saludó como si fuesen viejos amigos. En verdad, eran viejos amigos. Seba, pobrecito, miraba con ojos como platos y una sonrisa de alivio. Pobre... Tu mamá, Seba y el Maestro Luz se fueron a una oficina con Juncos. Volvieron al rato, y Seba nos explicó a Lautaro, a Lorena, a Chicho y a mí que tenías tres hematomas entre el cráneo y el cerebro, que estaban comprimiéndotelo en ciertas partes y que había que extraer la sangre para que todo funcionase bien. Que estabas inconsciente, pero estabilizada. Que, debido a la naturaleza de los hematomas, podrían operarte con una técnica menos invasiva que se llama orificio de trépano, en lugar de la más común, que es la craneotomía. Que tenían que raparte porque los hematomas estaban en tres puntos muy dispares y necesitaban trabajar con libertad. Seba, bastante más aliviado, dijo que Juncos y Santos le habían asegurado que, para un neurocirujano, esta operación era frecuente y sencilla. Había que operarte pronto porque los hematomas podían moverse o crecer y dañarte el cerebro. Te operaron esa noche. Todo salió bien, un éxito, según dijo Juncos, pero tú no te despertaste de la anestesia. Y ahí comenzó el verdadero calvario de todos, en especial de Seba. Tampoco puedo olvidarme del momento en que Juncos y el anestesista, todavía con esos trajes que usan para operar y los tapabocas colgando bajo el mentón, nos informaron esto, que tú estabas en coma. "¿Está en coma? ¿En coma?", empezó a repetir Seba, como si no comprendiese nada, y miraba al Maestro Luz, que tenía una cara que ni te cuento. "¿Se va a morir?", preguntó después. "¿La voy a perder después de todo?" Tu mamá y tu abuela lloraban, yo lloraba, Lorena lloraba, tu tía lloraba, y Seba..., bueno, ¿para qué te voy a decir? Eso era un mar de lágrimas. Juncos y el Maestro Luz nos pidieron que nos calmásemos y nos explicaron que la conciencia humana es todavía un misterio. Que tú no tenías daño cerebral, así que estaban desconcertados por tu reacción. Era como si, simplemente, no quisieras volver a conectar. Empezaron a pasar los días, y Seba, en sus miles de investigaciones que realizó para entender qué te pasaba, me explicó que el estado de coma es una inconsciencia con los ojos cerrados. Que si se supera entre la segunda y la cuarta semana, se pasa al estado vegetativo, en el que una persona está despierta, pero sin conciencia. De todos modos, nadie puede estar seguro de si hay conciencia o no, por eso Seba te ponía tu música todo el día, te besaba, te tocaba y te hablaba y nos hacía que te hablásemos como si pudieras oírnos. Me contó que en el estado vegetativo, uno no está conectado con el entorno y no contiene esfínteres, pero sí respeta el estado de vigilia y de sueño, incluso la persona puede emitir sonidos y moverse. ¡Qué loco! ¿No? Lo único que puedo decirte de todo esto es que el cerebro es un gran misterio, un iceberg, del que sólo vemos una puntita, la cual no entendemos mucho tampoco.

—Ay, Cami… Qué martirio vivieron por mi culpa.

—Sí, querida. Y tú, muy campante, durmiendo.

Bianca rio débilmente.

—Gracias por contarme con tanto detalle.

—Pensé que Seba te iba a contar.

—No habla del tema. Lo afectó demasiado. Todavía *no puede* hablar del tema. Y yo no quiero presionarlo. Sé que ustedes lo apoyaron todo este tiempo. Gracias por eso también, amiga.

—Sí. Nos turnábamos para que siempre tuviera compañía, al menos por la tarde. Sé también que sus amigos del otro colegio lo acompañaron mucho y todos los días venían a verlo. Y de tu papá, ¿qué sabes?

—Nada. Imagino que habrás hablado de esto con Alicia.

—Sí, Bianqui. Me lo contó todo.

—Quiero saber.

—Te lo cuento otro día. Por hoy, tienes más que suficiente.

—Sólo dime una cosa: ¿Alicia sabía que yo era hija de Pablo Rocamora?

—No, me jura que no. Y lo cierto es que yo jamás le di tu apellido. Cuando le pedí que te hiciera la carta astral para tu cumple, le di tu nombre, nada más.

—Ese día, el de mi accidente, ¿era la primera vez que los veías juntos?

—Sí. En el año y pico que llevo trabajando para Alicia, jamás vi a tu papá en su casa. Siempre me preguntaba quién era el padre de Lucito, pero, a pesar de la confianza que tengo con ella, no me animaba a preguntarle. Y Alicia jamás mencionaba nada que diera pie para hablar del tema. Bueno, basta de bajoneos. No quiero que Seba te vea mal. Me va a matar si entra y te ve tan llorona.

—Por favor, alcánzame la bata. Quiero ir al baño. De paso, me lavo la cara.

De regreso en la cama, Bianca se recostó con un suspiro; aún no recuperaba la fuerza por completo. Estaba segura de que, una vez que abandonase la cama, todo volvería a la normalidad.

—Cuéntame del cole, Cami.

—Todos están superpendientes, hasta la directora, que me manda llamar todos los días para que le pase el reporte médico. Es buena gente, la vieja. Se puso supercontenta cuando le conté que te habías despertado.

—Estoy preocupada por las faltas de Sebastián. ¿Cuántas tiene ya?

—Ni tantas. Desde que empezó el año, no había faltado ni una vez.

—Sí, faltó el día después de que mi papá me golpeó, ¿te acuerdas?

—Ah, sí. Bueno, una falta. A ver… Cuando te accidentaste, estábamos de vacaciones. Las clases empezaron el 30 de julio, pero ese lunes 30 y el martes 31 no tuvimos clases, ya sabes, por los extraordinarios. Volvimos el miércoles 1° de agosto. Hoy es viernes 10, así que son —contó con los dedos— ocho faltas, más la de la otra vez, son nueve.

—Y tenemos quince faltas nada más. Con el viaje de estudio son otras siete —dijo, angustiada.

—Con el viaje de estudio son seis, porque hay un feriado, el 24 de septiembre. Bianqui, no te preocupes. Va a terminar superajustado, pero sin problemas. Sebastián siempre termina usando las quince faltas. Él no es como nosotras, unas matadas que nunca faltamos. Él lleva los límites hasta el mismo borde. Además, tú sabes que, cuando llegas a las quince faltas, puedes pedir la reincorporación. Y a él se la darían sin problema. Como te digo, la directora está muy pendiente de ti y de él también.

—Si Dios quiere, mañana por la mañana me dan de alta. Espero que vuelva el lunes. No quiero que se atrase por mi culpa. Ni siquiera quiso volver cuando me trasladaron acá. Es como si nada le importase.

—Sólo le importa Bianca.

—Sí, puedo entenderlo. Yo habría actuado igual si a él le hubiese pasado algo así.

—Y tú, Bianqui, ¿cuándo vuelves al cole?

—No sé. El médico no me ha dicho todavía.

***

Alrededor de las siete de la tarde, trajeron la comida a la habitación, la de la paciente y la del acompañante. Bianca se empecinó en comer sola.

—Siempre me das de comer a mí como si estuviese inválida y después tú comes todo frío. Quiero que te alimentes bien, mi amor. Estoy segura de que, durante todo este tiempo, no comiste nada.

—Quiero darte de comer, Bianca.

—Pero si ni el suero tengo. Puedo hacerlo perfectamente.

—Lo necesito —declaró, con un gesto cuya seriedad no admitía discusiones.

—Está bien, pero con una condición.

—¿Cuál?

—Yo después te doy de comer a ti.

Gálvez estiró la comisura izquierda en una sonrisa seductora, que provocó a Bianca una corriente de excitación, repentina e inesperada. Y bienvenida.

—Está bien —claudicó él—, pero no entiendo para qué.

—Porque ahora que estoy bien, eres tú el que necesita mimos y cuidados, y pienso dártelos.

—Yo estoy perfecto.

—Sí, estás perfecto de salud, por suerte. Pero estás triste en el corazón.

Gálvez, que le quitaba la grasa a un pedazo de bife de chorizo, concentró la atención en esa labor y se mantuvo callado.

—No estoy triste —dijo, cuando le puso el bocado delante de los labios—. Estoy más feliz que nunca.

Bianca estiró la mano y le acunó la mejilla. Gálvez, con un suspiro cansado, cerró los ojos y descansó el rostro en ella.

—Mi Sebastián, mi amor, mi adorado amor está muy triste. Y es lógico porque su Bianca lo hizo sufrir mucho, mucho. Ahora todo está bien, pero él no puede sacarse algunos recuerdos de la cabeza.

Las lágrimas comenzaron a brotar entre las pestañas tupidas y negras de Gálvez. Bianca se puso de rodillas sobre el colchón, hizo rodar la mesa hacia un costado y lo abrazó. Las manos de Gálvez la sujetaron por la espalda y la pegaron a su torso.

—Sé que tienes miedo —susurró Bianca.

—Sí —admitió él—. Tengo miedo cuando me duermo de soñar otra vez; tengo miedo de perderte; tengo miedo de que alguien vuelva a lastimarte; tengo miedo de vivir sin ti, tanto miedo de eso.

—Sentémonos y hablemos. Ven, mi amor.

Gálvez se ubicó en el borde de la cama y Bianca se colocó sobre sus piernas. Le rodeó el cuello con los brazos y lo besó con delicadeza y deliberada lentitud. Él volvió a suspirar y a cerrar los ojos.

—Hoy estuve acordándome del momento en que me caí por las escaleras.

—¿Sí?

—Sí. Y es increíble lo bien que me acuerdo de cómo iba rodando por los escalones. La cabeza me rebotaba, pero no sentía dolor. Era casi divertido ver cómo giraba todo en torno a mí. Lo que debía estar abajo estaba arriba; y lo que debía estar arriba, de pronto estaba abajo. Cuando aterricé en el piso, me quedé de espaldas. Me acuerdo de que las luces titilaban. Supongo que no titilaban; simplemente era yo, que había comenzado a desconectarme. ¿Sabes qué fue lo último que pensé? —Gálvez, con la frente en el hombro de ella, agitó la cabeza para negar—. Pensé tu nombre. Dije: "Sebastián".

—Amor...

—Me acuerdo claramente de eso, de que pensé en ti. Después no me acuerdo de nada más, hasta que me desperté llamándote como loca. Ya ves, fuiste lo último y lo primero, el alfa y el omega, porque eres mi vida, Sebastián.

—Bianca... —Gálvez volvió a ajustar los brazos en torno a su cintura y lloró en silencio.

—Shhhh. Nadie te comprende como yo, *nadie*. A mí también me da miedo enfrentar la vida sin ti, pero no podemos vivir así, con miedo, porque vamos a ser infelices. La vida es un don que se nos da y se nos quita, sin explicaciones ni avisos, eso hay que tenerlo claro, y vivir a pleno el tiempo que se nos conceda. Pero a nosotros, además de darnos la vida, Dios nos dio algo más grande; nos dio este amor, Sebastián, este amor tan inmenso, infinito, que te hizo a ti dormir durante dieciocho días en un banco primero, en una camilla después, sólo para estar cerca de mí —Bianca lo obligó a levantar el rostro sujetándolo por las mejillas y lo miró a los ojos—. Amor mío, ¿cómo podré alguna vez agradecerte todo lo que hiciste por mí? ¿Cómo, Sebastián?

El llanto la ahogó, y se escondió en el cuello de él. Los dos lloraron quedamente, y fue liberador.

—¿Sabes cómo puedes agradecerme, Bianca? —balbuceó él, al cabo—. Amándome siempre; siendo mi Bianca adorada siempre; siendo mi luz, mi guía, la que mejor me conoce, la que me vuelve loco de contento cuando la veo aparecer. La que me hace feliz como nunca lo había sido.

—Sí, sí, sí. A todo digo que sí, mi amor. Te lo prometo.

—Te extrañé tanto durante esos dieciocho días, tanto, pero hubo dos cosas que extrañaba más: nuestras charlas y que me hicieras reír.

—Sebastián, te prometo que voy a curarte esta herida que te hice. Te lo juro, mi amor.

—Ya me la estás curando sólo con haber vuelto a mí.

—Te prometí que no me iba a morir y cumplí.

—Sí, cumpliste —la besó en la frente—. Ahora quiero que comas.

—Tú también come, por favor —él asintió—. Y después quiero que nos bañemos juntos y que durmamos de cucharita. La cama es bastante grande.

Gálvez soltó una risita y la besó en el cuello.

—Va.

* * *

Gálvez se despertó el sábado alrededor de las siete de la mañana, y luego de consultar la hora y calcular que había dormido más de ocho horas seguidas, sonrió, complacido. Desde el accidente de Bianca, no había conciliado el sueño por más de dos horas, tres, cuando mucho; estaba extenuado. La noche anterior, después de ducharse juntos, Bianca y él se habían acostado como ella le había pedido, "de cucharita", y se habían quedado dormidos cinco minutos más tarde. No se había vuelto a despertar, algo que le resultaba casi inverosímil, y supo que se debía a que ella estaba a salvo, entre sus brazos, pegada a su cuerpo.

La estudió. Todavía dormía echa un bollito contra su torso. Le besó la parte posterior de la rapada, y le miró las vendas, que pronto le quitarían. Le parecía imposible tenerla así de nuevo, y experimentó un momento de alegría exultante al oírla respirar, y también cuando se movió y acentuó su postura fetal. Su trasero respingado se restregó contra su pelvis, y a Gálvez lo sorprendió un acceso de excitación, que lo hizo sentir vivo y feliz. Sonrió con ironía al caer en la cuenta de que, durante todo ese tiempo, se había olvidado del sexo; en verdad, todo había carecido de sentido si Bianca no estaba para compartirlo con él. El miedo volvió a dominarlo, pero se aferró a las palabras que Bianca había dicho la noche anterior y se serenó. Ella tenía razón: la vida era un don, que se daba y se quitaba; no tenía sentido cuestionarse, ni padecer esa realidad.

Bianca emitió unos sonidos con la boca y se removió entre los brazos de Gálvez.

—Buen día —la saludó él.

Se giró para enfrentarlo y le sonrió con los ojos aún cerrados.

—Buen día, mi amor.

—¿Cómo dormiste?

—Mejor, imposible.

—Yo también. Ocho horas seguidas.

Esa información la despabiló enseguida. Levantó los párpados y sonrió, dichosa al verlo tan contento y descansado. Las últimas noches, lo había escuchado girar en la cama del acompañante, incapaz de conciliar el sueño.

—Eres lo más hermoso que he visto en mi vida —habló en voz alta, y Gálvez rio.

—Tú también.

—No. Menos ahora que estoy rapada. Aunque tengo que admitir que esto de no tener un solo pelo tiene sus ventajas. Por ejemplo, en este momento no estoy para nada preocupada por tener un nido de pájaros en la cabeza y que tú me estés mirando.

Gálvez profirió una carcajada.

—Te amo, Bianca.

—Yo más.

—Imposible.

Desayunaron y se prepararon para recibir al doctor Juncos, que les daría las últimas indicaciones antes del alta. Gálvez la ayudó a vestirse y se ocupó de recoger sus cosas y preparar los bolsos.

Llamaron a la puerta. Gálvez fue a abrir.

—Buen día, Seba.

—Buen día, doc.

—¿Cómo va mi paciente favorita?

—Bien, doctor. Gracias.

—¿Estás contenta de volver a casa?

—Más que contenta. Estoy feliz.

—Bien, así me gusta. No es necesario que estés en cama. Es más, sería mejor que tratases de hacer vida normal, pero con mucha tranquilidad, lentitud, nada de sobresaltos ni nervios. En fin, no sé de qué me preocupo cuando sé que Seba te va a cuidar mejor que nadie —lo tomó por el brazo y lo apretó en un ademán afectuoso—. Tu novio, Bianca, es un ejemplo de ser humano.

—Lo sé. No por nada me enamoré de él apenas lo vi, cuando tenía trece años, y nunca dejé de amarlo.

—¿Hace cuánto que andan de novios?

—Mañana cumplimos cinco meses —informó Gálvez.

—Saldrán a festejar, imagino.

—¿Cuándo podemos reanudar nuestra vida sexual?

Gálvez y Juncos levantaron las cejas y se la quedaron mirando, estupefactos.

—Bueno, bueno. Veo que mi paciente se siente mejor de lo que yo creía —Bianca profirió la risita de gatita satisfecha, y

Gálvez rio y agitó la cabeza—. Con mucha suavidad, pueden reanudarla cuando quieran. Ya pasaron más de veinte días desde la operación y has mostrado una recuperación muy buena. Los últimos estudios son más que satisfactorios. Por eso te decía que puedes hacer vida normal, con mucha serenidad. Eso cuenta también para las relaciones sexuales.

—¿Puedo volver a tomar mis pastillas anticonceptivas?

—Vamos a esperar para eso un tiempo. El viernes que viene te espero en mi consultorio, Bianca, para una nueva revisión.

—Sí, doctor.

Juncos se despidió, y Gálvez terminó de preparar los bolsos. Volvieron a llamar a la puerta. Eran las enfermeras de terapia intensiva, que venían a despedirse. Hubo lágrimas y palabras emotivas, y agradecimientos de ambas partes, porque las enfermeras se habían enterado de que Gálvez había escrito una carta muy elogiosa al director del hospital en la cual destacaba la labor y la calidad humana de las enfermeras de la Unidad de Cuidados Intensivos.

—¿En serio, mi amor? ¿Escribiste una carta?

—Sí, la gente de terapia intensiva se lo merecía por todo lo que hicieron por nosotros.

Bianca lo contempló con una sonrisa, mientras una mezcla de amor y de orgullo le calentaba el pecho y los ojos.

Primero llegó Corina y después se presentaron Cristian y Luisa. No era necesaria ninguna presentación; se habían conocido y estrechado lazos durante esos días de espera y angustia.

—¿Adónde vamos? —quiso saber Bianca.

—A casa de tu tía —informó Gálvez—. Ahí te esperan todos para saludarte. Después se van, así tú no te cansas mucho.

—Toma, Pulga —dijo Corina, y sacó un gorrito de lana de su cartera—. Te lo tejió tu abuela para que no te dé frío en la cabeza. Póntelo. Afuera hace menos de diez grados.

Era primoroso, color rosa, con ochitos que nacían en el copete y formaban un elástico en la base. Se lo puso y fue al baño para mirarse en el espejo. Gálvez apareció detrás de ella.

—Estás más linda que antes —le aseguró, y le pasó los brazos por la cintura. La besó en el cuello. Bianca giró el rostro y le buscó los labios. Pero él los retiró.

—Vamos. Nos están esperando.

Se acomodaron en el Audi A6 de Cristian y recorrieron el corto trayecto hasta casa de Claudia conversando animadamente. Bianca no sabía a qué se había referido Gálvez al decir "ahí te esperan todos". ¿Quiénes eran todos? Lo supo apenas traspuso la puerta, cuando un montón de gente se agolpó para saludarla. Los primeros fueron sus hermanos y las hermanas de Gálvez; también estaban Kathleen, el Maestro Luz, Camila, Lautaro, Chicho y, para sorpresa de Bianca, Gladys, que saludó con cierta incomodidad a Cristian y a Luisa, aunque con simpatía.

Como Lourdes tiraba del abrigo de Bianca para que la levantase, Gálvez la alzó en brazos. Lourdes, sin embargo, no aceptó la alternativa y empezó a lloriquear y a removerse. Bianca se acomodó en el sillón y Gálvez se la depositó sobre las piernas.

—Nana —dijo Lourdes, y le señaló las pequeñas vendas en la cabeza.

—No duele, Loulita. No te preocupes.

La niña se acomodó en el regazo de su hermana y se quedó quieta y relajada. La rodearon los demás niños, que le preguntaban por su estadía en el hospital y, sobre todo, si le habían causado dolor cuando le ponían inyecciones y cosas por el estilo.

La tía Claudia entró en el comedor con una fuente de aromáticas empanadas, y los niños corrieron a servirse.

—¿Son de tofu? —desconfió Juan Pedro.

—Puaj —exclamó Felipe.

—No son de tofu —aseguró la tía—. Las compraron Luisa y Cristian en Las Violetas.

—¡Son normales! —declaró Martina, y Bianca sonrió al ver las expresiones confundidas de las hermanas de Gálvez.

—¿Qué es tofu? —quiso saber Francisca.

—Una cosa asquerosa —informó Juan Pedro—. Mi tía la come porque dice que es sana. Pero a mí me dan ganas de vomitar cuando la como, así que no es sana.

Los adultos rieron con el intercambio. Claudia elevó los ojos al cielo y agitó la cabeza.

—A quien Dios no le da hijos, el diablo le da sobrinos. Hay de todo —dijo a continuación—. De verdura, de elote, de jamón y queso. Pero éstas de carne molida son sólo para los grandes.

El Maestro Luz se sentó junto a Bianca y le sujetó la mano.

—¿Cómo estás, niña bonita?

—Feliz.

—Sí, lo veo.

—Óscar, gracias por todo lo que hiciste por Sebastián. Me contaron las enfermeras de terapia que ibas todos los días y me hacías reiki. Y a él también.

—¡Qué mejor cosa que poder ayudar a los demás con lo que hemos aprendido en la vida! ¿Sabes, niña bonita? Me sentí muy unido a Sebastián en su dolor. Nadie mejor que yo sabe por lo que pasó tu adorado macho alfa, con la excepción de que yo finalmente perdí a mi amor. Ustedes, en cambio, tienen toda la vida por delante.

—Cuánto lo siento. Casi me da miedo imaginar el dolor que sentiste.

—Somos más fuertes de lo que imaginamos.

—Gracias —insistió Bianca, y le apretó la mano—. Fuiste un gran sostén para todos. Qué suerte que estabas ahí cuando les dijeron que tenían que operarme. Camila me contó que Sebastián se puso muy mal.

—Sí, muy mal. Estaba aterrado. Pero enseguida se calmó. Después tomó el timón de mando y se desempeñó muy bien. Tu madre me decía que estaba tranquila porque él estaba siempre contigo. Ella no podía, ¿sabes?

—Sí, lo sé. Somos tantos en casa.

—Por eso y por otras cosas.

—¿Qué te traigo, amor? —ofreció Gálvez—. ¿Carne, verdura? Las de elote son lo máximo.

—Va, de elote.

—Una de carne también te comes, ¿va? —Bianca asintió—. ¿Y de tomar?

—Agua, por favor.

El Maestro Luz se había puesto a conversar con su abuela Kathleen, y Bianca perdió la oportunidad de cuestionarlo sobre la declaración acerca de Corina. Lorena se sentó a su lado y le sonrió.

—Qué lindo es verte comer.

—Están buenísimas las empanadas. Pero más de tres no puedo. Ésas son las reglas de Aluba.

—¿Estás contenta?

—Ahora que estás aquí, con nosotros, sí. Antes, no.

—¿Qué pasa con Chicho, Lore? Lo último que recuerdo es que llegaste llorando porque le habías contado acerca de tu pasado y que lo habías dejado solo en el bar.

—Me llamó el día en que te accidentaste y quedamos de vernos en Las Violetas esa tarde. Estaba muy ojeroso y tenía mala cara. Le pregunté si se sentía bien, y me dijo que hacía dos noches que no pegaba un ojo y que ni siquiera tenía hambre, algo que no le había pasado en su vida —Bianca se volvió hacia Chicho, que charlaba con Camila y Lautaro, al tiempo que devoraba una empanada.

—Toma, amor. Aquí te dejo las empanadas y el agua.

—Gracias.

Gálvez se alejó, y Lorena lo siguió con la mirada.

—¿Te gusta todavía? —preguntó Bianca—. Como hombre, me refiero.

—Sí, es un ejemplar que quita el aliento, sin duda. Pero, poco a poco, voy comprendiendo que una cosa es la atracción física y otra el amor.

—Pero en el amor, necesariamente tiene que haber atracción física.

—Por supuesto. ¿Cuál sería el chiste, si no?

—Sigue contándome de Chicho.

—Bueno, me dijo que hacía dos noches que no dormía, que no podía dejar de pensar en mí y en lo que le había contado. Me confesó que al principio me había odiado, pero que después se acordó de que yo me había mostrado arrepentida y que le había dicho que ya no lo hacía, y eso fue ablandándolo. Dice que lo maté cuando le dije que llevaría esta mancha encima toda mi vida y que él merecía una chica decente, no alguien como yo. Me dijo que me ama demasiado y que quería que lo intentásemos. Que él nunca se iba a perdonar no habernos dado una oportunidad. Yo le aclaré que, en cualquier momento, podíamos toparnos con uno de mis clientes, tal vez alguno era conocido de él. Mis clientes eran buenos tipos, al estilo de Juanca, no creo que me desprecien o hagan mención de mi anterior oficio si me los cruzo, pero yo quería enfrentar a Fran con la realidad. Yo fui una prostituta y eso deja marcas que no se van tan fácilmente.

—El tiempo las irá borrando.

—Tal vez, no sé. Lo que más quiero es que confíe en mí.

—Sí, es clave.

—No quiero que piense que le voy a poner los cuernos con el primero que me guste o me parezca buen mozo porque fui una prostituta. Hice un compromiso con él y quiero cumplirlo.

—Es fácil cumplirlo si una está enamorada. Simplemente, no tienes ganas de estar con otro. ¿Estás enamorada de Chicho, Lore?

—Nunca he estado enamorada, no sé bien cómo es eso. Lo mío con los chicos pasaba más por una cuestión física. Después me aburrían.

—No sería bueno que te aferrases a él como a una tabla de salvación. No sería bueno para ti, ni para él.

—Susana, mi terapeuta, me dijo lo mismo. Incluso usó esa expresión, tabla de salvación. Pensé mucho en eso, pero con Fran es distinto —Lorena dirigió la mirada hacia su novio y sonrió con ternura—. Cuando lo veo aparecer, me late el corazón con fuerza.

—Buen indicio.

—Nunca me había pasado. Es decir, que me latiera fuerte el corazón por un chico sí, pero que me latiera fuerte de alegría por ver a un chico, no. Y cuando me abraza y me besa, me hace sentir tan amada, que es como si tuviera mariposas en la panza.

—Otro buen indicio.

—No lo merezco, Pulga.

—Te irás ganando su confianza, vas a ver.

—Hace dos días que trabajo en el bufete de su padre.

—¿En serio? ¡Qué bueno!

—Sí, estoy contenta. Tuve una entrevista con Franco —Lorena se refería al padre de Chicho—, que me trató como a una reina, y después con la jefa de las secretarias, que es medio mala onda, pero la voy capoteando. Después hice los exámenes de evaluación y el miércoles empecé a trabajar —Lorena se llevó una mano a la cara y rio—. Me da risa porque Chicho se pone celoso. Los clientes entran en su despacho y le preguntan por el mujerón que está en la recepción, y él les contesta: "Es mi novia", y dice que los clientes se ponen blancos de miedo.

—Se debe de sentir orgulloso de poder decir: "Es mi novia".

—Ojalá. Me encanta verlo trabajar. Es completamente distinto a cómo actúa en otros ambientes. Superserio y responsable. Va de acá para allá, hablando con éste, con aquél. Pasa frente a mí y ni me ve, pero sé que lo hace porque va con la cabeza llena de cosas.

—O tal vez para que nadie diga que tiene favoritismo contigo. Debe de querer que los otros empleados te quieran y respeten.

—Sí, puede ser. Estoy haciendo buen papel, estoy hecha una Bianca cualquiera, superresponsable. Además, me visto bien de secretaria, con traje sastre, ya sea con falda o pantalón, pero bien recatados. Me recojo el pelo en una colita o en un rodete, me maquillo poco… En fin, quiero que esté tranquilo de que no hago nada para provocar a nadie.

—Aunque fueras en bata y con tubos, llamarías la atención, Lore. Eres muy linda, y él lo sabe. Pero, Lore, hagas lo que hagas, por favor, hazlo porque realmente *quieres* hacerlo, no por un estúpido deber o mandato. Que te mueva una verdadera pasión, no una obligación. Esas cosas no duran, son ficticias.

—Tengo ganas de hacerlo. Me siento bien haciéndolas. Supongo que las hago porque quiero, ¿no?

—Una vez, Óscar me dijo que los seres humanos tomamos decisiones desde tres perspectivas diferentes: desde el yo-niño, desde el yo-padre y desde el yo-adulto. El yo-niño hace lo que quiere; el yo-padre, lo que debe; y el yo-adulto, lo que le conviene. En realidad, esta última no es una tercera opción, sino la elección de algunas de las anteriores; elijo de acuerdo con lo que me conviene en ese momento. Tú haz lo que te convenga para lograr el objetivo que te propusiste, o sea, ganarte la confianza y el respeto de Chicho. A mí siempre me sirve este esquema.

—Sí, es muy bueno. Es como una brújula para cuando uno no sabe para dónde ir.

—Tal cual. ¿Qué pasó con el depa que te había gustado, ése de Barrio Norte?

—Con lo de tu accidente, quedó en la nada. La gente de la inmobiliaria me llamó varias veces para preguntarme, pero yo les decía que estaba con un problema familiar y los bateaba. Voy a hacer una cita ahora que tú estás bien, porque quiero que Fran lo vea.

—Ojalá no lo hayan vendido.

—Si lo vendieron, ya aparecerá otro. Por ahora, estoy viviendo en casa. Mamá me necesitaba.

—Oye, Lore, y de papá, ¿qué sabes? Nadie lo menciona.

Chicho se aproximó, sonriente, y se sentó al otro lado de Bianca.

—¿Cómo estás, Bianquina?

—Así me llamaba tu mamá, Bianquina. Me encantaba.

—Mis papás te mandan saludos.

—Mándales un beso de mi parte, por favor.

—¿Cómo estás? —insistió, y su interés genuino conmovió a Bianca.

—Bien. Feliz, en realidad, sobre todo ahora que Lore me dijo que están saliendo. Ésa ha sido la mejor noticia desde que me desperté del coma.

Chicho estiró la mano y entrelazó los dedos con Lorena.

—Después de más de diez años amándola desde lejos, por fin tu hermana me hizo caso.

—Y yo, que me hacía la mártir por haber amado a Sebastián en silencio durante más de cuatro años, más vale que no vuelva a abrir la boca, al menos no enfrente de ti, Chicho.

—Sebas y yo éramos unos idiotas por no ver los tesoros que teníamos bajo las narices.

—Pues sí —suspiró Bianca—, la verdad es que sí.

Chicho y Lorena se echaron a reír.

* * *

Bianca abandonó el sillón y se dirigió al baño. Al salir, se topó con su madre en el pasillo.

—Hija, ¿podemos hablar en un lugar tranquilo?

—Sí, mamá. Vamos a mi dormitorio.

Entraron, y Bianca cerró la puerta. Se sentaron en el borde de la cama. Corina acarició la frente de su hija y la besó en la mejilla. Después, la abrazó. Bianca se puso rígida, incómoda ante la reacción de su madre, ya que nunca la abrazaba, ni la besaba. Para su cumpleaños, se limitaba a un rápido apretón, y punto. Ese abrazo largo y sentido era extraño para ella.

—Pulga, hija, quiero que vuelvas a casa, con nosotros, con tu familia.

—Pero…

—Tu padre ya no vive ahí.

El corazón le dio un salto en el pecho y latió alocadamente. Aunque había previsto esa posibilidad, que su padre y su madre se separasen, enfrentarse a los hechos consumados la afectó más de lo que esperaba.

—¿Se van a divorciar?

—Sí, hija. Sebastián no quería que te lo dijese aún, pero creo que tienes derecho a saberlo. Estarás preguntándote qué fue de él —Bianca asintió—. Sé que Pablo no ha sido un buen padre, pero es justo que estés enterada de que todos los días me llamaba para saber cómo estabas, cómo evolucionabas. Si nunca apareció en el hospital, fue para evitar escándalos.

—¿Cómo se lo han tomado los chicos?

—Cada uno de acuerdo con su personalidad. Pablo es el que mejor se lo tomó; hasta creo que está contento de que Pablo no viva más en casa. Piensa que eso te hará volver, y es lo único que le importa, que tú vuelvas. Martina llora todas las noches y me pregunta cada mañana si lo puede llamar por teléfono porque lo extraña. Juan Pedro no dice nada, pero la procesión va por dentro. Felipe se lo toma con filosofía, hasta te diría que con indiferencia. Lourdes no se da cuenta, creo.

—¿Dónde está él ahora?

—No lo sé. Supongo que… con la otra.

—Tú sabías de Alicia, ¿no, mamá?

—Sí. Lo descubrí el año pasado, cuando, por casualidad, leí unos mensajes en su celular. Fue para la época de tu viaje a la sierra. Por eso aproveché para acompañarte y alejarme unos días. Tenía que pensar. Él me aseguraba que la iba a dejar, que todo había terminado, y yo le creí. Lo que no sabía era que había tenido un hijo con ella.

—Sí. Lucio.

—Me contó Camila que viven en el mismo edificio, en el mismo piso, en realidad, y que ella es la *babysitter* del nene.

—Sí.

—¡Qué extraña es la vida! Qué coincidencia más rara. Me dijo también que tú conoces a la otra.

—Sí, a ella y a Lucio, a los dos. Muy loco, la verdad.

—¿Esa mujer no sabía que tú eras hija de Pablo?

—Camila dice que no. ¿Cómo marcha el embarazo, mamá?

—Bien. Estoy muy controlada por el tema de la presión. Los médicos temieron que se me disparara con lo de tu accidente, así que me han cuidado de cerca. Todo marcha bien, hija. No quiero que te preocupes. Me hice una ecografía antes de ayer. Es varón.

—¡Varón! Qué lindo. Pero ¿no se suponía que tú no querías saber el sexo antes del nacimiento?

—Tu padre era el que no quería saber. Yo sí.

—¿Cómo estás tú, mamá?

—Bien, hija —Bianca ladeó la cabeza y aguzó los ojos—. Sí, a ti no puedo mentirte. Desde chiquita, siempre has adivinado lo que siento, lo que me pasa.

"Es la conjunción Luna-Neptuno, mamá", le habría explicado, pero Corina, en muchos aspectos, era tan tradicionalista como Pablo Rocamora y no aceptaría de buen grado la astrología.

—Primero estuve enojada con él, con la otra, con la vida, sobre todo conmigo misma. Ahora sólo me queda la tristeza de haber amado tanto a tu padre, haber hecho todo por él, y no haber sido correspondida. En algo me equivoqué, todavía no sé en qué, pero es doloroso. Óscar dice que esto que estoy viviendo es como un parto, muy doloroso al comienzo, con un final feliz después. Asegura que estoy abriéndome a un nuevo nivel de conciencia, donde comienzo a verme y a conocerme para vivir una nueva vida que me hará feliz y plena.

—¿Has hablado mucho con él?

—Sí, mucho. Ha sido una gran compañía y un gran consuelo. Me tocó vivir dos calvarios, tú en coma y la separación de tu padre. Sólo escucharlo decir "buen día" y ya me tranquilizaba.

Además, está haciéndome reiki y enseñándome a meditar. Me recetó unas gotas de flores de Bach que me ayudan a dormir de noche.

Bianca levantó las cejas. ¿Su mamá hablaba de reiki, meditación y flores de Bach? Después de todo, existía la esperanza de poder explicarle lo de la conjunción Luna-Neptuno.

—Y papá, ¿cómo se tomó lo del divorcio? Imagino que no lo hará quedar muy bien frente a sus amigos católicos.

—Sus amigos católicos lo marginaron cuando se enteraron de que Lorena había sido…

—Una prostituta.

—Sí. No puedo pronunciar esa palabra.

—¿Cómo lo supieron?

—El día en que tu padre vio a Armando y a Lorena salir del hotel de paso, lo enfrentó y se pelearon a trompadas. Fue un gran escándalo, y empezó a haber chismes y habladurías. Así lo supieron, por chismes. Le pidieron que no volviera al grupo de oración y no han vuelto a llamarlo para comer carne asada o ir a procesiones y esas cosas que hacían.

—Y a Armando, ¿a él también lo marginaron?

—No, a él no.

—¡Hipócritas!

—Lo único que espero es que no despidan a tu padre del banco. Sería *the cherry on the pie*.

—¿Por qué tendrían que despedirlo?

—Bueno, Pulga, tú sabes que los dueños del banco son católicos extremistas, y una cosa como la que hizo Lorena no se perdona.

—Cristo perdonó a la adúltera, pero los que dicen adorar a Cristo no están dispuestos a perdonar a Lorena. Es genial cómo entienden la religión estos católicos.

—Por fortuna, tu padre todavía sigue trabajando ahí.

—¿Cómo se tomó papá lo del divorcio? —volvió a preguntar.

—No muy bien. Al principio se puso agresivo, no quería irse de casa.

—¿Te golpeó?

—No. Pero me amenazó con toda clase de cosas. Que me iba a quitar la casa, que me iba a quitar a los chicos, que no me iba a pasar un peso.

—Dios mío…

—Sí, fue espantoso. Gracias a Dios que Chicho intervino. Él lo sacó de casa. Le dijo que iba a llamar a la policía y que además lo denunciaría por los golpes que les había dado a ti y a Lorena. Se está haciendo cargo del divorcio, y estoy muy tranquila con eso. Pero volvamos a nuestro tema inicial: quiero que vuelvas a casa, Pulga. Tus hermanos te extrañan mucho, yo te extraño horrores… La casa no es la misma sin ti, hijita.

—Mamá, no puedo decidir ahora. Tengo que hablar con Sebastián.

—Él no quiere que vuelvas. Dice que Pablo te va a ver cada vez que vaya a buscar a los chicos. Me hizo cambiar la llave de la cerradura para que tu padre no pueda entrar. La pagó él, porque yo ando corta de dinero, pero no sé para qué me pidió que lo hiciera, si no quiere que vayas a casa. Está obsesionado con que Pablo se te acerque.

—Mamá, no voy a hacer nada que moleste o ponga nervioso a Sebastián. Él acaba de vivir una pesadilla por mi culpa y, en cierto modo, por culpa de papá. Ahora necesita estar tranquilo para retomar su vida. Si él no quiere que vuelva a casa, no lo haré.

—Sí, está bien. Sebastián fue más que un apoyo en estos días tan negros. Él se hizo cargo de todo y yo estaba tranquila porque él te cuidaba. Debo admitir que yo no te habría cuidado mejor. ¿Sabías que se pasó todos los días en el hospital? Quiero decir, que vivía ahí. Jamás quiso ir a dormir a casa de tu abuela ni a la de nosotros, pese a que estamos tan cerca del Italiano.

—Sí, mamá, lo sé.

—Pobrecito… Sufrió tanto.

—Por eso —dijo Bianca, con firmeza, mientras pugnaba por matar las ganas de llorar—, no quiero hacer nada que lo ponga mal. Quiero que me entiendas.

—Sí, hija.

—Dejemos que las cosas fluyan, mamá. Todo se va a arreglar para bien.

* * *

Los invitados se marcharon porque Gálvez anunció que Bianca tenía que descansar. Bajó a abrirles la puerta de la recepción a los últimos (Corina, Kathleen y los niños), y Bianca aprovechó para hablar con su tía Claudia. Hacía tiempo que albergaba una sospecha. Se sentó a la mesa de la cocina. Claudia acomodaba el lío de vasos y platos y canturreaba entre dientes.

—Gracias por esta fiesta de bienvenida, tía. Me encantó verlos a todos.

—De nada, tesoro. Fue idea de Cristian. Estaba eufórico por tu regreso a casa. Te adora.

—Yo también lo quiero. Aunque hizo sufrir mucho a Sebastián, ahora está tratando de arreglar las cosas, y por eso lo quiero.

—Ah, los padres... El mío era de terror. Ya te he contado sobre tu abuelo.

—Sí. Pero a ti no te afectó tanto como a papá. A él debió de marcarlo a fuego, con sus modos de militar y todo eso.

—Tu papá quería ser músico.

—¿Cómo?

—Él y unos compañeros del colegio habían formado una banda de rock.

—No puedo creerlo.

—Pues así es. La banda se llamaba Los hijos de Bonaparte.

—Qué nombre más raro, pero está bueno.

—Tu papá tocaba el bajo.

—¿En serio?

—Sí, y muy bien. En una oportunidad en que tu abuelo fue enviado a una misión en Chipre y estuvo varios meses fuera, Pablo se dejó crecer el pelo. Andaba siempre con una banda en la frente, como se usaba en esa época, y con los pelos al viento. Es la única época en que lo recuerdo feliz. Cuando tu abuelo volvió de viaje, lo miró de esa manera autoritaria que tenía y no dijo nada. Al día siguiente, le pidió que fuese a verlo a la oficina. Lo hizo sentar frente a su escritorio. Dos soldados entraron, lo sujetaron y lo mantuvieron en la silla. Otro le cortó el pelo al ras con una maquinita y lo dejó así como estás tú.

¿De quién estaba hablándole la tía Claudia, de Pablo Rocamora, del contador público Pablo Rocamora? Le resultaba imposible imaginarlo con una banda, pelo largo y un bajo en bandolera.

—Tu abuelo lo domó como a un caballo salvaje. Lo latigueó una y otra vez hasta que le quebró la voluntad. A mí nunca pudo doblegarme, por eso me echó de casa.

—¿Te echó? Pensé que te habías ido.

—Me echó, y me dijo que ojalá nunca hubiese nacido.

—Y tu mamá, ¿no hacía nada?

—Le tenía más miedo que a un tigre. Lloraba y temblaba, eso es lo que hacía. Papá, como buen militar, era mujeriego y bebedor, y mamá no decía nunca nada. Soportaba el martirio en silencio, como los cristianos en la arena de Roma.

—¿La golpeaba?

—Nunca vi que la golpease, pero recuerdo una mañana en que se levantó con un ojo morado. Creo que eso le valió de muestra. Divorciarse era impensable en una familia católica como la nuestra, así que mamá soportaba, mientras papá se lo pasaba bomba. Una familia de mierda, como verás.

—Como la mía.

Claudia no hizo comentarios y siguió lavando los vasos.

—Tía, tú sabías que papá tenía una amante, ¿no? Fue con eso que lo chantajeaste para que me permitiera cantar en el bar y estudiar con Feliciana, ¿no?

Claudia se enjuagó las manos, se las secó y se sentó a la mesa. La miró a los ojos.

—Sí, Bianqui, lo sabía. Y sí, Bianqui, fue con eso que lo extorsioné. Alicia y yo éramos muy amigas. De hecho, yo se la presenté a tu papá.

—Cuéntame, por favor. Necesito saber todo. Necesito saber cómo fueron las cosas.

Se escuchó la puerta principal que se abría. Las dos esperaron, expectantes, a que Gálvez apareciera.

—Hola, mi amor.

—Hola. ¿Cómo te sientes?

—Muy bien. Ven, siéntate aquí, conmigo. Tía Claudia va a contarme cómo fue que papá y Alicia se conocieron.

Años atrás, Claudia se había inscrito en un curso de reiki que dictaría un tal Óscar Santos. Alicia Buitrago formaba parte del grupo que se reunía dos veces por semana.

—Así nos conocimos —prosiguió la mujer—. De hecho, fue Alicia la que le puso el sobrenombre Maestro Luz a Óscar. Todos empezaron a llamarlo así, Luz, o maestro, o Maestro Luz. Era simpática, chispeante, inteligente. Todos la queríamos. Ella y yo tuvimos buena química de entrada y nos hicimos muy amigas. Un día me contó que quería abrir una cuenta corriente, pero que los bancos le ponían muchas trabas y le pedían muchos requisitos porque era trabajadora independiente. Le dije que no se preocupase, que mi hermano tenía un alto cargo en un banco, que le iba a arreglar una cita para que le solucionara el problema. Concerté una cita con Pablo para Alicia, y así se conocieron. Alicia me contó que Pablo había sido muy gentil con ella, que la había ayudado mucho y que ya había comenzado con los trámites para abrir la cuenta en su banco. Nunca más volvió a mencionarlo, y yo me olvidé del tema. Un día, bastante tiempo después, como dos años después, estaba cerca de la casa de Alicia (no donde vive ahora, sino en Caballito) y pensé en ir a visitarla. Cuando estaba llegando, veo que tu padre y ella salían del edificio. Se besaron en la boca, y él se fue. Entonces, Alicia me vio y se quedó de piedra. Me acerqué en silencio y, sin pronunciar palabra, me hizo pasar. "Tu hermano es muy infeliz en su matrimonio", me dijo, y yo me reí. "Todos dicen eso", le contesté. "Te apuesto lo que quieras a que nunca va a dejar a Corina. Para él, el divorcio es impensable". "Estoy trabajando en eso", me dijo. "Quiero que Pablo sea libre de todos los demonios que le plantó tu papá." Yo me sentía muy mal, sentía que traicionaba la amistad que tenía con Corina, a quien quiero muchísimo, como a una hermana. Pero también me sentía muy unida a Alicia, que parecía comprender a Pablo como nadie. Sabía manejarlo. Me sentía verdaderamente mal. Óscar me aconsejó que me mantuviese al margen, y eso hice. A mediados de 2009, Alicia quedó embarazada y le exigió a Pablo que dejara a Corina y se mudara a vivir con ella. Por supuesto, tu padre colapsó. Le dijo que no podía dejarla, que tenían siete hijos, la última era apenas una bebita, que era imposible, que esto, que aquello. Y le pidió que abortase.

—¡Qué! ¿Papá, el católico a ultranza, le pidió que abortase?

—Sí. Alicia se enfureció y lo echó. No le respondía el teléfono, no lo dejaba entrar en el departamento, hasta se mudó para cortar todo vínculo con él y se cambió de banco. Su amistad conmigo acabó también. El año pasado, tu padre vio un cartel en la calle que anunciaba una conferencia con la astróloga Alicia Buitrago y no dudó en ir a verla. Reanudaron la relación. Supongo que ella lo quiere demasiado y le perdonó lo del pedido de aborto. Tu madre descubrió unos mensajes en el celular de tu padre y se armó un lío, lío de novela mexicana. Corina amenazó con el divorcio y tu padre le prometió que la dejaría, que no la quería, y todas esas cosas que prometen y juran los maridos infieles. Pero como dice Andrés Calamaro, el amor es más fuerte. Así que, pasado un tiempo, tu padre volvió a buscar a Alicia, y fue entonces que se cruzó contigo en el pasillo de tu mejor amiga, que resultó ser la *babysitter* de su hijo, o de tu medio hermano, como más te guste.

Bianca hacía rato que no miraba a su tía, sino que fijaba la vista en la mesa, mientras las frases de Claudia la alcanzaban como balas. Sentía con la calidad de un dolor físico en el pecho, la tristeza y la amargura de Corina, y experimentó una pena infinita por su madre, tan hermosa, tan dedicada, pero tan sumisa, enamorada y equivocada.

—¿Dónde está él ahora?

—Vive en casa de Alicia. ¿No te lo dijo Camila?

—No. Supongo que no lo hizo para no entristecerme.

—Yo le pedí que no te contase nada todavía —intervino Gálvez—. Y ahora vamos a dormir un rato. Estoy muerto y tú tienes que descansar.

* * *

—¿Estás cómoda? —quiso saber Gálvez mientras estiraba la frazada para cubrirlos.

—Sí, muy cómoda.

La pegó a su cuerpo y la envolvió con los brazos, también con las piernas, y Bianca soltó un suspiro de satisfacción. Levantó las pestañas y lo descubrió mirándola fijamente, con un codo clavado en la almohada y la mano calzada en el filo de la mandíbula.

—Papá y mamá van a divorciarse.

—Ya era hora —expresó, con acento sombrío.

—Mamá está muy triste, lo sé.

—Ahora está triste, pero dentro de un tiempo estará mejor. Los chicos también van a estar mejor sin él ahí, emputeciéndolo todo.

—Mamá quiere que vuelva a casa —Gálvez entrecerró los ojos, y Bianca le descubrió el movimiento casi imperceptible que ejecutaba con los labios cuando se tensaba—. Yo le dije que no voy a hacer nada que tú no quieras, porque mi prioridad ahora es que estés tranquilo y que te recuperes del infierno que pasaste por mi culpa.

—No fue tu culpa, Bianca. Fue culpa de él.

—Lo que sea, pero quiero que estés tranquilo.

Bianca levantó las pestañas hasta sentir que le tocaban el párpado y se quedó mirándolo. Él hizo lo mismo, la contempló fijamente, y chasqueó la lengua cuando se dio cuenta de que los ojos de Bianca brillaban de lágrimas. Se recostó sobre la almohada y la abrazó.

—No, amor, no. No quiero que llores.

—Es que no puedo llegar a ti. No sé qué te pasa, pero no puedo llegar a ti. Es como si te hubieses puesto detrás de una pared.

—Tenme paciencia, Bianca. Por favor. Supongo que es el anticlímax de todo lo que viví en las últimas semanas. Tenía la adrenalina a tope y ahora estoy volviendo a la normalidad. Toma tiempo ajustarse.

—Sí, tienes razón.

—Además, vas a tener que tenerme paciencia porque voy a estar muy jodón contigo, con tu seguridad, con tu salud. No voy a poder evitarlo, amor. Ahora estoy un poco molesto porque quería que todos se fueran antes para que tú descansaras, y nadie se iba. Y yo te veía ahí sentadita en el sillón, hablando con uno y con otro, y me decía: "¡Puta madre! ¿Acaso nadie se da cuenta de que están agotándola?". Hasta que al final los eché. Sé que no fue muy amable de mi parte, pero no pensaba sacrificarte por el bien de la buena educación —se calló de pronto, un poco agitado por su discurso enardecido—. Perdóname, no voy a poder evitarlo.

—No quiero que lo evites.

Gálvez la besó en la coronilla rapada, y Bianca sintió una corriente eléctrica que la recorría desde ese punto hasta la vagina. Lo deseaba, pero él no parecía inclinado hacia el sexo.

—¿Fumaste durante el tiempo en que estuve en coma?

—No.

—¿Ni una vez? —se asombró.

—Ni una vez.

—¿Tuviste ganas?

—Cada puto segundo de los dieciocho días en que no despertaste.

Bianca se apartó unos centímetros y elevó el mentón para observarlo. Gálvez clavaba la vista sobre su cabeza, en un punto indefinido.

—Mi amor… —dijo, corta de palabras—. Eres la persona con la fuerza de voluntad más poderosa que conozco.

—No fue mi fuerza de voluntad, sino tú la que me ayudó a no prender un cigarro de nuevo. Me decía que a ti no te gustaría que volviese a fumar, que no te gusta el olor a humo que queda en la ropa, ni el aliento del fumador, y yo tenía miedo de que, cuando fuese a verte a terapia, me olieras y no despertaras para castigarme. Me metía tres chicles juntos y me cambiaba el parche cada dos por tres. Así me la fui llevando.

Bianca reía entre lágrimas y le acariciaba la mejilla.

—Mírame, Sebastián —él bajó la vista con aire reacio—. Te amo con locura. Te amo sin fin. Te amo como nunca nadie amó a otra persona. Te amo hasta el cielo y más allá. Te amo, tanto, tanto, ¿lo sabes?

La expresión de Gálvez se suavizó y ladeó los labios en una sonrisa.

—Sí, lo sé, porque volviste a mí.

25

El jueves 16 de agosto, cumpleaños de Gálvez, Bianca se levantó a las seis de la mañana para preparar el desayuno que le llevaría a la cama. Antes, hizo una escala en el baño, donde se limpió el cutis, se colocó la crema hidratante, se enchinó las pestañas, las pinto ligeramente y se puso brillo en los labios, uno con sabor a fresa, que a Gálvez le encantaba.

Marchó a la cocina. Contaba con los ingredientes necesarios para el festín que tenía en mente; el día anterior, le había pedido a su tía que los comprase. Los acomodó sobre la mesa y se puso manos a la obra. Media hora más tarde, la cocina despedía aromas exquisitos.

Claudia entró con los ojos cerrados y la nariz elevada.

—¡Qué bien huele esto!

—¡Hola, tía!

—Mmmm… Qué contenta se te ve. Me pregunto qué será. ¿El cumple de tu amado, tal vez?

—Sí. Sírvete lo que quieras.

—Me estoy tentando con esas medialunas con jamón y queso.

—Tiene lomito ahumado, no jamón. Acuérdate que te pedí específicamente que compraras lomito.

—Sí, me acuerdo. ¿Por qué no lo tradicional?

—Porque a Sebastián le encantan con lomito ahumado. Anda, sírvete. Las acabo de sacar del horno.

Bianca terminó de acomodar la bandeja con patas y se dirigió a su habitación. Empujó la puerta con el pie y no encendió la luz; con la del pasillo le bastaba. Gálvez dormía profundamente en diagonal y boca abajo, con un pie fuera de la cama y los brazos extendidos; ocupaba todo el espacio del colchón. Apoyó la bandeja a un costado de la puerta y se sentó en el borde de la cama. Retiró las colchas con delicadeza y le estudió la espalda desnuda. A pesar de que era invierno, él dormía sólo con una trusa. Le trazó con el índice el contorno de un músculo y la leve protuberancia del omóplato. Se inclinó y lo besó, un beso pequeño, después otro hasta formar un corazón. Gálvez se rebulló, y Bianca le habló al oído.

—Buen día, amor mío. Feliz cumpleaños.

—Qué lindo despertar así.

—Feliz cumpleaños, mi amor.

—Gracias.

A Bianca le dio risa el modo en que la boca de Gálvez se movía aplastada contra la almohada, y también que hablara con los ojos aún cerrados. Entreveró los dedos en el copete de él y le despejó la frente, y su belleza le quitó el aliento. Era escandalosa. Y era de ella.

—Eres lo más lindo que he visto en mi vida, ¿sabías?

—Eso espero.

—¿Mucho sueño?

—Sí.

—Tengo una sorpresa para ti. Si te levantas, te la doy.

Gálvez se incorporó con dificultad, la buscó a ciegas para besarla en los labios y abandonó la habitación, también a ciegas, en dirección al baño. Cuando regresó, se topó con la cama llena de paquetes y una bandeja colmada de manjares. Bianca, cubierta con la bata que había pertenecido a Lorena, salió a recibirlo. Se puso de puntas y, sin tocarlo, lo besó en los labios, entreabiertos por la sorpresa.

—Muy, pero muy feliz cumpleaños, amor mío. Que seas muy feliz, ahora y siempre.

Gálvez permanecía atónito, con la vista fija en la cama. Movió la cabeza para mirarla, y Bianca supo en qué momento se dio cuenta de que se había arreglado un poco para él. Gálvez levantó la mano y le tocó la mejilla con el dorso de los dedos.

—Estás hermosa —la tomó por la cintura con la delicadeza que la trataba por esos días, y hundió el rostro en su cuello—. Gracias, amor. Gracias. Qué sorpresa más alucinante.

—Ven, sentémonos a desayunar. No quiero que comas nada frío.

—¿En qué momento preparaste todo?

—Me levanté a las seis.

—¿En serio?

Gálvez se sorprendía ante cada bocado. Bianca se había esmerado en prepararle su café favorito; los huevos cremosos, no secos; las medialunas con lomito ahumado, no con jamón, y con queso mantecoso, su favorito; el cereal que tanto le gustaba con rodajas de plátanos y fresas. El toque especial lo compusieron los bizcochos con Nutella.

—¿Cómo sabes que muero por la Nutella?

—Me lo contó tu mamá ayer, cuando vino a hacerme compañía.

—Gracias, amor. Es el mejor desayuno de mi vida.

Amaba verlo comer con tanto apetito; era como ella lo recordaba antes del accidente, vibrante y ávido por vivir. Ella también comió con ganas sólo para alegrarlo. Al finalizar el desayuno, abrieron los paquetes.

—¿Por qué gastaste tanta dinero, amor? No hacía falta.

—Es que cada cosa que veía me parecía que te iba a quedar alucinante, y la compraba. Las compré cse día —dijo, y bajó la vista—, el día en que me caí por la escalera. Cami me las guardó.

Gálvez le colocó el índice bajo el mentón y la obligó a enfrentarlo.

—El mejor regalo es que hayas vuelto a mí, Bianca. Me aterraba la idea de que no estuvieras conmigo en este día.

Bianca pasó sobre las camisas, los suéteres y los pantalones, los papeles y las bolsas, y se echó a los brazos de Gálvez.

—Aquí estoy, amor de mi vida. Aquí estoy y no pienso volver a irme, te lo juro.

—Sí, por favor. Nunca más.

* * *

Gálvez se fue al colegio, y Bianca se dedicó a acomodar el lío en el dormitorio y en la cocina. Cada tanto consultaba el reloj y, a la hora justa, cuando comenzaba la clase de Francés, se sentó en una silla y sonrió a la nada. Sabía qué estaba haciendo él en ese momento: leía la carta que le había escondido en la carpeta de Francés, a pesar de que en el sobre decía: ABRIR EN EL RECREO. Podía imaginarlo devorando las líneas, haciendo caso omiso de la profesora. Era como si estuviese a su lado, y casi estiró la mano para rozar con los dedos sus labios carnosos y sonrientes. Supo también en qué instancia reiría y en cuál se emocionaría.

> ¡Te dije que la abrieras en el recreo! No importa, lo mismo nunca prestas atención en Francés, y siempre tengo que explicarte todo. Y ahora espero con ansias poder explicarte cómo pronunciar ese idioma que tanto te cuesta para devolverte una infinitesimal parte de lo que me has dado desde que empezaste a amarme de esta forma en que tú haces todo en la vida, con pasión, poniendo el corazón y dándote con una generosidad que no he visto en otras personas.
>
> Me asustaba al principio haberme convertido en tu centro de interés. El sueño que tanto había soñado —que Sebastián Gálvez

se dignase a mirarme— se había vuelto realidad, y, sin embargo, me asustaba. Eres tan intenso, tan fuerte, tan seguro de ti mismo, tan avasallante, que mi espíritu acuariano se rebelaba. Pero mi corazón te pertenecía desde hacía tanto tiempo que, cuando me lo pediste, te lo entregué sin reservas, pese a todo. Me tomé de tu mano y salté al vacío, confiada en que tú me sostendrías siempre. No sé por qué sabía esto, que nunca me soltarías, ni me dejarías caer. Simplemente lo sabía, tal vez porque te conocía como nadie después de cuatro años de estudiarte y observarte. Nada de lo que hicieras ocultaba al Gálvez maravilloso que yo veía.

¡Cuánto te amo, Sebastián! Algunos me dicen que soy fría, que no sé comunicar lo que siento. No quiero que tú pienses eso, jamás. Quiero que sepas que eres lo más importante en mi vida, el centro, lo primero y lo último, mi alfa y mi omega. Mi roca, el que me enseñó a brillar, el que me hace feliz. Estás en mi mente todo el tiempo. Lo que digo y lo que hago, lo que pienso y planeo, te tiene por protagonista. ¿Cómo llegué a este punto? ¿Cómo hiciste para poner mi vida tan preservada y custodiada patas arriba? Es que es imposible no rendirse a tu encanto, Gálvez. Eres un sol demasiado cálido, luminoso y atractivo para negarse a tocar tus rayos. Si los toco, ¡siento que estoy viva! Y más viva me siento porque sé que ese sol es sólo mío, todo mío, como este corazón acuariano y huidizo es todo tuyo, para siempre.

Feliz cumpleaños, amor de mi vida. Feliz, feliz, feliz cumplea-ños. Que seas feliz, Sebastián, es lo que más deseo, por sobre cualquier otra cosa. Mi segundo deseo es éste: le pido al que tiene el poder en el universo que, si me devolvió la vida, sea para vivirla contigo a mi lado, hasta el final.

Te amo para toda la eternidad. Tu Bianca.

El teléfono sonó, y Bianca sonrió.

—Hola, mi amor —le contestó un silencio apenas alterado por la respiración superficial de Gálvez—. ¿Te saliste de la clase de Francés?

—Sí —respondió él, tajante, en un susurro desfallecido.

—Y la profe, ¿se enojó porque te fuiste?

—No sé —admitió, la voz tensa—. Me levanté y me fui.

—No te preocupes. Me dice Cami que todos los profes te tratan superbién des...

—¿Bianca?

—¿Qué, mi amor?

Lo escuchó carraspear.

—Yo tengo un tercer deseo.

—¿Cuál? —inquirió ella, con acento vacilante.

—Que cuando lleguemos al final de nuestras vidas, sea eso cuando tenga que ser, que nos vayamos los dos juntos, porque no quiero que tú sufras lo que yo sufrí cuando creí que te perdía. Ese dolor no quiero que tú lo sientas. Jamás.

Bianca se mordió el labio y apretó el celular.

—Sí —acordó, en una exhalación—, yo también lo deseo.

—Te extraño. No aguanto estar aquí sin ti.

—Yo también te extraño. No veo la hora de que vuelvas a casa para seguir festejando tu cumple.

—¿Hay más regalos?

—Sí, uno más.

* * *

Por la urgencia con que insertó la llave en la cerradura y abrió la puerta, a Bianca le resultó claro que Gálvez volvía a casa movido por una gran ansiedad. Lo esperó en la entrada, y, sin darle tiempo a cerrar, saltó en sus brazos. Se besaron con desesperación, como hacía tiempo que no se besaban. Había algo visceral en la manera en que él la penetraba con la lengua, un desasosiego que hablaba de la crueldad padecida durante esos dieciocho días; la excitaba, y, al mismo tiempo, la abrumaba de ternura. También percibió miedo, rabia, dolor y, sobre todo, amor. La mezcla la intoxicaba, y el ardor le guio las manos hacia el cinturón de Gálvez. Éste la detuvo y le apoyó la frente en la cabeza.

—No.

—¿Por qué no?

—Porque estoy muy caliente y te deseo demasiado.

—Perfecto. Es lo único que me hace falta.

—Bianca, tengo miedo de no ser suave, y Juncos dijo que teníamos que hacerlo con suavidad.

—Lo haremos con suavidad, te lo prometo.

—El problema no eres tú, amor. El problema soy yo.

—Nada de lo que me hagas me va a hacer daño, Sebastián. Te aseguro que quedarme con estas ganas va a ser peor que hacérmelo un poco bruscamente.

Gálvez rio por lo bajo.

—Me dijiste que tenías otro regalo —comentó, para desviar el tema.

—Sí.

—Dámelo.

—Okei. Voy a prepararlo. En cinco minutos, entra en nuestra habitación.

—Va.

Gálvez la aferró por la muñeca y la hizo volver sobre sus pasos.

—¿Por qué tardaste tanto en responder ese mensaje? Casi me vuelvo loco, Bianca.

—Ya te dije, había ido al baño y mi celular estaba en la cocina.

—Me prometiste que lo ibas a llevar a todas partes. ¡Incluso al baño, Bianca!

Bajó el rostro y observó la mano de él en torno a su muñeca. No se daba cuenta de que le causaba dolor, como tampoco se daba cuenta de que la asfixiaba con su paranoia. No obstante, lo comprendía y habría sido incapaz de reprocharle.

—Perdóname, mi amor. Perdóname.

Gálvez chasqueó la lengua y la tiró hacia él. Sus brazos la rodearon, y ella cerró los puños en su chamarra aún fría.

—No, amor. No me pidas perdón. Es que… Perdóname tú a mí. Vas a tener que ser un poco paciente conmigo.

—No tengo problema en ser paciente. Ya te dije que lo voy a ser, todo lo paciente que sea necesario. Lo único que me pone mal es haberte angustiado. No lo soporto, Sebastián, saber que sufriste por mi culpa.

Gálvez le acunó las mejillas con las manos y le acarició los pómulos con los pulgares. La miró largamente, serio primero; segundos más tarde, una sonrisa le elevó las comisuras.

—Te amo, Bianca. Te amo como nunca pensé que amaría a una chica. Y tú no me hiciste sufrir, amor. Tú eres mi alegría.

Se abrazaron con ardor. Bianca sonreía, dichosa, mientras Gálvez le besaba la pelusa que comenzaba a crecer en su cabeza.

—¿Y mi regalo? —exigió Gálvez, con un acento divertido.

—Sí, voy a prepararlo. Entra dentro de cinco minutos.

Bianca corrió a su dormitorio, donde se desnudó y se puso las medias negras que le llegaban a la mitad del muslo y el liguero de encaje negro que las sostenía; no usaría panties, ni brasier. La idea se le había ocurrido a Camila aquel día mientras hacían compras en la Avenida Córdoba: comprar una pieza de lencería para festejar el cumpleaños de Gálvez, y Bianca se había decido por algo atrevido: medias de lycra y un liguero.

Calzó los zapatos negros con tacón y se repasó el brillo de los labios. Se miró en el espejo. Trató de discernir si con ese liguero y el cabello tan al ras (ni siquiera alcanzaba el centímetro y no le tapaba las vendas que le quitarían al día siguiente) lucía ridícula. Lo desestimó con una sacudida de hombros. Se ató la cinta negra al cuello, y le pareció que le quedaba tan sexy como antes.

Estaba perfumándose con el Organza de imitación cuando Gálvez abrió la puerta. Se dio vuelta y pensó que se trataba de un *déjà vu* de aquella primera vez, en la cual él la había encontrado en su habitación, con la cinta negra al cuello como toda vestimenta. Rio ante su gesto pasmado, que enseguida se convirtió en uno de anhelo.

—Amor... Eres una diosa.

—¿Sí? ¿Te gusta tu otro regalo? Lo compré para los dos, para que lo disfrutemos juntos.

Gálvez cerró la puerta y caminó hacia ella. La obligó a darle la espalda y le acarició el trasero.

—Amor, tus nalgas con esas medias y este liguero son la cosa más erótica que he visto en mi vida. En serio.

—Es todo tuyo, mi amor.

—Bianca, vas a matarme.

Lo aferró por las muñecas y lo obligó a deslizar una mano por sus nalgas, la otra, por sus senos desnudos. Gálvez soltó el aire de manera repentina y ruidosa. Poco después, no necesitó inducirlo a que la tocase; las manos de él la acariciaban con pasadas cada vez más provocativas. Bianca, por su parte, le acarició el bulto que crecía bajo el cierre del pantalón. Al oído, le suplicó:

—Hazme el amor, Sebastián. No aguanto más.

—No tenemos condones.

—Sí, tenemos —él la cuestionó con la mirada—. Ayer le pedí a mi tía Claudia que comprase.

Gálvez soltó una carcajada.

—¡Así que tu tía era parte del plan para llevarme a la cama!

—Todo queda en familia.

Se contemplaron a los ojos, sonrientes, hasta que el deseo fue imponiéndose y las sonrisas fueron esfumándose.

—Amor, ¿y si lo hago como una bestia?

Bianca le aferró la mano y la guio entre sus piernas.

—¿Sientes? —Gálvez asintió—. Estoy preparada para ti. Te necesito dentro de mí, Sebastián. Por favor.

Él profirió un quejido de rendición y se agachó para desatarse los cordones de los botines. Bianca lo ayudó a deshacerse de la sudadera y la playera. Unos segundos después, completamente desnudo, la llevó en brazos a la cama, donde la depositó con cuidado, como si temiese romperla. Se colocó el preservativo antes de acomodarse sobre ella, y evitó cargarla con su peso al clavar los codos sobre el colchón. Se miraron.

—La carta que me escribiste…

—¿Te sorprendió encontrarla?

—Sí. Mucho. El corazón me empezó a latir fuerte —Bianca sonrió y le acarició el rostro—. Nadie me ha amado, ni me ama como tú, Bianca.

—Nadie. Y nadie te va a amar nunca como yo, Sebastián.

—Lo sé. Desde que estamos juntos, todo me parece más claro, todo tiene sentido. De repente me di cuenta de que antes vivía sin saber para qué, sólo vivía tonteando, como si no me diera cuenta de los misterios que nos rodean. Incluso después de haber vivido lo de la sierra, jamás me cuestionaba nada. Tú me enseñaste a pensar, sobre todo a conocerme.

—¿Te acuerdas de que te conté que en un templo de Grecia hay una frase tallada que dice: "Hombre, conócete a ti mismo y conocerás el universo y a los dioses"? —Gálvez asintió—. Yo siento que conociéndote, ya conocí a Dios y al universo. Nuestro amor es Dios y es el universo, y es lo único que me importa.

—Bianca, ¿qué hice de bueno para que seas mía? Mi tesoro, mi amor precioso.

—Sebastián, que me ames es lo mejor que me ha pasado en la vida.

—Amor… —le rozó la boca con los labios, donde volvió a susurrar—: Amor, amor de mi vida.

—Te amo.

Bianca lo acercó a su rostro y le pasó la punta de la lengua por la boca; adoraba su boca, de diseño tan definido, de labios carnosos y pequeños, tan suaves. Gálvez soltó un gemido y la besó con un ansia que detuvo abruptamente. Con los ojos cerrados y agitado, le rogó:

—Fréname si me excedo.

—Sí.

—Estoy tan caliente —dijo, como si lo lamentase.

—Ámame, Sebastián. Es lo único que necesito.

Gálvez la tocó entre las piernas, y Bianca se arqueó y gimió. Él comenzó un juego de excitación en el que la enardecía con sus dedos en la vagina y la boca en los pezones. Pero Bianca no estaba para juegos; la espera había sido demasiado larga.

—Sebastián, por favor… No aguanto más.

—¿Qué necesitas, amor? —la provocó él, y sus labios se expandieron en una sonrisa maliciosa sobre su seno.

—Que estés dentro de mí, que estemos unidos de nuevo, que seamos uno solo. Quiero sentirte dentro de mí —añadió, y lo observó con ojos bien abiertos y expectantes.

La sonrisa de Gálvez había desaparecido. Sin apartar la vista de él, Bianca dejó caer las rodillas a los costados del cuerpo y le hundió los dedos en los glúteos. Gálvez echó la cabeza hacia atrás y emitió un gruñido. Bianca le tocó la nuez de Adán, estática y sobresaliente, y también los tendones, rígidos como cuerdas. Al recuperar el control, se elevó sobre ella y la penetró con suavidad, pero con firmeza. No se detuvo hasta haberse introducido por completo dentro de ella, hasta hallarse alojado profundo en su cuerpo. Bianca llevó la cabeza hacia atrás y profirió un lamento. Gálvez se retiró y volvió a hundirse en su carne.

Ni una vez Bianca le pidió que menguara su ardor. Él era quien se detenía y apoyaba la cara en la almohada hasta controlar la excitación. Casi devastado entre el deseo y la preocupación, respiraba con dificultad y apretaba los párpados. En una de esas instancias, la vocecita de ella, agitada y dulce, le susurró:

—No pares, mi amor. Te necesito.

—Bianca…

Gálvez retomó el vaivén de sus caderas, que se impulsaron dentro de ella a una velocidad cada vez mayor, olvidado de su propósito, absorbido por esa locura que ella desataba en él con sólo pronunciar esas pocas palabras. Introdujo la mano entre sus cuerpos y le acarició el clítoris. Bianca explotó de inmediato debajo de él y gritó su nombre. Gálvez la contempló, deslumbrado, mientras el orgasmo la convertía en la visión que, según le había confesado tiempo atrás, jamás se cansaría de contemplar. Transida de placer, ella le quitaba el aliento.

Sus acometidas se volvieron cortas y frenéticas y, cuando el alivió se convirtió en una corriente de energía que lo abandonó para colmarla a ella, Gálvez arqueó la espalda y profirió un sonido ronco y masculino que erizó la piel de Bianca y le endureció aún más los pezones. Él permaneció paralizado en esa posición, el torso alejado de ella, la cabeza echada hacia atrás, los ojos cerrados, la boca entreabierta, mientras sus caderas se impulsaban dentro de su cuerpo a intervalos cada vez más espaciados, hasta que Bianca sintió que se relajaba. Gálvez flexionó un codo y cayó de costado sobre el colchón para no aplastarla. Todavía agitado, dijo:

—Gracias por este regalo. Lo necesitaba.

—Yo también.

La pegó a su cuerpo todavía estremecido. Bianca descansó la mejilla sobre sus pectorales y enredó los dedos en la mata de pelo.

—¿Estás bien? —se preocupó.

—Mejor imposible, mi amor. Ésta es la mejor cura.

Gálvez sonrió en silencio. Bianca se incorporó y le quitó el condón. Abandonó la cama. La mano de él la tocó hasta que se puso fuera de su alcance.

—Vuelve rápido.

—Voy a tirar esto al cesto del baño.

Regresó deprisa y buscó el calor de su cuerpo; le había dado frío lejos de él. Gálvez cubrió ambos cuerpos con el edredón y acomodó a Bianca sobre su pecho. Se quedaron en silencio. Él, con un brazo a modo de almohada, fijaba la vista en el techo y masticaba un chicle de nicotina. Bianca elevó las pestañas desde su posición y le estudió el semblante, apacible después del sexo; no obstante, ella entrevió que su mente no dejaba de pensar.

—¿Bianca?

—¿Qué, mi amor?

—¿Ves que tú dices que las cosas malas pasan para que algo bueno pase después?

—Sí.

—Mientras estabas en coma, para matar las horas en el hospital entre visita y visita, investigaba en internet sobre los hematomas, sobre el coma, la vida vegetativa, cómo funciona el cerebro… Investigaba todo lo que los médicos y las enfermeras me decían. Sabía exactamente para qué servía cada máquina que te rodeaba en terapia intensiva. Sabía que te alimentaban por una sonda nasogástrica y que orinabas por otra sonda que tenías en la uretra… Todo. Cada vez que entraba a verte controlaba tu temperatura, tu presión, todas las constantes vitales. Y revisaba el suero. No quería perderme detalle. Leía y leía como nunca leí en mi vida, te lo juro. Óscar me explicaba cosas que no entendía de internet y me prestó varios libros sobre neurología. También Juncos me prestó unos apuntes sobre hematomas subdurales. Las horas, dentro de todo, pasaban rápido. También venían los chicos todos los días y me ayudaban a matar el tiempo, pero la verdad es que lo que más me ayudaba era leer e investigar sobre tu condición porque me hacía sentir que hacía algo por ti.

—Hiciste que volviera a la vida, Sebastián. Volví para estar contigo. Estoy segura.

—Yo te hablaba durante toda la hora en que me permitían estar contigo. Y hacía que los demás te hablasen. Al principio, se ponían incómodos, pero después me veían a mí hablarte como si pudieras oírme y se soltaban. La más simpática era Feliciana Castro.

—¿Feliciana fue a verme?

—Sí, varias veces. Ya la llamé y le dije que estabas bien. Se puso a llorar en el teléfono. Con ella, no hizo falta que dijera nada; te habló sin más, y te cantaba arias bien bajito, las que están preparando para tu examen. Es muy buena gente, la vieja

—suspiró, y distendió los músculos—. Así fui pasando esos días. Ahora que ya todo quedó atrás, que la pesadilla acabó y que te tengo de nuevo a salvo entre mis brazos, puedo ver que aquello sirvió para que yo encontrara mi camino, para que descubriera lo que quiero ser en la vida —movió la cabeza hasta que sus ojos se encontraron—. Quiero ser médico, amor.

—¿En serio?

—Sí. Tengo muchas ganas de empezar a estudiar medicina —como Bianca lo observaba sin pestañear, Gálvez frunció el entrecejo—. ¿Qué pasa, amor?

—No te acuerdas, ¿verdad?

—¿De qué?

—De lo que te dije aquella mañana en tu casa, al día siguiente de que Lorena descubriese lo nuestro en el antro —el ceño de Gálvez se profundizó—. De que tu Sol estaba en la Casa VI, la de la salud, el servicio y el trabajo.

—Sí, de algo me acuerdo —dijo, aunque a juzgar por su expresión desorientada, resultaba obvio de que no mucho.

—Le refrescaré la memoria, señor Gálvez —le depositó un beso en la barbilla—. Esa mañana, te dije que, por tu carta natal, todo apuntaba a que debías ser médico o psicólogo. Tú te mostraste sorprendido, y estoy segura de que pensaste que los planetas se habían equivocado con tu vocación. Pero ellos no se equivocan. Tú tienes la energía más fuerte, la del Sol, en la casa de la salud y del servicio al prójimo, sin mencionar que, desde 2003, transitas por un ciclo de Virgo, es decir, el signo de la salud, del trabajo y del servicio al otro. ¿Te acuerdas ahora? Todo apuntaba a que tenías que estudiar algo relacionado con la salud y la entrega a los demás. Medicina o psicología —señaló.

—La verdad es que no me acordaba. Con todo lo que pasó... —soltó el aire por la nariz de manera profunda—. Te confieso que, en todo este tiempo, nunca me pasó por la mente esa posibilidad. Y ahora, después de haber vivido esos días en el hospital y de haberme sentido útil porque aprendía y sabía qué te estaba pasando, siento que no podría estudiar otra cosa.

Bianca se giró para apoyar el mentón sobre el pecho de él. Le sonrió, y Gálvez le devolvió esa sonrisa de publicidad que a Bianca le robaba el aliento y le causaba cosquilleo en las partes más íntimas de su cuerpo.

—Vas a ser el mejor médico del mundo, Sebastián. Ya sé que tú piensas que lo digo por decir, que estoy exagerando, que no te lo crees, pero yo, que, como buena acuariana, soy un poco profeta y veo más allá, te aseguro que serás un gran médico, de esos que no sólo curan el cuerpo, sino que también curan los corazones y las almas, porque ¿quién puede sentirse mal si Sebastián Gálvez le sonríe como tú me estás sonriendo ahora? Por eso volví a la vida, para verte sonreír. Vas a brillar, mi amor.

—¿Y tú siempre vas a estar a mi lado?

—Siempre. Toda la vida.

—Eso es lo único que me importa.

* * *

Festejaron dos veces el cumpleaños de Gálvez, ese jueves, con una cena en familia en casa de Claudia, y el sábado por la noche en la quinta de Cristian, a la que invitaron también a los amigos. A Bianca la emocionó ver a sus hermanitos corretear por el parque iluminado y admirar una grandeza que ellos desconocían. Se pasaron un rato aferrados a la reja que circundaba la piscina, anhelándola y haciendo planes para el verano con las hijas de Cristian.

Bianca apartó la vista de la ventana y volvió al centro de la fiesta. La casa estaba llena de gente. Los meseros iban y venían ofreciendo cazuelas con un guiso de pollo. Sonrió al ver que Gálvez se servía dos y, mientras lo devoraba, asentía a lo que Óscar Santos le comentaba. Sintió un calor en el pecho, mezcla de amor infinito y orgullo por él. Estaba tan hermoso. Se había puesto la camisa gris oscuro y con un brillo opaco, de corte entallado, que ella le había regalado para el cumpleaños. Cada vez que levantaba la mano para llevarse un poco de guiso a la boca, la tela se ajustaba en torno a los músculos del brazo y se los remarcaba. Si no hubiese sido un acto de agravio hacia sus invitados, lo habría arrastrado hasta la cabaña y le hubiese pedido que le hiciera el amor como aquella vez.

Lorena y Chicho se hacían arrumacos en un rincón. Lautaro y Camila conversaban con Karen, Morena, Lucrecia y Benigno. Bárbara hablaba con Juan Carlos Velázquez, que era todo sonrisas y muecas deliberadas. ¿Adónde se había metido Andrea, la novia? Su madre y su abuela charlaban con los padres de Luisa. Bianca levantó las cejas al descubrir a Gladys y a Cristian apartados, compartiendo una conversación armoniosa; incluso intercambiaban sonrisas. No los había visto juntos antes. Era obvio que seguían amándose; no obstante, su tiempo había pasado. Sufrió un escalofrío al pensar que algo así les ocurriese a ella y a Gálvez; sería como estar muerta en vida.

Había llegado el momento. Se acercó al musicalizador que había contratado Cristian y le hizo la señal convenida. El muchacho asintió y prosiguió trabajando. Bianca se encaminó hacia Gálvez y se detuvo frente a él, que dejó la cazuela de pollo a un costado y se limpió la boca con actitud diligente.

—Amor, ¿dónde estabas?

—Por ahí. Voy a cantar.

—No, Bianca —ante la expresión triste de ella, mitigó su dureza—: Amor, acuérdate de lo que te dijo Juncos ayer, que puedes empezar muy despacio, sin hacer esfuerzos.

—Por eso hoy en la clase con Feliciana apenas si vocalicé un poco y nada más. Pero ésta no es una canción que exija un gran esfuerzo. Te lo prometo.

Gálvez la contempló con un ceño muy apretado.

—Los médicos a veces pecamos de exagerados —intervino el Maestro Luz—. Si la canción no exige un esfuerzo tremendo, como el que haría una soprano para llegar a notas muy altas, entonces no hay problema.

—Acostumbrada a las arias de ópera, esta canción no me exige nada. Además, es tu canción favorita, mi amor. El otro día, cuando estaba sola en casa de mi tía, la pasaron por la radio y, al prestarle atención a la letra, quise cantártela hoy como mi regalo más especial. Toma —le entregó una hoja—, aquí traduje la letra. Léela mientras te la canto, por favor.

El musicalizador no puso otra canción cuando finalizó la que estaba sonando, lo cual atrajo la atención de los invitados, quienes empezaron a sonreír y a intercambiar comentarios al descubrir que le entregaba un micrófono a Bianca.

—Gracias por estar aquí esta noche, compartiendo con nosotros el cumpleaños de Sebastián —la gente aplaudió y los amigos de Gálvez silbaron e hicieron comentarios graciosos, que causaron risas y más aplausos—. Se supone que todavía no puedo hacer mucho esfuerzo, pero igualmente voy a cantar este tema, el favorito de Sebastián, porque significa mucho para él, pero desde que me pasó lo que me pasó, ha adquirido un nuevo significado. *Bring me to life,* "Tráeme a la vida" —tradujo, y un silencio de tumba se cernió sobre los presentes.

Bianca asintió en dirección al musicalizador, y las primeras notas del piano ahogaron el mutismo de la gente. Bianca miró a Gálvez, que leía rápidamente la traducción que ella había escrito. Cerró los ojos y cantó.

Sin un alma, mi espíritu duerme en algún lugar frío, hasta que tú me encuentras y me guías de nuevo a casa. Despiértame. Despierta mi interior. No puedo despertarme. Despierta mi interior. Di mi nombre y sálvame de la oscuridad. Ordénale a mi sangre que corra antes de que me deshaga… Congelada por dentro sin tu caricia, sin tu amor, amado mío, sólo tú eres la vida entre los muertos… Parece como si hubiese dormido mil años, tengo que abrir mis ojos a todo. Sin un pensamiento, sin una voz, sin un alma, no me dejes morir aquí. Debe de haber algo más. Tráeme a la vida.

Elevó lentamente los párpados. Inspiró profundo y expulsó el aire. Se sentía bien. La gente aplaudía; varios se habían emocionado, tal vez los que comprendían la letra. Bianca buscó con la mirada a Gálvez, que seguía en el sitio en donde lo había dejado, con el papel congelado entre sus manos y el rostro brillante de lágrimas. Le entregó el micrófono al musicalizador y caminó hacia él. Gálvez la atrajo cuando la tuvo al alcance de la mano y la devoró con sus brazos, con su torso, con todo su ser, y la colocó dentro de su aura de energía ardiente.

—¡Por Dios, Bianca! —le susurró con fiereza—. ¿Qué es esto que siento por ti? Me asusta.

—Amor eterno, eso es.

—¡Te amo, Bianca! ¡Tanto, amor, tanto!

—Gracias por traerme a la vida.

* * *

Todo parecía haber vuelto a la normalidad, todo lucía en orden. Se había puesto al día en el colegio gracias a la ayuda de Camila, a la paciencia de los profesores y a la benevolencia de las autoridades, que le dieron fechas especiales para las pruebas que no había presentado. La tranquilizaba que Gálvez también hubiese recuperado el tiempo perdido y no tuviese ninguna materia con bajo promedio. Volvía a ser el mismo, alegre, vehemente e histriónico, y ella sonreía, dichosa, cada vez que lo veía jugar al futbol en los recreos. Había retomado la rutina del gimnasio y del dojo de Wing Chung, y también las clases de natación los martes por la tarde.

El viaje de estudios durante la segunda quincena de septiembre quedaría en la memoria de Bianca toda su vida. Al principio, temió que Juncos no le permitiese ir. Gálvez también expresó sus reservas, ya que hacía poco más de un mes y medio que se había despertado del coma. Sin embargo, se sentía tan bien, con tanta energía, y su evolución era tan buena, que el médico, después de llenarla de recomendaciones, le permitió viajar. Muchas actividades, sobre todo las que implicaban posibles caídas, como el patinaje sobre hielo en Puerto San Carlos, o un gran esfuerzo, como largas caminatas o escalar una montaña, quedaban fuera de discusión. Juncos desaconsejó las trasnochadas en antros, y la autorizó a una sola, sin excesos, nada de alcohol y poco movimiento, lo que la desmoralizó porque sabía que durante años, cada vez que Gálvez había pensado en Bariloche, los antros, la música y la diversión nocturna habían sido lo primero en venir a su mente.

—¡Qué mierda me importa ir a bailar, Bianca! —se exasperó él en el autobús que los conducía hacia la provincia de Río Negro.

—Sé cuánto te gusta.

—Amor —se ablandó él—, alucino con bailar, es verdad, pero ahora las cosas cambiaron. *Tú* lo cambiaste todo, Bianca. Desde que estamos juntos, quiero que hagamos *todo* juntos, si no, nada tiene sentido. ¿A ti no te pasa igual?

—Sí. Si tú no estás, es como si todo perdiese el color, como si lo que me rodease fuese gris y frío.

—Poeta y todo, mi amor precioso —bromeó Gálvez, y le besó la coronilla, cubierta por un cabello de dos centímetros de largo.

—Vamos a ir a bailar esa única vez que Juncos me permitió, ¿no?

—Ya veremos.

El hotel donde se alojaron era la típica construcción diseñada exclusivamente para alumnos de quinto año, con pocos lujos (ni siquiera tenía ascensor), pero Bianca lo juzgó limpio y acogedor. Al igual que en el viaje a la sierra, compartió la habitación con Camila, Morena y Lucrecia. Gálvez lo hizo con Mario, su compañero de banca desde primer año, Lautaro Gómez y Benigno.

Bianca pocas veces se divirtió tanto en su vida. El cuarteto que componían Gálvez, Gómez, Benigno y Mario las hacía desternillar de risa durante las comidas, en los paseos, donde sea que estuviesen. En las ocasiones en que Bianca y Gálvez no participaban de alguna excursión o de algún programa, hacían el amor o recorrían el centro de la ciudad de la mano. Se contemplaban con la disposición que fuese, con pasión, con ternura, con anhelo, con orgullo, y siempre sentían paz.

Al regresar, sus familiares los esperaban a las puertas del colegio, hasta Chicho y Óscar Santos formaban parte de la comitiva de bienvenida. Las hermanas de Gálvez se lanzaron a sus brazos apenas lo vieron descender del autobús, mientras los de Bianca la rodearon para pedirle, a coro, la caja de chocolates que les había prometido. Sólo Pablo se mantuvo distante y serio. Bianca se aproximó y lo besó en la mejilla sin pronunciar palabra. El niño se limitó a pedirle:

—Vuelve a casa, Pulga. Quiero que vivas con nosotros de nuevo. Te extraño mucho.

—Vamos a ver —dijo, sin imprimir a su tono demasiada esperanza, pues Gálvez se mostraba inflexible: no quería que se cruzase a Rocamora cuando éste fuese a buscar a sus hijos los fines de semana. A veces Bianca pensaba que había desarrollado una obsesión supersticiosa en torno a ese nombre, Pablo Rocamora, como si su sola cercanía trajese mala suerte a su amada, y toda clase de perversidades fuesen a caer sobre ella.

Se reunieron en el departamento de Cristian Gálvez de Avenida Libertador, donde los esperaba un almuerzo para festejar el regreso de los chicos. Todos estaban satisfechos con el buen semblante de Bianca y algunos aseguraron que tenía el cabello más largo, lo que le arrancaba sonrisas pues era imposible que, en el lapso de diez días, notasen la diferencia.

Bianca buscaba el baño de las visitas cuando escuchó la voz de Pablo.

—Yo te prometo, Sebas, que papá no se va acercar a Bianca. Yo no lo voy a dejar. ¡Es más! —dijo, con un entusiasmo que la enterneció—. ¡No voy a dejar que la vea! Él nunca sube a casa. Nosotros bajamos. Él nos espera en la calle. Ni siquiera la va a ver.

—No sé, maestro. La verdad es que me siento más tranquilo si ella se queda como hasta ahora, en casa de tu tía Claudia.

—Pero yo la extraño mucho —adujo el niño.

—Sí, lo sé. Yo también la extraño cuando no estoy con ella.

—¡Pero tú siempre estás con ella! Van juntos a la misma escuela y tú siempre estás en casa de tía Claudia. ¡Hasta te quedas a dormir ahí! Tú siempre estás con ella —insistió, de pronto apagado.

—Pablito, yo te entiendo perfectamente, te lo juro, pero necesito que tú me entiendas a mí. Tu padre le hizo mucho daño a tu hermana, que es la persona que yo más amo en este mundo. El día en que ames como yo amo a tu hermana vas a entender por qué soy tan duro con esto.

—Pulga es la persona que yo más amo en este mundo también.

Hubo un silencio a continuación, luego se escuchó el llanto quedo de Pablo, el chasquido que Gálvez hacía cada vez que se quebraba o claudicaba, y luego el roce de ropas que le dio a entender que su amado consolaba al niño con un abrazo.

—No llores, maestro. Ya vamos a encontrar una solución. Te lo prometo.

—¿Sí?

—Sí, te lo prometo, pero no llores que tu hermana me va a matar si sabe que te hice llorar.

—Está bien —dijo, y se sorbió los mocos.

$$* * *$$

Una tarde, a finales de noviembre, Bianca estaba sola en el local repasando la letra de un aria en alemán cuando sonó la campanilla que indicaba la entrada de un cliente. Dejó las hojas sobre el mostrador y se puso de pie. Pablo Rocamora estaba frente a ella.

—Hola, hija.

—Nunca me dijiste hija. Por favor, no lo hagas. Me pone incómoda. Llámame Bianca, como siempre.

—Pero eres mi hija, te guste o no.

—¿Qué quieres? —preguntó sin animosidad, y consultó la hora; Gálvez pasaría a buscarla en poco tiempo.

—El otro día, en el Italiano, cuando fui a ver a tu madre por el nacimiento de tu hermano, no te vi.

—No fui porque sabía que ibas a ir. Mamá me advirtió.

—¿Qué es esto, Bianca? ¿Estás jugando a las escondidas conmigo? Jamás respondes mis llamados, ni mis mensajes. No quieres verme. Tengo prohibido el ingreso en la casa de mi propia hermana. ¡Esto es una locura! ¡Eres mi hija, por Dios santo!

—No tomes el nombre de Dios en vano —le recordó como tantas veces lo había hecho él.

—Ya no me importan esas cosas. He cambiado mucho en este tiempo, aunque no lo creas.

—Te creo. Conozco a Alicia y sé que su influencia será beneficiosa para ti.

—Entonces, ¿por qué no podemos hacer las paces?

—¿Para qué quieres hacer las paces conmigo?

—Porque eres mi hija, porque te quiero —Bianca se permitió una risita sarcástica por lo bajo—. Bianca, te quiero —se exasperó Rocamora.

—No te creo —volvió a consultar el reloj—. Y ahora quiero que te vayas.

—¿Por qué? ¿Acaso está por llegar ese matón que tienes por novio?

—¿Así quieres un acercamiento, llamando matón al chico que amo? Vete, Pablo. Y no vuelvas.

—Sí, tienes razón, discúlpame. Mi carácter siempre me juega en contra. Pero, por favor, no me castigues llamándome Pablo.

—Te pido que te vayas. No quiero que Sebastián se ponga mal por verte aquí. Lo único que me importa es que él esté tranquilo después de la tortura por la que pasó.

—Soy tu padre.

—¿Sabes? La figura de los padres está sobrevaluada. Los seres humanos no deberíamos depender tanto de ellos. Cuando somos chicos, pensamos que son seres perfectos, héroes de novela. En realidad, son seres humanos comunes y corrientes, la mayoría de las veces están llenos de complejos y cuestiones sin resolver, que nos transfieren a los hijos y nos arruinan la vida. Tú deberías saberlo mejor que nadie, ya que tu papá te arruinó la tuya.

—Ahora estoy trabajando en eso, para curar esas heridas y ser yo mismo.

—Me alegro.

—Lorena ya me perdonó y estamos volviendo a empezar. Quiero que tú también seas parte de mi vida, Bianca.

—No hay lugar para ti en la mía. Sebastián te detesta, y yo no haría nada para molestarlo o hacerlo enojar. Él es mi prioridad, lo más importante para mí.

—Cuando tengas hijos, te vas a acordar de estas palabras y las vas a lamentar.

—Espero no equivocarme tanto, ni hacer cosas que obliguen a mis hijos a hablarme de este modo.

Rocamora asintió sin mirarla, y a Bianca, como le ocurría a menudo, su angustia la golpeó en el pecho.

—Por favor, vete. No quiero que Sebastián te vea.

—¿Puedo tener esperanza de que me vas a perdonar algún día?

Bianca guardó silencio, la vista fija en la de su padre. No recordaba haberle sostenido la mirada en sus diecisiete años. Habló unos segundos más tarde con aplomo y sin rencor.

—Lo que vivimos en el presente es fruto de muchos años de maltrato de tu parte.

—Sí, lo sé. Alicia me ha hecho ver que tú me aterrabas porque eras como yo había sido de chico, libre, lleno de vida y de ideas alocadas. Temía que pudieras lograr todo lo que yo no había sido capaz, por cobarde, por tenerle tanto miedo a mi padre, y te combatía para que no te convirtieras en lo que yo no había conseguido. Te temía, Bianca.

—¡Qué ironía! Yo no sólo te temía. ¡Sentía pánico cuando estabas cerca!

—Perdóname, hija, por favor.

—Es fácil pedir perdón. Concederlo es difícil.

—Lo sé. Pero me gustaría saber si puedo albergar esperanzas de que alguna vez volvamos a ser padre e hija.

—El tiempo lo dirá.

Gálvez entró en el local y se detuvo en seco al reconocer a Rocamora. Sin mediar palabras, se abalanzó sobre él. El hombre retrocedió y levantó los brazos.

—¡Por favor, Sebastián! —suplicó—. ¡He venido a hablar! ¡He venido a pedirle perdón a mi hija!

—¡Me importa una mierda a qué has venido! ¡Te vas de aquí, basura!

Bianca no conseguía abandonar la posición detrás del mostrador. La paralizaba un frío que la había acometido repentinamente; donde más lo sentía era en los labios; se le habían entumecido.

—Está bien, está bien, me voy, pero antes quiero decirte algo. Sé que no permites que Bianca vuelva a vivir con su familia.

—¡Lárgate de acá, pedazo de mierda, o te mato!

—¡Por favor, escúchame! Quiero hacerte una promesa. No voy a subir a mi antigua casa por nada, puedes estar tranquilo. No la voy a buscar de nuevo, ni a forzar ninguna situación para verla. Aunque no me creas, quiero que Bianca esté tranquila y que sea feliz contigo. Sé que la amas, Sebastián, y eso me pone contento. Permítele que vuelva a su casa. Sus hermanos y su madre la necesitan.

Gálvez se movió apenas para darle paso. Rocamora abandonó el local seguido por la estela de tensión y odio que se había apoderado del lugar. Bianca comenzó a temblar; el temblor empezó en las manos y se expandió como un incendio por su cuerpo.

Gálvez estuvo sobre ella en dos zancadas y la envolvió con sus brazos para absorber su miedo y su inquietud. La besaba en la cabeza y le susurraba.

—Tranquila, ya pasó.

—Le dije que se fuera —tartamudeó—. No quería que lo vieras. Le dije que se fuera.

—Sí, está bien. No hay problema. Cálmate ahora, amor. Por favor, te lo suplico: cálmate.

Como eran las ocho, cerraron el local y se marcharon a casa de Claudia. Durante el corto trayecto en automóvil, Bianca le refirió el intercambio con Rocamora, sin emitir juicios de valor, ni aventurar suposiciones. Él se limitaba a sostenerle la mano y a tocarle la pierna.

No había nadie en el departamento. Los recibieron el silencio y el aroma a lavanda del último sahumerio que su tía había quemado. Bianca, pálida aún, se sintió mejor enseguida.

Gálvez echó llave a la puerta y, cuando se volvió, se topó con Bianca, que le pasó los brazos por la cintura y buscó el confort de su cuerpo.

—¿Llenamos la bañera y nos metemos juntos?

—Sí, amor. Buenísima idea.

Gálvez se presentó desnudo en el baño. Bianca, que probaba la temperatura del agua, levantó apenas la vista y descubrió que él tenía una caja con condones en la mano. Rio con picardía y se quitó la bata.

—Ya estaba caliente, pero la risita de la gatita satisfecha es lo que me la acaba de parar.

Hicieron el amor, y fue como una catarsis que los limpió de los residuos de la escena vivida con Rocamora. Relajados y contentos, disfrutaron de la tibieza y serenidad del agua en silencio. Bianca, recostada sobre el torso de Gálvez, rodeada por las piernas de él, comenzó a adormecerse. Levantó los párpados cuando él dijo:

—Me mandaron un mail de la facultad.

—¡Buenísimo!

Días atrás, Gálvez había completado y enviado el formulario para ingresar en una facultad privada de medicina, porque su padre no quería que estudiase en la nacional. Si Cristian se decepcionó al saber que su único hijo varón se había decidido por una carrera que no se vinculaba con la fábrica de pinturas, nadie lo notó. La tarde en que Gálvez le confesó que quería ser médico, su padre sonrió, lo abrazó y le aseguró que sería un gran profesional, y enseguida empezó a trazar planes para que su hijo estudiase en la mejor universidad privada de medicina del país.

—En el mail —prosiguió Gálvez— me dicen que el cursillo de ingreso comienza el 3 de febrero. Dura un mes. Tenemos dos materias: Introducción a la vida académica y Ciencias biológicas. Me mandaron los programas y no parecen tan duras las materias.

—Te va a ir padrísimo, mi amor. Eres superinteligente.

—Espero. Más hacia el final, tenemos las entrevistas de admisión.

—¿Sabes de qué se tratan?

—Sobre todo quieren saber por qué elegiste esa carrera.

—Y tú, ¿qué vas a decirles?

—La verdad: que mi novia, secretamente, quería que yo estudiara medicina, pero como a mí no me latía mucho, ella se tiró por las escaleras, se llenó la cabeza de hematomas, y así me convenció teniéndome dieciocho días con los nervios de punta, obligándome a vivir en el hospital para que me cayera el veinte de cuánto me gusta ese ambiente.

Bianca, riendo, giró sobre sí y le pasó los brazos por el cuello y las piernas por la cintura. Le besó la sonrisa y los ojos, que también chispeaban de alegría.

—Te van a decir que tienes una novia muy inusual. Tal vez piensen que estoy loca y te rechacen por eso.

—Yo les voy a decir que mi novia es acuariana. Eso debería explicarlo todo, ¿o no?

Bianca soltó otra carcajada y le plantó un beso en la boca.

—Te amo.

—¿Por qué? —preguntó él.

—Uy, por tantas cosas. Porque me haces reír, porque me cuidas, porque me dices que soy lo único en el mundo para ti, porque eres mi otra parte...

—¿Porque te hago tener unos orgasmos de puta madre, como el de ahorita?

—Bueno, en realidad, te amo sólo por esos orgasmos que me haces tener, pero no quería decírtelo para que no supieras que sólo te veo como un objeto sexual.

Gálvez lanzó una risotada y la besó en el cuello.

—Cuando revoleas esos ojazos que tienes y me hablas con esa vocecita, creo que te la metería y no te la sacaría más.

—Mmmm —ronroneó Bianca—, qué lindo sería.

Cerró lenta y deliberadamente los párpados y se acercó hasta que su boca tocó la de Gálvez, que permaneció quieto. Sus músculos, en reposo un momento atrás, se tensaron. En tanto lo provocaba con caricias en los labios, Bianca deslizó la mano por el pecho de él, la sumergió en el agua y le sujetó el pene, ya erecto. Abrió los ojos cuando Gálvez se apartó de ella, y sonrió, complacida, al descubrir que se estiraba para alcanzar la caja de preservativos. Bianca le colocó uno y volvieron a amarse.

Todavía entrelazados después del clímax, él aún alojado dentro de ella, se miraron en lo profundo de los ojos.

—Quiero que seas feliz —manifestó Gálvez.

—Lo soy porque te tengo.

—Sí, pero creo que te gustaría volver a vivir con tu mamá y con tus hermanos y no lo haces por mí.

—Todavía no es tiempo de volver.

—¿Por qué?

—Porque, aunque papá te haya prometido lo que te prometió, tú no estarías tranquilo. Y lo más importante para mí eres tú, Sebastián. Que tú estés bien es lo primero en mi lista de prioridades. Amo a mi familia, pero ellos pueden vivir sin mí.

—En cambio, Bianca, amor de mi vida, precioso amor de mi vida, te juro por lo más sagrado que tengo, que es nuestro amor, que yo no puedo vivir sin ti.

—Y yo no puedo vivir sin ti, mi amor.

—Te necesito.

—¿Para todo, para siempre?

—Para todo, para siempre.

EPÍLOGO

Principios de diciembre de 2013. Teatro Colón, Buenos Aires.
Bianca no cesaba de sonreír, mientras bajaba las escaleras de mármol y acariciaba la suntuosa balaustrada. Alcanzó el *foyer* del teatro lírico más importante de Sudamérica y uno de los más bellos del mundo, y meditó: "Éste será mi segundo hogar durante cinco años", porque la carrera de canto lírico duraba cuatro, al que se le añadía un quinto para la maestría.

La dicha le bullía en el estómago: acababa de aprobar el examen de ingreso al Instituto Superior de Arte del Teatro Colón para convertir su sueño en realidad: ser una soprano. Se había tratado de una prueba durísima; la exigencia de los profesores no conocía de excepciones. Pero ella no le temía a las pruebas duras; en sus dieciocho años había vivido unas cuantas y las había superado, victoriosa.

Consultó la hora: seis y diez de la tarde. Había pasado tanto tiempo dentro del teatro, luchando por no ser eliminada en las distintas etapas, que había perdido noción del tiempo.

En su mente todavía sonaban las arias que había entonado para convencer a los examinadores de que ella no sólo poseía el talento para cantar, sino la pasión. A pesar de los nervios, había inspirado como el Maestro Luz le había enseñado y tratado de imaginar que estaba frente a Gálvez y que cantaba para él.

Las primeras dos piezas, que Feliciana había elegido con acierto (*La habanera,* de *Carmen,* y *Una voce poco fa,* de *El barbero de Sevilla*), las entonó en una cámara de acústica seca o insonorizada, lo cual habría sido intimidatorio y desconcertante si ella no hubiese estado preparada. Por fortuna, una conocida de Feliciana les había advertido de esta primera etapa en la cual tendría la impresión de que su voz saldría chata, inconsistente, y en la cual los errores se evidenciarían sin compasión. El secreto para superar este ambiente poco benévolo consistía en acelerar el *tempo,* y así lo hizo, y obtuvo un excelente resultado, que se adivinó en las minúsculas sonrisas que despuntaron en las expresiones casi pétreas de los profesores. Se sintió orgullosa de su desempeño, porque su maestra le había asegurado: "Bianquita, si eres capaz de cantar bien en una habitación insonorizada, eres capaz de cantar bien en cualquier parte".

Aprobada esta instancia, en la cual quedó eliminada una gran parte de los más de doscientos aspirantes, debía enfrentar la segunda prueba, esta vez para entonar dos arias en el escenario mismo del Colón. Estaba familiarizada con la arquitectura y las estancias de la casa lírica porteña, ya que, además de las veces que había concurrido para ver alguna obra, había sido una idea de Gálvez participar en el tour para turistas y curiosos, de modo que Bianca venciese el temor propio que causa un edificio tan majestuoso e imponente. Dos veces había hecho el recorrido, una vez en compañía de Gálvez, y la segunda, mientras él estudiaba para su cursillo de ingreso en la Facultad de Medicina, con Camila y Bárbara, por lo que, cuando estuvo en el escenario, frente a esa herradura gigante llena de butacas rojas, inspiró hondo y sonrió, recordando lo feliz que había sido en ambas ocasiones.

Feliciana le había advertido de que en esta prueba, además de examinar los aspectos artísticos y técnicos de su canto, los profesores prestarían atención a la proyección de su voz, o sea, a que su canto llenase el volumen del teatro, por lo que Bianca se imaginó la visión que le había sugerido el Maestro Luz: su voz era de un color, el que ella desease (eligió el violeta) y que, mientras de su boca brotaban las estrofas, éstas iban coloreando la realidad en torno a ella, hasta el aire mismo se volvía pesado de moléculas violeta.

Cantó primero un aria en alemán para demostrar su dominio sobre esa difícil lengua: *O zittre nicht, mein lieber Sonh*, de *La flauta mágica*. Implicaba un gran desafío para una principiante y había dudado en agregarla a su repertorio, hasta que Feliciana la convenció. La última aria, *O mio babbino caro*, de Gianni Schicchi, resultó un cierre maestro porque la dulzura de su voz, además de colmar el recinto, conmovió a los examinadores y terminó de conquistarlos.

El resto del examen fluyó más fácilmente, y al final de esa larga jornada, para la cual se había preparado durante tres años, primero con Irene Mattei y después con su adorada Feliciana Castro, Bianca se sentía exhausta, pero plena. Ella, la pequeña y frágil Bianca Rocamora, había superado un examen que sólo doce personas de más de doscientas habían logrado aprobar. No obstante, sabía que la felicidad que experimentaba no habría alcanzado ese nivel cercano al éxtasis si no supiese que Gálvez estaba pensando en ella en ese instante.

Sacó su Blackberry, regalo de cumpleaños de su amado, y le envió un mensaje.

Mi amor, ya terminé. Donde estás?

Acabo d salir d mi clase de Anatomía. Voy p alla. Dónde estás?

En Libertad y Tucumán.

Espérame dentro del teatro.

Bianca sonrió, al tiempo que tecleaba "OK, t espero x la entrada de Tucumán". Pese al tiempo pasado, pese a que ninguna pesadilla había vuelto a atormentarlo, pese a que habían vivido un periodo feliz y tranquilo, Gálvez no cejaba en su costumbre de sobreprotegerla, y Bianca lo justificaba diciendo: "Es leonino, no puede evitarlo".

Entró por el portal de la calle Tucumán y se dispuso a esperarlo cerca de la cola para comprar las entradas. La ansiedad la consumía. Ya quería verlo, ya quería darle la buena noticia, y anhelaba que se repitiese la felicidad de aquel día en que él había superado el cursillo de ingreso con notas excelentes.

Se le cortó el respiro al descubrirlo bajo el umbral de la puerta, a varios metros de ella. Se miraron a la distancia. Él hizo un gesto con el rostro y con las manos que expresaba a las claras una pregunta: "¿Y?".

Bianca le regaló una sonrisa amplia y asintió varias veces. Gálvez profirió un grito de triunfo, que atrajo las miradas hacia él, y dio un salto con el brazo extendido sobre su cabeza y sacudió varias veces el puño, mientras repetía el clamor victorioso, como si festejase un gol. Bianca rompió a reír a carcajadas y corrió hacia él, que la levantó en el aire y la hizo dar vueltas.

—¡Te amo! —le confesó, agitado—. ¡Tanto, tanto!

—¡Te amo, Sebastián!

Se quedaron mirándose. Él le cubría las mejillas con las manos, la acariciaba con los pulgares y la contemplaba con una sonrisa.

—Dios, cuánto te amo.

—Todo el tiempo pensé en ti. Y canté para ti, por eso me fue bien.

—Bianca… —le tocó la pesada y brillante melenita que le llegaba a los hombros y le pasó el pulgar por el labio inferior antes de caer sobre su boca para reclamarla para él, y sólo para él.

Bianca le rodeó el cuello y le respondió con la misma pasión que había empleado al cantar *O mio babbino caro,* mientras imaginaba que era a ella a quien le prohibían casarse con su amado.

Andrei sul Ponte Vecchio, ma per buttarmi in Arno.

(Iría al Puente Viejo, pero para arrojarme al Arno)

Mi struggo e mi tormento.

(Me consumo y me atormento)

O Dio, vorrei morir.

(Oh Dios, quisiera morir)

Gálvez se apartó, y, cuando Bianca abrió los ojos, se halló con esa expresión en su rostro, la que, aunque pasase el tiempo, siempre le provocaba un chisporroteo en el estómago, la de sus ojos fijos en ella, expectantes, maravillados, como si acabasen de descubrirla, como si ella fuese algo nuevo.

—¿Le avisaste a Feliciana? Debe de estar que se muere por saber cómo te fue.

—No le avisé a nadie. Quería que tú fueses el primero en saberlo.

Gálvez la encerró contra su pecho con vehemencia.

—Gracias —susurró.

—¿Por qué?

—Por hacerme sentir tan importante para ti.

—*Eres* lo más importante. No: eres lo único, Sebastián. Sin ti, este logro de hoy sería una sombra de lo que es.

—¡Amor mío!

Salieron a un día espléndido, de cielo diáfano y cerúleo, y con las jacarandas vestidas del mismo color violeta con el que Bianca había pintado el Colón. Inspiró de la mano de Gálvez y pensó: "No necesito nada más".

Durante el viaje hasta Almagro, le relató los detalles de las instancias que había superado. En medio de la conversación, entró un mensaje en su celular.

—Es de papá —dijo, y Gálvez asintió con ese semblante indefinido que adoptaba cada vez que Pablo Rocamora entraba en escena.

A pesar de que el hombre se mostraba arrepentido por los errores del pasado y de que se empeñaba por ganarse el corazón de su hija, él todavía no lo perdonaba; mantenía distancia y lo trataba con frialdad las pocas veces que se lo cruzaba. Bianca, incapaz de soportar la tristeza en la mirada de Rocamora cada vez que intentaba un acercamiento, había terminado por aceptarlo de nuevo en su vida, decisión que Gálvez respetaba de mala gana.

Cómo te fue en el examen, hija?

Bien. Aprobé.

Bravo! Qué orgulloso estoy de ti.

Gracias.

Cuándo nos vemos?

Bianca suspiró. Era la pregunta que Rocamora formulaba una y otra vez, y que ella ocasionalmente contestaba de manera concreta y afirmativa.

T llamo mañana y arreglamos.

Hasta mañana, entonces.

A continuación, buscó el teléfono de Feliciana Castro en su lista de contactos y la llamó. La mujer atendió el teléfono, y Bianca se cubrió el oído para escucharla mejor; había mucho ruido del otro lado de la línea.

—¿Cómo te fue? —disparó, sin saludarla.

—¡Aprobé!

—¡Te felicito, Bianquita! ¡Te felicito, tesoro! Eres mi orgullo.

—¡Lo logré gracias a ti, Feli! ¡Te lo debo todo a ti!

—No, tesoro. Trabajaste y te esforzaste como pocos. Te merecías que te aprobasen. Y ahora, a prepararse para esos cinco años en los que vivirás rodeada de música y canto.

—Quiero seguir yendo a tu casa, Feli.

—Por supuesto, tesoro. Mientras tenga fuerza, vas a seguir siendo mi discípula favorita. ¿Nos vemos mañana sábado? Quiero que me cuentes todos los detalles.

—Sí, mañana estoy por allá. Te llamo antes de ir.

—Hasta mañana, tesoro.

—Hasta mañana, Feli.

—Estaba contenta la vieja, ¿no? —preguntó Gálvez.

—Más que yo, creo.

—Mañana le compramos un regalo. ¿Qué te parece?

—Excelente idea.

* * *

Gálvez se estacionó sobre la Avenida Boedo, a pocos metros de la entrada en el edificio de los Rocamora. Varias cosas habían cambiado en la vida de Bianca desde el año anterior; regresar a vivir con su familia contaba entre ellas. Se había dado de manera natural: en marzo, Claudia inició una remodelación de su departamento que les impediría habitarlo durante tres meses. El Maestro Luz alojó a Claudia, en tanto Bianca pidió asilo en su casa, de la cual no volvió a irse para felicidad de todos, en especial de Pablo.

Gálvez la arrinconó en el ascensor y la besó con tanto desenfreno, que, cuando el ascensor se detuvo, Bianca estaba en las nubes. Gálvez abrió con sus llaves (una de las condiciones para que Bianca permaneciera era que él tuviera un juego de llaves), y Bianca entró en un vestíbulo silencioso y oscuro.

—Qué raro —dijo—. No hay nadie.

Las luces se encendieron de golpe y un estruendo de voces y risas la envolvió brusca y cálidamente, las dos sensaciones a la vez. Se cubrió la boca con las manos y se quedó perpleja, mientras observaba al grupo de gente que aplaudía y se cerraba en torno a ella para saludarla. Gonzalo, su hermano más pequeño, que caminaba con un paso aún vacilante, se le arrojó a las piernas y hundió la carita entre sus rodillas. Los demás, con Pablo a la cabeza, la rodearon para besarla y felicitarla. Le siguieron su madre, su abuela, Chicho, Lorena, el Maestro Luz, Claudia, Camila, Lautaro Gómez, Bárbara, Morena, Lucrecia, Benigno, Karen, Collantonio, y el desfile se cerró con Cristian, Luisa, Magdalena, Francisca, Candelaria y Gladys. Aun Moquito se había unido al festejo y saltaba y ladraba a su alrededor. Bianca exclamó de dicha cuando el grupo se abrió para darle paso a Feliciana Castro.

—¡Feli!

—¡Tesoro!

Se abrazaron, y la casa volvió a inundarse de aplausos y ladridos.

—Con razón oía tanto ruido mientras hablábamos. ¡Estabas acá! Pero ¿de quién fue la idea de organizar todo esto?

—¿De quién va a ser? —se escuchó la voz oscura y grave de Lautaro Gómez—. ¡De Gálvez!

Explotaron en una carcajada, y Gálvez la aplastó contra su pecho.

—Y si no aprobaba, ¿qué ibas a hacer con tu fiesta sorpresa?

—¡Amor! ¿Tenías alguna duda de que ibas a aprobar?

—Sí, la verdad es que sí.

—¿Por qué dudabas, Bianca? ¡Con todo lo que habías estudiado y practicado!

—No sé, será porque tengo el Sol en Casa XII, que me hace insegura.

—Y yo tengo el corazón en Bianca, que me hace inmensamente feliz.

AGRADECIMIENTOS

A la astróloga Beatriz Leveratto, que con tanto profesionalismo, respeto y cariño, estudió las cartas natales de Bianca y de Sebastián para ayudarme a comprender a estas dos complejas personalidades. ¡Gracias, querida Bea! Como dicen los chicos: ¡Sos lo más!

A la doctora Claudia Rey, persona excepcional y ginecóloga de primer nivel, que me guio para saber cómo aconsejar a Bianca y a Sebastián antes de que iniciaran su vida sexual juntos. Clau, te quiero cada día más.

A la doctora Valeria Vassia y a su esposo, el doctor Federico Delponte, que me acompañaron, aconsejaron y guiaron durante los días en que mi Bianca estuvo hospitalizada. Queridos Vale y Fede, su generosidad y disposición incondicional hacia mí me conmueven profundamente. ¡Gracias!

A mi querida lectora y amiga, Emily Dwek, a quien consulté en su carácter de escribana. Emily querida, gracias por tu tiempo, tu cariño y tu sonrisa indeleble.

A mis queridas amigas Adriana Brest y Carlota "Loti" Lozano, que me dieron una mano cuando había que usar celulares y yo no tenía idea de cómo hacerlo. Las quiero, amigas.

A mi amiga Fabiana Acebo, que sabe de Derecho Penal más que nadie y a quien consulté para ciertos episodios delicados de esta novela. Fabita, estoy orgullosa de la pasión con que hacés lo que hacés. Que Dios te bendiga, amiga querida.

A mi querida lectora Milena de Bilbao, que una tarde se sentó conmigo a tomar el té para contarme sobre su experiencia con el canto lírico. Mile, vos y Bianca van a brillar y harán felices a los que las queremos.